그 지방의 관습

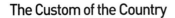

The Custom of the Country

by Edith Wharton

Published by Acanet, Korea, 2014

한국연구재단총서 학술명저번역 568

그 지방의 관습

THE CUSTOM OF THE COUNTRY

이디스 워턴 지음 | 정혜옥 · 손영희 옮김

차례

제1장

"언딘 스프라그, 어떻게 그럴 수가 있어?"

반지를 많이 낀 탓에 둔하고 나이보다 더 쭈글거리는 손을 들어 올리면서 무표정한 '급사'가 방금 가져다준 편지를 빼앗기지 않으려고 하면서 언딘의 어머니가 투덜거렸다.

그러나 어머니의 방어는 항의만큼이나 힘이 없었다. 스프라그 부인은 딸이 젊고 힘이 넘치는 손가락으로 잽싸게 편지를 집어서 창가로 물러가 읽는 동안에도 줄곧 손님에게 웃음을 지었다.

"편지는 나한테 온 거 같아요."

언딘은 어깨 너머로 어머니에게 툭 던지듯이 말했다.

"당신은……히니 부인?"

스프라그 부인은 딸을 비난하는 듯하면서도 내심 자랑스러워하며 투덜댔다.

통통한 히니 부인은 직업이 있는 여성으로 보였다. 빛이 바랜 베일을 뒤로 젖히고 우의를 입은 부인의 발밑에는 초라한 악어가죽 가방이 놓여 있었다. 히니 부인은 쾌활하게 언딘의 외모를 인정하는 눈길로 스프라그 부인의 시선을 쫓아 스프라그 양을 쳐다봤다.

"그래요. 스프라그 양보다 몸매가 더 예쁜 처녀를 본 적이 없어요."

안주인의 질문에 축자적 의미보다는 그 안에 담긴 의미에 대답하며 히니 부인이 맞장구쳤다.

스프라그 부인과 손님은 스텐토리언 호텔의 개인 응접실의 둔중한 황금빛 안락의자에 앉아 있었다. 스프라그 가족이 머무는 객실은 루이 스위트룸 중의 하나였다. 니스 칠이 반짝거리는 마호가니 징두리 벽판 위의 응접실 벽에는 연어 살색 다마스크천이 걸려 있었고 마리 앙투아네트와 랑발 공작 부인[1]의 타원형 초상화가 걸려 있었다. 화려한 양탄자의 중앙에는 멕시코산 줄마노로 된 황금색 테이블이 있고 그 위에 분홍색 나비매듭이 달린 황금색 바구니에 담긴 종려나무가 있었다. 이 장식품과 그 옆에 놓인 『바스커빌 가의 사냥개』[2] 말고는 이 방은 사람 사는 흔적이 없었다. 스프라그 부인은 마치 진열창에 전시된 밀랍 인형처럼 방과 완전히 동떨어진 분위기를 풍겼다. 부인의 옷은 이런 위치를 정당화해줄 만큼 고급스러웠고, 부은 눈꺼풀과 처진 입매에 볼이 부드럽고 창백한 얼굴은 밀랍이 반쯤 녹아 흘러서 이중 턱이 된 밀랍 인형을 연상시켰다.

이와 대조적으로 히니 부인은 건강하고 현실감 있으며 자신 있는 용모였다. 검은 옷을 입은 단단하고 육중한 몸이 의자에 확고하게 자리 잡은 채 불그스름하고 널찍한 손으로 황금색 팔걸이를 단단히 쥔 모습은 부인

••

1) 마리 앙투아네트(Marie Antoinette)는 오스트리아 신성로마제국의 공주로 태어나 프랑스의 루이 16세와 결혼했으며 프랑스혁명 당시 처형된다. 마리 앙투아네트와 가장 친한 랑발 공주(the Princess de Lamballe) 역시 프랑스 혁명군에 처형된다.
2) 『바스커빌 가의 사냥개(The Hound of the Baskervilles)』: 셜록 홈스가 나오는 아서 코난 도일의 소설. 괴물 같은 사냥개에 의해 일어난 살인 사건을 다루는 탐정 소설.

이 유능하고 자립적인 활동을 한다는 것을 보여주었다. 사실 히니 부인은 '상류사회'의 매니큐어사이면서 마사지사였다. 이 부인은 스프라그 부인과 그 딸의 안내자이자 친구라는 역할을 했다. 하루 일과가 끝난 후에 히니 부인은 친구 자격으로 스텐토리언 호텔의 외로운 숙녀들을 '위로'하기 위해서 잠시 들른 것이다.

'몸매' 때문에 히니 부인의 전문가적인 찬사를 받은 젊은 여성이 창문에서 몸을 돌리며 아름다운 몸매의 위치를 갑자기 바꾸었다.

"여기 있어요. 역시 엄마가 가져가도 될 것 같아요."

젊은 여성이 무시하듯이 편지를 구겨서 어머니의 무릎에 던지며 말했다.

"아니, 포플 씨에게서 온 게 아니냐?"

스프라그 부인이 얼떨결에 외쳤다.

"아뇨. 엄마는 왜 내가 이게 포플 씨에게 온 편지로 여겼다고 생각하세요?"

딸이 톡 쏘면서 말했다. 그러나 다음 순간 어린애가 실망감을 터뜨리듯이 덧붙였다.

"그 편지는 마블 씨의 누나가 보낸 거예요. 아무튼 자기가 그 사람의 누나라고 하네요."

스프라그 부인은 당혹스러운 듯이 얼굴을 찌푸리며 단단히 졸라맨 가슴받이의 흑옥으로 만든 술 장식 사이에서 안경을 찾아 더듬었다.

히니 부인의 작고 푸른 눈이 호기심에 가득 찬 시선을 던졌다.

"마블 씨, 무슨 마블 씨니?"

언딘이 무관심하게 설명했다.

"키가 작은 남자인데 포플 씨가 그 사람 이름이 랠프라고 한 것 같아요."

언딘의 어머니가 받아서 말을 계속했다.

"언딘이 어젯밤 아래층에서 열린 파티에서 그 두 남자를 만났어요. 그리고 포플 씨가 언딘에게 새 연극 하나를 보러가는 것에 대해 뭐라고 한 말 때문에 이 아이가 생각하기를……."

"도대체 내가 무슨 생각을 했는지 엄마가 어떻게 알아요?"

검고 곧은 눈썹 아래 회색 눈이 어머니에게 경고의 시선을 던지면서 언딘이 발끈해서 말했다.

"아니, 네가 그렇게 생각한다고 **말했잖아**……."

책망하듯이 스프라그 부인이 말을 시작했다. 그러나 히니 부인은 모녀 간의 언쟁을 무시하고 자기 생각을 계속 이어갔다.

"무슨 포플이니? 클로드 월싱엄 포플 씨니, 그 초상화가 말이야?"

"예, 그런 것 같아요. 자기가 내 초상화를 그리고 싶다고 했거든요. 메이블 립스컴이 그 사람을 소개해줬어요. 다시 그 사람을 안 만나도 상관없어요."

화가 나서 얼굴이 발그레해진 언딘이 말했다.

"그 사람을 아세요, 히니 부인?"

스프라그 부인이 물었다.

"안다고 할 수 있죠. 그 사람이 처음으로 상류사회 인사의 초상화를 그릴 때, 그게 그러니까 하면 B. 드리스콜 부인의 전신 초상화였는데, 그때 내가 그 사람의 손톱을 다듬어줬거든요."

히니 부인은 자기 말을 듣는 두 여자에게 너그러이 웃었다.

"나는 모두 다 알아요. 내가 모르면 상류사회에 속한다고 할 수 없죠. 클로드 월싱엄 포플 씨는 상류사회에 속하기는 하죠. 하지만 언딘이 키가 작다고 한 랠프 마블 씨만큼 최상류층은 아니에요."

이 말을 듣고 언딘 스프라그는 젊은 여성 특유의 유연함을 드러내는 민첩한 동작으로 히니 부인 쪽으로 옷자락을 휙 돌렸다. 언딘은 언제나 몸을 구부리고 틀었다. 언딘의 동작은 모두 붉은 빛이 도는 황금색의 틀어 올린 머리 바로 아래에 드러난 목덜미에서 시작해서 늘씬한 몸 전체를 지나 손가락 끝과 날씬하고 가만있지 않는 빌끝에 이르기까지 끊이지 않고 흐르듯이 이어지는 것 같았다.

"아니, 마블 씨 집안을 아세요? 그 집 사람들이 상류사회 사람들인가요?"

언딘이 물었다.

히니 부인은 반항아의 마음속에 기초 지식을 심으려고 헛수고한 교육자처럼 실망하는 몸짓을 했다.

"아니, 언딘 스프라그, 내가 그 사람들에 대해 여러 번 말했잖아. 그 어머니는 대거닛 가문 출신이야. 그 모자는 저 아래 워싱턴스퀘어에서 노(老)어번 대거닛 씨와 살고 있어."

스프라그 부인은 딸보다 이 말을 더 이해할 수가 없었다.

"저 아래라니? 왜 그 모자가 다른 사람과 같이 살죠? 자기 집을 가질 만한 재산이 없나요?"

언딘의 이해력이 더 빨랐다. 언딘은 히니 부인을 살피듯이 응시했다.

"마블 씨가 포플 씨만큼 신분이 높다는 말인가요?"

"포플 씨만큼 높다니? 아니, 클로드 월싱엄 포플 씨는 마블 씨와 같은 급이 아니라니까!"

언딘은 단숨에 어머니에게 달려가 구겨진 편지를 잡아채서 펴보았다.

"로라 페어퍼드…… 이게 그 사람 누나 이름인가요?"

"헨리 페어퍼드 부인이지, 그래 맞아. 그 부인이 뭐라고 썼니?"

언딘의 얼굴은 마치 해질 녘에 삼중 커튼이 드리운 스텐토리언 호텔의 창문을 뚫고 한 줄기 광선이 비친 것처럼 환해졌다.

"다음 주 수요일에 자기랑 같이 저녁 식사를 하자고 하네요. 그런데 좀 이상하지 않아요? 왜 그 부인이 나하고 식사를 하고 싶어할까요? 나를 본 적도 없는데요!"

언딘은 은연중에 자기가 부자들의 '초대를 받는' 것에 익숙해진 지 오래된 사람이라는 것을 풍기는 말투로 말했다.

히니 부인은 웃으면서 말했다.

"그 사람이 너를 만났잖아, 그렇지?"

"누구요? 랠프 마블 씨요? 물론 그랬죠. 포플 씨가 어젯밤에 여기서 열린 파티에 그 사람을 데려왔으니까요."

"그래, 그것 봐……. 사교계의 젊은 남자가 어떤 처녀를 다시 만나고 싶으면 자기 누이를 시켜서 초대하지."

언딘은 믿을 수 없다는 듯이 히니 부인을 쳐다봤다.

"참 이상하네요! 그렇지만 젊은 남자들이 다 누이가 있는 건 아니잖아요? 그럼 누이가 없는 젊은 남자들은 여자를 만나기는 글렀겠군."

"그런 남자들은 자기 어머니나 결혼한 친구들에게 시키지."

히니 부인이 사교계에 대해서는 모든 것을 아는 사람처럼 말했다.

"결혼한 신사들 말인가요?"

스프라그 부인이 약간 충격을 받았지만 정말 사교계에 대한 수업을 완벽하게 받고 싶어하면서 물었다.

"아이고, 아니요! 결혼한 부인들요."

"그럼 신사들은 절대로 참석을 안 하나요?"

만일 그렇다면 언딘이 분명히 실망할 거라고 생각하며 스프라그 부인이 계속 물었다.

"참석 안하다니, 어디요? 정찬 자리요? 물론 참석하죠. 페어퍼드 부인은 규모는 작지만 뉴욕에서 가장 고급스러운 정찬을 베풀죠. 오늘 아침 타운 토크 신문에 부인이 지난주에 베푼 정찬에 대한 기사가 나왔어요. 아마 여기 오려낸 기사들 중에 있을 것이에요."

히니 부인이 자기 가방을 홱 끌어당겨서 오려낸 신문 기사 한 줌을 꺼내 널찍한 무릎에 펼쳐놓고 침 묻힌 집게손가락으로 추려내기 시작했다.

"여기 있네."

히니 부인이 긴 신문지 조각 하나를 멀찍이 들고서 말했다. 그리고 고개를 뒤로 젖히고는 끊지도 않고 단조로운 말투로 느리게 기사를 읽었다.

"'헨리 페어퍼드 부인이 지난 수요일에 또 한 번 작지만 세련된 정찬회를 열었다. 늘 그렇듯이 맵시 있고 몇 명만을 초대한 소규모 정찬이었는데, 정찬 후에 마담 올가 루코스카가 새로운 스텝 당스 몇 가지를 선보였기 때문에 초대받지 못한 사람들이 정말로 분하게 여겼다.' 아까 그건 프랑스어로 새 댄스 스텝을 가리키는 말이에요."

다 읽고 나서 히니 부인은 그 기사를 다시 가방 속에 밀어 넣었다.

"당신은 페어퍼드 부인도 아세요?"

언딘이 큰 관심을 보이며 물었다. 한편 스프라그 부인은 히니 부인에게 감명 받기는 했지만 사실을 확인하고 싶어서 계속 물었다.

"그 부인도 5번가에 사나요?"

"아뇨. 부인은 파크애비뉴 너머 아래쪽으로 38번가에 작은 집이 있어요."

이 말에 모녀의 얼굴이 다시 풀이 죽자 마사지사가 즉시 말을 이어갔다.

"그렇지만 명문가에서는 페어퍼드 부인을 초대하고 싶어하지! 그래, 나도 그 부인을 알아."

히니 부인이 언딘에게 말했다.

"몇 년 전에 부인이 발목을 삐었을 때 마사지를 해주었거든. 친절한 분이었지만 나와 대화는 안 했어. 내 환자 중에는 나와 우아하게 대화를 나누는 분들도 있지만 말이야."

히니 부인이 자기 손님들 중에서도 차이를 구별하면서 덧붙였다.

언딘은 편지에 대해서 골똘히 생각했다.

"애브너 스프라그 부인이라고 썼으니 이 편지는 엄마한테 온 거예요. 정말 이런 우스운 일은 처음이에요! '당신의 따님이 저와 저녁 식사를 하도록 허락해주시겠습니까?' 허락하다니! 페어퍼드 부인이 별난 사람인가요?"

히니 부인이 무뚝뚝하게 말했다.

"아니, 네가 별난 거지. 처녀는 어머니의 허락 없이는 아무 일도 할 수 없는 체하는 게 최상류사회의 관습이란 걸 모르니? 아가씨는 그 점을 꼭 명심해야 돼, 언딘. 신사의 초대를 받아들이기 전에 먼저 어머니에게 물어봐야 한다고 말해야 한단다."

"맙소사! 하지만 어머니가 무슨 대답을 할지 어떻게 알겠어요?"

"그야 물론 어머니는 딸이 하라는 대로 말을 하지. 네가 어머니께 페어퍼드 부인과 저녁 식사를 하고 싶다고 말하는 게 좋아."

히니 부인이 우의를 여미고 가방을 들려고 허리를 굽히면서 농담조로 덧붙였다.

"그럼 내가 편지를 써야 해요?"

스프라그 부인이 점점 불안해하면서 물었다.

히니 부인이 곰곰이 생각했다.

"아니, 그러지 마세요. 부인께서 쓴 것처럼 해서 언딘이 편지를 쓰면 될 것 같아요. 페어퍼드 부인은 부인의 글씨를 모르잖아요."

이 말에 스프라그 부인은 눈에 띄게 안도했다. 언딘이 편지를 들고 휙 자기 방으로 들어가 버리자 부인은 의자에 다시 주저앉으며 사정하듯이 말을 건넸다.

"오, 아직 가지 말아요, 히니 부인. 하루 종일 사람 얼굴은 구경도 못했어요. 저기 프랑스인 하녀에게는 할 이야기가 하나도 없어요."

히니 부인은 안주인을 친근하면서도 동정하듯이 쳐다봤다. 히니 부인은 자신이 스프라그 부인의 시야에서 유일하게 밝게 빛나는 점이라는 것을 잘 알았다. 스프라그 가족은 약 2년 전에 에이펙스시티에서 뉴욕으로 이사 왔지만 새로운 환경에 적응하고 정착하는 것에 거의 진전이 없었다. 넉 달쯤 전에 스프라그 부인의 주치의가 히니 부인을 불러 자기 환자에게 전문적인 도움을 주라고 했을 때 그 의사는 부인의 신체보다는 정서에 더 큰 도움을 주게 되었다. 히니 부인은 전에도 스프라그 부인과 같은 '사례'를 경험한 적이 있었다. 히니 부인은 사치스러운 웨스트사이드 호텔에서 호화롭게 살지만 외로움 때문에 꼼짝 못하는 무기력한 부자 가족을 알았다. 아버지는 호텔 바에서 사회생활을 하는 시늉이라도 했지만, 어머니는 비슷한 부류의 사람과 만날 수 있는 기회조차 박탈당한 채 권태와 무기력으로 쇠약해져서 병이 났다. 가엾은 스프라그 부인은 젊었을 때는 스스로 세탁을 했지만 재산이 불어나서 이런 일을 하는 것이 적절하지 않게 되자 에이펙스시티의 숙녀들이 부자의 특권으로 여기는 상대적인 무기력증에 빠지게 되었다. 그러나 에이펙스시티에서 스프라그 부인은 사교 클럽에 속했고 밀리하우스로 이사할 때까지만 해도 살림살이 걱정거리들로 끊임없이 바쁘게 지냈다. 하지만 뉴욕은 숙녀가 할 수 있는 활동 영역을 전혀 제공하지 않는 것 같았다. 그래서 스프라그 부인은 히니 부인의 도움을 받아서 대리 활동을 했다. 히니 부인은 스프라그 부인의 근육뿐 아니라 상상력을 움직이는 법도 알았다. 스프라그 부인의 길고 유령 같은 고독한 나날을 밴 더갠 가문, 드리스콜 가문, 촌시 엘링 가문과 또 다른 사회적 유력 인물들에 대한 생생한 일화들로 가득 채워준 것은 바로 히니 부인이었다. 스프라그 부인과 언딘은 이 명문가의 시시콜콜한 행동들까지도 멀리 에이펙스에서 신문을 통해서 지켜보았다. 그러나 이제 맨해튼의 센트럴파크만이 올림포스 산의 신들의 영역에 들어가는 입구에서 모녀를 갈라놓고 있기 때문에 이 상류층은 더욱 더 범접하기 어려운 별세계로 보였다.

스프라그 부인은 자신의 전 자아를 딸에게 양도한 것처럼 자신을 위해서는 아무런 야심이 없었다. 그러나 언딘이 원하는 것은 가져야 한다는 결심만은 확고했다. 스프라그 부인은 가끔 바로 자기 모녀를 상류층과 갈라놓는 문의 신성한 문지방을 스스럼없이 건너다니는 히니 부인이 언젠가는 언딘을 위해 그곳으로 들어가는 입장권을 얻어줄 거라고 느꼈다.

"아니, 원하시면 제가 조금 더 있을게요. 우리가 이야기를 하는 동안 손톱을 다듬어드릴까요? 그게 더 편할 거예요."

마사지사는 이런 제안을 하면서 가방을 테이블 위에 올려놓고 반짝이는 줄마노 테이블 위에 병과 손톱 광택제를 잔뜩 꺼내놓았다.

히니 부인의 제안을 승낙하듯이 스프라그 부인은 반점이 있는 작은 손에서 반지들을 살짝 빼냈다. 히니 부인이 손을 잡자 스프라그 부인은 자신이 진정되는 것을 느꼈다. 부인은 이 서비스에 3달러가 드는 걸 알았지만 애브너가 개의치 않으리라는 것을 분명히 알았다. 에이펙스시티를 다소 서둘러 떠나온 후로 남편 애브너가 하찮은 것은 개의치 않기로 했고 어떤 대가를 치르더라도 뉴욕에서 모험에서 '성공하기로' 결심했다는 것이 스프라그 부인에게는 분명했다. 현재로서는 치러야 하는 대가가 상당할 것 같았다. 뉴욕에서 2년을 살았지만 언딘에게 어떤 사회적인 이득도 돌아오지 않았다. 사회적 성공이 이곳에 온 목적이었는데도 말이다. 당시에 딸을 위한다는 이유 말고 다른 더 절박한 이유가 있어서 이사를 왔다고 해도 그것은 스프라그 부인과 그 남편이 스텐토리언 호텔의 금도금을 한 침실이 보장하는 비밀 속에서도 절대로 언급하지 않을 그런 종류의 이유였다. 그 문제는 너무나 완벽하게 침묵에 쌓였기 때문에 스프라그 부인에게는 아예 존재하지 않는 것이 되어버렸다. 남편의 말에 의하면 자신들이 에이펙스를 떠난 것은 언딘의 야심이 그곳에서 이룰 수 없을 정도로 컸기 때문이었고, 스프라그 부인은 진심으로 그 말을 믿었다.

그러나 언딘은 가엾게도 아직까지는 뉴욕에 비해서는 너무나 하찮은 존재였다. 사실 부인은 무관심한 뉴욕의 군중들에게 보이지 않는 존재였다. 스프라그 부인은 언딘이 자신이 눈에 띄지 않는 존재에 불과하다는 사실을 깨닫는 날이 올까 봐 마음을 졸였다. 둔중하리만치 인내심이 많은 스프라그 부인은 자신을 위해서는 오랫동안 일이 지체되는 것에 신경을 쓰지 않았다. 하지만 부인은 최근에 언딘이 조바심을 내기 시작했다는 것을 알아챘다. 언딘의 부모가 가장 두려워하는 것이 바로 딸이 조바심을 내는 것이었다. 딸에 대한 스프라그 부인의 염려가 다음 순간 부인의 입에서 무의식적으로 새어나왔다.

"이젠 정말 걔가 차분해졌으면 좋겠어요."

히니 부인의 널찍한 손바닥 속으로 자기 손이 잠기듯이 축 늘어지자 더 조용해지면서 스프라그 부인이 중얼거렸다.

"누구요? 언딘 말인가요?"

"예. 언딘은 포플 씨가 찾아올 거라고 확실히 믿은 것 같아요. 어젯밤 행동으로 봐서 그 사람이 오늘 아침에 분명히 올 거라고 생각했겠죠. 가엾게도 언딘이 너무 외로워하니 그 애를 비난할 수는 없어요."

"오, 찾아올 거예요. 뉴욕에서는 일이 그렇게 빨리 진행되지는 않거든요,"

히니 부인이 손톱을 활기차게 다듬으면서 말했다.

스프라그 부인이 다시 한숨을 내쉬었다.

"일이 빨리 진행되지 않는 것 같아요. 뉴욕 사람들은 항상 서두른다고 사람들이 말하지만 우리와 교제하려고 그다지 서두르는 것 같지 않아요."

히니 부인은 자신의 작업의 효과를 살펴보려고 몸을 뒤로 젖혔다.

"기다리세요, 스프라그 부인, 기다리세요. 너무 서두르다 보면 가끔 일을 그르칠 수도 있거든요."

"오, 그래요, 정말 그래요!"

스프라그 부인이 비통한 어조로 강조하면서 소리를 높이자 마사지사가 부인을 올려다보았다.

"물론 그래요. 다른 어느 곳보다 뉴욕에서는 더욱더 그래요. 잘못된 사람들과 교류하는 건 마치 파리 잡이 끈끈이에 걸려드는 것과 같아요. 거기 한번 걸려들면 아무리 빠져나오려고 애써도 절대로 다시 빠져나올 수 없죠."

언딘의 어머니는 아까보다 더 힘없이 한숨을 크게 내쉬었다.

"당신이 언딘에게 그 말을 해줬으면 좋겠어요, 히니 부인."

"오, 내 생각에 언딘은 아무 문제가 없어요. 걔 같은 처녀는 기다릴 여유가 있어요. 마블 씨가 정말 언딘에게 마음을 빼앗겼다면 조만간에 그 애는 상류사회를 자유롭게 돌아다닐 수 있을 거예요."

이런 생각으로 위로를 받은 스프라그 부인은 쾌히 자신의 몸을 히니 부인의 서비스에 맡길 수가 있었다. 행복하게 비밀스러운 대화를 나누면서 서비스는 한 시간으로 길어졌다. 스프라그 부인이 마사지사에게 막 작별 인사를 하고 손가락에 반지를 다시 끼는데 문이 열리고 남편이 들어왔다.

스프라그 씨는 조용히 들어와서 실크 모자를 테이블 위에 올려놓고 외투를 금빛 의자에 걸쳐놓았다. 스프라그 씨는 키가 좀 크고 회색 턱수염이 났고 좀 구부정했으며 외관이 몸을 많이 움직이지 않는 사람이 그렇듯이 굼떴다. 소화불량만 아니었다면 뚱뚱했을 것이다. 아래 눈꺼풀이 주머니처럼 처진 조심스러운 회색 눈 위에는 딸의 눈썹처럼 검고 곧은 눈썹이 있었다. 숱이 적은 머리는 외투 깃에 닿을 정도로 조금 길었고, 구겨진 검은색 조끼를 가로질르는 무거운 금줄에는 프리메이슨 문장이 달려 있었다.

스프라그 씨는 방 한가운데에 가만히 서서 금박이 입혀진 텅 빈 공간을 개척하려는 눈길로 천천히 둘러봤다.

"여보, 어떻게 되었소?"

스프라그 부인은 여전히 앉아 있었지만 눈은 다정하게 남편에게 계속 머물렀다.

"언딘이 정찬 모임에 초대를 받았어요. 히니 부인은 그 집이 최고 상류 가문의 하나라고 하네요. 메이블 립스컴이 어제 밤에 언딘에게 소개해준 신사 가운데 한 명의 누나 집이래요."

스프라그 부인과 언딘이 고집을 부려서 스프라그 씨가 웨스트엔드[3] 애비뉴에 구입한 집을 포기하고 스텐토리언 호텔로 들어왔기 때문에 부인의 어조에는 약간의 의기양양함이 묻어 있었다. 언딘은 자기가 아는 사교계

⁛

3) 웨스트엔드 애비뉴(West End Avenue): 뉴욕 시 맨해튼 웨스트사이드(West Side)에 있는 남북으로 난 큰 도로. 웨스트 59번가에서 시작하여 브로드웨이 107번가의 스트라우스 공원(Straus Park)에서 끝난다.

인사들이 모두 호텔에서 식사를 하거나 살기 때문에 '집을 고수'하면 성공할 가망이 없다고 일찌감치 단정했다. 스프라그 부인은 쉽게 설득당해서 딸의 의견에 동조했지만, 스프라그 씨는 그때 집을 팔 수도 없고 자신이 희망한 만큼 유리하게 세를 놓을 수도 없어서 반대했다. 상류사회로 들어가는 첫 걸음을 떼는 것은 자기 집에서 사는 거나 호텔에서 사는 거나 똑같이 힘든 것 같았기 때문에 이사 후 얼마 동안은 스프라그 씨의 말이 옳은 것 같았다. 그래서 스프라그 부인은 언딘이 처음 초대를 받은 것이 스텐토리언 호텔에서 열린 파티 덕택이라는 걸 남편이 알아주기를 간절히 원했다.

"여기로 옮기기를 잘했죠, 애브너."

부인이 덧붙여서 말하자 스프라그 씨는 멍하니 대답했다.

"당신과 언딘은 무슨 수를 써서라도 항상 옳다고 정당화하는 것 같소."

그러나 그 얼굴은 여전히 웃음기가 없었다. 저녁 식사 전에 늘 그러듯이 자리에 앉아 엽궐련에 불을 붙이는 대신 방을 두세 번 정처 없이 돌더니 아내 앞에 멈췄다.

"시내에서 무슨 안 좋은 일이 있었어요?"

남편의 근심이 반사되어 걱정하는 눈빛으로 부인이 물었다.

'시내'에서 일어나는 일에 대한 스프라그 부인의 지식은 아주 초보적인 것에 불과했다. 그러나 남편의 얼굴 표정이 지표가 되어 그 표정에서 부인은 자유로이 계속 진행하라는 허가나 다가오는 폭풍우가 잦아들 때까지 잠깐 중단하고 자제하라는 경고를 읽어내는 데 익숙했다.

스프라그 씨가 고개를 저었다.

"아, 아니오. 당신과 언딘이 당분간 꾸준히 일을 진행한다면 내가 처리 못할 일은 없소."

말을 멈추고 딸의 방문을 건너다보았다.

"애는 어디…… 외출했소?"

"자기 방에서 프랑스인 하녀와 함께 드레스를 살펴보고 있을 거예요. 내일 정찬에 입고 갈 어울리는 드레스가 있나 모르겠어요."

스프라그 부인이 머뭇거리며 중얼거리듯이 덧붙였다.

스프라그 씨가 마침내 웃었다. 그리고 예언하듯이 말했다.

"글쎄, 드레스를 갖게 될 거요."

딸의 방이 확실히 닫혔는지 확인하려는 듯이 다시 한 번 방문을 힐끗 쳐다보고 나서 아내 앞에 가까이 다가가 서서 목소리를 낮추고 말했다.

"오늘 시내에서 엘머 모팻을 봤소."

"오, 애브너!"

두려움이 스프라그 부인의 몸을 거의 요동치듯 휩쓸고 지나갔다. 검은색 비단에 싸인 무릎 위에 놓인 보석을 잔뜩 낀 손이 부들부들 떨렸고 걸쭉한 과육 같은 얼굴의 둥근 선은 마치 구멍 난 풍선처럼 푹 꺼져서 내려앉았다.

"오, 애브너."

부인은 딸의 방문을 쳐다보며 다시 신음했다.

스프라그 씨의 검은 눈썹이 성난 듯이 찌푸려졌다. 그러나 아내에게 화를 내는 게 아니라는 것은 분명했다.

"'오 애브너'라고 말한들 무슨 소용이 있겠소? 엘머 모팻은 우리와 아무 상관이 없소. 그 남자는 한 번도 본 적도 없는 전혀 모르는 남이나 다름없소."

"그래요. 그건 나도 알아요. 그렇지만 그 사람이 여기서 뭘 한대요? 그 사람과 얘기해봤어요?"

부인이 말을 더듬었다.

스크라그 씨가 엄지손가락을 조끼 주머니에 슬며시 집어넣었다.

"안 했소. 엘머와 난 할 말을 다 했으니 더 할 필요가 없는 거 같소."

스프라그 부인이 다시 신음했다.

"언딘에게 그 사람 봤다는 말을 하지 말아요. 애브너."

"당신이 하라는 대로 하겠소. 하지만 언딘이 그자를 만날 수도 있소."

"오, 그렇지 않을 거예요. 지금 언딘이 어울리는 새로운 사람들 사이에서는 만나지 못할 거예요! **아무튼** 아이에게 말하지 마세요."

남편은 돌아서서 늘 주머니 속에 낱개로 넣고 다니는 엽궐련 하나를 꺼내려고 더듬었다. 아내가 일어서서 슬며시 다가가 남편의 팔 위에 손을 올려놓았다.

"그 사람이 언딘에게 무슨 짓을 하지는 못하겠죠, 그렇죠?"

"언딘에게 무슨 짓을 하다니?"

스프라그 씨가 벌컥 화를 내면서 휙 돌아보았다.

"그놈이 언딘에게 손이라도 대면 가만두지 않을 거요!"

제2장

푸른 바다 빛깔 나무 판벽과 장미색 낡은 양탄자가 깔린 언딘의 하얗고 금빛 나는 침실은 센트럴파크의 앙상한 나무 끝 방향으로 72번가를 향했다.

언딘은 창으로 가서 여러 겹으로 된 레이스 커튼을 젖히고 브라운스톤[4] 건물들이 길게 이어지는 동쪽을 내려다보았다. 공원 너머에 5번가가 있었고, 5번가는 언딘이 살고 싶은 곳이었다!

언딘은 방으로 고개를 돌려 페어퍼드 부인의 편지가 있는 책상으로 갔다. 그리고 편지를 면밀히 훑어보기 시작했다. 언딘은 일요 신문의 '내실에서 떠는 수다' 코너에서 가장 세련된 여자들은 새로운 암적색 종이에 하얀 잉크를 사용한다는 것을 읽은 적이 있었다. 그래서 어머니의 반대에도 불구하고 은색으로 자기 이름의 이니셜이 새겨진 편지지를 많이 주문했다. 그런데 페어퍼드 부인이 구식 흰 종이에 자기 이름의 이니셜도 없이 단순히 주소와 전화번호만 쓴 것을 보고 실망했다. 언딘은 그것을 보고

∵

4) 브라운스톤: 뉴욕 맨해튼의 부유층이 사는 지역에 많이 있는 갈색 사암을 정면에 붙인 저택.

페어퍼드 부인의 사회적인 위치가 별게 아니라고 생각했다. 잠시 동안 언딘은 암적색 종이에 답장을 쓴다는 생각에 상당히 만족스러웠다. 그때 히니 부인이 페어퍼드 부인에 대해 강조를 해가며 칭찬한 것이 생각나서 펜을 든 손이 흔들렸다. 만약 하얀 종이가 암적색 종이보다 정말로 새로운 거라면 어떡하지? 어쨌든 그게 더 멋있을지도 몰라. 글쎄, 페어퍼드 부인이 붉은색 종이를 좋아하지 않는다 해도 신경이 쓰지 않아. 내가 좋아해! 그리고 파크애비뉴 너머 작은 집에 사는 어떤 여자에게도 굽실거리지 않을 작정이었다……

언딘은 굉장히 독립적이면서도 남을 열렬히 모방하는 사람이었다. 언딘은 대담하고 독창적인 점으로 모든 이를 놀라게 하고 싶었지만 자기가 만난 마지막 사람을 따라하지 않을 수 없었다. 그래서 두 길 가운데 선택해야 할 때 자기의 이상형이 헷갈리면 어찌할 바를 몰랐다. 언딘은 잠시 망설이다가 호텔 주소가 적힌 평범한 종이를 서랍에서 꺼냈다.

언딘은 자기가 어머니 이름으로 쪽지를 쓴다는 게 재미있었다. '제 딸이 당신과 함께 정찬 식사를 하는 것을 기꺼이 허락하겠어요.'라는 구절을 쓰면서 킬킬거리며 웃었다. 페어퍼드 부인이 쓴 '저녁을 들다'라는 말보다는 '함께 정찬 식사를 하는'이라는 구절이 더 우아해 보였다. 그러나 서명을 해야 할 때에 새로운 문제에 부닥쳤다. 페어퍼드 부인은 마치 학생이 친구에게 하듯이 자신을 '로라 페어퍼드'라고 썼다. 그러나 이런 방식이 스프라그 부인이 따라할 적절한 모범이 될 수 있을까? 언딘은 파크애비뉴 너머 동네에 사는 사람에게 어머니가 자기를 낮춘다는 생각을 견딜 수 없었다. 그래서 단호하게 '애브너 E. 스프라그 부인 드림'이라고 썼다. 그러고 나자 언딘은 불안했다. 그래서 편지를 다시 쓰고 페어퍼드 부인의 방식을 모방했다. '리오타 B. 스프라그 올림.' 그러나 이렇게 쓰면 격식과 무례함이 기묘하게 어우러져 있다는 생각이 들어서 다시 세 번째 편지를 썼다. '리오타 B. 스프라그가 마음을 담아 드림'이라고 썼다. 그러나 이것은 한 번도 만난 적이 없는 부인들로서는 지나친 것처럼 보였다. 여러 번 써본 다음에 언딘은 절충을 하기로 결정하고 '리오타 B. 스프라그 부인 올림'이라고 쪽지를 끝냈다. 그렇게 쓰는 것이 진부하겠지만 확실히 맞다고 생각했다. 이것을 결정하자 문을 활짝 열고 나가 복도에 대고 당당하게 '셀레스트'를 불렀다. 프랑스인 하녀가 나타나자 말했다.

"정찬 모임 드레스 전부를 훑어봐야겠어"

스프라그 양의 옷장 규모에 비해 정찬 모임용 드레스는 많지 않았다. 작년에 여러 벌 주문했지만 그 옷들을 입을 기회가 없자 짜증이 나서 하녀에게 줘버렸다. 사실 그 후로 언딘과 스프라그 부인은 두세 벌을 더 샀는데 단순히 그 옷들이 아주 예뻤기 때문이고 그 옷을 입은 언딘이 너무 예뻤기 때문이다. 그러나 언딘은 그 옷들에도 역시 싫증이 났다. 마치 자기에게 조롱하는 질문을 던지듯이 입지도 않고 옷장에 걸려 있는 옷을 보는 것에 싫증이 났다. 이제 셀레스트가 그 옷들을 침대 위에 펼쳐놓자 그 옷들은 역겨울 정도로 평범했고, 마치 누더기가 될 정도로 그 옷들을 입고 춤을 춘 것처럼 낯익었다. 그렇지만 언딘은 하녀의 설득에 넘어가 입어보았다.

처음 것과 두 번째 것은 오래 쳐다보지도 않았다. 그것들은 이미 유행이 지난 것처럼 보였다.

"이 옷은 소매가 이상해."

언딘은 그 옷을 던지며 불평했다.

세 번째 것이 분명 가장 예뻤지만 그것은 전날 호텔 무도회에서 입은 것이었다. 일주일이 지나지도 않았는데 그 옷을 다시 입는다는 것은 두말할 나위도 없이 있을 수 없는 일이었다. 그러나 언딘은 그 옷을 입은 자신을 바라보는 걸 즐겼다. 왜냐하면 그 드레스는 클로드 월싱엄 포플과 나눈 재미있는 이야기와 거의 주목하지 않은 젊은이, 포플 씨의 체구가 작은 친구와 나눈 조용하지만 좀 더 유익한 대화를 생각나게 했기 때문이다.

"셀레스트, 이제 가봐. 이 드레스를 벗을 거야."

언딘이 말했다. 셀레스트가 벗어놓은 화려한 옷을 들고 나가자, 언딘은 문을 잠그고 커다란 거울을 앞으로 끌어놓고 서랍에서 부채와 장갑을 뒤져서 이브닝 파티에 도착한 숙녀와 같은 태도로 거울 앞에 자리 잡았다. 방을 나가기 전에 셀레스트가 블라인드를 내리고 전깃불을 켰다. 번쩍거리는 선반과 하얗고 금빛 나는 방은 환상을 만들어낼 정도로 충분히 밝은 배경이 되어주었다. 그렇게 환한 불빛은 모델의 모든 섬세한 아름다움과 중간 색조에 파괴적이었을 것이다. 그러나 언딘의 미모는 밝은 불빛이 아름다움을 가득 차게 하듯이 생생했고 가공되지 않았다. 검은 눈썹과 붉은 기가 도는 황갈색 머리와 붉고 흰 깨끗한 안색은 구석구석 분해하는 듯이 밝게 비추는 빛에 도발적이었다. 언딘은 아마도 빛의 햇살 속에서 태어난 동화 속 인물이었는지도 몰랐다.

아이였을 때 언딘은 친구들의 놀이에 별로 흥미를 느끼지 못했다. 에이펙스의 남루한 외곽에서 부모와 함께 살던 시절이나 '길 건너 편'에 사는 배관공의 딸인 주근깨투성이 인디애나 프러스크와 함께 담벼락에 매달려 놀던 어린 시절에도 언딘은 인형이나 줄넘기 같은 놀이에는 별 관심이 없었다. 더군다나 시끄러운 인디애나가 그 동네 남자아이들과 싸우고 아탈란타 여신[5]처럼 달리기를 하며 노는 놀이에는 더더욱 흥미가 없었다. 이미 언딘의 가장 큰 즐거움은 엄마가 일요일에 교회 갈 때 입는 가장 좋은 치

∙∙

5) 아탈란타 여신(Atalanta): 그리스 신화의 사냥, 여행, 모험의 여신.

마를 '차려입고' 거울 앞에서 '숙녀 놀이'를 하는 것이었다. 그런 취미는 어린 시절 이후에도 계속되었다. 언딘은 지금도 사르르 움직이고 치마를 가다듬고 부채를 부치며 소리 없이 말하고 웃으면서 입술을 움직이는 판토마임 놀이를 혼자 했다. 그러나 최근에는 사교계로 진출하려는 욕망이 꺽인 것을 상기시키는 행동은 뭐든지 하지 않으려 했다. 하지만 이제는 재고할 여지 없이 자기의 아름다움을 연출하는 즐거움에 빠져들 수 있었다. 며칠 내로 언딘은 지금 흉내 내는 장면에서 진짜 역할을 맡게 될 것이다. 페어퍼드 부인이 초대한 손님들에게 어떤 인상을 줄 것인지를 미리 예측해보는 것이 즐거웠다.

잠시 동안 언딘은 실제 생활에서 사람들이 자신을 쳐다볼 때 그러듯이 옷을 감아쥐며 이렇게 저렇게 움직이고 부채를 부치면서 가만히 있질 못하고 상상 속에서 자기를 찬양하는 사람들과 말을 계속했다. 언딘은 수줍음 때문에 끊임없이 움직인 것이 아니다. 사교계에서는 활발하게 움직이는 게 맞는 거라고 생각했기 때문이다. 시끄럽고 수선스레 움직이는 것이 언딘이 아는 유일한 생기발랄함이었다. 이 자세에서 저 자세로 움직이면서 머리칼을 비추는 빛과 웃는 입술 사이로 빛나는 치아와 목과 어깨의 깨끗한 그림자에 감탄하면서 언딘은 만족스러운 듯이 자신을 바라보았다. 오직 한 가지만이 자신을 괴롭혔다. 목의 곡선과 엉덩이의 굴곡이 너무 풍만했다. 언딘는 키가 커서 몸무게가 조금 더 나가도 괜찮지만 지금은 지나치게 마른 게 유행이었다. 그래서 언젠가는 지금의 반듯하고 날씬한 몸매가 변하게 될지도 모른다는 생각에 언딘은 몸을 부르르 떨었다.

언딘은 곧 자세를 틀면서 자기 모습을 비추는 것을 그만두고 의자에 깊숙이 앉아 옛 생각에 빠져들었다. 돌이켜 생각하니 자신이 젊은 마블을 알아보지 못한 것에 짜증이 났다. 마블은 멋쟁이 친구들에 비해 훨씬 더 주

목해야 하는 사람이었다. 언딘은 자기가 그 남자를 수줍음을 많이 타고 사교계에 익숙하지 않은 사람으로 생각한 것을 기억해냈다. 조용하고 나서지 않으며 한두 마디 재미있는 말을 하는 그 태도에는 포플 씨처럼 압도하면서도 비위를 맞추는 말투와 대가인 척하는 데가 없었다. 포플 씨가 검은 눈으로 자기를 뚫어지게 보면서 머리 색깔에 대해 '예술적인' 말을 했을 때 언딘은 몸이 부르르 떨릴 정도로 아주 기뻤다. 지금도 언딘은 포플 씨가 젊은 마블보다 사회적 지위가 높지 않다는 점을 믿을 수가 없었다. 포플 씨는 신문의 일요일 판에 언딘이 읽은 세계, 밴 더갠 가와 드리스콜 가와 그 친구들로 이루어진 휘황하게 빛나는 세계의 핵심에 훨씬 더 가까이 있는 듯이 보였다.

언딘은 복도에서 어머니가 히니 부인에게 작별 인사를 하는 소리에 정신이 들었다. 언딘은 두 사람의 작별 인사가 끝날 때까지 기다렸다가 문을 열고는 깜짝 놀란 마사지사를 잡아서 방으로 끌고 들어왔다. 히니 부인은 자기를 붙잡은 언딘의 빛나는 자태를 감탄하며 바라보았다.

"아이고, 언딘, 너 정말 눈부시게 예쁘구나! 페어퍼드 부인 댁 정찬 모임을 위해 그 드레스를 입어본 거니?"

"예, 아니요. 이 옷은 오래된 거예요."

처녀의 눈은 검은 눈썹 아래서 반짝였다.

"히니 부인, 내게 사실을 말해주세요. 그 사람들이 정말 당신이 말한 것처럼 대단한 사람들이에요?"

"누구? 페어퍼드 가와 마블 가 사람들 말이야? 언딘 스프라그, 만약 그 사람들이 네게 대단한 사람들이 아니라면 넌 곧바로 영국 왕실로 가는 게 좋을 거야!"

언딘은 정색을 했다.

"전 최고를 원해요. 그 사람들이 드리스콜 가문이나 밴 더갠 가문만큼 대단한가요?"

히니 부인은 비웃듯이 웃었다.

"자, 여길 봐. 아무것도 믿지 않는 아가씨! 내가 네 앞에 서 있는 것처럼 확실하게 난 5번가의 하먼 B. 드리스콜 부인이 호니턴 레이스[6]로 만든 시트를 씌운 분홍색 벨벳 침대 위에 누워서 폴 마블 부인의 뮤지컬에 초대받지 못해 눈이 붓도록 엉엉 우는 모습을 본 적이 있어. 그 부인은 그 집 정찬 모임에 초대되는 건 꿈도 꾸지 못해. 자기가 가진 모든 돈으로도 그걸 살 수 없다는 것을 알 거든!"

언딘은 입을 벌린 채 뺨을 붉히며 잠시 서 있었다. 그러고 나서 마사지사를 부드러운 팔로 안았다. 언딘은 히니 부인의 뻣뻣한 베일에 입을 댄 채 말했다.

"오, 히니 부인, 당신은 정말 좋은 분이세요!"

히니 부인은 사람 좋은 웃음을 터뜨리며 언딘의 팔에서 벗어나 돌아서면서 말했다.

"계속 앞으로 전진해. 언딘, 넌 어디든지 갈 수 있을 거야."

계속 앞으로 전진해, 언딘! 그래, 그것이 자신에게 필요한 충고였다. 기분이 우울할 때면 언딘은 그런 충고를 해주지 않는 부모를 비난했다. 자신은 너무 어렸고…… 부모는 자기에게 거의 이야기를 해주지 않았다. 되돌아보면서 언딘은 자기가 모면한 것들을 생각하고는 몸서리쳤다. 스프라그 가족이 뉴욕에 온 이래 언딘은 한두 번 위험한 모험을 할 뻔했다. 뉴욕에서

∙∙

6) 16세기부터 영국의 이스트 데번(East Devon) 지방에서 생산되며 왕족과 귀족들이 애용한 레이스.

처음 맞이한 겨울에 센트럴파크를 같이 가곤 하던 아주 잘생긴 오스트리아인 승마 선생과 실질적으로 약혼했을 때가 바로 그런 위험한 순간이었다. 승마 선생은 무심한 태도로 언딘에게 화관이 그려진 카드 상자를 보여 주면서 백작 부인 때문에 결투를 했기 때문에 매우 멋있는 기마 부대를 어쩔 수 없이 그만두어야 했다고 털어놓았다. 승마 선생이 이렇게 비밀을 털어놓자 언딘은 그 사람에게 맹세를 하고 분홍 진주 반지를 주었고 그 남자에게서 구부러진 은반지 하나를 받았다. 그것은 백작 부인이 죽으면서 자기보다 더 아름다운 여자를 만날 때까지는 절대로 손가락에서 빼지 말라고 부탁했다는 물건이었다.

얼마 지나지 않아 다행히도 언딘은 메이블 립스컴을 우연히 만났다. 메이블은 중서부 기숙학교에서 블리치라는 이름으로 알던 친구였다. 블리치 양은 그 학교에서 유일하게 뉴욕에서 온 처녀라는 점 때문에 두드러진 위치에 있었다. 얼마 동안 언딘과 인디애나 프러스크는 그 아가씨의 환심을 얻기 위해 굉장히 경쟁한 적이 있었는데, 인디애나의 부모는 같은 학교에 자기네 딸을 집어넣기 위해 한 학기 동안 열심히 노력했다. 메이블의 관심을 사로잡기 위해 인디애나가 서투르지만 맹렬하게 노력했으나 승리는 언딘의 것이었다. 메이블은 언딘이 더 세련됐다고 단언했다. 계획대로 되지 않은 인디애나는 언딘과 메이블을 '유치한 짓들이나 하는 것들'이라고 무시하고는 패배의 현장에서 영원히 사라져버렸다.

이후 메이블은 뉴욕으로 돌아갔고 증권 중개인과 결혼했다. 언딘이 받은 사교계 교육의 첫 단계는 해리 립스컴 부인을 만나서 보호를 받기 시작한 날부터 시작되었다.

해리 립스컴은 승마 선생의 기록을 조사해야 한다고 주장했다. 승마 선생의 이름이 애런슨이고 그자가 하녀들의 저금을 사기 친 혐의로 크라쿠프[7]를 떠났다는 것을 알아냈다. 그렇게 밝혀낸 것을 알고 나서 보니 언딘은 처음으로 승마 선생의 입술이 너무 붉고 머리에 포마드를 발랐다는 것이 눈에 띄었다. 그 일은 언딘이 과거를 돌아볼 때 혐오감이 들고 다시 한 번 자기의 충동을 믿지 않기로 결심하게 하는 일화 가운데 하나였다. 특히 반지를 교환하며 언약을 하는 문제에서는 자기의 충동을 믿지 않기로 했다. 그러나 그러는 동안에 언딘은 많은 것을 배웠다고 느꼈다. 메이블 립스컴의 충고에 따라 스프라그 가족은 메이블이 묶고 있던 스텐토리언 호텔로 옮겼다.

메이블은 언딘을 독차지 하려고 하지 않았다. 메이블은 지체 없이 언딘을 스텐토리언 무리와 그 무리와 연결된 다른 무리들에 자유롭게 드나들 수 있도록 해주었다. 이 사교계는 '유행'에 중독되어 있었고, 일상적이거나 문화적이거나 '진지한' 성격의 수없이 많은 클럽에 회원가입해서 연결되는 곳이었다. 메이블은 언딘을 당시 유행하는 곳에 데리고 가서 클럽 모임의 '초대 손님'으로 소개했다. 그곳에서 '조지아 주 팔랑스에서 온 내 친구 스테이저 양이야'라고 하거나 만일 그 숙녀가 문학적이라면 단순하게 '네브래스카 주에서 온 내 친구 오라 프랜스 체틀이야, 체틀 부인이 무엇을 의미하는지 너도 알 거야'라고 소개되는 손님들이 있어서 언딘은 기운이 났다.

다시 만나는 모임은 웨스트사이드의 위쪽을 따라서 정박한 전함들처럼 늘어선 우뚝 솟은 호텔들에서 이루어졌다. 올림피안, 인캔디슨트[8], 오르몰루[9] 같이 굉장한 이름이 붙은 호텔들이었다. 반면에 다른 모임들, 아마 좀

∵

7) 크라쿠프(Cracow): 폴란드에서 두 번째로 큰 오래된 도시임.
8) 인캔디슨트(The Incandescent): '백열광', '전등'의 의미.
9) 오르몰루(Ormolu): 구리와 아연의 합금으로 된 도금 제품.

덜 개방적인 모임들은 파르테논, 틴턴 애비[10], 리도[11]처럼 똑같이 우뚝 솟아 있지만 더 낭만적으로 꾸며놓은 아파트에서 열렸다.

언딘이 좋아하는 것은 세속적인 파티였다. 거기에서는 게임을 했는데, 언딘은 네델란드제 은으로 된 상품을 잔뜩 들고 집으로 돌아왔다. 그러나 토론을 하는 클럽에도 적당히 감동을 받았는데 그곳에서는 그 지역의 똑똑한 여자들이 즉석에서 만든 단상 위에 올라가 사람들에게 연설을 하거나, '매력이란 무엇인가?' 혹은 '문제 소설'과 같이 항구적으로 흥미를 끄는 문제에 관해 논쟁했다. 그런 다음에는 그 문제의 '윤리적인 측면'에 관한 열띤 토론을 하면서 분홍빛 레모네이드나 무지개 샌드위치를 먹었다.

그것은 모두 아주 새롭고 흥미로웠다. 처음에 언딘은 그런 서클에서 자기 입지를 굳힌 메이블 립스컴을 부러워했다. 그러나 메이블의 '친구들'에게 소개된다고 해서 자기가 5번가에 더 이상 다가갈 수는 없다는 것을 곧 깨달았기 때문에 언딘은 시간이 지나면서 그곳에 머물러 만족하는 친구를 경멸하기 시작했다. 에이펙스에서도 어린 언딘은 5번가에 사는 사람들이 이룬 위업과 그 사람들이 사용하는 몸짓을 상상하며 자랐다. 언딘은 뉴욕의 모든 최고 귀족의 이름을 알았고, 일간지를 열성적으로 들여다보았기 때문에 대부분의 뛰어난 집안 자제들의 외모가 낯익었다. 언딘은 메이블의 세계에서 실제 그런 사람들이 있나 찾아보았는데 허사였다. 아주 이따금씩 비슷한 사람들을 갈증 날 정도로 한번 훔쳐볼 수 있을 뿐이었다. 립스컴 부부가 '철 자석의 아내'[12]라고 소개한 부인의 초상화를 그리기로 계약

••

10) 틴턴 애비(Tintern Abbey): 영국의 낭만주의 시인인 워즈워스(William Wordsworth)가 쓴 시의 제목으로 유명한 웨일스에 있는 옛 사원.
11) 리도(Lido): 이탈리아의 휴양지.
12) 강철왕(Steel Magnate)을 철 자석(Steel Magnet)으로 잘못 발음한 것이다. 립스컴의 무지를

을 한 클로드 월싱엄 포플이 자기가 계약한 손님이 주최하는 차 마시는 모임에 참석하는 게 의무라고 생각했을 때가 바로 그런 때였다. 그곳에서 메이블은 포플 씨와 안면을 트고 그 사람에게 친구 스프라그 양의 이름을 말해주는 영광을 누렸다.

생각해보지도 않은 사교계의 미묘한 차이가 세심하게 관찰하는 언딘에게 그런 식으로 드러났다. 그러나 스텐토리언 호텔 무도회에 포플 씨와 그 친구가 나타나면서 희망이 다시 살아났을 때에 언딘은 사교계의 차이에 대한 자신의 한심스러운 숙달이 헛되이 획득된 거라고 생각하기 시작했다. 가증스러운 애런슨에 대해 저지른 실수를 되풀이하는 위험에서 벗어날 정도로 자기가 충분히 배웠다고 생각했지만 언딘은 지금 클로드 월싱엄 포플의 수줍음 많은 친구를 거의 무시한 반면에 포플을 주목하는 실수를 다시 했다는 것을 알았다. 그것은 전부 아주 혼란스러웠고, 그 혼란스러움은 대단한 하면 B. 드리스콜 부인의 절망에 대해 히니 부인이 해준 이야기로 점점 더 심해졌다.

여태까지 언딘은 드리스콜과 밴 더갠 가문과 그 친구들이 뉴욕 사교계에서 확고한 종주권이 있다고 상상했다. 메이블 립스컴 역시 그렇게 생각해서 하면 B. 드리스콜의 육촌에 불과한 스포프 부인과 안면이 있다는 사실을 대단히 자랑스러워했다. 그런데 여기에 언딘이 도달한 것이다. 에이펙스의 언딘 스프라그가 드리스콜 가문과 밴 더갠 가문이 헛되이 잡으려고 한 핵심층에 바야흐로 소개를 받으려고 하는 것이다. 자기가 거둔 승리에 언딘은 약간 도취했고, 그 승리 때문에 최악의 실수를 저지르게 한 위험스러울 정도의 자신감이 생겼다.

∴

알려주는 단초이다.

언딘은 일어서서 유리창으로 가까이 가서 자신의 빛나는 눈과 뺨이 비치는 모습을 찬찬히 살펴보았다. 이번에는 두려워할 필요가 없었다. 이제는 더 이상 실수도 없고 어리석은 행동도 없을 것이다. 언딘은 드디어 딱 맞는 사람들을 만날 것이었다. 자기가 원하는 것을 얻을 것이다!

거기 서서 자신의 행복한 모습에 웃을 때 방 너머로 들리는 아버지의 목소리에 언딘은 곧바로 드레스를 벗고 팔에서 긴 장갑을 벗기며 머리에서 장미를 꽂은 핀을 뽑았다. 벗어놓은 화려한 드레스를 옆으로 던져놓고 실내복으로 갈아입고는 응접실로 향한 문을 열었다.

스프라그 씨는 언딘의 모친 곁에 서 있었다. 어머니는 머리를 숙이고 약간 수굿한 태도로 앉아 있었다. 어머니는 '충격'을 받으면 그렇게 했다. 스프라그 씨는 언딘이 들어오자 급히 고개를 들었다.

"아버지, 어머니가 얘기하셨어요? 페어퍼드 부인이 저를 식사에 초대했어요. 그 부인은 폴 마블의 딸이고 마블 부인은 대거닛 가문 사람이에요. 그 사람들은 누구보다 대단한 사람들이에요. 그 사람들은 드리스콜 가문이나 밴 더갠 가문을 아는 척도 하지 않을 거예요."

스프라그 씨는 장난스럽고 다정하게 딸을 바라보았다.

"그래? 그 사람들이 왜 너를 알고 싶어하는지 궁금하구나?"

스프라그 씨가 놀렸다.

"모르겠어요. 내가 **아버지를** 소개해줄 거라고 생각해서 나를 초대했나!"

딸이 아버지와 같은 어조로 농담하듯이 대답했다. 언딘은 아버지의 굽은 어깨에 팔을 두르고 그 뺨에 빛나는 머리를 부볐다.

"음, 넌 갈 작정이니? 초대를 승낙했어?"

스프라그 씨는 딸이 자기를 팔로 감싸고 있을 때 그 농담을 받았다. 한편 스프라그 부인은 뒤에서 나지막이 신음하면서 자리에서 몸을 움직였다.

언딘은 고개를 뒤로 젖혀 아버지의 피곤하고 늙은 시야에 딸의 얼굴이 그냥 환하고 흐릿하게 보일 정도로 눈을 아버지에게 바짝 갖다 댔다.

"굉장히 가고 싶어요. 하지만 입을 게 하나도 없어요."

언딘은 큰 소리로 말했다.

스프라그 부인은 딸의 말에 좀 더 귀에 들릴 정도로 신음을 냈다.

"언딘, 난 네 아버지에게 지난 청구서에다가 덧붙여 옷을 더 사달라고 부탁하지 않을 거야."

"지난 청구서를 아직 다 갚지도 못했어. 아직 반도 못 갚았어."

스프라그 씨는 딸의 가느다란 손목을 붙잡으려고 손을 들며 끼어들었다.

"아, 예, 제가 허수아비처럼 보이길 바라고 다시 초대받는 걸 원하지 않는다면, 거기에 딱 어울리는 드레스는 있어요."

언딘은 농담과 짜증이 반반 섞인 목소리로 위협했다.

스프라그 씨는 눈가에 주름을 지으며 웃음을 띠고 팔을 쭉 편 채로 딸을 잡았다.

"그런 드레스는 어떤 경우에는 굉장히 도움이 될 거야. 그 드레스는 미래를 위해 가지고 있는 게 좋겠다. 페어퍼드 가의 정찬 모임을 위해 또 하나를 가서 골라보렴."

스프라그 씨가 말했다. 그 말이 끝나기도 전에 딸이 아버지를 안았다. 언딘은 나지막하게 소리를 지르며 뽀뽀를 해서 아버지의 마지막 말을 막아버렸다.

제3장

　언딘은 부모님에게는 절대로 인정하지 않으려 했지만 페어퍼드 가의 정찬 모임에 실망했다.

　무엇보다도 그 집은 작고 좀 허름했고, 금박도 입혀지지 않았으며 전깃불이 호화롭게 빛나지도 않았다. 저녁 식사 후에 앉아 있던 방은 초록색 갓을 씌운 램프 때문에 어스름했고, 바닥에서 천장까지 일렬로 늘어선 책들은 대리석으로 된 새로운 도서관 건물이 세워지기 전의 에이펙스시티의 순회도서관을 연상시켰다. 또 가스난로의 연소관이나 루비 유리 뒤에 전구가 있는 번쩍거리는 벽난로 대신에 '농장에 돌아가서 크리스마스 휴가를 보내기'라는 그림들에서처럼 나무를 때는 구식 벽난로가 있었다. 그래서 통나무가 앞으로 쓰러지면 페어퍼드 부인이나 남동생 랠프가 벌떡 일어나서 통나무를 제자리로 밀어 넣어야 했고, 재가 벽난로 위로 지저분하게 날렸다.

　저녁 식사도 실망스러웠다. 언딘은 요리에 대해 자세히 알기에는 아직 어렸지만, 식탁에 놓인 난초 그늘 사이로 초대 손님들을 바라보고 주름 장식이 있는 냅킨에 놓인 색이 예쁜 주요리를 먹기를 기대했다. 하지만 양치

식물이 식탁 중앙의 낮고 오목한 용기에 담겨서 놓여 있었을 뿐이고, 마치 손님들이 식이요법을 하는 소화불량 환자인 것처럼 주목할 만한 음식은 오븐에 굽고 석쇠에 구운 평범한 쇠고기뿐이었다! 일요 신문에 온갖 조언이 나오는데도 더 새로운 요리를 고르지 않은 페어퍼드 부인이 둔감하다고 언딘은 생각했다. 저녁이 깊어지면서 언딘은 이건 진짜 '정찬 모임'이 아니라 식구들끼리 먹는 음식을 나누어 먹자고 자기를 부른 것일 따름이라는 의심이 들기 시작했다.

그러나 식탁을 한번 둘러보고 언딘은 페어퍼드 부인이 다른 손님들을 그렇게 가볍게 대접하려고 한 건 아닐 거라고 확신했다. 손님들은 모두 여덟 명밖에 되지 않았지만 그중 한 사람은 다름 아닌 대거닛 가문 출신의 젊은 피터 밴 더갠 부인이었다. 사교계 칼럼을 가장 고급스럽게 장식하는 사람 가운데 하나인 이 젊은 부인이 다른 손님들에게 정중하게 대하는 것을 보고 언딘은 이들이 보기보다 중요한 사람들이 틀림없을 거라고 확신하게 되었다. 언딘은 페어퍼드 부인이 마음에 들었는데, 부인은 자그마하고 예리했으며 코가 크고 자주 웃을 때 드러나는 치아가 예뻤다. 촌스러운 구식 검정색 장식품을 단 페어퍼드 부인은 언딘이 '멋쟁이' 여성이라고 부를 만한 사람은 아니었다. 하지만 부인의 우스꽝스럽고 친절한 태도에 언딘은 피곤하지 않거나 돈 걱정을 하지 않을 때의 아버지의 태도가 생각났다. 머리가 흰 다른 부인에게 언딘은 별로 관심이 가지 않았다. 해리엇 레이 양이라고 소개된 네 번째 숙녀는 자기 또래의 처녀였는데 언딘은 단번에 그 아가씨가 별로 예쁘지 않고 작년 '모델'의 옷을 입고 있다는 것을 파악했다. 남자들도 언딘이 기대한 것보다는 덜 인상적이었다. 언딘은 페어퍼드 씨에 대해서는 크게 기대하지 않았다. 왜냐하면 기혼자에게는 본래 관심도 없었고, 그 사람은 대머리에 회색 콧수염을 기르고 있어서 언딘은 페어퍼드 씨를 사연히 뒷전으로 밀쳐버렸다. 언딘은 자기 나이 또래의 멋진 청년을 찾았다. 내심으로는 포플 씨가 왔는지 찾았지만 그 사람은 거기 없었다. 다른 남자들 중에서 보언 씨라는 사람은 정말로 늙었는데, 언딘은 그 사람이 머리가 하얀 숙녀의 남편일 거라고 추측했다. 마블 씨의 친구로 보이는 다른 남자 두 명도 모두 클로드 월싱엄과는 달리 맵시가 없었다.

언딘은 보언 씨와 마블 씨 사이에 앉았는데, 마블 씨는 대단히 '다정했지만'(친절하다는 것을 언딘은 이렇게 말했다), 호텔에서 춤을 출 때보다 훨씬 더 수줍어한다는 인상을 주었다. 그러나 언딘은 마블 씨가 수줍어하는 것인지, 아니면 마블 씨의 조용함이 적극적이지 않고 소극적으로 표현하는 새로운 종류의 침착함인지 확신하지 못했다. 작고 균형 잡혔고 금발인 마블 씨는 짧은 금발 콧수염을 매만지고 친절하고 다정해 보이는 눈길로 언딘을 바라보면서 앉아 있었다. 하지만 언딘에게 말을 시키고 모임에 어울리게 하는 것은 누나와 다른 사람들이 하도록 맡겨놓았다.

페어퍼드 부인은 이야기를 아주 잘 했다. 그래서 왜 히니 부인이 페어퍼트 부인은 말이 없다고 여겼는지 의아했다. 언딘은 말이 없는 사람들을 어색하게 생각했지만 유창한 말에 쉽게 감명받지도 않았다. 에이펙스시티의 숙녀들은 모두 페어퍼드 부인보다 더 입심이 좋았고 더 많은 어휘를 구사했다. 다른 점이 있다면 페어퍼드 부인은 대화할 때 한 사람이 말을 독점하지 않고 다른 사람들과 같이 이야기를 하도록 한다는 것이었다. 부인은 계속 다른 사람들을 대화에 끌어들였고 각자에게 말할 차례를 주고 웃으면서 박자를 맞추었으며, 어떻게든 그 사람들이 하는 말이 조화를 이루게 하고 이어주었다. 부인은 언딘이 대화에 참여하게 하려고 특히 애를 썼다. 하지만 언딘의 솔직해지려는 충동은 늘 기묘한 불신의 반작용으로 상쇄되었는데, 오늘 저녁에는 불신이 우세했다. 언딘은 자제를 잃지 않으면서 지켜보고 귀를 기울여 들을 작정이었다. 그래서 언딘은 얼굴이 발그레해진 채로 반듯한 자세로 앉아서 신속하지만 간결하게 질문에 대답했다. 안주인이 포도 좀 들라고 권하면 '괜찮아요'라고 말하고, 누가 자기를 놀라게 하려고 한다는 생각이 들면 '놀랄 것이 못 되네요'라고 말하면서 긴장된 웃음을 지으며 말을 중단했다.

이런 평정한 상태 때문에 언딘은 다른 사람들이 하는 말을 주목해 들을 수 있었다. 대화는 언딘이 익숙한 사람들에 대한 이야기보다는 일반적인 문제들에 대한 내용으로 흘러갔다. 그림과 책에 대한 얘기는 흥미를 끌지 못했지만 사람들에 대한 언급은 모두 놓치지 않고 기억해두었다. 그런데 누가 포플 씨를 별 뜻 없이 언급하자 언딘의 분홍빛 뺨이 더욱 붉어졌다.

피터 밴 더갠 부인이 약간 느릿느릿한 목소리로 말했다.

"예, 그 사람이 제 초상화를 그리고 있어요. 당신도 아시다시피 그 사람이 올해 딴 사람들의 초상화도 다 그려주고 있잖아요."

"남들도 그렇게 하는 게 자기가 그렇게 하는 이유가 되기라도 하는 듯이 말하네요!"

언딘은 페어퍼드 부인이 보언에게 속삭이는 것을 들었다.

"그게 밴 더갠 식의 이유가 아닌가요."

보언이 똑같이 낮은 소리로 답변하자 페어퍼드 부인이 동의하듯이 어깨를 으쓱했다.

머리가 하얗게 센 숙녀가 말을 받았다.

"그 유쾌한 포플 씨는 말하는 것과 똑같은 방식으로 그리지요. 그 사람이 그린 초상화는 모두 자기가 얼마나 신사다운지, 자기가 여성들에게 얼마나 매력적인지 보여주는 것 같아요. 그 초상화들은 누구누구 부인이나 누구누구 양을 그린 게 아니라 포플 씨 생각에 자기가 이 여성들에게 어떤 인상을 남겼는지를 그려놓은 것일 뿐이죠."

페어퍼드 부인이 웃었다. 그리고 생각에 잠긴 듯 말했다.

"가끔 저는 포플 씨가 내가 아는 유일한 신사임이 틀림없다고 생각해요. 적어도 그 사람은 자기가 신사라고 내게 말한 적이 있는 유일한 남자거든요. 게다가 포플 씨는 그것을 꼭 빼먹지 않고 말하죠."

언딘의 귀는 미국인의 아이러니에 아주 익숙해서 손님들이 그 화가를 놀린다는 것을 알아차렸다. 언딘은 그 사람들의 비아냥이 자기를 향한 것처럼 움찔했다. 그러나 자기가 마침내 상류사회의 본거지에 진입했다는 것을 느끼고 현기증이 났다. 사람들이 모두 웃는 틈을 타서 밴 더갠 부인이 낮은 목소리로 마블에게 말했다.

"당신이 그 사람의 그림을 좋아하는 줄 알았어요. 그렇지 않으면 그 사람에게 초상화를 그려달라고 요청하지도 않았을 거예요."

그 말을 듣자 언딘의 관심은 그쪽으로 쏠렸다.

밴 더갠 부인의 어조에 언딘의 모든 직관이 곤두섰고, 언딘은 마블의 대답을 들으려고 귀를 기울였다.

"그 사람이 너를 멋지게 그릴 거야. 조만간에 내가 가서 초상화를 보도록 허락해줘."

마블의 어조는 늘 너무 가볍고 힘이 들어가지 않아서 언딘은 그 말이 들리는 것처럼 실제로도 무관심한 것인지 확신할 수 없었다. 언딘은 접시 위에 놓인 과일을 내려다보며 속눈썹 사이로 피터 밴 더갠 부인을 곁눈질했다.

밴 더갠 부인은 아름답지도 인상적이지도 않았다. 그저 애수에 찬 눈에 침착하지 못한 웃음을 자주 짓는 가무잡잡한 소녀처럼 보이는 사람이었다. 그러나 부인은 다른 숙녀들보다 더 공들여서 옷과 보석을 착용하고 있었다. 부인의 우아하면서도 침착하지 못한 태도 때문에 언딘은 밴 더갠 부인이 덜 이방인처럼 여겨졌다. 부인은 애원하는 것 같으면서도 독점욕이 강한 태도로 마블을 응시했다. 하지만 두 사람을 관찰하던 언딘은 그것이 단순히 친척 간의 (언딘은 이들이 대략 사촌이라는 것을 알아챘다) 친밀함을 나타내는지 아니면 더 사적인 감정을 나타내는지 판단하기 어려웠다. 마블의 대답하는 투는 우정을 솔직하게 드러내는 것 같기도 했지만 어떤 다른 감정을 숨기는 것 같기도 했다. 언딘에게는 조명이 어스름하고 조용조용한 어조로 말하며 낱말을 생략하며 축약하는 이 상류사회에서 모든 것이 흐릿했다. 언딘은 섬세하게 짜인 이 거미집을 쓸어버리고 자신이 이곳을 독점적으로 지배하는 인물이라고 주장하고 싶은 갈망을 격렬하게 느꼈다.

그러나 숙녀들과 함께 자리 잡은 응접실에서 페어퍼드 부인이 언딘 곁에 앉았고 언딘은 다시금 매사에 조심스러운 태도를 취했다. 언딘은 주목받고 싶었지만 사람들이 자기를 깔볼까 봐 두려웠다. 여기서도 다시 안주인의 어조가 미세하게 변하여 혼란스러웠다. 언딘에게는 자기가 뉴욕에 새로 왔다는 암시보다 더 불쾌한 것이 없었는데, 페어퍼드 부인은 언딘이 최근에 뉴욕에 온 것에 대해 눈치 없이 언급하지는 않았다. 그러나 현재 열리는 여러 전시회에서 어떤 그림이 흥미로웠는지, 어떤 신간 서적을 읽었는지를 묻는 페어퍼드 부인의 질문에 모른다고 대답해야 했기 때문에 언딘은 자기가 촌뜨기라는 것을 암시하려는 게 아닌지 의심스러워졌다. 언딘은 '상류사회 사람들'이 그런 그림들을 보러 간다는 사실은 커녕 전시된 그림들이 있다는 것조차 몰랐다. 언딘은 『키스를 멈추어야 할 때』[13] 말고는 읽어본 신간 서적이 없었는데, 페어퍼드 부인은 이 책의 이름을 들어본 적도

∙∙

13) 이디스 워턴이 지어낸 가상의 소설 제목.

없는 것 같았다. 연극에서도 언딘은 페어퍼드 부인과 어긋났다. 왜냐하면 언딘은 〈울랄루〉를 열네 번이나 봤고 〈소다수 판매점〉에 나오는 네드 노리스에게 '열광하고' 있었지만, 독일 극장에서 셰익스피어를 공연하는 유명한 베를린의 코미디언에 대해서는 들어본 적이 없었고, 어느 훌륭한 레퍼토리 극단과 함께 '레퍼토리' 연극을 시도하는 뛰어난 미국 여배우는 겨우 이름만 알았기 때문이다.[14] 언딘이 〈레그-롱〉[15]이라고 부른 연극과 〈페이드〉[16]라고 발음한 또 다른 연극에서 사라 베르나르[17]를 본 적이 있었다는 것을 생각해내자 페어퍼드 부인과 대화는 잠시 생기를 띠었다. 하지만 언딘은 이 두 연극의 내용을 잊어버렸고 예상한 것보다 그 여배우가 훨씬 늙었기 때문에 이 대화조차도 더 이어갈 수가 없었다.

흡연실에서 남자들이 돌아왔을 때도 상황은 나아지지 않았다. 헨리 페어퍼드가 아내를 대신해서 언딘의 옆에 앉았다. 에이펙스에서는 기혼 남자가 젊은 처녀와 함께 있으려고 억지로 끼어드는 것이 드문 일이었기 때문에 언딘은 다른 사람들이 자기와 이야기를 나누고 싶어하지 않아서 주인 부부가 공모해서 그 사람들의 손을 덜어주려고 자기를 떠맡으려 한다고 추측했다. 이런 생각 때문에 언딘은 페어퍼드 씨가 대화를 시도할 때마

..

14) 〈울랄루〉, 〈소다수 판매점〉은 가상의 연극 이름이고 네드 노리스는 가상의 배우 이름. 레퍼토리 극단은 한 극장에 전속되어 한 시즌에 연극 몇 편을 공연하는 극단. 레퍼토리는 특정한 극단이 연극 몇 편을 교대로 공연하는 형식을 가리킨다.
15) 언딘은 〈시라노 드 베르주라크〉를 쓴 에드몽 로스탕의 〈새끼 독수리(L'Aiglon)〉(1900)의 프랑스어 발음을 이렇게 하고 있다. 〈새끼 독수리〉는 나폴레옹의 아들인 나폴레옹 2세, 즉 라이히슈타트 공작에 대한 6막으로 된 연극인데, 로스탕은 사라 베르나르를 위해서 이 연극을 썼다. 새끼 독수리는 나폴레옹 2세의 별명이었다.
16) 라신(Racine)의 〈페드라(Phédre)〉를 가리킨다.
17) 사라 베르나르(Sarah Bernhardt, 1844~1923): 1870년대 프랑스의 연극 무대에서 명성을 얻었고 유럽과 미국에서 각광받았던 배우.

다 머리를 생기 넘치게 꼿꼿이 치켜들고 '잘 모르겠어요'라거나 '그런가요'라고 응답했다. 이렇게 대답할 일도 많지 않았고 이렇게 대답해도 남의 눈에 띄지도 않아서 나이 든 부인이 일어나 떠날 차비를 했을 때 언딘과 페어퍼드 씨는 모두 안도했다.

젊은 마블 씨가 용케 언딘보다 앞서 현관에 나갔는데, 거기서 언딘은 밴 더갠 부인이 외투를 걸치는 것을 발견했다. 외투를 여미면서 부인은 마블의 팔에 손을 올려놓았다.

"랠피. 자기 금요일에 나랑 오페라에 갈래요? 먼저 저녁식사를 같이 해요. 피터는 클럽에서 저녁을 먹을 거예요."

두 사람은 서로 잘 이해하는 듯한 웃음을 교환했고, 언딘은 마블이 초청을 받아들이는 것을 들었다. 그리고 나서 밴 더갠 부인이 언딘에게 돌아섰다.

"잘 가세요, 스프라그 양. 당신이 오시기를 바라요……."

'당신도 저와 저녁 식사를 같이 하도록?'이라고 부인이 말을 할 것 같아서 언딘은 가슴이 뛰었다.

"언제 오후에 한번 만나요."

밴 더갠 부인이 말을 마치더니 계단을 내려가서 자기 차로 갔다. 차 문에는 모피 옷을 잔뜩 입은 하인이 팔에 또 모피 옷을 들고 기다리고 있었다.

언딘은 외투를 받으려고 돌아섰을 때 얼굴이 달아올랐다. 거만한 태도로 찬찬히 외투를 끌어당겨 입고 있을 때 모자를 쓰고 외투를 입은 마블이 옆에 서 있는 것을 발견하자 가슴이 더 뛰었다. 당연히 그 사람이 자기를 집에 '바래다주려고' 하는 것이리라. 기혼 여성들과 단둘이 저녁 식사를 하고 '밴 더갠 집안 사람들이' '랠피, 자기'라고 부르는 이 눈부신 청년이, 언딘이 이제 정말 눈부시다고 느끼는 이 청년이 자기 외에 누구에게도 시선을 주지 않았다. 이 생각이 들자 잃어버린 자기만족이 혈관을 통해서 다시 뜨겁게 흘러넘쳤다.

　길은 얼음으로 덮여 있었다. 마블과 팔짱을 끼고 계단을 내려가서 택시가 오기를 기다리며 그 사람의 팔을 꼭 붙잡고 있는 순간이 언딘에게는 달콤했다. 그러나 언딘을 택시에 태우자 마블은 문을 닫고 내려진 창문 위로 손을 내밀었다.

　"안녕히 가세요."

　마블이 웃으며 말했다. 언딘은 자존심이 무너지는 목소리를 내지 않을 수 없었다. 언딘은 심하게 실망해서 바보스러울 정도로 더듬거리며 대답했다.

　"오, 안녕히 계세요."

제4장

"아버지, 다음 금요일에 갈 오페라의 특별석을 사주세요."

언딘의 어조에서 부모는 딸이 '신경이 곤두섰다'는 것을 즉시 알았다.

두 사람은 페어퍼드 댁 정찬 모임이 언딘을 진정해줄 거라고 크게 믿고 있었는데, 다음 날 아침 느지막이 딸이 스텐토리언 호텔의 훌륭하고 화려한 조찬 식당으로 늦장을 부리며 들어올 때 정반대의 결과를 눈치채고는 놀랐다.

언딘이 신경이 곤두섰다는 표시가 스프라그 부부에게 확실히 보였다. 두 사람은 딸의 눈동자가 물기를 머금은 회색에서 짙은 회색으로 변하고 반듯한 검은 눈썹이 눈 위에서 부딪치고 붉은 입술 꼬리가 처져서 꼭 다물어 일자가 되면 폭풍이 다가오는 걸 읽을 수 있었다.

스프라그 씨는 뒤죽박죽 섞어서 먹는 식사의 마지막 코스를 마치면서 신문을 읽으려고 금테 안경을 조정하고 있었다. 그때 호화롭고 공기가 탁한 방을 언딘이 천천히 걸어왔다. 그 방은 화려한 천장 아래 언제나 커피 냄새가 났고 푹신한 양탄자에는 쓸지 않아 1년 된 음식 부스러기가 박혀 있는 것 같았다.

주위에는 창백해 보이는 다른 가족들이 비싼 옷을 차려입고 서로 어울릴 것 같지도 않은 온갖 요리를 위해 세상을 다 샅샅이 뒤져온 것처럼 보이는 차림표에서 고른 음식을 조용히 먹으며 앉아 있었다. 식당 한가운데에는 똑같이 창백한 웨이터들이 하나같이 모두 시중을 들어야하는 사람들에게서 등을 돌리고 지루한 이야기를 하고 있었다.

가족과 아침을 같이 먹지 못할 정도로 늦게 일어나는 언딘은 보통 때는 셀레스트에게 초콜릿을 침대로 가져오게 했다. 《응접실 담소》라는 신문에 나온 '사교계 여성의 하루'에 대한 기사대로 따라한 것이었다. 그래서 언딘의 부모는 식당에 딸이 나타난 것을 언딘이 지나치게 신경이 곤두섰다는 증상으로 받아들였다. 딸을 좀 더 가까이 보고서 부모는 그 증상을 확인했다. 그래서 스프라그 씨는 최악을 파악하고 그것이 지나가기를 원하는 사람처럼 신문을 접고 안경을 조끼에 걸었다.

"오페라 특별석이라고!"

스프라그 부인은 말문이 막혔다. 부인은 튀긴 간이나 마요네즈에 버무린 게 요리를 먹기에는 너무 기운 없는 입맛을 살리려고 먹고 있던 바나나 크림을 옆으로 밀었다.

언딘은 어머니가 놀라는 소리를 무시하고 말을 고쳐 아버지에게 약간은 경멸하듯이 설명했다.

"일반 객석의 특별석요. 금요일은 멋쟁이들의 밤이에요. 그리고 새로운 테너가 〈카발리리아〉[18]를 다시 부를 거예요."라고 약간은 경멸하듯이 설명했다.

:.

18) 〈카발레리아 루스티카나(Cavalleria Rusticana)〉는 피에트로 마스카니가 작곡한 오페라로 1890년 5월 17일 초연되었다. 언딘은 '카발리리아(Cavaleeria)'라고 잘못 발음한다.

"그래?"

스프라그 씨는 조끼 주머니에 손을 넣으면서 의자를 받쳐줄 벽이 없다는 게 생각이 날 때까지 의자를 뒤로 기울였다. 스프라그 씨는 균형을 다시 찾고는 이렇게 말했다.

"무대 앞 일등석 두세 자리로는 안 되겠니?"

"안 돼요. 그 좌석은 안 돼요."

언딘은 이마를 찡그리며 대답했다. 아버지는 딸을 장난스럽게 바라보았다.

"네가 정찬 모임에 온 사람들을 모두 초대했니?"

"아니요. 아무도 초대 하지 않았어요."

"오페라 특별석에 혼자 간다고?"

언딘은 무시하듯이 입을 다물었다.

"나와 네 어머니를 데려가려는 거라고는 생각하지 않는데?"

이 말은 모든 사람이 웃을 정도로, 스프라그 부인마저도 웃을 정도로, 언딘이 소리 내지 않고 계속 웃을 정도로 희극적이었다.

"저는 메이블 립스컴에게 뭘 해주고 싶어요. 립스컴이 항상 날 데리고 다녔는데 보답을 하고 싶어요. 난 개를 위해 한 게 없거든요, 단 한 가지도요."

서로 '보답을 한다'는 의무에 대한 국가 전체적인 믿음에 기댄 호소는 효과가 있었다. 스프라그 부인이 조용히 중얼거렸다.

"애브너, 애가 한 번도 보답하지 **않았어요**."

그러나 스프라그 씨의 눈썹은 움직이지 않았다.

"너 특별석이 얼마나 하는지 알기나 하는 거냐?"

"아니요. 하지만 아버지는 살 수 있을 거라고 생각해요."

언딘은 무의식적으로 다시 경박하게 대답했다.

"살 수는 있지. 그게 문제야. 왜 보통 좌석은 안 되는 거니?"

"메이블도 일반 좌석은 살 수 있어요."

"그렇지."

스프라그 부인이 끼어들었다. 항상 부인이 먼저 딸의 주장에 굴복했다.

"음, 난 걔를 위해 특별석을 살 수는 없어."

언딘의 얼굴이 더 어두워졌다. 언딘은 말없이 앉아 있었고 컵 안의 초콜릿이 굳어갔다. 어머니만큼이나 반지를 많이 낀 언딘의 한 쪽 손이 구겨진 테이블보를 두드렸다.

"에이펙스로 바로 돌아가는 게 낫겠어요."

언딘은 마침내 입을 앙다물며 내뱉었다.

스프라그 부인은 놀라서 남편을 바라보았다. 고집 센 두 사람 사이에 다툼이 있을 때 스프라그 부인은 맥이 빠져서 강심제인 디기탈리스 약병이 있으면 싶었다.

"오페라 특별석은 하루 저녁에 125달러나 해."

스프라그 씨가 이쑤시개를 조끼 주머니에 넣으면서 말했다.

"전 한 번만 원해요."

스프라그 씨는 눈가에 주름이 잡힌 채로 딸을 미심쩍은 눈으로 바라보았다.

"넌 대부분 한 번만 원하지, 언딘."

그것은 언딘이 아주 어렸을 때부터 해온 말이었다. 언딘은 어떤 것도 오래 원하지 않았지만 '당장' 그것을 원했다. 그리고 그것을 손에 넣을 때까지 부모를 너무 볶아대서 집에서 사람이 살 수가 없었다.

"난 이 시즌 내내 오페라 특별석이 있으면 좋겠어요."

언딘이 대답했다. 스프라그 씨는 자기가 딸에게 틈을 주었다는 것을 알았다. 언딘이 아버지의 원칙을 거스르고 물건을 얻어내는 방법은 두 가지 있었다. 부드러운 말로 설득하는 방법과 입을 꼭 다물고 차갑게 대하는 방법인데, 스프라그 씨는 자기가 어느 것을 더 두려워하는지 몰랐다. 언딘이 어렸을 때 스프라그 씨 부부는 딸의 고집스러움을 존중했고 그것을 에이펙스가 다 알도록 자랑했다. 그러나 스프라그 부인이 그 고집을 무서워하게 된 지는 오래되었고, 이제는 남편이 두려워하기 시작했다.

스프라그 씨가 약해지면서 말을 했다.

"언디, 사실은 이달에 약간 형편이 좋지 않단다."

언딘의 눈동자가 멍해지기 시작했다. 아버지가 사업에 대해 언급할 때마다 언딘의 눈은 그랬다. 그것은 남성들의 영역이었다. 남자들이 '시내'에 나가 자기 여자들을 위해 전리품을 가지고 돌아오는 거 외에 하는 일이 뭐가 있는가? 언딘은 벌떡 일어나 앉아 있는 부모를 두고 나가면서 말했다. 다른 사람에게 하는 말이라기보다 혼잣말 같았다.

"승마나 하러 가겠어요."

"오, 언딘!"

스프라그 부인은 어쩔 줄 몰랐다. 부인은 언딘이 승마를 하러 간다고 하면 맥박이 빨라졌다. 애런슨 사건 이후로 말 때문에 생길 사고만 두려운 것이 아니었기 때문이다.

"엄마랑 쇼핑이나 좀 하러 가는 게 어떠냐?"

스프라그 씨가 자기 주머니 사정을 의식하고 물었다.

언딘은 아무 대답 없이 휙 방을 가로질러 엄마보다 먼저 나가버렸다. 오만하고 젊은 뒷모습에는 비아냥과 분노가 드러나 있었다. 스프라그 부인은 순순히 종종거리며 딸을 따라갔고 스프라그 씨는 사무실로 가는 지하철을 타기 전에 엽궐련을 사러 대리석 홀로 천천히 걸어갔다.

언딘은 승마를 하러 갔다. 그 운동을 특별히 하고 싶어서가 아니라 어머니를 골탕을 먹이기 위해서였다. 언딘은 자기가 오페라 특별석을 얻게 될 것이라고 확신했지만, 왜 자기 권리를 위해 싸워야 하는지 알 수 없었다. 언딘은 어머니가 마지못해 자기를 지지하는 것 때문에 특히 더 짜증이 났다. 만약에 이런 위기에 자기와 어머니가 한편이 되지 않으면 노력을 두 배로 해야 했다.

언딘은 이런 '소동'이 싫었다. 언딘은 본질적으로 평화를 사랑했고 부모와 항상 조화를 깨지 않으며 살고 싶었다. 그런데 자기 부모가 비이성적이라면 어쩔 수 없었다. 언딘이 기억하는 한 항상 돈 문제에는 '실랑이'가 있었다. 그러나 눈에 보일 정도로 가족 재산을 끊임없이 축내지 않고도 어머니와 언딘은 원한 것을 언제나 손에 넣었다. 그래서 꺼내 쓸 돈이 아주 많고, 스프라그 씨가 가끔씩 저항하는 건 인생에서 꼭 필요한 것이 무엇인지 완전히 이해하지 못하기 때문이라고 자연스럽게 결론 내렸다.

언딘이 승마에서 돌아왔을 때 스프라그 부인은 마치 죽었다 살아 돌아온 것처럼 딸을 맞았다. 물론 그것은 우스꽝스러웠지만 언딘은 부모의 그런 모습에 익숙했다.

"아버지가 전화하셨어요?"

언딘이 물은 짤막한 첫 번째 질문이었다.

"아니야, 아직 안 하셨어."

언딘은 입을 꼭 다물었지만 일부러 천천히 승마복을 벗었다.

"특별석 딱 하나 사달라고 했는데 아버지의 행동을 보면 내가 아버지에게 오페라하우스 전체를 사달라고 한 걸로 생각할 거예요."

아주 예쁘게 꼭 맞는 외투를 벗어던지면서 언딘이 투덜거렸다. 스프라그 부인은 벗어던진 옷을 받아들고 그것을 침대 위에 곱게 폈다. 두 사람은 옷을 입을 때 하녀가 주위에 있는 것을 '견디지' 못했다. 그래서 스프라그 부인이 언제나 언딘의 시중을 들었다.

"언디, 있잖아, 아버지 주머니에 늘 돈이 있는 게 아니야. 그리고 요즘 청구서가 상당히 많아. 아버지가 에이펙스에서는 부자였지만 뉴욕 부자와는 달라."

스프라그 부인은 딸 앞에서 사정하듯이 딸을 내려다보며 서 있었다.

언딘은 앉은 채 목에 두르는 폭 넓은 띠 모양의 승마용 넥타이와 조끼를 벗으면서 짜증내듯 얼굴을 홱 들고서 소리를 질렀다.

"그러면 도대체 왜 에이펙스를 떠났어요?"

스프라그 부인은 항상 딸의 매서운 눈빛 앞에서 시선을 떨구었다. 그러나 이번에는 언딘의 눈꺼풀이 붉어진 뺨 위로 내릴 때까지 용기 있게 딸을 계속 응시했다.

언딘은 승마복 조끼의 허리띠를 홱 잡아당기면서 벌떡 일어났다. 스프라그 부인은 용기 있게 대처하다가 마음이 약해지면서 딸의 주위를 빙빙 돌아다니다가 방해가 되었다.

"엄마가 내 스커트를 밟지 않고 놓아주면 두 배나 빨리 벗을 거예요."

자기가 그 자리에 있는 걸 더 이상 원치 않는다는 걸 알고 스프라그 부인은 뒤로 물러났다. 그러나 마치 강한 힘에 이끌린 듯이 부인은 문지방에서 멈추고 딸을 다시 한 번 마지막으로 보면서 말했다.

"나가서 아무도 안 만났지, 그렇지, 언디?"

언딘은 눈썹을 찡그렸다.

긴 가죽 부츠를 벗으려고 끙끙대고 있었다.

"누구를 만나요? 내가 누구를 안다는 말이에요? 나는 아무도 **몰라요.**

사람들과 만나 사교를 할 정도로 돈의 여유가 아버지에게 없다면 난 누구도 만날 수 없어요!"

부츠를 힘들게 벗은 다음 언딘은 그것을 낡은 장미색 양탄자에 난폭하게 던졌다. 스프라그 부인은 말할 수 없이 안도하는 표정을 숨기려고 돌아서서 그 방에서 살그머니 빠져나왔다.

날이 저물고 있었다. 언딘은 페어퍼드 댁 정찬에 대해 메이블 립스컴에게 이야기해주려고 내려가기로 했지만 그 뒷맛이 입술에 덤덤하게 남아 있었다. 그것이 무엇으로 이어지게 될까? 언딘이 아는 한 아무것도 알 수 없었다. 랠프 마블이 자기를 언제 방문할지 물어보지도 않았다. 게다가 언딘은 그 사람이 집에 데려다주지도 않았다는 것을 메이블에게 고백하기도 부끄러웠다.

갑자기 언딘은 페어퍼드 부인이 말한 그림 전시회를 보러 가기로 마음먹었다. 어쩌면 저녁 식사에서 만난 사람들 가운데 몇 명을 만날 수도 있었다. 이야기를 들어보면 그 사람들이 화랑에서 시간을 보낸다는 걸 짐작할 수 있었다.

그 생각에 언딘은 다시 활기를 찾았다. 언딘은 가장 예쁜 모피를 입고 아버지에게 청구서를 아직 보여줄 엄두도 내지 못한 모자를 썼다. 지금이 5번가에는 사교계 사람들이 많이 나오는 시간이었지만, 언딘은 꼬리를 무는 차 안에서 서로 인사를 건네는 숙녀들 가운데 아는 사람이 하나도 없었다. 언딘은 길을 따라 걸으면서 그냥 찬탄의 시선을 받는 것으로 만족해야 했다. 그러나 언딘은 거리의 찬사에 익숙했고 언딘의 허영심은 좀 더 비싼 구경꾼들을 갈망했다.

언딘이 페어퍼드 부인이 언급한 화랑에 도착했을 때 그곳에는 5번가보다 사람들이 더 많았다. 그림 앞으로 가려고 밀어붙이는 숙녀들과 신사들은 신성한 사교적인 의식을 행한다는 '표정'을 짓고 있었다. 그 사람들 가운데로 밀고 들어가자 언딘은 자신이 거리에서만큼 많은 사람의 시선을 끈다는 것을 알았다. 검은 담비털 외투를 입은 키가 큰 처녀가 하는 대로 언딘은 카탈로그에 끄적거리며 그림 앞에서 몰두하는 자세를 취했다. 사람들의 시선을 의식하는 자의식의 파장이 신경의 예리한 등을 타고 오르내렸다.

언딘의 시선은 곧 다이아몬드로 장식하고 긴 진주 안경 줄이 달린 귀갑 코안경을 쓰고 그림을 보는 검은 옷을 입은 숙녀에게 끌렸다. 언딘은 이 장난감 같은 안경 덕분에 생기는 손목의 우아한 움직임과 오만하게 돌리는 머리의 동작에 바로 감동을 받았다. 갑자기 맨눈으로 세상을 보는 것은 상스럽고 천해 보였다. 둥둥 떠다니는 모든 욕망이 보석이 박힌 줄 달린 안경을 가지고 싶다는 소망과 합쳐졌다. 그 소망이 너무 격렬해서 안경 주인을 뒤따라가다 건장하고 외투를 꽉 끼게 입은 젊은 남자와 부딪혔다. 그 충격이 커서 전시회 목록이 언딘의 손에서 떨어졌다.

젊은이가 전시회 목록을 주워서 건네주었을 때 언딘은 튀어나온 눈과 이상하게 뒤로 물러선 듯한 그 얼굴이 찬탄의 빛으로 물들어가는 것을 보았다. 너무 불쾌하게 생겨서 그 이상한 용모가 희미하게 기분 좋은 연상 작용을 일으키지 않았다면 그 젊은이가 보내는 찬탄이 싫을 정도였다. 눈꺼풀이 입술만큼 두껍고 입술은 귓밥만큼 두꺼운 도마뱀처럼 기괴하게 생긴 얼굴을 전에 어디서 봤지? 눈앞에 신문에 나온 수많은 사진들이 휙 지나갔다. 앞에 선 실물처럼 모두 실크 타이를 커다란 진주 핀으로 고정하고 꼭 낀 외투를 입은 모습들이었다.

"아, 고맙습니다."

언딘은 아주 우아하게 조그만 소리로 말했다. 젊은이가 손에 모자를 쥐고 서서 상냥하게 말했다.

"사람들이 너무 많지요?"

그 순간 바로 그 안경을 낀 숙녀가 가벼운 발걸음으로 가까이 와서 지팡이로 가볍게 두드리며 아무렇지도 않게 '피터, 이리로 와봐'하면서 젊은이를 화랑 다른 쪽으로 데리고 가버렸다.

언딘의 가슴은 흥분해서 뛰기 시작했다. 젊은이가 돌아섰을 때 언딘은 그 사람이 누군지를 알아차렸다. 피터 밴 더갠이었다. 굉장한 은행가인 서버 밴 더갠의 아들 피터 밴 더갠이 아닌가. 그 사람은 랠프 마블의 사촌의 남편이고 일요 신문 증보판의 주인공이며, 마장 쇼에서는 푸른 리본[19]을, 자동차 경기에서는 황금 컵을 차지하는 사람이었다. 그리고 승마 경기에 우승하는 말들의 주인이고 '최고 속력의' 쾌속 범선의 소유주였다. 사교계 칼럼이라는 마술 같은 세계 밖의 삶은 모두 재미없고 무익해 보이도록 하는 데 더할 나위 없는 기술을 지닌 가장 대표적인 인물이었다. 언딘은 자기에게 꽂힌 그 창백한 퉁방울눈의 표정을 생각하고 웃었다. 그 사람의 아내가 언딘에게 관심을 보이지 않았는데, 그 사람이 보인 관심에 언딘은 거의 위로를 받을 뻔했다!

집에 도착했을 때 언딘은 자기가 본 그림들에 관해서는 아무것도 기억할 수 없었다.

아버지에게서는 어떤 소식도 없었다. 그래서 짜증이 올라왔다. 그런 만남이 전혀 연결되지 않는다면 무슨 소용이 있겠는가? 다시는 피터 밴 더갠을 만나지 못할 것이다. 아니면 그렇게 우연히 **마주친**다고 하더라도 '소개받지' 않고는 대화를 계속할 수 없다는 것을 알았다. 예뻐서 사람들의 시선

..

19) 마장 쇼에서 일등 말의 주인에게 주는 리본의 색깔은 나라마다 다르다. 미국에서는 일등에게 푸른 리본을 수여했다.

을 끄는 게 무슨 소용이 있겠는가, 영원히 초대받지 못하는 이름 없는 사람들 속으로 다시 후퇴할 운명이라면?

우울한 기분은 응접실 테이블에 있는 랠프 마블의 명함을 보고도 가벼워지지 않았다. 그 사람이 미리 약속하지 않고 방문한 것에 기분이 좋아지지도 않았고 그런 행동이 거의 무례하다고 생각했다. 그 사람이 자기와 계속 만날 생각이 없다는 것을 보여주는 것 같았다. 그러나 언딘이 명함을 던져버릴 때 어머니가 말했다.

"그 사람은 너를 보지 못해서 정말 섭섭한 것 같더라. 언딘, 그 사람이 거의 한 시간이나 여기 앉아 있었어."

언딘은 관심이 생겼다.

"여기 앉아 있었어요, 혼자서요? 내가 나갔다는 말을 안 했어요?"

"했지, 그런데 그 사람이 그냥 올라왔어. 나를 만나자고 했어."

"엄마를 만나자고 했다고요?"

사교계의 질서가 언딘의 발아래에서 무너지는 것 같았다. 처녀의 어머니를 만나자고 요청한 방문객! 언딘은 믿을 수 없다는 듯이 차갑게 스프라그 부인을 노려보았다.

"그 사람이 왜 그랬다고 생각하세요?"

"뭐, 사람들이 그렇게 말했어. 네가 나갔다고 아래 카운터에 내가 전화했거든. 그런데 사람들 말이 그 사람이 나를 만나자고 요청했대."

스프라그 부인은 사실 그대로 이야기했다. 그런 얘기를 지어내서 설명한다는 건 부인이 할 수 있는 일의 범주를 벗어나는 것이었다.

언딘은 어깨를 으쓱했다.

"물론 그건 실수예요. 어떻게 엄마는 그 사람을 올라오게 할 수가 있어요?"

"난 그 사람이 네게 전할 말이 있을 거라고 생각했지, 언디."

그런 변명이 딸에게 적지 않은 무게로 다가왔다. 언딘은 모자 핀을 빼고 모자를 마노석 테이블에 던지면서 물었다.

"그래서 그 사람이 무슨 얘기를 전했어요?"

"왜, 아니, 그 사람은 그냥 얘기만 했어. 나한테 아주 상냥했어. 하지만 난 그 사람이 뭘 원하는지를 알 수 없더라."

스프라그 부인은 털어놓지 않을 수 없었다.

딸은 엄마를 차가운 연민의 눈으로 바라보았다. 그리고 돌아서면서 작은 소리로 말했다.

"엄마는 절대 알 수 없을 거예요."

언딘은 생각에 잠겨서 분홍색과 황금색 소파에 누웠다. 무릎에는 아직 읽지 않은 소설을 둔 채 깊은 생각에 빠졌다. 스프라그 부인은 조심스럽게 딸의 머리 아래 쿠션을 밀어 넣었다. 그러고는 레이스로 된 창문 커튼 뒤로 가서 빛이 기다란 거리에 튀어 오르다가 반짝거리는 그물을 센트럴파크 전체에 펼치는 광경을 보며 앉아 있었다. 뉴욕의 야경을 바라보는 게 스프라그 부인이 하는 중요한 일 가운데 하나였다.

언딘은 머리 뒤로 깍지를 낀 채 말없이 누워 있었다. 유럽 여행에서 오페라 특별석까지 자기 과거가 얻을 수 없는 것들을 얻기 위한 투쟁 같아서 쓰라린 상념에 빠져 들었다. 과거가 그랬듯이 미래도 그럴 것이라고 확실히 느꼈다. 하지만 부모에게 종종 말한 것처럼 자기가 추구하는 건 점점 나아지는 것이었다. 언딘은 솔직히 최고를 원했다.

사탕을 달라고 소리를 지르거나 새로운 장난감을 얻기 위해 떼쓰는 걸 그만둔 뒤 언딘이 한 첫 투쟁은 여름에 에이펙스를 떠나는 것이었다. 돌아보니 언딘이 보낸 여름은 자기 인생에서 가장 재미없고 불쾌한 모든 것의 전형이었다. 첫 여름은 울타리에 매달려 망가진 말뚝을 차면서 씹던 검이나 반쯤 먹은 사과를 인디애나 프러스크와 교환하며 노란 '목조' 오두막에서 보냈다. 나중에 기숙학교에서 비교적 중산층들이 사는 밀리하우스로 여름방학을 보내러 돌아갔다. 처음으로 점점 늘어나는 재산에 흥분해서 언딘의 부모는 구질구질한 교외의 집을 버리고 거기로 이사했다. 밀리하우스의 바둑판무늬의 바닥과 호화로운 응접실, 오르간 모양의 라디에이터는 내부의 우아함 이외에도 스프라그 가족의 지위를 프러스크 가족보다 훨씬 높이는 이점이 있었다. 언딘은 거리나 학교에서 인디애나를 만났을 때 저택에서 생활하는 화려함을 지나가듯이 언급함으로써 인디애나가 다가오는 것을 싸늘하게 만들어버릴 수 있었다. 하지만 그런 환경과 그 환경이 나타내는 사회적인 우월함에도 불구하고 파리가 날리고 찌는 듯이 더우며 구질구질한 냄새가 나는 중서부 지방의 긴 여름을 그 집에서 지내는 것은 예전의 작은 노란 집에서 보낸 여름만큼이나 참을 수 없게 되었다. 학교에서 언딘은 8월이면 부모들과 함께 오대호 지방으로 가는 소녀들을 만났다. 어떤 소녀들은 심지어 캘리포니아까지 갔고, 어떤 소녀들, 말로 표현할 수 없이 축복을 받은 소녀들은 '동부'로 갔다.

밀리하우스의 숨이 막힐 듯한 지루한 일상에서 창백하고 노곤해진 언딘은 아픈 것처럼 보이는 표정을 더 심하게 하려고 몰래 레몬을 빨거나 석필을 씹거나 쓴 커피를 많이 들이켰다. 그런데 인디애나 프러스크마저 한 달 동안 버펄로[20]로 간다는 걸 알았을 때 질투 어린 분노를 더 드러내기 위해 인위적인 방법을 쓸 필요가 없었다. 언딘의 부모는 딸의 모습에 놀라 마침내 변화가 필요하다는 것을 인정하고 소심하게 망설이면서 한 달 동안 반

20) 버펄로(Buffalo): 뉴욕 주에서 두 번째로 큰 도시.

짝이는 호숫가에 있는 요란한 호텔에 갔다.

거기서 언딘은 인디애나에게 빈정대는 엽서를 보냈고, 다른 방문객들에 비해 자기의 젊음과 아름다움이 훨씬 더 시선을 끌 수 있다는 걸 알고 만족했다. 그때 언딘은 리치먼드[21]에서 온 예쁜 여자와 알게 되었다. 광산 기술인인 남편이 새로 개발하는 유보 광산을 조사하러 오면서 부인을 서부로 데려왔다. 남부에서 온 부인이 사람들의 얼굴과 음식과 오락거리, 그곳의 전체적인 황량함과 거슬림에 대해 보이는 절망과 혐오와 반감은 언딘에게는 지독한 교육이 되었다. 저 너머에는 좀 더 나은 것, 좀 더 화려하고 좀 더 재미있고 좀 더 가치 있는 것이 있었다. 나중에 언딘은 자신에게 '저 너머 무엇'에 관해 너무 늦게 발견하는 게 항상 자기 운명이라고 말했다. 그러나 이번 경우에는 너무 늦지 않았다. 고집스럽게 굽히지 않고 언딘은 부모에게 자기를 다음 여름에 '동부'로 보내달라고 강하게 요구했다.

부모는 불가피함에 항복하고 버지니아 주에 있는 '휴양지'에 가는 고통을 감수했다. 거기서 언딘은 나뭇잎이 우거진 달빛 아래에서 하는 승마나 드라이브, 숲 속 빈터에서 즐기는 피크닉, 감상적인 크리스마스 석판화의 분위기 같은 낭만적인 연애의 가능성을 처음으로 보았다. 그런 것들 때문에 언딘의 날카로운 면이 조금 부드러워졌고 언딘은 좀 더 세련된 즐거움을 알게 되었다. 그러나 여기서 또다시 다른 문을 들여다봄으로써 모든 것이 망가져버렸다. 호텔에서 다른 소녀들과 처음으로 만나고 나서 항상 그렇듯이 자기가 의심의 여지 없이 최고라는 것을 알아챘다. 워싱턴에서 원처 부부와 딸이 도착할 때까지는 말이다. 언딘은 자기가 원처 양보다 훨씬 예쁘지만 원처 양이 자기의 평범함을 이용하는 것처럼 자신이 자신의 아름

21) 리치먼드(Richmond): 버지니아 주의 주도(州都).

나옴을 이용하는 법을 몰랐다는 것을 단번에 알아차렸다. 원처 양이 둘 사이에 경쟁 관계가 생길 가능성도 의식하지 못할 뿐 아니라 실제로 자기 존재를 모르는 듯이 보이는 것도 화가 났다. 워싱턴에서 온 무심하고 우울해 보이는 거만한 이 처녀는 소설을 읽거나 부모하고만 카드놀이를 하면서 따로 앉았다. 마치 소문과 유혹으로 가득 찬 거대한 호텔의 소란스러운 생활이 보이지 않거나 들리지 않은 듯했다. 언딘은 원처 양의 시선을 끄는 데 한 번도 성공하지 못했다. 그 아가씨가 혼자 앉은 구석을 에이펙스의 미인이 옷자락을 끌고 지나가거나 시끄럽게 지나쳐도 원처 양은 항상 시선을 책으로 내렸다. 그러던 어느 날 원처 가족의 친구가 식물채집을 하러 보스턴에서 버지니아로 왔다. 긴 베란다 기둥 뒤에 귀를 쫑긋 세우고 들은 새로 온 처녀와 원처 양의 대화 내용에서 언딘은 상상하지 못한 것을 처음으로 보게 되었다.

원처 가족은 원처 부인이 많이 아파 워싱턴에서 더 멀리 갈 수 없어서 마지막 순간에 포타시 온천에 머물기로 한 것으로 보였다. 그 가족은 노스 쇼어[22]에 있는 집을 세를 줬고 '이 끔찍한 토굴'을 떠날 수 있게 되면 가을에는 유럽으로 갈 예정이었다. 분명히 바쁜 겨울 시즌이 지난 다음에 호텔에서 지내는 것은 안정요법만큼이나 좋겠지만 원처 양은 정말로 하루하루를 어떻게 보내야 할지 몰랐다. 물론 그 가족은 독채를 빌리기를 원했지만, 정말이지 '토굴' 같은 호텔은 독채가 없었다. 그래서 그 사람들은 최대한 '호텔 손님'들과 자신들을 차단하기로 했다. 원처 양은 이야기 중간에 일요일에 오는 청년들을 보았냐고 물었다. 그 남자들은 그 사람들이 방문하러 온 '아가씨들'보다 더 이상했다. 그래서 그 원처 가족은 자기네 방 가

∴

22) 노스 쇼어(North Shore): 보스턴과 뉴햄프셔 주 사이에 있는 해안 지역.

운데 하나를 식당으로 만들고 거기서 소풍 온 것처럼 식사함으로써 난장판과 같은 저녁 식사 시간을 피했다. 퍼시먼 하우스[23]의 기준에서 보면 이 호텔의 식당 상태를 난장판이라는 말 외에 달리 표현할 길이 없었다. 그러나 다행히도 이 끔찍한 곳에서 지내는 것이 엄마에게 좋은 영향을 끼쳤고 이제 자기들이 머무는 기간이 거의 다 되어간다는 것이었다…….

언딘은 이야기를 들으면서 역겨워졌다. 바로 전날 저녁에 자기가 디포짓에서 온 치과의사의 조수인 젊은 신사와 마차로 드라이브를 갔다가 그 남자에게 키스를 허락했고 머리에 꽂은 꽃을 주었다. 그런데 이제는 그 남자에 대한 생각만으로도 혐오스러웠다. 언딘은 자기 주위의 사람들이 모두, 무엇보다도 경멸스러운 윈처 양이 역겨웠다. 윈처 가족이 자기를 '호텔 손님 일행'으로, 일요일에 오는 젊은 청년들을 기다리는 '아가씨들'로 여긴다고 생각하니 분노가 치밀었다. 이 호텔은 매력을 영원히 잃어버렸고, 언딘은 깜짝 놀라기는 했지만 떠나자는 딸의 말에 고마워하는 부모를 끌고 그 다음 주에 에이펙스로 돌아갔다.

그러나 윈처 양의 경멸적인 대화는 더 큰 창을 열어주었다. 자기에게 흐르는 개척자의 피가 언딘을 가만히 두지 않았다. 언딘은 대서양 해안이 부르는 소리를 들었다. 그래서 다음 여름에 스프라그 가족은 메인 주의 스코그 항에 갔다. 언딘은 그때를 생각하면 지금도 지루함으로 치가 떨렸다. 그해 여름은 최악이었다. 아무런 장식도 없이 비바람에 찌든 여관과 아무것도 칠하지 않은 널빤지들과 여관 안의 블루베리 파이는 '친해질 수 없는' 편협한 보스턴 스타일이었다. 스프라그 가족은 완전히 외톨이로 한없이 지루하게 몇 주일을 지냈다. 그 가운데 이해할 수 없는 것은 호텔에 묵는

∵

<hr>

23) 현재 언급되는 호텔보다 상류층이 묵는 가상의 호텔.

다른 여자들이 모두 평범하거나 촌스럽거나 나이가 들었다는 점이다. 그리고 그 여자들은 대부분 세 요소를 다 갖추어서 평범하고 촌스럽고 나이가 들었다. 일상적인 차원에서 경쟁한다면 언딘이 이겼을 것이다. 밴 더갠이 얘기한 대로 '아주 쉽게' 이겼을 것이다. 그런데 경쟁 자체가 되지 않았다. 다른 '손님들'은 완전히 냉정하고 누구도 끼어들 수 없는 무리였는데, 그 사람들은 산책을 하고 보트를 타고 골프를 치고 크리서천 사이언스와 잠재의식에 관해 토론했다. 바위처럼 완강하게 얽힌 그 무리에 무력하게 부딪쳐 부서지는 자기 같은 소심한 인간을 그 사람들은 의식하지도 않았다.

스프라그 가족이 스코그 항구를 떠나던 날 언딘은 입술을 꾹 다물고 맹세했다.

"뉴욕에 가볼 때까지는 아무것도 하지 않을 거야."

이제 목적을 이루어서 뉴욕에 왔지만 아직까지는 성공하지 못한 것 같았다. 작은 일에서 큰 일까지 모든 것이 언딘의 뜻과 반대로 되었다. 자성하는 시간에 언딘은 기꺼이 자기의 실수를 인정했지만, 자기가 저지른 실수보다는 부모가 저지르는 실수에 더 화가 났다. 예를 들어 언딘은 드디어 히니 부인이 '올바른 길'이라고 한 곳에 와 있었다. 그러나 바로 자기에게 행운이 오려고 하는 순간 아버지가 오페라 특별석을 사주지 않겠다고 바보같이 고집을 부려서 좌절당할 수도 있었다……

스프라그 부인이 저녁 식사를 위해 준비하러 사라진 뒤에도 언딘은 오랫동안 이런 것들을 골똘히 생각하며 누워 있었다. 여덟 시가 다 되었을 때 복도에서 아버지가 발을 끌며 들어오는 소리를 들었다.

언딘은 아버지가 방으로 들어와 자기 뒤로 와서 모자와 외투를 벗는 동안에도 책에 눈을 고정시키고 있었다. 아버지의 발소리가 다가왔고 딸의 책 위에 작은 꾸러미가 툭하고 떨어졌다.

"아, 아버지!"

언딘은 발딱 일어났다. 책은 방바닥으로 떨어지고 손가락이 표를 낚아챘다. 그러나 전에 본 적이 없는 두툼한 꾸러미가 나왔다. 언딘은 희망에 차면서도 두려워서 그것을 바라보았다. 혈색이 나쁜 아버지의 웃음에 계속 감질났지만 언딘은 환하게 웃으며 기쁨이 넘쳐 질문하는 표정을 지었다. 그러고는 아버지에게 달려가 머리칼로 아버지의 말을 막았다.

"이건 하루 저녁보다 많은 것이네요. 어, 격주로 금요일 저녁에 가는 거네요. 사랑하는 아버지, 아버지!"

언딘은 기뻐 어쩔 줄을 몰랐다.

스프라그 씨는 딸의 반짝이는 머리카락 사이로 실망한 것처럼 행동했다.

"그래? 그쪽에서 잘못된 걸 줬나 보구나……!"

딸이 아버지를 향해 휙 돌아서서 빛나는 눈으로 비난하듯 보았다.

"너는 한 번만 가려고 하는 걸 알아. 그렇지만 약속이 없을 때는 네가 그 표를 친구들에게 보내고 싶을 거라고 생각했어."

스프라그 부인은 문가에서 눈물을 글썽이며 이 유쾌한 마지막 말을 듣고 있다가 언딘이 옷을 갈아입으려고 서둘러 나가자 앞으로 나왔다.

"애브너, 당신 이 돈을 정말로 구할 수 있었어요?"

스프라그 씨는 아내의 말에 어색하고 짧은 포옹으로 답을 했다.

"리오타, 그건 걱정하지 말아요. 저 아이가 만나고 싶은 사람들하고 같이 어울리게 해야 하지 않겠소. 난 저 애가 만날 수 있는 모든 사람과 같이 어울리기를 원하오."

두 사람 사이에 잠깐 말이 없었다. 스프라그 부인은 남편의 피곤한 눈을 걱정스럽게 들여다보았다.

"당신 엘머를 다시 만났어요?"

"아니오. 한 번으로 족하지."

스프라그 씨는 언딘처럼 얼굴을 찡그리며 대답했다.

"음, 당신은 그 사람이 저 아이를 쫓아다닐 수 없다고 **말했잖아요**, 애브너!"

"더 이상 쫓아다닐 수 없지. 그렇지만 재가 초조해하고 외로워서 그자를 따라가기를 원한다면 어떡할 거요?"

스프라그 부인은 그 말에 몸을 떨었다. 그리고 작은 소리로 물었다.

"그 사람 어때 보였어요? 똑같았어요?"

"아니. 말쑥하게 차려 입고 있었소. 그래서 겁이 나는 거요."

그 말에 스프라그 부인도 겁이 나서 평소에도 생기가 없던 뺨이 표백이 된 것처럼 창백하게 되었다. 부인은 남편을 시무룩하게 찬찬히 살펴보았다. 스프라그 부인이 말했다.

"애브너, 당신 아주 아픈 것처럼 보여요. 제가 소화제를 곧 가져다드릴 게요."

그러나 스프라그 씨는 지치지 않는 유머로 이 말을 받아넘겼다.

"난 위장병에 걸리는 위험을 감수하기에는 너무 아픈가 봐."

스프라그 씨는 에이펙스시티에서는 잘하는 친숙한 부부 사이의 몸짓으로 아내의 팔 안으로 손을 넣었다.

"여보, 저녁 먹으러 내려갑시다. 오늘 저녁은 차려입지 않아도 언딘이 상관하지 않을 것 같소."

제5장

　언딘은 발코니에서 부러워하면서 그 사람들을 내려다보았고, 무대 앞 일등석에 있을 때는 그 사람들을 숭배하면서 올려다보았었다. 그러나 이제 드디어 언딘은 그 사람들과 나란히 앉게 되었고, 평범한 사람들이 막간에 무대에 커튼이 쳐진 것도 잊어버리고 부러워서 바라보는 신성한 반원형 안에 앉아 있는 상류층의 특권을 자신도 누리게 된 것이다.

　언딘은 무대 앞 일등석에서 상류사회의 견습생 시절에 배운 손짓으로 반대쪽 구석에 있는 메이블 립스컴에게 손을 흔들며 움푹 들어간 주홍색 벽감의 왼쪽 좌석에 미끄러지듯이 들어가면서 인생의 절정의 순간에 나타나는 신체적 기능이 활발해지는 현상을 느꼈다. 자기의 의식이 아래쪽에 죽 늘어서 앉은 관객들부터 중앙 샹들리에에서 절정에 달하는 휘황찬란한 광채에 이르기까지 곡선으로 된 눈부신 전체 객석을 동시에 모두 인식하는 것 같았다. 언딘은 자기가 어마어마한 조명의 중심이며, 모든 광선을 중심으로 모으는 심장이 고동치는 감각 능력이 있는 표면인 듯했다.

　잠시 후에 불빛이 약해지고 막이 오르며 조명의 초점이 이동하자 언딘은 안도했다. 음악과 무대장치와 무대 위의 움직임은 사방에서 언딘을 비추는 광채를 완화하고, 언딘이 진정되고 숨을 돌리며 스스로 기묘하게 불안정하고 투명하다고 느끼게 하는 이 새롭고 맑은 매개체에 적응할 수 있도록 시간을 벌어주는 짙은 안개 같았다.

1막이 끝나자 언딘은 관람석 안에서 미묘한 변화가 있음을 깨닫기 시작했다. 모든 특별석에서 이동의 역류가 시작되었다. 무리들이 만났다 흩어졌고, 부채들이 흔들렸고 머리 장식품들이 반짝거렸고, 하얀 어깨를 드러낸 여성들 사이로 검은 외투를 입은 남성들이 나타났고, 늦게 온 사람들은 붉은 그림자 속에서 모피 옷과 레이스를 내려놓았다. 언딘은 잠시 자신을 의식하지 않고서 익숙한 얼굴을 찾으려고 오페라 안경을 들어서 극장을 훑어보았다. 어떤 이들은 뱃머리를 장식하는 고정된 선수상[24]처럼 사회적인 명사라서 이름을 댈 수는 없었지만 알아볼 수 있었다. 다른 이들은 신문에서 본 인물 사진으로 알아볼 수 있었다. 그러나 언딘이 안다고 할 수 있는 소수의 사람들은 하나도 눈에 띄지 않았다. 이렇게 사람들을 조사하자 전체 광경은 공허하고 특색을 잃어버렸다.

거의 모든 특등석이 이제 자리가 찼지만 맞은편에 있는 한 좌석은 계속 비어 있어서 언딘을 애타게 했다. 오페라극장의 특등석이 있으면서 그것을 사용하지 않는 건 얼마나 기이한 일인가! 도대체 그 사람들은 무엇을 하고 있고 오페라 관람보다 더 대단한 어떤 즐거움을 맛보고 있단 말인가? 언딘은 특등석의 번호와 소유자의 이름이 오페라 일정표의 뒷면에 적혀 있다는 것을 기억하고 그 자리의 번호를 재빠르게 계산한 뒤 목록을 찾아보았다. 그곳은 월요일과 금요일은 피터 밴 더갠 부인의 자리였다. 바로 그랬다. 그 특등석이 빈 건 밴 더갠 부인이 바로 랠프 마블과 단둘이 저녁 식사

••

24) 선수상(船首像): 보통 여자 모습으로 배의 앞부분 끝에 나무로 만들어 붙이는 상.

를 하기 때문이다!

"피터는 저녁 식사를 하러 외출할 거예요."

언딘은 밴 더갠 집의 식당의 광경을 뚜렷이 떠올렸다. 언딘의 상상 속에서 그 식당은 떡갈나무로 조각되었고 금박이 입혀진 호화로운 곳이며, 중앙에 작은 테이블과 장밋빛 조명과 꽃이 있고, 온실에서 재배된 포도와 샴페인이 놓인 식탁 너머로 랠프 마블은 안주인의 담배에서 담뱃불을 붙이려고 몸을 앞으로 기울이고 있었다. 언딘은 이런 장면을 무대에서 보았고, 소설책의 생생한 묘사를 통해서 읽었다. 그래서 밴 더갠 부인의 드러난 어깨를 장식하는 반짝이는 보석부터 마블이 웃으며 부인의 말에 귀를 기울이며 짧은 금발 콧수염을 쓰다듬는 모습에 이르기까지 모든 게 세세하게 언딘의 눈 앞에 펼쳐지는 것 같았다.

언딘은 마블이 자기에게 '매혹되었다고' 상상하고 자기만족에 빠진 행복한 상류층의 일원이라고 상상한 자신의 단순함에 화가 나 얼굴이 붉어졌다. 그 사람들은 모두 자기 친구와 연줄과 일과를 빼곡하게 가득 채우는 유쾌한 할 일들이 있었다. 그러니 초창기 회원들로 이미 꽉 찬 무리에 끼어들려는 사람들을 위해 자리를 마련해줄 이유가 뭐가 있겠는가?

밴 더갠 집의 식당에서 벌어지는 세부적인 일에 대해 상상의 나래를 펼치자 언딘에게 상류사회는 지독히 부도덕하며, 이렇게 오염된 환경에서는 정말 행복해질 수 없다는 게 분명해졌다. 언딘은 한 저명한 목사가 사회악에 반대하는 일련의 설교를 한다는 것을 기억해내고 다음 일요일에 가서 듣기로 작정했다.

꼬리를 무는 이 생각은 옆의 특별석에서 자신을 뚫어지게 관찰하는 시선을 느끼면서 중단되었다. 립스컴 부인에게 말을 거는 척하며 고개를 돌리자 언딘은 자기를 응시하는 피터 밴 더갠의 퉁방울눈과 마주쳤다. 그 사람은 코안경을 낀 숙녀 뒤에 서 있었다. 그 숙녀는 귀갑 안경 대신에 다이 아몬드가 촘촘히 박힌 안경을 끼고 있었는데, 피터의 말을 듣고 감식하려는 듯이 안경을 언딘 쪽으로 돌렸다.

"아니, 생각나지 않아."

그 숙녀가 말했다. 그 숙녀가 이렇게 오랫동안 자신을 뚫어지게 쳐다보고도 자신을 모른다는 것을 짐작하고 언딘은 얼굴이 빨개졌다.

하지만 피터 밴 더갠은 언딘을 기억하는 게 분명했다. 심지어 그 사람이 언딘 쪽에서도 자기를 알아보았다는 표시를 받아내려고 노력한다는 걸 언딘은 의식했다. 그 사람의 이런 행동에 언딘은 거만하게 오페라 일정표를 훑어보기 시작했다.

"아니, 저기 포플 씨가 있잖아!"

메이블 립스컴이 부채와 일정표를 들고서 관객석을 가로질러 수선스러운 몸짓을 하며 소리를 질렀다.

특등석의 가장자리에 너무 바싹 붙어 자리를 잡은 너무도 활달한 금발의 메이블이 어쩐지 균형을 벗어나 조화롭지 못하며, 절제되지 못하고 자유로운 의사 표현 때문에 점점 더 어울리지 않아 보인다는 것을 언딘은 벌써 의식하고 있었다. 아무도 그런 식으로 몸을 움직이고 손을 흔들지 않았다. 특등석에서는 손짓도 없고 말도 없이 텔레파시가 오가는 것 같았다. 하지만 언딘은 립스컴 부인의 시선을 쫓아가지 않을 수 없었다. 그쪽을 보니 과연 다른 때보다 더 키가 크고 우뚝 솟은 클로드 포플이 눈부시게 예쁜 여성의 등 위로 편안하게 몸을 숙이고 있었다.

그 사람은 립스컴 부인의 적절하지 못한 동작에 신중하게 답례를 했다. 언딘은 그 눈부신 여성의 오페라 안경이 자기 쪽으로 향하는 것을 보고 곧 포플 씨가 극장을 '한 바퀴 돌 것'이라고 혼잣말을 했다. 그러나 막간의 휴식 시간이 흘러가는데도 아무도 자기들의 특별석 손잡이를 돌리지도 않았고, 본인의 표현에 따르면 그랜드오페라[25]에 '정통하지' 않기 때문에 이해하려는 노력을 포기하고 칸막이 특별석의 안쪽에 틀어박혀서 평화롭게 조는 해리 립스컴을 아무도 깨우지 않았다. 언딘은 포플이 특별석을 돌아다니면서 예쁜 여성들을 순방하는 것을 시샘하면서 지켜보았다. 하지만 포플이 이제 막 언딘이 있는 특별석 문으로 오려는 것 같았을 때 오페라하우스의 건너편에 있는 원래 자기 자리에 다시 나타났다.

"언디, 저기 좀 봐, 마블 씨가 있어!"

또 한 번 돌발적으로 눈에 띄는 몸짓을 하면서 메이블이 말했다. 피터 밴 더갠 부인과 그 뒤에 랠프 마블이 반대쪽 좌석에 나타나자 이번에는 언딘의 목덜미까지 빨갛게 상기했다. 분명히 두 사람은 저녁 내내 둘만 같이 있었고 특별석에도 둘만 있는 것 같았다. 그래서 밴 더갠 씨도 자기처럼 이걸 못마땅해 여기는지 알고 싶어서 언딘은 슬쩍 고개를 돌려보았다. 그러나 밴 더갠 씨는 보이지 않았다. 언딘은 초조해져서 앞으로 몸을 내밀며 메이블의 팔을 건드렸다.

"언딘, 무슨 일이야? 저기 마블 씨가 보이지 않니? 같이 있는 사람이 그 사람의 누이니?"

"누이가 아니야. 그렇게 손짓하지 마."

언딘이 목소리를 죽이며 속삭였다.

"왜 안 돼? 네가 여기 있는 걸 저 사람에게 알리고 싶지 않아?"

"그렇기는 하지만 딴 사람들은 너처럼 손짓을 하지 않잖아."

••

25) 그랜드오페라는 19세기 오페라의 한 장르로서, 대체로 4막이나 5막으로 구성되고 대규모의 배역과 오케스트라로 구성되며 화려한 무대효과가 특징이다.

메이블은 태연히 주변을 둘러보았다.

"아마 딴 사람들은 아는 이들을 모두 찾았나보지. 해리를 보내서 마블 씨에게 네가 여기 있다고 알려주라고 할까?"

울려 퍼지는 관악기들의 소리보다 더 크게 메이블이 소리를 질렀다.

"안 돼!"

막이 오르자 언딘이 숨을 죽이며 말했다.

언딘은 더 이상 무대 위의 공연에 집중할 수가 없었다. 두 사람의 존재가 상상력을 점령해버린 것이다. 랠프 마블은 작지만 도달할 수 없는 너무나 먼 존재였고, 옆에 앉은 메이블 립스컴은 어마어마하게 크고 참을 수 없는 존재였다.

언딘에게 메이블 립스컴이 우스꽝스러운 존재라는 사실이 분명해졌다. 그래서 포플 씨가 자기의 특별석에 찾아오지 않은 것이다. 메이블이 옆에 있는 한 아무도 언딘과 말하는 모습을 다른 사람들에게 보이고 싶지 않을 것이다. 메이블이 터무니없고 틀에서 찍어낸 것 같았다면 사교계 인사들은 유연하고 반투명했다. 메이블이 귀에 거슬리고 노골적이었다면 사교계 인사들은 은은하고 암시적이었다. 스텐토리언 호텔에서 메이블은 자기 무리의 중심인물이었지만 여기서는 무명인이었고 무지했다. 아니, 심지어 피터 밴 더갠 부인이 랠프 마블의 누이가 아니라는 것조차도 몰랐다! 게다가 자기의 무지를 자랑스럽게 떠드는 태도는 언딘의 은근한 방식에 거슬렸다. 바로 이 순간에 언딘은 앞으로 자기 인생을 안내하는 원칙 가운데 하나, 즉 '묻는 것보다 지켜보는 것이 더 낫다'라는 원칙을 분명히 이해하게 되었다.

막이 다시 내리자 언딘의 눈은 밴 더갠의 특별석으로 쏜살같이 날아갔다. 남자들 몇 명이 거기로 들어가고 잠시 후에 랠프 마블이 자리에서 일어나서 사라지는 모습을 보았다. 언딘은 거의 무의식적으로 자기가 있는 특별석의 문을 볼 수 있도록 자리를 잡았다. 그러나 누가 문손잡이를 돌리는 기미는 보이지 않았다. 해리 립스컴은 소파 위에서 상체를 뒤로 젖히고 머리는 외투에 기대고 입을 벌린 채 자면서 계속 숨을 크게 쉬고 있었고 문지방 너머까지 멀리 다리를 뻗고 있었다.

막간이 거의 끝날 무렵 문이 열리고 두 신사가 들어오다 립스컴 씨의 다리에 걸려 넘어질 뻔했다. 맨 앞사람은 클로드 월싱엄 포플이었고 그 어깨 너머로 피터 밴 더갠의 개구리 같은 얼굴이 번득였다. 포플 씨가 짤막하게 속삭이면서 같이 온 신사를 두 숙녀에게 소개했다. 밴 더갠 씨는 즉시 언딘 뒤에 자리를 잡고 앉아서 화가를 립스컴 부인 옆으로 내쫓아버렸다.

"묘하군요. 여기 당신 친구가 건너편에 있는 내 친구 폽에게 손을 흔드는 것을 우연히 보았죠. 그래서 내가 다급하게 뛰쳐나가서 포플을 붙잡고 당장 나를 소개해달라고 말했죠. 요전에 그 자동차 전시회에서, 아니, 거기가 어디였더라? 그렇지, 그 골드마크에서 열린 그 그림 전시회에서 당신이 누구인지 알아보려고 애를 썼죠. 그런데 그 그림들은 어떻게 생각하십니까? 당신을 초상화로 그려야 해요. 아니, 진심입니다. 우리 친구 폽에게 당신을 그려달라고 해야겠어요. 이 친구가 당신의 머리를 잔물결 치듯 그려줄 거요. 그 문제에 관해 당신과 얘기를 나누도록 저를 만나주셔야 합니다. 그림에 대해서인지 아니면 당신 머리에 대해서냐고요? 글쎄요, 괜찮으시다면 당신 머리에 대해서 이야기를 나누고 싶군요. 어디에 머무른다고 하셨죠? 오, 이곳에서 산다는 거죠? 정말 잘됐군요!"

언딘은 다른 여자들처럼 그 남자를 향해 몸을 약간 돌려 앞으로 당겨 앉았지만, 그래도 자기가 피터 밴 더갠 씨처럼 굉장한 사람과 대화를 나누는 모습이 관객들에게 보이도록 충분히 몸을 뒤로 젖히고 있었다. 포플 씨의 이야기는 분명히 더 재기 넘치고 의미심장했다. 언딘은 그 사람이 립스컴 부인의 어깨 뒤에서 갈망하는 듯한 시선을 자기에게 던지는 것을 보았다. 하지만 언딘은 페어퍼드 가의 저녁 식사에서 그 사람이 얼마나 경시당했는지를 기억했다. 언딘은 자기가 밴 더갠과 이야기하는 모습을 랠프 마블이 보게 하고 싶은 마음이 간절했다. 아, 정말 간절했다.

언딘은 그림과 음악에 대한 의견을 즉흥적으로 지어내면서 밴 더갠에게 자기 마음을 털어놓았다. 카페 마르탱에서 언제 즐거운 저녁 식사를 하자는 제안에 언딘은 쾌활하게 동의했고, 자기 딴에는 자신의 위치를 강화할 요량으로 밴 더갠 부인과 아는 사이라고 편하게 암시했다. 하지만 그 말에 밴 더갠의 눈은 흐려졌고 당혹감의 그늘 때문에 피어오르던 웃음이 어두워졌다.

"제 처요? 오, 그 사람은 식당에 안 가요. 아내는 그런 곳보다 훨씬 더 품격이 높은 곳에 가지요. 내 친구 폽과 무슨 부인이더라, 이름이 뭐죠, 그 부인, 뚱뚱한 당신 친구 이름이 뭐라고 했죠? 그 부인도 갑시다. 그냥 네 명 정도만 모으죠. 식사 후에는 즐거운 쇼 같은 거나 보러 갑시다……. 어이쿠! 막이 올라가네. 뛰어가야겠네."

밴 더갠이 나가고 문이 닫히자 언딘은 분해서 얼굴이 화끈거렸다. 밴 더갠 부인이 식당에 안 간다면 그 사람이 왜 자기는 갈 거라고 여겼을까? 그것도 메이블을 뒤에 달고서 말이다. 실패했다는 기분이 납덩이처럼 언딘을 다시 짓눌렀다. 이제 저녁은 다 끝났는데 무슨 소득이 있었단 말인가? 무대 앞 일등석에서 위를 올려다보았을 때 특별석에 앉으면 상류사회에 들어가는 거라고 상상했는데, 이제 특등석에 앉아보니 자기가 상류사회에서 소외되었다는 점만 두드러지는 걸 알게 되었다. 더욱이 나머지 시즌 동안 특등석이라는 점을 지게 되었다! 아버지가 자기 지시를 벗어나는 일을 하다니 정말 어리석었다. 왜 아버지는 하라는 대로 하지 않았을까? 언딘은 맥이 빠지고 피곤했다. 에이펙스에 대한 지긋지긋한 기억들이 물밀듯이 밀려왔다. 거기서처럼 여기도 따분한 곳이 될까?

언딘은 등 뒤에서 립스컴이 크게 속삭이는 것을 들었다.

"이봐, 아가씨들. 이번 막은 건너뛰고 공연이 다 끝나면 데리러 오겠소."

두 사람은 립스컴 씨가 발을 끌면서 특별석을 빠져나가는 소리를 들었다. 메이블은 방해받지 않고 오페라를 즐기려고 다시 의자에 편히 기대어 앉았다.

마지막 막간이 되었을 때 언딘은 더 이상 머무르지 않기로 마음먹고 일어섰다. 메이블은 관객들을 살피는 데 정신이 팔려 언딘의 움직임을 알아채지 못했다. 언딘이 혼자 특별석 뒤로 건너갔을 때 문이 열리고 랠프 마블이 들어왔다.

언딘은 벽에서 외투를 내리려고 기운 없이 팔을 올린 채 서 있었다. 그 자세는 길고 늘씬한 몸매와 뒤로 젖혀진 머리 아래의 신선한 목선을 드러내 보였다. 얼굴은 보통 때보다 더 창백하고 부드러웠고, 마블의 얼굴을 바라보는 눈은 굵은 눈썹 아래서 깊고 반짝이는 것 같았다.

랠프 마블이 외쳤다.

"오, 가는 건 아니겠죠?"

언딘이 간단하게 대답했다.

"당신이 오지 않을 거라고 생각했어요."

"당신을 찾아오는 다른 방문객들을 피하려고 일부러 지금까지 기다렸어요."

언딘이 기뻐서 웃었다.

"오, 찾아온 사람도 그다지 많지 않았어요!"

솔직한 태도가 마블을 사로잡을 거라는 것을 언딘은 직감적으로 이미 알았다. 두 사람은 벽에 걸린 외투를 배경으로 빨간색 다마스크 소파에 함께 앉았다. 언딘이 뒤로 기대다가 뒤에 있는 외투의 금속 장식에 머리카락이 걸리자 랠프가 엉킨 것을 푸는 동안 언딘은 가만히 앉아 있어야 했다. 그러고 나서 두 사람은 이 일에 대해 웃으면서 다시 자리를 잡고 앉았다.

한 번 힐끗 보고 립스컴 부인은 상황을 파악했고, 두 사람은 그 부인이 다시 넋이 빠져서 특별석을 살피는 것을 보았다. 두 사람이 앉아 있는 거울이 걸린 구석에는 불빛이 장밋빛으로 흐릿하게 가라앉아 있었고, 반쯤 쳐진 비단 커튼을 통해서 관객의 웅웅거리는 소리가 들려왔다. 랠프가 빨간색 비단 벽에 기댄 머리를 들었을 때 언딘은 그 사람의 섬세하고 세련된 용모를 알아차렸다. 작은 콧수염을 어루만지는 손은 단정하게 마무리되었지만 강건했고 유약하지 않았다. 언딘은 늘 잘 다듬어진 외모와 세련된 모양새를 전적으로 여성과 연관된 것으로 여겼지만, 남자가 외모를 다듬으면 훨씬 더 호감을 줄 수 있다고 생각하게 되었다. 마블의 눈은 언딘의 눈처럼 회색이었고 눈썹은 밤색이었으며 속눈썹은 더 짙은 색이었다. 피부는 여자의 피부처럼 깨끗했지만 손에서 볼 수 있듯이 기분 좋은 붉은 빛을 띠었다.

마블이 앉아서 낮은 어조로 음악에 대해서 묻고 지난번 만난 후로 무얼 했는지를 물었을 때 언딘은 그 사람이 보통 때보다 자기를 덜 쳐다본다는 것을 알고 자기도 딴 곳을 응시했다. 그러나 언딘이 갑자기 눈을 돌리면 어김없이 자기를 바라보는 랠프 마블의 시선과 맞닥뜨렸다.

마블은 일반적인 주제에 대해 말했다. 언딘은 자기 머리칼에 대한 찬사를 듣는 것에 익숙했고 금속 장식에 머리카락이 걸린 사건 덕분에 머리칼에 대해 우아하게 언급할 기회가 생겼는데도 자기 옷이나 머리에 대해 마블이 찬사를 하지 않아 약간 실망했다. 그러나 마블이 나직하게 말을 하지만 옆에 있는 언딘을 의식하여 두근거린다는 것을 본능적으로 알아챘다. 마블의 절제력 때문에 언딘은 침착해졌고, 아주 오래된 연애의 유희에 참여할 때 자기가 아는 유일한 방식인 발끈하고 초조해하는 태도를 보이는 것을 억제하게 되었다. 언딘 자신과 부모님에 대해서, 뉴욕에 아는 사람이 별로 없다는 것과 부모님을 설득해서 에이펙스를 떠난 것을 가끔 후회할 지경이 된다는 걸 꾸밈없이 솔직하게 말했다.

"당신도 아시겠지만, 부모님이 전적으로 저를 위해 이곳에 오셨어요. 부모님은 여기서 몹시 외로워하세요. 그런데도 저는 뉴욕의 방식을 배울 수 있을지 모르겠어요."

언딘은 젊고 진실해 보이는 시선을 마블에게 던지며 고백했다.

"물론 몇 명을 알기는 하지만 그 사람들은 제가 기대한 그런 뉴욕 사람들은 아니에요."

언딘은 무심결에 바라본 것처럼 대담하게 메이블을 흘끗 보았다.

"오늘 저녁 여기서 제가 교제하길 간절히 바라는 아가씨들을 봤어요. 그 아가씨들은 정말 사랑스럽고 세련된 분들이에요. 그렇지만 제가 그 아가씨들과 교제할 수 있을 것 같지 않아요. 뉴욕은 낯선 아가씨들에게는 그다지 친절하지 않아요, 그렇죠? 당신은 이미 당신과 같은 부류의 아가씨들을 많이 알고 그 아가씨들이 모두 매력적이어서 저에게는 신경도 쓰지 않는 것 같아요!"

언딘은 이렇게 말하면서 반쯤은 웃으면서 반쯤은 동경하듯이 남자의 눈을 바라보다가 얼굴이 속눈썹까지 점차 발그레해지자 눈을 떨구었다.

마블은 떠나면서 내일 집으로 언딘을 찾아가도 되는지 물었다.

밤이 상쾌해서 마블은 사촌을 차에 데려다준 후에 위싱턴스퀘어에 있는 집까지 걷기 시작했다. 마블은 모퉁이에서 포플 씨와 합류했다.

"이보게, 랠프, 자네 스텐토리언 호텔의 그 적갈색 머리의 미녀를 만나

봤나? 해리 립스컴이 우리에게 그런 미인을 소개해줄 거라고 누가 생각이나 했겠나? 피터 밴 더갠은 정말 벌떡 일어나서 몬티 서버 부인의 특별석에서 나를 끌어내더니 내 옷깃을 잡고 자기를 소개해달라고 끌고 갔다네. 벌써 카페 마르탱에서 저녁 식사를 할 계획까지 세웠다네. 참말이지 피터는 자기가 원할 때 원하는 걸 꼭 가지려고 하는 자야! 내가 자네를 위해서도 한마디 덧붙였다네. 자네와 나도 유리한 입장에 있게 해달라고 말해두었어. 어떤 아가씨들은 이렇게 운 좋게 사교계에 들어올 수 있다니 재미있군. 이 아가씨가 립스컴 부부를 떼어내버릴 수만 있다면 사교계에서 성공할 거야. 그 아가씨의 초상화를 그리게 해달라고 부탁할까 생각중이야. 봄에 열 전시회에서 훌륭한 작품이 될 것 같아. 내가 그리는 밴 더갠 부인의 초상화와 함께 금발과 갈색, 밤과 아침처럼 대비되는 **그림 한 쌍**으로 멋지게 돋보일 걸세. 물론 나는 개인적으로 밴 더갠 부인과 같은 유형을 더 선호하지. 양가집 규수의 교육을 받은 여성이 **반드시** 있어야 해. 하지만 그저 살아 있는 인간으로서…… 여보게, 자네 클럽에 가는 거 아닌가?"

마블은 클럽에 가는 게 아니었다. 포플이 떠나자 마블은 길게 안도의 숨을 쉬었다.

어떻게 자신이 포플 같은 터무니없는 자를 관대하게 생각했을까? 랠프는 사교계를 다 안다는 듯한 그자의 어조를 한때는 익살맞다고 여겼지만 이제는 추잡한 신체적 접촉처럼 비위에 거슬렸다. 그런데 최악인 것은 약간 과장되게 희화되기는 했어도 포플이 실제로 자신이 빈번하게 드나드는 세계의 전형을 나타낸다는 점이었다. 어쨌든 다른 사람들도 포플이 스프라그 양에 대해 말한 것처럼 그 아가씨에 대해서 똑같이 생각할 것이다. 랠프 무리의 사람들은 대부분 에이펙스 출신의 아가씨가 피터 밴 더갠과 카페 마르탱에서 저녁 식사를 하는 것으로 사교계에 입문한다면 운이 좋은 거라고 동의할 것이다…….

랠프 마블은 할아버지 집 문 앞의 계단을 올라가면서 검소한 대리석 장식이 달린 좌우 대칭인 오래된 붉은색 집의 정면을 마치 친숙한 인간의 얼굴을 들여다보듯이 올려다보았다.

"그분들이 옳아. 결국 어떤 측면에서는 그분들이 옳아."

마블은 문에 열쇠를 끼워 넣으며 중얼거렸다.

'그분들'이란 어머니와 할아버지 어번 대거닛 씨였다. 이들은 랠프의 아주 어렸을 적 기억부터 워싱턴스퀘어의 오래된 집과 매우 밀접하게 동일시되어서, 이 집이 그 두사람의 외형을 상징할 수 있는 것처럼 두 사람은 집의 내면 의식으로 여겨질 수 있었다. 5번가의 끝자락에서 생겨나는 아주 다르게 생긴 건축물들이 나타내는 사회의 분열이라는 문제에 대해서 자신의 오래된 집은 어머니와 대거닛 씨가 본질적으로 옳다는 것을 이제 단언하는 듯했다.

랠프는 집에 들어와서 빗장을 밀어 잠그고, 마호가니 문과 고요한 '네덜란드 식의 실내' 효과를 내는 검은색과 하얀색의 대리석 표면으로 된 현관에 들어섰다. 랠프는 포플이 소위 사교계라고 일컫는 것은 사실 사교계 사람들이 사는 집, 말하자면 유용성을 지향하는 얄팍한 강철 뼈대 위에 장식품이 오용되어서 뒤범벅이 된 그런 집과 같다고 혼잣말을 했다. 강철로 만든 뼈대는 월 가(街)에 건설되었고 사교계라는 장식품은 5번가에 허둥지둥 추가된 것이었다. 이들의 결합은 흉측하고 인공적이었으며, 다른 나라에서 동질적인 것들이 서서히 발전하여 사교계라고 하는 것으로 꽃피는 것과는 달랐다. 이것은 피터 밴 더갠 저택 지붕의 블루아 양식[26]의 괴물 형상

••

26) 블루아(Blois): 프랑스 중부에 있는 도시.

을 한 홈통 주둥이들과 그것들을 지지해주는 뼈대 벽의 결합처럼 흉측하고 인공적이었다.

그것은 '그분들'이 늘 말하던 바였고, 적어도 대거닛 가의 태도와 대거닛 가의 인생관과 대거닛 가의 오래된 집에 있는 가구의 외형이 표현하는 바였다.

랠프는 가끔 어머니와 할아버지를 토박이라고 부르고, 침략해 들어오는 종족으로 인해 급속히 멸종할 운명에 처한 미국 대륙의 사라져가는 원주민들에 이들을 비유했다. 그리고 워싱턴스퀘어를 '원주민 보호구역'으로 묘사하고 머지않아 이곳의 주민들은 불쌍하게도 원시적인 산업 활동에 종사하면서 인종 전시회에 전시될 것이라고 예언하기를 좋아했다.

소규모이고 신중한 중산층이 뉴욕 토박이의 이상이었다. 랠프는 갑자기 할아버지와 어머니가 참으로 일관성 있고 품위 있다는 생각이 들었다. 할아버지와 어머니의 취향은 현대의 흐름을 형성하는 가리지 않고 마구잡이로 먹어치우는 혼란스러운 식성과 대조적이었다. 자신도 '현대적'이 되고 싶었고, 반쯤은 익살맞게 옛 규범의 한계와 배타성에 반감을 품은 적이 있었다. 그러나 이제야 자신이 현대적인 것과 반대되는 편에 공감하고 있음을 느꼈다. 현대적인 것의 반대편 주장이 무엇인지를 바로 정확히 이 시점에서 랠프가 이해하기 시작한 것은 격세유전 때문인 게 분명했다.

제6장

갈색 난로가 켜진 위층 방에서 랠프는 안락의자에 깊숙이 앉아 처음에 하버드와 그 다음에 옥스퍼드, 그 다음 1년 동안의 방랑과 다채로운 교육들을 기억했다. 뉴욕으로 돌아와 랠프는 법을 공부했고 이제는 대거닛 가문이 몇 세대 동안 책임지느라고 재산을 낭비한 존경받는 법률 회사에 자리가 있었다. 그러나 랠프에게 직업은 인생에서 현실적인 일이 아니었다. 이제 현실이 주위에 놓여 있었다. 대학 시절부터 쓴 서가와 의자와 테이블에는 넘쳐흐를 정도로 책이 쌓여 있었고 마무리하는 방법을 알기만 하면 매력적인 일을 할 수 있는 스케치들도 잔뜩 있었으며, 팔꿈치 곁에 있는 책상 위에 산문과 시를 써놓은 종이들이 흐트러져 있었다. 그것 역시 스케치처럼 매력적인 일이었으나 마무리를 하지 않았다.

대거닛 가나 마블 가의 전통은 인생과 장난치는 듯한 이런 막연한 일들을 반대하지 않았다. 양쪽 집안에서는 4~5 대를 내려오면서 젊은이는 하버드나 컬럼비아를 가서 법을 공부하고 나서 다소 교양 있는 조용한 삶으로 들어갔다. 단 하나 필수 사항은 '신사처럼' 살아야 한다는 것이었다. 그런 삶이란 단순히 돈을 버는 것을 차분하게 경멸하고, 좀더 훌륭한 감성에 소극적으로 마음을 열고서, 포도주의 질에 대한 변치 않는 원칙 한두 가지와, 개인적인 명예와 '사업'적인 명예를 구분하는 법을 아직 배우지 않은 구식의 고결함을 지키며 사는 것이었다.

신사로 살아가는 것이야말로 현대의 젊은이를 성공에 철저히 적합하지 못하게 만드는 소양이었다. 랠프 마블이 구제 불능이라는 사실을 마무리하는 데에는 책상 위에 몇 장 끄적거려놓은 글은 필요하지도 않았다. 랠프 마블은 그 사실을 우스꽝스러운 운명으로 받아들였다. 물질적인 재산은 양쪽 집안이 다 충분하지 않았지만 자기의 소박한 필요를 채우기에는 항상 충분했다. 비싼 초판본이 아닌 책을 사고 때때로 휴가 때 예술과 사상의 위대한 센터에 가는 돈을 지불하기에는 충분했다. 그리고 랠프의 내부에는 경이로운 세계가 있었다. 어렸을 때 랠프는 밀물과 썰물 사이에 동굴에 간 적이 있었다. 그 동굴은 청록색 빛을 띠고 이상한 소리가 들리며 하늘과 통하는 한 줄기 빛이 비치고 신비롭고 접근할 수 없는 비밀 장소였다. 랠프는 자기가 발견한 것을 다른 소년들에게 비밀로 했다. 깍쟁이어서 그런 것은 아니었다. 랠프는 항상 솔직히 말하는 아이였다. 하지만 동굴에는 다른 착한 친구들이 이해하리라고 기대할 수 없는 것들이 있었고, 통통한 주근깨투성이 사촌들이 그 동굴에서 밀수꾼과 해적 놀이를 하도록 내버려둔 다음에는 자기만의 동굴이 될 수가 없었기 때문이다.

랠프의 내면의 세계도 그랬다. 랠프의 내면은 외부에서 받은 인상으로 채색이 되었지만 비밀의 커튼이 쳐져 있었고, 비밀을 간직하는 기쁨으로 그곳을 드나들었다. 물론 어느 날 누가 그것을 발견할 것이고 그곳을 자기와 함께 지배할 것이다. 아니, 누가 그것과 자기를 지배할 것이었다. 한 번인가 두 번 이미 가벼운 발걸음이 문지방까지 온 적이 있었다. 예를 들어 사촌 클레어 대거닛이 그랬다. 어느 여름 저 아래 꼬부라진 길에서 클레어의 목소리가 들려왔지만…… 랠프는 가을 내내 스페인으로 도망가 있었다. 랠프가 돌아왔을 때 클레어는 피터 밴 더갠과 약혼했고 한동안 동굴은 검은색으로 보였다. 그게 서른이 되기 전 오래된 일이었다. 그리고 이제 3년이 되었는데 그동안 랠프는 클레어에게 거의 경멸 섞인 연민을 느껴왔다. 자기의 동굴 입구에 서 있다가 발길을 돌려 밴 더갠의 우리로 들어간 것에 대해서 말이다!

　가련한 클레어는 정말로 후회했다. 클레어는 그것을 분명히 원했지만 밴 더갠의 다이아몬드에 둘러싸여 후회했고, 밴 더갠의 자동차는 클레어의 상심한 마음을 오페라에서 무도회로 실어 날랐다. 클레어는 자기가 애써서 들어간 밴 더갠의 세계에 굴복했고, 다시는 마술이 걸린 동굴을 찾아가는 길을 찾지 못했다. 그뒤 랠프는 절대로 결혼하지 않겠다고 결심하기에 이르렀다. 갑작스럽거나 극적으로 그렇게 결정한 게 아니라 그 반대의 단계를 선택하려는 사람들에게 필요한 맑고 신중한 정신으로 그렇게 결정했다. 존재의 첫 두근거림이 지나가버린 지금 랠프가 가장 원하는 것은 위대한 사람들이 생각한 것을 배우고 아는 것, 그 사람들이 생각한 것을 생각하는 것, 그런 뒤 자신의 배를 물에 띄우는 것, 다시 말해 가능하면 좋은 시를 쓰고 그게 아니라면 비평을 쓰는 것이었다. 극적인 시가 팔꿈치 근처에 있는 원고들 사이에 있었지만 산문 비평가 역시 거기에 있었기에 시에 만족할 수 없었다. 랠프의 내부에 있는 시인과 비평가가 격렬하고 소득 없는 논쟁으로 밤을 보냈다. 전체적으로 보면 비평가가 승리를 거둔 것 같았다. '월트 휘트먼의 리듬 구조'에 관한 에세이가 〈추방당한 신〉보다 먼저 형태를 이루었다. 그렇지만 동굴의 빛이 초자연적일 정도로 푸르지 않고 조수의 노래가 상상할 수 없는 음악으로 가득 차지 않다고 할지라도 언딘 스프라그가 문 입구에 나타났을 때 그 동굴은 여전히 붐비고 메아리가 울리는 곳이었다…….

어머니와 누나는 물론 랠프가 결혼하기를 원했다. 두 사람은 랠프가 혼인의 기쁨을 위해 '태어난' 사람이라는 평범한 생각을 품고 있었다. 여자들은 언제나 술에 취하지 않고 취미가 천하지 않은 남자는 다 결혼에 어울린다고 생각했다. 랠프는 비밀스러운 보물 가운데 웅크리고 앉아서 그 생각에 웃었다. 결혼하라, 그러나 빛과 자유의 이름으로 묻건대 누구와? 자기 계층의 딸들은 상류층을 침입해 들어오는 자들에게 자신을 팔았다. 침입자들의 딸들은 오페라 특별석을 사듯이 남편들을 샀다. 모두 증권거래소에서 거래되어야 했다. 어머니는 아들에 대해 그런 야심이 없다는 것을 랠프는 알았다. 그래서 어머니는 아들이 해리엇 레이 같이 '좋은 처녀'와 결혼하기를 원했다.

해리엇 레이는 상스럽지도 않고 야심도 없었다. 그 아가씨는 워싱턴스퀘어를 사교계의 발생지로 여겼고 초기 뉴욕의 모든 친인척 관계를 완전히 꿰고 있었으며 자동차를 혐오했다. 또 전화로는 자신을 이해시키지 못했으며, 결혼하면 이혼한 여자는 절대로 친구로 받아들이지 않겠다고 마음먹었다. 마블 부인은 종종 해리엇과 같은 처녀들이 점점 더 희귀해진다고 말하곤 했다. 랠프는 이 점에 대해 확신이 없었다. 약간 융통성 있게 생각해보면 소박한 어머니들이 자기 아들들에게 추천하는 해리엇 레이 같은 처녀들이 많이 있을 거라는 생각이 들었다. 랠프는 결혼 가능한 사람들의 무리에서 한 사람을 제거해 그런 처녀의 숫자를 줄이고 싶지 않았다. 랠프는 결혼할 생각이 전혀 없었다. 이것이 언딘 스프라그를 만날 때까지는 진정 사실이었다. 그런데 이제는? 랠프는 엽궐련에 불을 붙이고 스프라그 양과 한 시간 동안 나눈 대화를 반추하기 시작했다.

랠프는 어머니의 사회적인 신념들을 심각하게 받아들인 적이 없었다.

아주 높은 관점에서 문명이 걸어온 길을 바라보면서 랠프는 일찌감치 침입자들과 어울렸고 그 사람들의 관습과 풍습을 호기심을 가지고 지켜보았다. 그러나 자기가 만난 침입자들은 대부분 이미 토박이들과 만나며 변질해 있었다. 비록 그 사람들은 자기들의 입에서는 종종 완전히 다른 의미를 띠지만 랠프와 같은 언어를 사용했다. 랠프는 자기처럼 정복당한 토박이들의 언어를 습득하기 전에, 실질적으로 형성되는 중인 침입자들을 만나본 적이 없었다. 하지만 스프라그 부인은 여전히 그 부인이 속한 부류의 사람들이 쓰는 사투리를 사용했고, 방문이 끝나기도 전에 랠프는 그 부인의 딸이 외출한 것을 유감스럽게 여기지 않게 되었다. 랠프는 솔직하고 단순하다고 생각하는 이 처녀가 함께 있었다면 초기 에이펙스의 삶에 관해 별로 배우지 못했을 거라고 막연하게 느꼈다.

언딘의 친구를 '대접해야' 한다는 근거를 알 수 없는 필요를 일단 인정하고 나자, 적어도 체념하여 받아들이고 나자 스프라그 부인은 약한 용수철 단추를 건드린 듯이 수다를 떨었다. 스프라그 부인은 히니 부인을 이틀 동안이나 만나지 못했고 몸가짐이 점잖고 상냥한 청년은 마사지사만큼이나 이야기하기가 쉬웠다. 그래서 스프라그 부인은 히니 부인이 이미 아는 것들을 이야기할 수 있었다. 스프라그 부인은 자기의 이야기들을 반복하는 것을 좋아했다. 그렇게 얘기를 반복하는 것이 부인에게는 계속 변하는 삶의 장면들 가운데서 거의 유일하게 영속성을 느끼게 하는 일이었다. 그래서 부인이 언딘이 우연히 자리를 비운 것을 길게 애통해 했고, 방문객은 머릿속에서 파도처럼 밀려오는 다양한 메아리를 들으며 웃으면서 부인을 따라 딸의 이름을 발음하면서 말했다.

"아주 훌륭한 발견이에요. 어떻게 그렇게 꼭 맞는 것을 찾을 수 있었어요?"

스프라그 부인이 아주 쉽게 대답을 했다.

"저, 그 아이가 태어나기 일주일 전에 그애 아버지가 시장에 내놓은 머리 고대기를 따서 애 이름을 지었어요."

손님이 충격을 받아 말이 없자 부인이 설명을 덧붙였다.

"그것은 언둘레이[27]예요, 곱슬곱슬하게 하다는 뜻의 프랑스어죠. 언딘 아버지는 이름 때문에 고대기가 성공했다고 생각했어요. 남편은 상당히 유식한 사람이지요. 이름을 찾는 데 재주가 아주 대단해요. 골리앗 풀을 발명했을 때 이름을 찾느라고 밤새 성경을 뒤져가며 앉아 있던 것을 기억해요……. 아니에요. 언딘 아버지는 약제사로 시작하지는 않았어요."

마블이 관심을 보이자 부인은 말을 계속했다.

"그 사람은 장의사 교육을 받았어요. 그리고 사업을 일류로 키웠지요. 하지만 항상 연설을 잘했어요. 얼마동안 목사가 되기도 했어요. 물론 그 일로 돈을 벌지는 못했어요. 그래서 결국 약방을 열었는데 그것도 아주 잘했어요. 비록 마음은 항상 설교단에 있었지만요. 하지만 머리 고대기로 성공한 다음에는 에이펙스의 땅에 투자했지요. 그리고 어쩐 일인지 모든 게 잘 풀렸어요. 물론 스프라그 씨는 할 수 있는 노력을 다 했죠."

스프라그 부인은 긴 문장을 말할 때면 마지막 단어를 강조함으로써 안정감을 주었다.

부인은 계속해서 그때는 남편이 장인을 위해 많은 것을 할 수 없었다고 말했다. 스프라그 씨는 에이펙스에 가난한 소년으로 왔고 결혼 초기에는 가정 내의 문제로 오랫동안 어둡고 힘든 시절이 있었다고 했다. 세 아이

..

27) 스프라그 부인의 무지를 나타내는 일화로 프랑스어에는 '언둘레이(undoolay)'라는 단어가 없다.

가운데 둘이 새로운 상수도가 건설되기 전에 에이펙스를 휩쓴 전염병인 장티푸스로 죽었고, 이 재난으로 스프라그 씨는 앞으로 에이펙스 사람들이 깨끗한 물을 먹어야 한다고 결심했는데, 그것이 직접적으로 재산의 기초가 되었다고 했다.

"그이는 불쌍한 친정 아버지의 땅을 약간 불량 대출 때문에 인수했지요. 그리고 그이가 퓨어 워터[28]를 세웠을 때 그 회사는 투표를 통해 그 땅을 매입해 거기에 새로운 저수지를 만들기로 했어요. 그 일 뒤로 형편이 좋아지기 시작했지요. 마치 죽은 아이들에 대해 우리를 좀 위로하려고 그렇게 된 것처럼 보였어요."

그 다음부터 스프라그 씨는 에이펙스에서 힘 있는 사람이 되었고, 몇 년 동안 돈을 벌지 못하다가 그 다음 몇 년간 계속 돈을 잘 벌었다. 랠프 마블은 스프라그 부인이 하는 소박한 이야기의 행간을 읽기에는 사업에 대해 아는 게 별로 없었다. 마블은 스프라그 씨의 가정적인 불행과 사업상의 승리 사이의 이상한 연결 고리 정도만을 이해할 수 있었다. 스프라그 씨는 파산한 장인을 '도와주었고' 아이들의 무덤에서 에이펙스의 아이들은 누구도 다시는 유독한 물을 마시게 하지 않을 거라고 맹세했고, 이런 두 가지 사심 없는 추진력에서 보상이라는 감동적인 법칙에 따라 물질적인 성공이 왔다. 랠프가 이해하고 흥미를 느낀 것은 초창기의 생활을 이야기하는 스프라그 부인의 꾸밈없고 솔직한 태도였다. 부인의 태도에는 온화하지만 잘 속지 않는 정복당한 종족들 앞에서 다른 침입자들이 자기네들의 과거를 자랑할 때에 보여주는, 풍요로운 과거가 있는 체하며 회상하는 태도가 없었다. 스프라그 가족은 '평범한 사람들'이었고 창피함을 아직은 몰랐다.

∙∙

28) 깨끗한 물(Pure Water)의 의미.

그런 사실들이 과거 시제의 어떤 가짜 우아함보다 대거닛 가의 이상에 그 사람들을 더 가까이 다가오게 만들었다. 랠프는 하면 B. 드리스콜을 몸서리치며 멀리하는 어머니가 스프라그 부인은 이해하고 존중해줄 거라고 생각했다.

그러나 이 사람들의 더럽혀지지 않은 순진함이 얼마나 지속될 것인가? 포플의 상스러운 손길이 이미 그 순수함에 손을 뻗치고 있었다. 포플과 또 말로 표현할 수 없는 밴 더갠의 손길이! 일단 그자들과 그자들의 손길이 언딘에게 행동을 개시하면 그것이 어떻게 끝나게 될지 알 수 없었다. 아니, 차라리 너무 알기 쉬웠다. 언딘 역시 싸구려 사교계의 위치로 우쭐대며 올라갈 거라는 게 믿을 수 없었다. 그러나 바로 언딘의 신선함과 유순함이 그 운명의 징표가 아닌가? 언딘은 첫 손길에 유연한 영혼을 그대로 바치는 그런 나이였다. 그 손길이 밴 더갠의 손길이 될 수도 있다는 점에 랠프의 관자놀이가 윙윙거렸고 미래에 대한 자신의 계획이 모두 봄의 홍수에 비버(海狸)가 쌓은 댐처럼 휩쓸려갔다. 언딘을 밴 더갠과 밴 더갠의 속물주의에서 구하는 게 자기의 진정한 사명일까? 자신의 삶이 불확실하게 기다려왔던 게 그 '부름'이었을까? 그것은 자신이 자아라고 일컬은 파악하기 어려운 의식을 통해서 하려고 의도한 일이 전혀 아니었다. 그러나 자신이 덧없는 존재에 대해 품은 목적이 모두 언딘에 대한 선취권이라는 압력 아래에서는 차츰 시시한 것이 되어버렸다.

랠프 마블의 여성관은 그 부류의 잘생긴 젊은 청년에게 있는 흔한 경험을 바탕으로 형성되었다. 여자들은 마블의 매력적인 얼굴과 정신만큼이나 사람을 끄는 특성, 즉 가볍고 아이러니한 외관 뒤에 있는 젊은이다운 따뜻함에 끌렸다. 잠깐 동안 클레어 대거닛이 자기의 마음을 점령한 시기를 제외하고는 마블은 마음 깊이 흔들린 적이 없었다. 그러나 각각의 감상적인 일화가 주는 것을 수용하면서도 소소한 모험을 경험하면서 미래에 다가올 큰 모험에 대한 믿음을 마블은 간직했다. 사랑이 로맨스의 옷을 입고 나났을 때 마블이 아주 쉽게 희생자가 되어버린 것은 이런 믿음, 즉 상상력이 풍부한 남자가 원숙한 열정에 대해 품은 파괴되지 않는 꿈에 대한 믿음 때문이었다.

자신이 그 처녀와 자신을 명료하게 판단했다는 사실이 그 아가씨에 대한 감정이 표면적인 황홀감 이상이라는 것을 나타내는 확실한 증거로 보였다. 마블은 언딘의 거친 태도와 취약점들을 모르지는 않았지만 그런 것들은 그 아기씨의 아름다움과 설득력의 일부가 되었다. 처음부터 마블은 언딘을 다르고 고착되지 않은 유동적인 사람으로 보았다. 그것은 세상의 다방면에 걸친 매력에 대해 좀 더 빠르게 반응한다는 표시가 아닐까? 해리엇 레이는 신선한 감각의 숨결이 닿을 수 없는, 선대에서 물려받은 의견이라는 진공 속에서 밀봉된 채 갇혀 있었다. 현실의 위험에 대해 그렇게 안전한 젊은 처녀들을 구하려는 외침은 있을 수 없었다. 언딘에게는 그런 전통적인 보호 수단이 없었다. 마블은 스프라그 부인의 의견이 딸의 의견만큼이나 유동적일 것이라 짐작했다. 그 처녀는 상대적인 가치들에 대해 어떠한 지각도 분명히 부족한데다가 새로운 인상을 받아들이는 감수성이 예민하기 때문에 어리석은 힘에 손쉽게 먹이가 될 것이다. 주먹으로 관자놀이를 누르며 앉아 있는 마블에게 언딘의 모습이 보이는 듯했다. 랠프에게 언딘은 바위에 묶인 사랑스러운 안드로메다[29]처럼 보였고, 괴물 같은 사교계

••

29) 그리스 신화에서 안드로메다는 에티오피아의 왕 케페우스와 카시오페아의 딸이다. 케페우스가 포세이돈에게 자기 딸이 바다의 요정들보다 아름답다고 하자 분노한 포세이돈이 바다 괴물을 보내는데, 그 괴물이 일으키는 재난은 왕의 딸을 바쳐야만 피할 수 있었다. 그래서 안드로메다를 바닷가 바위에 묶어놓았는데 페르세우스가 구해주었다.

는 언덕을 한 입에 먹어치우려고 전속력으로 달려오고 있었다. 그리고 자기는 잠시 로시난테[30]에서 페가수스[31]로 변한 날개 달린 말을 타고 쏜살같이 내려가서 언덕을 묶은 사슬을 자르고 이 아가씨를 낚아채어 말에 태우고 날아올라 푸른…….

∴

30) 로시난테: 돈키호테의 늙고 마른 말.
31) 그리스 신화에서 페가수스는 살해당한 메두사의 피에서 솟아나온 불사의 말로서, 벨레로폰이 이 말을 타고 수많은 모험을 완수했다.

제7장

　마블이 자정까지 잠을 이루지 못한 그날부터 약 두 달이 지난 후 히니 부인은 언딘의 무릎 가에 있는 낮은 의자에 앉아서 무릎 위에 가득 놓인 매니큐어를 옆으로 내려놓으며 언딘의 왼손을 만족해서 쓰다듬었다.

　"자, 다시 한 번 반지를 끼어봐."

　히니 부인이 유쾌하고 의미심장한 웃음을 지으며 말했다. 언딘은 히니 부인을 따라 흐뭇하게 나지막이 웃으며 부인이 잡은 손을 빼서 네 째 손가락에 정교하게 세팅된 사파이어 반지를 살짝 끼었다.

　히니 부인은 언딘의 손을 다시 들었다.

　"언딘, 이건 오래된 보석이네. 모양이 조금 달라."

　완충 쿠션으로 싼 손바닥으로 언딘의 눈부신 손끝을 문지르는 동안에 반지를 살펴보면서 히니 부인이 말했다.

　"세팅도 고풍스럽고. 이게 노 대거닛 부인의 보석이었던 거 같아."

　행복해하며 곁에서 서성거리던 스프라그 부인이 재빨리 올려다보았다.

　"아니, 언딘을 위해서 마블 씨가 샀다고 생각하지 않나요, 히니 부인? 이 반지는 티파니 보석상의 상자에 담겨서 왔거든요."

매니큐어사가 다시 웃었다.

"물론 마블 씨가 티파니에 보내서 반지를 잘 닦아달라고 시켰겠죠. 당신은 조상 대대로 내려오는 보석에 대해 들어보지 못했나요, 스프라그 부인? 유럽의 귀족들은 절대로 약혼반지를 밖에 나가서 **구입하지** 않아요. 언딘은 우리 나라의 귀족 집에 시집가는 거잖아요."

스프라그 부인은 안도한 것 같았다.

"오, 그쪽 집안이 아마 반지 사는 데 돈을 아끼려고 했나 생각했어요."

히니 부인은 이 설명을 무시해버리고 자리에서 일어나 반짝거리는 검은 소매를 걷어 올렸다.

"이봐, 언딘. 정말 내가 네 머리를 손질하길 바란다면 지금 시작해야 해."

언딘은 화장대 위의 거울을 바라보려고 의자에서 방향을 바꾸었다. 귀갑으로 만든 머리핀을 머리에서 빼려고 팔을 들었을 때 팔 아래로 미끄러진 투명한 레이스와 모슬린 사이로 어깨가 반짝였다.

"물론 해야죠. 저는 완벽하게 예뻐 보이고 싶거든요!"

"글쎄, 요즘 내 손이 일을 잘해낼지 자신이 없어."

자기 능력을 의심하는 말과는 상반되는 어조로 히니 부인이 말했다

"오, 당신은 **예술가예요**, 히니 부인. 게다가 오늘 저녁에는 일을 시킬 프랑스인 하녀조차 없어요."

스프라그 부인은 화장대 가까이 있는 의자에 풀썩 주저앉으며 한숨지었다.

언딘은 머리를 뒤로 흔들어서 느슨한 머리 타래가 풀려 흩어지게 했다. 머리 타래가 히니 부인의 손질 솜씨로 펼쳐지고 빛나자 스프라그 부인은 뒤로 기대 눈을 반쯤 감고서 딸의 아름다운 모습을 넋을 잃고 바라보았다.

언딘의 아름다움에는 새로운 특색이 가미된 것 같았다. 스프라그 부인의 눈이 물기로 젖어 그렇게 느껴졌는지 모르겠지만 언딘에게는 더 부드러운 윤기, 일종의 온화한 우아함이 더해진 것 같았다.

"그래, 오늘 저녁 식사에서 처음으로 그 노신사를 만난다는 말이지?"

탄력 있는 머리 타래들을 느슨하게 땋아 왕관 모양의 머리 장식이 되도록 쓸어 올리면서 히니 부인이 계속 물었다.

"예, 무서워서 죽을 지경이에요!"

언딘은 자신 있게 웃으며 손거울을 들고서 윗입술의 곡선 위에 있는 작은 갈색 점을 살펴보았다.

"언딘은 노신사에게 어떻게 말해야 할지 알 거예요."

스프라그 부인은 떨리는 승리감 같은 것을 느끼며 장담했다.

"아무튼 언딘은 어떻게 그분을 바라봐야 할지 알 거예요."

히니 부인이 말했다. 언딘은 자신의 모습을 상상하며 웃었다.

"그분이 나를 형편없게 여기지 않기를 바라요!"

히니 부인이 웃었다.

"오늘 아침에 《레이디에이터》 잡지에 나온 너에 대한 기사를 읽었니? 그 기사를 오려둘 시간이 있었으면 좋았을 텐데. 곧 너에 대한 기사를 오려낸 것들을 넣을 가방을 따로 하나 갖고 다녀야 할 거 같아."

언딘은 아주 편안하게 머리 위로 팔을 뻗고 내리깐 눈꺼풀 사이로 거울에 비친 축소된 자기 얼굴을 응시했다.

"저런! 그렇게 몸을 갑자기 움직이면 안돼. 이 장미꽃을 꽂을까? 이것 봐. 정말 예쁘다!"

분홍색 꽃잎이 언딘의 이마 위의 머릿속으로 들어가자 히니 부인은 한숨을 쉬었다.

언딘은 의자를 뒤로 밀고 깍지 낀 손 위에 턱을 받치고 앉아 히니 부인이 부린 솜씨의 결과를 세밀히 살펴보았다.

"맞아요. 피터 밴 더갠 부인의 꽃이 요전 날 이렇게 꽂혀 있었어요. 그렇지만 그 부인 것은 동백꽃이었어요. 동백꽃을 꽂으면 내가 더 예뻐 보일까요?"

"밴 더갠 부인이 장미꽃처럼 보였다면 장미를 꽂았을 거야."

히니 부인이 시적으로 대답했다. 그리고 덧붙여 말했다.

"잠깐만 더 앉아봐. 머리숱이 너무 많으니 핀을 하나 더 꽂아야 내 마음이 편할 것 같아."

언딘은 가만히 앉아 있었다. 매니큐어사가 갑자기 양손을 언딘의 어깨 위에 올려놓고 몸을 숙여서 거울에 비친 모습을 응시하더니 농담조로 말했다.

"전에 약혼한 적이 있니, 언딘?"

거울에 비친 얼굴에 홍조가 피어올라서 턱에서 이마까지 퍼지고 하얀 어깨 위로 발그레하게 퍼졌다. 그 아래로는 어깨를 가리는 옷이 흘러내려와 있었다.

"아유! 그 사람이 지금 너를 볼 수 있다면 좋으련만!"

히니 부인이 농담했다.

스프라그 부인은 소리 없이 일어나서 미끄러지듯이 방을 건너가서 침대 위에 펼쳐진 드레스를 꼼꼼하게 조사하느라고 여념이 없었다.

몸을 유연하게 틀어서 언딘은 히니 부인의 손에서 빠져나왔다.

"약혼요? 맙소사, 그래요! 모르셨어요? 영국 왕세자와 약혼한 것을. 런던탑에 갇혀 살고 싶지 않아서 제가 파혼했어요."

스프라그 부인이 조심스럽게 팔 위로 드레스를 들어올린 채로 안심하는 웃음을 지으면 다가왔다. 스프라그 부인이 히니 부인에게 말했다.

"언디가 이제 유럽에 가겠지."

젊은 아가씨가 이렇게 선언했다.

"언디는 분명히 갈 거예요! 우리는 결혼하자마자 배를 탈 거예요. 엄마, 거기, 제 머리 좀 조심하세요!"

언딘은 우아하게 몸을 숙여 어머니가 머리 위에 들고 있는 레이스 천 속으로 미끄러져 들어갔다.

조개 위에 선 비너스[32]처럼 언딘이 드레스의 주름 위로 일어섰을 때 문에서 노크 소리가 났고 곧 머뭇거리듯이 문이 열렸다.

"메이블!"

언딘이 자기 아버지처럼 이마를 찌푸리며 투덜거렸다. 스프라그 부인이 몸을 획 돌리며 딸을 가리면서 반쯤 열린 문을 향해 항의하듯 말했다.

"거기 누구시죠? 오, 너구나, 립스컴 부인? 글쎄, 들어와도 될지 모르겠네, 언디가 아직 옷을 반도 입지 않았거든."

"걔답네요. 항상 밀고 들어오잖아요!"

속이 투명하게 들여다보이는 소매 속으로 팔을 집어넣으며 언딘이 중얼거렸다.

금발 머리 립스컴 부인의 큰 몸집이 문지방을 가로질러 밀고 들어왔다.

"그래도 상관없어요. 제가 옷 입는 걸 도와줄게요! 제가 바로 언딘과 랠프를 소개했으니 오늘 저녁엔 제가 도와줘야 할 거 같아요."

언딘은 억지로 웃음을 지었다. 그러나 스프라그 부인은 화가 올라와서 잔잔한 주름살이 깊어졌고, 딸의 치마 뒤에 끌리는 옷자락을 흔들어서 펼

∵

32) 보티첼리(Botticelli)의 그림 〈비너스의 탄생(The Birth of Venus)〉을 암시함.

치려고 허리를 굽히면서 히니 부인에게 투덜댔다.

"이제 내 딸이 사람들 앞에 모습을 드러낼 일만 남은 거 같네요."

노 대거닛 씨와의 첫 만남은 언딘이 예상한 것보다는 무섭지 않았다. 언딘은 마블 부인의 의례적인 방문에 대한 답례로서 어머니와 함께 워싱턴 스퀘어에 있는 그 집에 한 번 간 적이 있었다. 그러나 그때는 랠프의 할아버지가 안 계셨다. 약혼과 연관된 의식들은 모두 언딘에게 새롭고 이해하기 힘들었다. 그런데 언딘의 표현에 따르자면 그 중에서도 스프라그 부인을 이 일에 '끌어들이는' 영문을 알 수 없는 필요성은 특히 이해할 수가 없었다. 자식의 운명이 결정되는 순간이야말로 부모가 절대로 개입해서는 안 된다는 게 에이펙스에서 일반적으로 용인하는 신조였다. 그러므로 뉴욕에서 이 규칙이 파기되는 것을 보고 어머니뿐 아니라 언딘도 당혹스러웠다. 스프라그 부인은 자신이 해야 할 역할에 너무 준비가 안 된 나머지 마블 부인 집을 방문하러 갔을 때 무력해져버렸다. 언딘조차도 어머니의 속수무책에 영향을 받아서 수수하고 색 바랜 그 댁 응접실에서 보낸 30분은 언딘에게 가장 불만스러운 기억으로 남았다.

언딘은 그 집에 혼자 더 자신감을 가지고 다시 들어갔다. 언딘은 지금까지 미모에 대한 자신감으로 모든 시련을 극복했다. 이제 자신이 사랑받는다는 의식으로 생긴 힘 때문에 자신감은 더욱 커졌다. 어머니만 초대에서 빼준다면 언딘은 자기 표현처럼 '일을 처리해낼' 수 있다고 확신했다. 그리고 이번에는 운 좋게도 스프라그 부인이 대거닛 가의 저녁 식사 초대에서 빠졌다.

저녁 식사에는 언딘이 이미 만난 가족 몇 명만 온 것 같았다. 마호가니 문들이 있고 독립선언서에 '서명한 사람들'과 그 부인들의 어두침침한 초상화가 걸린 높고 어두운 식당에서 노 대거닛 씨의 오른쪽에 앉은 언딘은 자신의 위치가 올라간 것에 대한 즐거움을 자각했다. 몸집이 작고 연약하며 부드럽게 냉소적인 노 대거닛 씨는 곧 언딘의 매력에 굴복하는 것 같았다. 그 상냥한 태도 아래에서 예리한 외과 수술 도구 같은 섬세한 위험성 같은 것을 느꼈다 할지라도 언딘은 그것을 중요하지 않다고 무시해 버렸다. 자기에게 직접적으로 영향을 주지 않는 힘에 대해서는 아직까지 분명하게 이해하지 못했기 때문이다.

낮은 목소리에 시들었지만 여전히 인상적인 마블 부인은 자기의 책략에 반응을 덜 보였기 때문에 언딘은 부인이 아들의 결혼을 가장 반대한다고 짐작했다. 히니 부인은 마블 부인이 아들을 다른 여자와 결혼시키려 했다고 알려주었다. 그리고 이것은 마블 부인이 스텐토리언 호텔을 찾아왔을 때 가슴을 두근거리며 듣던 언딘 가족의 귀에 들린 짧지만 날카로운 갈등의 메아리에서 확인되었다. 하지만 갈등은 끝났고 어두운 구름은 즉시 걷혔으며, 적은 무조건 항복했다. 보복도 없고 마지못해 허용한 사항을 다시 논의하자고 청하지도 않자 언딘은 놀랐다. 그것은 언딘이 생각한 전투가 아니었다. 언딘은 이 완벽한 승리가 순전히 자기의 매력 때문이라고 여겼다.

마블 부인의 태도는 부인이 완전히 정복당했다는 것을 보여주지는 않았지만, 자신의 선의에 대한 어떤 의구심도 떨쳐버리고 싶은 것 같았다. 마블 부인이 활발한 딸에게 대화를 이끌도록 맡긴 것은 자기가 언딘을 받아들인다는 것을 말보다는 침묵을 통해 보여줄 수 있다고 느꼈기 때문일 것이다.

페어퍼드 부인으로서는 자신이 관리하는 다양한 사람들을 융화시키는 일에 이보다 더 훌륭하게 힘을 쏟아본 적이 없는 것 같았다. 언딘은 페어퍼드 부인이 동생을 사랑한다는 것을 이미 알아차렸기 때문에 자신의 강력한 지지자가 되거나 결연한 적이 될 거라고 추측했다. 그러나 언딘은 후

자의 가능성 때문에 겁먹지는 않았다. 언딘은 페어퍼드 부인이 '총명하다고' 생각했고 부인의 호감을 사고 싶었다. 자기가 얻고자 하는 호감을 쉽게 얻을 수 있어 보이자 언딘은 현기증이 날만큼 자신감이 충만했다.

나머지 손님들은 페어퍼드 부인의 남편과 부인의 특별한 친구인 것 같은 나이 지긋한 찰스 보언밖에 없었는데, 언딘은 이들까지 눈여겨볼 여유가 없었다. 언딘에게 이들은 등 뒤에 걸려 있는 희미한 초상화들처럼 배경으로만 존재했다. 언딘은 사람들이 더 많이 올 것이라고 예상했다. 그렇지만 초대받은 손님들이 적었기 때문에 언딘이 자기가 그 사람들을 지배할 수 있어서 대체로 안도했다. 그렇다고 큰 소리로 자기주장을 내세워 무리를 지배하고 싶은 건 아니었다. 언딘은 외면적인 차이를 신속하게 알아채는 능력이 있었기 때문에 목소리를 조절하고 낮추어야 한다는 점을 깨달았고, '당치도 않아요!'와 '놀랍지도 않네요'라는 표현 대신에 더 품위 있는 말투로 얘기해야 한다는 것을 이미 깨달았다. 언딘은 식탁에 앉은 지 10분도 채 되지 않아 대거닛 집안사람들의 사고방식에는 자기가 깊이 사랑에 빠진 것처럼 보이고, 이 감정이 새롭고 강렬해서 약간 혼란스럽고 주눅 들어 보이는 모습이 자기 같은 상황의 젊은 숙녀에게 합당한 태도로 간주된다는 것을 알게 되었다. 언딘은 물론 사랑에 빠져 있었기 때문에 그런 역할을 하는 건 어렵지 않았다. 식탁 맞은편을 보았을 때 새로운 표정이 담긴 랠프의 회색 눈과 마주치고 자기가 그 눈에 새로운 표정을 담았다고 느끼는 건 즐거운 일이었다. 하지만 자신의 아름다움에 바치는 경의와 결국 자기 소유가 될 머리 위에 걸려 있는 가족 초상화부터 식탁 위에 놓인 대거닛 가문의 은제 식기에 이르기까지 주변의 모든 것이 불러일으킨 관심과 호기심 속에서 랠프의 사랑은 언딘이 느끼는 더 큰 즐거움의 일부에 불과했다!

페어퍼드 부인의 집에서 나눈 담소처럼 사람에 대해서는 언급하지 않고 대화가 책과 그림과 정치로 향했기 때문에 언딘은 혼란스러웠다. 언딘에게 '정치'는 늘 찌꺼기를 버리고 수상쩍은 음식들을 만드는 가게의 뒷편 부엌과 같은 것으로 생각되었다. 응접실 대화의 주제로서, 사심 없는 감정을 불러일으키는 주제로서 정치는 독립기념일의 연설처럼 공허했다. 그래서 언딘은 유식하고 유능해 보이고 싶었지만 집중할 수 없었다.

날카롭고 딱딱 끊는 목소리 때문에 노 대거닛 씨가 하는 말의 음절은 모두 세련되고 분명하게 들렸다. 노인은 언딘을 도와주려고 가족과 뉴욕에서 사귄 친구들에 대해서 상냥하게 물었다. 하지만 언딘의 어머니는 건축물의 기둥 역할을 하는 여인상처럼 단순히 자식의 버팀목으로만 존재하기 때문에 대화의 주제로서 생산적이지 않았다. 그러므로 생전 처음 부모를 대화의 주제로 생각해야 했을 때 언딘은 두 사람이 특징이 없다는 걸 깨달았다. 한 번도 잠시 멈추고 아버지와 어머니가 무엇에 '관심이 있는지'를 생각해본 적이 없어서 두 사람이 특별히 무엇에 관심이 있는지 설명해 달라는 청에 진심으로 언딘은 자기에 대한 관심이 있다는 것 말고는 다른 할 말이 없었다. 아직까지 언딘의 교제 범위가 기대만큼 빠르게 넓어지지 않았기 때문에 뉴욕 친구들에 대해 자세히 말하는 것이 훨씬 더 쉬운 일도 아니었다. 언딘은 랠프가 구애하자 그 사람이 누리는 사회적 특권을 자기도 곧바로 누릴 것이라고 상상했다. 그러나 왠지 모르게 랠프는 자기가 친숙하게 어울리는 밴 더갠 무리에 언딘을 소개하는 것을 꺼렸다. 랠프가 언딘에게 소개하려는 사람들은 자기 누이 또래의 몇몇 매력 없는 '똑똑한 여자들'이나, 마호가니 가구와 길버트 스튜어트[33]가 그린 초상화가 있는 누

---

33) 길버트 스튜어트(Gilbert Stuart, 1755~1828): 1달러 지폐에 있는 조지 워싱턴 대통령의 초상화를 그린 미국의 유명한 초상화 화가.

추한 집에 사는 활달한 노부인 한 둘이었는데, 이 사람들은 언딘이 추구하는 기회를 가져다주는 사람들은 아니었다.

"오, 아직 저는 사람들을 많이 알지 못해요. 서둘러서 저를 데리고 다니며 소개해달라고 랠프에게 말하는데도요."

언딘은 대거닛 씨에게 이 말을 하면서 꽃과 불빛 사이로 자기를 응시하는 랠프를 반짝이는 눈으로 곁눈질했다. 언딘은 랠프가 자기에게 끊임없이 끌린다는 것을 알았다.

"우리 딸이 자네를 데리고 다닐 거야. 랠프 모친의 친구들을 자네가 알아야 하니까."

마블 부인이 아리송한 웃음을 짓는 동안에 노신사가 대답했다.

"그렇지만 자네도 훌륭한 친구가 있잖아. 자네를 사교계에 데려온 그 부인 말이야."

대거닛 씨가 계속 말했다. 언딘은 참을 수 없는 메이블이 또 '밀고 들어온다'는 느낌이 들었다.

"아, 네. 메이블 립스컴이에요. 우리는 학교 친구였어요."

언딘은 무관심하게 말했다.

"립스컴? 립스컴? 립스컴 씨의 직업이 무엇인가?"

"증권 중개인이에요."

언딘은 친구 남편을 그렇게 당당해 보이게 할 수 있는 것에 기뻐하며 말했다. 에이펙스 사람들은 모르는 세밀한 직업 분류 덕분에 뉴욕에서는 치과의사보다는 증권 중개인이 더 성공한 직업이라는 점을 언딘은 이미 알았다. 대거닛 씨가 미지근한 반응을 보이자 언딘은 놀랐다.

"아? 증권 중개인?"

포플이 마치 '치과의사?'라고 했을 법한 태도로 노 대거닛씨가 대답하자 언딘은 사회계층의 구분에 대한 새로운 미로에서 길을 잃어버렸다. 벌써 언딘은 해리 립스컴이 너무 소란스럽고 지나치게 희극적이라고 생각하던 차여서 갑자기 그 사람에게 경멸감을 느꼈다.

"메이블은 곧 이혼할 것 같아요."

개인적인 이유로 립스컴 부인을 가능한 한 유리해 보이게 하려고 이렇게 덧붙였다.

대거닛 씨의 잘생긴 눈썹이 찡그려졌다.

"이혼? 흠, 그것 참 안됐군. 남편이 못된 짓을 저질렀나?"

언딘은 순진하게 놀란 듯이 보였다.

"오, 그러지 않았을 거예요. 둘이 서로 제법 좋아하거든요. 하지만 남편이 메이블에게 실망스러운 사람이었어요. 그 사람은 메이블에게 성공을 가져다줄 사람이 아니거든요. 메이블은 남편을 떼어내기 전에는 정말 출세할 수 없다는 걸 깨달은 거 같아요."

화제에 대해 자신 있을 때 내는 피리 같은 고음으로 언딘이 이렇게 말하자 그 말의 의미를 이해하기 위한 길고 깊은 침묵이 이어졌다. 그동안 랠프 마블을 제외하고 식탁에 앉은 사람들이 모두 정도는 다르지만 대거닛 씨처럼 언짢아하며 놀라는 표정이었다.

"하지만 아가씨, 그렇게 하찮은 구실로 자네 표현처럼 그 친구가 남편을 '떼어내면' 자네 친구는 어떻게 되는 건가?"

언딘은 대거닛 씨의 아둔함에 놀라 설명하려고 애썼다.

"오, 물론 그런 이유를 대지는 않겠죠. 어떤 변호사라도 두 사람을 위해서 이유를 만들어줄 수 있어요. 대개 그걸 의무 불이행이라고 하지 않아요?"

다시 한 번 심장이 떨리는 침묵이 이어졌지만 랠프가 웃으면서 그 침묵이 깨졌다.

"랠프!"

랠프의 어머니가 나직이 말하고 나서 언딘에게 고개를 돌려서 억지로 웃음을 지으며 말했다.

"이 나라의 어떤 지방에서는 그런 불행한 결말을 용인하기 시작하기는 한단다. 그렇지만 사람들이 점점 이혼에 무심해지기는 해도 뉴욕에서는 여전히 이혼한 여자는 고맙게도 분명히 불리한 입장에 처한단다."

언딘의 눈이 휘둥그레졌다. 마침내 진짜 자기의 관심을 끄는 주제가, 사진기의 어둠상자 같은 뉴욕 사교계를 놀라워하면서 언뜻 또 한 번 볼 수 있게 해주는 주제가 여기 있었다.

"메이블이 이혼하면 상황이 더 나빠질 거라는 말씀이세요? 지금만큼 사교계를 돌아다닐 수 없다는 건가요?"

마블 부인이 이 말에 근엄하게 응대했다.

"그건 그 부인이 어떤 종류의 사람들을 만나고 싶은지에 달렸지."

"오, 물론, 최고 상류층이죠! 그게 메이블의 단 하나 목적이죠."

랠프가 웃으면서 끼어들었다.

"자, 봤소, 언딘. 나랑 이혼하려면 재고하는 게 좋을 거요!"

"랠프!"

랠프의 어머니가 다시 낮은 목소리로 말했다. 그러나 상기되고 활기에 넘치는 언딘이 되받아쳤다.

"오, 그건 모두 당신에게 달렸어요! 저 멀리 에이펙스에서는 결혼한 남자가 여자의 기대치에 부응하지 않아서 여자가 이혼하려고 하면 사람들은 그게 그 여자에게 명예가 된다고 생각해요. 그 점에 대해서는 당신이 재고하는 게 좋을 거예요!"

"당신이 무얼 바라는지 확실히 알기만 한다면야!"

너무 놀라서 말없이 듣는 손님들 사이로 랠프가 농담을 받아 다시 언딘에게 농담을 던지며 말했다.

"그야 물론 모든 걸 바라죠!"

언딘이 선언했다. 대거닛 씨가 몸을 돌려서 혈관이 복잡하게 얽힌 늙은 손을 언딘의 손 위에 얹고 어조를 바꾸어서 말하자 듣고 있는 사람들의 긴장이 누그러졌다.

"아가야, 네가 지금처럼만 예쁘다면 뭐든지 다 얻게 될 거란다."

제8장

저녁 식사 후 페어퍼드 부인이 랠프와 약혼녀를 극장에 데려다준 선견지명 덕분에 그렇게 긴장할 가능성이 줄었다.

대거닛 씨는 항상 딸과 휘스트 카드놀이[34]를 한 시간 한 다음 잠자리에 들었다. 조용한 페어퍼드 씨는 저녁에는 클럽에서 브리지를 했다. 그래서 일행은 언딘과 랠프, 페어퍼드 부인과 부인의 친구로 이루어졌다. 언딘은 진중하고 머리가 희끗희끗한 보언 씨가 페어퍼드 부인 친구 무리의 일원으로 항상 들어오는 이유가 막연하게 궁금했다. 하지만 언딘은 결혼한 여자들이 신사들을 '주변에' 두는 것이 에이펙스에서 처녀들이 그러는 것처럼 뉴욕의 관습이라고, 그리고 보언 씨는 로라 페어퍼드가 예전에 사귄 많은 친구들 가운데 유일하게 남은 사람일 거라고 생각했다.

그러나 그런 추측이나 하고 있을 시간이 없었다. 일행이 간 공연은 인기 있는 런던의 배우가 데뷔하는 공연이어서 사람들이 많이 왔고 그 가운데 익숙한 얼굴들이 많이 보였기 때문이다. 약혼이 바로 전날 발표되었는데,

⁝

34) 2명이 1조가 되어 하는 카드놀이의 일종.

페어퍼드 부인을 따라 극장을 휩쓸고 들어가자 언딘은 '모든 신문에 실리고' 관심과 호기심에 찬 수많은 시선의 초점이 되는 달콤한 기분을 느꼈다. 일행의 자리는 무대에 가까웠고 그 자리까지 가는 과정이 느려서 달콤한 기분을 오래 느낄 수 있었다. 자기 자리로 들어가기 전 언딘은 외투를 벗겨달라고 랠프 앞에 잠시 섰다. 랠프가 어깨에서 외투를 들어 올릴 때 언딘은 자기 뒤의 여자가 말하는 소리를 들었다.

"저기 그 여자가 있어. 흰 옷을 입고 등이 예쁜 여자 말이야."

그러자 남자가 대답했다.

"아니, 저렇게 예쁜 여자를 어디서 찾아냈지?"

모르는 사람들이 자기를 인정해주는 것도 충분히 달콤했지만 극장 반대편 특별석에 있는 새침한 해리엇 레이 곁에 앉은 클레어 밴 더갠을 보았을 때 좀 더 강렬한 기쁨을 맛보았다.

"두 사람은 그이와 함께 있는 나를 보기 위해 여기에 왔어. 저 사람들은 그걸 보고 싶지 않을 거야. 하지만 피할 수는 없을 걸!"

언딘은 고개를 돌려 랠프를 차지했다는 웃음을 지으며 고개를 높이 들었다. 페어퍼드 부인은 두 숙녀의 참석에 충격을 받은 듯했다. 언딘은 페어퍼드 부인이 보언 씨에게 속삭이는 소리를 들었다.

"저쪽에 있는 클레어가 보이세요? 같이 있는 해리엇도요? 해리엇이 오다니, 참 용감하기도 하네요. 해리엇에게 오자고 하다니 참 클레어답군요!"

부인의 친구는 웃었다.

"그건 인간 본성 가운데 가장 뿌리 깊은 본능 가운데 하나지요. 살해당한 자들은 살해한 자들만큼이나 범죄의 현장에 기웃거리게 되지요."

언딘을 혼자 소유하고 싶은 랠프의 욕망을 당연히 짐작하고 페어퍼드 부인은 언딘을 먼저 자리에 들여보냈다. 자리에 앉을 때 언딘은 옆자리에 앉은 사람이 자기를 안다는 듯한 희미한 몸짓을 하며 자기를 향해 몸을 돌리는 것을 의식했다. 그러나 바로 그때 막이 올라갔고, 특히 주연 여배우가 계속 대단한 의상들을 입고 나오자 언딘은 극의 전개에 몰입했다. 랠프 곁에 앉은 언딘은 자기가 불러 일으키는 모든 관심 속에서 그 사람 바로 곁에 자리 잡은 희열을 좀 더 섬세하게 느꼈다. 언딘은 지난번 저녁에 오페라 공연에서 느낀 실망에 대해 드디어 보상받았다. 성공만큼이나 실패도 예민하게 기억하고 실패를 지우고 그 실패에 '앙갚음하려는' 욕망이 항상 행동의 잠재적인 동기 가운데 하나라는 것이 언딘의 특성이었다. 이제 드디어 자기가 원하는 것을 가졌고 '진짜'를 손에 넣었다는 걸 의식했다. 랠프의 숭배로 언딘은 온몸에 퍼진 다른 감각을 통해서 더할 나위 없는 고상한 기쁨을 느꼈다. 승리한 전사 여왕이 포로가 된 왕자들의 호송을 받으면서 그 포로 중 한 명의 눈에서 감히 말로 표현하지 못하는 연정을 읽을 때 느끼는 그런 기쁨이었다. 막이 내렸을 때 막연히 느끼던 이 즐거움은 사람들이 언딘의 일행을 알아보았다는 다양한 행동을 하자 더 한층 고조되었다. 에이펙스에서 하는 말대로 언딘이 '함께 하기를' 원하는 사람들이 모두 자기 주변의 일등석과 특별석에 있는 듯했다. 언딘의 시선은 특히 만족스러워하면서 서로 어울리지 않는 피터 밴 더갠 부인과 레이 양으로 이루어진 일행으로 계속 되돌아갔다. 그 광경을 보고 언딘은 어쩔 수 없이 랠프에게 이렇게 속삭였다.

"당신 사촌에게 가서 인사를 하세요. 우리가 약혼한 걸 얘기했어요?"

"클레어 말이야? 물론 말했지. 클레어가 내일 당신을 찾아갈 거야."

언딘이 거만하게 말했다.

"아, 직접 올 필요는 없어요. 그 부인은 아직 온 적이 없어요."

랠프는 대답하지 않고 바로 물었다.

"당신이 손을 흔드는 사람이 누구지?

"포플 씨예요. 우리를 보러 올 거예요. 당신도 그 사람이 나를 그리고 싶어하는 걸 알잖아요."

언딘은 멋진 포플이 일등석을 가로질러 옆 사람이 잠깐 비운 자리로 오는 모습을 보고 들떠서 환하게 웃었다.

화가가 큰 소리로 말했다.

"당신 곁에 있는 훌륭한 사나이가 누구든 간에 내게 이런 기회를 주는군요. 하, 랠프, 자네 어떻게 성공했나? 우리는 모두 그게 궁금해."

포플은 마블에게 몸을 기울여 독신남자가 하는 반어적인 축하의 손을 내밀었다.

"음, 자네 때문에 우리는 비탄에 빠졌어. 진짜 그래요, 스프라그 양. 하지만 전 다른 사람들보다 우위에 있죠. 당신을 그릴 수 있으니까요! 이 친구가 막을 수 없어요, 그렇죠? 어쨌든 결혼 전에는 막을 수 없지!"

언딘은 두 사람에게 빛나는 시선을 던졌다. 그리고 기쁨으로 가득해 반항하듯이 선언했다.

"결혼한 이후라도 랠프가 나를 다르게 대하진 못할 거예요."

"아, 흠, 아시다시피 아무도 알 수는 없는 거죠. 우리 즉시 시작하는 게 낫지 않을까요? 난 정말로 봄 전시회에 당신을 넣고 싶습니다."

"정말로요? 그러면 아주 좋을 거예요!"

"당신은 분명히 내가 그리려는 스타일이에요. 그렇지만 랠프가 점점 얼굴이 굳어지는데요. 여보게, 기운 내게. 아마 스프라그 양이 모델을 설 때 같이 와도 괜찮아. 그건 스프라그 양이 정할 일이지. 아, 당신 옆 좌석 사람이 오는군요, 빌어먹을 놈. 우리가 언제 시작할 수 있을지 알려줄 거죠?"

포플이 건너가자 언딘은 마블에게 간절히 원하는 태도로 고개를 돌렸다.

"시간이 있을까요? 저 사람이 나를 그려주면 좋겠어요!"

랠프는 웃음을 지었다.

"가련한 아가씨. 저자는 몹시 당신을 '그리고' 싶겠지. 당신에게 모델이 되어달라고 부탁을 하다니 뻔뻔스러운 작자야."

언딘이 놀라 바라보았다.

"하지만 왜요? 그 사람은 당신 사촌도 그렸고 멋쟁이 여자들은 다 그렸잖아요."

"오, '예쁜' 초상화가 당신이 원하는 것이라면야!"

"난 다른 사람들이 원하는 것을 원해요."

얼굴을 찌푸리고 입을 약간 삐죽이며 언딘이 대답했다. 언딘은 자기가 좋아하는 것을 랠프가 아주 조금이라도 반대하면 벌써 그것을 원망하기 시작했다. 그리고 에이펙스에서 구애를 받을 때 흔히 하던 방식으로 화를 드러냈다. 언딘은 다음 막간에 고의적으로 랠프에게 어깨를 돌렸다. 이렇게 행동을 한 결과 처음으로 반대편에 앉은 옆 사람과 좀 더 직접 마주 대하게 되었다. 언딘이 몸을 돌렸을 때 그 사람도 고개를 돌려 커다란 모조 진주로 고정한 반짝거리는 셔츠 앞면 위로 각진 데가 없는 붉고 살진 들창코 얼굴을 언딘에게 보였다. 그러나 그 표정은 면도날보다 더 날카롭게 보였다. 언딘의 눈은 놀란 표정으로 그 남자의 눈과 마주쳤고, 오랫동안 두 사람은 상대의 시선에 얼어붙은 채 있었다.

언딘은 마침내 알아보지 못한다는 표정으로 몸을 움츠렸다. 그러나 그러면서 오페라 안경을 바닥에 떨어뜨렸는데 옆 좌석의 그 사람이 몸을 숙여 집어 주었다.

"으음, 아직도 날 알아보지 못하오?"

오페라 안경을 돌려주면서 그 사람이 희미하게 웃음 지으며 말했다.

언딘은 입술까지 하얗게 되었고 말을 하려고 했을 때 목구멍에서 겨우 끽끽대는 작은 소리만 나왔다. 언딘은 자신의 모습이 변한 게 눈에 뜨일 거라고 느꼈다. 마블이 자기 얼굴을 볼 거라는 두려움에 언딘은 참담한 자기 얼굴을 반대편 이웃에게 계속 돌리고 있었다. 옆 좌석 손님의 둥글고 반짝거리는 얼굴에 자리 잡은 약간 튀어나온 둥글고 검은 눈은 처음에는 아무 감정 없이 냉소적인 관심만을 약간 드러냈지만, 언딘이 계속 침묵을 지키자 점점 놀라는 표정이 되었다.

"무슨 일이오? 내가 말 거는 걸 원하지 않소?"

언딘은 자기가 언짢다는 것을 살짝 드러내는 행동을 랠프가 의식하지 못한 듯이 자리를 떠나 복도로 가는 것을 알아차렸다. 조금 전까지만 해도 랠프가 이렇게 독자적으로 행동했다면 기분이 굉장히 나빴겠지만 지금은 자기만 홀로 남았다는 것에 언딘은 크게 안도했다.

"예, 제발 말을 걸지 마세요. 내가 나중에 당신에게 말할게요. 편지를 쓸게요."

곁에 앉은 남자는 작고 검은 콧수염 아래로 소리 없이 휘파람을 부는 듯이 입술을 모으고 언딘을 계속 바라보았다.

"음, 그건 너무 심하군."

남자가 중얼거렸다. 답이 없자 이렇게 덧붙였다.

"당신 친구에게 소개해달라고 할까 봐 걱정되오?"

언딘은 조그맣게 사정하는 몸짓을 했다.

"난 설명할 수 없어요. 당신을 만나겠다고 약속할게요. 하지만 지금은 내게 말을 걸지 말아주세요."

남자는 오페라 일정표를 펼쳐 들여다보는 체하면서 낮은 소리로 계속했다.

"물론, 당신을 돕기 위해서라면 뭐든지 하겠소. 언제나 그게 내 신조요. 하지만 공정하고 정당하게 거래하는 거요? 날 만날 거요?"

언딘은 남자에게서 더 물러섰다.

"약속하겠어요. 난, 난 그러고 싶어요.

언딘이 더듬거리며 말했다.

"그렇다면, 좋소. 드리스콜 빌딩으로 아침에 나를 만나러 오시오. 709호요, 알겠소?

언딘은 고개를 끄덕였고 남자는 여전히 낮은 소리로 덧붙였다.

"어쨌든 난 당신을 축하할 수 있겠지?"

그렇게 말하고는 답을 기다리지 않고 밴 더갠 부인의 특별석을 오페라 안경으로 살피려고 고개를 돌렸다. 클레어는 아래층에서 자신을 찬찬히 훑어보는 것을 의식한 듯이 뒤로 기대앉아서 바로 뒤에 있는 랠프 마블에게 어깨 너머로 질문을 던졌다.

"스프라그 양과 얘기하는 얼굴이 붉은 이상한 사람은 누구예요?"

랠프는 몸을 앞으로 기울였다.

"언딘 옆에 앉은 남자라고? 한 번도 본 적이 없어. 하지만 네가 잘못 알았을 거야. 언딘은 그 남자와 이야기하지 않는데."

"대화를 했어. 그렇지 않아, 해리엇?"

레이 양은 대답을 하지 않고 입술을 꼭 오무렸다. 밴 더갠 부인이 잠시 말을 멈췄다. 그리고 추측하여 말했다.

"아마 에이펙스 친구일지도 몰라요."

"그럴 수 있지. 다만 고향 친구라면 언딘이 그 사람을 소개했을 거라고 생각해."

랠프의 사촌은 희미하게 어깨를 으쓱했다.

"당신이 소개해달라고 부탁할 거예요?"

피터 밴 더갠은 잠시 자기 아내의 특별석 안에 들어왔다가 그 말을 듣고 오페라 안경을 들었다.

"스프라그 양 옆에 있는 작자? 맙소사, 랠프, 오늘 저녁 스프라그 양 예쁜데! 잠깐, 나 저 얼굴 알아. 유보 광산 회의가 있던 날 하면 드리스콜의 사무실에서 만났어. 그 작자는 드리스콜의 비서, 아니 그 비슷한 자야. 드리스콜이 이사들에게 몇 가지 사실을 말해달라고 불렀어. 아주 빈틈없는 작자처럼 보이더군."

클레어 밴 더갠은 쾌활하게 사촌에게 몸을 돌렸다.

"드리스콜 가문과 관련이 있다면 당신도 저 사람과 사귀는 게 좋을 거예요. 그게 대거닛 가문에 항상 필요한 종류의 만남이죠. 난 그런 본보기를 세우려고 결혼했잖아요!"

랠프는 웃으면서 일어섰다.

"네가 맞아. 서둘러 돌아가 안면을 터야겠어."

랠프는 사촌의 실망하는 눈길을 피하면서 손을 내밀었다.

언딘은 그날 저녁 늦게 자기 침실로 들어갔다. 희미한 어둠 속에서 거들을 입지 않고 한밤중 잠옷 차림을 한 스프라그 부인의 두리뭉실한 모습에 언딘은 깜짝 놀랐다.

"엄마? 여기서 뭐하세요?"

언딘이 소리쳤다. 스프라그 부인이 전기 스위치를 누르자 방에 불빛이 쏟아졌다. 딸을 기다리느라 어머니가 잠을 자지 않고 기다린다는 것은 에이펙스에서는 생소한 습관이라 그런 행동에 언딘은 불신과 짜증만 났다.

스프라그 부인은 딸의 어깨에서 외투를 받아들려고 사정하듯이 다가

왔다.

"언디, 난 기다려야만 했어, 언디. 네 아버지에게 기다려야 한다고 말했지. 모든 걸 듣고 싶어."

언딘은 어깨를 으쓱하며 엄마에게서 물러섰다.

"맙소사! 이 시각에요? 밤에 이 시간까지 잠을 자지 않으면 엄마는 내일 아침에는 침대보만큼이나 창백해질 거예요."

언딘은 화장대로 가서 히니 부인이 몇 시간 전에 그렇게 예쁘게 올려놓은 머리를 차분하지 못한 손으로 무너뜨리기 시작했다. 하지만 장미가 머리카락에 걸리자 스프라그 부인은 과감히 다가가서 조심스럽게 그것을 떼어내다가 거울에 비친 딸의 얼굴 전체를 바라보았다.

"아니, 언디, 너야말로 얼굴이 백지장처럼 하얗구나. 아픈 거 같아. 무슨 일이야, 우리 딸?"

딸은 어머니에게서 떨어졌다.

"오, 엄마 날 좀 내버려 둘 수 없어요? 그리고 내가 창백해 보여요, 지금?"

언딘이 소리쳤다. 언딘의 창백한 뺨이 붉게 물들고 있었다. 스프라그 부인이 뒤로 물러나자 언딘은 고집부리는 아이를 나무라는 어머니 같은 말투로 부드럽게 덧붙였다.

"누구라도 그런 식으로 자기를 쳐다보면 질릴 거예요!"

스프라그 부인에게 후회가 밀려왔다.

"미안해, 언디. 이런 번쩍이는 불빛에서 널 봐서 그랬나 봐."

"그래요. 불빛이 끔찍해요. 몇 개는 꺼주세요."

언딘이 명령하듯 말했다. 평상시에 언딘은 어떤 불빛도 지나치게 강하다고 여기지 않았다. 스프라그 부인은 자기에게 내려진 명령에 감사하듯 서둘러 복종했다.

그런 다음에 언딘은 아무 말 없이 생각에 빠져들면서 어머니가 자기 드레스의 레이스를 풀고 실내화와 실내 가운을 가져다주도록 가만히 있었다. 스프라그 부인은 분명히 이야기를 좀 더 하고 싶었지만 그렇게 하면 방에서 쫓겨날까 봐 그 마음을 눌렀다.

"자기 전에 우유를 좀 마시지 않겠니?"

스프라그 부인은 언딘이 안락의자에 털썩 주저앉자 간신히 말을 꺼냈다.

"바로 여기 응접실에 네가 마실 우유가 좀 있어."

얼굴을 들지도 않은 채 딸이 대답했다.

"아니에요. 아무것도 원하지 않아요. 가서 주무세요."

어머니는 일생동안 명령에 본능적으로 복종해온 습관과 막연하게 스쳐 지나가는 두려움 사이에서 갈등하는 듯이 보였다.

"갈게, 언디."

스프라그 부인은 주저했다. 그러다 갑작스럽게 결심한 듯이 물었다.

"얘야, 그 사람들이 너를 잘 대해주지 않더냐?"

"무슨 말도 안 되는 소리예요! 그 사람들이 날 어떻게 받아들여야 하는데요? 모두 내게 잘해주었어요."

언딘은 벌떡 일어나 옷을 벗어 바닥에 던지면서 드러난 어깨 위로 머리를 풀어 흔들었다.

스프라그 부인은 옷이 바닥에 떨어지자 몸을 숙여 흩어진 옷들을 주어서 아쉬운 듯 애무하는 손길로 개어 소파에 놓았다. 부인은 눈을 들어 딸을 보지도 못했다. 언딘이 침대에 몸을 던지는 소리를 듣고서야 딸에게 다가가 사과하듯이 손으로 침대보를 끌어올렸다.

"아, 불 좀 꺼주세요, 정말 피곤해요."

딸은 얼굴을 베개에 묻으면서 투덜거렸다.

스프라그 부인은 복종하듯이 몸을 돌렸다. 그러고 나서 사라져버린 용기를 모두 그러모아 과감하게 침대 곁으로 다시 갔다.

"언디, 너 누구도 만나지 않았지, 내 말은 극장에서 말이야? 네가 만나고 싶지 않은 사람을 만난 건 아니지?"

언딘은 이 질문에 고개를 들고 너무나 놀라서 벌떡 일어나 아무렇게나 던진 베개에 기대 앉았다. 그리고 분노로 하얗게 질린 얼굴을 어머니의 초초한 얼굴에 바싹 갖다 대었다. 두 여자는 잠시 서로 얼굴을 찬찬히 들여다보았다. 모녀의 교차하는 시선에는 두려움과 분노가 어려 있었다. 언딘이 대답했다.

"아니요. 아무도 만나지 않았어요. 안녕히 주무세요."

제9장

　다음 날 늦은 시간에 언딘은 센트럴파크의 서쪽에 있는 등나무 정자의 잎이 떨어진 격자 울타리 아래에서 홀로 기다렸다. 자신의 옷 가운데 가장 소박한 드레스를 입고 가장 눈에 띄지 않는 모자를 쓰고 그 위에 촘촘하게 무늬가 있는 베일을 감았다. 이 정도로 누그러뜨렸는데도 언딘은 불편하게도 자신의 외모가 빛을 발하는 것을 의식했다.

　호젓한 장소에서 젊은 남자를 만나는 것이 처음은 아니었다. 색다른 것이 있다면 이 만남에 대해서 당혹스러움을 느낀다는 점이었다. 지금도 언딘은 우연히 랜프 마블을 만날 수 있다는 일어나기 어려운 가능성보다는 낭만적인 애런슨과 전혀 우연이 아닌 비슷한 만남에 대한 기억 때문에 불안했다. 지금은 랜프의 약혼반지로 장식된 그 손을 한때는 바로 이곳에서 승마 교관이 만지도록 맡겼다는 게 있을 수 있는 일인가? 그 생각이 들자 격렬한 역겨움의 물결이 온몸을 휩쓸면서 그만큼 혐오스러우면서도 더 오래된 또 다른 기억을 지워버렸다.

　중간 정도 몸집의 혈색 좋은 젊은이가 나타나면서 그 기억이 되살아났다. 약간 뚱뚱하고 어깨가 떡 벌어진 몸에 외투 단추를 팽팽하게 채운 그 젊은이가 이윽고 정자로 통하는 길을 따라 가까이 왔다. 아스팔트 언덕을 배경으로 모습을 드러낸 남자는 체격이 통통하지만 꽉 짜인 윤곽을 드러냈다. 둥근 머리는 남자가 부자가 되자마자 곧 붉고 주름진 이중 턱이 될 것 같은 목 위에 있었다. 얼굴의 둥근 외관과 낙천적이고 천진한 용모는 젊은 나이에 벌써 빈틈없는 검은 눈과 상반되었다. 언딘은 전에는 그 얼굴의 유쾌하고 약삭빠른 표정을 '영리하다고' 여겼지만 이제는 천박하다는 인상만 받았다. 마블이 어울리는 사람들 사이에서 엘머 모팻은 '신사가 아닌' 남자로 각인되었을 거라고 언딘은 느꼈다. 그렇지만 남자의 표정에 담긴 어떤 점이 그 남자가 되려고 하면 어떤 인물로도 발전할 수 있는 능력을 보장하는 것 같았다. 비록 현재로서는 신사가 될 것 같은 개연성은 없어 보였지만 말이다. 그 남자는 항상 활달하고 거들먹거리며 걸었고 머리는 약간 건방지게 삐딱하게 기울인 채로 다녔는데, 언딘은 한때 이것을 '멋지다'고 생각했다. 예전에는 이런 모습이 세상과 세상의 판단에 대한 다소 필사적인 반항을 표시했는데, 이제는 세상의 권력들에 대한 거의 자신만만한 관계를 암시했다. 그 변화가 무엇을 의미하는지 생각하니 언딘은 가슴이 철렁 내려앉았다.

더 가까이 다가오면서 그 젊은이의 자신만만한 태도는 약간 익살맞게 놀라는 태도로 바뀌었다.

언딘의 생기 없는 손가락을 말쑥하게 장갑 낀 손으로 잡으면서 남자가 말했다.

"이런, 손이 백지장 같네, 언딘!"

베일 사이로 언딘이 말했다.

"오겠다고 했잖아요."

남자가 웃었다.

"그렇지. 난 당신을 믿었소. 믿지 않았을 가능성도 있었지만……."

"이런 식으로 말을 시작해서 무슨 소용이 있는지 모르겠네요."

언딘이 초조하게 말을 중단시켰다.

"그것도 그렇군. 조금 걸을까? 여기 서 있으니 조금 쌀쌀하군."

남자가 산책로 쪽으로 내려가는 길로 향했다. 언딘은 치마를 길게 끌면서 그 옆에서 걸었다.

나무들이 서로 얽혀 있어서 사람들의 눈을 상당히 피할 수 있는 곳에 도착했을 때 모팻이 멈추고 다시 말했다.

"우리가 이야기하려면 당신 얼굴을 보고 싶소, 언딘."

처음에 잠시 내키지 않았지만 언딘은 고분고분하게 베일을 뒤로 넘겼다.

모팻의 시선이 말없이 언딘에게 머물렀다. 그러더니 판결을 내리듯 말했다.

"당신은 약간 더 살이 붙었지만 더 창백해졌군."

한 번 더 감상하듯이 찬찬히 쳐다보고 난 후에 덧붙였다.

"바라볼 만한 가치가 있는 여자는 극히 소수인데, 그 기회를 다시 내게 줘서 고맙소."

언딘의 눈썹이 찌푸려졌지만 찌푸린 눈살을 누그러뜨리고 떨리는 웃음을 지었다.

"당신을 만나서 나도 기뻐요, 엘머. **진심으로요!**"

시선은 계속 언딘을 익살스럽게 유심히 살펴보면서 모팻도 웃음을 지었다.

"어젯밤에는 나를 만나 기쁘다는 것을 드러내지 않았잖소, 스프라그 양."

"너무 놀랐거든요. 당신이 알래스카의 어디 있을 거라고 생각했어요."

놀라움을 표현할 때 습관적으로 그렇듯이 젊은이는 소리 없이 휘파람을 부는 모양으로 입술을 모았다.

"정말이오? 애브너 E. 스프라그가 나를 시내에서 봤다고 말하지 않았소?"

언딘은 놀라서 쳐다보았다.

"아버지가요? 아니, 당신이 아버지를 봤어요? 아버지는 당신을 봤다고 한마디도 한 적이 없어요!"

모팻의 휘파람 소리가 들릴 정도가 되었다. 모팻이 명랑하게 말했다.

"당신 아버지가 벌써 도망가는군! 당신 아버지에게 그러는 것처럼 쉽게 어떤 사람들도 겁을 줘 쫓아버릴 수 있으면 좋을 텐데."

언딘은 망설였다. 마침내 용기를 내어 말했다.

"나는 아빠가 느낀 감정을 당신에게 느낀 적은 전혀 없었어요."

이 말에 대한 대답으로 모팻은 다시 한 번 오랫동안 언딘을 바라보았다.

"글쎄, 당신이 가족의 간섭만 받지 않았다면 내게 그런 비열한 행동을 했을 거라고는 생각하지 않소."

이것이 모팻이 과거에 대해 내린 결론이었다.

"엘머, 내가 당신에게 그럴 의도가 없었다는 걸 맹세해요. 하지만 나는 너무 어렸고…… 아무것도 몰랐어요……"

모팻의 눈은 회상에 잠길 때의 익살스러움으로 반짝거렸다.

"그랬겠지. 밀러드 빈치처럼 융통성 없는 놈과 2년간 약혼을 했으니 뭐 배운 게 있었을 리 만무하지. 내가 나타나기 전까지만 해도 당신 인생에 그 일 말고는 대단한 일도 없었으니까."

언딘은 이마까지 빨개졌다.

"오, 엘머. 내가 밀러드와 약혼했을 때는 아이에 불과했어요."

"그건 사실이야. 그 후에도 한동안 당신은 아이에 불과했지. 《에이펙스 이글》지는 항상 당신을 '어린 신부'라고 기사 제목을 달았으니까……."

"이제 와서 그런 말을 한들 무슨 소용이 있는지 모르겠어요."

"그건 이미 끝난 문제라는 거요? 이봐, 언딘, 우리가 무슨 얘기를 할 수 있겠소? 나는 우리가 그 이야기를 하려고 만나는 것이라 생각했는데."

언딘이 기운을 내려고 노력하면서 말했다.

"물론이죠. 나는 그냥……이미 지나간 일을 끄집어내서 무슨 소용이 있어요?"

"끄집어낸다고? 당신은 그렇게 생각하는 거요? 그래서 어젯밤에 나를 모르는 척하려고 한 거요?"

"나는……오, 엘머! 그럴 생각은 없었어요. 다만, 저기, 내가 약혼했거든요."

"오, 나도 그걸 곧 알아차렸지. 신문을 안 봤어도 그 정도는 알았을 거요."

모팻이 짧게 웃었다.

"당신 옆에 앉아서 그 남자 엄청 좋아하더군. 그럴 만하지. 나도 그러던 기억이 나니까. 하지만 그렇다고 해서 나를 쌀쌀맞게 대할 필요는 없잖소. 나는 이제 존경받을 만한 지위에 있는 사람이오. 난 하면 B. 드리스콜의 개인 비서 가운데 한 명이오."

모팻이 엄숙한 척하면서 이 사실을 밝혔다.

그러나 언딘에게 그 말은 분명히 인상적이기는 했지만 곧바로 가벼운 화제로 받아들여지지 않았다.

"엘머 모팻, 당신이 **정말 그래요?**"

모팻이 다시 웃었다.

"어젯밤에 그것을 알았으면 당신은 나를 기억했겠지."

창백하고 긴장된 표정으로 언딘은 자기 생각의 맥락을 좇았다.

"당신이 뉴욕에서 산다는 거죠. 그렇다면 이곳에서 쭉 살 거라는 거예요?"

"글쎄, 그럴 것 같아. 내가 이 일을 붙들고 있는 한. 대단한 사람들은 늘 대도시에 끌리는 경향이 있지. 하면 B. 아저씨가 유보 광산 거래에 대한 내부 정보를 알려줄 사람을 찾을 때 마침 내가 이곳으로 왔소. 당신도 알겠지만 드리스콜 가가 유보 광산에 굉장히 깊이 개입되어 있소. 에이펙스에서 우리 사이의 불쾌한 일이 있고 나서 나는 우연히 거기 가게 되었는데 그때 바로 그 거래가 매듭지어졌소. 그러니 어찌 보면 당신 가족이 내가 에이펙스에서 살기 힘들게 한 건 내게 좋은 일을 한 셈이지. 그런 생각을 하면 재미있지 않소?"

언딘은 마음을 진정하고 충동적으로 손을 내밀었다.

"그렇게 되어서 정말 기뻐요. 당신이 그런 행운을 얻어서 진심으로 기뻐요!"

모팻이 대꾸했다.

"대단히 고맙소. 참, 그런데 다음번에 애브너 E. 스프라그를 마주치거든 이 사실을 언급해주시오."

"아버지도 정말 기뻐하실 거예요, 엘머."

언딘은 망설이다가 계속 말을 이어갔다.

"제 아버지와 어머니가 당신에게 느낀 감정은 부모로서는 당연한 것이었다는 걸 이제 당신도 이해해야 해요."

"오, 내가 몰인정하다고 생각한 단 한 가지는 당신도 자기들과 똑같이 느끼도록 강요한 거였소. 하지만 당시 내가 장래성이 없어 보였다는 건 나도 이제 솔직히 인정하는 바요."

모팻의 시선이 잠시 언딘에게 머물렀다.

"이봐, 언딘. 그래도 우리가 같이 지내던 때는 좋지 않았소?"

언딘은 얼굴이 화끈거리고 눈은 비참해지며 몸을 움츠렸다.

"왜, 무슨 일이오? 그것도 이야기하면 안 되는 일이라고? 오, 그래. 이봐요, 언딘, 어쨌든, 무슨 얘기를 하려고 여기서 보자고 했는지나 알려주시오."

언딘은 자기들이 멈추어 선 나무가 우거진 골짜기의 굽이치는 내리막길을 곤혹스러운 듯이 힐끗 보았다.

"그냥 우리에 대한 말을 절대로 다시는 하지 말아달라고 부탁하려고, 간청하려고 만나자고 한 거예요."

"당신과 나에 대해서 어떤 말도?"

언딘이 말없이 고개를 끄덕였다.

"아니, 무슨 문제가 있소? 누가 나에 대해 좋지 않은 말이라도 했소?"

"오, 아뇨. 그게 아니에요!"

"그럼, 도대체 무엇 때문인 거요? 이런저런 이유로 당신이 나를 부끄러워한다는 것 말고 말이오."

언딘이 대답하지 않자 모팻은 지팡이 끝으로 아스팔트의 갈라진 틈을 파며 서 있었다. 마침내 처음으로 짜증이 난 걸 약간 내비치는 어조로 말을 이었다.

"나는 당신이 어울리는 금테 두른 사람들 속으로 밀고 들어가고 싶지 않소. 그게 당신이 무서워하는 거라면 말이오."

그 말투에 언딘은 점점 더 고통스러운 듯했다.

"아니, 아니. 당신은 이해하지 못해요. 내가 바라는 건 어떤 것도 알려지지 않도록 하는 거예요."

"그래요. 그런데 왜? 그 일에 대해서라면 법적으로 다 정리되지 않았소."

"법적으로 정리되었건……아니건……그건 중요하지 않아요."

모팻이 끼어들어서 휘파람을 불자 언딘이 말을 덧붙였다.

"내 말은 여기 동부 사람들은 여자가 전에 약혼한 적이 있다는 것조차도 좋아하지 않는다는 거예요."

정말 믿기 힘든 이 말 때문에 모팻은 웃음을 터뜨렸다.

"이런! 이 사람들은 젊고 아름다운 아가씨가 어떻게 청춘을 보내기를 바라는 거요? 멜로디언으로 〈성스러운 도시〉 같은 성가나 연주하고 교회 바자회에서 팔려고 의자 등 씌우개 따위나 뜨며 지내라는 거요?"

"여기서는 처녀들이 보살핌을 받아요. 거기와는 아주 달라요. 여기서는 어머니가 딸을 따라다니거든요."

이 말을 듣고 모팻은 더 흥겨워져서 죄책감이 드는 척하면서 주변을 둘러보았다.

"제가 정말 죄송합니다! 제가 기억했어야 하는데. 스프라그 양, 당신의 보호자는 어디 계신가요?"

엘머가 팔을 구부리며 예법을 흉내 냈다.

"당신을 뷰페이로[35] 데려다줄 수 있게 허락해주십시오. 봤죠, 나도 이렇게 뉴욕의 방식을 잘 알잖소."

그러지 말라고 만류하는 한숨이 언딘에게서 새어나왔다.

"엘머. 내가 결코 당신에게 비열하게 행동하고 싶지 않았다는 걸 정말 믿는다면 지금 나에게 심술궂게 굴지 말아요!"

∵

35) 모팻은 프랑스어를 몰라 '뷔페'를 '뷰페이'로 발음한다.

"심술궂게 굴다니?"

모팻이 다시 진지해지면서 가까이 다가갔다.

"바라는 게 뭐요, 언딘? 왜 딱 부러지게 말하지 못하는 거요?"

"내가 말한 대로예요. 랠프 마블이나 그 가족 누구도 아무것도 모르기를 바라요. 그 사람 가족 중 누구라도 알게 되면 그이가 나랑 결혼하는 걸 절대로 허락하지 않을 거예요. 절대로 안 할거라고요! 그 사람도 원하지 않을 거예요. 그 사람은 정말 끔찍해할 걸요. 그러면 난 **죽을** 거예요, 엘머. 죽을 거라고요!"

언딘은 자기가 이제는 모팻에게 거리를 두려고 하며 혐오감을 느낀다는 것도 잊어버리고, 안전을 보장해주겠다는 약속을 분명하게 받아내야 한다는 강렬한 욕망에 사로잡혀서 남자에게 가까이 다가갔다.

"오, 엘머, 당신이 나를 좋아한 적이 있다면 지금 도와줘요. 그러면 기회가 생기면 내가 당신을 돕겠어요!"

언딘이 침착함을 잃어버리자 남자는 다시 차분해졌다. 언딘의 간청하는 손과 흥분해서 붉어진 얼굴이 자기보다 신경이 더 약한 사람은 마음이 흔들릴 정도로 아주 가까이 있었지만 모팻은 침착하게 자기 입장을 견지했다.

"그래요, 아가씨? 나한테 에이펙스 시절의 엘머 모팻은 깨끗이 지워버리라는 거요? 우리가 만나면 그 신사를 모른 체하라는 거요? 그게 다요?"

"오, 엘머, 이게 내 첫 번째 기회예요. 이걸 놓칠 수는 없어요!"

언딘이 흐느끼며 눈물을 터뜨렸다.

"터무니없는 소리 하지 마시오, 어린애같이! 물론 이 기회를 놓쳐서는 안 되지. 자자, 나를 봐요. 언딘. 이런, 당신이 우는 걸 한 번도 본 적이 없었는데. 나를 무서워하지 말아요. 내가 결혼 행진을 방해하지는 않을 거요."

엘머는 〈로엔그린〉[36]의 한 소절을 휘파람으로 불기 시작했다.

"나는 보답으로 작은 약속 하나만을 원할 뿐이오."

언딘이 놀라서 바라보자 모팻은 안심시키는 말을 덧붙였다.

"오, 오해하지 말아요. 당신네 무리에 끼어들어 참견하고 싶지는 않소. 어쨌든 사교적인 목적으로는 안 하겠소. 하지만 혹시라도 사업상 그 사람들 중 누구라도 알아두는 게 도움이 된다면 나를 위해 만남을 주선해주겠소? 당신이 결혼하고 난 후에 말이오."

두 사람의 눈이 마주쳤고 언딘은 잠깐 갈등하면서 말이 없었다. 그러고 나서 언딘이 손을 내밀었다.

"결혼 후에는 그렇게 하겠어요. 약속해요. 그리고 당신도 약속할 거죠, 엘머?"

"오, 영원히 둘이 한마음으로 고난을 헤쳐가리라!"[37]

언딘이 왔던 길로 서둘러 되돌아가기 시작했을 때 그 뒤를 따라가려고 휙 돌면서 모팻이 큰 소리로 노래를 불렀다.

언딘이 스텐토리언 호텔의 위풍당당한 입구에 들어섰을 때는 3월의 어스름한 빛이 깔렸고 호텔의 정면은 온통 불이 밝혀져 있었다. 언딘은 대리석 로비를 미끄러지듯이 지나서 자기가 어디로 가는지 거의 의식도 못한 채로 내부가 거울로 된 승강기를 타고 하늘을 향해 올라갔다. 언딘은 혼자 생각을 정리할 시간을 원해 어머니를 만나지 않고 자기 방으로 몰래 들어

∷

36) 〈로엔그린(Lohengrin)〉: 리하르트 바그너의 3막으로 된 오페라로서 〈결혼행진곡〉이 유명하다.
37) 결혼 서약의 첫 부분.

가고 싶었다. 두꺼운 베일 사이로 스프라그 가족 응접실의 주렁주렁 달린 조명등들이 퍼져가면서 흐릿한 노란색으로 한꺼번에 밀려들어왔다. 방에 들어서자 사람 모습 같은 게 희뿌연 노란색에서 분리되어서 보였다. 줄마노 테이블 위에 있던 『바스커빌 가의 사냥개』 대신에 놓인 잡지의 '소설편'을 훑어보다가 일어난 랠프 마블을 보고서 언딘은 당혹스러워하면서 깜짝 놀랐다.

"알아요, 당신이 오지 말라고 했다는 것을. 그런데도 오게 되었어요."

마블의 눈이 베일 사이로 언딘의 눈을 찾는 동안에 랠프는 언딘의 손을 들어서 입술에 댔다.

언딘은 안절부절못하면서 손을 뺐다.

"내가 굉장히 늦을 거라고 말했잖아요."

"알아요, 옷을 입어보느라고 그렇다는 것을! 당신은 몹시 지쳤고, 온 힘을 다해서 내가 오지 않았으면 하고 바라는군요."

"그렇지 않다고 자신 있게 말할 수 없네요!"

언딘은 웃음 속에 짜증을 감추려고 애쓰면서 대답했다.

"목소리도 정말 가엾군! 당신은 정말 몹시 지쳤군요. 잠시 여기 들르지 않을 수 없었어요. 하지만 당신이 그렇게 말하니 당연히 가겠소."

마블은 긴 장갑을 벗는 언딘의 손을 잡고 가까이 끌어당겼다.

"베일을 벗고 당신 얼굴을 한 번만 보게 해줘요."

바르르 떨며 거부하는 동작이 언딘의 온몸에 퍼졌고, 그것을 느낀 마블은 손을 놓았다.

"제발 조르지 말아요. 견딜 수가 없어요."

마블에게 벗어나면서 언딘이 더듬거리며 말했다.

"그럼 내일 만나요. 재봉사가 괜찮다고 하면 말이오."

언딘은 억지로 웃었다.

"지금 내 얼굴을 보여주면 당신은 아마 내일 오지 않을 걸요. 내가 더할 수 없이 흉해 보이니까요. 너무 더운데다가 재봉사가 나를 너무 오래 붙들어두었어요."

"이 모든 일이 다 당신의 아름다움에 벌써 눈이 먼 남자에게 더 예쁘게 보이려고 하는 일인가요?"

그 말에 언딘은 웃었고 마블에게 다가가 고개를 숙이고 가만히 서 있자 남자가 베일을 벗겼다. 마블이 베일을 뒤로 젖히자 두 사람의 입술이 맞닿았다. 열렬한 사랑으로 가득한 남자의 표정이 언딘에게는 마치 방향(芳香)과 같았다.

그러나 다음 순간 그 표정은 숭배에서 걱정으로 바뀌었다.

"저런! 아니, 무슨 일이오? 당신 울고 있었군!"

언딘은 본능적으로 얼굴을 감추려고 양 손을 모자에 얹었다. 마블의 고집은 어머니의 고집만큼이나 짜증스러웠다.

"몹시 더웠다고 말했잖아요. 게다가 옷은 모두 흉측했구요. 그래서 화나고 신경질이 났어요!"

언딘은 머리를 매만지는 시늉을 하면서 거울을 들여다보았다.

마블은 언딘의 팔 위에 손을 얹었다.

"이렇게 녹초가 된 당신을 보니 견딜 수 없소. 우리 그냥 내일 결혼해서 이 말도 안 되는 결혼 준비를 모두 피할 수 없겠소? 예쁜 옷 때문에 당신이 이렇게 힘들다면 나는 그 옷을 증오하게 될 거요."

그 새로운 계획에 얼굴이 환해지면서 언딘은 손을 내리고 휙 돌아서 마블을 바라보았다. 마블이 뛰어나게 잘생기고 매력적이어서 언딘의 가슴이 더 빠르게 고동치기 시작했다.

"나도 이 모든 게 싫어요! 우리가 당장이라도 결혼할 수 있다면 좋겠어요!"

마블은 기뻐서 언딘을 끌어안았다.

"사랑스러운 당신, 사랑하오! 진심이 아니라면 하지 말아요! 당장 결혼한다는 생각은 너무 근사해요!"

남자를 사랑하기 때문이 아니라 꼬리를 무는 새로운 생각에 너무 깊이 몰두한 나머지 약혼자가 껴안고 있다는 걸 의식하지 못하는 것처럼 언딘은 마블에게 안긴 채로 있었다.

"내 생각에는 물건들 대부분은 더 빨리 준비할 수 있을 것 같아요. 빨리 준비해야 한다고 내가 말하면요."

약혼자를 바라보고는 있지만 다른 일을 마음속에 떠올리면서 언딘이 곰곰이 생각에 잠겨 말했다.

"그리고 나머지 물건은, 나머지는 우리가 떠난 후에 유럽으로 보내달라고 하는 게 어때요? 모든 것에서 벗어나 당신과 함께 당장 떠나서 우리 둘만 있는 아주 먼 곳으로 가버리고 싶어요!"

언딘은 불현듯 무엇을 깨닫고 마블의 입술에 키스를 했다.

"오, 사랑해, 사랑해!"

마블이 속삭였다.

제10장

유전학을 배우는 학생조차도 언딘이 어디에서 넘쳐흐르는 활동력을 끌어오는지 궁금할 정도로 스프라그 부부는 모두 아주 오랫동안 생각에 잠겼고 무력증에 빠져들었다. 그 궁금증에 대한 답은 아버지의 사업을 관찰하면 얻을 수 있을지도 몰랐다. 월 가에 발을 들여놓는 순간부터 스프라그 씨는 다른 사람이 되었다. 육체적으로는 그 변화가 아주 미세하게 드러났다. 사람들이 와글대는 윌리엄 가를 따라 사무실로 향할 때면 스프라그 씨의 풀어진 근육은 더 긴장하지도 않았고 느릿느릿한 걸음걸이 역시 더 빨라지지도 않았다. 어깨는 평소처럼 구부정했고 낡은 검정 조끼는 허리춤에 주름이 져 불룩했고 그 아래 역시 똑같이 불룩하게 처져 있었다. 차이는 얼굴에서만 볼 수 있었다. 비록 얼굴에서도 드러내놓고 표정이 변화하기보다는 얼굴 표정 뒤에 변화가 어른거렸지만. 마치 셔터를 내린 집의 어둠에 잠긴 현관문을 가로질러 번쩍이는 야간 경비의 불빛처럼, 그 변화는 때로 반쯤 감은 눈의 눈빛이 조심스럽고 반짝이거나 검은 눈썹이 앞으로 쏠리거나 풀어진 입매를 꼭 다물 때 찾아볼 수 있었다. 마지막 사건의 날짜가 기록된 지 2주 뒤 어느 날 아침 스프라그 씨가 자신의 작은 사무실이 있는 철과 콘크리트로 된 높은 건물로 다가갈 때 평소보다 셔터가 더 단단히 닫힌 것처럼 그 얼굴이 긴장되어 있었다. 그 사이에 사건들은 빠르면서도 약간 놀랍게 진행되었다. 스프라그 씨는 이미 딸이 전통적으로 결혼식을 올리는 부활절 이후를 기다리기보다는 일주일 내에 결혼한다는 사실에 익숙해져 있었다. 겉으로 보기에 그 변화는 별 의미가 없었다. 그러나 실질적인 면에서 그것 때문에 보이지 않는 어려움이 생겼다. 스프라그 씨는 뉴욕의 결혼이 에이펙스에서는 몰랐던 물질적 의무를 포함한다는 것을 몇 주 전에야 알게 되었다. 마블은 정말 고상하게 그런 문제들에 대해 상관하지 않았지만, 약혼이 발표되자 그 할아버지가 스프라그 씨를 방문해서 깔끔하고 정확하게 손자의 재정적인 상황을 그 앞에 내놓았다.

스프라그 씨는 그때 관대하고 장난스러운 기분으로 방문객과 일을 처리할 생각이었다. 기우뚱한 쓰레기통에 능숙하게 발을 올리고 회전의자에 기대앉았을 때 편안하고 힘 있는 태도를 취하여 정중하고 우아한 대거닛 씨를 마치 우아한 허수아비처럼 보이게 했다. 자기를 찾아온 방문객에게 스프라그 씨는 친절하고 부드러운 거인답게 첫 대답을 했다.

"랠프가 변호사로 생활비를 벌지 않는다는 말씀인가요? 예, 그 친구와 나눈 이야기로 판단했을 때 랠프가 돈을 벌 거라고 생각하지 않기는 했습니다. 사실 변호사라는 게 …… 필요한 사업이죠."

대거닛 씨가 이의를 제기해 스프라그 씨가 말을 끊었다.

"오, 전문직이라고 부르죠? 변호사가 사업은 아니죠?"

스프라그 씨는 이 새로운 구분을 이해하자 환하게 웃었다.

"난 그게 랠프의 문제 전체라고 생각해요. 누구도 **전문직**으로 돈을 벌거라고 기대하지 않지요. 그리고 만약 대거닛 씨가 변호사를 그런 식으로 생각하도록 가르쳤다면 랠프는 바로 조리대로 가서 요리나 하는 게 나을 겁니다."

대거닛 씨는 좀 더 좁은 범주에서 자기 식의 유머를 구사했다. 그 유머는 스프라그 씨의 유머 감각에 단번에 맞섰다.

"난 그 아이가 조리대 역시 전문직으로 여겨 어떻게든 수지타산을 맞추지 못할 걸 알았기 때문에 변호사를 하게 해서 분명한 실패에서 그 아이를 구한 셈이죠."

이 답변에 스프라그 씨는 기분 좋은 웃음을 터뜨렸다. 그리고 두 사람은 예상치 않게 서로 이해한다는 눈길을 교환했다.

미래의 장인이 물었다.

"그래요? 그렇다면 랠프가 뭘 할 수 있지요?"

"그 아이는 시를 쓸 수 있대요. 적어도 쓸 수 있다고 했지요."

대거닛 씨는 랠프가 변호사 대신 할 수 있다는 일이 적절하지 않다는 걸 의식한 듯이 머뭇거렸다. 그리고 이렇게 덧붙였다.

"그 아이는 내게 1년에 3000달러를 기대할 수 있지요."

스프라그 씨는 쓰레기통에 발을 조심스럽게 얹어놓은 자세를 움직이지 않고 더 뒤로 몸을 기댔다.

"시를 인쇄하는 데에 그 정도 돈이 듭니까?"

대거닛 씨는 또 다시 웃었다. 여기에 온 것을 분명히 즐기고 있었다.

"아니오, 그 아이는 '호화판' 장정으로 출판하지는 않아요. 그리고 가끔씩 잡지사에서 10달러를 받지요."

스프라그 씨는 생각에 잠겼다.

"랠프는 일을 하도록 **교육을 받지** 않았나요?"

"예, 난 정말로 그런 여유가 없었지요."

"예. 그렇다면 그 아이들은 한 달에 250달러로 살아야겠군요."

대거닛 씨는 유쾌하게 가만히 앉아 있었다.

"따님의 드레스를 사는 데 그 정도 돈이 드나요?"

속에서 웃음이 터져 나와 스프라그 씨 조끼 아래 부분 주름이 흔들렸다.

"그 아이가 일을 하도록 해야겠군요. 머리는 충분히 좋은 것 같던데요."

대거닛 씨는 악의 없이 경고하는 손짓을 했다. 자기가 해야 할 일을 마쳤다는 듯이 일어나면서 말했다.

"랠프를 사업에서 멀리 떼어놓아야 궁극적으로 우리 둘에게 이득이 될 거요."

편안하게 의논한 이 만남의 결과는 스프라그 씨가 예측한 것보다 심각했다. 상대편이 승리를 거두었다. 딸이 결혼하면 딸에게 일정한 액수의 돈을 정기적으로 지급해야 한다는 것은 계산에 없었다. 스프라그 씨는 자기 딸이 뉴욕 신문들이 지금까지 다룬 결혼 가운데 '가장 멋있는' 결혼식을 해야 한다고 작정했다. 그리고 언딘의 모친은 상상 속에서 이미 자동차, 5번가의 집, 밴 더갠 부인을 능가하는 티아라와 같은 호화로운 물건들의 바다 위에서 둥둥 떠다니고 있었다. 그런데 이런 것들은 스프라그 씨가 우연히 시장의 '올바른 편에' 있어서 투자가 성공할 때만 받는 유동적인 이득이었다. 그렇게 짧은 기간에 젊은 마블이 받는 얼마 안 되는 용돈과 언딘이 요구하는 엄청난 호사 사이의 거리를 메꾸어야 한다는 것은 또 다른 문제였다. 그래서 언딘의 아버지가 내린 즉각적인 결정은 그 약혼을 파기하는 게 낫다는 것이었다. 그런 취소는 에이펙스에서는 거의 문제가 되지 않았다. 스프라그 씨는 딸의 자존심에 호소하여 그렇게 하는 게 더 낫다는 것을 언딘 자신이 알도록 하는 게 쉬울 거라고 상상했다.

"잠시 기다리면서 다시 한 번 생각해보는 게 좋겠다."

스프라그 씨가 딸에게 말의 서두를 꺼냈다. 그 대화의 결말을 생각할 때마다 지금도 몸이 떨렸다.

언딘이 그 말을 알아들었을 때 끔찍했다. 언딘 앞에서 모든 것이 무너져 내렸다. 마치 자기 고향에 닥친 토네이도 앞에서 도시와 마을이 무너지는 것 같았다. 잠시 기다리라고? 다시 생각해보라고? 아버지는 딸이 돈 때문에 결혼한다고 생각했을까? 아버지는 그게 모두 지금 여기서 자기가 '함께 어울리기'를 원하는 부류의 사람들에 관한 문제라는 걸 보지 못하는 것일까? 아버지는 자기를 립스컴 같은 부류의 사람들에게 바로 내던져 자기가 치과의사와 결혼해 웨스트사이드 아파트에 살기를 원하는 것일까? 만약 그게 언딘에게 적합한 것의 전부라고 아버지가 생각했다면 왜 에이펙스에 남지 않았는가? 언딘이 밀러드 빈치를 인디애나 프러스크에게 넘겨주지 않고 그 사람과 결혼하는 게 나았을 것이다. 아버지는 뉴욕의 규수들은 결혼을 마차 드라이브 하는 것처럼 생각하지 않는다는 것을 이해하지 못할까? 랠프 마블 같은 집안의 남자와 파혼하는 건 그 처녀의 앞날을 망치기에 충분했다. 자기에 관한 온갖 악의적인 말이 돌 것이고 그러면 다시는 괜찮은 사람들과는 어울릴 수 없을 것이다. 바로 에이펙스로 돌아가는 게 나았다. 어쨌든 간에 에이펙스를 떠나길 바란 건 자기가 아니라 부모였다. 그것을 증명하기 위해 어머니를 불러올 수 있었다. 자기는 근본적으로는 어머니와 아버지가 원하는 것을 항상 했다. 그러나 자기를 비참하게 만들려는 게 아니라면 언딘은 부모가 추구하는 일을 이해하려고 노력하는 것을 포기했다. 그런데 만약 부모가 하려는 일이 자기를 비참하게 만들려는 거라면, 이제까지 자기한테 한 일로도 충분하지 않은가? 어쨌든 부모는 지금까지 자기를 충분히 비참하게 했다. 그러나 이번 일 후에 언딘은 자기 마음대로 살겠다고 했고, 자기가 어디로 가는지, 무엇을 할 것인지를 두 사람은 자기에게 물어볼 필요도 없었다. 왜냐하면 이번에는 자기가 부모에게 말하기 전에 죽을 것이고, 아버지와 어머니는 딸이 이미 죽기만을 바랄 정도로 삶을 혐오하게 만들었기 때문이라는 것이다.

스프라그 씨는 조용히 딸의 말을 끝까지 들었다. 누르스름하고 주름진 손으로 턱수염을 잡아당기고 다른 한 손은 조끼 겨드랑이에 집어넣고 있었다. 갑자기 스프라그 씨가 얼굴을 들고 이렇게 말했다.

"언디, 너 그 사람을 사랑하지 않니?"

처녀는 아버지를 쏘아보았다. 아름다운 눈썹이 아마존의 딱정벌레처럼 꿈틀거렸다.

"내가 사랑하지 않는다면 이런 일들에 조금이라도 신경을 쓰겠어요?"

"음, 네가 사랑한다면 그 사람과 네가 소박하게 시작해도 괜찮겠구나."

딸의 표정은 아버지의 무지에 경멸을 퍼부었다.

"아버지는 내가 그 사람을 끌어내려야 한다고 생각하세요?"

장엄한 자세로 언딘은 마블의 반지를 손가락에서 빼냈다.

"당장 이걸 돌려보내겠어요. 난 그 사람이 부자라고 생각했는데 내가 실수했다는 걸 이제 알았다고 말하겠어요."

젊은이다운 슬픔에 빠져 아름다운 몸을 앞뒤로 흔들며 정말 서럽게 큰소리로 울기 시작했다. 아버지는 딸을 내려다보며 어깨를 토닥거리면서 당황해서 말했다.

"언디, 내가 할 수 있는 일을 알아볼게……."

스프라그 씨는 일생 동안 점점 더 자주 '할 수 있는 일을 알아보라'는 요청을 아내와 딸에게서 받아왔다. 그리고 알아보면 항상 모녀가 원하는 대로 결론이 나왔다. 언딘은 반지를 돌려보낼 필요가 없었다. 언딘은 최면 상태와 같은 행복감에 젖어서 자기가 가는 길이 어떤 수단으로 평탄하게 되었는지 물어보지도 않았고, 다만 '아버지가 모든 것을 바로 잡았어'라고 보장하는 엄마의 말만 받아들였다.

스프라그 씨는 이 상황도 받아들였다. 퇴역 군인처럼 연금을 줘야 하는 사위는 스프라그 씨의 경험으로는 생소한 현상이었다. 그러나 그것이 언딘이 원하는 거라면 딸이 원하는 대로 될 것이다. 그런데 이틀 만에 스프라그 씨는 새로운 요구와 부닥치게 되었다. 두 젊은이가 6월까지 기다리지 않고 '당장' 결혼하기로 결정했다는 것이다. 이렇게 계획이 바뀌었다는 소식을 스프라그 씨는 특히 그 변경에 따라 재정적으로 재조정을 할 준비가 되지 않은 때에 알게 되었다. 스프라그 씨는 항상 언딘과 언딘의 모친이 '착실하게 해나가면' 자기는 어떤 위기도 대응할 수 있다고 주장해왔다. 하지만 지금은 모녀에게 두 사람이 정한 새로운 속도를 따라잡을 수 없다고 경고했다. 언딘은 아버지를 다시 비난하려고도 하지 않고 어머니에게 자기를 위해 말하도록 임무를 맡겼다. 스프라그 씨는 자기 부인이 딸만큼이나 꿈쩍도 않고 강경하게 맞서는 것을 보고 놀랐다.

"난 그렇게 할 수 없소. 거금이오, 난 그 돈을 내 손에 쥘 수 없소."

스프라그 씨가 주장했다. 그러나 스프라그 부인은 막다른 구석에 몰려서 조금씩 조금씩 남편에게 대항했다. 남편이 점점 더 압박을 가하자 결국 아내가 마침내 이렇게 내쏘았다.

"당신이 알고 싶다면, 언딘이 엘머를 만났어요."

화살이 적중했다. 남편은 동요된 얼굴로 아내를 돌아보았다.

"엘머를? 도대체 무엇 때문에, 그자가 여기에 온 건 아니겠지?"

"안 왔어요. 그런데 저번 저녁에 극장에 갔을 때 언딘 바로 곁에 앉았대요. 자기에게 경고하지 않은 것 때문에 언딘이 우리에게 굉장히 화냈어요."

스프라그 씨가 찡그리자 튀어나온 눈썹이 한 곳으로 모였다.

"뭘 경고해야 하오? 엘머가 그 아이에게 뭐야? 왜 그 아이가 엘머 모펫을 두려워하는 거요?"

"걔는 그자가 말하고 다니는 걸 두려워해요."

"말하고 다니다니? 도대체 그자가 그 아이를 해치는 무슨 말을 할 수 있소?

스프라그 부인이 소리쳤다.

"아, 모르겠어요. 애가 아주 불안해서 걔한테서는 한마디도 들을 수가 없어요."

스프라그 씨의 창백해지는 얼굴은 다시 두려워하는 기색을 드러냈다.

"그 작자가 자기 주변에 나타날까 봐 딸아이가 두려워하는 거요? 그자가 자기에게 접근하려는 걸? 그것이 걔가 의미하는 '말하고 다니는 것'이오?"

"난 몰라요, 모르겠어요. 난 단지 우리 아이가 그자를 죽도록 두려워한다는 것만 알아요."

부부는 오랫동안 서로 바라보면서 무거운 눈길로 자기들의 추측을 주고받으며 말없이 앉아 있었다. 스프라그 씨가 의자에서 일어나 모자를 집으면서 말했다.

"애태우지 말아요, 리오타. 내가 할 수 있는 일을 알아보겠소."

스프라그 씨는 지금 험난한 두 주일 동안 '알아보고 있었다.' 시야의 피로는 에이펙스에서 퓨어 워터 운동을 하던 대단하던 시절 이후로 겪어보지 못한 긴장 상태를 낳았다. 자기의 두려움을 아내나 딸에게 알리는 건 스프라그 씨의 습관이 아니었다. 언딘과 모친은 계속해서 신부 측 준비를 했고, 일단 '아버지'가 모녀의 요구를 피할 수 없다는 것을 납득한 다음에는 부인과 딸이 걱정할 필요가 없게 자기들을 만족시킬 거라고 믿어온 불변의 경험 속에서 안심했다. 스프라그 씨는 문제의 아침에 사무실로 가고 있을 때 이런 기대치를 성취할 거라고 무리 없이 확신했다. 그러나 그런 몇 가지의 승리가 재난을 의미할 수도 있다는 것을 기억했다.

스프라그 씨는 아라라트 신탁회사 건물의 거대한 대리석 로비로 들어가서 사무실로 올라가는 고속 엘리베이터를 향해 걸어갔다. 엘리베이터 입구에 있던 어떤 남자가 스프라그 씨를 향해 몸을 돌렸는데 엘머 모팻이었다. 모팻은 아주 편한 자세로 손을 내밀었다.

스프라그 씨는 그 동작을 무시하지도 않았고 손을 움츠리지도 않았다. 스프라그 씨의 행동 법칙에는 의식적으로 부인한다는 것을 보여주는 고의적인 무시같은 것은 없었다. 남부에서는 어떤 남자에게 원한이 있으면 사람들이 그 사람에게 총을 쏘고, 서부에서는 사업상의 비겁한 행동에 대해서 그 자를 혼내준다고 한다. 그러나 이 두 지역 이외의 곳에서는 고의적으로 무시하는 게 모욕을 주는 사회적인 무기였다. 그래서 가는 길에 모팻을 보고 얼굴을 찡그리기는 했지만 생기 없는 손을 내밀었다. 모팻은 그 찡그림과 반가워하지 않는 손을 똑같이 냉정한 태도로 대응했다.

"사무실로 올라가나요? 제가 거기 가는 길이었습니다."

승강기 문이 뒤로 열리고 승강기에 탄 스프라그 씨는 자기 곁에 그자가 있는 것을 보았다. 두 사람은 스프라그 씨의 층으로 올라가는 동안 말이 없었다. 그러나 스프라그 씨는 모팻에게 빈정대듯이 물었다.

"무슨 할 말이 남았나?"

모팻은 웃었다.

"전혀 없어요. 아니요. 난 완전히 새 상품들을 팔고 있습니다."

스프라그 씨는 그 대답을 생각했다. 그리고 문을 열어 모팻이 자기를 따라 들어오도록 내버려두었다. 굴뚝으로 가린 그을음은 바깥 풍경으로 컴컴한 창문 하나가 있는 방에, 반짝이는 실내 칸막이 뒤에 있는 먼지가 하얗게 앉은 잡동사니가 흐트러진 책상에 스프라그 씨가 앉았다. 그리고 쓰레기통에 발을 얹으려고 본능적으로 발로 더듬었다. 초대받지도 않은 모팻은 가장 가까운 의자에 털썩 앉았다. 한참 아무 말이 없다가 스프라그 씨가 말했다.

"난 오늘 아침 상당히 바쁘다네."

"당신이 바쁘다는 걸 저도 알지요. 그래서 제가 여기 온 겁니다."

모팻이 차분하게 대답했다. 그리고 다리를 꼬며 뒤로 기대고는 보석으로 치장한 통통한 손으로 작고 뻣뻣한 콧수염을 꼬았다.

"사실은 이건 악을 선으로 갚는 방문이지요. 당신은 내가 당신에게 원한을 품었다고 생각하시죠. 그래서 내가 그런 인간이 아니라는 걸 보여주겠어요. 내가 당신에게 좋은 물건을 댈 거예요. 아, 당신을 좋아해서가 아니라 우연히 장난기가 발동했기 때문이죠."

모팻이 이야기하는 동안 스프라그 씨는 책상 위에 있는 편지 뭉치를 집어 그것을 카드처럼 섞으면서 앉아 있었다. 그는 그 편지들을 상상 속의 카드놀이를 하는 두 사람에게 돌리듯이 신중하게 나누었다. 그런 다음 그것들을 옆으로 밀어놓고 시계를 꺼냈다.

젊은이가 편안하게 말했다.

"좋아요. 나도 시계가 있지요. 하지만 내가 하는 말을 들으면 당신은 시간을 번 거라는 걸 알게 될 겁니다."

스프라그 씨는 아무 말 없이 굴뚝 풍경을 응시했다. 모팻은 계속했다.

"당신이 내 인생 이야기를 듣고 싶을 거라고 생각하지는 않습니다. 그래서 예전 이야기는 들먹이지 않겠어요. 에이펙스에서 당신은 내가 밀리하우스의 술집에서 너무 많은 시간을 빈둥거린다고 했지요. 그게 나를 반대하는 이유 가운데 하나였죠. 음, 내가 그러기는 했어요. 그런데 그것은 내게 다른 사람들과 말하는 법과 듣는 법도 가르쳐주었지요. 지금 현재 나는 하면 B. 드리스콜 씨의 개인 비서 가운데 한 사람입니다. 그리고 그 밀리하우스에서 빈둥거린 시간이 내가 한 어떤 일보다 도움이 되었어요. 드리스콜 씨는 내가 유보 광산 거래의 내막에 관해 조금 안다는 얘기를 우연히 듣고서 정보를 얻을 수 있는 곳에서 그걸 얻어내려고 나를 비서로 채용했죠. 나는 그 사람에게 돈에 관해 도움이 되는 이야기를 해주었지요. 하지만 난 들은 것도 조금 있어요. 유보 광산 일이 드리스콜 집안이 다루는 유일한 상품은 아니니까요."

스프라그 씨는 주머니에 시계를 다시 넣고 졸린 듯한 시선을 창문에서 방문객의 얼굴로 돌렸다.

"그렇습니다."

스프라그 씨가 움직인 것에 대해 답하듯 모팻은 말을 계속했다.

"드리스콜 가는 에이펙스에서 목표를 달성하느라 바쁘지요. 그 사람들은 이제 주머니에 모든 철로를 넣었고 물 공급권도 원하지요. 그러나 내가 아는 것만큼 당신도 그건 잘 알죠. 사실은 그 사람들이 그걸 가져야 해요. 그리고 여기가 바로 당신과 내가 개입하는 곳이지요."

스프라그 씨는 조끼의 겨드랑이에 손을 찔러 넣고 다시 창문으로 눈길을 돌렸다. 그리고 관심 없이 말했다.

"난 그 일에서 오래전에 손 뗐어."

모팻도 마지못해 동의했다.

"그렇죠. 그러나 당신은 그곳에 있었을 때 무슨 일이 오갔는지를 알아요."

"그래?"

스프라그 씨는 한 손을 시곗줄에 있는 프리메이슨 문장 쪽으로 움직이며 말했다.

"음, 당신과 함께 일한 제임스 J. 롤리버 하원의원은 아직 그 일을 합니다. 그 의원은 드리스콜 가족과 대립하는 사람이죠. 그 사람에 관해 무엇을 압니까?"

스프라그 씨는 생각에 잠겨서 프리메이슨 문장을 빙글빙글 돌렸다.

"드리스콜이 자네한테 여기로 가보라고 하던가?"

모팻은 웃었다.

"아니에요. 당치 않아요."

스프라그 씨는 발을 쓰레기통에서 치우고 의자에서 몸을 똑바로 펴서 앉았다.

"음, 나도 자네한테 여기 오라고 하지 않았네. 잘 가게나, 모팻."

젊은이는 잠시 바라봤다. 작고 검은 눈에 장난스러운 빛이 있었다. 그러나 젊은이는 자리를 떠나려 하지 않았다. 모팻이 대화하듯 물었다.

"언딘이 다음 주에 결혼하죠, 그렇지 않나요?"

스프라그 씨의 얼굴이 어두워졌다. 그리고 회전의자에서 빙그르 돌았다.

"닥쳐……."

모팻은 경멸하듯이 손을 들었다.

"오, 당신이 날 경고해서 쫓아낼 필요는 없습니다. 난 그 결혼식에 초대받기를 원치 않거든요. 난 결혼에 이의를 제기하고 싶지 않아요."

스프라그 씨의 목에서 비웃는 듯한 소리가 났다. 모팻은 흔들리지 않고 계속 말했다.

"하지만 난 드리스콜 씨의 사무실에서 나오고 **싶습니다**. 나 같은 사람은 거기서 미래가 없어요. 난 큰 걸 생각하고 있거든요. 그게 바로 에이펙스가 내게 너무 작은 이유였죠. 시시한 녀석들이나 작은 곳에서 성공하죠. 뉴욕

이야말로 전혀 바꿀 필요 없이 내게 맞는 크기예요, 5만 달러만 내 손에 넣을 수 있다면 난 내일이라도 당신에게 그걸 증명할 수 있어요."

스프라그 씨는 나가라는 몸짓을 되풀이하지 않았다. 그리고 다시 한번 조심스럽기는 하지만 열심히 듣고 있었다. 모팻은 그 모습을 보고 계속했다.

"당신이 오후 다섯 시 전에 드리스콜 씨의 사무실로 나를 찾아온다면 그 돈의 두 배를 내 손에 넣을 수 있습니다. 예, 두 배를요. 스프라그 씨, 전후 관계를 아시겠어요?

스프라그 씨는 방문객이 〈황혼 녘에〉[38]라는 노래 한두 마디를 흥얼거리는 동안 말이 없었다. 그러다가 스프라그 씨가 물었다.

"자네는 내가 제임스 J. 롤리버에 관해 아는 것을 드리스콜에게 얘기해 주기를 원하는가?"

"당신이 사실을 말해주기를 원합니다. 당신이 당신 고향의 정치적인 순수함을 상징하기를 원하지요. 당신처럼 뛰어난 사람은 그 사회에 빚이 있어요."

모팻이 큰 소리로 말했다. 스프라그 씨는 여전히 프리메이슨 문장을 만지고 있었다.

"롤리버와 나는 항상 같은 입장을 취했지."

스프라그 씨가 마지못해 주저하면서 말을 했다.

"그러면 당신은 그 일을 해서 얼마나 벌었나요? 그 사람이 그 사업에서 항상 앞서지 않았나요?"

∴

38) 〈황혼 녘에(In the Gloaming)〉: 떠난 옛 연인을 황혼 녘에 생각하는 내용의 노래로 1877년에 나왔으며 당시에 인기가 많았다.

"그렇게 할 수 없어, 할 수 없어."

스프라그 씨는 마치 눈에 보이지 않는 수많은 공격자에게 이야기하듯이 주먹을 꽉 쥐고 책상을 치며 말했다.

모팻은 붉은 얼굴에 실망하는 기색도 없이 일어나서 문으로 가면서 말했다.

"그럼 안녕히 계십시오."

문지방 가까이에 서서 무심하게 말을 덧붙였다.

"사적인 일을 말하는 것을 용서하시죠. 하지만 스프라그 양의 결혼식이 다음 월요일에 있지요."

스프라그 씨는 말이 없었다.

모팻은 뻔뻔하게 말을 계속했다.

"어떠세요? 신문에서 날짜가 6월 말로 잡혔다는 걸 봤어요."

스프라그 씨는 자리에서 무겁게 일어났다.

"딸아이 나름의 이유가 있다고 생각하네."

스프라그 씨는 모팻을 따라 문으로 갔다.

"당신이 나와 함께 드리스콜 씨의 사무실에 가기를 원하는 이유가 내게 있는 것처럼 따님도 당신이 그곳에 가기를 원하는 이유가 있다고 짐작합니다. 언딘의 이유가 내 이유만큼 정당한 이유라면……."

"이제 그만하지, 엘머 모팻!"

스프라그 씨가 손을 쳐들고 버럭 소리 질렀다. 모팻은 주먹을 피하는 희극적인 거짓 동작을 했다. 그리고 심각한 얼굴로 팔을 옆으로 내린 스프라그 씨에게 가까이 다가갔다.

"여길 보세요. 난 언딘의 이유를 알아요. 따님과 이야기를 했거든요. 당신에게 말하지 않던가요? 언딘은 당신처럼 변죽을 울리지는 않아요. 자기를 괴롭히는 문제를 곧바로 말했어요. 언딘은 마블 가족이 자기가 유치원에서 바로 왔다고 생각하기를 원한다더군요. '이 계산대에서는 소비자가 물건을 써보고 마음에 들면 사는 조건으로 물건을 내보내지 않습니다.' 그래서 나는 따님 말의 핵심을 알아들었지요. 내 추억을 동네방네 말할 의도는 없어요. 다만 거래는 거래지요."

모팻은 조끼를 가로지르는 금으로 된 무거운 시곗줄에 손가락을 감으면서 잠시 말을 멈췄다.

"스프라그 씨, 이렇게 하면 어떨까요. 어쨌든 난 언딘에 대해 적의가 없어요. 그리고 여유가 있었다면 기꺼이 따님을 돕고 과거를 잊었을 거예요. 그렇지만 당신은 내가 어려웠을 때 주저하지 않고 나를 발로 걷어찼죠. 난 차인 다음 내 다리로 다시 일어서는 데 하루나 이틀이 걸렸지요. 나는 이제 성공하고 그걸 지키는 방법을 발견했어요. 내가 일어서는 것을 당신이 도와주는 건 일종의 문학적인 정의(正義)인 것 같아요. 만약 하루나 이틀 내에 5만 달러를 확보할 수 있다면 누가 내 기선을 제압했는지에 대해 상관하지 않겠어요. 내가 돈을 벌 수 있다는 게 눈에 훤히 보여요. 그리고 그걸 내게 가져다줄 수 있는 사람은 당신밖에 없어요. 이제 우리가 어떤 상황인지 아시겠어요?

모팻이 이 말을 하는 동안 스프라그 씨는 손을 주머니에 넣고 마치 턱수염 아래 이쑤시개를 우물우물 씹는 것처럼 턱을 기계적으로 움직이면서 꼼짝하지 않았다. 스프라그 씨의 창백한 뺨이 더 창백해졌다. 그리고 반쯤 감긴 눈 위로 눈썹이 위협하듯이 매달려 있었다. 그러나 스프라그 씨의 목소리에 위협은 없었다. 단지 무덤덤한 호기심의 기미만 있었다.

"자네가 이야기를 하겠다는 말인가?"

모팻의 불그스레한 얼굴은 철로 된 금고처럼 단단하게 굳었다.

"내 말은 당신이 노(老) 드리스콜 씨에게 말한다는 거죠."

잠시 가만히 있다가 말을 덧붙였다.

"우리 사이에 10만으로 끝내죠."

스프라그 씨는 다시 한 번 시계를 보았다. 그리고 간신이 말했다.

"나중에 보세."

모팻은 한쪽 주먹으로 다른 주먹을 쳤다.

"아니죠. 당신은 나를 볼 수 없을 겁니다. 당신은 마블 가족을 통해서 내 말을 들을 수밖에 없을 거예요. 당신 이야기를 오늘 드리스콜 씨가 듣지 않는다면 그 사람에게 한 푼어치 가치도 없을 겁니다."

바깥 사무실에서 나는 발자국 소리에 모팻은 말을 중단했고, 스프라그 씨의 속기사가 문에 나타났다.

"마블 씨가 오셨어요."

속기사가 알려줬다. 랠프 마블은 행복한데다가 서둘러오는 바람에 얼굴이 반짝거렸다. 마블은 두 남자 사이에 서서 스프라그 씨에게 손을 내밀었다.

"제가 굉장히 방해가 되나요? 제가 방해가 된다면 나가라고 하세요. 그렇지만 먼저 제가 언딘을 위해 주문한 이 목걸이에 대해 한마디만 하게 해주세요."

마블은 스프라그 씨가 엘머 모팻을 쳐다본다는 것을 깨닫고 말을 멈췄다. 모팻은 이례적으로 신중하게 문 뒤의 그늘진 곳으로 물러나 있었다. 마블은 젊은이다운 본능적인 호의에 가득 찬 밝은 눈길로 모팻을 바라보았다. 그러나 모팻은 마블을 지나쳐 스프라그 씨를 똑바로 바라보았다. 스프라그 씨는 눈에 띄지 않는 신호에 대해 대답하듯이 기계적으로 방문객의 이름을 불렀다. 그리고 두 젊은이는 서로 다가갔다.

랠프가 악수를 하면서 물었다.

"정말 용서를 빕니다. 제가 중요한 회의를 방해했나요?"

모팻이 변함없는 어조로 대답했다.

"아뇨, 우리는 거의 끝나가는 중이었어요. 당신이 이야기를 나누는 동안 난 나가서 금발 아가씨에게 수작이나 붙여야겠어요."

"굉장히 고맙습니다…… 2초도 안 걸릴 거예요."

랠프는 모팻을 찬찬히 보려고 말을 멈췄다.

"그런데 우리 전에 만나지 않았나요? 아주 최근에……당신을……본 적이 있는 것 같아요?"

모팻은 대답을 하려다가 스프라그 씨의 갑작스러운 동작에 저지당했다. 상당히 오랫동안 말이 없었고 그동안 모팻은 반짝이는 검은 눈으로 무엇을 물어볼 듯이 랠프를 바라보았다. 그러더니 스프라그 씨를 다시 보았고 두 사람은 말없이 잠시 동안 서로 바라보았다.

모팻이 랠프에게 상냥하게 말했다.

"아니요, 마블 씨, 저는 모르겠어요. 그래도 당신을 모르는 것보다는 늦게라도 아는 게 더 낫겠죠. 조만간 다시 만나기를 빕니다."

모팻은 두 사람에게 고개를 끄덕였고 바깥 사무실로 나갔다. 두 사람은 거기서 모팻이 속기사에게 지나치게 친절한 말투로 얘기하는 것을 들었다.

제11장

7월의 작열하는 태양의 열기가 시에나 근교의 언덕에 있는 한 빌라의 호랑가시나무 숲을 불의 고리처럼 둘러쌌다.

언덕 아래 길가에 있는 긴 노란색 집은 강렬한 햇빛 속에서 너울거리고 고동치는 것 같았다. 그러나 집 뒤에는 호랑가시나무가 만드는 시원한 그늘이 랠프 마블이 잔디에 반듯이 누워 그물처럼 얽힌 검은 나뭇가지를 올려다보는 절벽 끝 바위까지 가파르게 드리워졌다. 나뭇가지 사이로 조각난 하늘이 푸른색 에나멜처럼 단단하고 밝게 반짝였다.

언덕 위에서도 공기는 더위 때문에 탁했다. 그러나 아래쪽의 백열과 비교하면 언덕 위의 공기는 랠프와 언딘이 날이 타는 듯이 뜨거울 때 가끔 대피하러 간 교회에서처럼 열이 누그러져서 적당하게 따뜻했다.

넉 달 전 나폴리에서 배에서 내린 후 두 사람이 계속 지낸 반짝반짝 빛나던 기나긴 날들, 여름으로 향해가는 바로 그 경쾌한 봄날을 사랑한 것처럼 랠프는 후텁지근한 이탈리아의 여름을 사랑했다. 변화무쌍하고 무궁무진한 아름다움이 넉 달간 랠프 주위를 부드러우면서도 강하게 엮어나갔다. 마법 요정이 인간의 육신으로 현신한 듯이 눈부시게 예쁜 여성이 곁에서 랠프와 손을 마주잡고 있었고 랠프는 그 눈에서 마법을 보았다. 서둘러 결혼한 덕택에 두 사람은 이런 축복을 받았다. 그래서 두 사람은 여름이 오기 전에 한가롭게 남부 산악 지방의 외딴 습곡까지 들어갈 수 있었고, 시칠리아의 오렌지 과수원 그늘에서 능장을 부릴 수 있었으며, 천천히 아드리아 해를 향해 여행하면서 심지어 7월에도 신선한 공기를 마실 수 있을 거라는 희망을 품을 수 있는 중부의 고원 휴양지에 마침내 도착했다.

시에나의 공기는 신선할 뿐 아니라 랠프를 취하게 했다. 태양은 포도를 수확하는 사람처럼 땅을 밟고 가면서 거기서 자극적인 향기를 이끌어내고 압착해서 새로운 색깔을 짜냈다. 온화한 풍경에 대한 가치는 모두 뒤바뀌었다. 한낮의 찬란한 빛은 눈부시게 하얗지만, 그늘은 상상하지도 못한 색깔이 있었다. 어두운 색의 코르크나무와 호랑가시나무와 삼나무 위에는 초록색과 자주색의 광택과 오래된 청동이 내는 찬란한 구릿빛이 있었다. 밤마다 하늘은 포도주빛 나는 푸른색을 냈고 별들은 거품이 일듯이 반짝였다. 랠프는 태양 아래 이렇게 엎드려 이탈리아를 보지 못한 사람은 이탈리아가 어떤 숨겨진 보물을 만들어내는지 모른다고 혼잣말을 했다.

이렇게 누워 있으면 과거의 감정 상태의 편린들과 붙잡기 어려운 더 할 나위 없이 행복한 생각과 감정이 사고의 표면 위로 올라와 떠다녔다. 인생에서 쌓여온 인상들이 신비롭게 혼돈에 찬 아름다움 속에서 명료해지고 서로 꼬여서 얽히며 마음과 머리에 모이는 순간이었다. 랠프는 이런 상태를 전에도 얼핏 본 적이 있었다. 그것은 개인의 자아가 존재의 거친 흐름 위의 파도에 불과하다고 느끼지만 그래도 현상의 단순한 범위 이내에서 알 수 있는 것보다 더 뚜렷한 개체 의식을 느끼며 가슴이 설레는, 개인의 삶이 보편적인 삶과 융합되는 바로 그런 상태였다. 그러나 지금 랠프는 그 감각을 완전히 이해했고 이와 함께 언어로 표현할 힘도 생겨났다. 머리 위의 나뭇가지 사이로 날아다니는 눈부신 새들처럼 낱말들이 번득였고, 마법 지팡이만 흔들면 그 낱말들이 자기에게 날개를 퍼덕이며 내려올 것이다. 다만 푸른 하늘을 배경으로 이리저리 누비며 환상적으로 날아다니는 낱말들이 저 위에서 너무나 아름다웠기 때문에 지금 당장은 그것들을 바라보면서 마법 지팡이를 내려놓는 게 더 유쾌했다.

빛이 지나쳐서 눈이 아플 때까지 낱말들이 만들어내는 무늬를 랠프는 응시했다. 그리고 나서 자세를 바꾸어 아내를 바라보았다.

곁에 있는 언딘은 목가적인 분위기를 탐닉하는 것에 익숙하지 않은 사람이 지니는 약간 경직된 태도로 마디투성이의 나무에 기대어 있었다. 아내의 아름다운 등은 울퉁불퉁한 나무줄기에 익숙해질 수가 없어서 더 편한 자세를 찾으려고 가끔씩 몸을 약간 움직였다. 그러나 아내의 표정은 잔잔했고, 랠프는 나른한 눈꺼풀 사이로 아내를 올려다보면서 언딘의 얼굴이 이보다 더 아름다운 적이 없다고 생각했다.

"당신은 파도처럼 시원해 보여."

랠프는 무릎 위에 놓인 아내의 손을 잡으려고 손을 뻗으며 말했다. 언딘은 손을 잡도록 내버려두었다. 랠프는 아내의 손을 더 가까이 끌어당겨서 그것이 마치 귀중한 도자기나 상아 조각인 것처럼 찬찬히 살펴보았다. 아내의 손은 작고 부드럽고 깃털 무게밖에 안 될 만큼 가볍고 말불버섯 같았다. 예민하지도 않고 가슴을 두근두근하게 하지도 않고 표정이 풍부하지도 않은 손이지만, 애무를 받고 반지로 장식되기 위한 손이고 희미한 장미향을 뇌리에 남기는 손이었다. 손가락은 짧고 끝이 가늘어지고 아랫부분은 옴폭하게 들어가 있었고 손톱은 장미 잎사귀처럼 매끈했다. 피아노 건반을 가지고 노는 아이처럼 랠프는 손가락 하나하나를 들어올렸다. 그러나 그 손가락은 탄성이 없어서 멀리 되튀지 않고 옴폭하게 들어간 곳을 보여줄 만큼만 되뛰었다.

랠프는 아내의 손을 뒤집어서 손목에서 손가락 아래 손바닥의 둥근 곳까지 푸른 정맥을 더듬어갔다. 그리고 그 사이의 움푹 들어간 따뜻한 손바닥 안에 키스를 했다. 머리 위의 세상은 사라졌고 우주는 손바닥으로 오그라들었다. 그러나 우주가 축소되었다는 느낌은 없었다. 랠프의 열정이 발원한 신비로운 심연에서는 지상의 차원은 무시되었고, 곡선으로 된 아름다운 손바닥은 상상력이 쏟아부을 수 있는 것은 무엇이든지 수용할 수 있을 만큼 무한했다. 랠프는 위대한 시를 쓸 수 있는 자신의 힘을 지금보다 더 확신한 적이 없었다. 그러나 지금 언어를 표현할 수 있는 마법 지팡이를 쥐고 있는 것은 언딘의 손이었다.

언딘은 다시 불편한 듯 몸을 움직이고 어렴풋이 나무라는 어조로 랠프의 마지막 말에 대답했다.

"난 시원한 느낌이 안 들어요. 여기 올라오면 산들바람이 불 거라고 말했잖아요."

랠프가 웃었다.

"가엾어라! 에이펙스에서도 이 정도로 덥지 않았소?"

얼굴을 살짝 찡그리며 언딘이 손을 뺐다.

"예, 하지만 에이펙스로 돌아가려고 당신과 결혼한 건 아니에요!"

랠프는 다시 웃었다. 그리고 몸을 일으켜서 팔꿈치를 괴고 아내의 손을 도로 잡았다.

"나는 **진짜** 왜 당신이 나와 결혼했는지가 궁금하다오."

"제발! 수수께끼를 풀기에는 날씨가 너무 뜨거워요."

언딘은 짜증을 내지는 않았지만 나른하게 말했다. 언딘은 랠프처럼 나른함을 즐기지 않았다.

랠프가 몸을 일으켰다.

"정말 더위가 그렇게 싫소? 그러면 떠납시다."

언딘이 열렬히 관심을 보이며 똑바로 앉았다.

"당신 말은 그러니까 스위스로 간다는 거예요?"

"내가 그렇게 멀리 도약하지는 않았소. 드라이브해서 시에나로 돌아가자는 뜻이었을 뿐이오."

언딘은 다시 무관심하게 나무에 몸을 기댔다.

"오, 시에나는 여기보다 더 더워요."

"성당에 가 앉아 있읍시다. 거기는 해질 녘에 항상 시원하잖소."

"일주일 동안 매일 해질 녘에 그 성당에 앉아 있었잖아요."

"이런, 그럼 가는 길에 레체토[39]에 들르는 건 어떻소? 당신에게 아직 레체토를 보여주지 않았지. 달빛 아래에서 드라이브해서 돌아가면 눈부시게 아름다울 거요."

이 말에 언딘은 조금 관심을 보였다.

"그게 좋을 것 같네요. 하지만 어디서 식사를 하죠?"

랠프가 다시 웃었다.

"식사를 할 곳이 없을 것 같소. 당신은 너무 현실적이라니까."

"글쎄요, 누구든 현실적이어야 하지 않겠어요. 게다가 시간에 늦으면 호텔에는 맛없는 음식만 남잖아요."

"제일 맛있는 음식은 당신과 사귀고 싶어 안달인 아주 잘생긴 그 기병 장교가 보통 독점하잖소."

언딘의 얼굴은 밝아졌다.

⁘

39) 레체토(Lecceto): 시에나에서 약 7.5km 떨어진 마을.

"그 사람이 백작이 아니라는 건 당신도 알죠. 그 사람은 후작이래요. 이름은 로비아노이고 로마에 있는 그 사람의 성은 관광 안내서에도 나온대요. 영어도 아주 잘해요. 셀레스트가 수석 웨이터에게서 그 사람에 대한 정보를 알아냈어요."

언딘은 가치가 인정된 것을 취급하는 이가 보이는 보증하는 태도로 말했다.

마블은 똑바로 앉아 모자를 집으려고 풀밭 건너편으로 느릿느릿 손을 뻗었다.

"그러니 더욱더 서둘러 호텔에 돌아가서 우리 몫의 음식을 지켜야겠소."

랠프는 놀리는 어조로 말했는데, 이것은 랠프가 애정을 표현하는 습관적인 방식이 되었다. 그러나 아주 오래된 나무숲에서 나오는 해저의 희미한 광선을 마지막으로 빨아들이듯이 보았을 때, 그 광선 사이로 언딘의 모습이 바다 요정처럼 너울거리자 랠프의 눈매가 부드러워졌다.

"그 어느 때보다 지금 당신 모습은 당신 이름에 잘 어울려요."

랠프는 언딘[40] 곁에서 무릎을 꿇고 아내를 감싸 안으며 말했다. 언딘은 마치 남편의 말이 암시하는 바를 파악하지 못한 것처럼 약간 애매하게 웃었다. 한때는 호기심을 자극했지만 지금은 다만 딴 생각할 틈만 주는 이해할 수 없는 남편의 말을 밀쳐놓은 창고에다 이 암시도 밀쳐놓는 것에 만족하는 듯했다. 그러나 애매하기는 해도 언딘의 웃음은 사랑스러웠고, 사실 랠프에게는 잠재하는 의심 때문에 그 웃음이 더욱 사랑스러웠다. 나중에 랠프는 이 순간을 생명의 잔이 가득 차서 넘치는 것 같은 때로 기억했다.

∴

40) 언딘의 이름은 '파도'를 나타낸다. 유럽의 민담에서 언딘은 물의 요정이다. 전설에 의하면 언딘은 인간과 결혼해서 아이를 낳고 영혼이 있는 인간이 되지만 나이가 들어 죽었다고 한다.

"이리 와요, 여보. 여기나 저기나 모두 신성한 곳이오!"

그러나 마차에서 언딘은 저녁의 부드러운 마법에 여전히 무감각한 채로 있었고, 더위와 먼지에만 신경을 썼다. 숲이 우거진 레세토의 절벽 아래를 지나갈 때 언딘은 밀려오는 두통 때문에 저녁을 먹든 안 먹든 상관없으니 레세토를 들르는 편이 나을 것 같다고 말했다.

랠프는 동경하듯이 머리 위의 긴 절벽을 올려다보았다. 그러나 언딘이 이런 경치와 영적 교감을 나눌 기분이 아니었기에 랠프는 마차를 세우려고 하지 않았다. 대신 랠프가 곧 말했다.

"이탈리아에 싫증이 났다면 당신이 고를 만한 곳이 많이 있소."

언딘은 잠시 가만히 있다가 말했다.

"내가 싫증이 난 건 더위예요. 대개 사람들이 여기에 더 일찍 오지 않나요?"

"맞소. 그래서 내가 여름을 선택한 거요. 그래야 우리가 이곳을 독점할 수 있을 테니까."

언딘은 합리적인 어조로 말하려고 애썼다.

"우리가 어딘지 시즌이 아닐 때 갈 거라고 말해주었으면 옷을 준비할 수 있었을 거예요."

"정말 안됐구려! 무슨 일이 있어도 당신이 준비한 옷을 입을 수 있는 곳에 가도록 합시다. 그 옷들이 그토록 아름다우니 우리의 인생 설계에서 빠질 수야 없지."

언딘의 입술이 굳어졌다.

"내가 어떻게 보여도 당신이 신경 쓰지 않는다는 걸 알아요. 하지만 우리가 결혼하기 전에 옷을 주문할 시간을 당신이 주지 않았잖아요. 그러니 지난 겨울에 입던 옷 말고는 입을 옷이 없죠."

랩프는 웃었다. 자기가 아내에게 완전히 빠졌지만 결혼을 서둘렀다고 자기를 책망하는 언딘이 모순적이라는 것을 랩프는 인지했다. 그러나 언딘이 보여주는 영원한 여성성의 변주들은 여전히 랩프를 매혹했다.

"당신이 있는 곳이면 어디나 똑같은 곳이니 어디든 당신이 좋아하는 곳으로 갑시다."

랩프는 마치 귀여운 아이의 비위를 맞추듯이 말했다.

"그럼 스위스는 어때요? 셀레스트가 그러는데 생 모리츠는 천국 같대요."

언딘이 큰 소리로 외쳤다. 언딘은 경험 많은 자기 하녀와 나누는 대화에서 유럽에 대한 지식을 주로 얻었다.

"엥가딘[41]까지 가지 않아도 시원할 방법이 있소. 다시 남쪽의 카프리로 가는 건 어떻소?"

언딘이 눈썹을 찌푸렸다.

"카프리라뇨? 우리가 나폴리에서 본 섬 말이에요? 화가들이 가는 그 섬요? 이 더위에 거기 가는 것만도 끔찍할 거예요."

"글쎄, 그렇다면 사람들을 피해서 쉴 수 있는 스위스에 있는 작은 마을을 알아요. 형용사가 떠오르기를 기다리며 내가 누워 있는 동안 우리는 앉아서 푸른 폭포를 바라볼 수 있을 거요."

자기 사위가 시를 써서 번 돈으로 가정을 이끌 생각을 한다는 걸 알고 스프라그 씨가 놀랐다는 건 랩프와 언딘 사이에서 여전히 농담거리였다. 결혼한 후 몇 주 동안 두 사람은 랩프가 서사시를 쓰기 위해 덫을 놔 잡을 형용사를 먹으며 목숨을 연명하는 신대륙에 갓 도착한 원시시대 부부로 자

∴

41) 스위스 동부에 있는 계곡으로서 유명한 휴양지. 생 모리츠는 고지 엥가딘에 있다.

신들을 상상하는 유머를 즐겼다. 그러나 이번에는 아내가 그 농담을 받아주지 않아 마차가 폰테브란다 분수[42] 입구로 가는 길고 먼지투성이 언덕을 올라가는 동안 랠프는 침묵을 지켰다. 스위스에서 북적거리는 사람들을 피할 수 있다고 자기가 암시했을 때 언딘의 얼굴이 풀이 죽는 걸 보고 아내가 바라는 건 많은 사람을 만나는 것이며, 자기하고만 있는 것을 정말로 지겨워한다는 생각이 마치 날카로운 비수가 찌르듯이 마음속에 떠올랐다.

랠프는 위쪽의 가파른 경사 위에 지어진 적갈색 담과 탑들을 똑바로 응시하며 가만히 앉아 있었다. 어쨌든 그건 새로운 발견은 아니었다. 여러 주 동안 그것은 의식의 가장자리를 내리누르고 있었지만 마음이 본능적으로 비현실적인 것에 집착하고 그것에 의지하여 보지 않으려고 한 것이다. 심지어 지금도 그런 깨달음을 완화하는 수많은 이유가 자기를 도우려고 머리에 떠올랐다. 그 이유들은 언딘이 싫증난 건 자기가 아니라 다만 현재 생활 방식일 뿐이라고 랠프에게 말해주었다. 방금 전만 해도 랠프는 과장하려는 생각도 없이 언딘이 있는 곳은 어디든지 똑같다고 말했다. 하지만 언딘이 결혼 전에 영위하던 삶을 공유하는 것에 자기가 기꺼이 동의했을까? 무도회와 저녁 식사 자리가 자기에게 아무 목적이 없어 보이듯이 몇 달 동안 이탈리아의 한 오지 언덕 꼭대기에서 다른 언덕 꼭대기로 정처 없이 떠돌아다니는 게 언딘에겐 목적 없는 걸로 보였을 거라는 점을 랠프는 인정할 수밖에 없었다. 다채로운 이미지와 연상으로 가득 차 있고, 인간 경험의 긴 물줄기에서 흘러나오는 많은 흐름들에서 자양분을 얻는 랠프의 상상력은 아내의 영혼이 파닥이는 희미하게 불이 밝혀진 좁은 장소가 얼마나 황량한 곳인지 상상할 수 없었다. 언딘의 정신세계는 아내가 교육받

⁘

42) 시에나에 있는 가장 오래된 분수.

은 중서부 초원에 있는 학교만큼이나 아름다움과 신비가 없었다. 아기인 언딘의 손으로 초원 학교를 장식하라고 배운 코르크와 시가 밴드[43]로 만들어진 장식품감처럼 랠프에게는 언딘의 이상도 측은해 보였다. 랠프는 이것을 이해하기 시작했고 언딘의 좁은 경험의 범위에 적응하는 법을 배우고 있었다. 아내의 정신에 새로운 창을 열어주는 과업이 랠프를 고무해서 무한한 인내심이 생겼다. 그래서 랠프는 언딘의 유연성과 다양성이 자발적인 게 아니라 모방한 거라는 점을 아직 인정하려고 들지 않았다.

한편 랠프는 자기가 원하는 것을 위해 언딘의 소망을 희생시키고 싶지는 않았다. 그리고 엥가딘을 피하는 진짜 이유를 감히 고백하지 못하여 괴로웠다. 사실 두 사람의 자금이 자기가 예상한 것보다 더 빠르게 줄어들고 있었다. 스프라그 씨는 딸의 결혼에 필요한 대비를 그렇게 갑자기 할 준비가 안 되었다는 이유로 결혼을 서두르는 것을 노골적으로 반대했다. 그러나 얼마 지나지 않아 스프라그 씨는 언딘이 랠프에게 말한 것처럼 아마도 월 가에서 일어난 행운의 '반전'의 결과로 할 수 있는 한 후하게 두 사람의 소망을 충족해주었고, 스프라그 부인의 이상에 맞게, 또 히니 부인이 오려낸 신문 기사들에 나오는 최고 수준의 결혼식에 최대한 맞추어서 결혼식을 마련해주었다. 그리고 이렇게 눈부신 결혼 생활의 시작에 적합한 수입을 언딘에게 주겠다고 약속했다. 신혼여행에서 돌아오면 랠프가 변호사를 단념하고 더 나은 보수를 받는 직업을 얻어야 한다고 암묵적으로 합의했다. 그러나 이것은 언딘을 아내로 얻은 특권을 위해 치러야 하는 사소한 희생으로 보였다. 게다가 랠프는 그 사이에 자기가 작가의 길을 택하는 걸 정당화해줄 작품을 씀으로써 진짜 천직이 스스로 모습을 드러내주기를 여

··

43) 엽궐련의 브랜드를 표시하기 위해 종이나 은박지로 엽궐련을 싼 끈.

전히 은밀하게 소망했다.

랠프는 언딘이 받는 수당에 자신의 얼마 안 되는 수입을 더하면 자신들의 요구를 충족하기에 충분할 거라고 짐작했다. 자기가 필요한 건 얼마 되지 않아서 수입의 범위를 초과하지 않았다. 그러나 아내의 일상적인 요구는 간헐적이고 돌발적인 사치 행각과 결합하여 랠프의 예상을 모두 뒤죽박죽으로 만들어버렸고, 두 사람은 벌써 수입을 심각하게 초과했다.

만약 결혼 전에 누가 이런 말을 언딘에게 하는 게 어렵다는 걸 알게 될 거라고 예언했다면 랠프는 그 말을 듣고 웃었을 것이다. 그리고 신혼 초 며칠 동안에는 금전적인 문제가 두 사람 사이에 절대로 화제가 되지 않을 것처럼 보였다. 그러나 그 후로 결혼 생활에 대한 교육은 장족의 발전을 했다. 돈 문제를 무시하는 건 돈 없이도 기꺼이 잘 살아갈 수 있다는 뜻이 아니라, 돈이 어떻게든 생길 거라는 맹목적인 확신일 뿐이라는 걸 랠프는 이제 알았다. 언딘이 들에 핀 백합처럼 돈에 신경을 쓰지 않는다면 그건 아내에게 필요한 게 얼마 되지 않기 때문이 아니었다. 그건 언딘이 꽃처럼 무관심하면서도 자신이 시바의 여왕[44]처럼 우아할 수 있게 해주는 걸 특권으로 여기는 이들이 자기를 위해 그런 신경을 써주는 게 당연하다고 여겼기 때문이다.

랠프가 돈 문제에 대해 처음으로 주의해야 한다는 기색을 보이자 자기는 '걱정하지 않을 작정이라는' 확신으로 대응했다. 언딘의 어조는 돈에 대해 걱정하는 건 자기를 위해 랠프가 해야 하는 일이라는 점을 함축했다. 물론 랠프는 다른 걱정거리들과 마찬가지로 돈에 대한 걱정도 아내를 보호하고 싶었다. 또 자기가 여전히 사랑하는 사람을 비판하는 위험을 감행하기

⋮

44) 시바는 오늘날 예멘을 포함하는 남부 아라비아 반도에 있던 부유한 고대 국가. 성서에는 시바의 여왕이 솔로몬을 방문한 것으로 기록되어 있다.

를 원치 않았고, 이 문제가 두 사람 사이에 한두 번 반복적으로 논의되고 난 후에는 더욱더 그랬다. 이렇게 솔직히 털어놓기를 삼가고 있었기 때문에 나머지 드라이브 동안 랠프는 침묵을 지켰다. 저녁을 먹고 난 후 언딘이 다시 두통을 불평하자 아내가 방으로 올라가도록 놔두고 랠프는 희미하게 불이 켜진 길거리를 돌아다니며 자기 문제들을 다시 한 번 검토해보았다.

어두워지면서 그 문제들이 끈질기게 랠프의 마음을 내리눌렀다. 고대 이탈리아 도시의 석조 건물의 모든 갈라진 틈에서 여름밤에 흘러나오는 다양하고 강렬한 소리로 시에나는 웅성거렸다. 그때 달이 뜨면서 고대 도시의 윤곽이 깊숙한 곳까지 드러났다. 오래된 벽돌 난간에 기댄 채로 어두운 덩어리처럼 구분이 안 되는 중경(中景) 사이로 은빛 나는 푸른색을 띤 저 멀리 떨어진 광경이 모습을 드러내는 걸 지켜보면서 랠프는 영혼이 확장하고 평화로워지는 것을 느꼈다. 처음으로 자신의 감각이 아름다움을 깊숙이 접촉하고서 황홀해할 때 이 유동적이고 붙잡기 어려운 떨림에서 구체적이고 견고한 것을 구축할 수 있지 않을까, 또 지금 자기를 덮쳐누르는 따분하고 흔해 빠진 근심들조차도 창조의 원동력이 될 수 있지 않을까 하는 질문을 자신에게 던졌다. 지난 몇 달간 축적한 성과를 가지고 당장 무엇을 할 수만 있다면, 돈 문제는 주머니에 넣어버리고 자신의 정신의 풍요로운 혼돈에 조화를 부여해줄 어떤 것을 할 수만 있다면!

"글을 쓸 거야. 글을 쓸 거야. 그게 바로 이 모든 게 의미하는 바임이 틀림없어."

환멸의 낭떠러지로 떨어지는 중간 지점에 자기를 조금 더 오래 대롱대롱 매달려 있게 해줄 해결책을 막연히 꽉 잡은 채로 랠프는 혼잣말을 했다.

자기 기분을 언딘에게 이야기해주고 싶다는 갈망만 아니라면 랠프는 시간에 개의치 않고 이 풍광이 주는 복합적인 아름다움 속에서 생각의 가지들을 탐색하며 계속 머물렀을 것이다. 지난 몇 달 동안 모든 생각과 감각은 즉각적으로 이런 감정적인 충동으로 바뀌었고, 자기와 언딘 사이의 의사소통의 흐름은 깊지도 많지도 않았지만 끓어오르는 새로운 감정은 하나하나가 모두 언딘의 마음에 다가가는 길을 열 수 있을 만큼 강렬해 보였다. 랠프는 숨이 찰 정도로 서둘러 호텔로 돌아왔다. 그러나 아내의 방문을 두드리기도 전에 다른 힘들이 자기도 모르게 스며 나와서 자신을 저지하고 감정의 열기를 식혀버리는 것 같았다.

언딘은 등불을 끄고 손으로 머리를 괴고서 만사가 귀찮다는 듯이 달빛이 비치는 창가에 앉아 있었다. 마블이 들어가자 언딘이 돌아보았다. 그러고는 말없이 다시 눈길을 돌렸다.

랠프는 이렇게 아무 말 없이 자기를 맞이하는 것에 익숙했고, 이것이 개인적인 이유 때문이 아니라 극도로 간소화한 사교적 관례에서 나온 결과라는 것을 알게 되었다. 스프라그 씨 부부는 만났을 때 서로 거의 말을 하지 않았다. 인사말은 두 사람이 가정에서 사용하는 어휘에 거의 없는 듯했다. 마블은 처음에 자기가 따뜻한 태도를 보이면 세속적인 교제 형식을 빠르게 배우던 아내가 반응을 보일 거라고 상상했다. 그러나 자기가 표현하는 친밀함을 언딘이 그런 세속적 교제의 형식에서 벗어나서 완전히 무표정한 모습을 보일 구실로 여긴다는 걸 랠프는 곧 깨달았다.

그러나 오늘 저녁에는 언딘의 침묵에서 또 다른 의미를 느꼈고, 남편이 그걸 느끼게 하려고 언딘이 작정했다는 걸 알아챘다. 언딘의 침묵에 랠프도 침묵으로 대응했지만 그건 종류가 다른 침묵이었다. 랠프는 아내 곁에 무릎을 꿇고 자기 뺨을 아내의 뺨에 대고 자기가 가까이 있다는 것을 알려주었다. 언딘이 그 몸짓을 거의 알아채지 못한 것 같았지만 랠프는 그런 반응에도 익숙했다. 언딘은 남편의 애정 표현에 혐오감을 보인 적은 없었다. 그러나 랠프의 애정 표현에 대한 언딘의 반응은 쌀쌀맞고 요정 에어리얼[45] 같아서 처음부터 무지해서 움츠르드는 게 아니라 아내 이름이 유래하는 요소인 물의 서늘함을 암시하는 것 같았다.

언딘을 끌어안자 아내가 덜 냉담해지는 것 같았고 지친 아이처럼 순순히 몸을 맡기는 것을 느꼈다. 랠프는 감히 마법을 깨지 않으려고 숨을 죽인 채로 있었다.

한참 있다가 랠프가 속삭였다.

"방금 너무도 경이로운 광경을 보았소. 당신이 함께 있었더라면 좋았을 텐데!"

"어떤 걸 봤는데요?"

언딘이 희미하게 관심을 보이며 고개를 돌렸다.

"어떤, 나도 잘 모르겠지만 어떤 환영이었소……. 방금 전에 달이 뜨자 그 환영이 나타났소."

아내의 관심이 시들었다.

"환영이라고요? 난 유령에 대해 그다지 관심이 없어요. 엄마가 강령술(降靈術) 회합에 날 데려가려고 했지만 그런 건 늘 졸릴 뿐이에요."

랠프가 웃었다.

"내가 말하는 건 죽은 영혼이 아니라 살아 있는 영혼이오! 내가 쓰려는 책의 환영을 보았소. 그것은 갑자기 내게 출현해서 마치 저 크고 창백한 달이 깜깜한 풍경을 갑자기 비추듯이 장대하게 나를 덮쳐서 거대한 흰 독수리처럼, 유피테르의 새처럼 나를 낚아챘소! 어쨌든 상상력이 바로 프로메테우스를 먹어 치운 독수리였으니까!"

∵

45) 에어리얼(Ariel): 셰익스피어의 「템페스트(Tempest)」에 나오는 공기의 요정.

언딘이 갑자기 남편의 품에서 벗어났고, 랠프는 밝은 달빛에 비친 불안해하는 기색을 아내의 얼굴에서 보았다.

"여기서 책을 쓰겠다는 건 아니겠죠?"

랠프가 일어나서 한두 걸음 떨어져 걷다가 다시 몸을 돌려서 돌아왔다.

"물론 여기서는 아니오. 당신이 원하는 곳이면 어디서든지 하겠소. 중요한 건 그 환영이 내게 왔다는 것, 아니 내게 돌아왔다는 거요! 우리가 이 몇 달을 함께했고, 모든 행복을 누렸고, 내가 삶의 의미를 발견했고, 사랑하는 당신, 당신이 그 환영을 내게 돌려줬기 때문이오!"

랠프는 다시 아내 곁에 털썩 앉았다. 그러나 언딘은 남편의 포옹에서 벗어났고 랠프는 아내가 작게 흐느끼는 소리를 들었다.

"언딘, 무슨 일이오?"

"아무것도 아니에요……나도 모르겠어요……집이 그리워진 거 같아요……."

"집이 그립다니? 가엾은 당신! 여행에 싫증이 난 거요? 어떻게 된 거요?"

"나도 모르겠어요……유럽이 싫어요……내가 기대한 게 아니거든요. 게다가 모든 게 다 끔찍하게 따분하해요!"

반항하듯 길고 구슬픈 소리가 언딘에게서 흘러나왔다.

마블은 어쩔 줄 몰라서 언딘을 바라보았다. 그렇게 짐작하지도 못한 생각이 자기 가슴에 안긴 사람의 마음속에서 꿈틀거리고 있었다는 게 뜻밖으로 여겨졌다.

"당신이 기대한 것보다 재미없고 즐겁지 않다는 거요? 그래요?"

"유럽은 더럽고 추해요. 우리가 간 도시들은 모두 혐오스러울 정도로 더러워요. 냄새와 거지들이 역겨워요. 숨 막히는 호텔 방은 메스껍고 신물이나요. 난 모든 게 대단히 호화로울 거라고 생각했어요. 하지만 뉴욕이 훨씬 더 좋아요!"

"7월의 뉴욕이 좋다는 건 아니겠지?"

"상관없어요. 여하튼 거기는 옥상정원도 있고 항상 주변에 사람들이 있잖아요. 그런데 이곳은 마치 모두 죽은 곳 같아요. 모두 마치 끔찍한 공동묘지 같아요."

죄책감이 들어서 마블은 웃음을 참았다.

"울지 말아요, 여보. 울지 말아요! 알겠소. 이해하오. 당신은 외로운데다 더위 때문에 완전히 지쳤소. 이곳은 지루한 곳이오. 몹시 지루해요. 그걸 느끼지 못하다니 내가 멍청했소. 하지만 곧 출발합시다. 여기를 떠납시다."

즉시 아내의 얼굴이 밝아졌다.

"스위스로 올라갈 거죠?"

"스위스로 올라갑시다."

랠프는 자신의 환영과 은밀히 만날 수 있는 숲속 폭포가 있는 고요한 장소를 언뜻 스치듯이 보았다. 다음 순간 그 생각을 그만두고 말했다.

"당신이 원하는 곳으로 갑시다. 얼마나 빨리 떠날 채비를 할 수 있겠소?"

"오, 내일요. 내일 아침 일어나자마자요! 지금 셀레스트를 깨워서 짐을 싸라고 할께요. 곧장 생 모리츠로 갈 수 있을까요? 이 끔찍한 곳에서 자느니 차라리 기차에서 자고 싶어요."

언딘은 눈 깜짝할 새에 일어났다. 얼굴은 빛나고 머리카락은 마치 행복한 심장박동 때문에 소생한 것처럼 물결치면서 퍼졌다.

"오, 랠프, 정말로 마음이 좋으세요. 사랑해요!"

언딘은 랠프가 자기를 품에 끌어안도록 놔두며 외쳤다.

제12장

　푸른 폭포가 있는 조용한 곳에서 랠프는 자기의 환영을 간직할 수 있었을지도 몰랐다. 그렇지만 한여름 생 모리츠의 북적대는 사람들 속에서 어떻게 그것을 인식할 수 있겠는가? 어쨌든 언딘은 거기서 자기가 원한 것을 찾았다. 랠프가 언딘 곁에 있을 때 아내의 빛나는 웃음이 랠프를 가두어버려서 다른 질문은 모두 멈춰버렸다. 하지만 랠프는 몇 시간씩 풀이 무성한 산등성이를 혼자 걸으면서 역설적인 질문을 던지는 하늘과 산과 대면하곤 했다. 그럴 때면 불안감이 더욱 끈질기고 집요하게 되돌아왔다. 때로 그 불안감은 그냥 물질적인 어려움이었다. 예를 들어 스프라그 씨의 다음 송금을 기다리는 동안에 어떻게 엥가딘 팰리스 호텔의 터무니없이 비싼 특실비를 감당할 것인가? 호텔비를 치루고 나면 파리로 돌아가는 여행과 파리에서 예상되는 경비와 미국으로 가는 뱃삯으로는 뭐가 남겠는가? 이런 질문들 때문에 자기가 계획하던 책에 대한 생각들로 돌아갔다. 어쨌든 문학적 걸작이 대부분 그런 것처럼 자기의 책은 돈벌이를 위한 작품이 될 것이다. 어때! 그러면 안 되는가? 신자들이 신성한 제단 위에다 항상 가장 희귀한 진액만을 쌓아 올려놓는 것만은 아니지 않는가? 랠프는 언딘과 함께한 처음 몇 달간 경험한 아름다움의 일부나마 아내에게 돌려줘야겠다는 생각에 여전히 즐거웠다. 그러나 혼자 산책하는 시간에도 랠프는 자기의 환영을 포착할 수 없었다. 그것을 추구하는 데 할애할 시간이 참으로 얼마 되지 않았기 때문에!

언딘의 나날은 아주 바빴다. 여전히 자기가 가는 곳에는 당연히 랠프가 따라가야 했다. 큰 호텔 생활에 합류한 뒤로 랠프에 대한 언딘의 평가가 눈에 띄게 높아졌다. 영어를 썩 잘 이해하진 못해도 영어를 대체로 사용하는 무리들에서도 랠프가 외국어 구사 능력 때문에 유리한 위치에 있다는 것을 알아차렸기 때문이다. 언딘 자신은 외국어를 못해서 곧 그 호텔에서 사교계 정점을 차지하는 미국인들 무리로 들어갔다.

랠프는 예전에 유럽을 돌아다니면서 이런 사람들의 인물 됨됨이를 파악했고 유럽의 모든 휴양지에서 비슷한 이들과 부딪쳤기 때문에 그런 사람들의 유형에 아주 익숙했다. 그 가운데 가장 눈에 띄는 사람은 조그맣고 얼굴이 밀랍 같은 남편과 함께 온 하비 샬럼 부인인데, 그 부인은 겉치레가 심했고 파리 토박이처럼 행동했다. 유행의 첨단을 걷는 그 부인의 남편의 옷차림은 그 사람의 취향을 나타내는 것이기보다는 사교계의 중요 인사인 자기 부인에 대한 경의를 표시하기 위한 것으로 보였다. 샬럼 씨는 사실 어떤 개인적인 성향이 있다고 말할 수가 없었다. 그 사람은 유럽 주요 나라들의 언어를 특징 없이 유창하게 말했지만 호텔 매니저와 급사장들과 얘기를 나누는 것 외에는 그 재능을 거의 사용하지 않았다. 재주 있지만 무례한 부류인 이 사람들에게 당하는 엄청난 고통에 체념한다고 암시할 때에만 샬럼 씨는 긴 침묵을 깼다.

샬럼 부인은 동사 몇 개만 구사했지만, 그 동사조차도 부인의 입에서는 모두 불규칙적으로 변했다. 남편의 개성이 지워지는 만큼이나 샬럼 부인은 강렬한 다국적 개성을 표현했다. 부인이 자기 부류들과 교류하기 위해 생각해낸 유일한 아이디어는 사람들을 한 무리로 조직해서 빈번히 이동하는 것이었다. 사교계는 요람에서 활발하게 흔들어대는 어린 아이를 대하듯 부산스럽게 움직이는 부인에게 웃음을 보냈다. 샬럼 부인은 즉시 자기 계획의 한 요소로 언딘의 가치를 알아챘다. 두 사람은 한편이 되었는데, 랠프는 그 둘이 한편이 된 것에 대해 냉정하고 경멸하는 기미를 보이지 않으려 조심했다. 언딘이 즐거워하는 일, 즉 알프스산맥 고지대와 파리나 뉴욕 사이의 차이를 감추는 걸 도와주는 시끄럽고 지루한 피크닉과 신나고 난잡한 무도회, 연주회, 브리지[46] 파티와 아마추어 연극과 같이 언딘이 좋아하는 오락들에 대해 경멸하는 빛을 보이지 않는 게 랠프가 아내를 존중하는 핵심이었다. 젊음에는 항상 자기도취적인 요소가 있고, 모든 사람이 자기를 보고 감탄한다는 사실이 반영하는 자기의 매력적인 이미지를 언딘이 즐기는 거라고 스스로 타일렀다. 언딘은 빠른 통찰력과 적응력이 있으니 반사하는 표면의 질에 대해 좀 더 관심을 기울이는 걸 곧 배울 것이다. 그리고 그동안에는 자기가 비판해서 아내의 즐거움을 망치지 말아야 할 것이다.

호텔에 시에나 출신 기병대 장교가 나타난 건 놀라운 일이었지만 썩 기분 좋은 일은 아니었다. 그러나 언딘이 미남 후작에게 소개되고 저녁 무도회에서 그 두 사람이 춤을 춘 다음에도 랠프는 심각하게 기분이 상하지는 않았다. 남편과 아내는 생 모리츠에 온 이후 서로 가까워졌고, 언딘이 랠프에게 허용한 짧은 순간에 언딘은 이제 항상 즐거웠고 다가가기 쉬웠다. 아내의 변덕스러운 기분은 사라졌고, 좀 더 깊이 이해하게 되리라는 가망성을 보이는 동료애의 자질을 보여주었다. 그러나 이런 희망 때문에 랠프

46) 카드놀이의 일종.

는 아내의 기분에 더 맞추려 했고 둘 사이의 평화를 깨뜨리는 것을 더 두려워하게 되었다. 무엇보다도 랠프는 돈 문제를 꺼낼 수 없었다. 랠프는 언딘이 입술을 다물고 마치 자기를 모르는 사람인 양 변하는 아내의 눈길을 가슴 아프게 기억했다.

어느 날 언딘의 얼굴에 랠프가 두려워하는 표정이 나타난 것은 또 다른 문제 때문이었다. 언딘은 계속 변화하는 그 무리의 핵심이 되는 젊은 남자 서너 명과 샬럼 부인이랑 소풍을 가겠다고 말했다. 처음으로 랠프도 갈 거냐고 묻지 않았다. 그러나 랠프는 혼자 남는 것에 대해 전혀 유감을 느끼지 않았다. 고독을 즐기고 있을 때 이들에게 시끄럽게 공격받는 것에 지쳤고, 오후를 조용히 지낼 수 있다는 전망이 생기자 랠프의 생각은 책으로 향했다. 이제 달빛의 환영을 다시 붙잡을 수 있는 기회가 있다면……

랠프는 발코니에서 모여드는 무리를 내려다보았다. 샬럼 부인은 이미 호텔의 기다란 정면에 있는 여러 창문을 향해 두 가지 언어로 소리를 지르고 있었다. 언딘이 곧 호텔에서 로비아노 후작과 젊은 영국 외교관 두 명과 함께 나왔다. 단정한 등산복을 입은 늘씬하고 키가 큰 언딘은 화려하게 꾸민 샬럼 부인을 순회 전시 중인 실내 장식품처럼 보이게 했다. 고지대의 공기로 언딘의 뺨은 밝아졌고 머리칼은 새로운 빛을 띠었다. 랠프는 이때처럼 아내가 신선한 아침으로 인해 그렇게 변화한 것을 본 적이 없었다. 일행이 다 모인 건 아니었다. 마지막으로 일행에 참여한 사람이 자신이 미혼 시절에 우연히 만난 적 있는 국제적으로 악명 높은 러시아 귀부인이라는 걸 알고는 잠깐 곤혹스러웠다. 그 여자에 대해 언딘에게 이미 경고했다. 타락한 곳에서 온 이상한 사람들이 온천 휴양지 세계의 넓은 그물망을 뚫고 들어온다는 것을 알았기 때문에 랠프는 아델샤인 남작 부인과 만나는 일을 피할 수 없다는 건 예측했다. 그러나 그 여자가 자기 아내가 좋아하는 무리의 일원이 되리라고 예상하지 못했다.

소풍 가는 사람들이 출발하자 랠프는 책상으로 돌아가 작업을 하려고 했다. 그러나 생각을 집중할 수가 없었다. 랠프의 생각은 언딘을 따라서 멀리 갔다. 결혼한 지 다섯 달밖에 안 됐는데 자신이 누구보다 불쌍한 하비 샬럼처럼 의문의 여지 없이 그런 소풍에서 제외된 게 너무 때 이른 것처럼 보였다. 랠프는 처음에는 질투심이 나는 것을 웃음으로 넘겼다. 질투가 일으킨 짜증이 언딘이 고르는 친구들에 대해 느끼는 불만의 구실이 되었다. 샬럼 부인은 랠프의 취향에 거슬렸지만 가게의 진열 유리창처럼 훤히 드러나서 검사할 수 있었다. 랠프는 시간이 흐르면 아내가 그 부인의 행동의 천박함을 깨달을 거라고 확신했다. 로비아노와 영국인들은 괜찮은 편이었다. 이들은 즐거운 일에 솔직하게 쏠리지만 유쾌하고 예의가 발랐다. 그러나 그 남자들은 같이 있는 여자들과 분위기를 자연스럽게 맞출 것이다. 마담 아델샤인의 성향은 악명 높았다. 또 랠프는 언딘이 함께 어울리는 이들에게 맞추고 옷으로 그 사람들을 반영하는 만큼 세밀하게 언어와 몸짓으로 '다른 사람들'을 모방하는 본능 때문에 아내의 자기방어 능력이 약해지는 것을 알았다. 랠프는 언딘이 무지하기 때문에 경험하게 될 일을 생각하자 마음이 심란해졌다.

언딘은 긴 산책으로 상기되어 얼굴이 반짝이고 신비스럽게 되어 늦게 돌아왔다. 그 모습은 두 사람이 연애하던 초기에 랠프가 본 모습이었다. 그런 표정은 자기가 그 일행에서 의도적으로 배제된 것 때문에 언짢던 감정을 다시 불러일으켰다.

"당신이 영원히 가버린 줄 알았소. 당신을 그렇게 멀리 가게 한 사람이 아델샤인이오?"

랠프가 평소의 농담조를 유지하려 노력하면서 아내에게 물었다.

언딘은 소파에 풀썩 앉아 모자의 핀을 뽑으면서 아무런 가식 없는 시선을 남편에게 던졌다.

"모르겠어요. 사람들이 모두 재미있었어요. 후작이 아주 재미있어요."

"당신이나 버사 샬럼이 마담 아델샤인을 그렇게 데려갈 정도로 잘 안다는 걸 몰랐소."

언딘은 생각 없이 모자의 반짝이는 수탉 깃털을 매만지면 앉아 있었다.

"사람들이 같이 산책하기 위해 그 사람들을 특히 잘 알아야 한다고는 생각하지 않아요. 남작 부인 역시 아주 재미있었어요."

언딘은 지인들을 부를 때 더 간단한 칭호가 유행한다는 것을 모르는 듯이 항상 작위를 불렀다.

"그 부인의 얘기가 재미있다는 것에 이의를 제기하는 게 아니오. 그 부인이 하는 행동에 대해 점잖은 사람들이 어떻게 생각하는지를 당신에게 말해주었소."

랠프는 아내가 일부러 모른 체하는 것 같아 화가 나 대꾸했다.

언딘은 맑은 눈으로 랠프를 계속 찬찬히 쳐다보았다. 아내 눈에는 화가 난 기미가 전혀 없었다.

"당신 말은 사람들이 남작 부인과 어울리기를 원치 않는다는 말이죠? 당신이 틀렸어요. 그렇지 않아요. 남작 부인은 모든 사람과 어울려요. 어제 저녁에는 대공비(大公妃)와 저녁 식사를 했어요. 로비아노가 말해줬어요."

이 말을 듣고서도 랠프는 그 문제에 관해 조금 더 관대한 입장을 취하게 되지는 않았다.

"그 부인에 관해 사람들이 하는 말을 그 사람이 당신에게 말해줬소?"

언딘의 투명한 시선이 남편을 질책하는 것 같았다.

"남작 부인에 대해 뭐라고 하는데요? 당신이 말해준 구역질나는 추문을 말하는 거예요? 그 사람이 그런 얘기를 하라고 내가 놔둘 거 같아요? 내 말은 남작 부인의 사회적인 지위를 당신이 잘못 알았다는 거예요. 로비아노는 남작 부인이 모든 곳에서 통한다고 했어요."

랠프는 참지 못하고 웃었다.

"물론 로비아노는 그 분야의 권위자이겠지. 그러나 그렇다고 해서 당신을 위해 친구를 골라주는 게 그 사람의 일은 아니라는 거요."

언딘이 남편을 따라서 웃었다. 그리고 스프라그 가족이 서로 이야기를 나눌 때의 습관적인 말투인 기분 좋은 간결한 말투로 말했다.

"글쎄, 난 그런 일을 해주는 사람이 필요치 않아요. 나 스스로도 할 수 있어요."

랠프는 아내 곁에 앉아 어깨를 쓰다듬었다.

"아니야. 아기 같은 당신은 못해. 당신은 당신이 몸담은 이 사교계와 이곳의 전례와 규칙과 인습에 대해 전혀 몰라. 당신을 돌보고 당신이 잘못된 길을 가면 당신에게 알려주는 게 내 일이야."

"어머나, 굉장히 엄숙한 말씀이네요!"

언딘은 짜증 내지 않고 남편의 손을 치웠다.

"난 미국 여성이 옛 규칙에 대해 많이 알 필요는 없다고 생각해요. 사람들은 내가 나만의 길을 가려는 걸 알 거예요. 그걸 좋아하지 않으면 나와 동행할 필요가 없겠죠."

"아, 당신이 말한 대로 사람들은 아주 빨리 당신과 같이 갈 거요. 기꺼이 그럴 거요. 문제는 얼마나 멀리 당신을 자기들과 함께 가도록 할지, 당신을 결국 어떤 처지에 빠뜨릴지 하는 거요."

언딘은 자유와 영국의 독재자에 대한 '말하기' 수업에서 배운 동작으로 고개를 뒤로 젖히고 소리쳤다.

"아직까지는 어떤 사람도 나와 함께 내가 원하는 것보다 더 멀리 가지 않았어요!"

언딘은 정말로 심하게 단순했다.

"마담 아델샤인을 보증한 것으로 로비아노는 그렇게 한 거요. 그러나 그자는 아마 당신이 그 여자에 대해 안다고 생각할 거요. 그자에게는 버스에 탄 사람들이 사교계가 아니듯이 이곳도 '사교계'가 아니오. 여기 있는 모든 이에게 사교계는 자기들만의 특별한 무리와 다른 곳에 있는 상응하는 무리를 승인한다는 것을 의미하는 거요. 아델샤인을 막는 게 자기들 일이 아니기 때문에 그 여자가 이런 곳에서 돌아다닐 수 있소. 하지만 여기에서 아델샤인을 참아주는 여자들이 그 여자가 자기네들의 영역에 발을 들여놓는 순간 번개처럼 재빨리 그 여자를 버릴 거요."

생각에 잠겨 얘기를 끝까지 듣는 언딘의 태도를 보고 랠프는 언딘이 이런 주장을 납득했다고 상상했다. 랠프가 이야기를 마치자 언딘이 밝은 표정으로 남편을 보았다.

"음, 그거 아주 쉬운 일이네요. 남작 부인이 뉴욕에 오면 관계를 끊어버리면 되죠."

랠프는 잠시 말없이 앉아 있었다. 그러고는 몸을 돌려 흩어진 원고를 모으기 시작했다.

언딘은 연이어 며칠 동안 마담 아델샤인과 변함없이 자주 함께 지냈다. 그래서 랠프는 아내가 공개적으로 그 귀족 부인을 자주 만나는 것이 자기에 대한 도전이라고 여겼다. 그러나 도전이 있었다 하더라도 랠프는 그걸 방치했다. 자기 아내가 마담 아델샤인과 어느 정도 만난다 한들 더 이상 크게 중요하지 않은 듯했다. 아내는 랠프에게 자신을 보호할 능력이 있음을 충분히 보여주었다. 자기 보존 본능이 완벽하게 작동하고 그 증거가 완벽해 마음이 고통스러웠다. 처음으로 랠프는 자기를 따라다니는 두려움과 대면했다. 자기가 여전히 사랑하는 사람을 비판적으로 판단하고 있는 것이다.

오래지 않아 더 다급한 걱정이 랠프를 삼켜버렸다. 랠프는 벌써 매달 용돈을 보내주는 장인의 편지를 기다리기 시작했다. 그 도움을 받는다 해도 생 모리츠에서 발생하는 비용과 뉴욕에 갈 때까지 발생할 막대한 비용을 어떻게 해결해야 할지 확실히 알지 못했다. 스프라그 씨의 수표가 오지 않는 건 더 심각한 공포심을 낳았다. 이런 두려움은 어느 날 오후 호텔에 들어왔을 때 언딘이 자기 어머니의 편지를 읽고 우는 걸 보고 갑자기 확인이 되었다.

언딘이 괴로워하는 모습에 스프라그 씨가 아픈가 하고 걱정했다. 아내를 부드럽게 자기에게 끌어당겼지만 언딘은 짜증스럽게 남편에게서 벗어났다.

"아, 부모님은 모두 건강하시대요. 그렇지만 아버지가 돈을 많이 잃었대요. 아버지가 투자를 했는데 적어도 석 달 동안 한 푼도 보내줄 수 없대요."

랠프는 안심시키듯이 낮은 소리로 말했다.

"아무도 아프지 않다면야!"

그러나 사실 랠프는 자기들의 삭막한 방의 기다란 모습을 절망스럽게 바라보는 아내의 시선을 쫓고 있었다.

"석 달이나! 석 달이나!"

언딘은 남편이 자기 어머니의 편지를 읽는 동안 눈물을 닦고 입술을 꼭 다물고 바닥을 발로 두드렸다.

랠프가 편지를 돌려주며 말했다.

"불쌍한 장인! 장인에게 큰 역경이 닥쳤구려. 유감이오."

잠시 동안 언딘은 그 소리를 듣지 못한 것 같았다. 그러고는 이를 악물고 말했다.

"우리에게 역경이 온 거잖아요. 바로 집으로 가야할 것 같아요."

랠프가 깜짝 놀라 쳐다보았다.

"만약 그렇다면야! 어쨌든 난 몇 주내로 돌아가야 하오."

"그래도 우리가 8월에 여기를 떠날 필요가 없었는데! 이곳은 유럽에서 내가 처음으로 좋아한 곳인데 이곳에서 억지로 끌려가다니 난 정말 운도 없어요."

"여보, 정말 미안하오. 가난한 나와 결혼해달라고 당신을 설득한 내 잘못이오."

"아버지의 잘못이에요. 도대체 왜 투기를 해요? 아버지가 지금 미안하다고 말해봤자 소용없어요!"

언딘은 잠시 생각에 잠겨 앉아 있다 갑자기 랠프의 손을 잡았다.

"당신 가족이 뭘 할 수 없나요, 내 말은 이 번 한 번만 우리를 도와주는 거 말이에요?"

랠프는 이마까지 붉어졌다. 언딘이 그런 제안을 한다는 건 생각할 수도 없었다.

"난 그분들에게 요청할 수 없소. 그건 불가능해. 할아버지는 당신께서 할 수 있는 한 최대한 나를 위해 해주시고, 어머니는 할아버지가 주신 것 외에는 아무것도 없소."

언딘은 남편이 당황하는 것을 의식하지 못하는 듯했다. 언딘이 말했다.

"당신 할아버지는 제 아버지가 우리에게 준 만큼 주시지 않았어요."

랠프가 입을 다물고 있자 언딘이 계속 말했다.

"그러면 당신 누나에게 부탁할 수 없나요? 집에 입고 갈 옷이 몇 벌 있어야겠어요."

랠프는 아내를 바라보면서 심장이 조이는 걸 느꼈다. 자기 의지가 좌절됐을 때 언딘은 얼마나 사악하게 변할까? 아내가 점점 더 가까이 갈 수 없고 무자비해지는 것처럼 보였다. 언딘의 눈길은 적의 시선 같았다.

"모르겠소, 알아보겠소."

이렇게 말하고 랠프는 일어나 언딘에게서 떨어졌다. 그 순간 아내의 손길이 불쾌했다. 그렇다. 물론 로라에게 물어볼 수도 있다. 얼마가 있든 간에 누나는 그걸 줄 것이다. 하지만 그 필요성이 랠프에게는 쓰라렸다. 언딘이 그 사실을 의식하지 못한다는 점이 자기 아버지의 불행에 대해 무심한 것보다 랠프의 마음을 더 아프게 했다.

랠프의 마음을 가장 아프게 한 것은 경솔하고 무책임하면서도 실질적인 제안을 하고 자기 편의를 위해 정확히 맞는 말을 하는 이가 늘 언딘이라는 기묘한 사실이었다. 어떤 감상적인 배려도 아내의 공격적인 제안을 흔들리게 하거나 단호한 목적을 꺾지 못했다. 언딘은 바로 로라를 생각해냈고 로라가 남편의 유일하고 피할 수 없는 금고라는 것을 생각해냈다. 랠프의 불안한 마음은 누나가 놀라는 모습을 떠올렸고 헨리 페어퍼드의 신랄한 냉소가 떠올라 움찔했다. 결혼할 무렵 다른 이들이 모두 입씨름을 하고 반대하던 것에 반해 페어퍼드는 조용히 콧수염만 잡아당기고 앉아 있었다. 그러나 그 침묵에서 랠프는 다른 이들의 모든 갑론을박보다 더 깊은 반대를 느꼈다. 페어퍼드가 아마도 계속 아무 말을 하지 않을 거라 생각해도 위안이 되지는 않았다. 그러나 궁핍함은 그런 고통을 덜어주었다. 랠프는 이를 악물고 전보를 쳤다.

로라가 즉각적이고 후하게 답했는데, 언딘이 가장 놀란 것은 두 사람이 생 모리츠에 계속 머물 수 없다는 사실 때문인 듯이 보였다. 그러나 언딘은 남편의 표정에서 그런 희망이 소용없다는 것을 분명히 읽었다. 언딘은 기분이 갑자기 바뀌어 떠나야 되는 필요성을 받아들였고 냉정하게 샬럼 가족과 그 일행에 작별을 고했다. 그런 변화는 여전히 랠프를 무장해제했다. 무엇보다도 파리가 앞에 있었고 9월에는 양장점 고객 만 가는 모임에 불시에 들이닥쳐 새로운 옷들을 볼 기회가 있을 것이다.

랠프는 자기 목적에 집착하는 언딘의 끈질김에 놀랐다. 두 사람이 파리에 도착했을 때 랠프는 즉시 집으로 가야 하는 필요성을 아내가 느끼게 하려고 노력했다. 그러나 언딘은 피곤하고 막연히 건강이 좋지 않다고 불평했다. 그래서 쉬어야 한다는 아내의 바람에 굴복할 수밖에 없었다. 그러나 그 말이 이상하게 잘못되었다는 생각이 들었다. 왜냐하면 두 사람이 도착한 날부터 언딘은 계속해서 움직였기 때문이다. 언딘은 본능적 직관으로 파리를 다 아는 것 같았다. 불바르 가[47]와 방돔 광장[48] 주위의 유행을 쫓는 사람들 사이에서 언딘은 즉시 믿기 어려울 정도로 편하게 돌아다녔다.

언딘이 랠프에게 설명했다.

"물론 우리가 쓸 돈이 얼마나 적은지 알아요. 하지만 난 걸레 같은 옷도 없이 뉴욕을 떠나왔어요. 내 혼수를 우리 뒤에 보내지 못하게 한 건 당신이에요. 당신 말을 듣지 말았어야 했어요. 아버지가 돈을 잃기 전에 **옷값을** 냈어야 했는데. 사실은 여기서 몇 벌을 사는 게 결국 더 쌀 거예요. 프랑스 재봉사에게 가는 것의 좋은 점은 이 사람들이 같은 돈으로 고향의 재봉사들보다 두 배나 더 오래 시중을 들어줄 거라는 거죠. 그리고 그 사람들은

47) 불바르 가(Boulevards): 파리의 중심가로서 백화점과 패션의 중심지.
48) 방돔 광장(Place Vendome): 파리 1구역에 있는 광장으로, 튀일리 정원 북쪽과 마들렌 성당 동쪽에 있다.

내게 옷을 입혀보려고 야단들이에요. 버사 샬럼이 당신에게 그렇다고 얘기해줄 거예요. 그 부인이 누구도 그런 기회가 있은 적이 없다고 했어요. 그래서 내가 이렇게 답답한 작은 호텔에 기꺼이 온 거예요. 괜찮은 옷 몇 벌을 사기 위해 푼돈을 모두 아끼려고요. 그리고 여기 사람들은 흥정에 익숙하거든요. 당신은 내가 그 사람들한테서 얼마나 깎는지 봐야 해요. 뉴욕에서 정찬에 입는 드레스 가격이 얼마나 되는지 알기나 하세요?"

그래서 랠프가 신중하라고 얘기하려고 할 때마다 언딘은 둔감하고 고집스럽게 그 이야기를 계속했다. 그러나 다른 주제에 대해서는 아주 민감했다. 파리에서 언딘은 황홀했다. 두 사람은 극장에서, '작은' 극장에서 신나는 시간을 보내고, 멋진 식당에서 즐겁게 식사하고, 행락지에서 저녁 시간을 무모하게 보냈다. 이런 곳에서 자기를 어떤 인물로 '여길까' 하는 생각에 언딘은 단순한 기쁨으로 어쩔 줄 몰랐다. 이런 익숙한 오락거리는 모두 언딘과 같이 지내는 신선한 즐거움을 랠프에게 다시 가져다주었다. 언딘의 순진함, 쾌활함, 깜짝 놀랄 만한 논평과 쉽게 믿어버리는 특성은 구태의연한 파리 여행을 새롭게 했고 식상한 자연에 낭만적인 베일을 드리웠다. 그런 매체를 통해 바라보면 미래가 덜 가깝고 덜 냉혹해 보였다. 그래서 누나의 안심시키는 편지를 받았을 때 랠프는 자기 양심이 잠자게 내버려두고 쾌락의 높은 파도를 타고 미끄러지듯이 나아갔다. 무엇보다도 뉴욕에 돌아가면 오락거리가 더 적을 것이고, 두 사람의 삶은 아마도 당분간 좀 더 조용해질 것이다. 더군다나 스프라그 씨가 과거에 사업의 귀재였다고 어렴풋이 아는 랠프는 장인이 곧 다시 일어서서 지금의 곤궁함을 두 배의 풍요로움으로 보상해주리라고 생각했다. 이 모든 가능성 너머에는 자기가 쓸 책이 있었다. 랠프는 뉴욕에서 자리를 잡으면 바로 그 책을 쓸 수 있으리라고 확신했다.

그러는 동안 매일 나가는 생활비와 더 이상 미룰 수 없는 청구서 때문에 로라 누나가 보내준 돈이 아주 많이 축났다. 랠프는 다시 불안해졌고, 어느 날 배의 승선권을 사려고 갔을 때 뱃삯이 '성수기'의 값이고 바로 돈을 내야하는 조건이라는 것을 알고서 랠프에게 그 곤경이 충격으로 절실하게 다가왔다. 다른 때에는 규칙이 덜 까다롭지만 9월과 10월은 예외가 없다는 말을 들었다.

마음속에 새로운 걱정거리를 지닌 채 걸어 나올 때 피터 밴 더갠이 어슬렁거리고 오는 모습을 보았다. 모든 욕망을 돈으로 측정하며 또 그 욕망을 언제나 채울 수 있는 돈이 많은 남자가 취하는 구역질 날 정도로 편안한 태도로 피터는 불바르 가가 주는 유혹들 가운데서 한가롭고 사치스럽게 지냈다.

이런 유리한 점에 대해 그 사람이 지금 느끼는 감정이 랠프에게 인사를 건네는 상냥한 태도에, 그리고 겨울옷을 장만하러 자기와 같이 온 '클레어를 방문해야' 한다고 랠프에게 즉흥적으로 요청하는 태도에 그대로 드러났다.

"클레어는 다음 주에 머리가 긴 친구들과 이탈리아로 자동차 여행을 간다네. 하지만 난 다른 쪽으로 떠나네. 요트 소서리스[49]를 타고 미국으로 돌아갈 거야. 요트는 그리녹[50]에서 정밀 검사를 받았어. 그러니 보트를 타고 많이 돌아다녀야지. 이보게, 나와 같이 가는 게 좋을 거야."

소서리스는 증기 요트 중에서도 아주 거대하고 복잡한 밴 더갠의 요트였다. 반년마다 파리와 런던으로 여행을 하고 난 후, 자기는 유쾌한 친구

∵

49) 소서리스(Sorceress): '여자 마법사'라는 의미.
50) 그리녹(Greenock): 스코틀랜드 저지대 지방에 있는 항구도시.

들을 요트에 태우고 돌아가고 클레어는 기선을 타고 귀국하도록 하는 게 피터의 버릇이었다. 이런 파티의 성격 때문에 그 초대가 랠프에게는 불쾌했다. 그러나 아마 밴 더갠이 기분 좋을 때 자기가 아는 이 누구에게나 하는 말이라는 걸 생각하고 그냥 대답했다.

"친구, 굉장히 고마운데 언딘과 난 곧 배를 탈거야."

피터의 흐리멍덩한 눈이 생기로 반짝였다.

"아, 확실히 자네 아직 신혼이 끝나지 않았지. 신부는 어때? 여전히 눈부시게 예쁘지? 부인에게 내 안부를 전해주게. 아마 방문객을 받기에는 옷을 맞추는 데 너무 깊이 빠져 있지? 클레어를 방문하는 거 잊지 말게!"

피터는 경쾌하게 지나가는 여자를 좇아 서둘러 갔다. 랠프는 다시 집으로 걸어갔다.

랠프는 곤란한 상황을 털어놓는 걸 늦추기 위해 약간 느리게 걸어갔다. 랠프는 항해 비용을 맞추는 방법을 한 가지만 생각해낼 수 있었다. 그것은 바로 배를 타고 집으로 가서 파리의 생활비를 줄이는 것이었다. 그러나 이 계획이 얼마나 환영받지 못할지 알았다. 그리고 최근에 언딘의 환한 얼굴을 아주 즐기고 있었기 때문에 아내의 얼굴이 굳어지는 것을 보는 게 더욱 두려웠다.

드디어 언딘이 '숨 막힌다'고 하는 작은 방으로 들어갔을 때 랠프는 아내가 금발 턱수염이 난 신사와 이야기를 나누는 것을 보았다. 그 남자는 옷깃에 붉은 리본을 달았는데, 랠프가 나타나자 아내의 손짓에 테이블에 놓인 작은 물건들을 재빨리 지갑에 넣고 최고의 격식에 어울리는 '마담-무슈'라는 말과 함께 허리를 굽혀 절을 하고 나갔다.

랠프는 흥미롭게 그 남자를 보았다.

"당신 친구는 누구요, 대사요, 재봉사요?"

언딘이 자기 반지들을 빨리 꼈다. 그제서야 랩프는 반지들이 테이블에 흩어져 있는 것을 보았다.

"아. 내가 당신에게 얘기한 버사 샬럼이 거래하는 보석상이에요."

"보석상? 맙소사, 이 가련한 아가씨야? 당신 보석을 샀소?"

그 무절제함에 랩프는 웃을 수밖에 없었다.

언딘의 얼굴은 굳어지지 않았다. 대신 거의 비난하는 듯한 표정이 되었다.

"물론 아니죠, 바보 같은 양반. 난 단지 구식 반지 몇 개를 다시 세팅하고 싶었을 뿐이에요. 하지만 당신이 원치 않으면 안 하겠어요."

언딘은 남편에게 다가와 손을 남편의 팔에 얹으면서 곁에 앉았다. 랩프는 언딘의 손을 들어 아내에게 준 가문대대로 내려온 오래된 사파이어 반지의 깊은 빛을 바라보았다.

"반지를 다시 세팅하지 않겠지?"

아내의 손가락에 있는 반지를 돌리면서 랩프는 웃음을 지었다. 그러고는 반가워하지도 않는 설명을 계속했다.

"당신이 이런저런 것을 하지 않기를 바라는 게 아니라오. 단지 우리가 잠시 돈이 궁하다는 거요. 여객선 사람들을 만나고 왔소. 우리 여행이 내가 생각한 것보다 돈이 많이 들 것 같소."

랩프는 금액과 다음 날 답을 주기로 한 사실을 말했다. 바로 토요일에 배를 타고 가는 것에 동의하는가? 아니면 두 주 뒤에 플리머스에서 오는 느린 배를 타고 갈까?

언딘은 두 가지 선택에 대해서 얼굴을 찌푸렸다. 언딘은 배를 타면 멀미를 하기 때문에 값이 더 싼 배의 '구질구질함'에 몸을 사렸다. 언딘은 되도록 빠르고 호화롭게 항해를 끝내고 싶었다. 버사 샬럼이 '갑판 선실'에서는 아무도 뱃멀미를 하지 않는다고 말해줬다. 그러나 언딘은 파리에서 한 주나 두 주 더 있고 싶었다. 아내가 원하는 대로 상황이 돌아가지 않는 이유를 아내가 이해하게 하는 것은 언제나 어려웠다.

"이번 주에요? 하지만 어떻게 내가 준비가 되겠어요? 게다가 우리는 토요일에 샬럼 부부와 앙기앵[51] 식당에서 식사하기로 했고 일요일에는 짐 드리스콜 부부와 샹티이[52]로 자동차 여행을 하기로 했어요. 당신은 어떻게 이번 주에 갈 수 있다고 생각할 수 있는지 난 상상할 수가 없어요."

그러나 언딘은 여전히 싼 여객선을 반대했다. 두 사람은 부아쟁 식당에서도 그 문제에 대해 계속 이야기를 했고 긴 점심 내내 소득도 없이 의논했지만 해결점에 가까이 갈 수 없었다.

"음, 생각해보고 오늘 저녁에 알려줘요."

랠프는 언딘이 생각 없이 제철이 아닌 과일과 채소를 선택해서 부담스럽게 된 계산서에 적당한 팁을 계산하면서 말했다.

아내는 최근에 파리에 도착해 라 페 가[53] 구역에서 지내는 샬럼 부부를 만나러 가려 했다. 그래서 랠프는 프랑세즈[54]에서 하는 고전극을 보러 갈 기회를 잡았다. 파리에 도착했을 때 랠프는 언딘을 그런 연극에 데리고 갔다. 하지만 그 연극은 아내에게 너무 지루했고 아내가 이해하지 못해 당혹스러워해서 랠프는 언딘을 데려가려고 다시 시도할 수 없었다. 그리고 아내 없이 혼자 다시 갈 시간을 낼 수 없었다. 랠프는 그런 분위기에서 걱정을 떨칠 수 있어서 반가웠다. 연극은 최고였고, 극의 해석은 파리 무대

∴

51) 앙기앵(Enghien): 파리 근교의 앙기앵 호수 가에 있는 유원지
52) 샹티이(Chantilly): 파리 동북쪽에 있는 작은 도시
53) 라 페 가(rue de la Paix): '평화의 거리'라는 의미. 방돔 광장에서 가까운 최첨단 유행의 거리로 보석상들이 많이 있는 거리.
54) 프랑세즈(Comédie Française): 파리 1구에 있는 국립극장

에 대한 최초의 기억들 속에 살아 있으나 지금은 사라져가는 장대한 방식이었다. 랠프는 어린 시절처럼 그런 영향에 완전히 빠졌다. 예술의 불타는 전차에 사로잡혀 랠프는 다시 한 번 온몸으로 언어가 세차게 당기는 힘을 느낄 수 있었다. 호텔에 늦게 걸어 돌아갈 때 랠프의 내면에서는 날아오르는 언어의 힘이 여전히 고동쳤다.

제13장

랠프는 언딘이 여전히 외출 중일 거라고 예상했다. 그러나 계단에서 샬럼 부인과 마주쳤는데, 엄청나게 넓은 챙이 달린 모자를 쓴 부인이 말을 건넸다.

"예, 부인은 안에 있어요. 하지만 저랑 같이 가서 뤽스에서 차를 마시는 게 더 나을 거예요. 남편을 환영할 것 같진 않거든요!"

랠프는 웃으며 그때가 바로 남편이 등장해야 할 때라고 대답했다. 샬럼 부인이 치맛자락을 끌고 지나가면서 뒤에다 외쳤다.

"그래도 당신을 기다릴게요!"

랠프는 응접실에서 언딘이 차 탁자 너머 앉아 있고 맞은편에는 피터 밴 더갠이 느긋하고 친밀한 태도로 몸을 편하게 쭉 뻗고 있는 것을 발견했다.

랠프가 들어왔는데도 움직이지 않았는데, 밴 더갠이 고개를 끄덕이고 '어이!'라고 해도 충분한 인사가 될 정도로 가까운 친척 관계라고 생각하는 게 틀림없었다. 친밀해지면 피터는 그렇게 오판하는 버릇이 있었다. 랠프는 들어오자마자 이것이 언딘에게 어떤 영향을 주는지 알려고 아내를 힐끗 보았다. 그러나 아내의 눈은 시끄러운 소리와 가벼운 농담이 오가는 곳에서 항상 내뿜는 생기발랄한 광채를 내고 있었고, 이런 순간에 언딘의 얼굴은 불빛이 휘황하게 빛나는 극장 같았다. 피터를 사교계의 따분한 인간이고 더 친밀해지면 참을 수 없이 성가신 사람이라고 생각하는 마블에게 사촌의 남편 때문에 아내의 눈이 빛난다는 건 썩 기분 좋은 일이 아니었다. 그러나 랠프는 언딘이 안목이 없다는 사실에 무디어지는 중이었다. 밴 더 갠을 대하는 랠프의 태도는 클레어에 대한 동정심 때문에 늘 누그러졌다.

그래서 랠프는 하비 샬럼 부부와 소극장에서 저녁을 보내자는 피터의 제안을 겉으로는 쾌활하게 들어주었고, 언딘이 웃으면서 이렇게 단언하자 함께 웃어주었다.

"오, 랠프는 그런 곳에 가지 않을 거예요. 남편은 배우들이 목욕 수건을 두르고 시를 읊으며 걸어 다니는 그런 연극만 좋아해요. 방금도 당신 그런 연극 보고 온 거 아닌가요?"

언딘이 고개를 돌려 남편을 환하게 보며 덧붙여서 말했다.

"뭐요? 프랑세즈 극장에서 하는 뚱보 배우들이 나오는 공연 말이오? 저런, 랠프, 자네 아내가 폴리 베르제르 극장[55]에 애타게 가고 싶어하는 것도 당연하군!"

"여보게, 언딘은 애태울 필요가 없다네. 우리는 서로 약점에는 간섭하지 않으니까."

담배를 피우라고 하지도 않았는데도 피터가 편하게 담배에 불을 붙였다.

"아, 그게 바로 가정의 행복을 위한 비결이지. 자네가 좋아하지 않는 것만 좋아하는 사람과는 결혼하고, 자네가 좋아하는 걸 다 좋아하는 사람과

55) 주로 대중적 취향에 영합하는 공연을 한 폴리 베르제르 극장(The Folies Bergère)은 1869년 파리에 세워졌고 1920년대까지 인기의 절정을 누렸다.

는 연애하는 거지."

언딘이 감탄해서 웃었다.

"가엾은 랠프는 운명적으로 그런 끔찍하게 유행에 뒤처진 여자들을 만나야 하네요. 랠프가 좋아하는 종류의 연극을 좋아할 그런 여자 어디 없나요?"

"오, 그런 여자를 내가 금방 찾을 수 있어요. 내 아내가 그런 연극을 좋아하죠."

빙글빙글 웃으며 자리에서 일어나면서 방문객이 말했다. 그 말에 랠프가 내뱉었다.

"그런 식으로 자네의 동정을 나한테 낭비하지 말게나."

언딘은 웃었지만 그 웃음 속에는 클레어를 언급할 때면 늘 나오는 약간 귀에 거슬리는 음조가 담겨 있었다.

"그럼, 내일 저녁 팰라르 식당에서 봅시다. 그리고 그 다른 문제 말이오, 그건 결정된 거죠? 날짜를 정하는 건 당신에게 맡겨두겠소."

밴 더갠이 말을 마쳤다.

두 사람이 서로 고개를 끄덕이고 웃는 모습은 두 사람이 깊이 결탁했음을 암시하는 듯했고 거기서 랠프는 분명히 배제되어 있었다. 두 사람이 벌써 얼마나 거대하게 오락 일정표를 짰는지 랠프는 궁금했다. 뉴욕에서 밴 더갠은 평판을 받쳐주는 연줄이라는 방어막이 있었지만 파리에서는 그것조차 없는데도 언딘이 지나치게 자주 그자와 함께 모습을 보이는 것에 랠프는 반감을 느꼈다. 그러나 아내의 즐거움에 참견하고 싶지 않았다. 문이 닫히고 언딘이 쾌활하게 돌아보았을 때 랠프는 여전히 무슨 말을 해야 할지 생각하고 있었다.

언딘이 남편의 팔을 가볍게 만졌다.

"당신이 와서 기뻐요! 당신에게 알려줄 소식이 있거든요."

언딘이 자기를 만지고 다정한 어조로 말을 하자 랠프는 걱정이 사라졌다. 랠프는 언딘이 누보 뤽스의 차 탁자에 앉아 오후에 쇼핑하느라 소진된 기력을 회복하고 있을 거라고 생각했는데 벌써 들어와 있어서 운이 좋다고 대답했다.

언딘이 빛나는 얼굴로 남편을 바라보았다.

"오, 물건도 많이 사지 않았고 밖에 오래 있지도 않았어요. 내가 무얼 하고 있을 거라고 생각했어요? 당신이 그 답답한 낡은 극장에 앉아 내가 쓰는 돈에 대해 걱정하는 동안에, 오, 거짓말할 필요 없어요. 당신이 걱정했다는 거 다 아니까요!, 나는 당신에게 돈을 엄청나게 절약해주고 있었어요. 내가 당신에게 배삯을 절약해주었다고요!"

아내의 아름다움을 완전히 만끽하면서 랠프가 웃었다. 아내가 이렇게 자기를 위해서 아름답게 빛날 때는 허튼소리를 한다 해도 그게 뭐 대수겠는가?

"정말 경이로운 일을 했군. 어떻게 그렇게 했소? 티아라 주문한 걸 취소라도 한 거요?"

"당신이 상상하는 것처럼 내가 그런 바보가 아니라는 건 당신도 알잖아요!"

언딘은 자기가 낸 수수께끼에 즐거워서 고개를 끄덕이며 랠프와 적당히 거리를 두고 있었다.

"당신은 결코 알아맞히지 못할 걸요! 피터 밴 더갠이 소서리스 호를 타고 미국으로 돌아갈 때 우리도 같이 타고 가자고 부탁하게 만들었어요. 어떻게 생각하세요?"

언딘은 자신의 발표가 초래할 결과에 대해서 일말의 의심도 없이 승리의 웃음을 띠며 외쳤다.

랠프가 아내를 빤히 쳐다봤다.

"소서리스 호라고? 그 사람이 요청하도록 당신이 만들었다고?"

"글쎄, 내가 그렇게 하게 했다니까요. 내가 그 사람이 그쪽으로 생각하게 했어요! 이제는 그 사람이 이 생각을 정말 좋아해요. 하지만 여기 오기 전까지만 해도 그런 생각이 없었을 거예요."

랠프가 갑자기 말했다.

"내 생각에도 그렇소! 그런 생각을 할 정도로 뻔뻔하지는 않을 테니까."

"자, 여하튼, 내가 그렇게 만들었어요! 정말 운이 좋죠?"

아내의 고치기 어려운 무지에 랠프는 신음했다.

"운이 좋다고? 당신이 소서리스 호를 타고 바다를 건너도록 내가 내버려둘 거라고 생각했소?"

언딘이 조바심을 내며 어깨를 으쓱했다.

"당신 사촌이 그 배를 타고 가지 않으니까 그렇게 말하는 거죠."

"클레어가 그 배를 타지 않는 건 거기가 품위 있는 여자들이 갈 만한 데가 아니어서 그러는 거요."

"거기가 품위 있는 여자들이 갈 만한 곳이 아닌 건 클레어 탓이죠. 그 여자가 당신을 좋아한다는 건 다 아는 사실이고, 자기 남편도 그걸 느끼게 해요. 그래서 그 사람이 평판이 좋지 않은 다른 여자들과 어울리는 거죠."

화가 나서 언딘의 뺨이 빨개지고 이글거리는 눈 위의 눈썹은 마치 검은색 빗장처럼 아래로 내려왔다. 그 말에 움찔하면서도 랠프는 아내의 아름다움이 뿜는 맹렬한 열기를 느꼈다. 그러나 처음으로 마음속에 잠재한 분노가 수면 위로 떠올랐고, 랠프는 분노를 분노로 맞받아쳤다.

"그게 그자가 당신에게 알려준 굉장한 소식이오?"

"그 사람이 말해줘야 내가 안다고 생각해요? 그건 다 아는 거예요. 당신이 결혼했을 때 그 여자가 몹시 화를 냈다는 건 뉴욕 사람들이 다 알잖아요. 그래서 그 여자가 항상 내게 심술궂게 대하죠. 당신이 소서리스 호를 타지 않겠다고 하면 모두 클레어가 날 질투해서 당신을 못 오게 한 거라고 할 걸요."

랠프의 분노는 이미 사라져서 혐오감으로 바뀌었다. 언딘은 더 이상 아름답지 않았다. 아내의 얼굴은 아내의 생각처럼 혐오스러워 보였다. 랠프는 짜증 섞인 웃음을 지으며 일어섰다.

"그게 그자의 또 다른 주장이오? 그 주장이 설득력이 있다는 게 놀랍지 않군."

그러나 비웃음을 내뱉자마자 그 비웃음은 사라지고 연민의 물결이 솟구치며 아내의 의심을 가라앉히고 아내를 보호하려는 막연한 충동에 사로잡혔다. 아내를 약점에서 보호하고 벗어나게 하는 게 자기가 해야 할 일인데 어떻게 자신이 무너져서 아내의 약점을 들추어낼 수 있단 말인가? 랠프는 밴 더갠이 나타내는 천박한 물질주의에서 언딘을 구하겠다던 자기의 옛 꿈을 돌아보았다. 자기가 상상한 구원은 이런 것이 아니었다.

차를 따르려고 돌아서면서 랠프가 말했다.

"하찮은 피터 문제 따위로 우리가 다투어서 그자의 허영심을 채워주지는 맙시다."

잔을 채우고 난 후 웃으면서 언딘 곁에 앉았다.

"그 사람이 농담한 게 틀림없소. 또 당신도 농담한다고 생각했을 거요. 하지만 정말 우리가 함께 갈 거라고 그자가 믿게 했다면 당신이 그자에게 편지를 몇 자 써 보내는 게 좋겠소."

언딘의 눈썹은 여전히 찌푸려져 있었다.

"그럼 당신은 거절하는 건가요?"

"거절하다니? 내가 거절할 필요조차 없소! 당신은 뉴욕의 가무단원들 절반이 거쳐 간 자리를 물려받고 싶소?"

"그 여자들이 우리와 함께 승선하지는 않을 거예요!"

"그 여자들과 나눈 대화의 자취는 같이 탈거요. 그게 피터가 아는 유일한 언어이니까."

"그 사람은 도덕적인 여자의 영향을 받고 싶다고 말했어요."

그 말에 랠프가 웃자 언딘은 얼굴이 빨개지며 멈칫했다.

"글쎄, 피터에게 한두 달 도덕적인 여자의 영향을 받고 난 후 다시 같이 가자는 말을 하라고 말하구려. 그러는 동안 우리는 정기선을 타고 돌아갑시다."

랠프는 언딘이 이성을 찾는 유일한 방식은 아내의 허영심을 통하는 것임을 깨닫기 시작했다. 그래서 밴 더갠이 조롱의 대상이라는 걸 이해하면 언딘이 자발적으로 소서리스 호를 타고 가려는 생각을 포기할 거라고 생각했다. 그러나 랠프가 밴 더갠을 조롱하면서 반대하자 언딘의 의지는 서서히 완고해졌고, 언딘이 침착해지면서 만만치 않게 되었다. 랠프는 이런 경우에 당연히 남자의 판단에 따르는 여자들에 익숙했다. 남자가 '품위가 없다고' 단언하면 여자들은 더 이상 그 문제를 거론하지 않았다. 그러나 언딘은 누가 자기 계획을 참견하면 그게 모두 개인적인 동기 때문이라고 여기는 습관이 있었다. 랠프가 반대하는 건 가엾은 클레어가 교활하게 음모를 꾸몄기 때문이라고 생각하는 것을 알 수 있었다. 아내가 비난을 되받아치는 것을 언딘이 하는 말 가운데에서 가장 두려워했기 때문에 랠프는 논쟁을 길게 끄는 것이 불쾌했다. 논쟁 중에 가장 저속한 말을 사용하며 앙갚음하고 야비함과 뻔뻔스러움으로 가득 찬 세계를 자신의 생각이 들여다보는 것을 될 수 있는 한 피하려고 했지만 어쩔 수 없이 정면으로 맞서야 할 순간이 왔다. 아내의 어떤 말대꾸는 마치 살림살이가 날아오듯이 공중으로 빠르게 날아왔고, 비난에 찬 말은 마치 식료품을 마음대로 만지작거리는 걸 나무라는 것처럼 크게 울려 퍼졌다. 이런 비유에 저항해서 완고해지려고 했지만 그 비유는 랠프의 상상 속을 떠나지 않았다. 그래서 언딘이 화를 내다가 갑자기 눈물을 터뜨리자 랠프는 고마웠다. 랠프는 자기 입장을 꺾지 않았고 자신의 주장을 관철했다. 소서리스 호를 타고 여행하겠다는 계획은 포기되었고 거절하는 편지를 밴 더갠에게 보냈다. 하지만 동시에 랠프는 누나에게 돈을 더 빌려줄 수 있는지 묻는 전보를 보냈다. 양보를 하고 나서야 비로소 승리를 얻었기 때문이다. 언딘은 10월까지 파리에 머무르기로 했고, 하비 샬럼 부부처럼 쾌속 증기선을 타고 갑판의 특별실에 숙박하며 항해하기로 결정했다.

새로운 오락 때문에 언딘의 불쾌감은 곧 없어졌고 걱정 없이 파리 생활을 마음껏 즐겼다. 샬럼 부부는 언딘과 뜻이 맞는 무리의 중심이었다. 옷을 맞추느라고 재봉사와 보내는 시간에서 짬을 낼 수 있을 때 음식점들은 이 숙녀들이 흥겹게 떠드는 소리로, 교외는 자동차의 날카로운 경적으로 떠들썩했다. 항해를 연기한 밴 더갠은 이 무리의 오락에 빈번히 끼었지만 랠프는 뉴욕의 영향력 때문에 밴 더갠이 언딘의 무리에서 떨어져나갈 거라고 기대했다. 한때 랠프는 아내의 다른 감수성에 호소하려고 했지만 이제는 언딘의 사교적 본능을 통해서 영향력을 행사하는 방식을 배우는 중이었다.

가장 최악의 순간은 클레어가 출발하기 전날 밤 호텔로 와달라고 청해서 만나러 간 때였다. 클레어는 보통 때보다 더 침착하고 말수가 적었으며, 그 눈에 담긴 표정은 클레어에 대한 생각이 뇌리를 떠나지 않던 시절을 생각나게 했다. 쓸모없이 과거의 감정을 되살리는 일 없이 시간이 흘러갔다. 그러나 떠나려고 할 때 클레어가 한 말 때문에 랜프는 깜짝 놀랐다.

"피터가 당신 아내를 바보로 만들게 놔두지 말아요."

랜프는 얼굴이 빨개졌지만 웃었다.

"오, 언딘은 피터의 유혹에 대해서 놀랄 만큼 자기를 잘 방어할 수 있소."

밴 더갠 부인은 웃으면서 가느다란 갈색 손목에 찬 자신의 팔찌를 내려다보았다.

"개인적인 유혹은 막아내겠죠. 하지만 피터가 고안해내는 오락거리는 무궁무진해요. 언딘은 즐기기를 좋아하잖아요."

랜프는 대답하지 않았지만 곤혹스러운 모습을 보이지 않았다. 작별 인사를 할 때 랜프는 그냥 사촌의 손을 잡고 키스만 했다. 클레어는 뚜렷이 들리는 작별 인사도 없이 등을 돌렸다.

출발할 날이 다가오자 언딘은 다른 걸 즐기려는 생각조차 하지 못할 정도로 옷에 열중했다. 아침이고 저녁이고 옷을 가봉하는 사람과 포장하는 사람과 함께 방에 틀어박혔고, 심지어 유능한 셀레스트조차도 당장 쏟아져 들어오는 귀중품들을 처리할 수 없을 것 같았다. 랜프는 언딘을 말리지 못하는 자기의 나약함을 저주하고 위안을 찾으려고 박물관과 화랑으로 도피했다.

랜프는 새로 빚을 지는 것에 대해 아내가 망설이게 할 수는 없었지만, 언딘이 더 이상 돈의 가치에 대해서 모르는 건 아니라는 걸 알았다. 언딘은 흥정하고 값을 깎고 수수료를 주는 것을 교묘히 피하고 소상인은 윽박지르고, 대상인은 감언이설로 구워삶아서 할인을 받는 것을 배웠다. 그런데 지출을 억제하기 위해서 그러는 것이 아니라 다만 돈을 쓰는 즐거움을 연장하고 증대하려고 그러는 것임을 랜프는 파악했다. 아내의 이런 특성을 보고 괴로운 나머지 랠프는 아내를 웃겨서 그걸 없애 보려고 했다. 한 번은 랠프가 언딘의 손이 구두쇠의 손이라고 하면서, 그 증거로서 손이 부드러운데도 손가락은 뒤로 휘지 않고 분홍빛 손바닥은 펴지지 않는다는 걸 보여주었다. 그러나 언딘이 결혼한 후로 절약이라는 말밖에 들은 게 없으니 당연하지 않느냐고 약간은 신랄하게 쏘아붙였고 랠프는 아무 대답도 하지 못했다. 그래서 상인들은 계속해서 숙소에 올라왔다. 랠프는 밤에 빈번히 외출하다가 늘 매끈매끈한 검은색 상자의 귀퉁이와 피라미드처럼 쌓여서 흔들리는 판지를 피했고, 옆으로 걷는 모자 판매 아가씨들에게 모자를 약간 들어 인사를 하거나 오포파낙스[56]의 안개 속에 떠다니는 날씬한 여성복 판매원들 앞에서 눈에 띄지 않으려고 했다. 랠프는 이 방문객들이 충족해주는 필요에 대해서 자기 의견을 말하기에는 무력하다고 느꼈다. 그러나 그 사람들 가운데 금발 수염을 기른 보석상이 다시 나타났을 때 새로운 두려움을 느낄 만한 근거가 있었다. 언딘은 자기 보석들을 다시 세팅하려는 생각을 포기했다고 랠프를 안심시켰고 또 보석을 돌려받을 시간도 충분했다. 그런데도 보석이 어디 있는지 묻는 질문에 언딘은 보석상에서 지체했고 '난처한 일들'이 생겼다고 설명했다. 그리고 랠프뿐 아니라 자기도 보석 살 돈이 없는 걸 아는데 자기가 '재미로' 물건을 산다고 생각하느냐고 빈정대며 질문하면서 남편을 몰아세웠다.

그러나 랠프의 생각이 항상 어둡지는 않았다. 언딘의 기분은 여전히 랠프에게 영향을 주었고, 언딘이 행복하면 랠프도 화답해서 가벼운 기분이 들었다. 언딘이 좋아하는 것들이 조야해서 함께 나눌 수 없을 때조차도 랠프는 아내 얼굴에 나타나는 즐거움을 즐겼다. 랠프는 아내의 얼굴에 반사

••

56) 오포파낙스(Opopanax): 약제용 방향성 수지로서 향수 제조에도 사용된다.

된 즐거움을 즐겼다. 다만 돌이켜 생각하면 랠프는 아내와 교감하던 순간에도 무상하고 실체가 없음을 느꼈고, 둘 사이에 불화가 생길 때마다 지워지지 않는 흔적이 남았다는 생각이 떠올랐다. 하지만 언젠가 평형이 뒤집어질 수도 있고, 언딘이 더 고상한 가치 의식을 배우면 내면에 있는 심오함이 드러날 거라고 여전히 생각했다.

두 사람이 출발하기 전날 오후에 언딘이 마지막으로 정리하는 걸 돕기 위해 호텔에 돌아왔을 때도 랠프는 이렇게 생각했다. 언딘이 그날은 뒤늦게 도착한 짐꾸러미들이 여전히 밀려오는 비좁은 객실에 혼자 있게 해달라고 간청했다. 그래서 랠프가 돌아왔을 때는 거의 어둑어둑했다. 전날 저녁에 언딘은 창백하고 신경질적이었고 마지막 순간에 교외의 식당에서 샬럼 부부와 저녁 식사를 할 수 없다고 양해를 구했다. 이런 기회를 놓치는 게 너무 아내답지 않아서 랠프는 약간 걱정스러웠다. 하지만 짐을 꾸리는 사람들이 도착하자 언딘은 다시 일어나서 움직이고 지휘했다. 그래서 마치 스프라그 씨가 에이펙스에서 살게 된 지 얼마 지나지 않았을 때 아내가 봄맞이 '대청소'를 한다고 소동을 피우자 피난한 것처럼 랠프도 아내의 말에 순종해서 피난을 갔다.

랠프가 응접실에 들어왔을 때 그곳은 여전히 엉망이었다. 의자들은 모두 흩어진 드레스가 걸려서 보이지 않았고, 입을 벌린 트렁크에서는 박엽지[57])가 밀려 나와 있었다. 쌓인 옷과 보석들에 둘러싸인 언딘이 눈을 감고 소파 위에 엎드린 채로 누워 있었다.

랠프가 들어가자 언딘이 고개를 들었다가 기운 없이 돌려버렸다.

"여보, 가엾게도, 무슨 일이오? 아직 일꾼들이 짐을 다 꾸리지 못한 거요?"

••

57) 박엽지(薄葉紙). 귀중품을 싸기 위한 종이.

대답 대신에 언딘은 얼굴을 쿠션 속에 파묻더니 흐느껴 울기 시작했다. 울음이 너무 격렬해서 머리카락이 어깨 위로 흩어져 내려왔고, 소파 팔걸이를 꽉 쥔 손이 어떤 것과 닿는 것도 참을 수 없다는 듯 머리카락을 밀어치웠다.

랠프는 놀라서 아내에게 몸을 숙였다.

"아니, 무슨 일이오, 여보? 무슨 일이 있었소?"

전날 저녁 아내의 피로와 눈에 담긴 당혹해하고 초췌한 표정이 다시 떠올랐고, 그 기억이 나면서 막연한 궁금증이 되살아났다. 랠프는 자신이 모성의 효과를 미화하는 고리타분한 상투어에서 꽤 자유로운 편이라고 생각했고, 또 아내가 말해주리라고 생각하는 소식을 반기지 않을 만한 이유가 많이 있었다. 하지만 남자가 사랑하는 여자는 늘 특별한 경우이고 언딘에게 닥치는 일은 무엇이든지 특별했다. 만약 이것이 언딘에게 닥친 일이라면 그건 놀랍고 신성한 것이었다. 지금 당장 랠프는 그런 감정만 느꼈다.

"여보, 무슨 일인지 말해봐요."

랠프가 간청했다.

언딘은 남편의 말에 신경 쓰지 않고 계속 흐느꼈고 랠프는 아내의 흥분이 가라앉기를 기다렸다. 랠프는 이 상황에 적합하다고 여겨지는 말을 하는 건 삼갔지만 아내를 꼭 끌어안고 오랫동안 키스를 해서 깊은 속마음을 전달하고 싶었다.

갑자기 언딘이 똑바로 앉더니 절망적인 얼굴을 랠프에게 돌렸다.

"도대체 왜 그렇게 나를 쳐다보는 거예요? 바보라도 무슨 일인지 알 거예요!"

아내의 말투에 랠프는 움찔했지만 아내의 손 하나를 자기 손으로 애써 붙잡았다. 두 사람은 서로 눈을 마주 보고서 말없이 이렇게 있었다.

"그 정도로 유감스럽소?"

자기 목소리에 생기가 없다는 걸 의식하면서 랠프가 마침내 말을 꺼냈다.

"유감스럽냐고요, 유감스럽냐고요? 그래요, 그렇다고요."

언딘은 손을 홱 채서 빼내고는 계속해서 울었다.

"하지만, 언딘, 여보, 곧 당신 기분은 달라질 거요. 당신이 그럴 거라는 걸 알아요!"

"달라진다고요? 달라져요? 언제요? 1년 후에요? 1년이나 걸린다고요. 1년 내내 사교계 생활을 못할 거라고요! 1년 후에 내 기분이 어떨지 내가 상관이나 하는 줄 알아요?"

아내의 말투가 내뿜는 냉기가 가슴을 후볐다. 이것은 신경과민에서 나오는 반감 이상으로 차분하고 이유가 있는 증오심이었다. 랠프는 아내의 분노를 누그러뜨리고 회피할 만한 것, 아내의 마음을 조금이라도 따뜻하게 해줄 만한 것은 무엇이든지 찾았다.

"어쩌면 결국 당신이 잘못 아는 것일 수도 있잖소."

랠프의 말에 언딘의 얼굴이 환하게 밝아지지 않았다. 언딘이 지친 듯이 얼굴을 돌렸다.

"여보, 당신이 잘못 안 거라고 생각하지 않소?"

"잘못 알다니? 어떻게 내가 잘못 알 수가 있어요?"

혼란스러운 그 순간조차도 언딘이 침착하게 말할 수 있다는 것에 랠프는 한 대 얻어맞은 것 같았고, 어떻게 그렇게 확신할 수 있는지 의아스러웠다.

"당신 말은 그러니까 의사에게 물어봤다는, 진찰받았다는……?"

얄궂은 이 상황이 랠프의 목을 조르는 것 같았다. 이것은 정부(情婦)와 무슨 비참하고 비밀스러운 대화를 할 때나 할 법한 말이었다. 그런데 이 말을 자기 아내에게 하다니!

언딘이 느릿느릿 되풀이해서 말했다.

"내가 틀림없다는 걸 알아요."

또다시 오랫동안 침묵이 흘렀다. 언딘은 눈을 감고 안절부절못하는 손으로 소파의 팔걸이를 연방 두드리면서 가만히 누워 있었다. 랠프가 꼭 쥔 다른 쪽 손은 차가웠다. 그 손을 통해서 임신한 몸의 불쾌한 상태가 다가오는 느낌, 불안감, 비용, 두 사람의 삶이 불필요하게 전반적으로 무질서하게 될 거라는 느낌과 같이 언딘이 생각하는 것들이 모르는 사이에 점차 덮쳐와 랠프는 멍해졌다.

"그러면 당신이 느끼는 감정은 그게 전부요?"

자기도 그렇게 느낀다는 혐오스러운 사실을 자신에게 숨기려는 것처럼 랠프가 마침내 약간 씁쓸하게 물었다. 랠프는 일어서서 다른 쪽으로 갔다. 그리고 되풀이해서 물었다.

"그게 전부인 거요?"

"아니, 내가 다른 감정을 느끼기를 기대하는 거예요? 나 끔찍하게 구역질 나거든요. 그게 당신이 듣고 싶은 말이라면요."

아내가 흐느끼며 다시 온몸이 떨리는 것을 랠프는 보았다.

"여보, 가엾어라. 미안해. 정말 미안해!"

무의미하게 반복하는 이 말에 언딘이 화나는 것 같았다. 바람이 불기 전 잔잔한 물 위에 전조처럼 이는 잔물결처럼 가벼운 전율이 언딘의 온몸을 훑고 가는 걸 보고 랠프는 아내가 화난 것을 알았다. 언딘이 뒤돌아서 남편을 보더니 벌떡 일어섰다.

"미안이라니, 당신이 미안하다고요? 당신이 미안해요? 아니, 내가 임신해도 당신이 도대체 무슨 영향을 받나요?"

언딘은 몇 발자국 뒷걸음질 치더니 옆구리에서 날씬한 팔을 들어올렸다.

"날 봐요. 내가 어떻게 보이는지. 앞으로 내가 어떻게 보일지! 당신은 아침마다 일어나서 거울에 비친 당신 모습을 보고 점점 더 자신을 증오하진 않을 거예요! 당신의 인생은 늘 그러듯이 똑같이 굴러가겠죠! 하지만 내 인생은 몇 달 동안 계속 어떨 거 같아요? 내가 이 골치 아픈 일을 다 겪었고, 이 물건을 모두 사서 챙기느라고 지쳐 죽을 지경인데……."

언딘은 비극적인 몸짓을 하며 난잡하게 어지러진 방을 훑어보았다.

"이제 집으로 돌아가서 즐기고, 멋있게 차려입고, 사람들을 다시 만나고, 모든 근심 끝에 즐거움을 좀 맛볼 거라고 생각하던 참인데……."

언딘은 또 눈물을 터뜨리면서 소파 위에 털썩 주저앉았다.

"이 잡동사니가 이제 나에게 도움을 줄 수 있었는데! 저것들 꼴도 보기 싫어요!"

손에 얼굴을 파묻고 언딘이 흐느꼈다.

제14장

클로드 월싱엄 포플의 스튜디오의 특징 중 하나는 자기 예술의 부속물들이 스튜디오에 너무 많이 널려 있지 않다는 것이다. 그래서 쿠션이 있는 한쪽 구석에는 공들여 물품을 구비한 차 탁자를 둘 수 있었다. 그리고 그 탁자의 옆에는 샌드위치와 작은 케이크와 같이 아주 가지각색의 유혹적인 음식물이 놓여 있었다.

포플 씨도 굉장한 남자들이 그렇듯이 처음에는 부침(浮沈)이 있었다. 그러나 어느 부유한 후원자가 다른 분야의 초상화법을 섭렵해보고 난 후에 그 경험의 최종적인 결과물로서 포플이야말로 '진주 장식을 한 모델의 초상화를 그릴' 수 있는 유일한 화가라고 판정을 내린 덕에 이 화가의 명성은 영구히 자리 잡았다. 이것을 가장 중시하는 초상화 모델에게는 포플이 초상화뿐 아니라 실생활에서도 예술보다는 고상함을 항상 더 중시한다는 게 또 다른 장점이었다. 값비싼 가리개를 쳐놓고 태피스트리로 장식한 스튜디오에서 초상화 제작을 위한 '지저분한' 요소가 눈에 띄지 않는 것처럼 그 결과들도 눈에 띄지 않았다. 사람들이 포플의 작품을 칭찬할 때 그 화가가 숙녀가 새 옷을 입고 모델로 앉아 있어도 될 만큼 스튜디오를 말끔하게 정돈하는 유일한 예술가라고 흔히 말했다.

사실 포플 씨는 예술가의 성격을 항상 인간의 성격 뒤에 숨겨야 한다고 생각했다. 그리고 올바른 예의범절의 본질은 마치 담배에 불을 붙이듯이 쉽게 그림을 뚝딱 그려내는 거라는 견해를 지녔다. 랠프 마블은 포플이 초상화를 시작할 때면 늘 셔츠의 소맷부리를 접어놓고 '신사 숙녀 여러분, 여기 전혀 아무것도 없는 거 보셨죠'라고 말한다고 언젠가 말한 적이 있었다. 페어퍼드 부인은 랠프의 설명을 보충해서 포플의 그림을 '신선로[58]' 예술로 정의했다. 포플 씨가 에이펙스 출신의 언딘 스프라그 양을 처음 만난 지 약 4년 후 12월의 어느 늦은 오후 그 스튜디오 안에는 어디에도 상징적인 신선로조차 보이지 않았다. 최근 활동을 보여주는 유일한 증거는 랠프 마블 부인의 전신상 초상화였다. 빽빽하게 꽃으로 장식된 초상화 틀 속의 랠프 마블 부인은 포플 씨를 위해서 '손님을 맞으려고' 초대받은 사람 같은 태도로 높은 이젤에서 출입구를 향해 있었다.

잿빛 면 벨벳 옷을 어울리게 차려 입은 화가는 방금 그림에서 등을 돌려서 찻잔 근처를 서성댔다. 그러나 화가의 자리는 상당히 몸집이 넓적한 피터 밴 더갠 씨가 차지하고 있었다. 밴 더갠은 최신 유행으로 마름질한 외투를 몸매가 드러나도록 꽉 끼게 입고서 처음 도착한 사람 같은 태도로 초상화 앞에 서 있었다.

"그래, 훌륭해, 대단히 훌륭해, 폽. 머리카락을 물결치듯이 잘 그렸군. 그렇지만 진주 목걸이가 별로 크지 않아."

밴 더갠이 선언했다.

∵

58) 신선로: 식탁 위에서 음식이 식지 않게 하는 풍로가 딸린 냄비로서 포플이 늘 고객들에게 다과를 제공하는 것을 조롱한다.

이젤 뒤의 높은 단에서 가벼운 웃음소리가 들렸다.

"물론 목걸이가 크지 않죠! 하지만 이건 **포플** 씨의 잘못이 아니에요, 가 없은 사람. 목걸이를 준 건 **포플** 씨가 아니니까요!"

이 말을 하면서 랠프 마블 부인이 베네치아 풍을 모방한 금박을 입힌 엄청나게 큰 안락의자에서 일어나서 주름 잡힌 긴 치마를 끌고 밴 더갠 옆으로 갔다.

"그렇다면 당신을 그리는 특권을 얻으려고 포플이 목걸이를 줄지도 모르겠소!"

밴 더갠이 퉁방울눈의 시선을 복사본에서 실물로 옮기며 대답했다. 밴 더갠의 눈이 마블 부인의 눈과 마주쳤을 때 서로 이해하는 듯한 시선을 신속하게 교환했다. 그리고 나서 밴 더갠의 눈은 부인의 모습을 찬찬히 뜯어보았다. 언딘은 초상화 모델을 하기 위해서 엷고 번쩍이는 옷을 입고 있었고, 옷 위로 드러난 긴 목선은 스튜디오의 차가운 광선 속에서 매우 희게 보였다. 음영이 없는 온통 장밋빛 황금색 머리는 다이아몬드의 차가운 광채로 반짝거렸다.

"저를 그리는 특권이라뇨? 저런, 저를 그리는데 제가 돈을 내야 해요! 이 그림을 저한테 줄 거니까 자기가 돈을 받는다고 말하겠죠. 하지만 이 옷값이 얼만지 아세요?"

언딘이 아른아른 빛나는 드레스 위에 손가락 끝을 올려놓았다.

밴 더갠의 눈은 냉정하게 즐기면서 언딘의 모습에 머물렀다.

"포플에게 줄 그림 값이 드레스 값보다 더 비싼 거요?"

언딘은 밴 더갠의 말에 담긴 암시를 무시했다.

"물론 사람들은 드레스 재단에 대해서 돈을 청구하는 거죠……."

"천을 자른 것에 대해서요? 재단사들은 돈을 청구해야 마땅한 것 같군,

그렇지 않나, 폽?"

언딘이 밴 더갠의 말에 대해 쌀쌀맞고 거만한 태도를 보였지만 포플의 감정은 상했다.

"여보게 피터. 정말이지, 예술가는 이 모든 걸 순수하게 색깔과 무늬의 문제로 바라본다는 걸 자네는 이해해야 하네. 신체적인 매력에 넘어가지 않으려고 자신을 무감각하게 만드는 게 **남자**에게는 명예의 핵심이라네."

밴 더갠 씨는 포플의 항변에 대해 상스럽게 비웃었지만 언딘은 자기를 그린 초상화가가 자기에게 던진 시선을 의식하고 흐뭇하고 짜릿해졌다. 언딘은 밴 더갠이 자기를 주목하자 우쭐해졌고 그 무례함을 재치라고 생각했다. 하지만 마음속으로 포플 씨의 웅변에 가슴이 뿌듯했다. 사교계를 3년 넘게 경험했는데도 언딘은 여전히 포플 씨가 소설 주인공처럼 '멋있게 말한다'고 생각했고, 남편의 친구들이 이 화가를 진지하지 않게 여기는 건 질투심 때문이라고 치부했다. 포플 씨의 대화는 언딘에게 지적이라는 인상을 주었다. 랠프가 점점 자기 생각을 말하지 않는 것과는 대조적으로 포플이 열성적으로 자기 생각을 나누려 하는 것에 언딘은 우쭐했다. 포플이 자기에게 보이는 경의는 랠프가 자기를 '진정으로 이해했다면' 자기를 어떻게 생각했을지를 보여주는 가장 예리한 증거인 것 같았다. 여기서 한 걸음 더 나아가서 언딘은 과거의 실수는 모두 랠프가 자기를 이해하지 못해서 일어났다고 여기게 되었다. 이런 생각에 만족한 언딘이 한번은 포플에게 그 사람만이 자신의 '한층 높은 자아'를 불러일으키는 방법을 안다는 말까지 했다. 포플은 언딘이 한 말을 기억하는 게 앞으로 자기 인생을 신성하게 할 거라고 장담했다. 또 자기 인생이 가장 사악한 과오로 더럽혀졌다고 포플이 암시했을 때 언딘은 자기가 지닌 정화하는 영향력을 생각하고 가슴이 뭉클했다.

그러므로 남자는 진정한 여성과 대화를 해야 하는 것이다. 그렇지만 언딘이 아는 여자들 가운데서 진정한 여성이 되는 비결이 있는 사람은 소수에 불과하지 않은가! 결혼 후 처음 몇 달 동안 랠프도 웅변적이었고 시를 인용하기도 했다. 하지만 랠프는 당황스럽게 이야기를 비틀거나 기묘하게 암시함으로써 언딘을 당혹스럽게 했고 언딘은 항상 어딘지 알 수 없는 곳에서 조롱의 흔적을 탐지했으며 또 랠프가 인용하는 시인들은 심오하고 난해했다. 포플 씨의 미사여구는 좀 더 낯익고 흔한 자료들에서 나온 것이었고, 언딘 마음에 드는 구절들과 5번째 단계 독본 교재를 상기시키는 감동적인 표현들로 넘쳤다. 게다가 포플은 예술적인 만큼 문학적이어서 현대 소설에 대한 비길 데 없는 지식이 있었다. 심지어 옛날 역사적인 인물들이 『왕실의 마법사』나 『왕궁에서 열정』[59]이라는 제목으로 독자에게 읽을거리로 제공되는 가벼운 회고록까지도 조금 읽었다. 포플 씨가 당대 소설을 논할 때, 특히 남녀 주인공들의 감수성과 관련해서 보여주는 전문적 지식 때문에 언딘은 자기가 지적 활동을 한다고 느꼈는데, 이것은 마블이 이런 작품을 무례하게 평가하는 것과는 현저하게 대조적이었다. 고상한 기사도적 감정과 자기처럼 감정이 격렬한 성격은 항상 '고삐로 매어야' 한다는 인식으로 열정을 제어하지 않았다면 '열정'은 자기 인생을 지배하는 특징이 되었을 거라고 그 화가는 넌지시 비쳤다.

밴 더갠은 차 탁자 가까이에 있는 쟁반에 놓인 차가운 칵테일을 마음껏 마셨고, 포플은 언딘을 돌아보며 대화의 실마리를 이어갔다. 그렇지만 왜 이해해주는 사람도 없는 감정을 남들 앞에서 언급해야 하는지 포플이 물었다. 밴 더갠의 등을 동정하듯이 힐끔 보면서 참 운도 좋은 평범한 사람

∙∙

59) 『왕실의 마법사』, 『왕궁에서 열정』은 허구적인 회고록.

은 저급한 천성과 고상한 천성 간의 격렬한 갈등에 대해서 아무것도 모른다고 했다. 그리고 그 눈이 이 갈등에 불을 지핀 바로 그 여성조차도 그 갈등이 얼마나 맹렬한지 짐작이나 했을까? 남성적 욕망 때문에 자기가 예술가 정신을 얼마나 빈번하게 망각하는지를 그 여성이 알기나 하는지, 그 여성의 눈 속 표정이 신성한 기억, 즉 어머니의 무릎 곁에서 배운 교훈을 상기시키지 않았다면 얼마나 빈번하게 남성적 욕망이 날뛰었을지 그 여성이 알기나 할지 포플이 무모하게 물었다.

"어이, 폽, 자네 거기서 이 칵테일을 섞는 방법을 배웠나? 자네 어머니가 칵테일 만드는 법을 기막히게 잘 가르쳤다는 칭찬을 받을 만하네 그려."

밴 더갠이 입맛을 다시며 외치자 포플은 손으로 머리카락을 신경질적으로 헤집으면서 투덜거렸다.

"빌어먹을! 피터, 자네한테는 신성한 게 아무것도 없나?"

언딘은 자기가 이런 감정을 불러일으킬 능력이 있다는 걸 느끼자 기분이 좋았다. 포플의 고상한 수준에 맞추어서 대화를 지속해야 했다면 피곤해졌을 것이다. 그렇지만 언딘은 포플의 말을 듣는 걸 좋아했고, 특히 그 사람이 자기에게 하는 말을 남들이 곁에서 듣는 걸 좋아했다.

밴 더갠에 대한 감정은 달랐다. 밴 더갠의 태도는 포플만큼 언딘의 허영심을 만족시키지는 않았지만 둘의 취향은 더 비슷했다. 언딘은 밴 더갠이 자기가 이해하지 못하거나 돈으로 살 수 없는 것에 대해 보이는 경멸의 힘을 느꼈는데, 그것이야말로 언딘에게 깊은 인상을 주는 유일한 종류의 '배타적 특권'이었다. 언딘은 세상 물정에 어둡던 시절 한때 랠프 마블이 세상에 관한 지식을 통달한 사람이라고 상상했지만, 밴 더갠은 지금도 여전히 세상에 관한 지식에 통달한 사람이었다. 결혼 후 3년 동안 언딘은 처녀 시절에 모르던 차이를 구별하는 법을 배웠다. 미래 세계는 화려하면서도 잡다하게 뒤섞인 사람들이 지배하게 될 터인데, 언딘은 자기가 특권계층이지만 시대에 뒤진 남자를 선택했다는 걸 발견했다. 그리고 자기가 몰락한 대의(大義)와 운명을 함께하게 되었다는 걸 알았다. 즉 언딘이 이해할 수 있는 범주의 비유를 사용하자면, 자신은 엉뚱한 날 밤에 오페라 극장의 특별석을 빌린 사람들과 같은 경우라는 걸 알게 된 것이다. 언딘은 이 모든 것에 당황하고 화가 났다. 에이펙스에 살던 시절의 언딘의 이상은 '오래된 명문가'가 미국 독립전쟁의 전통이라는 옥좌에 앉아서 뉴욕을 통치하고 신흥 백만장자들은 그 명문가에 봉건적인 충성을 바친다는 신화에 기반을 두었다. 그러나 경험을 통해 이 비유는 오래전에 거짓이라는 게 증명되었다. 마블 부인이 이 세상을 사람들이 만나는 부류와 만나지 않는 부류로 분류하는 것은 중세 시대의 우주 생성론만큼이나 진부한 것이었다. 워싱턴스퀘어에 사는 마블 집안이 만나지 않는 어떤 사람들은 마블 가문의 시야에서 멀리 떨어져 있지만 사교계의 중심이었고, 마치 별들이 천문학자들의 계산에 무관심한 것처럼 이들도 구 상류층의 견해에 관심이 없었다. 그리고 이 사교계는 황금으로 이루어진 중심부의 태양을 둘러싸고 유쾌하게 돌아갔다.

언딘은 랠프와 결혼하여 과거에 저지른 실수에서 자유로워지기를 희망했지만, 신혼여행에서 뉴욕에 돌아온 후에 이 결혼도 혐오스러운 예전의 실수와 동일한 것으로 분류하고 싶은 충동이 든 순간들이 있었다. 이런 실수를 저질렀다고 자신을 비난하는 건 언딘의 습성이 전혀 아니었기 때문에 점차 랠프에게 허물을 돌리는 것이 필연적이었다. 언딘은 자기 이력의 이번 단계에서 '어린 처녀가 인생에 대해서 뭘 알겠어?'라고 물음으로써 가슴 아픈 기쁨을 발견했다. 언딘의 이런 질문을 받은 친구들은 하나같이 언딘과 결혼하는 특권을 누렸더라면 그 질문이 함축하는 환멸을 언딘이 느끼지 않게 하는 방법을 알았을 거라고 확신하는 것 같아서 그 가슴 아픔이 깊어졌다.

랠프와 결혼한 게 큰 실수였다는 확신은 바로 이 날 오후에 언딘의 초상화를 관람하도록 포플 씨의 초대를 받은 손님들이 초상화 앞에 모이기 시작했을 때보다 더 언딘의 마음에 끈질기게 자리잡은 적이 없었다.

언딘이 어울리는 무리의 주요한 명사들 일부가 이 특별한 행사를 위해서 모였다. 그런데 그 사람들은 거의 모두 자신이 갈망하는 특권을 누려서 언딘은 울화가 치밀어 올랐다. 자기 집안의 법정 상속인인 젊은 짐 드리스콜은 작고 뚱뚱하며 의심 많은 부인을 대동하고 왔는데, 그 부인은 사교계를 싫어하지만 자기가 따돌림을 당한다고 여겨질까 봐 어디든지 따라다녔다. '아름다운 베린저 부인'은 어여쁘지만 주관이 없는 사람이었다. 로라 페어퍼드의 말에 따르면 베린저 부인은 떠도는 의견들을 주워 모으려고 집에서 손님을 접대하지만 그 의견들의 차이를 도무지 분간할 줄도 몰랐다. 몸집이 작은 디키 볼스는 화제가 떨어졌을 때 '이런저런 말을 하는' 사람으로 여겨져서 모두 그 사람을 초대했다. 파리에서 막 도착한 하비 샬럼 부부는 애매하게 '백작'이라고 불리는 어리둥절한 귀족을 데리고 왔는데, 그 사람은 마치 탐험가가 야만인에게 시험 삼아 목걸이를 걸어보듯이 신중하게 대화를 시작했다. 이렇게 눈에 띄는 부류의 사람들 뒤에는 사교계의 이목을 끌려고 어디나 모습을 드러내는 흔히 볼 수 있는 사람들이 따라다녔다. 이런 사람들은 사교계의 힘을 이루는 만장일치의 의견을 완벽하게 표현하기 때문에 초상화 모델뿐 아니라 화가도 우쭐하게 하는 집단이었다. 이 무리에는 예술에 대한 독자적인 이론으로 골치를 썩이는 사람은 단 하나도 없었다. 이들이 초상화에서 바라는 건 의상은 충분히 '실물 그대로' 그려야 하지만 얼굴은 실물을 그다지 많이 닮지 않아도 된다는 게 전부였다. 포플 씨는 신체는 이상적으로 그리고 드레스의 천은 실감나게 표현해온 오랜 경험 덕택에 이 두 가지 요구를 충족할 수 있었다.

직관에 따라서 그림을 해석하는 사람처럼 이젤 앞에 서 있던 피터 밴 더 갠이 단언했다.

"제기랄, 남자 초상화에서 제일 중요한 건 유사점을 포착해서 그리는 거죠. 이건 우리가 모두 다 아는 사실이죠. 하지만 여자의 경우는 달라요. 여자 초상화는 보는 사람을 즐겁게 해야 되죠. 그렇지 않으면 누가 그 초상화를 주변에 두고 싶겠어요? 소위 말하는 사실주의에 대해 자만하는 그 잘난 체하는 녀석들, 그 녀석들이 그린 초상화를 응접실에 걸어놓으면 어떻게 보이겠소? 그놈들이 이런 질문을 하기나 할까요? 걔들은 신경도 안 써요. 왜냐하면 자기들이 그린 초상화를 집에 걸어두고 살지 않을 거니까! 어쨌든 그 녀석들이 응접실에 대해 쥐뿔이나 알겠소? 그놈들 가운데는 연미복조차 없는 놈이 대다수죠. 이런 면에서 우리 폽은 그런 자들보다 더 우월해요. 폽은 우리 같은 사람들이 어떻게 살고 무얼 원하는지 아니까."

밴 더 갠의 말에 대해서 포플은 비난조로 투덜거렸고 나머지 사람들은 열렬히 찬성했다.

포플이 말을 시작했다.

"다행히도 이 초상화의 경우에는," 그는 급히 "제 모델들 중 많은 경우에도 마찬가지입니다만,"이라는 말을 덧붙이면서 말을 계속했다. "이상화해서 그릴 필요가 없었습니다."

언딘은 빛나는 모습으로 자기 초상화와 비교되는 것에 이의를 제기하고 실물의 빼어난 미모를 의식하는 웃음을 지으며 초상화를 올려다보았다. 그리고 젊은 짐 드리스콜이 '정말이지, 메이미, 새로 만든 음악실에 걸어놓게 당신도 저것과 똑같이 초상화를 그려달라고 해야겠소'라고 공표했을 때 언딘의 자의식적 웃음은 짙어졌다.

드리스콜의 아내가 초상화를 신중한 눈으로 돌아보았다.

"저게 얼마나 크죠? 우리 집에 맞으려면 저것보다는 훨씬 더 커야 할 것 같은데."

드리스콜 부인이 이렇게 이의를 제기했다. 포플은 그렇게 거대한 초상화를 그릴 수 있을 거라는 기회에 고무되어 대리석 포르티코[60]와 궁정에서 입는 뒤로 길게 끌리는 옷자락을 '끼워 넣어서' 그리는 건 다른 사람들도 모두 해볼 수 있는 거라고 대답했다. 자신이 얼마 전에 길게 끌리는 옷자락에 멋진 드레스를 입은 모습으로 라이커거스 앰블러 부인의 초상화를 그렸는데, 그 초상화는 물론 들소를 끼워 넣은 것이기 때문에 초상화와 들소 그림이 반드시 조화가 안 되는 건 아니라는 것이다.

"글쎄요, 앰블러 부인의 초상화보다 훨씬 더 커야 할 거예요."

드리스콜 부인이 고집을 부렸다. 그렇다면 자기가 드리스콜 부인을 뒤가 길게 끌리는 옷자락 속에 '삽입해서' 그릴 수 있을 거라고 포플이 제안했다. "궁정에서 알현을 하셨나요? 글쎄요, 당신은 알현을 하게 될 겁니다. 내가 초상화를 그리면 당신은 알현을 해야 할 겁니다. 그러면 초상화가 훌륭한 기념품이 될 거예요".

밴 더갠이 고개를 돌리더니 언딘에게 속삭였다.

"아시다시피 순전히 허세에 불과해요. 짐은 그림 값을 지불할 수도 없을 거요. 아라라트 신탁회사의 조사가 시작된 이후로 노(老) 드리스콜은 무일푼이 되었거든요."

언딘은 월 가(街)에서 발생하는 변화가 5번가에 사는 부자들의 파티에 영향을 끼치는 경우가 아니라면 자기의 빡빡한 생활 때문에 거기에 신경을

..

---

60) 포르티코(portico): 대형 건물 입구에 기둥을 받쳐 만든 현관 지붕.

쓸 시간이 없었으므로 어리둥절하여 밴 더갠을 흘끗 보았다.

"드리스콜 집안이 손해를 봤다는 말인가요? 그럼 그 사람들이 가장무도회를 열지 않을 거라는 거예요?"

밴 더갠이 어깨를 으쓱했다.

"결과가 어떻게 될지는 아무도 모르죠. 엘머 모팻이라는 수상한 녀석이 노 드리스콜 씨에게 가장무도회를 열어주겠다고 협박하고 있소. 그러면서 드리스콜에게 죄수복을 입혀서 가장무도회에 보내겠다고 말한다니까! 그 자가 에이펙스 전차 사업 건에 대해서 지나치게 많이 아는 거 같소."

언딘은 약간 창백해졌다. 드리스콜 가의 가장무도회에 입고 갈 의상을 이미 가봉했지만, 모팻이라는 이름을 듣자 무도회가 안 열릴 거라고 밴 더갠이 알려준 소식 때문에 받은 실망감이 지워져버렸다. 언딘은 「아라라트 신탁회사의 조사」에 대한 보도에 관심을 갖고 지속적으로 읽어볼 만큼 호기심이 없었다. 하지만 최근에 한두 번 흡연실에서 대화 몇 마디를 들었을 때 엘머 모팻을 반쯤은 조롱의 대상이지만 반쯤은 벌써 가공할 만한 재정적인 영향력을 행사하는 괴짜로 막연하게 언급하는 말을 듣고 깜짝 놀랐다. 그 사람의 가공할 만한 요소가 우세해졌다는 게 과연 가능한 걸까? 엘머 모팻이, 에이펙스 출신의 그 엘머 모팻이 잠시 동안이나마 드리스콜 진영을 경악하게 할 수 있는 때가 왔다는 게 가능하다는 말인가? 모팻은 늘 자기가 '일을 크게 파악한다'고 했다. 하지만 그 사람이 일을 정말 그렇게 크게 실행할 운명이라는 건 아무도 믿지 않았다. 그러나 아버지의 말처럼 '빈둥거리고 시간을 허비하는' 듯이 보이던 나태한 그 옛날 에이펙스 시절에 사실은 그 사람이 공격의 무기를 날카롭게 갈고 있었던 것이다. 언딘이 모팻에게서 항상 느낀 느슨하게 움직이는 힘의 작용에는 역시 무엇이 있었다. 언딘은 심장이 더 빠르게 박동쳤고 밴 더갠에게 모팻에 대해 물어보고 싶었다. 그러나 자기 마음을 드러내는 게 두려워서 그림을 보는 무리 쪽으로 몸을 돌렸다.

드리스콜 부인은 낮고 온건하며 완고한 어조로 여전히 이의를 제기했다.

"오, 물론 실물과 흡사해요. 그건 저도 알겠어요. 그렇지만 포플 씨, 한 가지 지적할 게 있어요. 이건 작년에 유행한 옷처럼 보이네요."

숙녀들의 관심이 즉시 그림으로 향했고 그 도전에 화가의 얼굴이 창백해졌다.

"여하튼 작년의 얼굴처럼 보이지는 않소. 그게 바로 사람들이 열광하는 점이오."

밴 더갠이 투덜거렸다. 언딘은 즉각 밴 더갠에게 웃음을 보냈다. 언딘은 벌써 모팻에 대해서는 잊어버렸다. 자신이 얻는 어떤 승리도 언딘의 기분을 만족시켰고, 초상화의 성공 때문에 다른 인상은 모두 다 희미해졌다. 언딘은 봄 전시회에서 자신이 중앙의 화판에서 옥좌를 차지하고 군중이 자기 이름을 연발하면서 그림을 보려고 밀치는 모습을 마음속으로 그려보았다. 언딘은 집에 가는 길에 잠시 멈추고 자기 보도 담당자에게 포플의 스튜디오에서 있었던 차 모임에 대해 짧은 기사를 써달라고 전화하기로 마음먹었다.

그러나 현관에서 외투를 걸칠 때 언딘의 생각은 다시 드리스콜 가의 가장무도회로 돌아갔다. 드레스 문제로 그렇게 많이 고생했는데 무도회가 안 열린다면 얼마나 타격이 클 것인가! 언딘은 루브르박물관에 있는 프뤼동[61]이 그린 초상화를 본떠서 조세핀 황후로 분장하고 갈 예정이었다. 그

··

61) 피에르 폴 프뤼동(Pierre-Paul Prud'hon, 1758~1823): 프랑스의 낭만주의 화가로서 나폴레옹의 첫 번째 부인 조세핀을 매력적인 여성의 모습으로 그렸다.

드레스는 벌써 가봉이 되었고 부분적으로 수를 놓았기 때문에 재봉사에게 반품해달라고 설득하기 어려울 거라고 예상했다.

"예쁜 사촌댁이 왜 그렇게 창백하고 슬퍼하는 거요? 무슨 문제가 있소?"

스튜디오에서 나와 둘만 타고 내려온 승강기에서 나오면서 밴 더갠이 물었다.

"모르겠어요. 자세를 취하느라고 지쳤어요. 게다가 지독히도 더웠고요."

"그래요. 마치 초상화가 감기에 걸릴 것처럼 포플은 항상 스튜디오의 온도를 덥게 해놓으니 사람들이 목덜미를 드러내놓게 되지."

밴 더갠이 시계를 힐긋 보았다.

"당신은 어디로 갈 거요?"

"물론 웨스트엔드 애비뉴이죠. 나를 데려다줄 택시를 잡을 수 있다면요."

뉴욕에서 스프라그 씨의 첫 번째 부동산 투기에 해당되는 집에서 자기가 아직도 산다는 건 언딘에게는 적잖게 불만스러운 점이었다. 언딘이 혼인할 당시에는 언딘 부부가 유행의 첨단을 걷는 신성한 구역에서 살림을 차린다는 암묵적인 합의가 있었다. 그러나 신혼여행에서 돌아왔을 때 여전히 빈 웨스트엔드 애비뉴의 집을 마음대로 사용할 수 있도록 맡겨졌고, 스프라그 씨의 재정난을 고려했을 때 언딘조차도 그것을 거절하는 게 어리석다는 걸 알았다. 더구나 결혼 후 첫해 겨울에는 유행의 중심지에서 추방당한 것이 애통하지 않았다. 아들의 출산을 기다리는 동안에는 5번가에 사는 부자들의 눈에 띄지 않고 아는 사람들이 자기를 볼 수 없는 곳에서 어쩔 수 없이 지겨운 운동을 하는 게 반가웠다. 그리고 물론 다음 해에는 아버지가 더 좋은 집을 마련해줄 것이었다.

그러나 다음 해에 5번가의 집세가 올랐고, 그동안 예쁜 분홍빛 요람에서 어린 폴 마블은 벌써 엄마의 계획을 훼방하고 있었다. 지출이 새롭게 급증하는 것에 깜짝 놀란 랠프는 장인 편을 들면서 단념하고 웨스트엔드 애비뉴에 눌러 살자고 언딘에게 간청했다. 그래서 결혼한 지 3년이 지났는데도 자기의 사회적 지위와 지리적 위치 사이의 불일치가 초래하는 성가신 일들, 말하자면 거래하는 상인들에게 웨스트사이드의 주소를 알려줘야 하고, 친구들이 '이런, 내가 집까지 태워줄게, 오, 깜빡했네! 내가 그렇게 멀리까지 갈 시간이 없을 것 같은데 어떡하지'라고 하는 말을 들을 때 느끼는 심한 짜증처럼 끊임없이 발생하는 성가신 일들을 언딘은 여전히 감수했다.

언딘은 택시를 탄 모습을 보이는 것을 정말 싫어했는데, 자기 차가 없어서 남이 차를 '태워주는' 것에 공공연히 의존하고 숨길 수 없을 정도로 대놓고 태워줄 사람을 찾고 태워주겠다는 제안을 하도록 끊임없이 계략을 꾸미는 것으로도 충분히 기분이 나빴다. 하지만 집이 먼 곳에 있어서 남의 차를 얻어 탈 기회를 종종 놓치는 건 자기가 '소외되었다'는 불쾌한 느낌을 두드러지게 했다.

밴 더갠이 눈이 쌓인 긴 거리를 내다보았다. 거리를 따라 아래쪽으로 가로등이 적막한 노란색 불빛을 비추기 시작했다.

"이런 밤에는 당연히 택시를 잡지 못할 거요. 뚜껑이 없는 차도 괜찮다면 내 차에 타는 게 좋겠소. 하이브리지[62]까지 드라이브를 해서 저녁 먹기 전에 신선한 공기를 쐴 수 있게 해주겠소."

스튜디오에서 거둔 대성공 때문에 언딘은 피곤하고 흥분했기 때문에 그 제안은 유혹적이었다. 언딘은 성공은 실패만큼이나 피곤할 수 있다는 것

[62] 하이브리지 다리는 뉴욕시의 브롱크스와 맨해튼을 연결하는 다리. 1848년에 완공되었으며 뉴욕에서 가장 오래된 다리이지만 현재는 폐쇄되었다.

을 깨닫기 시작했다. 게다가 저녁에는 중요한 저녁 식사에 가기로 되어 있었는데 신선한 공기를 쐬면 눈과 안색에 필요한 생기가 돌 것이다. 하지만 마음 한구석엔 잊어버린 약속이 있다는 막연한 의식이 떠나지 않았다. 그게 무엇인지 기억해내려고 하는데 밴 더갠이 모피 옷의 깃을 자기 목둘레로 끌어올리는 걸 느꼈다.

"머리에 쓸 만한 게 있소? 그 레이스 같은 걸로 충분하겠소? 자, 빨리 갑시다."

밴 더갠이 반회전문을 통해서 언딘을 밀었다. 두 사람이 거리로 나왔을 때 밴 더갠이 웃으면서 덧붙였다.

"나와 함께 있는 걸 사람들이 봐도 두렵지 않은 거요. 그렇소? 이 시간에는 괜찮을 거요. 랠프는 아직 고가 전차를 타고 오면서 가죽 손잡이를 붙잡고 흔들리고 있을 시간이니까."

겨울의 해질 녘은 미친 듯이 추웠다. 센트럴파크를 지나서 어두워지는 대로를 따라서 북쪽을 향해 쏜살같이 달리려고 차의 추동력을 높일 때, 언딘은 양심의 가책을 삼켜버리고 기억을 침묵시키는 육체적인 환희가 밀려오는 것을 느꼈다. 사실 언딘이 받는 양심의 가책은 심각한 건 아니었다. 하지만 랠프는 아내가 밴 더갠과 지나치게 많이 어울리는 걸 싫어했고, 가능한 한 '언쟁' 없이 원하는 것을 얻는 게 언딘의 방식이었다. 또 자신이 피터 같은 부류의 남자에게 너무 손쉽게 손에 넣을 수 있는 여자로 보이는 게 잘못이라는 걸 알았다. 언딘은 즐기고 싶어 조바심이 났다. 그러나 그 조바심은 아버지가 퓨어 워터 운동 시절에 '쓸모도 없는' 토지를 팔 때 보인 끈기 있는 기술과 비슷하게 지연하고 때를 기다리는 본능에 의해 억제되었다. 하지만 때때로 젊은이는 제멋대로 행동하고 싶은 법이라서 언딘이 지금 당장의 즐거움에 늘 저항할 수 있는 건 아니었다. 그리고 또 '품위 있는 여자들'을 좋아하지 않는 것으로 유명한 피터 밴 더갠과 함께 있었다고 '소문나는 것'은 즐거운 일이었다. 언딘은 자기가 저속한 여자들의 매력을 이긴다고 생각하기를 즐겼다. 자기 딴에는 피터 같은 남자에게 영구적으로 영향력을 행사하는 자신이 고상해 보였다.

그렇기는 해도 자동차가 얼음처럼 차가운 땅거미를 관통해서 쏜살같이 달릴 때 언딘의 현재의 근심도 따라다니며 함께 달렸다. 언딘은 쓸모없게 된 가장무도회 드레스에 대한 생각을 떨쳐버릴 수가 없었다. 그 옷은 빚 독촉을 받고 있지만 랠프에게 감히 말도 꺼내지 못한 다른 지출들을 상징적으로 보여주었다. 밴 더갠이 언딘의 한숨 소리를 듣고 자동차의 속력을 줄이고 몸을 숙였다.

"무슨 일이오? 뭐가 잘못됐소?"

그 말투에 갑자기 언딘은 속마음을 털어놓아도 될 것 같다고 느꼈다. 언딘은 아무 일 없다고 작은 소리로 말을 시작했지만 밴 더갠이 설득하면 고백하려는 의식적인 목적을 갖고서 그렇게 말했다. 밴 더갠의 이례적인 '다정함'이 자기를 정당화하고 자기가 분별력의 충고를 따르지 않고 본능을 믿은 게 옳았다는 걸 입증하는 것 같았다. 지금까지는 두 사람의 대화가 물질적인 '고민거리들'에 대해 대단히 막연하게 암시하는 수준을 넘은 적이 없었다. 자기처럼 웨스트엔드 애비뉴에서 사는 한 이런 물질적인 고민을 숨기려고 하는 건 헛수고이리라! 하지만 이제 밴 더갠의 설득으로 명확한 근심을 억지로 시인하게 되자 언딘은 가엾은 피터에 대한 사람들의 일반적인 견해가 부당하다고 느꼈다. 밴 더갠은 지나치게 모험심이 강하지도 않았고 그렇다고 지나치게 신중하지도 않았다. 사람들은 그 사람이 '인색하다'고 말했지만 밴 더갠은 방금 언딘을 괴롭히는 값비싼 드레스에 대한 근심을 형제처럼 화통하게 웃어넘겼고, 언딘이 그 옷을 입은 모습을 볼 기회를 놓치느니 자기가 직접 무도회를 열어주겠다고 안심시키고 난 후에 덧붙여서 말했다.

"오, 청구서를 기다리는 문제 따위는 걱정하지 말아요. 2000달러 정도면 다 해결되지 않겠소?"

그 말투는 인생을 호방하게 바라보는 사람에게는 돈이 얼마나 하찮은 문제인지를 보여주었다.

모든 사건은 너무나 신속하고 수월하게 해결되어서 몇 분 내에 언딘은 마음을 가라앉혔고, '이제 모든 게 다시 유쾌해졌소?'라는 질문에 고개를 끄덕이고 드라이브 시간을 편히 즐길 수 있었다. 마음의 평화야말로 자기가 행복하기 위해서는 가장 필요한 거라고 언딘은 혼잣말을 했다. 그런데도 랠프는 마음의 평화를 한 번도 준 적이 없었다. 그 생각이 들자 미간에 근심에 찬 주름살이 선명한 랠프의 얼굴이 자기 앞에 나타나는 것 같았다. 바로 이 순간에 남편이 끼어든 것은 남편의 '끊임없는 잔소리'의 일부라고 해도 될 것 같았다. 언딘은 그 얼굴을 보지 않으려고 했다. 그러나 곧 랠프의 얼굴은 기묘하게 그 얼굴을 닮은 다른 작은 얼굴로 대체되었다. 양심의 가책으로 신음하며 언딘이 놀라서 모피 옷에서 벌떡 일어났다.

"어머나, 이런! 오늘이 애 생일이네. 폴을 할머니 집에 데려다주기로 했어요. 할머니가 아이를 위해서 케이크를 준비하고 랠프가 올라오기로 했어요. 내가 뭘 잊어버린 걸 분명히 알았다니까!"

제15장

대거닛 가 응접실에는 등이 오래전에 켜졌다. 페어퍼드 부인은 짜증난 듯 마지막으로 돌아서서 낡은 다마스크 커튼을 젖히고 가늘게 뜬 눈으로 어두워지는 광장을 내려다보았다. 부인은 벽난로가로 돌아왔다. 찰스 보언은 예쁜 처녀가 조각된 백색 대리석 기둥이 있는 벽난로 선반 사이에 기대어 서 있었다.

"언딘이 올 기미가 없어요. 완전히 잊었나 보네."

보언은 자기 시계를 쳐다보고 난 후 자기 시계와 허리 부분이 높은 엠파이어풍[63]의 괘종시계와 비교하려고 고개를 돌렸다.

"여섯 시요. 다시 한 번 전화해보지 않겠소? 무슨 실수가 있는가 봐요. 아마 언딘도 랠프가 늦을 걸 알았나 보죠."

로라는 웃었다.

"언딘이 랠프의 움직임을 그렇게 꼼꼼하게 챙기는 줄 몰랐네요. 방금 전에 전화했을 때 하인 말이 언딘이 두 시부터 집에 없었다고 했어요. 유모

⋮⋮

63) 나폴레옹이 통치한 프랑스 제1제정 시대(1804~1814)에 유행한 가구.

가 네 시 반까지 기다렸대요. 유모는 언딘의 지시 없이는 오려고 하지 않아요. 그리고 지금은 폴이 오기에는 너무 늦었어요."

페어퍼드 부인은 방의 한쪽 끝으로 천천히 걸어갔다. 반쯤 열린 문 사이로 반짝거리는 마호가니 식탁 표면에 녹아서 작아진 초 두 자루와 꽃으로 가장자리를 두른 케이크가 비쳤다.

"저것들을 치우세요."

부인은 뒤에 있는 이에게 말하고는 문을 닫고 보언에게 돌아왔다.

"정말 모든 게 꼬이는군요. 할아버지는 드라이브를 포기하셨고 어머니는 병원 회의를 취소해서 이사회 위원들이 모두 어머니에게 화를 냈어요. 그리고 헨리는, 나는 헨리에게 브리지 게임을 포기하라고까지 설득했어요. 그이는 당신이 오기 바로 전에 다시 도망가버렸어요. 언딘이 아이를 네 시까지 데리고 온다고 약속했거든요. 전에도 이런 일이 없었던 건 아니에요. 언딘은 항상 약속을 어기죠."

"마블 부인은 약속을 너무 많이 잡아서 어떤 약속은 깰 수밖에 없죠."

"언딘은 원하기만 한다면 약속을 모두 깰 수도 있죠! 랠프는 직업을 얻어야 했고 늦게까지 사무실에 묶여 있어야 하는데 언딘이 매일 저녁 랠프를 밖으로 끌고 나가는 건 정말 너무해요. 저번에 랠프가 한 달 동안 한 번도 집에서 식사를 한 적이 없다고 하더군요. 언딘은 남편이 얼마나 힘들게 일하는지 모르는 것 같아요."

보언은 사그러지는 벽난로 불을 생각에 잠긴 듯이 바라보았다.

"전혀 모르겠죠. 그리고 왜 언딘이 알아야 하죠?"

"언딘이 왜 알아야 하냐고요? 정말, 찰스!"

"마블 부인은 사업에 관해 아는 게 아무것도 없는데 왜 그걸 알아야 하나요?"

"언딘이 남편 업무에 관해 아무것도 모를 수는 있지요. 하지만 자신의 지나친 낭비 때문에 남편이 그렇게 일해야 한다는 건 알아야만 해요."

페어퍼드 부인은 비난하듯이 보언을 바라보았다.

"당신은 마치 언딘 편인 것처럼 말씀하시네요!"

"이미 편이 갈라졌소? 그렇다면 나는 전적으로 관망할 수 있는 높은 곳에서 공평하게 사람들을 내려다보고 싶어요. 미국식 결혼의 문제를 전체적으로 보고 싶습니다."

페어퍼드 부인은 팔걸이의자에 한숨을 쉬며 앉았다.

"그게 당신이 원하는 거라면 서두르세요! 대부분 결혼이 이편이나 저편으로 편이 나뉠 때까지 오랫동안 지속되지 않거든요."

"관망하는 데는 활발한 정신이 필요하다는 건 인정하죠. 그렇지만 어떤 결혼이든지 종종 동일한 약점이 있어서 시간이 지나면 사람들은 어디에서 그 약점을 찾아야 하는지 알죠."

"당신은 그 약점이 뭐라고 생각하세요?"

보언은 잠시 가만히 있었다.

"보통의 미국인들은 자기 부인을 내려다본다는 사실이 약점이죠."

페어퍼드 부인은 벌떡 일어났다.

"그게 바로 역설 때문에 당신이 지니게 된 입장이라면!"

보언은 부드럽게 자기 입장을 고수했다.

"흠, 남자들이 그걸 증명하지 않았나요? 남자가 인생의 진짜 사업에 여자를 어느 정도 참여시킬까요? 남자가 진지한 사업을 처리할 때 여자의 판단과 도움에 얼마나 의존할까요? 랠프를 예로 들어봅시다. 당신은 랠프 부인의 과소비 때문에 랠프가 과로한다고 했지요. 그렇지만 그건 잘못된 게 아니죠. 남자라면 아내를 위해 열심히 일하는 게 정상입니다. 비정상은 과로하는 것에 대해 아내에게 말하지 않으려는 거죠."

"언딘에게 얘길 한다고요? 만약 말한다면 지겨워 죽을 텐데요!"

"그러게요. 마블 부인은 심지어 학대당한다고 느낄 거예요. 그렇지만 이유가 뭘까요? 그건 미국의 관습에 어긋나기 때문이죠. 그렇다면 그게 누구의 잘못일까요? 이건 다시 남자의 잘못이죠. 내 말은 랠프가 아니라 랠프가 속하는 종, 즉 미국인이라는 인간의 잘못이라는 말이에요. 왜 우리는 우리 나라 여자들이 남자 일에 관심을 갖도록 가르치지 않았을까요? 그건 전적으로 우리가 여자들에게 관심을 충분히 기울이지 않기 때문이죠."

페어퍼드 부인은 보언의 견해가 어른거리듯 보여주는 어지럽고 깊은 곳 너머를 바라보며 의자 깊숙이 앉아있었다.

"당신네들이 여자에게 관심이 없다고요? 미국 남자들은 가장 노예처럼 일하고 자기를 내세우지 않고 자기희생적이지 않나요?"

"그렇죠. 그리고 가장 무관심하죠. 이게 중요한 점이에요. '노예처럼 일하는 것'이 무관심하지 않다는 말은 아니죠. 여자를 위해 노예가 되는 건 가장 오래된 미국의 관습이죠. 많은 사람이 자기들이 더 이상 믿지도 않는 신조를 위해 자기 생명을 바칩니다. 그리고 이 나라에서는 돈을 벌고자 하는 열정이 돈을 쓰는 법을 아는 것보다 더 중요하고, 미국 남자는 그 돈으로 다른 일을 할 줄 몰라 아내에게 엄청난 돈을 흥청망청 쓰죠."

"그렇다면 당신은 남자가 아내에게 돈을 쓰는 게 순전히 남자들이 상상력이 부족하기 때문이라고 생각하세요?"

"꼭 그렇지는 않아요. 그렇지만 남자가 부인에게 빚진 게 그것이 전부라고 생각하는 게 상상력의 부족이겠지요. 주위를 돌아보면 내가 의미하는 바를 알 거예요. 왜 유럽 여자들은 남자가 하는 일에 그렇게 관심을 기울일까요? 그 여자들은 남자들에게 아주 중요해서 여자들이 애쓸 가치가 있게 남자들이 해주기 때문이에요. 그 여자들은 여기 미국에서처럼 주변인이 아니고 바로 여기에, 상황 한가운데를 차지합니다. 난 랠프가 아내에게 관심이 없다는 말을 하는 게 아니에요. 랠프는 아내에게 관심이 많은 아주 열정적인 사람이라 가슴 아픈 예외적인 인물이죠. 그러나 랠프마저도 낭만적인 가치들이 모두 전도되어버린 환경에 순응해야만 합니다. 미국 남자들 대부분의 진정한 삶은 어디에 있을까요? 여자의 응접실인가요, 아니면 남자의 사무실인가요? 답은 분명해요, 그렇지 않은가요? 감정의 무게중심이 이 두 영역에서 똑같지는 않지요. 예전의 쇠퇴해버린 사회의 중심이 사랑이라면 새로운 현 세계에서는 사업이지요. 미국에서는 진짜 **치정 살인**이 '열차 강도'지요. 가정이 깨지는 것보다 열차를 털어 한몫 잡는 게 더 흥미진진하고요."

보언은 새 담배에 불을 붙이려고 말을 멈추었다가 다시 이야기하던 주제를 시작했다.

"그게 우리의 손쉬운 이혼을 설명해주는 열쇠가 아닌가요? 우리가 구식에다가 야만적이고 독점적으로 여성들을 사랑한다면 당신은 지금 우리가 하듯이 손쉽게 여성들을 포기할 거라고 생각합니까? 진짜 역설은 물질적으로 아내들에게 가장 크게 희생하는 남자들이 이상적으로나 낭만적으로 가장 적게 희생한다는 점이죠. 그리고 그 결과가 무엇이며, 여자들은 어떻게 복수하나요? 일에 파묻힌 남편이 던져준 작은 부스러기들, 즉 돈이나 자동차, 옷가지로 치장하려는 여자들의 거짓되고 소소한 행동을 볼 때, 그리고 자신들에게, 또 서로서로 **그것들이** 인생에서 중요한 거라고 가장할 때 나는 불쌍하게 속은 여성들에게 연민을 느낍니다. 아, 당신이 무슨 말을 하려는지 알아요. 여자들이 점점 그런 것들을 진짜로 여긴다는 걸 인정하죠. 여자들은 그런 제도가 시사하는 위력에 더욱더 굴복하고 있어요. 그러나 여기저기에 그런 사기를 꿰뚫어보고 돈과 자동차와 옷이 남자들이 독점하는 일에서 물러나 있는 대가로 받는 뇌물이라는 것을 아는 여자들이 있다는 생각은 듭니다!"

페어퍼드 부인은 이 장광설에 흥미를 느끼면서 조용히 들었다. 부인이 혼자서 중얼거리는 어조로 말을 다시 꺼냈다.

"언딘이 남자들의 술수를 꿰뚫어보는 예외적인 사람 가운데 하나인가요?"

부인의 친구는 웃으면서 말을 받았다.

"아니죠. 마블 부인은 그 시스템이 만들어낸 괴이할 정도로 완벽한 결과물입니다. 시스템이 승리했다는 가장 완벽한 증거죠. 랠프가 희생자이면서 예외적인 인물이죠."

"아, 불쌍한 랠프!"

페어퍼드 부인이 고개를 번쩍 들었다.

"랠프 발소리가 들려요."

부인은 작은 목소리로 이렇게 덧붙였다.

"당신이 지금까지 설명한 것을 랠프에게 자기 아내가 아들 생일 잔치에 오는 걸 잊어버린 핑계로 댈 수는 없겠지요?"

보언은 부인처럼 한숨을 지었고 한숨을 털어버리려는 듯이 담배꽁초를 떨었다. 그러나 문이 열리고 랠프 마블이 들어오자 보언은 말없이 서 있었다.

"로라 누나! 안녕하세요, 찰스. 당신도 축하하고 있었나요?"

랠프는 누나를 돌아보며 말했다.

"내가 늦은 건 정말 심했죠. 아들 얼굴을 쳐다보지도 못하겠어요. 하지만 아이 장래 생일들에 대한 대비책을 마련하느라 시내에 있었어요."

랠프는 페어퍼드 부인의 키스에 답했다.

"파티가 끝났다고 말하지 마세요. 제발. 파티의 주빈은 잠자리에 들었나요?"

랠프가 웃음을 터뜨리며 약간 상기되어 두 사람 앞에 섰을 때, 묵은 피곤함이 쾌활함 속에 들렸고 걱정 어린 시선 속에 묻어났다. 페어퍼드 부인은 보언을 쳐다보고 나서 종을 울리려고 몸을 돌렸다.

"자리에 앉아, 랠프. 피곤해 보여. 내가 차를 내올게."

랠프는 팔걸이의자에 주저앉았다.

"여기 오려고 좀 서둘렀어요. 하지만 내가 손님들과 어울려야 하지 않겠어요? 모두 어디 있어요?"

랠프는 방 끝으로 가서 식당 문들을 열어 젖혔다.

"안녕하세요……모두 어디 갔어요? 아주 귀여운 케이크네!"

랠프는 케이크에 다가갔다.

"아니, 아직 자르지도 않았네!"

페어퍼드 부인이 등 뒤에서 불렀다.

"와서 일단 차를 먼저 들어."

"아니, 아니에요. 차는 다음에 마시죠. 고마워요. 손님들이 할아버지와 함께 2층에 있어요? 난 언딘과 화해해야 해요."

누나가 랠프의 팔짱을 끼고 난로가로 데리고 왔다.

"언딘은 안 왔어."

"안 왔어요? 그럼 애는 누가 데려왔어요?"

"애도 안 왔어. 그게 케이크를 자르지 않은 이유야."

랠프가 얼굴을 찡그렸다.

"어떻게 된 거죠? 애가 아파요, 아니면 무슨 일 있었어요?"

"아무 일도 생기지 않았어. 폴은 괜찮아. 분명히 언딘이 깜박했을 거야. 언딘이 아이를 데리러 집에 가지 않았고, 유모는 기다리다 너무 늦어서 올 수 없었어."

페어퍼드 부인은 랠프의 눈이 어두워지는 것을 보았다. 그러나 랠프는 그냥 조그맣게 웃으며 담뱃갑을 꺼냈다.

"불쌍한 폴, 가련한 녀석!"

랠프는 난롯불로 다가갔다.

"예, 차 좀 주세요."

마치 어떤 강력한 자극제의 효과가 갑자기 중단된 듯 랠프는 피곤한 표정으로 의자에 다시 털썩 앉았다. 그러나 차 탁자가 준비되기 전에 시계를 보고 다시 일어났다.

"하지만 이렇게 할 수는 없어요. 빨리 집에 가서 저녁 먹기 전에 불쌍한 아이를 봐야겠어요. 그리고 어머니와 할아버지는요? 그분들께 한마디 하고 싶어요. 폴이 오지 못한 핑계를 지어내야 하는데!"

"할아버지는 잠깐 눈을 붙이고 계셔. 어머니는 미뤄진 이사회 회의에 참석하기 위해 급하게 나가셔야 했어. 폴이 오지 않는다는 말을 듣자마자 떠나셨어."

"아, 알았어요."

랠프는 다시 앉았다.

"그래요. 차를 진하게 타주세요. 오늘 아주 진이 빠지게 힘들었거든요."

랠프는 반쯤 눈을 감고 입도 대지 않은 찻잔을 손에 든 채 의자에 기댔다. 보언은 떠났고 로라는 가만히 앉아서 찻 주전자 때문에 분주한 척하면서 내려뜬 눈으로 동생을 지켜보았다. 랠프는 곧 찻잔을 비우고 한쪽에 놓았다. 그러고는 이전의 자세로 깊숙이 앉아 머리 뒤로 깍지를 끼고 난롯불을 멍하게 바라보았다. 그러다가 갑자기 생기가 돌아 놀라 일어났다. 자동차 소리가 밖에서 들렸고 문에서 시끄러운 바퀴 소리가 났다.

"언딘이에요! 왜 이제야 오는지 모르겠네."

랠프는 뛰어 일어나 문으로 걸어갔다. 그러나 들어온 사람은 클레어 밴더갠이었다. 랠프의 모습에 클레어는 조그만 소리로 반가움을 표했다.

"당신을 만나다니 운이 좋네요! 아니, 운이 아니죠. 당신이 여기 있을 걸알고 왔어요. 랠프는 제 가까이 절대 오지 않거든요, 로라 언니. 랠프 얼굴이라도 한번 보려면 제가 찾아다녀야 한다니까요."

긴 털외투를 입어 늘씬하고 그늘이 져 보이는 클레어는 페어퍼드 부인에게 키스하기 위해 몸을 숙였다. 그러고는 랠프에게 돌아왔다.

"맞아, 여기 오면 당신을 만날 줄 알았어요. 아들 생일이라는 걸 알았거든요. 그래서 선물을 가지고 왔어요. 상스럽고 비싼 밴 더갠 선물이에요. 난 뭘 사는데 돈이 아니라 느낌이 필요한 것, 딱 맞는 걸 고르는 상상력이바닥난 것 같아요. 요즘은 선물을 고를 때 점원에게 '이거나 저걸 주세요'하지 않고 그냥 '아주 비싼 걸 주세요'라고 하죠."

클레어는 둥근 토시에서 꾸러미를 꺼냈다.

"상스러운 내 행동에 희생될 아이는 어디 있어요? 내 황금 무게에 아이가 깔리게 해볼까요."

페어퍼드 부인은 한숨을 내쉬면서 불렀다.

"클레어, 클레어!"

랠프는 사촌에게 웃음을 지었다.

"미안해. 하지만 네 선물은 내가 전해줘야겠어. 생일잔치는 끝났어. 넌너무 늦게 왔어."

클레어는 깜짝 놀랐다.

"아니, 방금 메이미 드리스콜과 헤어졌는데 그 사람이 언딘이 몇 분 전까지도 여전히 포플의 스튜디오에 있다고 했어요. 포플이 언딘의 초상화를 보여주기 위해 차 모임을 열었거든요."

"포플이 차 모임을 열었다고?"

랠프는 거짓으로 놀라는 체했다.

"아, 그렇다면! 포플의 모임에 가서 시간이 흘러가는 걸 깜박하지 않을 사람이 누가 있겠어요?"

랠프는 평소의 편안한 목소리를 회복했고 로라는 밴 더갠 부인의 말에 랠프가 깊은 생각에서 벗어나는 걸 보았다. 랠프는 사촌을 향해 돌아보며 말했다.

"아이에게 줄 선물을 내게 맡겨주겠어?"

클레어는 꾸러미를 랠프에게 주었다.

"직접 주지 못해 유감이에요. 당신과 로라 언니가 무슨 생각을 하는지 알아서 비싼 걸 샀다고 한 거예요. 그런데 이 선물은 존경하는 증조할머니 때부터 내려온 아주 오래되고 낡아빠진 대거닛 그릇이에요."

"아니, 네가 어린 시절 죽을 담아 먹던 대대로 내려온 물건이라고?"

랠프는 손등에 키스를 하기 위해 클레어의 손을 잡았다.

"그건 네게 아주 소중한 거잖아!"

클레어는 묘한 눈길을 던졌다.

"왜 '나답다'고 하지 않아요? 그렇지만 당신은 내가 어떤 사람인지 기억도 못하죠?"

클레어는 시계를 보려고 돌아섰다.

"늦었네, 가야해요. 촌시 엘링의 집에서 하는 거창한 정찬에 가는 길이에요. 당신도 거기 가야하지 않아요, 랠프? 내가 당신을 집에 데려다주는 게 낫겠어요."

차 안에서 랠프는 등을 기대고 조용히 앉아 있었다. 두 사람은 무릎 위에 담요를 덮고 있었는데, 클레어는 가만있지를 못하고 팔꿈치 옆에 있는 단에 일렬로 놓인 금박을 입힌 물건들을 만지작거렸다. 사람 많은 거리를 수월하게 지나가는 것은 편안했고, 곁에 클레어가 있다는 사실에 랠프는 막연하게 편안한 느낌이 들었다.

지금까지 오랫동안 여자와 가까이 있는 건 랠프에게 긴장이 풀리는 것이 아니라, 매일매일의 작은 거짓과 회피, 핑계에 대해 계속 새롭게 두려움을 느끼는 걸 의미하게 되었다. 그런 변화는 하나하나 연속되는 실망으로 서서히 다가왔다. 그렇지만 어느 한 지점을 넘어서면 더 이상 되돌아가지 못하는 지점이 되는 순간이 있었다. 그것은 아들이 태어나기 한두 달 전 파리에서 온 지불 기일이 지난 계산서들을 훑어보다가 언젠가 언딘과 둘이만 따로 얘기를 나눈 걸 본 적이 있는 보석상에게서 온 계산서를 우연히 본 순간이었다. 그 계산서의 액수는 크지 않았지만 그 계산서 가운데 두 항목이 아주 눈에 띄었다. '진주와 다이아몬드 펜던트 목걸이 다시 세팅. 사파이어와 다이아몬드 반지 다시 세팅.' 진주와 다이아몬드로 만든 펜던트 목걸이는 어머니의 결혼 선물이었고 반지는 약혼식 때 랠프가 언딘에게 준 것이었다. 그것 둘 다 집안 대대로 내려오는 보석들이었고 여러 세대를 거치면서 바뀌지 않은 채 내려왔다는 점은 당시 랠프에게 별 문제가 되지 않았다. 단지 아내의 거짓말이라는 칼에 찔린 것 같았다. 아내는 파리에서 보석들을 다시 세팅하지 않겠다고 안심시켰다. 뉴욕에 돌아온 다음 랠프는 아내가 약혼반지를 끼지 않는 걸 알아차렸다. 다른 반지들도 역시 곧 끼지 않았다. 그리고 자기가 묻는 말에 아내는 입덧 때문에 반지가 '성 가시다'고 했다. 그때 아내가 자기를 속였다는 것을 알고 다른 것은 모두 잊어버리고 랠프는 계산서를 들고서 아내에게 따지러 갔다. 아내의 눈물과 괴로움에 랠프는 곧 후회했다. 지금이 이런 사소한 일들로 아내를 괴롭힐 때인가? 자기가 화내자 아내가 정말 두려워하는 것 같았고 그런 광경에 랠프는 자기 자신이 용서를 빌 정도로 마음이 누그러졌다. 한바탕 법석이 끝났을 때 아내가 자기를 용서했고 다시 세팅된 반지가 아내 손에 끼워져 있었다…….

얼마 지나지 않아 아들의 탄생이 이런 모욕적인 기억을 모두 씻어버린 것처럼 보였다. 그러나 곧 그 기억들이 다만 잠시 동안 눈에 안 보였을 뿐이지 지워지지 않았다는 걸 깨달았다. 사실 그 사건은 외견상의 심각함보다 훨씬 큰 의미가 있었다. 그 일 때문에 랠프는 아내 성격의 새로운 면에 대한 실마리를 얻었기 때문이다. 랠프는 더 이상 보석상에 관해 거짓말한 것은 신경 쓰지 않았다. 자신이 마음이 아픈 건 아내가 그 보석의 의미를 파괴하여 남편에게 가한 상처를 전혀 깨닫지 못한다는 점이었다. 랠프가 그 보석에 관해 설명한 뒤에도 아내는 여전히 그저 속인 것에 남편이 화내는 걸로 생각하는 것을 알았다. 랠프의 내적 삶의 많은 부분을 차지하는 감정 상태에 관해 아내가 전혀 깨닫지 못한다는 사실을 발견한 일은 두 사람의 관계가 새로운 단계로 접어들었음을 의미했다. 클레어 밴 더갠의 곁에 앉아 있을 때 랠프가 이런 모든 것을 생각하지는 않았다. 그렇지만 사촌의 연민을, 클레어의 수줍음 침묵에 담긴 이해심을 더욱 생생하게 느낀 것은 부분적으로는 아내와의 불편함이 이렇게 계속되었기 때문이다. 무엇보다도 랠프와 사촌은 혈통이 같았고 전통이 같았다. 클레어는 경쾌하고 가벼웠으며, 의지의 힘이나 진지한 목표는 없지만 약점을 솔직하게 드러냈고 자기에게 거짓말을 한 적도 없으며 자기의 애정을 이용하려고 하지 않았다.

클레어의 불안감은 서서히 가라앉았고 나지막히 얘기하는 기분으로 빠져들었다. 그런 기분은 랠프가 혼자 하는 생각에 대한 대답 같았다. 그러나 클레어는 개인적인 얘기를 꺼내지 않았고, 두 사람은 평범한 것에 대해 조용히 이야기를 나누었다. 두 사람이 곧 가서 만나게 될 정찬 무도회, 드리스콜 댁의 가장무도회를 위해 골라놓은 자기 의상, 드리스콜의 부친의 재정적인 곤란함에 대한 계속되는 소문, 그 움직임에 대해 월 가 사람들이 흥미진진한 시선으로 주목하기 시작한 엘머 모팻이라는 수수께끼 같은 인물 등등에 관해 이야기를 나눴다. 결혼한 다음 해 원래 하던 직업을 포기하고 부동산 회사의 동업자가 되었을 때 랠프는 처음으로 '사업'이라는 드라마와 접했다. 자기 일에서 시선을 돌릴 수 있을 때마다 랠프는 사업의 세력들이 서로 맹렬하게 얽히는 것을 바라보며 재미를 느꼈다. 시내에서 랠프는 평범한 투자가 무리들 가운데서 모팻을 돋보이게 하는 일들에 관해 들었다. 그것은 냉정함과 느리고 편한 성격, 서로 부딪치는 이해관계의 열기 속에서 그 사람이 고수하는 농담하는 듯한 초연한 태도에 관한 일화들이었다. 모팻의 인상은 주위에 떠도는 수수께끼 때문에 더 커졌다. 모팻이 어디 출신인지, 그 사람이 그렇게 강력한 존재가 될 수 있는 정보를 어떻게 얻었는지 아무도 모른다는 사실 때문에 그랬다. 랠프가 말했다.

"그 사람을 만나보고 싶어. 우리가 아는 몇 안 되는 흥미진진한 인물들 가운데 한 사람임이 틀림없어."

"그래. 그 사람에 관해 알아보는 건 흥미 있을 거예요. 하지만 월 가에서 가장 흥미진진한 이들은 보통 응접실에서는 가장 재미없는 사람이에요."

클레어가 생각했다.

"그런데 언딘이 그 사람을 알지 않아요? 둘이 같이 있는 걸 내가 본 거 같아요."

"언딘과 모팻이? 그런데 네가 그 사람을 알아? 만난 적 있어?"

"아뇨, 실제로 만난 적은 없지만 누가 알려줬어요. 몇 년 전이었을 텐데. 그래, 어느 날 밤 극장에서 그랬어요. 당신이 약혼을 발표하고 난 직후에."

랠프는 클레어의 목소리가 약간 떨린다고 상상했다. 마치 클레어가 무엇을 중심으로 자기 기억들을 생각해내는지를 랠프가 눈치챌지 모른다고 생각하는 것처럼. 클레어가 이어서 말했다.

"당신이 우리 특별석으로 왔고, 난 언딘 바로 옆 좌석에 앉은 얼굴이 붉은 남자 이름을 당신에게 물어봤어요. 당신은 그 사람을 몰랐는데 누가 우리에게 그 사람이 모팻이라고 말해줬어요."

마블은 클레어가 말하는 내용보다 그 어조에 더 충격을 받았다. 마블은 무심하게 대답했다.

"만약 언딘이 그 사람을 안다면 그 사실을 전혀 언급하지 않은 게 이상하군."

차가 랠프의 집 앞에 멈췄고, 클레어는 손을 내밀고 처음으로 랠프를 정면으로 바라보았다. 그리고 말했다.

"왜 당신은 날 보러 오지 않아요? 난 당신이 어느 때보다 더 보고 싶은데."

랠프는 대답하지 않은 채 클레어의 손을 꽉 잡았다. 그러나 자동차가 미끄러져 가자 차를 바라보며 길에 잠시 서 있었다.

랠프가 집에 들어갔을 때 현관은 여전히 어두웠고 가구가 지나치게 많은 작은 응접실은 비어 있었다. 하녀가 마블 부인은 아직 돌아오지 않았다고 말했고 랠프는 아이 방으로 올라갔다. 그러나 문지방에서 유모가 속삭이는 목소리로 조용히 하라고 부탁했다. 오후에 실망한 아이를 달래기가 어려웠는데 이제야 아이를 재웠다고 했다.

랩프는 자기 방으로 내려와 대학생 때 쓰던 낡은 의자에 털썩 앉았다. 4년 전 거기 앉아 언딘을 꿈꾸며 밤을 지샌 의자였다. 랩프는 서재도 없이 좁은 자기 침실에 책과 신문, 책장, 어린 시절의 다른 물건들을 꽉 차게 집어넣었다. 그것들 가운데 앉아 있는데 그날 밤의 기억이 휩쓸고 지나갔다. 자기를 '부르는 소리'를 들은 그날 저녁을. 그때는 그 의미를 알아차리지 못한 바보였지만 랩프는 지금도 그 손아귀에서 자기가 삼중으로 놀림을 당하는 것을 알았다. 아내에 대한 열정을 솟구치게 한 사랑의 불꽃은 재로 꺼져버렸다. 사물들을 이상화하는 희망과 환영은 모두 사라졌지만 그것들은 언딘 가까이 있고 싶다는 마음, 그 웃음, 그 손길을 그리워하는 채워지지 않는 고통을 남겨놓았다. 자신의 인생은 하나하나 양보해서 아내의 이런 자비를 얻기 위한 기나긴 노력에 지나지 않게 되어버렸다. 문학에 대한 포부를 포기하고 자기에게 맞지도 않는 사업으로 직업을 바꾸고 늘어만 가는 아내의 부당한 요구를 충족할 수 있는 돈을 벌기 위해 끊임없이 고군분투했다. 그것이 그 '부름'이 자기를 이끌고 간 곳이었다……. 시계가 여덟 시를 쳤지만 언딘이 올 때까지는 옷을 갈아입을 필요가 없었다. 랩프는 의자에서 몸을 쭉 뻗고 앉아 파이프와 석간신문을 집어 들었다. 일시적인 불안은 가라앉았다. 하루 업무가 끝나고 나면 랩프는 대체로 너무 피곤했기에 그런 감정들은 오래가지 않았다. 그러나 언딘이 오늘 늦은 것에 대해 무슨 핑계를 댈지, 아이 생일을 잊어버린 것에 대해 어떤 이유를 생각해낼지 랩프는 신경이 쓰이지 않으면서도 궁금했다.

랩프는 여덟 시 반까지 계속 신문을 읽었다. 그리고 일어나서 창가로 슬슬 걸어갔다. 창문 아래 길은 사람이 없어 쓸쓸했다. 언딘이 나타나리라 예상한 모퉁이에는 마차나 자동차가 한 대도 돌지 않았다. 랩프는 무료하게 반대편을 바라보았다. 그 쪽도 역시 거의 비어 있었다. 열 두어 블럭 떨어진 모닝사이드에서 대로를 맹렬하게 달려오는 커다란 세단의 번쩍거리는 등을 볼 수 있을 정도로 길이 텅 비어 있었다. 가까이 올수록 세단은 속력을 늦췄고 인도에 가까이 붙더니 자기 집 앞에 서는 걸 보았다. 아내가 차에서 튀어나올 때 가로등 불빛으로 알아보았고, 털외투를 입은 아내 친구 피터의 눈에 익은 실루엣을 알아보았다. 차는 사라졌고 언딘은 계단을 뛰어 올라왔다.

랠프는 층계참으로 나갔다. 그리고 언딘이 눈에 띄지 않게 자기 방으로 가려는 것처럼 빨리 올라오는 것을 보았다. 그러나 남편을 보았을 때 언딘은 걸음을 멈추고 고개를 뒤로 젖혔다. 불빛이 바람에 날린 아내의 머리칼과 달아오른 얼굴을 비췄다.

언딘은 랠프에게 웃으면서 말했다.

"아?"

랠프가 대답했다.

"가족들이 워싱턴스퀘어에서 오후 내내 당신을 기다렸소. 아이 생일잔치를 아예 못했소."

언딘은 얼굴이 붉어졌지만 바로 이렇게 대답했다.

"왜요, 무슨 일이에요? 유모가 왜 데리고 가지 않았죠?"

"당신이 아이를 데리러 온다고 했다더군, 그래서 기다렸다고 했어."

"하지만 전화했어요."

랠프는 자신에게 '이것도 거짓말인가?'라고 물었다. 그러고는 아내에게 물었다.

"어디서 전화했소?"

"물론 스튜디오지요."

언딘은 자기의 진실을 증명이라도 하듯이 외투를 열어 젖혔다.

"모델로 앉아 있는 시간이 평소보다 좀 길었어요……포플 씨가 드레스의 어떤 부분을 표현하는 데 애로점이 있었거든요."

"그렇지만 난 포플이 차 모임을 한 걸로 생각했소."

"차 모임은 그 다음이었어요. 그 사람은 항상 그렇게 해요. 그러고는 내 초상화를 보라고 몇 사람을 불렀죠. 그게 나를 붙들었어요. 난 사람들이 오는 것도 몰랐어요. 사람들이 나타났을 때 내가 서둘러 나올 수가 없었어요. 그러면 마치 내가 그 초상화를 좋아하지 않는 것처럼 보일 수 있잖아요."

언딘은 잠시 숨을 돌렸고 두 사람은 탐색하듯이 동시에 서로 바라보았다. 언딘이 물었다.

"누가 당신에게 그게 차 모임이었다고 말해줬어요?"

"클레어 밴 더갠이오. 어머니 집에서 그 사람을 봤소."

"그렇다면 당신이 전혀 위로를 받지 못한 건 아니었겠네요!"

"유모는 어떤 전갈도 받지 못했다고 하던데. 우리 식구들은 굉장히 실망했소. 불쌍한 아이는 눈이 붓도록 울었고."

"어머나! 무슨 소란이에요! 내 말이 전달되지 않은 걸 알았으면 좋았을 걸. 난 항상 당신 가족과는 모든 게 틀어지는군요."

약간 자존심이 상한 듯한 태도로 언딘이 자기 방으로 걸어 들어가기 시작했지만 랠프가 손을 내밀어 아내를 붙들었다.

"당신 스튜디오에서 바로 오는 거요?"

"예. 아주 늦었죠? 가서 옷 갈아입어야겠어요. 당신도 알다시피 우리 엘링 댁 정찬에 가야 되잖아요."

"알지……당신 여기 어떻게 왔소? 택시 탔소?"

언딘은 해맑은 얼굴로 랠프를 응시했다.

"아뇨. 나를 데려다줄 택시를 찾을 수가 없었어요. 그래서 천사처럼 피터가 나를 태워줬어요. 머리가 완전히 바람에 날렸어요. 그 사람의 차가 무개차라서요."

언딘의 안색은 여전히 화사했고 랠프는 아내의 아랫입술이 약간 비틀리는 것을 보았다. 랠프는 오로지 '스튜디오에서 곧장 왔다면 어떻게 당신이 모닝사이드에서 오는 것을 내가 봤지?'라고 말할 수 있기 위해 두 사람의 대화가 다다른 곳으로 아내를 유도했다.

이 질문을 아내에게 하지 않는다면 이렇게 자세히 따져 묻는 것이 무의미할 터이고, 아무 목적도 없이 자기 자존심을 깎는 게 될 것이다. 그러나 두 사람이 그 자리에 얼굴이 거의 닿을 듯이 마주하고 섰을 때 언딘이 갑자기 아주 멀리 뚝 떨어져 있는 낯선 존재로 변해 그 질문이 랠프의 입술에서 사라져버렸다.

언딘이 가느다랗게 웃음을 지으며 물었다.

"그게 다인가요?"

"그렇소. 당신 들어가서 옷 갈아입는 게 좋겠소."

랠프는 자기 방으로 들어갔다.

제16장

　인생의 전환점에 안내표지가 있는 경우는 거의 없다. 아니 좀 더 정확히 말하자면 안내표지는 항상 있지만 까다로운 경사로나 철도 건널목을 경고하는 표지판처럼 대개 얼마간 떨어진 지나간 과거에 있다.

　이 점에 대해 곰곰이 생각하던 랠프 마블은 자기에게 그 표지판은 3년도 전에 이탈리아의 호랑가시나무 숲에 있었다고 생각했다. 그날 자기의 인생은 넘쳐흐르고 있었기 때문에 랠프는 자기 인생의 전환점이 그때였다고 지목했다. 이제 생각해보니 그때 자기 인생이 정말 넘쳐흘렀다. 잔이 텅 빌 정도로 넘쳤거나, 아니면 적어도 신들이 마시는 생명의 술 바닥에 있는 찌꺼기가 드러날 정도로 넘쳤다. 앞으로 아내의 손을 볼 때마다 늘 그날 그 손에서 읽은 것을 기억해야 한다는 것을 랠프는 이제 안다. 손의 표면에 쓰인 언어는 충분히 달콤했지만 그 분홍빛 손금 아래에서 랠프는 경고하는 글자를 보았다.

　그때 이후로 랠프는 유령과 함께, 자신의 환상이 만들어낸 끔찍한 유령과 함께 걷고 있었던 것이다. 다만 랠프는 자신의 커다란 필요의 힘 때문에 그럭저럭 그 유령에게 생명을 부여하고 채색하고 실체화했을 뿐이다.

마치 물에 빠진 사랑하는 사람을 죽었다 여기고 단념할 수 없어서 시체에 생명의 외양을 불어넣으려는 것처럼 말이다. 계단에서 아내와 이야기를 하고 난 다음 날 아침 이 모든 사실이 랠프에게 고통스럽게도 명확해졌다. 한밤중에 그 일을 돌이켜 생각하면서 랠프는 진실을 직면할 용기가 없어 자기가 내린 결론을 바짝 밀어붙이지 못한 자신을 자책했다. 그러나 이것이 사실이 아니라는 걸 알았다. 자기가 두려운 것은 진실이 아니라 또 다른 거짓말이었다. '그래요, 피터 밴 더갠과 같이 있었고, 그것도 당신이 생각하는 그런 이유로 같이 있었어요'라고 언딘이 말할 가능성이 있다고 예상했다면 아내가 무슨 대답을 할지 시험해보려고 질문을 해보았을 것이고, 남자답게 용감히 맞섰을 것이다. 그러나 언딘이 절대로 그렇게 말하지 않을 거라는 것을 랠프는 알았다. 자기가 아내를 지켜보듯이 아내도 자기를 지켜보면서 계속해서 회피하고 방향을 바꾸었을 것이다. 그리고 그 게임에서 결국 언딘이 이길 게 확실했다.

엘링 가에서 정찬이 끝나고 집으로 돌아오는 길에 아내가 확실히 이길 거라는 사실을 도저히 참을 수 없어서 랠프는 '당신은 나를 지켜볼 필요가 없소. 나도 다시는 절대로 당신을 지켜보지 않을 테니까!'라는 외침이 입 밖으로 새어나올 뻔했다. 하지만 아내가 이해하지 못할 것을 알았기 때문에 침묵을 지켰다. 그날 밤 모두 잠든 방을 지나서 랠프가 위층으로 아내를 따라 올라갔을 때 아내가 정말 얼마나 이해하지 못하는지 명백해졌다. 랠프가 문을 잠그고 불을 끄느라고 아래에 있는 동안 언딘이 먼저 올라갔다. 그래서 층계참에 도달했을 때 아내가 이미 자기 방에 있을 거라고 생각했다. 그러나 랠프가 몇 시간 전에 아내를 기다리던 곳에서 언딘이 남편을 기다리고 서 있었다. 아내는 정찬장에서 가장 눈부시게 빛났고, 모든 사람이 칭찬할 때면 늘 아내에게서 발산되는 광채가 언딘을 둘러싸고 맴

돌았다. 반짝이는 외투가 새하얀 어깨에서 흘러내리는 채로 층계참의 어두운 곳에 멈춰 서 있을 때 그 광채는 여전히 아내에게 걸려 있었다.

"랠피……."

부드러운 손을 랠프의 팔에 얹으면서 아내가 말을 걸었다.

랠프가 멈추어 서자 언딘이 남편을 끌어당겨 서로 얼굴이 가까워졌고, 랠프는 아내의 입술이 키스하기 위해 곡선을 그리는 것을 보았다. 가늘어진 눈꺼풀의 완만한 곡선에서 웃을 때 떠오르는 보조개에 이르기까지 아내 얼굴의 모든 윤곽이 랠프를 갈구했다. 랠프의 눈은 이 모습을 뚜렷이 보았지만 처음으로 이 모습이 마음을 자극하지 않았다. 마치 눈에는 영상의 색깔이 보이도록 허용하지만 뇌에는 어떤 정보도 전달하지 않는 미묘한 실명 증상에 걸린 것처럼.

"들어가 자오."

랠프가 지나가면서 말했다.

남자가 여자에 대해 이렇게 냉담하게 느낄 때 그 남자는 분명히 자신의 상황을 편견 없이 처리할 수 있는 입장에 있다고 할 수 있었다. 아침에 이런 생각이 들었을 때 랠프는 기쁘지 않은 위안을 받았다. 마침내 랠프는 눈을 가리던 가리개가 벗겨지고 진실을 볼 수 있었다. 그래서 과연 무엇을 보았나? 아내를 다그쳐도 속임수만 부리니 더 이상 그런 불필요한 일을 해봤자 무익하다는 것만을 알게 된 것이다. 밴 더갠이 아내의 정부(情夫)일까? 아마 그렇지 않을 것이다. 이 의심은 들자마자 사라졌다. 아내는 자기가 빠져나갈 수 있는 것 이상의 위험을 무릅쓰지 않을 것이고, 아내가 원하는 건 사랑이 아니라 숭배였다. 아내는 즐기기를 원했다. 언딘이 생각하는 즐거움이란 주목을 받는 것이며 난잡스럽게 구는 것이었다. 말하자면 악단, 깃발, 수많은 사람들, 탐욕적인 욕구와 긴밀한 접촉, 이것들 사이를 유유히 자신만만하게 걷는다고 느끼는 게 언딘에게는 즐거움이었다. 사적으로 얽히고설킨 어떤 관계도 '성가신 일'을 의미할 것이고 성가신 일이야 말로 언딘이 가장 질색하며 싫어하는 것이었다. 언딘에게 이 기묘한 원칙이 있는 한 아마 랠프의 '명예'는 안전할 것이다. 즉, 아내가 엄밀한 의미에서 정절을 지킬 거라고 랠프는 믿을 수 있었다. 지금으로서는 그 확신이 길거리에서 맨 처음 만난 타인들의 정절에 대한 확신만큼이나 자기에게 무의미했다. 낯선 이방인, 아내는 이렇게 항상 낯선 이방인이었다. 겉보기에 아내는 영향을 받으면 쉽게 변할 수 있는 것 같았지만 여전히 마음은 감동을 받지 못하는 무감각한 사람으로 남았다.

이 생각은 다음 날 아침 출근하는 길에 랠프를 따라다녔다. 그리고 나서 랠프가 판에 박힌 일과로 되돌아가자 낯선 느낌이 감소했다. 거기서 랠프는 다시 일상적인 직무에 복귀했고 실제적인 것은 아무것도 바뀌지 않았다. 랠프는 어제와 똑같은 목적, 즉 아내와 아이를 위해 돈을 벌기 위해 거기에 갔다. 몇 시간 전에 계단에서 자신이 외면한 여자가 여전히 자기의 아내이며 폴 마블의 어머니였다. 언딘은 자기 삶에서 뗄 수 없는 일부였고, 그 관계가 내적으로 붕괴했어도 외적으로는 어떤 큰 변동이 없었다. 그 관계를 피할 수 없다는 생각이 들면서 갑자기 연민의 정이 파도처럼 밀려왔다. 가엾은 언딘! 언딘은 신들이 만든 대로 생긴 것이었다. 즉 피상적인 반응을 보이는 피조물이며, 쾌락이라는 큰 결점 속에 있는 작은 결점이었다. 랠프는 언딘에게 있는 마음을 '비난하고' 싶지는 않았다. 다만 거기에 손을 뻗어서 가르치고 감동시켜서 자기 마음을 채우고 있는 연민의 정을 얼마간 아내의 가슴에 옮겨놓고 싶은 소망을 강하게 느낄 뿐이었다. 둘은 결혼이라는 익사형(溺死刑)[64]에서 묶여서 같이 죽어가는 동료 희생자였다. 하지만 만약 두 사람이 살려는 투쟁을 그만둔다면 아마 익사하는 게 두 사람에게 더 쉬운 일이 될 것이다……. 그 사이에 월초(月初)가 가까워졌고 늘 그러듯이 청구서가 한 무더기 몰려왔기 때문에 그 돈을 지불하는 것과 연관된 투쟁보다 급하지 않은 투쟁은 생각할 겨를이 없었다…….

언딘은 생일날 사건에 대한 남편의 태도에 놀라고 약간 당황했다. 결혼 예물로 받은 보석을 다시 세팅을 한 후로 언딘과 시댁의 관계는 점점 더 틀어졌다. 마블 가 숙녀들의 무언의 반감은 대놓고 비난하는 것보다 언딘을 더 화나게 했다. 랠프가 자기 가족에 대한 이 모욕을 얼마나 예리하게 느끼는지를 언딘은 알았다. 또 자기가 밴 더갠과 돌아오는 것을 남편이 보았다는 걸 짐작하고 언딘은 두려웠다. 남편은 늘 자기 말을 잘 믿었는데도 포플의 스튜디오에서 돌아오는 길이었다는 말을 믿지 않은 데에는 명백히 이유가 있을 터였기 때문에 남편이 창문에서 자기를 지켜본 게 분명했다. 따라서 남편의 침묵에는 언딘을 당황스럽게 하고 불안하게 하는 점이 있었다. 그게 무엇인지 명확하게 밝히거나 남편을 구슬려서 그것을 없애야겠다고 언딘은 결심했다.

옷을 입으면서 이런 생각을 했지만 엘링 가의 밝은 조명과 웃음소리 앞에서 이 생각은 마치 유령처럼 달아나버렸다. 언딘은 이때보다 더 즉각적인 향락의 제안에 무방비 상태인 적이 없었다. 마침내 사교계가 인정하는 매력적인 여성이라는 시샘 받는 지위에 올랐다. 이 기회에 어울리는 생활을 하기 위한 재력만 있다면 언딘은 인생과 자신과 남편에게 완전히 만족했을 텐데. 랠프의 훌륭한 충고 때문에 지겨울 때나 자기 청구서를 지불할

---

64) 익사형(the drowning): 프랑스의 공포정치 시대(1793~1794)에 낭트 시에서 집행된 형. 정치범 여럿을 밑바닥이 열리는 배에 태우고 갑자기 배 밑바닥을 열어 수중으로 떨어뜨려 익사시키는 형.

능력이 없어서 성날 때가 아니라면 언딘은 여전히 남편이 '사랑스럽다고' 생각했다. 돈 문제가 주로 둘 사이를 가로막는 문제였다. 이제 밴 더갠의 제안으로 이 문제가 일시적으로 해결되었기 때문에 언딘은 랠프를 더 다정하게 바라보았고, 심지어 랠프에게 처음에 느낀 사심 없는 애정이 되돌아오는 것을 느꼈다. 클레어 밴 더갠이 랠프에게 '푹 빠져 있다'는 것은 누가 봐도 알 수 있었고, 언딘은 항상 자기 걸 남이 탐낸다는 것을 알면 좋아했다. 엘링 가의 정찬에서 들은 소식, 즉 하면 B. 드리스콜이 예상치 않게 승리했다는 소식의 공표로 언딘은 자신감이 더 높아졌다. 아라라트 신탁회사의 조사는 불가사의하게 중단되었고, 법적인 용어로 말하자면 기각되었다. 그리고 옆에 앉은 밴 더갠의 표현에 따르면 엘머 모팻은 '거부당했다.'

"우리는 다시는 그 신사에 대한 소식을 듣지 않을 거요."

밴 더갠이 경멸하듯 말했다. 두 사람의 눈이 즐겁게 마주치자 언딘이 큰 소리로 말했다.

"그럼 결국 가장무도회가 열릴 거라는 거죠?"

"어차피 내가 당신을 위해 무도회를 열었을 거요. 당신도 그걸 좋아하지 않았겠소?"

"오, 당신도 날 위해 무도회를 열어줘도 되죠!"

언딘이 대꾸했다. 밴 더갠이 더 가까이 몸을 기울이며 말했다.

"반드시 그러겠소. 그리고 당신이 바라는 거면 뭐든지 다 해주겠소."

그러나 집으로 돌아오는 길에 언딘의 두려움이 되살아났다. 랠프의 무관심이 이상하다는 생각이 들었기 때문이다. 폴이 실망했다는 이야기를 다시 하지도 않았고 시어머니에게 사죄의 편지를 쓰라고 하지도 않았다. 밴 더갠이 정찬에서 자기를 쳐다보는 태도는 자기 시선의 단계를 구별할

줄 모르는 돈을 주겠다는 호의를 받아들였기 때문에 언딘이 더 눈에 띄게 그 사람과 함께 시간을 보내지 않으면 안 된다는 것을 분명히 보여주었다. 하지만 언딘은 여전히 그런 관계가 자기가 선택한 방식을 따라야 한다고 결심을 했다. 그런데 이 중대한 시기에 랠프가 갑자기 자기를 의심하고 입을 다물면 대단히 골치 아픈 일이었다.

지금까지 언딘은 결혼에서 단점보다 장점을 더 많이 발견했다. 그러나 그 결혼 때문에 이제 화가 나기 시작했다. 언딘이 기회를 잡으려 할 때마다 명백히 자기의 목적을 달성해줄 수 없는 남자의 비난을 받는 건 견디기 힘든 일이었다. 랠프가 자기를 위해 돈을 더 많이 벌려고 사업에 뛰어들었지만, 그 '더 많은' 돈이란 결코 많지 않을 것이며 빼어난 여성에게 남자가 당연히 바쳐야 하는 진상품인 물질적 풍요를 랠프가 신속하게 획득하지 못할 것임이 분명했다. 언딘은 자기가 덫에 걸리고 속았다고 느꼈다. 자기에게 환멸감을 느끼게 한 당사자가 뻔뻔스럽게도 자신의 행동을 비판하는 건 참을 수 없었다. 그러나 언딘의 두려움과 함께 짜증도 사라졌다. 엘링가의 정찬에 다녀와서 다음 날 아침에 랠프는 보통 때처럼 일과를 이어갔고, 남편이 한 번 폭발할 거라고 언딘은 바짝 긴장했지만 아무 일이 없자 남편이 '사업' 때문에 무디어진 탓에 자기에게 무관심하다고 생각했다. '시내'에서 항상 돈을 버는 남편을 둔 가엾은 아내들이 동정을 받으려고 한눈파는 것도 당연하지 않는가! 밴 더갠이 준 수표가 언딘이 진정하는 데 도움이 되었고 몇 주가 쏜살같이 흘러서 드리스콜 집에서 무도회가 열리는 날이 되었다.

무도회는 언딘이 희망한 것처럼 눈부셨고, 거기서 자기의 역할은 에이펙스 시절의 단조로운 생활을 그럭저럭 버티게 해준 '사교계 소설'에서 묘사된 것처럼 짜릿한 흥분을 주었다. 언딘은 이제 소설책을 읽을 시간이 없었다. 매 시간이 언딘이 소위 삶이라고 일컬을 것으로 빽빽하게 차 있었다. 언딘이 느끼는 강렬한 감정은 큰 승리를 거둔 그날 저녁에 절정에 이르렀다. 여자들이 모두 언딘의 드레스를 시샘했지만 남자들은 드레스를 쳐다보지도 않았다는 걸 깨닫는 일보다 더 유쾌한 게 있을까? 남자들은 온통 언딘을 숭배했고, 마치 해질 녘의 광선 속에서 꽃이 더 화려한 색깔을 띠듯이 숭배를 받자 언딘의 아름다움은 더욱 짙어졌다. 밴 더갠의 시선만이 조금 무겁게 자기를 짓눌렀다. 그 사람이 해결해준 고민거리들보다 그 남자가 더 심각한 '고민거리'가 될 수 있을까? 언딘은 여전히 자신의 자기방어 능력을 전적으로 신뢰했기 때문에 크게 걱정하지는 않았다. 그러나 언딘은 매끈한 삶의 표면에 구김살이 조금이라도 있는 것이 싫었다. 언딘은 부모님이 말하던 대로 항상 '민감'했다.

겨울을 나면서 물질적 걱정거리들이 다시 한 번 언딘을 엄습했다. 밴 더갠의 돈이 가져다준 해방감을 만끽하며 언딘은 무모해졌고 새로운 지출을 시작했다. 그렇다고 해서 자신이 사치를 부린다고 스스로 책망하지는 않았다. 언딘으로서는 정말 필요하지 않은 일을 한 건 아니었으니까. 예를 들어 응접실은 '새 단장'을 꼭 해야 했다. 실내장식의 권위자인 포플이 그 응접실을 곡선과 큐피드로 가득 찬 프랑스의 '시대적 특징을 보여주는'[65] 방으로 얼마나 손쉽게 탈바꿈할 수 있는지를 연필을 몇 번 휘둘러서 그림으로 보여주었는데, 그건 자신처럼 어여쁜 여성과 그 사람이 그려준 자기 초상화의 배경으로 딱 알맞았다. 하지만 아직도 웨스트엔드 애비뉴를 떠나기를 바라던 언딘은 그 제안을 용감하게 거부했다. 언딘은 커튼과 양탄

⁘

65) 뉴욕을 중심으로 한 상류층 사이에 유행한 루이 14세, 루이 16세, 나폴레옹 3세 시대의 프랑스 미술의 양식적 특징을 보여주도록 꾸며진 방.

자를 새 것으로 바꾸고, 쉽게 탈이 날 약해빠진 금도금한 의자 몇 개를 구입하는 것에 만족했다. 언딘은 랠프에게 이사 갈 때 이것들이 '대단히 유익할' 거라고 말했는데, 이 설명은 자신의 검약을 보여주는 부가적인 증거로 보였다.

부분적으로는 응접실을 새로 단장하는 힘든 작업의 결과로 겨울 중반 무렵에 언딘은 '신경쇠약'에 걸렸다. 주치의가 마사지를 받고 매일 드라이브를 하라고 지시했기 때문에 히니 부인의 마사지 치료를 받고 월세를 주고 자동차를 빌려야 했다. 어린 폴이 심하게 아파서 다른 예상치 못한 지출이 추가되었는데, 이런 때에는 뚜렷한 이유도 없이 청구서들이 늘어나는 것 같았다. 아이의 병은 길게 갔으며, 보모 세 명과 의사의 빈번한 진찰로 비용이 많이 들었다. 아이 건강에 대해 염려하던 랠프는 언딘이 보기에 어리석을 정도로 과도하게 지출했다. 아이가 회복하기 시작하자 의사는 시골 공기가 몸에 좋을 거라고 권했다. 랠프는 즉시 턱시도[66]에 있는 작은 집을 빌렸고, 언딘도 물론 아들을 따라서 시골에 갔다. 하지만 언딘은 일요일에만 아들과 함께 있었고 주중에는 본인의 설명에 따르자면 남편과 함께 있기 위해 뉴욕으로 달려왔다. 이 때문에 랠프는 부득이하게 두 가구를 유지해야 했고, 아주 짧은 기간이었지만 랠프의 주머니 사정에 미치는 부담은 극심했다. 가장무도회 드레스에 대한 청구서조차 아직 돈을 지불하지 않은 상태여서 심란해진 언딘은 밴 더갠에게 받은 돈은 어디로 갔을까 궁금해졌다. 밴 더갠조차도 놀란 듯이 보이는 게 불쾌하게도 분명해지고 있었다. 그 사람이 준 수표에 대해 자기가 기대한 보답이 분명 돌아오지 않았고, 그래서 어느 날 밴 더갠은 점심을 먹으려고 턱시도로 드라이브

..

<hr />

66) 턱시도(Tuxedo): 뉴욕 주 오렌지 카운티의 산 속에 있는 아름다운 마을.

를 가서 솔직하게 자기의 불만을 토로했다.

　점심을 먹고 난 후 둘은 천장이 낮은 응접실에 앉아 있었다. 언딘은 배경으로 늘 비치하는 쿠션과 장식품과 꽃을 응접실에 적합하게 배치했다. 자신의 습성이 그 특별한 배치 효과와 아무리 부합하지 않는다 해도 사람들은 자기 환경을 '가정 같은' 분위기를 내도록 해야 하니까. 자기가 연출한 응접실 배경의 친밀한 매력과 그 배경과 어울리는 다시 회복한 자신의 풋풋한 매력과 아름다움을 의식하며 언딘은 밴 더갠을 자기가 원하는 바대로 계속 자기를 숭배하고 고분고분하게 할 힘이 있다고 그 어느 때보다 확신했다. 그러나 피터는 언딘을 더 숭배할수록 덜 고분고분해졌다. 그리고 그 사태를 수습하기 위해 언딘이 온갖 기지를 발휘해야 할 때가 왔다. 그 남자에게 퇴짜 놓는 건 충분히 쉬웠다. 밴 더갠의 몸이 가까이 있으면 항상 막연히 본능적으로 저항하게 되어서 퇴짜 놓기가 더 쉬웠다. 그러나 긴장에 찬 이 게임이 여전히 그 남자를 현혹할 거라고 약속해서 퇴짜 받은 피터를 달래기는 어려운 일이었다. 개구리 같이 누런 퉁방울눈이 기분 나쁘게 빨개진 채로, 보통 때는 언딘을 애타게 사모하는 프록코트를 입은 신사의 눈에서 원시적인 남자가 모습을 드러내어 마침내 언딘 앞에 버티고 서서 이 점을 지적했다.

　"이봐요, 할부로 지급하겠다는 것도 좋소. 하지만 그것조차도 예정보다 조금 늦은 거 아니오?"

　언딘은 밴 더갠이 더 가까이 다가오려는 걸 노골적으로 피했다.

　"여하튼 당분간 이자가 늘어나게 둘 참이오. 유럽에서 돌아올 때까지 이 문제와는 작별이오."

　이 선언에 언딘이 놀랐다.

　"유럽이오? 아니, 언제 배를 탈 거예요?"

"4월 1일이오. 바보가 자기의 멍청함을 인정하기에 딱 좋은 날이죠. 나는 지쳤소. 그래서 달아나는 거요."

언딘은 손으로는 멍하니 밴 더갠이 준 진주 목걸이를 비틀며 아래를 내려다보고 앉아 있었다. 이 여행의 위험을 즉각 알아차렸다. 일단 소서리스호를 타고 떠나버리면 밴 더갠은 전에 알던 여자들을 만날 것이므로 자기는 이 남자를 놓치게 될 것이다. 그렇지만 밴 더갠이 요구하는 만큼 '다정하게' 군다고 해도, 이 남자를 놓치지 않기에 충분할 정도로만 '다정하게' 군다고 해도 결과적으로 자기에게는 크게 유리하지 않을 것이다. 이제까지 언딘은 두 사람이 하는 모험의 흐름에 떠밀려가도록 자신을 맡겼지만, 자신이 거의 무의식적으로 어떤 정박지에 도달하려 애썼는지 이제 깨달았다. 자기가 밴 더갠을 붙잡으려고 그렇게 힘들게 애쓰고 그렇게 참을성 있게 또 기술적으로 그 남자를 '조종'했다면 그건 일시적인 즐거움과 편리함 이상의 것을 추구했기 때문이다. 자신에게 감히 밝히지는 않았지만 마음에 더 끈질기게 품은 목적을 쫓고 있었던 것이다. 이 사실을 발견한 언딘은 밴 더갠에게 완전히 무관심한 척 가장할 필요가 있다는 걸 깨달았다.

"아, 당신은 행복한 남자예요! 이제 정말 작별하겠네요."

밴 더갠의 찌푸린 얼굴에 대고 애처롭게 웃어 보이며 언딘이 대꾸했다.

"오, 당신도 나중에 파리에 올 거 아니오. 뉴포트[67]에 입고 갈 옷을 사려고 말이오."

"파리요? 뉴포트요? 거기는 우리 지도에 없어요! 랠프가 휴가를 갈 수

..

67) 뉴포트(Newport): 미국 동부 로드아일랜드(Rhode Island) 주에 있는 유명한 해변 휴양도시. 여름에는 부자들이 저택에서 정찬과 무도회를 여는 사교 행사의 중심지였다.

있으면 우리는 아들을 위해서 애디론댁 공원[68]에나 갈 거예요. 거기서는 파리에서 온 옷이 필요 없으면 좋겠어요! 아무튼 그건 중요치 않아요. 내가 좋아하는 이는 아무도 나를 보지 않을 테니까요."

언딘이 웃으면서 말을 마쳤다.

밴 더갠이 따라서 웃었다.

"오, 이봐요. 랠프에게 너무 심한 거 아니오!"

얼굴이 약간 빨개지며 언딘이 아래를 내려다보았다.

"그런 말을 해서는 안 되는 거였죠, 그렇죠? 하지만 사실 난 불행해요. 그리고 조금 마음이 상했어요."

"불행하다니? 마음이 상했다니?"

밴 더갠이 다시 언딘 곁으로 왔다.

"아니, 무슨 일이 있소?"

언딘이 진지한 표정으로 올려다보았다.

"나를 떠나게 되어서 당신이 더 슬퍼할 거라고 생각했어요."

"오, 오랫동안 떠나 있을 건 아니요. 당신도 알다시피 그럴 필요가 없잖소."

밴 더갠의 태도가 눈의 띄게 부드러워졌다.

"이런 젠장, 당신이 그렇게 매여 있다니. 여름 내내 애디론댁 공원에서 썩고 지낼 걸 상상해보시오! 왜 그걸 참고 사는 거요? 당신은 처녀 적에 저지른 실수 때문에 평생 매여 살아서는 안 돼요."

언딘의 뺨 위의 속눈썹이 약간 떨렸다.

⋮

<hr>

68) 애디론댁 공원(The Adirondacks Park): 1892년 설립된 뉴욕 주 북동부 지역에 있는 광활한 공원.

"우리는 모두 자신의 실수에 매여 있지 않나요, 우리 여자들은요? 우리 그런 말은 하지 않기로 해요! 랠프는 자기 없이 나 혼자 외국에 가는 걸 절대로 허락하지 않을 테니까요."

언딘은 멈추었다가 눈을 휙 치떴다.

"어쨌든 작별 인사를 하는 게 좋겠어요. 또 다른 실수의 대가로 당신이 떠나는 걸 슬퍼하고 있으니까요."

"또 다른 실수라니? 왜 그걸 실수라고 하는 거요?"

"내가 당신을 오해했거나 당신이 나를 오해했으니까요."

언딘은 아쉬워하듯이 계속 웃음을 지었다.

"그리고 어떤 일들은 헤어져야 가장 해결이 잘 되죠."

자신의 웃음에 밴 더갠이 크게 한숨을 쉬자 언딘은 그 사람이 다시 유혹에 걸려들었다는 것을 느꼈다.

"우리 둘의 관계는 깨지는 거요?"

"당신이 방금 그렇게 말하지 않았어요? 아무튼 우리가 몇 달 동안은 다시 같은 곳에 있지 못할 테니 깨지는 게 나을 거 같아요."

밴 더갠의 눈은 프록코트를 입은 점잖은 신사의 모습이 다시 한 번 풀죽은 모습을 보여주었고, 언딘은 자기가 승리의 경계 위에 아슬아슬하게 서 있다고 생각했다. 밴 더갠이 갑자기 외쳤다.

"빌어먹을. 당신은 변화가 있어야 해요. 당신은 몹시 건강이 나빠 보여요. 당신 어머니를 구슬려서 당신과 함께 파리에 잠시 가도록 할 수 없겠소? 랠프가 그걸 반대하지는 못할 거요."

언딘이 고개를 저었다.

"아버지를 두고 가자고 설득한다고 해도 어머니가 갈 수 있을 만한 경제적 여유가 있을 것 같지 않아요. 당신도 알다시피 최근에 아버지 사업이 잘

되지 않았거든요. 그러니 아버지에게 돈을 달라고 요청하고 싶지 않아요."

"당신은 지독하게 자존심이 강하군!"

밴 더갠이 더 가까이 다가왔다.

"당신이 나를 조금이라도 좋아한다면 그 문제는 매우 쉽게 해결될 텐데……."

언딘은 소파 가장자리에서 꿈적도 하지 않았다.

"우리 여자들은 우리가 저지른 실수를 바로 잡을 순 없어요. 내 실수를 상기시켜서 나를 더욱 비참하게 하지 마세요."

"오, 바보 같으니! 돈으로 할 수 없는 일이 뭐가 있겠소. 왜 내가 당신의 실수를 바로 잡아주도록 허락하지 않는 거요?"

언딘의 얼굴이 다시 빨개졌다. 언딘은 재빠르고 의식적으로 밴 더갠의 눈을 쳐다보았다. 이제 마지막 카드를 꺼낼 차례였다. 언딘이 말했다.

"당신은 내가 …… 결혼했다는 걸 잊어버린 거 같네요."

밴 더갠은 말이 없었다. 잠시 동안 언딘은 밴 더갠이 별안간 투항해 자기 쪽으로 몸을 기울인다고 생각했다. 하지만 그 사람은 완강하게 제자리에 그대로 앉아 있었다. 그리고 밴 더갠은 창가에서 애타게 사모하던 신사 대신에 갑자기 약삭빠른 사업가가 나타난 것처럼 열렬한 눈길이 기묘하게도 깨끗이 사라진 시선으로 언딘을 마주 보았다.

"제기랄! 나도 결혼한 몸이오!"

남자가 대꾸했다. 언딘은 결국 유혹에 굴복하지 않는 밴 더갠이 자기보다 한 수 위라는 것을 깨달았다.

제17장

　자신의 힘이 실패했음을 인정하는 것보다 언딘에게 더 쓰라린 일은 없었다. 하지만 밴 더갠과 마지막 대화에서 그런 굴욕을 당한 만큼 가치가 있는 교훈을 배웠다. 언딘은 밴 더갠에게서 돈을 받는 것이 실수였음을 깨달았고, 만약 부지중에 또 그런 실수를 하게 되면 자기의 장래는 회복이 불가능할 정도로 위태로워질 것임을 깨달았다. 자기가 원하는 건 위태로운 음모를 꾸며서 하루살이처럼 불안정하게 생존을 이어가는 게 아니었다. 자기 같은 재능이 있는 여자에게는 인생의 특권이 공개적이어야 할 것이다. 경험은 짧았지만 언딘은 이미 목전의 성공을 위해서 미래의 안정된 삶을 망치는 여자들을 충분히 많이 보았다. 언딘은 향락을 누리기 위한 가벼운 상부구조를 세우기 전에 기반을 튼튼하게 다질 작정이었다.

　그렇지만 밴 더갠이 떠나는 걸 보고, 또 당분간 자기와 관계를 끊을 것을 알고 언딘은 화가 났다. 본성이 기억의 마법에 그렇게 둔감한 사람에게는 가시적이고 유형(有形)적인 것이 항상 우세한 법이다. 빛나는 봄날에 모든 풍경과 소리가 이런 영향력을 발휘하도록 돕는 파리에서 다시 밴 더갠과 함께 있을 수 있다면 자기가 틀림없이 지배력을 되찾을 것이다. 자기가 아는 사람들이 모두 파리에 갈 거라는 사실 때문에 언딘의 좌절감은 더욱 심해졌다. 언딘의 잠재적인 경쟁자들은 유럽을 향해 동쪽으로 가는 증기선을 타려고 밀려들었다. 뉴욕은 무미건조한 곳이 되었는데, 랠프가 그 사실을 의식하지 못하는 것 같아서 언딘은 더욱 화가 났다. 혼인한 후 유럽에 갈 기회가 한 번밖에 없었고 그것조차도 이해할 수 없는 남편의 고집으로 허비했다. 이탈리아에서 무의미하게 여러 주를 낭비했기 때문에 파리와 런던에서 얼마 안 되는 시간 동안 빡빡한 일정을 소화해야 하는 대가를 치른 것을 언딘은 이제 알았다.

한편 언딘 앞에는 사교적인 행사도 없이 여러 달을 보내야 하는 뉴욕의 긴 봄과 애디론댁 공원에서 보낼 한없이 공허한 여름이 죽 펼쳐져 있었다. 소녀 시절에 언딘은 이런 텅 빈 여름의 밑바닥까지 경험했다. 그러나 그때만 해도 장래에 무엇을 잡아 올릴 거라는 희망으로 공허한 여름을 견디었다. 이제 언딘은 세상을 더 잘 알았고, 자기가 희망을 품은 쪽에는 '가치 있는 발견물'이 없다는 걸 알았다. 자신이 만나고 싶은 사람들은 뉴포트나 유럽에 있을 것이다. 언딘은 비장한 각오로 확실한 목표를 달성하는 일에 힘을 쏟았고 아버지와 같은 사업적 본능으로 단호하게 행동했기 때문에 우연한 기분 전환용 오락을 찾아 옆길로 샐 수는 없었다.

먼 미래의 목적을 달성하는 걸 방해하는 큰 난관은 그 사이에 있는 오랜 단조로움과 궁핍의 기간을 끈기 있게 버티는 것을 자기가 늘 싫어했다는 점이다. 언딘은 이 점을 깨닫기 시작했지만 언제나 자기의 약점을 극복할 수는 없었다. '천천히 가야 한다, 언딘!'이라고 한 히니 부인의 충고가 지금보다 더 절실히 필요한 때가 없었다. 언딘의 상상력은 멀리 비상할 능력이 없었다. 아득히 먼 미래에 얻게 될 신기루 같은 보상을 그리면서 초조함을 벗어날 수 없었고, 지금 당장은 현재도 미래도 모두 똑같이 공허해 보였다. 그러나 유럽에 가서 런던과 파리에서 재편성되는 작은 뉴욕에 합류하고 싶은 욕망 때문에 아버지에게 도와달라고 간청하는 것을 정당화해줄 만큼 다급한 이유들을 생각해냈다.

언딘은 자신의 처지를 탄원하려고 아버지를 만나러 갔는데, 스프라그 부인이 간섭할까 봐 사무실로 갔다. 최근에 스프라그 씨는 상당히 오랫동안 과로했고 그 과로가 몸에 영향을 끼치기 시작했다. 뉴욕에서 스프라그 씨는 과거 에이펙스 시절의 재정적인 안정을 완전히 회복하지 못했다. 사업의 기반을 바꾸고 나서 아버지의 일은 불확실한 방향으로 흘러갔다. 언딘은 퓨어 워터 운동이 가장 혼탁한 지경에 빠진 동안에도 끝까지 아버지의 뒤를 봐준 옛날 정치적 협력자인 롤리버 하원의원과의 불화가 아버지가 월 가에서 기반을 잡는 데 실패한 것과 무관하지는 않을 거라고 추측했다. 하지만 언딘에게는 이 모든 게 모호하고 분명치 않았다. 설령 '사업'이라는 게 덜 모호하다 할지라도 언딘은 자신의 문제에 너무나 빠져 있어서 아버지의 입장에서 생각할 수 없었다. 언딘은 사무실로 찾아감으로써 어머니가 반대하는 '성가신 상황'을 아버지가 당하지 않도록 섬세하게 배려해줄 정도로 자기가 희생한다고 생각했다.

언딘이 불평을 하려고 찾아가면 아버지는 항상 똑같이 적당히 참을성 있게 끝까지 딸의 말을 들어주었다. 그러나 아버지를 '마음대로 부리는' 오랜 습관 때문에 언딘은 아버지의 관대함을, 아버지의 말에 따르면, '얕잡아 보게' 되었다. 언딘이 말을 마쳤을 때 아버지가 누르께한 콧수염 아래에서 눈에 안 보이는 이쑤시개를 빙빙 돌리며 상체를 뒤로 젖히자 언딘은 초조해져서 가슴이 쿵쾅거렸다. 이내 스프라그 씨가 손을 들어서 콧수염과 합쳐진 축 늘어진 턱수염을 쓰다듬었다. 그러고 나서 낡은 조끼의 주름 속에 파묻혀서 보이지 않는 프리메이슨 문장을 찾으려고 손으로 더듬었다.

싸구려 문장을 손으로 감싸 쥐고 대답했기 때문에 아버지가 녹슨 프리메이슨 문장이 감추어진 깊숙한 곳에서 답을 찾아내는 것 같았다.

"여름에 뉴욕에서 지내는 게 괴롭기는 하지. 그것 때문에 지난 주에 신선한 공기 펀드가 내 마지막 남은 돈 한 닢까지 다 앗아갔단다."

언딘은 얼굴을 찡그렸다. 아버지와 만나면 농담으로 논의를 시작하는 그 습관이 정말 짜증스러웠다.

"아버지, 난 지금 진지하다는 걸 알아주셨으면 좋겠어요. 아이를 낳은 뒤로 건강해본 적이 없거든요. 난 변화가 필요해요. 하지만 그것 때문만은 아니에요. 내가 가고 싶은 다른 이유들도 있어요."

스프라그 씨는 가벼운 농담조로 말을 이어갔다.

"네게 이유가 없는 걸 본 적이 없어, 언디. 문제는 넌 다른 사람에게도 이유가 있다는 걸 보면서도 그 이유를 늘 알려고 하지 않는다는 거야."

딸의 입술이 꽉 다물어졌다.

"나는 아버지가 이유가 있다는 것을 알면 그걸 이해해요, 아버지. 아버지의 이유는 충분히 자주 들었으니까요. 하지만 아버지에게 내 이유를, 진짜 이유를 말한 적이 없으니 아버지는 그걸 이해할 수 없겠죠."

"맙소사! 너한테 그 이유가 쓸모 있으면 죄다 진짜 이유라고 말하겠지."

경험상 아버지가 이렇게 농담으로 오래 끌 때는 보통 이례적으로 강하게 반대한다는 걸 알아서 불안감 때문에 언딘의 결심이 더 강해졌다.

언딘이 대답했다.

"내 이유들은 다 절박해요. 그래도 다른 이유들보다 더 중대한 이유가 하나 있어요."

스프라그 씨의 눈썹이 삐죽이 튀어나왔다.

"지불해야 할 청구서가 더 있는 거냐?"

"아뇨."

언딘이 손을 뻗어서 책상 위에 있는 먼지 낀 물건들을 손가락으로 만지작거리기 시작했다.

"난 집에서 불행해요."

"불행하다니!"

깜짝 놀라면서 스프라그 씨가 가득 찬 쓰레기통을 넘어뜨려서 종이가 소나기처럼 양탄자에 쏟아졌다. 몸을 숙여서 쓰레기통을 바로 세우고 나서 딸에게 천천히 피곤한 시선을 돌렸다.

"아니, 네 남편은 네가 밟은 땅도 숭배하잖아, 언디."

"여자에게는 그게 반드시 행복의 이유는 아니에요."

이것은 포플이나 밴 더갠에게나 했을 법한 대답이었다. 그러나 언딘은 이 말이 아버지에게 감명을 줄 거라고 생각한 게 실수였다는 걸 즉각 알아챘다. 감성적 궤변을 늘어놓는 분위기에 익숙해진 나머지 스프라그 씨는 사업상의 도덕성이 복잡한 만큼이나 사적인 행동 규칙이 단순하다는 걸 언딘이 망각한 것이다.

튀어나온 눈썹 아래에서 스프라그 씨가 딸을 노려보았다.

"그게 이유가 아니라고, 그래? 네가 남자의 숭배를 받는 게 차량 한 대분의 화장품에 맞먹을 정도로 중요하다고 생각하던 때를 기억하는데."

언딘은 얼굴이 선명한 붉은 빛으로 변했고, 눈썹이 청회색을 띤 험악한 눈 위에서 아버지의 눈썹을 겨누었다. 자기가 실수했다는 의식 때문에 아버지에게 더 화를 냈고 더 무자비해졌다.

"내 감정을 아버지가 이해하리라고 기대할 수는 없어요. 아버지는 이해해본 적이 없으니까요. 내 감정을 아버지와 어머니 모두 이해한 적이 없죠. 어떤 사람들은 민감한 성격을 타고나요. 사람들이 민감한 성격을 선택한다고 생각할 수는 없으니까요. 내가 너무 자존심이 강해서 불평하지 않으니까 아버지는 내가 완전히 행복할 거라고 당연하게 생각하죠. 하지만 처음부터 내 결혼은 실수였어요. 랠프도 나처럼 결혼이 실수라고 느껴요. 그 사람 가족은 나를 미워해요. 항상 미워했어요. 그리고 랠프는 매사를 자기 가족과 같은 관점으로 봐요. 랠프가 돈 벌러 다니게 된 것 때문에 시댁 식구들은 나를 용서하지 못하는 거예요. 귀족적인 관념 때문에 그 사람들은 생계비를 벌려고 일하는 남자를 멸시하죠. 물론 아버지가 생계비를 벌려고 일하는 건 당연하게 여겨요. 아버지는 마블 가 사람도 대거닛 가 사람도 아니니까요. 하지만 랠프는 편안하게 쉬어야 하고 아버지가 돈을 벌어서 아이와 내 생계비를 대야 한다고 생각해요."

언딘은 자기가 이번에는 적절하게 말했다는 걸 알았다. 아버지의 느슨하던 근육이 팽팽해지고 갑자기 등이 똑바로 펴지는 것을 보고 언딘은 그걸 알 수 있었다. 주먹으로 책상을 치면서 스프라그 씨가 소리쳤다.

"참말로 말인데, 네 남편은 편히 쉬는 거나 다름없어. 네 시댁이 그 문제로 널 못살게 굴지는 않았냐, 그래?"

"그런 말을 할 만큼 정정당당하게 싸우는 사람들이 아니에요. 시댁 식구들은 랠프를 부추겨서 내게 등을 돌리게 할 뿐이죠. 시댁 식구들이 결혼을 승낙한 건 아버지가 이 혼사를 성사시키려고 안달이 나서 우리 부부에게 모든 걸 다 해줄 거고 랠프는 집에 앉아서 책이나 쓸 거라고 생각했기 때문이죠."

스프라그 씨는 조롱하는 소리를 내뱉었다.

"내가 들은 바로는, 네 남편이 일해서 버는 돈은 시인의 묘역[69]이나 유

⁞

69) 시인의 묘역(Poet's Corner): 런던의 웨스트민스터 사원에 있는 시인과 문학자들의 묘지와 기념비가 있는 곳.

지할 정도밖에 되지 않아. 그 할아버지의 말이 옳은 것 같아. 랠프는 돈을 버는 데는 소질이 없어."

"당연히 그렇죠. 돈을 벌도록 교육을 받지 않았으니까요. 그래서 마음속 깊은 곳에서 랠프는 돈을 벌어야 하는 걸 수치스럽게 여겨요. 그게 매일 자기를 조금씩 죽이고 있다고 말했거든요."

"그런 말하면 시댁 사람들이 랠프를 지지하니?"

"랠프가 뭘 해도 그 사람을 지지해요. 그 사람들의 생각은 죄다 우리와는 달라요. 시댁은 우리 가족을 경멸해요. 아버지는 그걸 모르겠어요? 시댁이 아버지와 어머니에게 행동하는 걸 보고도 아버지는 그 사람들이 나를 어떻게 취급하는지 짐작하지 못하겠어요?"

이 말을 듣고 스프라그 씨가 어리둥절한 표정으로 딸을 보았다.

"그 사람들이 나와 네 엄마에게 하는 행동에서라니? 아니, 우리는 사돈들은 만나지도 않아."

"내 말이 그 말이에요! 시댁이 올해 어머니를 찾아오지도 않는 것 같은데, 그렇죠? 작년에는 초대도 안 하고 그냥 명함만 두고 갔죠. 그럼 왜 시댁 사람들이 제 부모를 저녁 식사에 절대로 초대하지 않는 거 같아요? 시댁 식구들과 같은 부류에서는 아버지와 엄마보다 연세가 더 많은 이들이 겨울에 매일 저녁 식사를 같이 해요. 사교계는 그런 사람들로 가득해요. 마블 가 사람들은 아버지와 엄마가 자기들의 친구들과 만나는 걸 창피하게 여겨요. 그게 바로 이유이죠. 시댁 식구들은 랠프가 에이펙스 출신의 처녀와 결혼했고 아버지와 어머니가 전에는 하인과 마차가 없었다는 게 알려지는 걸 부끄러워해요. 나한테 푹 빠진 때가 지나니까 이제는 랠프도 그걸 부끄럽게 여겨요. 만약 미혼인 자유로운 몸이라면 랠프는 내일이라도 당장 나를 버리고 자기 어머니가 자기를 위해서 아껴둔 레이 집안의 처녀와 혼인할 걸요."

스프라그 씨는 눈살을 찌푸리고 입술을 내민 채로 딸의 말을 들었다. 딸이 쏟아놓은 말이 마침내 희미하게 아버지의 분노를 자극한 것 같았다. 언딘이 말을 마치자 스프라그 씨는 손가락 사이로 잉크가 묻은 펜대를 비틀며 말없이 있었다. 그러고 나서 말했다.

"랠프의 가족들이 방문하지 않아도 네 엄마와 나는 고생스럽지만 그럭저럭 살아갈 수 있을 거 같다. 하지만 네가 에이펙스에서 온 것처럼 네 수입도 거기서 왔다는 점을 그 사람들에게 분명히 해두고 싶구나. 랠프가 자기 수입으로 너를 부양하게 된다면 그 집 사람들이 유감스럽게 여기겠구나."

언딘은 자기 주장의 첫 부분은 성공했다는 것을 알았다. 하지만 자신의 모든 팽팽한 신경은 아직 가장 어려운 단계가 앞에 남았다는 것을 상기시켰다.

"오, 그 사람들은 랠프가 아버지 돈을 받는 건 마다하지 않아요. 그건 너무나 당연하다고 생각하니까요."

껄껄거리는 웃음이 스프라그 씨의 느슨한 옷깃 아래로 깊숙이 울렸다.

"그 점에 대해서는 사실상 의견이 만장일치인 것 같구나."

스프라그 씨가 논평했다. 그리고 무성한 눈썹을 딸을 향해 휙 돌리며 계속 말했다.

"하지만 유럽에 가는 게 어떻게 널 도울 수 있다는 건지 모르겠구나."

언딘은 조그맣게 낮춘 목소리가 아버지 귀에 들릴 수 있을 만큼 몸을 가까이 기울였다.

"시댁 식구들이 모두 저에 대해 어떻게 느끼고 또 랠프가 어떻게 느끼는지를 아셨으면 내가 달아나기 위해 무슨 짓이든지 하려고 한다는 걸 아버지는 이해를 못하시겠어요?"

아버지가 딸을 동정하듯이 바라보았다.

"우리는 대부분 젊었을 때 더러 그렇게 느낀단다, 언딘. 나중에 돌아와야 할 때가 되면 떠난 게 그다지 소용없다는 걸 알게 되지만."

언딘은 어떤 중대한 비밀을 간직한 아이처럼 입술을 꾹 다문 채 아버지에게 고개를 끄덕였다.

"바로 그거예요. 그런 이유로 내가 몹시 가고 싶은 거예요. 내가 돌아오지 않아도 될 가능성이 있기 때문이에요."

"돌아오지 않다니? 도대체 무슨 말을 하는 거냐?"

"내가 자유로워지고 다시 시작할 수 있다는 거예요."

스프라그 씨가 갑자기 의자를 홱 뒤로 밀치고 의자의 팔걸이를 손바닥으로 치면서 딸의 말을 가로막았다.

"하느님, 맙소사, 언딘. 너 지금 무슨 말을 하는지 알기나 하는 거냐?"

"오, 예, 알아요."

언딘이 자신만만하게 웃어보였다.

"내가 곧 달아날 수만 있다면, 곧장 파리로 갈 수 있다면……무엇이든지 할……무엇이든지 해줄 수 있는 사람이 거기 있거든요……내가 자유로워진다면요……."

스프라그 씨의 손이 의자 팔걸이를 계속 꽉 쥐고 있었다.

"세상에, 언딘 마블, 너 제 정신으로 거기 앉아서 네가 자유로워지면 뭘 할 수 있는지 나한테 말하고 있는 거냐?"

무언으로 서로 생각을 주고받는 사이에 부녀의 시선이 마주쳤다. 그러나 언딘은 아버지의 시선에 주눅들지 않았다. 언딘이 시선을 떨구었는데, 단지 둘 사이에 할 말이 남지 않았기 때문인 것 같았다.

언딘이 대담하게 대답했다.

"내가 자유로워지면 무얼 할 수 있을지 알아요. 나와 딱 맞는 사람과 혼인할 수 있을 거예요."

딸의 말에 스프라그 씨는 당혹스러워하면서 비꼬는 말로 중얼거리며 맞받았다.

"딱 맞는 사람이라니? 딱 맞는 사람이라고? 벌써 질리도록 충분히 그런 사람 찾지 않았니?"

이렇게 말하는데 뒤에서 문이 열려서 스프라그 씨가 갑자기 얼굴을 들었다.

속기사가 문 입구에 서 있었고, 언딘은 속기사의 어깨 위로 환심을 사려고 싱글거리는 엘머 모팻의 얼굴을 알아보았다.

"'그대가 조금만 더 나를 인도해 주시오.'[70] 그렇지만 나머지는 나 혼자 갈 수 있을 것 같소."

경쾌한 몸짓으로 속기사를 물러나게 하고 입구로 서서히 들어오면서 모팻이 말했다. 그러고 나서 스프라그 씨와 언딘에게 몸을 돌렸다. 정중하게 손을 내밀면서 모팻이 말했다.

"전적으로 마블 부인의 의견에 동감입니다. 또 부인께 그렇게 말할 기회가 생겨 기쁩니다."

언딘은 웃으면서 일어났다.

"아빠와 내가 옛날처럼 보였을 거 같다는 생각이 드네요. 우리가 말다

··

70) 로버트 루이스 스티븐슨(Robert Louis Stevens)의 『세벤 산맥에서 당나귀와 여행(*Travels with a Donkey in the Cevennes*)』에 나오는 구절. 이 여행기는 스티븐슨이 프랑스 남부 세벤 산맥을 12일간 혼자 도보 여행한 것을 기록한 책. 존 밀턴(John Milton)의 『투사 삼손 (*Samson Agonistes*)』도 비슷한 구절로 시작한다.

툼한다고 생각했어요? 그렇지만 우리는 이제 결코 다투지 않아요. 아빠는 항상 내 말에 동의하니까요."

언딘은 스프라그 씨를 보며 웃음을 짓고 반짝이는 눈을 모팻에게 돌렸다.

"당신과 당신 아버지의 협정이 몇 년 더 일찍 체결되었더라면 좋았을 텐데!"

늘 그렇듯이 익살맞고 허물없는 투로 모팻이 응수했다.

언딘은 결혼한 후로 이 사람을 만난 적이 없었고, 최근에는 그 사람의 운명이 역풍을 맞자 완전히 잊고 있었다. 그렇지만 모팻이 실제로 곁에 있으면 언딘은 항상 활기가 생겼다. 언딘은 자기 생각에 빠져 있기는 해도 거의 도전적으로 번창한다는 태도를 보이는 모팻에게 감명을 받았다. 모팻은 패배한 남자로 보이지 않았다. 오히려 패배한 때를 모르는 남자로 보였다. 에이펙스에서 최악의 시기를 보내는 동안에도 주눅 들지 않고 버티게 한 비웃는 듯한 자신감이 모팻의 눈에서 번쩍였다.

"업무차 날 만나러 왔겠지?"

스프라그 씨가 입 다물라고 하듯이 딸을 힐끗 쳐다보고 의자에서 일어나며 물었다.

장난기가 발동할 때는 거창하게 들리는 칭호를 붙이는 것이 버릇인 모팻이 대답했다.

"아, 예. 상원의원님. 적어도 사업과 연관될 수 있는 사소한 질문 하나를 물어보려고 왔죠."

스프라그 씨가 사무실을 건너가서 문을 열었다.

"이쪽으로 오게."

모팻을 앞서서 나가도록 인도하면서 스프라그 씨가 말했다. 그러나 모팻은 뒤에 처져서 외쳤다.

"가족 간의 비밀 얘기를 하려는 건 아닙니다, 마블 부인. 숨길 게 없으니 누가 나한테 밝은 백열등을 켜도 난 거리낄 게 없어요!"

문이 닫히자 언딘의 생각은 자기가 몰두하던 문제로 돌아갔다. 모팻이 아버지와 사업상의 거래를 한다는 게 부자연스러워 보이지는 않았다. 언딘은 스프라그 씨가 모팻을 아직도 그렇게 차갑게 대하는 것에 약간 놀라기조차 했다. 하지만 그런 걸 생각할 시간이 없었다. 자신의 곤경이 너무나 끈덕지게 언딘을 사로잡고 있었다. 언딘은 칸막이 반대쪽에서 두 사람이 무얼 논의하는지 한 번도 궁금하게 여기지 않고서 오르락내리락 하는 목소리에 귀를 기울이며 초조하게 사무실을 돌아다녔다.

아버지가 돌아오면 무슨 말을 해야 할까, 어떤 주장을 해야 아버지를 설득할 가능성이 가장 높을까? 아버지가 정말 줄 돈이 없다면 자신은 단단히 감옥에 갇히게 되고 밴 더갠을 잃게 되고 예전의 삶이 끝없이 계속될 것임이 분명했다……. 언딘은 초조해서 서성거리다 사무실 구석에 있는 대니얼 웹스터[71]의 강판(鋼版) 조각 아래 걸린 얼룩진 거울 앞에 잠시 멈추었다. 표면에 흠이 있는 거울조차도 언딘의 외모를 흉하게 망가뜨릴 수는 없었다. 언딘은 아름다운 자기 모습을 보고 새롭게 희망을 얻었다. 몇 주 동안 건강이 나쁘던 터라 뺨에는 더 섬세한 곡선이 생겼고 눈 밑의 그림자가 깊어져서 결혼 전보다 더 예뻤다. 아니야, 밴 더갠을 얻을 가망성이 사라진 건 아니야! 굴절된 햇빛 같은 웃음이 가늘게 뜬 눈에서 벌어진 입술까지 언딘의 얼굴을 스쳐 지나갔다. 이렇게 웃을 수 있는 동안에는 밴 더갠을 잃지 않았다! 더욱이 아버지가 돈이 없다 해도 아버지에게는 늘 돈을 '모으

••

71) 대니얼 웹스터(Daniel Webster, 1782~1852): 미국의 저명한 정치가이자 매사추세츠 주의 상원의원.

는' 신비한 방법이 있었다. 전에 에이펙스에서 살 때 아버지는 그런 재주가 있다고 자주 뽐냈다. 희망이 솟자 언딘의 눈은 믿음에 차서 커졌다. 이번에 언딘의 눈에 솟구쳐 오른 웃음은 아이의 웃음처럼 해맑았다. 아버지는 딸이 자기를 그렇게 보는 것을 좋아했다…….

문이 열렸고 스프라그 씨가 뒤에서 말하는 소리가 들렸다.

"아니, 나는 안 하겠네. 이걸로 얘기는 끝났네."

생각에 잠긴 얼굴로 스프라그 씨가 혼자 오더니 몸을 숙여서 힘에 겨운 듯 의자에 앉았다. 두 사람 사이의 대화가 갑작스럽게 끝난 게 분명했다. 잠깐 반짝 지나가는 호기심이 생겨서 언딘은 아버지를 바라보았다. 자기가 여기 있는 동안 모팻이 방문했다는 건 확실히 기묘한 우연의 일치였다…….

언딘이 문 쪽을 힐끗 뒤돌아보며 물었다.

"저 사람이 왜 온 거예요?"

스프라그 씨가 눈에 보이지 않는 이쑤시개를 우물거리며 씹었다.

"오, 그냥 또 다른 무모한 계획 때문이야. 그자가 간여하는 무슨 부동산 거래 때문에 왔어."

"왜 그 문제로 아버지에게 온 거죠?"

스프라그 씨가 딸에게서 눈길을 돌리더니 책상 위의 편지들 사이를 더듬었다.

"먼저 딴 사람들을 다 찾아가서 시도해본 것 같더라. 얻어낼 게 있다고 생각하면 악마 집의 현관문 초인종도 누를 인간이야."

"저 사람이 아라라트 신탁회사 조사에서 증언해 화를 많이 자초한 거 같던데요?"

"그렇고 말고. 이번에는 그자가 빈털터리가 되었어."

스프라그 씨는 확실히 만족해하면서 이렇게 말했다. 딸은 대답하지 않았다. 어지러운 책상을 사이에 두고 서로 마주 보면서 부녀는 말없이 앉아 있었다. 엘머 모팻에 대한 짧은 대화의 저변에서 신속한 이해의 기류가 부녀 사이에 흐르는 것 같았다. 눈은 믿음에 차서 커지고 해맑은 웃음이 눈에 솟아 오르면서 언딘이 갑자기 책상 위로 몸을 기울였다.

"아버지, 어찌되었건, 그때 한 번은 내가 아버지가 원하던 대로 했어요. 이번에는 아버지가 내 말을 듣고 도와주실 수 없어요?"

제18장

　언딘은 아버지 사무실 밖 층계참에 혼자 서 있었다.

　전에 단 한 번 언딘은 아버지에게서 자기가 원하는 바를 얻어내지 못했다. 아버지와 이야기할 때 모팻이 들어와 이전에 목적을 달성하지 못한 게 신의 섭리의 결과였음을 자기에게 보여주었다는 사실에 특이한 역설이 있었다. 두 상황 사이에 진짜 유사성이 있음을 고백하는 것은 아니었다. 현재의 경우 언딘은 자기가 원하는 것이 무엇인지, 그것을 어떻게 얻는지 충분히 잘 알았다. 그러나 그 유사성이 아버지의 목적에 도움이 됐고, 운 나쁘게 모팻이 들어와 분명히 아버지가 더 강하게 반대하도록 했다.

　가장 최악의 것은 방해물들이 아주 사실적이라는 것이었다. 스프라그 씨는 딸을 모호한 주장으로 물리친 게 아니었다. 아버지는 지난 3년 동안 딸의 가족을 부양하기 위해 약속한 용돈보다 얼마나 더 많이 주었는지를 보여주면서 언딘이 싫어하는데도 증거를 들이댔다. 사치스러움에 대해 자기 탓을 할 수 없었고 여전히 '그럭저럭 꾸려가는' 자기 재능을 완전히 믿었기 때문에 언딘은 아버지와 랠프가 주는 돈만으로는 생활할 수 없다는 결론을 내릴 수밖에 없었다. 그리고 이게 자기가 자유를 원하는 실질적인 이유인 것처럼 보였다. 만약 남편과 헤어진다면 랠프는 자기 가족에게 돌아갈 것이고 스프라그 씨는 무능한 사위에 대해 짐을 질 필요가 없을 것이다. 그러나 이런 설득조차도 아버지를 움직이지 못했다. 위험을 무릅쓰고 밴 더갠의 이름을 대자마자 언딘은 가정 내 품행 지침과 대면했다. 그 품행 지침을 주장하는 아버지는 사업 원칙은 융통성이 있었지만 가정 내 품행 지침은 완고했다. 스프라그 씨는 이혼을 본질적으로 나쁘다거나 심지어 부적절하다고 생각하지도 않았다. 이혼이 사회적으로 불리하다는 점을 들어본 적도 없었다. 언딘이 얘기하는 것처럼 많은 여성이 이혼을 했다. 그리고 이혼 사유가 합당하다면 이혼은 정당했다. 랠프 마블이 술주정뱅이거나 '바람을 피웠다면' 스프라그 씨도 랠프와 이혼을 원하는 언딘의 바람을 인정했을 것이다. 그러나 언딘의 소망이 다른 남자를 좋아해서 생겼다면, 게다가 그 남자가 유부남이라면 그건 가장 타협 불가능한 대거닛 가나 마블 가 사람들에게 그렇듯이 스프라그 씨에게도 충격이었다. 스프라그 씨가 아는 것처럼 그런 일들은 일어났다. 그러나 자기가 막을 힘이 있는 한에는 그런 일들이 자기 성을 지닌 여자에게 일어나서는 안 되는 일이었다. 현재로서는 아버지가 그런 힘이 있다는 걸 언딘은 인정했다.

승강기에서 내린 언딘은 로비에 있는 모팻을 보고 깜짝 놀랐다. 그 사람의 존재는 자기의 실패를 짜증나게 상기시켰다. 그래서 빠르게 인사하고 지나쳤지만 모팻이 쫓아왔다.

"마블 부인, 당신과 잠깐 말을 나누려고 기다렸습니다."

만약 다른 사람이었다면 언딘은 지나쳤을 것이다. 그러나 모팻의 목소리에는 항상 언딘을 잡아끄는 힘이 있었다. 지금도 그 사람이 패배했고 보잘것없는 사람이라는 것을 아는데도 그 목소리의 힘에 끌려 언딘은 발길을 멈추고 말했다.

"죄송하지만 약속에 늦었어요."

"당신을 많이 늦게 하지는 않겠소. 만약 당신이 날 당신 집으로 불러준다면……."

"오, 난 거의 집에 있지 않아요."

언딘은 궁금해서 모팻을 바라보았다.

"무슨 말을 하고 싶은가요?"

"단 두 마디요. 이 건물에 내 사무실이 있소. 가장 빨리 이야기를 끝내는 길은 아주 잠깐 거기로 올라가는 것일 거요."

언딘의 표정이 점점 관심이 없어지자 모팻이 덧붙였다.

"내가 할 말은 당신이 내 사무실에 가볼 만한 가치가 있다고 생각하오."

그 얼굴은 빈정댐도 없고 심각했다. 그 표정은 모팻이 신뢰를 얻으려고 할 때 짓는 표정이었다.

"좋아요."

돌아서면서 언딘이 말했다.

모팻의 사무실을 나오면서 시계를 보고 언딘은 모팻이 10분 이상 잡아두지 않겠다는 약속을 지켰다는 걸 알았다. 그건 그 사람의 특징이었다. 모팻은 예측할 수 없었지만 항상 신뢰할 수 있는 단단한 근거가 있었다. 어떤 이에게는 그 단단한 근거를 느끼게 하고 어떤 이는 느끼지 못하게 하는 건 그 사람이 선택하는 문제 같았다. 특정한 문제들에서 이런 특성은 정확한 말과 명료한 행동으로 나타났는데, 이것은 평소의 과장된 농담과 헐렁하고 한가해 보이는 태도와는 이상하게 대조적이었다. 어떤 사람보다 더 파악하기 어려웠지만 일솜씨는 누구보다도 더 확실했다. 그 건물을 떠날 때 언딘은 표정이 맑아졌고 아주 경쾌하게 움직였다. 모팻의 이야기를 완전히 이해하지는 않았으나 언딘은 자기에게 펼친 그 사람의 계획의 윤곽을 이해했고 둘의 거래에 만족했다. 모팻은 사업에서 유용할 수도 있는 친구들에게 자기를 소개해주겠다는 약속을 언딘에게 상기시키며 이야기를 시작했다. 두 사람이 그런 거래를 한 지 3년 넘게 모팻은 자기 약속을 충실하게 지켰다. 시간이 지나면서 모든 문제가 점차 중요하지 않게 되었지만 언딘은 신의를 증명하고 싶었고, 모팻이 그 약속을 들먹이자 언딘은 즉시 그걸 인정했다.

"음, 그렇다면 당신 남편에게 나를 소개해주었으면 좋겠소."

언딘은 깜짝 놀랐지만 한편으로는 안도의 한숨을 쉬었다. 랠프는 자기의 많은 친구들보다 더 다루기 쉬웠다. 언딘이 무엇을 제안해도 동의하는 것이 현재 랠프가 무관심하다는 걸 보여주었다.

"남편요? 그 사람이 당신에게 무얼 할 수 있어요?"

모팻은 즉시 몇 마디로 설명했는데, 이것은 사업을 할 때 그 사람의 방식이었다. 모팻은 서로 다투는 상속자들이 공유하는 부동산을 구입하는 일과 관련 있는 큰 '거래'에 관심이 있었다. 랠프 마블과 연결된 부동산 거래인이 이 상속자들을 대표했다. 그러나 그 사람에게 직접 다가가지 않는 것에는 모팻만의 이유들이 있었다. 모팻은 '사업 제안'을 가지고 마블에게 가고 싶지 않았다. 마치 우연인 것처럼 랠프와 사교적으로 만나는 게 나았다. 모팻은 그 목적으로 스프라그 씨에게 사정했지만, 스프라그 씨는 평소처럼 그 일을 들여다보려고도 않고 '거절했다.' 모팻이 덧붙여 말했다.

"당신 아버지는 당신에게 이득이 될 일이 나를 통해 생기기보다는 차라리 당신이 그걸 놓치기를 바라오. 도대체 당신 아버지는 그 문제에 대해 내가 당신에게 무슨 짓을 할 힘이 있다고, 아니 무슨 힘이 있다고 생각하는지 모르겠소."

모팻이 계속 설명했다.

"어쨌든 이제 당신에게 모든 힘이 있어요. 그래서 내가 당신 남편과 조용히 이야기를 할 수만 있다면 그 일이 당신에게 전혀 피해가 가지 않는다는 걸 보여주겠소."

모팻은 자본과 이자, 세금, 임대에 관한 모호한 계획과 전문적인 내용을 다시 자세히 이야기했다. 그 이야기에서 언딘은 마침내 '그 거래가 성사되면' 마블의 회사에 수수료가 4만 달러 돌아가고 그중에서 사분의 일이 넘는 액수를 랠프가 받는다는 핵심적인 사실을 이해했고 그 사실에 집착했다.

"정말이지, 굉장한 사람이야!"

며칠 뒤 저녁에 랠프는 조촐한 저녁을 마치고 응접실로 돌아가면서 말했다. 언딘은 난롯가 자기 자리에 앉아 쳐다보았다. 언딘은 모팻을 초대해 클레어 밴 더갠, 페어퍼드 부인, 찰스 보언을 만나게 하려고 생각했다. 모팻을 설명하는 가장 간단한 방법은 아라라트 신탁회사가 벌인 굉장한 싸움의 주인공이 옛 에이펙스 친구라는 걸 우연히 알게 되었다고 랠프에게 말하는 것이라는 생각이 났다. 모팻이 졌지만 그 사람에 대한 흥미가 사라지지는 않았다. 그 사건의 요인으로서 모팻은 더 이상 두려움을 불러일으키진 않았지만, 하먼 B. 드리스콜에게 감히 도전한 사람으로서 어떤 이들에게는 거의 영웅적인 인물로 주목을 받게 되었다.

언딘은 클레어와 페어퍼드 부인이 언젠가 올림픽 전사와 같은 사람들 가운데서도 좀 더 용감한 이 사나이를 보고 싶다고 한 말을 기억했다. 두 사람이 만나도록 모팻을 초대해야 한다는 언딘의 제안에 랠프는 분명히 기분이 좋았다. 그것은 아내가 오랜만에 자기 가족에게 한 유화적인 행동이었다.

모팻의 사교적인 재능은 두 숙녀들을 기쁘게 할 종류의 것이 아니었다. 그 사람은 클레어 부류보다는 피터 밴 더갠 부류의 사람들 사이에서 더 빛날 사람이었다. 그러나 클레어나 페어퍼드 부인 모두 전통적인 사람을 기대하지는 않았다. 그래서 모팻의 시끄럽고 거북한 태도 때문에 분명히 그 여자들보다는 언딘이 더 불안했다. 언딘은 모팻의 투박함만을 느꼈다. 그리고 자기 남편이나 보언 같은 사람이 참석하고 있다는 사실만으로도 모팻의 투박한 태도에 무언의 비판이 가해졌다. 그러나 페어퍼드 부인은 모팻이 속어와 과장법을 지나치게 사용하도록 부추기고 즐거워하는 것처럼 보였다. 페어퍼드 부인이 서서히 드리스콜과 벌인 싸움에 관한 얘기로 유도하자 모팻은 거침없이 솔직해졌다. 주저할 것이 없는 듯이 보였다. 거대한 사업의 세부 사항이 모두 호메로스의 서사시처럼 쏟아져 나왔다. 그리고 모팻은 갑자기 멈추고 손을 바지 주머니에 찌른 채 붉은 입술을 휘파람을 불듯이 오무리다 언딘의 시선과 마주치자 그만두었다. 당황함을 감추기 위해 모팻은 의자에 기대 앉아서 차분하게 테이블을 바라보았다. 그러고는 샴페인 잔을 다시 채우기 위해 다가오는 하인에게 '채워주시겠어요' 라고 말했다.

남자들은 엽궐련을 피우면서 오래 앉아 있었다. 그러나 얼마 후에 언딘은 클레어와 페어퍼드 부인 간의 논쟁에서 어떤 문제를 해결하도록 찰스 보언을 응접실로 불러들였다. 그래서 모팻에게 남편과 단둘이 있을 기회를 마련해주었다. 손님들이 가고 난 다음 언딘은 그 둘 사이에 무슨 말이 오갔는지 알고 싶어서 마음이 두근두근했다. 그러나 랠프가 응접실로 왔을 때 언딘은 난롯불에 시선을 고정한 채 기운 없이 부채를 부치고 있었다.

랠프는 아내를 내려다보면서 반복했다.

"대단한 사람이야. 어디서 그 사람을 만났소, 에이펙스에서?"

랠프가 벽난로 선반에 기대어 담뱃불을 붙였을 때 언딘은 남편이 평소보다 덜 피곤하고 기운이 있다는 생각이 들었다. 그래서 자기가 마련해준 남편과 모팻 둘만의 순간에 중요한 일이 있었다고 점점 더 확신했다.

언딘은 생각에 잠긴 듯이 부채를 폈다 접었다 했다.

"그래요, 몇 년 전이에요. 아버지가 그 사람과 사업을 해서 집으로 저녁 초대를 했어요."

"그러고는 그 사람을 만난 적이 없소?"

언딘은 기억을 더듬듯이 잠시 기다렸다. 그리고 한숨을 쉬며 말했다.

"아마 만났을 거예요. 그러나 아주 오래전인 것 같아요."

최근에 와서 행복한 처녀 시절을 그렇게 구슬픈 시선으로 바라보는 습관이 언딘에게 생겼지만 랠프는 그런 암시를 알아차리지 못하는 듯했다.

잠시 뒤에 랠프가 말했다.

"당신은 아오? 난 그 사람이 아직 패배했다고 생각하지 않아."

언딘은 재빨리 쳐다보았다.

"당신은 그렇게 생각하지 않는다고요?"

"그렇소, 보언도 그렇게 생각하지 않는다는 걸 알 수 있었소. 모팻은 천천히 발전하고 큰 무대가 필요하고 큰 실수를 하기도 하지만 결국에는 자기가 원하는 걸 얻는 사람이라는 생각이 들었소. 아, 내가 그 사람에 관한 책을 쓸 수 있으면 좋을 텐데! 그 사람에게는 영웅적인 데가 있어…… 영웅적인 뻔뻔함 같은 게."

언딘은 그 말을 들으면서 맥박이 점점 더 빨리 뛰었다. 그건 모팻이 자기 자신에 대해 이야기할 때 항상 하던 말이 아닌가, 자기에게 필요한 건 시간과 자유뿐이라고? 그렇게 꿈속에서 사는 것 같고 세상을 쳐다보지도 않는 것 같은 랠프가 즉시 똑같은 결론을 내리다니 얼마나 이상한 일인가! 그러나 언딘이 알고 싶은 것은 그 만남의 실질적인 결과였다.

"담배를 피우면서 당신과 그 사람이 무슨 얘기를 했어요?"

"아, 그 사람이 드리스콜과 싸운 이야기를 다시 했소. 우리에게 아주 자세하게 이야기해주었지. 그자는 아주 짐승 같은 작자야. 그렇지만 관찰력과 유머가 풍부해. 그리고 보언이 당신들에게 간 뒤에 자기가 추진 중인 새로운 계약에 관해 말해줬소. 계약이라기보다는 전도유망한 계획인데, 하지만 똑같이 규모가 거대한 일이오. 그런데 우리가 그 사람을 위해 무슨 일을 해주면 가능할 것 같소. 그 사람이 원하는 부동산의 일부를 우리 사무실이 관리하거든."

랠프는 사업 문제에 관해 언딘이 무관심하다는 걸 알고 잠깐 멈췄지만 자기를 향한 아내의 얼굴은 생생한 관심을 표했다.

"당신 말은 당신이 그 부동산을 그 사람에게 팔 거라는 거예요?"

"음, 일이 잘되면. 만약 된다면 굉장한 수수료가 떨어질 거야."

랠프는 아내를 반쯤은 빈정대듯 내려다보았다.

"당신은 그렇게 되면 좋겠지, 그렇지 않소?"

언딘이 비난의 기미를 비치면서 대답했다.

"왜 그런 말을 하세요? 난 불평하지 않았어요."

"아, 안 했지. 하지만 내가 돈을 버는 데는 실망스러운 사람이었다는 것을 알아요."

언딘은 마치 완전히 지치고 관심이 없는 듯 의자에 기대 눈을 감았다. 잠시 뒤에 남편이 자기에게 고개를 숙이는 것을 느꼈다.

"무슨 일이오? 어디 몸이 좋지 않소?"

"좀 피곤해요. 아무것도 아니에요."

언딘은 손을 치우고 갑자기 울음을 터뜨렸다.

랠프는 아내 곁에 무릎을 꿇고 앉아 아내를 안았다. 아들의 생일 저녁 이래로 처음으로 아내를 만졌다. 부드러운 아내를 느끼자 순간 온몸이 따뜻해졌다.

"무슨 일이오, 여보? 무슨 일이야?"

언딘은 고개를 들지도 않고 흐느껴 울었다.

"당신은 내가 너무 이기적이고 혐오스럽고, 그냥 아픈 척한다고 생각하는 것 같아요."

"아니오, 아니오."

랠프는 아내의 머리를 쓰다듬으면서 달랬다. 그러나 아내가 점점 더 절망적으로 격렬하게 울자 랠프는 놀라서 아내를 일으켜 세우고 설득해서 2층으로 데려갔다. 랠프가 자기를 데리고 복도를 지나 침실로 가는 동안 언딘은 남편에게 완전히 기대어 지친 숨을 헐떡이며 흐느꼈다. 랠프는 아내를 긴 의자에 눕혔다. 거기서 언딘은 창백하게 조용히 누워 속눈썹 사이로 눈물을 방울방울 떨어뜨리며 손수건으로 입을 막고 있었다. 랠프는 그 증상을 무너지는 마음으로 바라보았다. 아내는 저번 겨울에 앓은 신경쇠약 발작이 일어나기 직전이었다. 랠프는 일련의 불행한 결과들, 즉 의사와 간호사의 청구서, 그에 따르는 혼란스러움과 비용들을 절망 속에서 헤아렸다. 만약 모팻의 프로젝트가 실현되기만 한다면, 만약 한 번만이라도 자기 주머니에 상당한 액수가 들어와 계속되는 일상의 긴장에서 벗어날 수 있다면 얼마나 좋을까!

다음 날 아침 언딘은 좀 더 차분해졌지만 침대에서 일어나기에는 너무 몸이 좋지 않고, 의사는 걱정하지 말고 쉬라고 하며 나중에 다른 곳으로 가서 환경을 바꿔보라는 처방을 내렸다. 의사는 랠프에게 신경과민인 사람에게는 단조로움보다 더 지겨운 건 없다고 설명해주었다. 그리고 마블 부인이 뉴포트에서 시즌을 보내려고 생각한다면 그렇게 하도록 언딘이 기운을 차리게 해야 한다고 설명해주었다. 그런 경우에 의사는 신경을 강화할 수 있도록 파리나 런던으로 떠나는 것을 종종 추천했다.

언딘은 서서히 힘을 회복했고, 날이 지나감에 따라 점점 더 자주 유럽 여행에 대한 제안이 넌지시 언급되었다. 그러나 그 말은 항상 언딘의 의학적 조언자에게서 나왔고 언딘 자신은 이상하게 수동적이고 무관심했다. 언딘은 매일 마사지를 받으라는 처방을 받아서 히니 부인 외에는 아무도 만나지 않았고, 폴이 노는 시끄러운 소리가 들리지 않도록 부탁해놓고 계속 2층의 긴 소파에 누워 있었다. 폴이 머리맡에서 뛰어노는 소리가 잠을 방해해서 아이의 침대는 아빠 방 위에 있는 낮 동안 노는 육아실로 옮겨졌다. 랠프에게는 아이가 일찍 일어나 뛰어다니는 게 방해가 되지 않았다. 본인이 해가 뜨기 전에 항상 깨어 있었기 때문이다. 근심거리를 끌어안고 있기에는 하루가 그리 길지 않았다. 그래서 근심거리는 조용한 시간에, 근심거리를 잠재우는 다른 소리가 없을 때면 곁에 와 서 있었다.

랠프는 사업에서 성공하지 못했다. 자기를 동업자로 영입한 부동산 중개업자는 랠프의 사회적 연줄에서 이익을 보겠다는 희망에서 그렇게 했다. 이 점에서 랠프를 영입한 건 실패였다. 그런 방향에서 랠프는 아주 무능력했고 사무실의 잡일을 하는 사람으로서만 동업자들에게 쓸모가 있을 뿐이었다. 온 힘을 다해 잡무를 하는 것을 반대했지만 랠프는 체념하고 계속 그 일을 했다. 그러나 그런 일상적인 일에도 랠프는 적성이 맞지 않았다. 그리고 자기가 회사에 도움이 되지 않는다고 생각하기 시작했다. 다른 일자리를 찾기가 어렵다는 점 때문에 회사를 그만두는 게 두려웠다. 랠프는 '거래'에 대해 엘머 모팻이 준 힌트를 희망적으로 생각하게 되었다. 협상이 성공하면 당장의 금전적 이익을 넘어서는 유리한 점이 있을 것이다. 그것은 지금의 절박한 고비에서는 그 자체로서 정말로 중요했다.

모팻은 저녁을 먹은 날 이틀 뒤에 다시 나타났다. 지금 하는 그 사업은 신중할 필요가 있어서 자기가 랠프의 사무실에 나타나지 않는 게 좋겠다는 설명과 함께 오후 늦게 웨스트엔드 애비뉴에 나타났다. 모팻이 신중하게 자기 '편'이라고 지정한 매수자들이 이미 사들인 두 곳 커다란 토지 사이에 있는 조그만 땅을 사기 위해서 극도로 비밀스럽게 협상하는 문제였다. 모팻이 자기 편 사람들을 얼마만큼 '대변하는지'는 랠프로서는 추측할 뿐이었지만, 그자가 그 거래에서 큰 몫을 챙긴다는 것과 그 거래가 드리스콜이 '내친' 이후로 그자가 일어설 첫 기회가 되는 건 분명했다. 탐이 나는 땅의 임자들은 팔려고 조바심치지 않았고, 모팻이 랠프의 동업자들을 통해 땅 주인들에게 접근하려 하지 않는 개인적인 이유도 있었다. 랠프의 동업자들은 정식 부동산 중개업자였다. 그래서 그 조건들을 알면서도 그 일과 관련이 없다는 점 때문에 랠프가 유용한 중개자로 드러났다.

두 사람이 처음 나눈 대화를 통해서 랠프는 모팻의 힘과 예리함을 인식하고 현기증이 났지만, 모팻이 제안한 거래가 '정직한지' 막연히 의심하게 되었다. 표면에서 날쌔게 움직이는 작은 치어(稚魚) 아래 모팻과 드리스콜 같은 남자들이 마치 그림자에 싸인 파괴적인 괴물처럼 움직이는 어두운 지하 세계의 업무 안에서 랠프는 자기의 길을 분명하게 파악한 적이 없었다. 랠프는 '사업'이 그 자체의 특별한 도덕을 만든다는 것을 알았다. 인간이 스스로 부과한 법과 인간의 관계에 대해 생각해보았을 때 랠프는 인간이 행동을 할 때 대개 자신의 제재에 대해 걱정하지 않는다는 걸 알게 되었다. 자기 같은 사람이 하지 않는 일들에 대해 생생하게 알게 되었지만, 거대한 재정적인 문제를 머리로 파악하지 못했기 때문에 물려받은 기준 같은 아주 단순한 척도를 그런 문제에 적용하는 게 힘들었다. 그 계획이 진전되면서 랠프는 계획의 창안자인 모팻과 이야기를 나누는 동안에는 모든 계획이 괜찮아 보이지만 나중에 생각해보면 막연히 옳지 않다는 것을 알았다. 할아버지와 의논을 해봐야겠다는 생각이 났다. 사업에 대해서는 할아버지가 자기만큼이나 한없이 무지하기 때문에 그 생각을 포기했지만, 단순히 그 이유만으로 할아버지와 상의하기를 포기하지는 않았다. 결국 스프라그 씨에게 가정(假定)이라고 하면서 그 경우를 의논해보자는 생각이 떠올랐다. 랠프가 아는 한 장인의 사업 기록은 흠이 없었다. 그러나 장인에게는 대거닛 가의 규칙에서는 허용되지 않는 융통성 있는 적응력이 있다는 생각이 들었다.

스프라그 씨는 그 경우에 대해 랠프의 말을 생각에 잠겨 들으면서 가끔씩 잘못을 바로잡는 소리를 냈고, 대략 파악한 문제를 머릿속에서 굴려보는 동안에 입술 사이에서 엽궐련을 돌렸다.

"그런데 뭐가 문제인가?"

사위의 식당 벽난로 창살에 앞이 네모난 커다란 신발을 쭉 뻗으면서 드디어 장인이 물었다. 그 식당에서 랠프는 가족끼리 저녁을 먹은 다음에 장인과 의논할 기회를 잡았다.

"문제요?"

랠프는 생각했다.

"음, 그게 바로 장인어른이 제게 설명해주기를 원하는 부분입니다."

스프라그 씨는 고개를 뒤로 젖히고 벽난로 선반 위에 있는 꽃으로 장식된 프랑스 시계를 응시했다. 스프라그 부인은 위층에 있는 딸의 침실에 있었다. 그래서 그 집은 너무 조용했고 마치 두 남자 주위에서 귀를 기울이는 듯했다.

"자, 난 잘 모르지만 질병이라는 건 존재하지 않고 다만 아픈 사람만 있다는 의사의 말에 동의하네. 모든 경우가 다르다고 생각하네."

엽궐련을 잘근거리면서 스프라그 씨는 곰곰이 생각하는 시선으로 랠프를 보았다.

"내게는 모든 문제의 핵심이 이거 하나로 요약되는 것 같네. 우리가 생각하는 이 작자가 다른 쪽에 어떤 의무가 있는가? 내 말은 그 사람이 부동산을 사려고 하는 사람에게 말이야?"

랠프는 주저했다.

"서로 점잖게 거래해야 한다는 점잖은 사람들 사이에서 인정되는 그런 의무밖에는 없어요."

스프라그 씨는 자신이 던진 아주 단순한 질문을 또 단순하게 설명해야 하는 선생처럼 고통스럽게 이 말에 귀를 기울였다.

"내 말은 어떤 개인적인 의무가 있느냐는 말일세. 상대방이 그 사람에게 호의를 베푼 적이 있나?"

"아니에요. 전 그 사람들이 이전에 어떤 관계가 있었다고 생각지 않아요."

장인은 가만히 바라보았다.

"그렇다면 뭐가 문제인가?"

스프라그 씨는 얼굴을 찡그리면서 타다 남은 장작을 바라보았다.

"그 반대의 경우일 때조차도 항상 그런 일에 약속을 지켜야 되는 구속력이 얼마나 있는지 결정하는 게 쉽지 않다네. 그리고 사람이 난파를 당하면 완전히 낯선 사람만큼이나 친한 친구조차 잽싸게 먹어 치울 거라고 사람들은 말하지."

스프라그 씨는 어깨를 흔들어 자신을 추스르면서 난로 창살에서 발을 뺐다.

"그런데 자네 경우에는 뭐가 문제인지 모르겠네. 자기 목숨을 돌보는 건 양측 모두 스스로 처리해야 될 문제라고 생각하네."

장인은 의자에서 일어나 2층에 있는 언딘에게 천천히 올라갔다.

그것은 윌 가의 규칙이었다. 모든 게 개인의 의무로, 적진에서 밥벌이를 하는 문제로 귀착했다. 랠프는 상상 속에서 기나긴 사색의 길을 이리저리 돌아다녔다. 그러다 즉시 행동해야 할 필요에 깜짝 놀라 상상에서 물러났다. 모팻의 '거래'는 기다릴 수 없었다. 재빠른 결정이 효과적인 행동에 필수적이고, 차이의 윤리적인 측면을 곱씹어 생각하는 건 신속한 적응을 열성적으로 좋아하는 세계에서는 좋기보다는 나쁘게 작용하는 것 같았다. 예측하지 못한 청구서 몇 개가 도착하면서 이런 관점이 확실하게 굳어졌다. 일단 그것을 받아들이자 랠프는 그 일에 거리를 두면서 관심을 가질 수 있었다.

랠프가 어렸을 때 파리에서 한번은 예술 학교에서 극장의 위대한 대가가 하는 연기 수업을 들은 적이 있었다. 여러 번 연기가 반복되어서 랠프에게 익숙한 역할이 있었는데, 겉으로는 복잡하지 않은 고전극의 역할이 눈앞에서 조각조각 나뉘고 구성 요소들로 분해되고 난 후, 상세한 설명과 다양한 암시와 함께 다시 짜였다. 그래서 자기가 어떤 오래된 자연스러운 과정의 비밀을 보도록 인도되는 것처럼 느꼈다. 랠프는 모팻의 이야기를 들으면서 그 연극 수업이 기억났다. 처음에는 그 '거래'와 그 거래에서 자기가 맡은 역할은 아주 단순해보였다. 자기는 모자를 쓰고 그 일을 처리할 수 있다는 확신을 가지고 현장에 가기만 하면 되는 것이었다. 그러나 모팻이 이야기하자, 그 위대한 배우가 연극을 배우는 학생들 앞에서 자기 역할을 분석한 연극 수업처럼 랠프는 자기가 아무것도 모르고 서투르다는 생각이 들었다. 그 일은 사실 까다롭고 복잡했다. 모팻은 다시 한 번 어디에 난관이 있는지, '당사자들'의 개인적인 특성이 그 난관에 어떤 영향을 끼치는지를 파악했다. 그런 통찰에 랠프는 흥미를 느꼈고, 주제에서 벗어나서 왜 모든 금융가가 소설가가 되지 못하는지, 두 예술을 가르는 근본적인 벽이 무엇인지가 궁금해졌다.

두 남자는 모두 그 일을 서두를 만한 충분한 이유가 있었다. 모팻이 자기에게 처음 접근한 지 2주 이내에 랠프는 제안을 받아들이겠다고 말할 수 있었다. 랠프는 개인적인 만족 외에도 강력한 협상가에게서 까다로운 일을 맡은 대리인이 느끼는 기쁨을 느꼈다. 자기가 상관에게 타협하는 서류를 들고 가는 젊고 열성적인 예수회 수사 같았다. 모팻과 같이 일을 하고 모팻의 크고 강력한 지적 능력을 가까이에서 살펴보는 것은 흥미진진했다.

모팻을 만나고 나서 사무실을 나올 때 랠프는 높은 층에 있는 사무실에서 내려오는 스프라그 씨를 만났다. 장인은 모팻의 사무실 문을 돌아보면서 갑자기 멈추었다.

"어이, 그 무자비한 자들하고 자네 거기에서 뭘 하고 있었나?"

랠프는 신중하게 행동하는 게 중요하다고 판단했다.

"아, 회사 때문에 처리해야 할 작은 일이 있어서요."

스프라그 씨는 더 이상 말하지 않았지만 이쑤시개를 돌리는 듯이 입술을 움직였다.

"언디는 어떤가?"

스프라그 씨는 사위와 함께 승강기를 타고 내려가면서 물었다.

"기운을 못 차리는 것 같아요. 의사는 아내가 몇 주 동안 유럽을 갔으면 해요. 아내는 파리에서 친구 샬럼 가족을 만날 생각을 해요."

스프라그 씨는 다시 말이 없었다. 그러나 랠프와 함께 건물을 나왔고 두 사람은 월 가로 걸어갔다.

곧 장인이 물었다.

"자네 어떻게 모팻을 알게 되었나?"

"예, 우연히요. 언딘이 어디서 그 사람을 우연히 만나서 요전 날 저녁을 하자고 했어요."

"언딘이 그 사람에게 저녁 식사를 하자고 했다고?"

"예. 장인이 에이펙스에서 그 사람을 알았다고 했어요."

스프라그 씨는 그 사실을 확인하듯이 기억을 더듬는 것처럼 보였다.

"예전에 거기 있었던 것 같아. 난 아직까지 그자에 대해 좋은 얘기를 들어본 적이 없네."

스프라그 씨는 사거리에서 잠시 멈추고 사위를 찬찬히 쳐다보더니 이렇게 물었다.

"언딘은 이번 유럽 여행을 꼭 가려고 하는가?"

랠프는 웃었다.

"장인도 아시잖아요, 언딘이 뭘 하겠다고 하면 어떤지를……."

스프라그 씨는 생각에 잠긴 듯이 눈썹을 약간 치켜 올림으로써 입 밖으로 내지 않았지만 마음속 깊은 곳에서 나오는 대답을 하는 것 같았다. 스프라그 씨는 지하철 계단을 내려가면서 말했다.

"그렇다면 나 같으면 이번엔 그 아이가 하는 대로 내버려 두겠네……걔가 그렇게 하도록 내버려두어."

랠프는 깜짝 놀랐다. 왜냐하면 언딘의 부모가 딸의 유럽 여행에 관한 계획을 알고 그것에 대해 강하게 반대한다는 걸 장모인 스프라그 부인이 놀라서 한 말에서 알고 있었기 때문이다. 어느 정도 반대해야 해가 되지 않는지를 장인이 오랫동안 숙고했고, 자기 딸에게 반대하거나 다른 이들에게 딸에게 반대하라고 충고하는 게 쓸모없어지는 때가 언제인지를 스프라그 씨가 안다고 랠프는 결론지었다.

랠프로서는 반대할 생각이 없었다. 모팻의 사무실을 떠날 때 가장 깊이 느낀 감정은 안도감이었다. 랠프는 아내가 가는 게 두 사람에게 최선임을 인정하는 지점에 이르렀다. 언딘이 돌아오면 아마도 두 사람의 삶은 서로 다시 적응할 것이다. 그렇지만 당분간 자기를 무감각하게 마비시키는 영향력을 갈망했고, 아내를 그렇게 가깝게 느끼면서도 다가갈 수 없기 때문에 둔하지만 매일 느끼는 고통에서 벗어나고 싶었다. 분명히 자기들에게 생긴 뜻밖의 돈에는 더 다급한 용도들이 있었다. 밀린 무거운 가계 빚을 갚아야 했고 여름은 여름대로 부담이었다. 하지만 어쩌면 또 한 번 행운이 올 수도 있었다. 랠프는 자기 인생을 주도하지 못한다는 걸 아는 사람처럼 표류하는 '운'에 의존하게 되었다. 당분간은 언딘이 원하는 걸 갖게 하는 게 더 편한 것처럼 보였다.

언딘은 전반적으로 신중하게 행동했다. 언딘은 그 희소식을 시큰둥하게 받아들였고 그 희소식이 가져온 이익을 보기 흉하게 서둘러 받으려고도 하지 않았다. 그러나 유럽 여행의 세부 사항을 모두 미리 생각해놓았을 뿐 아니라 자기가 없는 동안 남편과 아이를 어떻게 처리할지도 정확하게 결정해놓은 사실에 대해 시치미를 떼기 힘든 만큼이나 눈에 드러나는 기쁜 빛을 숨기기 어려웠다. 폴은 할아버지 집으로 데려가고 웨스트엔드 애비뉴에 있는 집은 여름 동안 세를 놓으라는 언딘의 제안은 거부하기에는 너무나 실용적이었다. 랠프는 언딘이 이미 해리 립스컴 부부를 손안에 넣은 걸 알았다. 언딘은 해리 립스컴 부부와는 3년 동안 소원하게 지내다가 좋은 관계로 다시 끌어들였고, 다시 관계를 시작하는 첫 단계로 웨스트사이드의 시원하고 바람이 잘 통하는 집을 여름 동안 임대할 필요를 그 부부가 느끼게 했다. 유럽에서 돌아오면 물론 애디론댁 공원에 있는 랠프와 아들에게 바로 오겠다고 하면서, 립스컴 가족이 그 집을 정말로 빌리기를 원하는데 비워놓는 건 어리석게 돈을 낭비하는 걸로 보인다고 설명했다.

떠나는 날이 가까워올수록 언딘은 기뻐하는 빛을 감추는 게 점점 더 어려웠다. 그러나 아내가 즐거워하는 모습이 아주 사랑스러워서 랠프는 언딘이 결국에 가서는 아들과 자신을 상상한 것보다 더 많이 그리워할 거라고 생각하기 시작했다. 아내는 사랑스럽게 폴의 건강에 신경을 썼고, 폴을 할아버지 댁으로 보낼 준비를 하면서 결혼 이후로 지낸 것보다 더 많은 시간을 워싱턴스퀘어의 시댁 식구들과 보냈다. 언딘은 폴이 새로운 환경에서 익숙해지기를 바란다고 말했다. 그런 목적으로 아들을 할머니 댁에 자주 데리고 갔고 아이에게 헌신하고 아이와 아주 예쁘게 놀아주어서 노 대거닛 씨의 마음을 샀다.

언딘은 의식적으로 자기 역할을 하지는 않았다. 이 새로운 면이 다른 면만큼이나 언딘에게 자연스러웠다. 자기가 바라던 것이 충족되는 기쁨 속에서 언딘은 자기 주변의 사람들이 모두 행복하기를 원했다. 사람들이 모두 자기가 바라는 대로만 한다면 자기는 전혀 부당하게 행동하지 않을 것이다. 언딘은 자기 주위에서 웃는 얼굴을 보는 걸 더 좋아했고, 책망하고 불만스러운 얼굴에 대한 두려움이 그걸 피하기 위해 하는 행동의 척도가 되었다.

항해를 하기 하루 이틀 전 아들과 함께 워싱턴스퀘어의 집에서 나오면서 언딘은 그런 생각들을 했다. 늦은 봄 오후여서 언딘과 폴은 할아버지가 낮잠을 주무시는 시간이 훨씬 지날 때까지 놀았다. 워싱턴 광장에 들어섰을 때 언딘은 대거닛 씨가 아이와 늦게까지 노는 걸 잘 견디기는 했으나 그렇게 논 덕분에 아이가 상기되고 졸린 것을 알았다. 그래서 가장 가까운 택시 승강장까지 가려고 폴을 팔에 안았다.

고개를 들었을 때 언딘은 광장을 가로질러 자기에게 다가오는 땅딸막한 인물을 보았다. 잠시 후 언딘은 엘머 모팻과 악수를 했다. 밝은 봄의 대기

속에서 모팻은 계절에 어울리게 반짝거리고 풍요롭게 보였다. 언딘은 모팻이 단춧구멍에 제비꽃 한 다발을 꽂은 것을 보았다. 작고 검은 눈은 언딘을 보면서 만족스럽다는 듯이 반짝거렸다. 언딘은 폴의 팔이 자기 목을 감고 있고 아이의 작고 상기된 얼굴과 자기 얼굴이 서로 대고 있는 모양이 젊은 어머니의 기분 좋은 모습을 보여주었을 거라고 생각했다.

"그 아기가 상속자요?"

모팻이 물었다. 언딘이 시키는 대로 아이가 봉봉 과자로 끈적거리는 주먹을 내밀었을 때 모팻은 '만나서 반갑습니다, 나리'라고 했다.

"애는 오후를 할아버지와 보내고 있어요. 두 사람은 아이가 졸릴 정도로 열심히 놀아요."

언딘이 설명했다. 어린 폴은 그 또래 아이의 특별한 아름다움이 있었는데, 속눈썹이 긴 깊은 눈매의 눈을 동그랗게 뜨고 바라보았고 천사 같은 입술은 아치 모양을 이루었다. 언딘은 모팻이 자기와 아이가 만들어내는 그림을 의식하는 것을 보았다. 언딘은 더 이상 그 사람에게서 움츠려들지 않았기 때문에 모팻이 감탄하는 게 싫지 않았다. 오히려 모팻이 남편에게 해준 일 때문에 어색하지 않게 감사를 표시하는 방법을 알았다면 기꺼이 고맙다고 말했을 것이다. 모팻도 똑같이 반가운 것처럼 보였다. 두 사람은 뒤로 넘어간 폴의 곱슬머리 너머로 거의 친밀하다고 할 정도로 서로 바라보았다.

"정말 아주 예쁜 아이요, 정말로. 그런데 아이가 당신에게 좀 무겁지 않소?"

모팻이 물었다. 모팻의 눈은 아이의 얼굴을 정말로 부드럽게 계속 바라보았다.

"오, 우리는 그리 멀리 가지 않아요. 저 모퉁이에서 택시를 타면 돼요."

"어쨌든 내가 거기까지 아이를 안아다주겠소."

모팻이 말했다.

언딘은 무거운 짐을 덜어 기뻤다. 언딘은 아이 몸무게에 익숙하지 않았고 자기 스커트가 거리에 끌리는 느낌이 싫었다. 언딘이 말했다.

"폴리, 저 신사분에게 가거라. 저 아저씨가 널 엄마보다 잘 안아주실 거야."

아이는 처음에는 자기 아버지의 섬세한 얼굴과 너무 다르고 눈매가 매서운 붉은 얼굴에 멈칫거렸지만 말을 잘 듣는 아이여서 잠시 머뭇거리더니 믿는다는 듯이 얼굴이 붉은 신사의 목에 팔을 감았다.

"그렇지 착한 아이야. 꼭 붙들고 앉으면 내가 무등을 태워줄게."

아이를 어깨 위에 앉히면서 모팻이 큰 소리로 말했다.

폴은 그런 높은 곳에 앉는 것에 익숙하지 않았는데 천성이 새로운 인상에 호의적이었다.

"아, 높은 데 앉는 게 좋아요. 아저씨는 아빠보다 더 높아요!"

아이가 소리를 지르자 모팻은 웃으면서 아이를 안았다.

"저녁에 너 같은 아이를 만나러 오는 건 기분이 아주 좋은 일이겠구나."

아이에게 말했다. 하지만 시선은 같이 약간 웃고 있는 언딘을 바라보았다.

"아, 아이들은 아주 귀찮은 존재들이에요. 하지만 폴은 아주 착한 아이예요."

"최근에 내가 자기에게 얼마나 좋은 친구였는지를 애도 아는지 궁금하군요."

5번가로 접어들면서 모팻이 계속 말했다.

언딘은 웃음 지었다. 모팻이 자기에게 기회를 준 게 반가웠다.

"이 애가 당신에게 고맙다고 말할 정도로 나이가 들면 이야기를 해줄게요. 당신이 그 용무로 랠프에게 온 게 아주 기뻤어요."

"오, 내가 부군을 좀 도왔죠. 부군 역시 나를 도와주었죠. 그렇게 일이 된 게 이상하죠. 그 사람 덕에 내가 다시 시작할 수 있었소."

두 사람의 눈이 침묵 속에서 마주쳤다. 그 침묵을 언딘이 먼저 깼다.

"당신이 내게 베푼 친절에 대해 아주 고맙게 생각해요······여전히 그래요. 저번 일로 우리에게 많은 변화가 일어났어요."

"당신이 그렇게 생각해주니 반갑소. 난 당신이 말하듯 '친절한' 사람이 되고 싶을 뿐이오."

모팻은 잠시 멈추더니 이렇게 덧붙였다.

"당신 아버지만큼 당신이 나를 두려워하지 않는다면 가끔씩 당신을 방문해서 만나면 좋겠소."

언딘의 뺨에 홍조가 확 솟았다. 그 목소리에는 도전적이고 요구하는 어조가 없어 모팻이 그런 요청을 한 건 단지 자기와 함께 있는 즐거움 때문이라고 추측했고 그 말에 함축된 대범함을 좋아했다. 그렇지만 언딘은 미안해하지 않으면서 대답했다.

"물론 나도 항상 당신을 만나는 게 반가워요. 다만 난 곧 유럽에 가요."

"유럽에?"

그 말을 하면서 어린 폴이 어깨 위에서 흔들릴 정도로 모팻이 갑자기 멈췄다. 그리고 되풀이하여 말했다.

"유럽에 간다고? 아니, 난 당신이 지난 번 저녁에 7월까지는 이곳에 머물 거라고 말한 걸로 생각했는데. 당신은 애디론댁 공원에 갈 생각이 아니었소?"

모팻이 이렇게 눈에 띠게 실망하는 것에 언딘은 기분이 우쭐했고 자신의 승리에 들떴고 거침이 없어졌다.

"아, 예, 그렇지만 모든 게 다 바뀌었어요. 랠프와 아이는 거기에 갈 거예요. 하지만 난 파리에 있는 친구들을 만나러 토요일에 배를 탈 거예요. 나중에 스위스와 이탈리아로 자동차 여행을 할지도 몰라요."

언딘은 자기 계획을 말로 표현하는 것만으로도 즐거워서 약간 웃었다. 모팻도 웃었지만 냉소적인 기미가 있었다.

"알았어요, 그렇군요. 모든 게 바뀌었군요. 당신이 말한 대로. 당신 남편은 당신을 여행을 보낼 수 있겠군. 흠, 최고의 시간을 보내기 바라오."

둘의 시선이 서로 교차했고 차갑게 찬찬히 바라보는 모팻의 시선에 언딘은 갑자기 솔직하게 털어놓았다.

"내가 즐거운 시간을 보낸다면 그건 모두 당신 덕분이에요."

"아, 당신에게 항상 말한 대로 난 당신에게는 정직하게 행동하려고 했소."

모팻이 대답했다.

두 사람은 말없이 걸었는데, 곧 모팻은 평소와 같이 농담을 다시 시작했다.

"에이펙스의 처녀 하나가 무엇을 꾀하는지 볼까요?"

언딘이 그 말을 이해하기에는 에이펙스가 너무 멀리 있었다. 모팻이 계속해서 말했다.

"왜 있잖소, 밀러드 빈치의 부인, 인디애나 프러스크 말이오. 당신은 제임스 J. 롤리버가 인디애나와 결혼하기로 했다는 걸 신문에서 읽지 않았소? 사람들이 그러는데 밀러드 빈치를 청산하는 건 아주 쉬웠다고 하더군요. 당신도 알다시피 그건 쉬웠을거야. 그런데 롤리버는 부인과 아이들을 치우느라고 거의 100만 달러를 썼다지. 인디애나는 어쨌든 승리했소. 그 여자는 항상 영리했어. 하지만 당신을 결코 따라오지 못했지."

"아……."

언딘은 모팻이 알려준 뉴스에 깜짝 놀라고 마음이 흔들려 웃으면서 우물거렸다. 인디애나 프러스크와 롤리버라! 그것은 일이 얼마나 쉽게 끝날 수 있는지 보여주었다. 아버지가 자기 말을 들었으면 좋았을 텐데! 인디애나 프러스크 같은 여자가 자기 목표를 그렇게 쉽게 이루는데, 언딘이 무얼 이루지 못하겠는가? 언딘은 인디애나가 결코 자기를 쫓아오지 못했다고 하는 모팻의 말이 옳다는 것을 알았다…… 언딘은 밴 더갠이 이 결혼에 대해 어떻게 생각할지 궁금했다…….

언딘은 택시를 잡기 위해 신호를 했고 두 사람은 말없이 택시를 향해 걸어갔다. 언딘은 인디애나의 어깨 한쪽이 다른 쪽보다 더 높은 것을, 약혼을 오래 끌다가 자기가 약국 점원인 밀러드 빈치를 버렸을 때 인디애나가 그 남자를 잡은 걸 에이펙스 사람들은 행운이라고 생각한 사실을 골똘히 생각했다. 그런데 이제 인디애나 프러스크가 제임스 J. 롤리버 부인이 될 거라니!

언딘은 택시에 타서 어린 폴을 받으려고 몸을 숙였다.

모팻은 과장되게 조심하면서 안고 있는 아이를 내려놓았다.

"조심해요, 조심."

모팻이 이렇게 말하자 아이가 웃었다. 그러고는 몸을 숙여서 아이를 어머니에게 넘겨주기 전에 폴의 입술에 뽀뽀를 했다.

제19장

'파리의 다이아몬드 회사—영국계 미국인 분점.'

사람들이 파리에 몰려드는 시즌의 어느 비오는 날 저녁에 찰스 보언은 일류 음식점인 누보 뤼스의 구석에 앉아서 오랜 친구인 헨리 페어퍼드 부인에게 보내는 편지에 파리에 대한 인상을 어떻게 표현해야 할지 한가롭게 궁리했다.

보언은 페어퍼드 부인과 구두로 하는 교류인 대화에 오랫동안 익숙해졌는데, 이 대화는 두 사람이 실제로 드물게 교환하는 짧은 편지에서처럼 제한을 받지 않았다. 그런데 현재처럼 페어퍼드 부인이 뉴욕에 있어서 대화할 수 없는데 그 주제가 부인에게서 상응하는 재치 있는 생각을 이끌어낼 수 있는 종류일 때 보언은 간결한 용어로 그 내용을 기록해두었다. 그리고 자기 앞에 펼쳐진 겉보기에는 확고한 풍경의 토대인 비현실적인 환상, 다시 말해서 여러 층으로 이루어진 실체가 없는 허울을 정확히 자신의 각도에서 볼 수 있는 사람이 페어퍼드 부인 말고 누가 있겠는가?

누보 뤼스 호텔의 식당은 손님들로 완전히 가득 차 있었다. 비오는 날씨 때문에 정원 쪽으로 나갈 수 없게 되자 멀리 긴 홀의 맨 끝까지 손님으로 넘쳤다. 보언은 빽빽하게 사람들로 찬 테이블을 둘러싼 깃털 모자와 보석으로 장식한 머리와, 드러나 있거나 검은색 외투를 걸친 어깨가 끝없이 펼쳐진 광경을 구석에 앉아 바라보았다. 보언은 전체적인 실상이 자기 눈앞에서 구성되는 모습을 방해받지 않고 지켜보는 즐거움을 누리려고 만나기로 한 손님과 정한 약속 시간보다 30분 전에 도착했다. 약 40년 동안 보언은 인간을 끊임없이 이해하려 했지만 누보 뤽스 호텔의 저녁 식사 시간의 광경만큼 자신의 지각 작용을 특별히 자극하는 것을 전에는 대면해본 적이 없었다. 이곳에서 인공적인 것에 열광하는 인간의 본성과 모조품을 모방하려는 구제불능의 인간 습성을 포착한 느낌과 대면한 것이다.

도착한 사람들이 밀려들며 친숙한 얼굴들이 자기를 향해서 몰려드는 것을 지켜보면서, 개개인은 늘 똑같지 않지만 유형은 항상 똑같다는 게 이런 광경에서 느끼는 즐거움의 하나였기 때문에, 보언은 새롭게 음미하듯이 비싼 값을 치르고 표현해낸 사교계의 전형을 환영했다. 이런 봄날 저녁에 누보 뤽스의 식당은 무한한 물질적인 힘이 자신이 한가롭다는 착각을 불러일으키려고 궁리해낸 유령 같은 '사교계'를 전형적으로 보여주었다. 이 유령 같은 사교계는 그 원형인 유럽의 귀족 사교계의 규칙과 점잔 빼는 웃음과 몸짓을 갖추었지만, 그 원형이 연속성과 선택의 산물인 반면에 이 사교계는 난잡함과 모순에서 불러 일으켜진 것이다. 새롭게 세계를 제패한 미국의 신흥 부자 계급이 자기들이 밀어낸 귀족들을 노예처럼 모방하고 또 자기들이 만들어낸 가짜를 진짜라고 즉각적이고 경건하게 믿도록 만드는 본능이 보언에게는 인간의 불변성을 보여주는 가장 만족스러운 증거로 보였다.

이런 생각을 하면서 보언은 고개를 들어서 손님을 맞았다. 레이몽 드 셸 백작은 몸이 반듯하게 곧고 호리호리했다. 백작은 차분하게 웃으며 손님들로 붐비는 테이블에 빈번히 멈추어 인사하면서 보언에게 다가왔다. 백작이 자리에 앉아 이 광경을 기분 좋은 눈으로 돌아보며 말했다.

"이보세요, 보언 씨. 이 광경이 매력적이고 호감이 가고 독창적이라는 건 의심의 여지가 없어요. 이런 걸 만들어낸 미국에 우리는 감사를 드려야겠어요!"

보언은 결정적인 짜릿한 만족감을 느꼈다. 백작의 말이 자신의 생각을 완성하는 바로 그 표현이었기 때문에.

"여보시오, 이걸 발명한 책임은 사실 당신과 당신 같은 사람들에게 있어요. 다른 거대한 사회적인 격변과 마찬가지로 이건 봉건주의를 노골적으로 창조하는 거라고 볼 수 있으니 말이오."

레이몽 드 셸이 멋진 갈색 콧수염을 쓰다듬었다.

"오히려 이런 광경은 우리의 사교계와 대조적이기 때문에 사람들이 즐긴다고 말하고 싶군요. 이건 우리 제도와는 달라서 아주 참신해요. 우리 제도도 사회의 필요한 토대이긴 하지만요. 사람들은 자기 아내를 무한히 찬미하기는 해도 가끔씩은……."

백작이 이 광경을 향해서 손을 가볍게 흔들었다.

"이건 사회질서 안에서 당신네 독창적인 종족이 고안해낸 기분 전환, 허용된 기분 전환인 셈이죠. 다시 말해 이곳은 사람들이 권태롭지 않으면서 품위를 지킬 수 있는 일종의 고급스런 보헤미아[72] 같은 곳이죠."

보언이 웃었다.

•••

72) 보헤미아(Bohemia): 체코의 서부 지방으로 체코라는 말이 널리 쓰이기 전에 체코 언어와 체코 국민을 가리키는 말이었으나 프랑스어에서 보헤미아라는 말이 가리키는 통상적인 의미는 '집시'나 '루마니아인'을 가리킨다. 주로 예술에 종사하는, 인습을 무시하는 행동을 하는 사람들을 지칭하는데 여기서는 인습을 무시하는 사람이나 지역을 말한다.

"당신이 간단명료하게 표현했군요. 미국 여성의 이상은 권태롭지 않으면서 품위를 지키는 것이죠. 그런 관점에서 보면 그 사람들이 발명한 이 세계는 내가 인정하는 것보다 더 독창적이에요."

셸이 생각에 잠겨서 냅킨을 펼쳤다.

"내 인상은 물론 피상적인 겁니다. 왜냐하면 이것의 이면에서 어떤 일이 진행되는지에 대해서는……!"

셸이 식당 건너편을 보았다.

"내가 결혼했다면 아내가 너무 자주 여기 오는 걸 좋아하지 않을 것 같습니다."

보언이 다시 웃었다.

"은행에 보관해두는 것만큼 부인께서 안전할 겁니다. 도대체 아무 일도 진행되는 게 없으니까요! 여기서 어떤 일이 일어난다고 해도 그건 진짜가 아니거든요."

"아, 그렇다면……."

프랑스인 셸이 포크로 멜론을 집으면서 중얼거렸다.

보언은 즐거워하며 백작을 보았다. 백작은 책의 지면에 첨가된 정말 귀중한 보충 설명과 같은 사람이었다! 몇 년 전 나일 강 상류를 따라 여행하는 중에 우연히 만난 두 사람은 보언이 프랑스에 올 때 항상 즐거이 다시 만났다. 레이몽 드 셸은 재산이 많지 않은 가문 출신으로 1년의 대부분을 아버지의 영지가 있는 부르고뉴[73] 지방에서 살았다. 그러나 봄마다 파리에 올라와서 아버지인 노 후작의 저택 중이층[74]에서 두 달간 지내면서 인간

••

73) 부르고뉴(Burgundy): 포도주 생산지로 유명한 프랑스 동부 지방.
74) 중이층(entresol): 1층 바닥과 2층 바닥 사이에 만들어진 층.

의 성격을 연구했다. 이 연구를 위해 예리한 심미안과 일시적인 열성을 쏟아 부었고 거기서 더 없이 세련된 유쾌함을 얻었다. 보언은 백작을 친구로서 좋아했고 또 상류층 프랑스인의 매력적인 전형으로서 숭배했다. 백작은 마르고 권태롭고 세련된 용모 속에 다른 종족들은 그 비결을 찾지 못한 단순함과 지성의 행복한 중용을 구현했다. 레이몽 드 셸이 영국인이었다면 본능적 욕구는 있지만 심미안은 없이 여우 사냥이나 하는 동물적인 인간에 불과했을 것이다. 그러나 더 경쾌한 프랑스인의 천성 속에는 건전한 지역적인 특색과 선대에서 이어받은 스포츠와 농업에 대한 열정이 섬세한 감각에 대한 개방적인 태도, 즉 사상은 변천한다는 의식이 함께 섞여 있었다. 하지만 사람들은 표면에 드러난 개방적인 태도와는 완전히 상반되게 그 저변에 종교·정치·가정에 대한 선대에서 물려받은 두세 가지 관념이 백작을 단단히 붙들고 있다는 것을 느꼈다. 두드러지게 비스듬한 코에서 숱이 빠지는 머리 아래의 좁은 이마에 이르기까지 백작의 외모는 모두 결국에는 선대에서 물려받은 관념이 우세하게 될 것임을 나타냈다. 백작은 결혼하면 필연적으로 이어받은 전통적인 사고로 '되돌아갈' 그런 부류의 남자였다. 그러나 그때까지는 삶의 유희에 대해 백작이 보여주는 표면적인 태도가 누보 뤽스의 기상천외한 광경을 수용할 정도로 관대했다. 이곳에 모인 사람들의 몸짓이 라틴 민족인 셸의 의식에 반사되는 것을 보는 건 보언에게 무한한 즐거움이었다.

백작이 한 마지막 말의 말투 때문에 보언은 결혼의 주제로 다시 돌아갔다.

"하지만 당신이 암시한 그 숙녀가 단순히 가상의 인물 이상으로 현실성이 있는 건가요? 설마 결혼할 생각을 하는 건 아니겠죠?"

셸이 빈정대며 눈썹을 치켜 올렸다.

"내 처지에 있는 사람이 결혼을 생각하지 않을 수가 있겠습니까? 집에서는 결혼에 대한 말만 듣고 있고, 마치 사람이 필연적으로 죽게 되듯 혼인도 해야 하는 거라는 걸 알죠."

여전히 이곳에 있는 사람들을 파악하느라 두리번거리던 백작의 시선이 갑자기 멈추더니 반짝였다.

"저기 저 숙녀 말인데요, 금발에 하얀색 드레스를 입고 안색이 붉은 남자와 방금 들어온 숙녀가 누군가요? 당신네 나라 사람들과 일행으로 보이는데요."

보언이 백작의 시선을 따라 옆 테이블을 바라보니 그때 언딘 마블이 하비 샬럼 부부와 아름다운 베린저 부인, 다른 뉴욕의 명사 열 두어 명과 함께 피터 밴 더갠 옆에 앉았다.

언딘의 자리는 보언을 바라보는 곳이어서 언딘은 자리에 앉으면서 보언을 알아보고 테이블 너머로 웃음을 지어보였다. 언딘은 보통 때보다 더 단순하게 옷을 차려 입고 있었다. 분홍색 불빛이 언딘의 뺨에 생기를 일으키고 머리에서 광채를 나게 해 얼굴이 이슬을 머금은 듯 신선했는데, 이것은 보언에게는 새로운 광경이었다. 보언은 항상 언딘의 아름다움이 눈에 거슬리게 두드러지고 남들에게 환히 드러내 보이려 하는 미국인의 태도에 완전히 젖어 있다고 생각했다. 그러나 오늘 저녁에는 시(詩)의 날개가 언딘을 스쳐 지나간 듯했고 그 그림자가 눈에 머물러 있었다.

셸이 언딘을 바라보는 시선을 보니 백작도 자기와 같은 인상을 받았다는 것이 분명했다.

"당신네 미국인들은 실제로 아름답지 않다고, 말하자면 용모가 아름답지도 않으면서 아름다운 효과를 내려 한다고 비난하고 싶은 기분이 가끔 들거든요. 하지만 지금 이 숙녀의 경우는 다르군요. 저 숙녀를 아시나요?"

"그렇소. 내 오랜 친구의 아내요."

"아내라니? 결혼했어요? 아니 이런, 또 헷갈리네요! 당신네 나라의 어린 소녀들은 너무 경험이 많아 보이는데, 기혼 여성들은 때로 결혼도 하지 않은 것처럼 보이니."

"음, 미국의 기혼 여성들은 종종 그렇게 보이죠. 요즘처럼 이혼이 많은 때는요!"

셀의 관심이 더 커졌다.

"당신 친구가 이혼했나요?"

"오, 아니요. 당치도 않소! 마블 부인은 결혼한 지 오래되지 않았소. 옛날식으로 연애를 해서 한 혼인이라오."

"아. 그럼 남편은요? 누가 남편인가요?"

"여기 없소. 뉴욕에 있죠."

"이미 엄청나게 많은 재산을 광적으로 불리고 있겠죠?"

"아니요. 정확히 엄청난 재산이 있는 건 아니에요. 마블 집안은 부유하지는 않소."

자기 친구의 심문에 재미있어 하며 보언이 말했다.

"그럼 남편이 저렇게 아름다운 아내가 자기 없이 파리에 가서, 유리한 기회를 잡아 신나 보이는 붉은 얼굴의 저 신사와 어울리는 걸 허락했다는 말이오?"

"우리 미국인은 여자들에게 이런저런 것들을 해도 된다고 '허락하는' 일은 하지 않습니다. 우리에게는 의무적인 미덕이란 게 많지 않거든요."

보언의 친구가 이 말에 재미있다는 반응을 보였다.

"부부가 그렇게 따로 논다면 결혼이라는 시대에 뒤떨어진 제도가 미국인들에게 왜 아직도 존속하죠?"

"오, 결혼은 아직 쓸모가 있어요. 결혼을 하지 않으면 이혼을 할 수가 없으니까요."

셀이 다시 웃었다. 하지만 그 눈은 옆으로 새서 여전히 언딘 쪽을 좇았다. 그리고 이 사실이 백작이 주목하는 대상인 언딘의 눈에 띄지 않은 게 아니라는 걸 보언은 알아챘다. 언딘 일행은 식당에서 가장 떠들썩한 무리 가운데 하나였다. 이 미국인들의 차림새가 다른 테이블의 좀 덜 대담한 옷차림을 압도하듯이 이들이 내는 웃음소리가 오케스트라가 내는 소음보다 더 크게 들렸다. 이곳에 들어올 때 언딘은 같이 온 일행과 같은 기분인 것 같았다. 그러나 셀이 자기를 관찰하는 걸 의식하면서 언딘이 일종의 유연한 분리 작용으로 자신을 일행에서 분리하는 것을 보언은 보았다. 이렇게 소란스러운 환경에서 대조적으로 우아하게 수줍어하는 태도를 보이는 언딘의 적응력에 보언은 감탄했다.

두 사람이 겉으로는 온갖 다정한 몸짓을 하며 서로 인사를 나누었지만 보언은 자기가 언딘에게 말을 걸면 좋아하지 않을 거라고 생각했다. 언딘은 분명히 밴 더갠과 함께 저녁 식사를 하고 있었고, 자기에 비판적인 워싱턴스퀘어의 시댁 식구들에게 밴 더갠이 가까이 있다는 사실이 전달되는 걸 결코 원하지 않을 것이다. 그래서 보언은 식당을 떠나려고 일어났을 때 피터가 자기에게 인사하는 소리를 듣고 깜짝 놀랐다.

"이봐요. 잠깐만요! 파리에는 언제 오셨소? 마블 부인이 근래의 집안 소식을 듣고 싶어서 안달이오."

언딘이 웃음을 지어서 이 간청을 확인해주었다. 언딘은 보언이 얼마나 최근에 뉴욕을 떠나왔는지 알기를 원했고, 자기 아들을 마지막으로 본 게 언제이며 아들이 어땠는지, 랠프가 설득에 넘어가서 토요일마다 클레어의 집에 내려가서 승마와 테니스를 하는지를 말해달라고 졸랐다. 그리고 그리운 로라는 건강한가요, 폴은 고모와 같이 있어요, 아니면 할머니와 같이 있는지요? 식구들은 모두 지독히도 편지를 잘 안 하고, 물론 자기 역시 편지를 잘 안 쓴다고 언딘은 웃으면서 인정했다. 그리고 랠프가 마지막으로 편지를 썼을 때 이 문제들은 여전히 미결정 상태였다고 말했다.

언딘이 얼굴을 들어 보언에게 웃음 지을 때 그 눈길이 보언의 친구 셸이 서성거리는 쪽으로 향하는 것을 보았다. 식사를 마친 이들이 커피를 마시려고 정원으로 이동하려고 일어서자 언딘이 보언을 잡아당기는 웃음을 지으며 달콤한 어조로 말했다.

"우리와 함께 가요. 아직 이야기를 절반도 채 못했거든요."

밴 더갠도 언딘의 요청을 되풀이했다. 보언은 언딘의 기교에 즐거워하며 즉시 셸을 소개하고 함께 테라스로 이동하는 일행에 합류했다.

비가 그쳤고 맑은 저녁 하늘 아래에서 음식점 정원은 비좁은 경계를 교묘하게 가리는 깊숙한 풀밭을 펼쳐보였다. 밴 더갠 일행은 테라스에 있는 두 테이블을 둘러싸기에 충분할 정도로 많았다. 보언은 언딘이 교묘하게 밴 더갠을 샬럼 부인에게 맡겨버리고 어떻게든 레이몽 드 셸을 다른 쪽 테이블로 오게 하는 걸 눈여겨보았다. 더욱 눈길을 끈 건 이런 책략이 샬럼 부인의 무리로 내쫓긴 걸 깨달은 밴 더갠에게 끼치는 효과였다. 가엾은 피터의 상태는 자기와 부딪힌 웨이터에게 화를 터뜨리는 것에서 드러났고, 커피가 식었고 엽궐련의 질이 형편없다고 큰 소리로 항의하는 동기가 되었다. 보언은 구경꾼이 보이는 호기심 이상의 관심이 생겨서 피터의 분노가 언딘의 행동을 이해할 수 있는 진짜 실마리인지 궁금해졌다. 보언은 페어퍼드 부인이 랠프가 가정에서 평화를 얻지 못한다고 걱정할 때 항상 웃기만 했다. 보언은 언딘이 너무 명석해서 자기 결혼의 이점을 잃지는 않을 거라고 생각했다. 하지만 이제 언딘이 더 큰 기회가 있다는 걸 알아챘을지 모른다는 생각이 들었다. 그 생각이 들자 보언은 모든 사회적인 재편성이 개인에게 초래하는 참혹한 피해에 대해 사회 연구자가 느끼는 비통한 마음이 들었다. 가없은 랠프가 구시대의 유물이며 그렇기 때문에 신흥 세력과 충돌하면 침몰할 운명이라는 것이 보언에게는 오래전부터 명백했기 때문이다.

제20장

6주 쯤 뒤에 언딘 마블은 창가에 서서 자신이 되찾은 파리를 웃으며 내려다보았다.

언딘이 묵는 호텔 응접실은 평소처럼 꽃으로 장식되고 쿠션이 있고 전등에 갓이 드리워져 있어서 외관상으로는 안정적이라는 착각을 불러일으켰다. 언딘은 정말이지 지난 몇 주 동안 그 호텔에서 보낸 그 삶이 지속되어야만 한다고 느꼈다. 그건 자신이 원한 모든 것에 대한 완벽한 답처럼 보였다!

기쁨으로 불그레해진 것 같은 여름 햇빛이 비치는 사람 많은 거리를 내려다보면서 언딘은 자신이 그 풍경이 보여주는 밝고 스스럼없는 자유로움과 천성적으로 비슷하다고 느꼈다. 언딘은 이틀 동안 파리를 떠나 있었다. 잠깐 비운 다음이라 그런지 자기 앞에 펼쳐진 광경이 더 풍요롭고 도발적으로 보였다. 언딘의 감수성은 물질적인 세세한 것들을 모두 한껏 탐닉했다. 밀려드는 자동차들, 휘황찬란한 상점들, 여자들의 새롭고 대담한 드레스, 이동식 꽃 가게의 층층이 쌓아올린 다채로운 꽃들, 입맛을 돋우도록 과일을 진열한 과일 가게의 커다란 창들, 케이크 가게의 판유리 뒤에 있는 형형색색의 케이크 조각들, 모든 표면의 반짝거림과 무진장하고 다양한 파리의 거리들을 언딘은 흠뻑 탐닉했다.

앞에 펼쳐진 풍경은 언딘에게 진정한 삶을 처음으로 맛보게 해주었다. 지금 이런 풍요로움에 비하면 과거는 얼마나 미미하고 허기져 보이는지! 눈 아래에 보이는 소음과 많은 사람들, 부산함은 자기 삶의 눈부심과 역동성을 상징하는 듯했다. 매일매일 모든 순간이 흥분과 활기로 가득했다. 모든 것이 언딘을 기쁘게 했다. 재봉사와 보석상들과 오랫동안 벌이는 실갱이, 사람 많은 멋진 식당에서 하는 점심 식사, 전시회에 의무적으로 가거나 최신 유행의 새 모자 상점을 한가롭게 들러보기. 오후에는 잎이 무성한 교외로 나가는 자동차 드라이브로 하루하루를 보냈고, 교외의 센강 위쪽 사람 많은 테라스에서 차와 음악과 일몰을 급하게 즐겼다. 그러고는 부아[75]를 지나서 서둘러 호텔로 돌아와 정찬을 위해 옷을 갈아입고 저녁의 기분 전환을 위해 다시 돌아다니기 시작했다. 누보 뤽스 호텔이나 카페 드 파리의 정찬, 카퓌신 극장[76]이나 바리에테 극장[77]의 작은 연극 감상을 한 후에는 밤이 '너무 사랑스러웠고' 밤 시간을 허비하는 건 창피한 일이었기 때문에 숨돌릴 짬도 없이 빨리 부아로 돌아와 등이 걸린 식당에서 야식을 먹었다. 혹시 날씨가 나쁘면 '숙녀들'이 가서는 안 되는 자정의 행락지에 떠들썩하게 몰려가서 남성들이 종종 맛보는 스릴을 맛보고는 했다.

다양한 광경이 펼쳐질 때 언딘은 현재의 생활을 예전에 자기가 보낸 활기 없고 단조로운 여름들과 대조해보았다. 가장 원망스러운 여름은 혼인하

••

75) 부아(Bois): 파리 북서쪽 교외 지역.
76) 카퓌신 극장(Théâtre des Capucines): 파리 2구 카퓌신 가에 있던 극장.
77) 바리에테 극장(Théâtre des Variétés): 파리 2구 몽마르트르 가에 있던 극장.

고 처음 보낸 여름, 자신의 무지와 랠프의 고집 때문에 즐거움을 빼앗겨버린 유럽의 여름이었다. 두 사람은 그때 자유로웠고 자기들의 행동을 방해할 아이도 없었으며 돈 걱정도 시작되지 않았고 삶이 신선하고 빛났다. 그런 기회를 고약한 냄새가 나는 이탈리아의 도시들에서 허비해야만 했다. 언딘은 지금도 여전히 그것 때문에 남편에 대해 깊이 불만을 느꼈다. 집안 살림의 소소한 걱정거리로 4년을 보낸 뒤 이제야 한 번 빠져나올 기회가 왔는데 남편은 벌써 자기를 다시 강제 노역과 같은 삶으로 끌어들이려 했다!

그날 아침 도착한 편지 두 통 때문에 갑자기 이것이 다시 생각났다. 한 통은 랠프에게서 온 것이었다. 그 편지는 몇 주 동안 언딘에게서 아무런 소식을 듣지 못한 것을 상기시키며 시작되었는데, 평소처럼 기분 좋게 나무라는 어조로 언딘이 떠난 이후로 쓴 외상 고지서를 보니 지속적으로 지나치게 낭비한다고 지적했다. '난 당신이 지난봄에 내가 번 돈으로 할 수 있는 한 모든 재미를 보기를 바라오. 하지만 당신이 그렇게 빨리 돈을 다 쓰리라고는 생각하지 못했소. 청구서를 너무 많이 남기지 말고 집으로 왔으면 하오. 당신과 폴이 아파서 든 비용이 내가 생각한 것보다 많았고, 립스컴은 월 가에서 아주 손해를 많이 봐 아직 첫 임대료도 내지 못했소……'

항상 똑같은 재미없는 절약 타령이었다. 아이와 자기가 아픈 게 자기 탓인가? 해리 립스컴이 월 가에서 잘못된 것도? 랠프는 돈에 늘 정신이 팔려 있는 것 같았다. 사업을 시작하면서 남편은 분명히 타락했다. 사업에서 전혀 성공을 못했는데 왜 문학으로 돌아가 소설을 쓰려고 하지 않는 걸까? 언딘은 지난 겨울에 정찬 모임에서 만난 어떤 저명한 잡지의 편집자가 성공적인 소설가가 얼마나 많은 돈을 거머쥘 수 있는지 일러주자 그 액수에 매료된 적이 있었다. 언딘은 처음으로 문학이 멋질 수 있다는 걸 알고 곧 자기와 랠프가 남편의 재능으로 풍족하게 산다면 재미있고 기발할 거라고 결론 내렸다. 언딘은 벌써 '예술적인' 드레스를 차려입고 응접실을 고딕식 벽걸이와 제단식 촛대로 흐릿하게 꾸미는 저명 작가의 부인인 자기를 그려보았다. 그러나 랠프에게 소설을 써보라고 제안했을 때 남편은 자기 머리는 회사에 팔려버렸고 저녁이면 머리가 텅 비어 돌아온다고 웃으면서 대답했다……. 그런데 지금 남편은 자기가 일주일 안으로 귀가하기를 원했다!

또 다른 편지 때문에 언딘은 더욱 화가 났다. 로라 페어퍼드에게서 온 그 편지는 언딘에게 돌아와서 랠프를 돌보라고 요청하는 내용이었다. 랠프가 일을 너무 많이 하고 침울하니, 어머니와 누이가 간섭하고 싶지는 않지만 언딘에게 남편에게 돌아오라고 권유할 의무가 있다고 생각한다고 로라는 썼다. 그 뒤의 자세한 이야기는 달갑지 않고 주제넘은 것이었다. 로라 페어퍼드가 아내의 의무에 대해 자기에게 무슨 권리로 설교한단 말인가? 분명히 찰스 보언이 사실을 과장한 보고서를 집으로 보냈음이 틀림없었다. 그리고 그런 사람에게서 얻은 정보로 올케인 자기 행동에 대해 비판하는 페어퍼드 부인은 정말로 아이러니였다! 언딘은 창문에서 돌아서서 푹신한 소파에 깊숙이 몸을 던졌다. 언딘은 시골에 다녀온 여행의 유쾌한 피로감을 느꼈다. 언딘과 샬럼 부인은 노(老) 후작의 성에서 하룻밤 묵기 위해 레이몽 드 셸과 갔다. 여행 친구들과 한 시간 전에 문 앞에서 헤어졌을 때 부아에서 늦은 저녁을 먹으러 같이 가겠다고 애매하게 약속했다. 쿠션에 기대 누웠을 때 어떤 드레스를 입어야 할지를 결정하는 다급한 문제 때문에 어지러운 생각들이 사라져버렸다.

이렇게 기분 좋게 파리에서 봄을 보낸 몇 주 동안 언딘은 처음으로 삶의 예술을 진짜로 보게 되었다. 풍만한 몸매의 곡선을 덜 드러나게 하고 어두운 색 펜으로 눈썹을 그려 밝고 자유로운 시선을 부드럽게 하는 것을 가르쳐준 전문가부터 수많은 형태의 오락거리, 즉 극장과 식당들, 푸르고 꽃이 활짝 핀 교외와 반짝거리고 변화무쌍한 밤낮의 풍광들을 제공하는 솜씨 좋은 사람들까지, 모든 광경과 소리와 말이 한데 어우러져서 언딘을 황홀하게 했고 기호를 세련되게 해주었다. 레이몽 드 셸과 점점 가까워지는 우정은 이런 영향력 가운데 가장 강한 것이었다.

즉각적으로 열렬하게 언딘에게 '매혹된' 셸은 언딘 친구들의 정신없는 활동에 열심히 참여했을 뿐 아니라, 훨씬 더 멋있지만 다가갈 수 없는 또 다른 삶, 즉 '파리 교외'의 삶을 언딘에게 언뜻 보여주었다. 최근에야 언딘은 그런 삶에 대해 감질날 정도의 맛을 보았다. 지금까지 언딘은 파리는 이방인을 위해 존재한다고, 토박이들의 삶은 자기네 미국인들이 즐기는 호텔과 식당처럼 눈부시고 거대한 건물들을 위한 눈에 보이지 않는 토대일 뿐이라고 생각했다. 그러나 최근에 다른 미국 여자들에 관해 듣게 되었는데, 그 여자들은 프랑스 귀족과 결혼해서 센 강 너머 높은 벽으로 둘러싸인 곳에서 사는 여자들이었다. 언딘은 한때 그런 삶이 밀리하우스의 사교 생활만큼이나 자기 인생을 남다른 특징이 없는 것으로 만드는 재미없고 구질구질한 거라고 생각했다. 가장 화가 나는 건 뚫고 들어갈 수 없는 이 무리 속에서 먼 옛날 포타쉬 온천에서 보낸 여름을 망쳐버린 윈처 양을 만난 일이었다. 파리 신문에 매우 빈번하게 등장하는 트레작 후작 부인이 자기의 옛 적수라는 사실이 언딘에게 더 짜증나는 일이었다. 그 사이 자신이 겪은 사교계 경험 때문에 네티 윈처를 뉴욕에서라면 '희망이 있을' 것 같지 않은 초라한 처녀로 기억했기 때문이다.

다시 한 번 기존의 가치들이 모두 뒤집혔다. 윈처 양에게는 언딘이 아직 손에 넣지 못한 성공으로 가는 열쇠가 있었다. 자기가 중요하다고 생각한 것에 다른 이들이 관심이 없는 걸 알게 되자 현재의 즐거움은 모두 싸구려로 전락했고 언딘의 욕망의 힘은 모두 새로운 방향으로 향했다. 지금 당장 언딘이 원하는 것은 파리에 머무르면서 오래 셸을 유혹하고 그렇게 함으로써 미국인들에게서 거리를 두고 미국인들에게는 닫힌 문에 들어가는 것이었다. 언딘에게 셸은 매력적이었다. 한때 랠프에 대해 생각한 것처럼 셸을 '사랑스럽다'고 생각했다. 셸의 까다로움과 세련미에는 기분 좋은 이국적인 생기가 섞여 있었다. 그러나 셸의 가장 큰 가치는 밴 더갠의 질투를 불러일으키는 데 있었다. 언딘은 셸이 자기에게 보이는 관심이 자기 미래에 실질적인 의미가 별로 없다는 것을 알 정도로 프랑스 관습을 잘 알았다. 그러나 언딘은 피터의 무사안일에 빠지는 태도 때문에 놀라서 그 열정을 불러일으키는 자극제로서 다른 남자의 관심이 가치가 있음을 알았다.

밴 더갠이 자기의 의도를 분명하게 밝히도록 하는 게 언딘의 확고한 목적이었다. 미국과 유럽 두 대륙 신문에 유례없이 세세하게 기록된 인디애나 프러스크의 굉장한 결혼은 언딘이 원한 만큼 밴 더갠에게 인상을 깊게 남기지 않았다. 밴 더갠은 그 일을 별 특별한 의미 없는 희극적인 일화로 취급했다. 한번은 언딘이 롤리버가 자유를 얻기 위해 값비싼 대가를 치른 것이 난공불락을 극복한 사랑의 힘을 보여주는 일례라고 하자 그 사람은 무관심하게 이렇게 대답했다.

"아, 그 사람의 첫 부인은 세탁부였지."

그러나 주변에서 부부들이 모두 쉽고도 빠르게 이혼하고 재혼했기 때문에 언딘은 알맞은 때가 오기를 기다리기로 했다. 밴 더갠이 자기를 충분히 원하게 하고 자기가 의도한 만큼 그 남자가 자기를 원하기 전에 밀고 당기는 게임을 그만두지 않도록 하는 게 문제였다. 랠프의 편지대로 자기가 지금 파리를 어쩔 수 없이 떠난다면 정확히 이런 일이, 즉 밴 더갠이 게임을 그만두는 일이 벌어질 것이다. 이미 지금까지 일어난 사건은 자기가 해외로 나오는 게 정말 옳은 일이었음을 보여주었다. 언딘이 파리에서 관심을 끌자 밴 더갠의 관심도 다시 되살아났고, 그 사람을 장악하는 언딘의 힘은 미국에서 둘이 헤어졌을 때보다도 강해졌다. 그러나 다음 단계를 차분하고 용의주도하게 취해야 했다. 그리고 언딘은 자기가 밴 더갠을 확보했다고 여기는 것보다도 더 확실하게 그 사람이 자기를 확보했다고 여기는 현 단계에서 파리를 떠나버림으로써 지금까지 자기가 얻은 걸 놓칠 수는 없었다. 뒤에서 문이 열리고 밴 더갠이 들어왔을 때 언딘은 여전히 이런 문제들을 생각하고 있었다.

언딘이 찌푸리면서 쳐다보자 밴 더갠이 애원하듯 웃었다.

"내가 노크를 하지 않았나? 그렇게 화난 얼굴로 보지 말아요. 아래층에서 사람들이 당신이 돌아왔다고 하기에 생각 없이 그냥 들어온 거요."

밴 더갠은 5년 전 처음 만난 이후로 몸이 붙었고 화려해졌지만 그 얼굴은 성숙하지 않았다. 그 얼굴은 여전히 원초적인 욕구를 충족하려는 왕성한 식욕을 드러내고 그런 욕구 충족에 대한 자기의 타고난 권리를 고집스럽게 믿는 욕심 많고 뻐기는 소년의 얼굴이었다. 이 남자의 표정이 자신의 말소리에 명령조에서 타협조로, 타협조에서 변덕스럽게 취급당하는 동물의 애원조로 바뀌는 것을 보고 언딘의 허영심은 더욱 만족했다.

"정말 터무니없는 시간에 방문하셨네요!"

그 변명을 무시하면서 언딘이 소리쳤다.

"어, 당신이 그렇게 한마디 말도 없이 사라져버리면……."

"내가 떠난다고 당신에게 전화하라고 하녀에게 말했어요."

"당신이 직접 전화할 시간을 낼 수 없었소?"

"우리는 갑자기 떠났어요. 역에 겨우 도착했어요."

"어디로 급하게 떠났는지 물어봐도 되겠소?"

밴 더갠은 여전히 저자세였다.

"오, 당신에게 말하지 않았던가요? 부르고뉴에 있는 셀의 성에 머물렀어요."

얼굴이 빛나면서 언딘이 팔꿈치에 의지해서 몸을 일으켰다.

"지금까지 본 것 가운데 가장 멋있는 오래된 저택이에요. 탑이 있고 그 주위에 물이 있고 사람들이 잡아당겨 세우는 재미있는 다리가 있는 진짜 성이에요. 셀이 자기네들이 집에서 어떻게 사는지를 보여주고 싶다고 해서 갔지요. 난 모든 걸 봤어요. 루이 15세가 하사한 태피스트리와 가족들의 초상화, 가족 성당을 봤어요. 그 성당에서는 그 집안의 사제가 미사를 드리고 왕관이 있는 발코니 석에는 그 가족만이 앉았어요. 사제는 상냥한 노인이었어요. 사제가 나를 개종시키기 위해서 뭐든지 하겠다고 했어요. 내가 로마 가톨릭에 아름다움이 있다고 생각하게 된 것을 아세요? 내 인생에 종교적인 영향이 있었다면 더 행복했을 거라고 종종 느꼈어요."

언딘은 약간 한숨을 쉬고 머리를 돌렸다. 밴 더갠에게 딱 맞는 말을 했다는 것을 알고 스스로 흡족했다. 이 중요한 단계에서 밴 더갠은 자신의 방식에 자신이 당해볼 필요가 있었고, 자기가 없이도 살 수 있는 여자가 이 세상에 있다는 사실을 알아야 했다.

밴 더갠이 언딘을 부루퉁하게 계속 내려다보았다.

"부모가 거기에 있었소? 그 사람의 어머니를 만났다는 말은 없군."

"만나지 않았어요. 그분들은 거기 없었어요. 그렇지만 그런 건 별 상관 없어요. 레이몽이 뢰스 호텔에서 요리사를 데리고 왔어요."

"오, 맙소사."

밴 더갠이 소파 반대쪽에 털썩 앉으면서 신음을 냈다.

"당신 보호자로 요리사가 갔다고?"

언딘은 웃었다.

"당신은 랠프처럼 말하는군요. 난 버사와 같이 갔어요."

"버사라고!"

경멸하는 말투에 언딘은 깜짝 놀랐다. 언딘은 샬럼 부인이 같이 갔기 때문에 자기가 거기 간 게 완벽하게 바른 품행으로 여겨질 거라고 생각했다.

"당신은 그자의 부모를 모르는 채, 그분들이 당신을 초대하지도 않았는데 갔소? 당신은 그런 게 여기서는 어떤 의미인지 모른다는 말이오? 셸은 자기의 클럽에서 자기가 당신을 유혹했다고 자랑하려고 그런 짓을 한 거요. 그자가 당신의 평판을 떨어뜨리려고 하는 것이오. 그게 그자의 의도란 말이오!"

"당신은 그 사람이 내 평판을 떨어뜨렸다고 생각해요?"

웃음이 잠깐 언딘의 입술을 지나갔다.

"난 관습에 얽매이지 않아요. 어떤 남자를 좋아하면 난 그런 걸 생각하려고 멈추지 않죠. 그러나 물론 멈추고 생각해야 했어요. 당신이 옳아요."

언딘은 생각에 잠겨 밴 더갠을 바라보았다.

"어쨌든 셸은 유부남은 아니에요."

밴 더갠은 다시 벌떡 일어섰고 언딘 앞에 비난하듯이 서 있었다. 그러나 언딘이 말하자 밴 더갠은 목과 귀까지 벌개졌다.

"그게 무슨 차이가 있소?"

"굉장한 차이가 있겠죠."

언딘은 이렇게 덧붙였다.

"내가 당신하고 다니면서 얼마나 신경을 써야 하는데요."

"나하고 다니는 것을?"

밴 더갠의 얼굴은 그 대구에 침울해졌다. 그러고는 웃음을 터뜨렸다. 밴 더갠은 자기와 아주 꼭 닮은 언딘의 '영리함'을 사랑했다.

"아, 그건 또 별개의 일이지. 내가 당신을 돌봐주리라고 당신은 늘 믿어도 될 거요!"

"당신 같은 평판 붙은 사람한테요? 대단히 고마운 일이네요!"

밴 더갠은 웃었다. 언딘은 그 사람이 그런 암시를 좋아한다는 걸 알았고, 밴 더갠의 평판을 깎아내렸다고 생각하고 기분이 좋았다.

"오, 기분이 아주 좋소. 당신 덕분에 나는 새 사람이 되었소!"

"내 덕분에요?"

언딘은 남자를 아무 말 없이 잠시 응시했다.

"난 당신 때문에 내가 불만이 많은 여자, 당신을 알기 전에 내가 가진 모든 것에 만족하지 못하는 여자가 된 것 외에 당신이 내게 해준 게 뭔지 궁금해요."

어조의 변화에 밴 더갠은 아주 기분이 좋았다. 언딘이 자기를 놀린 것도 잊어버리고, 또 자기의 경쟁자에 대해서도 잊어버리고 거의 언딘의 허리를 안다시피 하며 곁에 앉았다. 그러고는 말했다.

"이봐요, 오늘 우리 저녁 어디서 먹을까?"

밴 더갠이 가까이 있는 게 그리 기분 좋은 일은 아니었지만 언딘은 이 남자의 자유로운 방식과 예의 차리는 서두에 대한 경멸을 좋아했다. 랠프의 수줍음과 섬세함, 자기와 언딘이 같은 음조로 계속 맞추어야한다는 랠프의 바람은 항상 막연히 언딘을 지루하게 했다. 하지만 밴 더갠의 태도에서 언딘은 엘머 모팻이 자기를 복종하게 하는 건방진 태도를 느꼈다. 그러나 언딘은 뒤로 물러나 몸을 뺐다.

"오늘 저녁에요? 안 돼요. 약속이 있어요."

"알아요, 약속이 있다는 거. 나와 약속했지. 지난 일요일에 오늘 저녁 시내 밖에서 나와 식사를 한다고 약속했소."

"지난 일요일에 무얼 약속했는지 내가 어떻게 기억하겠어요? 게다가 당신이 한 말도 있고 해서 당신과 식사를 하지 말아야겠어요."

"내가 한 말이라니 무슨 뜻이오?"

"음, 내가 신중하지 못하고 사람들이 나에 대해 수군댄다고……."

밴 더갠은 화가 난 웃음을 터뜨리며 일어섰다.

"당신은 셸과 저녁을 하겠군. 그렇소?"

"이게 클레어를 심문하는 방식인가요?"

"난 클레어가 뭘 하는지 전혀 관심 없소, 전혀 관심 없단 말이오."

"그건, 어떤 점에서, 클레어는 아주 편하겠네요!"

"그렇게 생각해준다니 기쁘군. 당신은 그자와 식사를 할 거요?

언딘은 손가락의 결혼반지를 천천히 돌렸다.

"내가 당신과 아직……결혼하지 않은 걸 알기는 하나요!"

밴 더갠은 일정한 방향 없이 방 안을 돌았다. 그러고는 돌아와서 화를 내면서 언딘 앞에 버티고 섰다.

"셸이 당신을 바보로 만들려고 할 수 있는 일을 모두 하는 게 당신에게는 안 보이는 거요?"

언딘은 즐기는 듯이 남자를 계속 바라보았다.

"당신은 그게 아주 쉬운 일이라고 생각하세요?"

밴 더갠은 귀 가장자리가 새빨개졌다.

"때로 우리 미국인보다는 춤 잘 추는 저 빌어먹을 키 작은 프랑스 놈들이 더 쉽게 당신을 바보로 만들 수 있다고 생각하오."

언딘은 여전히 밴 더갠에게 웃음을 짓고 있었다. 그러나 갑자기 언딘의 얼굴이 진지해졌다.

"랠프가 다음 주에 집으로 오라고 명령했는데 내가 뭘 하든 안 하든 뭐가 중요해요?"

"당신에게 집으로 오라고 명령을?"

밴 더갠의 얼굴색이 바뀌었다.

"음, 당신은 안 갈 거요, 그렇지 않소?"

"그런 말을 하는 게 무슨 소용이 있어요?"

언딘은 환상에서 깨어난 듯이 웃었다.

"난 가난한 남자의 아내예요. 친구들이 하는 걸 할 여유가 없어요. 랠프가 나더러 돌아오라고 하는 건 날 사랑하기 때문이 아니라 단지 나를 머물게 할 경제적 여유가 없기 때문이죠!"

밴 더갠은 점점 더 흔들렸다.

"하지만 가서는 안 되오. 말도 안 되는 소리요! 따분하고 칠칠하지 못한 많은 여자도 원하는 걸 다하는데 당신 같은 여자가 왜 희생해야 한다는 말이오? 게다가 당신이 날 이렇게 내팽개칠 수는 없지! 있잖아요, 우리 모두 다음 주에 엑스[78] 지방으로 자동차 여행을 갈 예정인데 어쩌면 이탈리아까지 갈 수도 있소……."

"아, 이탈리아요……."

언딘은 간절히 바라듯이 중얼거렸다.

밴 더갠은 더 가까이 와서 언딘의 손을 잡았다.

"당신도 가고 싶을 거야, 그렇잖소? 어쨌든 베네치아까지 갈 거요. 그리고 8월에는 트루빌[79]에 있을 거고. 당신 트루빌 못 가 봤지? 거기는 정말

∵

78) 엑스(Aix en Provence): 프랑스 동남부에 있는 경치가 좋기로 유명한 도시.
79) 트루빌(Trouville-sur-Mer): 프랑스 노르망디 지방에 있는 유명한 관광지.

로 재미난 사람들이 많소. 그리고 노르망디를 자동차로 드라이브하는 건 멋들어질 거요. 당신이 그렇게 하겠다고만 한다면 뉴포트에 돌아가지 않고 거기다 빌라를 얻겠소. 그리고 언제라도 사용할 수 있도록 소서리스 호를 가져 오겠소. 당신은 친구들을 모아서 가고 싶을 때마다 스코틀랜드나 노르웨이로 갈 수 있지……."

밴 더갠은 언딘 위로 몸을 숙였다.

"오늘 저녁 셸과 저녁 먹지 말아요. 나와 같이 갑시다. 우리 얘기합시다. 그리고 다음 주에 빌라를 고르러 트루빌에 갑시다."

언딘의 가슴은 빠르게 뛰었지만 마음속에서는 이상하게도 저항의 힘이 분명하게 느껴졌다. 그런 든든한 느낌 때문에 밴 더갠의 손에서 손을 뺐다. 스프라그 씨가 퓨어 워터 운동을 하던 가장 긴박한 순간에 그런 것을 느꼈을지도 몰랐다. 언딘은 앞으로 몸을 기울여 뒤로 젖힌 손바닥의 힘으로 구애자를 밀어냈다. 그리고 말했다.

"작별 키스나 해주세요, 피터. 난 수요일에 돌아가요."

언딘이 밴 더갠에게 키스를 허락한 것은 이번이 처음이었다. 남자의 얼굴이 어둡게 다가오자 언딘은 순간 뒤로 물러서고 싶었다. 그러나 신체적인 반발은 결코 심하지 않았다. 언딘은 왜 사람들이 '그런 소란을 떠는지,' 그런 신체적인 접촉에 격렬하게 호응하거나 거부하는지 항상 막연하게 궁금했다. 언딘의 내면의 냉정한 정신은 자신의 감각을 지켜보고 통제하며, 자신이 불러일으킨 감각의 강도를 측정하는 것 같았다.

언딘은 시계를 쳐다보려고 고개를 돌렸다.

"이제 가세요. 저녁 시간에 엄청 늦겠어요."

"이렇게 하고……가려고?"

밴 더갠은 언딘을 꽉 안고서 명령했다.

"다시 한 번 키스해줘요."

언딘은 자기가 얼마나 냉정하게 느끼는지, 얼마나 쉽게 자기가 이 남자의 손아귀에서 벗어날 수 있는지 놀라웠다. 어떤 남자라도 정말로 사랑에 빠지면 어린 아이처럼 다룰 수 있었다⋯⋯.

"바보처럼 굴지 말아요, 피터. 당신은 내가 당신에게 키스를 했을 거라고 생각해요, 만약⋯⋯?"

"만약 뭐, 뭐, 뭐요?"

밴 더갠은 듣지도 않고 도취된 채 언딘의 말을 따라했다.

언딘은 자기 얘기를 남자가 듣게 하려면 둘 사이에 거리를 더 두어야겠다고 생각했다. 그래서 일어나서 방을 가로질러 걸어갔다. 난로 옆에서 돌아서서 이렇게 덧붙였다.

"만약 우리가 작별 인사를 한 게 아니라면 내가 당신에게 키스를 하게 두었을 거 같아요?"

"작별 인사라고, 지금? 그런 이야기를 하는 게 무슨 소용이 있소?"

밴 더갠은 벌떡 일어나 언딘을 따라왔다.

"여길 봐요, 언딘. 난 당신이 원하는 거면 이 세상 뭐든지 할 수 있소. 간다는 소리만 하지 마시오. 당신이 여기 머물기만 하면 원하는 대로 모든 게 제대로 돌아가게 하겠소. 내가 버사 샬럼을 여름에 당신과 함께 지내도록 하겠소. 내가 트루빌에 집을 세내 집사람이 거기 오게 하겠소. 빌어먹을, 집사람은 당신이 그렇게 하라고 하면 해야 할 거야. 당신이 내게 좀 잘해주기만 하면!"

언딘은 여전히 아무 말 없이 그 앞에 서 있었다. 언딘은 자기의 단호한 눈썹과 꼭 다문 입술을 통해 자신이 원하는 만큼 오랫동안 밴 더갠을 물리칠 수 있음을 의식했다.

"뭐가 문제요, 언딘? 왜 대답이 없는 거요? 당신이 그렇게 지독한 곳으로 돌아갈 수 없는 걸 알지 않소!"

언딘은 화가 난 눈으로 밴 더갠에게 휙 돌아섰다.

"난 현재의 생활도 계속할 수 없어요. 랠프와 사는 것만큼이나 이것도 싫어요. 집에 가지 않는다면 다른 것을 결심할 수밖에 없어요."

"'다른 것'이라는 게 무슨 말이오?"

언딘은 말이 없었다. 밴 더갠이 고집스럽게 물었다.

"당신은 정말로 셸과 결혼할 생각을 하는 거요?"

언딘은 남자가 비밀을 알아낸 것처럼 깜짝 놀랐다.

"그걸 말한다면 당신을 결코 용서하지 않을 거예요."

"맙소사! 맙소사!"

밴 더갠이 신음을 냈다.

언딘은 눈을 내리깐 채 꼼짝도 않았다. 밴 더갠이 다가와 자기를 보도록 언딘을 잡아당겼다.

"언딘, 정말로 그자가 당신과 결혼하리라고 생각하는 거요?"

언딘은 돌연히 굳은 의지를 눈에 담고 남자를 보았다.

"난 정말로 당신과 그런 일을 의논할 수 없어요."

"오, 제발 그런 목소리로 이야기하지 말아요! 내가 무슨 말을 하는지 도대체 알 수가 없소. 하지만 자신을 두 번이나 허비하지 말아요. 당신을 위해 무슨 일이라도 하겠소. 정말 맹세하겠소!"

문을 두드리는 소리가 나서 두 사람은 서로 떨어졌고 하인이 전보를 가지고 들어왔다.

언딘은 얇은 푸른 종이를 들고 창가로 돌아섰다. 언딘은 누가 들어온 게 반가웠다. 중요한 문제가 걸려 있다는 생각에 잠시 쉬면서 숨을 돌리고 싫었다.

쪽지는 로라 페어퍼드의 이름으로 온 긴 전보였다. 랠프가 폐렴으로 갑자기 아프고 상태가 심각하며 아내가 바로 돌아와야 한다고 의사가 말했다는 내용이었다.

언딘은 머릿속에 온갖 복잡한 생각이 들어서 그 전언을 이해하기 위해서 두세 번 읽어야했다. 그리고 두세 번을 읽은 후에도 자기가 처한 상황에서 그 전보가 지니는 의미를 파악하기 위해 더 많은 시간이 필요했다. 만약에 그 전언이 아들에 관한 것이었다면 언딘의 머리는 좀 더 빨리 돌아갔을 것이다. 언딘은 자기가 없는 동안 폴이 병이 나리라는 가능성으로 한번도 괴로워해본 적이 없었다. 그러나 그 전보가 아들에 관한 것이었다면 자신이 가장 빠른 배로 돌아갔을 거라고 이제 이해했다. 그런데 랠프라면 달랐다. 랠프는 언제나 완벽히 건강했다. 언딘은 남편이 갑작스럽게 죽음의 문턱에 있으리라고, 자기가 필요하리라고 상상할 수 없었다. 아마도 시어머니와 시누이는 공포에 사로잡혔을 것이다. 두 사람은 항상 감상적인 공포에 가득 차 있었다. 다음 순간 분노에 찬 의심이 퍼뜩 떠올랐다. 만약 이 전보가 마블 집안의 여자들이 자기를 돌아오게 하기 위해 지어낸 수작이라면? 아마도 이 전보는 랠프의 묵인하에 두 사람이 보냈을 것이다. 분명히 보언이 자기에 관해 편지를 보냈을 것이다. 워싱턴스퀘어는 자신의 행동거지에 대해 괴상한 보고를 받았을 것이다!……그렇다. 그 전보는 분명히 로라가 보낸 편지의 내용을 반복했다. 모녀가 자기의 기쁨을 망치기 위해 그걸 꾸며낸 것이다. 일단 그 생각이 떠오르자 그것은 언딘의 마음 깊은 곳에 뿌리를 내리고 거대한 가지들을 치기 시작했다. 밴 더갠은 언딘을 따라 창가로 왔다. 그 사람의 얼굴은 여전히 붉었고 경련이 일고 있었다. 언딘이 전보를 말없이 노려보자 밴 더갠이 물었다.

"무슨 일이오?"

언딘은 손 안의 종잇조각을 구겨버렸다. 만약 자기가 혼자 있어서 대답을 신중하게 생각할 시간이 있었더라면 얼마나 좋았을까!

밴 더갠이 다시 물었다.

"도대체 무슨 일이오?"

"아, 아니에요, 아무것도."

"아무것도 아니라고? 당신이 백짓장처럼 하얀데도?"

"내가요?"

언딘은 조그맣게 웃었다.

"그냥 집에서 온 전보예요."

"랠프에게서?"

언딘은 머뭇거렸다.

"아니요. 로라에게서요."

"아니, 도대체 그 여자가 무엇 때문에 당신에게 전보를 친 거요?"

"로라 말이 랠프가 날 찾는대요."

"지금, 당장에?"

"당장요."

밴 더갠은 짜증난 듯 웃었다.

"왜 당신 남편이 당신에게 직접 이야기하지 않는 거요? 그게 로라 페어퍼드와 무슨 상관이 있다는 거요?"

언딘은 '정말로 무슨 상관 있겠어요?'라는 뜻의 몸짓을 했다.

"그게 그 여자가 말한 전부요?"

언딘은 다시 주저했다.

"예, 그게 전부예요."

그렇게 말하면서 언딘은 그 전보를 책상 아래 쓰레기통으로 던져버렸다. 그러고는 소리쳤다.

"어쨌든 내가 굳이 가지 않아도 되는 것처럼 그런 말을 하는 거예요?"

고통스러울 정도로 분명하게 언딘은 자기 앞에 놓인 것을 보았다. 서둘러 준비하고 되는 대로 잡아탄 배에서 길고 지루한 여행, 찌는 듯이 더운 7월에 도착해서 육아실과 부엌에서 보내는 참을 수 없이 기진맥진한 일상이 떠올랐다. 마음속으로 그런 모습을 떠올리자 언딘의 상상력은 움츠러들었다.

밴 더갠의 시선은 여전히 언딘에게 머물렀다. 언딘은 이 남자가 자기 마음속을 스치는 생각을 따라잡으려고 열심히 노력한다고 생각했다. 이윽고 밴 더갠이 언딘에게 다시 다가왔다. 밴 더갠은 더 이상 위험하거나 끈덕지게 굴지 않았고, 오히려 이상하게 언딘이 처한 곤경에 감동을 받아 서투르게 다정히 대했다.

"언딘, 들어봐요. 내가 당신이 머물 수 있게 모든 걸 마련해주기를 원치 않소?"

언딘의 가슴이 더 빨리 뛰기 시작했다. 언딘은 냉정하지만 화는 내지 않고 밴 더갠의 눈을 마주보면서 그 남자가 가까이 오도록 내버려두었다.

"당신이 '모든 것을 마련해준다'는 게 무슨 뜻이죠? 내 청구서를 갚아주는 건가요? 당신은 내가 그걸 싫어한다는 걸 모르세요. 다시는 내가 그런 일을 하도록 끌려가지 않을 거라는 걸 모르겠어요?"

언딘은 남자의 팔에 손을 얹었다.

"이번에는 내가 현명하게 처신해야 해요, 피터. 그게 우리가 작별해야 하는 이유예요."

"랠프에게 돌아갈 거라고 말하려는 거요?"

언딘은 잠시 쉬었다. 그러고는 입을 앙다물면서 나지막이 이렇게 속삭였다.

"그 사람에게 다시는 돌아가지 않을 거예요."

"그러면 셸과 결혼하겠다는 거요?

"당신에게 우리는 헤어져야 한다고 말했잖아요. 난 내 장래를 위해 대비해야 해요."

밴 더갠은 언딘 앞에서 이러지도 저러지도 못하고 힘들어하며 서 있었다. 그 남자의 굼뜬 머리와 참을성 없는 지각은 능력을 벗어나는 문제로 끙끙대고 있었다. 마침내 밴 더갠이 말했다.

"내가 당신의 장래에 대해 대비하려고 여기 있는 거 아니오?"

"당신이 의도하는 방식으로 장래를 대비하려는 이는 아무도 없을 거예요. 차라리 당신을 다시는 만나지 않는 게 나아요."

밴 더갠은 혼돈스러운 시선으로 바라보았다.

"아, 빌어먹을. 당신이 그렇게 느낀다면!"

밴 더갠은 돌아서 문으로 뛰어갔다.

언딘은 남자가 떠난 곳에서 꼼짝 않고 서 있었다. 모든 신경이 극도로 신중해졌다. 그 자리에 서 있으면서 주위 광경이 아주 정확하게 머리에 박혔다. 언딘은 밖에 여름 햇살이 옅어지는 것을, 저쪽 방에서 하녀가 자기의 저녁용 드레스를 펼치는 것을, 밴 더갠의 발걸음에 흔들려서 책상 위에 있는 월계화 꽃잎이 랠프의 편지 위로 떨어지고 격자무늬 쓰레기통 옆으로 보이는 구겨진 전보지 위로 떨어지는 것을 의식했다.

다음 순간 밴 더갠은 가고 없을지도 몰랐다. 하지만 더 나쁜 것은 그 사람이 문가에서 갈팡질팡하는 동안 헛되이 자기를 기다리다 샬럼 부부와 셸이 부아에서 달려와 갑자기 나타날 수 있다는 점이었다. 이런저런 가능성이 언딘 앞에 떠올라서 행동을 취하도록 재촉했다. 그러나 언딘은 그 자리에 꿈적도 않고 움직이지 않고 동요도 없이 오만하지만 가련한 체념의 이미지를 지켰다.

밴 더갠은 손을 문에 얹고 있었다. 그 남자가 문을 반쯤 연 채 돌아섰다.

"그렇다면 그게 다요? 당신이 할 말이란 게?"

"그게 다예요."

밴 더갠은 문을 벌컥 열고 나가버렸다. 밴 더갠이 대기실에서 모자와 지팡이를 집으려고 멈추는 것이 보였다. 그 육중한 몸매가 벽의 등불에 드러났다. 벽에 걸린 등의 한 줄기 빛이 언딘이 서 있는 불빛이 없는 응접실을 비췄다. 언딘의 그림자가 언딘이 마주보고 있는 거울에 꽃처럼 피어올랐다. 언딘은 자기 모습을 바라보면서 기다렸다. 밴 더갠이 모자를 쓰고 천천히 바깥 복도로 나가는 문을 열었다. 그러더니 갑자기 돌아서 방으로 뛰어들어 왔다. 언딘에게 다가올 때 거대한 몸집이 거울에 비친 언딘의 모습을 가렸다.

"난 당신이 하라는 건 뭐든지 하겠소. 언딘, 당신을 갖기 위해서라면 뭐든지 할 거요!"

언딘은 거울에서 눈을 돌려 밴 더갠의 얼굴을 바라보았다. 밴 더갠의 얼굴은 노인 얼굴처럼 작고 시들어 보였고 아래 입술은 이상하게 떨렸다.

제21장

올해 뉴욕의 봄은 평년보다 더 극심한 기온이 계속되더니 찌는 듯한 6월의 문턱으로 접어들었다.

녹초가 되어 일에 전념하던 랠프는 정말 괴상한 날씨의 변덕을 자신이 처한 총체적 혼돈 상황에 모순이 하나 더 첨가된 것으로 느꼈다. 결혼 생활 4년 만에 워싱턴스퀘어에 있는 자신의 예전 갈색 방에 다시 돌아온 것으로도 충분히 낯설었다. 그 방은 시재(詩才)가 자기에게 내려오기를 고대하던 바로 그 방이 전혀 아닌 듯했다. 어린 시절을 보낸 장소에 돌아온 사람처럼 랠프는 모든 게 자기가 상상한 것보다 훨씬 더 규모가 작다는 것을 발견했다. 대거닛 가문의 경계가 정말 좁아진 걸까, 아니면 인생의 벽에 생긴 쪼개진 틈 때문에 자기의 시야가 더 넓어진 것일까?

옆방에 있는 아들의 존재가 구체적으로 보여주는 차이 외에도 현재의 자아와 과거의 자아 사이에는 확실히 차이들이 생겨났다. 사실 폴은 이제 랠프와 자신의 과거를 연결해주는 주요한 고리였다. 아들에 관한 한 랠프는 여전히 대거닛 가의 전통적 관점에서 대체로 느끼고 생각했다. 랠프는 아직도 무한한 이권 추구가 특징인 새로운 시대정신과는 다른 대거닛 가의 겸손과 안목의 전통을 폴에게 심어주고 싶었다. 그러나 그 자신에 관해서는 달랐다. 모팻과 거래한 이후로 랠프는 새로운 질서 아래에서 산다고 의식했다. 새로운 질서가 옛 질서보다 더 나쁘다고 확신하지는 않았다. 그러나 동시에 그 어떤 것에 대해서도 더 이상 그다지 확신이 없었다. 어쩌면 점점 심해지는 이 무관심은 오랜 신경성 긴장에서 생긴 반작용에 불과할 것이다. 어머니와 누나도 그렇게 생각한다는 것은 두 사람이 자기를 말없이 지켜보고 맴도는 것에서 알 수 있었다. 어머니와 누나는 마치 병상 주변을 숨죽이고 걷는 이들처럼 신중했다. 두 사람이 언딘에 대해 비난하는 걸 스스로 용납하지 않았기 때문에 랠프는 어떤 곤란한 질문도 받지 않았고 시의적절치 않은 동정도 받지 않았다. 두 사람은 결혼 전처럼 살도록 랠프가 원하는 대로 랠프를 다시 받아들였다. 두 사람의 침묵은 말보다 훨씬 더 상처를 주었을지 모르는 미묘한 비난을 전혀 담고 있지 않았다.

랠프는 얼마 동안 언딘에게서 매주 편지를 받았다. 애매하고 실망스럽기는 했지만 이 서신들 덕분에 하루하루를 버틸 수 있었다. 그러나 랠프가 편지를 고대한 것은 실제 편지 내용보다는 답장을 쓰기 위한 구실이 필요했기 때문이다. 언딘은 구어를 사용하는 데는 막힘이 없었다. 랠프는 아내가 사용하는 말의 범위와 현재 통용되는 어휘를 뛰어넘는 용어를 유창하게 구사하는 능력에 종종 놀랐다. 언딘은 독서를 하지 않았기 때문에 틀림없이 그 말들을 책에서 배우지는 않았을 것이다. 전도사를 한 조부모의 웅변술이 기묘하게 어느 정도 언딘에게 전해진 것 같았다. 그러나 언딘은 간략하고 특색 없는 편지에서 몇 개 안 되는 똑같은 용어로 동일하게 단조로운 진술을 반복했다. 자기는 잘 있고, 버사 샬럼과 '여기저기 둘러보았으며', 짐 드리스콜 부부나 메이 베린저나 디키 볼스와 저녁 식사를 했고, 날

씨가 너무 좋거나 너무 끔찍하다는 게 언딘이 전하는 소식의 요지였다. 마지막 장에 폴이 잘 있기를 희망하고 아들에게 키스를 보낸다고 썼다. 하지만 폴이 어떻게 지내는지 묻는 말을 꺼내지도 않았고 무슨 일을 하는지 묻지도 않았다. 믿을 수 있는 사람이 폴을 돌봐준다는 걸 알고서 그런 걱정이 필요 없다고 언딘이 판단했을 것이라고 추측만 할 수 있었다. 따라서 랠프는 그 문제를 어머니에게 그런 식으로 설명했다.

"당연히 언딘은 폴에 대해 걱정하지 않죠. 그래야 할 이유가 있겠어요? 어머니와 로라가 돌봐주니 폴이 왕처럼 행복하게 지낼 걸 아닐까요."

그 말에 마블 부인은 진지하게 대답하곤 했다.

"이 매서운 동풍이 부는 동안에는 내가 폴에게 얇은 플란넬 바지를 입히지 않을 거라고 편지에 꼭 쓰도록 해라."

남편의 안부에 대한 언딘의 유일한 언급은 잘 지내기를 바란다는 항상 똑같은 표현뿐이었다. 그 구절은 항상 똑같았고, 랠프는 세 번째 장에서 어느 정도를 내려가야 그 말을 찾을 수 있는지도 알게 되었다. 편지 추신에서 언딘은 때때로 머리 장식이나 스커트를 재단하는 새로운 유행을 자기 어머니에게 알려달라고 부탁했다. 그리고 이 부분이 대체로 편지에서 가장 웅변적인 구절이었다.

랠프는 이 편지들에서 자신이 무슨 만족을 얻었는지 말하기 어렵다는 걸 알았다. 하지만 그런 편지라도 오지 않으면 자기가 갈망하는 걸 그 편지에서 모두 얻었을 경우 못지않게 섭섭했다. 때로 그저 푸른색이나 연보라색 편지지를 들고 그 향기를 맡으면 마치 아내의 손을 잡고 신선한 젊은 향기에 감싸이는 것 같았다. 파고드는 관능적인 감각 안에서 감상적인 실망은 사라져버렸다. 이와 다른 기분일 때에도 편지의 첫 행과 마지막 행의 글자들을 더듬으면 그 두 행 사이의 사막같이 황량하고 형식적인 구절들이 사라지기에 충분했고, 아내의 손이 묶은 신비로운 끈의 환영처럼 이리저리 뒤섞인 이름들의 환영만이 랠프에게 남았다. 그렇지 않을 경우에는 숙인 목덜미 위로 머리카락의 광채가 빛나는 언딘이 책상에 앉아서 얼굴을 찡그리고 약간 상기된 채로 글을 지어내느라 끙끙대면서 작은 입술을 꼭 다문 모습이 마치 바로 앞에 가까이 있는 것처럼 뚜렷이 보였다. 그리고 이 모습은 잠에서 막 깨기 직전의 꿈속 이미지처럼 강렬하고 사실적이었다. 다른 때에는 편지를 읽으며 적어도 편지를 쓰던 순간에는 정말 언딘이 자기와 함께 있었다고 느꼈다. 그러나 마지막 편지 중 하나에서 심한 얼룩과 일관성이 없는 문장을 변명하기 위해서 언딘은 이렇게 말했다. '사람들이 모두 다 한꺼번에 내게 말을 걸어 무슨 말을 쓰고 있는지 모르겠어요.' 랠프는 그 편지를 불 속에 던져버렸다……

처음 몇 주가 지난 후에는 편지가 점점 더 뜸해졌고 두 달이 지나자 오지 않았다. 랠프는 외국 우편물이 오기로 예정된 날에 아내의 편지를 기다리는 습관이 생겼다. 편지가 올 기색이 없이 몇 주가 지나자 글씨가 정연하지 않고 잉크가 얼룩진 수취인 주소와 이름이 적힌 색깔 있는 큼지막한 봉투를 우편함에서 찾으려고 사무실을 일찍 나서 워싱턴스퀘어의 집으로 서둘러 귀가하기 위해 구실을 지어내기 시작했다. 언딘이 떠났을 때 랠프는 일시적으로 해방감을 느꼈다. 둘의 부부 관계가 처한 이 상태에서는 어떤 변화라도 도움이 되었을 것이다. 그러나 아내가 가버리자 자기는 정말 아내를 결코 떠나보낼 수 없다는 걸 알게 되었다. 아내에 대한 감정은 변했지만 그 감정은 여전히 자신의 삶을 지배했다. 랠프는 언딘을 약점이 있는 존재로 보았지만 힘이 있는 존재라고 느꼈다. 언딘이 사용하는 향수가 아내가 보낸 편지에 달라붙어 있듯이 아내의 젊음과 육체적인 광휘가 지닌 힘이 미몽에서 깨어난 랠프의 기억에 달라붙어 있었다. 4년에 걸친 결혼 생활을 돌아보면서 언딘의 미성숙한 정신을 일깨우기 위해 할 수 있는 일을 모두 했는지 스스로 묻기 시작했다. 자기가 처음에는 너무나 많은 걸 기대했고 나중에는 너무 무관심하지 않았을까? 언딘은 아직 장난감을 갖고 노는 연령이었다. 아마도 바로 자신의 과도한 사랑 때문에 언딘은 성장이 늦어지고 경박한 착각에 빠진 작은 집단 안에 갇히게 되었을지도 모른다. 하지만 지난 몇 달 동안 자기는 성숙했고, 언딘이 돌아오면 자기 경험의 수준까지 아내를 고양하는 방법을 알게 될 것이다.

날마다 워싱턴스퀘어의 집으로 서둘러 돌아오면서 랠프는 이렇게 결론을 내렸다. 하지만 문을 열고 현관 테이블을 맨 먼저 힐끗 보고 편지가 없는 걸 알면 그 환상은 허약한 뿌리까지 시들어버렸다. 언딘은 편지를 쓰지 않았고 편지를 쓸 생각도 없었다. 랠프와 폴은 더 이상 아내의 삶의 일부가 아니었다. 돌아왔을 때 언딘은 새로운 즐거움을 맛본 경험이 있지만, 집에는 그 즐거움이 없기 때문에 랠프가 무얼 주건 아내의 흥미를 끌지 못할 거라는 서글픈 차이를 빼면 모든 게 이전과 똑같을 것이다. 그러고 나서도 또 외국 우편물이 올 거라는 생각에 희망이 솟아났고, 집으로 서둘러 오면서 랠프는 편지가 올 거라고 기대하는 새로운 이유들을 상상하곤 했다……

매주 희망과 낙담의 양 극단 사이에서 방황하다 마침내 긴장을 참을 수 없게 되자 언딘에게 전보를 쳤다. 답장은 다음과 같았다. '잘 지냄 최고임 편지를 쓰고 싶음.' 그러나 아내가 약속한 편지는 결코 오지 않았다……

랠프는 꾸준히 일했고 심지어 지나치게 기운이 넘치는 단계를 경험하기도 했다. 그러나 좌절한 젊음이 숨을 쉬게 해달라고 내면에서 투쟁을 벌였다. 이게 과연 끝인가? 무익하며 단조롭고 고된 일을 하며 자기 인생을 소진해야 하는 걸까? 물론 무미건조하게 표현하자면 아내와 감정적인 파국이 있었지만 경제적인 상황은 변함이 없으며 아내와 아이를 위해 계속 일해야만 했다. 그러나 아무튼 앞으로 랠프가 일을 하는 건 주로 폴을 위한 것이기 때문에 그 일은 자기 방식과 가족에게서 물려받은 '정직함'의 관념에 따라야 할 것이다. 모팻과 맺은 계약과 유사한 거래에 다시는 결코 관여하지 않을 것이다. 지금도 그 계약에 석연찮은 점이 있었다고 확신하지는 않았다. 그렇지만 그 문제에 대한 조언을 얻으려고 본능적으로 할아버지가 아니라 스프라그 씨에게 갔다는 사실은 그 계약에 반대할 만한 근거가 있었음을 시사했다.

랠프가 별안간 기운을 쏟자 동업자들이 잽싸게 이득을 취했던지라 랠프의 업무는 전혀 더 가벼워지지 않았다. 랠프는 회사 구성원 가운데 가장 젊고 가장 신참일 뿐 아니라 지금까지는 사업상 거래에서 가장 적게 기여했다. 랠프의 근무시간이 가장 길었고, 여름이 다가왔지만 랠프가 가장 적게 쉬었고 휴가도 마지못해 허용되었다. 동업자들은 랠프가 돈에 쪼들려서 감히 휴가를 낼 수 없는 걸 분명히 알았다. 동업자들은 랠프를 '부려먹었고' 랠프도 그것을 알았지만 직장을 그만 둘 용기가 없어서 감수했다. 그러나 단조롭고 힘든 일을 기계적으로 장시간 하는 건 랠프의 육체와 규율에 길들여지지 않은 신경에 영향을 끼쳤다. 랠프는 평균적인 사업가의 삶의 조건인 정신과 육체의 지속적인 고행을 너무나 뒤늦게 겪기 시작한 것이다. 사무실에서 장시간 단조로운 일을 하고 난 후 저녁에 할아버지 집에서 휘스트 카드놀이를 해도 자신에게 필요하며 피로를 상쇄할 만한 자극을 얻지 못했다.

거의 모든 이가 뉴욕을 떠났지만 이따금 레이 양이 저녁 식사를 위해 찾아왔다. 벌써 시들어버린 해리엇 레이는 벽에 걸린 자기 고모할머니 한 분과 비슷해 보였다. 가족 초상화 아래 앉아 랠프는 생기 없는 해리엇을 마주 보며, 뉴욕의 양반들이 배터리와 볼링 그린[80]을 중심으로 살던 시절에 초상화 속의 주인공이 똑같은 테이블 주변에서 나눴을 것 같은 대화에 흥미 없게 귀를 기울였다. 대거닛 씨를 만나 이야기를 듣는 건 늘 유쾌했지만 할아버지의 풍자는 점점 활력이 없어지고 난해해졌다. 그 풍자는 왕정복고 시대 풍속희곡[81]의 유머처럼 현실의 삶과 연관성이 거의 없었다. 랠프에게 어머니 마블 부인과 레이 양은 대거닛 씨보다 더욱더 먼 과거에 사는 유령 같은 존재로 여겨졌다. 랠프에게 중요한 것이 거의 대부분 그 두 여자에게는 존재하지 않았다. 랠프에게는 그 사람들의 편견이 오래전에 이미 내부에 쳐들어온 침입자들에게 들어오지 말라고 하는 경고 표지판과 같다는 생각이 들었다.

때로는 클럽에서 저녁을 먹고 나서 자기 또래의 청년 몇몇과 극장에 갔다. 그러나 극장에서 나온 후 모험을 계속하고 싶은 기분이 들지 않는 자신에게 다소 화가 나서 그 젊은이들과 헤어졌다. 진부한 방식으로나마 자신의 자유를 확인하고 싶다고 느끼는 순간들, 다시 말해서 가장 저속한 방식이 가장 만족스러울 것 같아 보이는 그런 순간들이 있었다. 하지만 결국 언제나처럼 혼자 걸어서 모두 잠든 집으로 돌아와 아들을 깨우지 않으려고 조용조용 위층으로 올라갔다······.

사업가들이 골프와 테니스를 치러 서둘러 시골로 가는 토요일 오후마다 랠프는 뉴욕에 머무르면서 폴을 데리고 스프라그 씨 부부를 만나러 갔

: :

---

80) 배터리(Battery)는 맨해튼의 남단에 있는 구역. 뉴욕 시가 건설되던 초창기에 정착촌을 보호하기 위해서 이곳에 대포 포대가 있었기 때문에 배터리(포대, 砲臺)라는 이름이 붙었다. 볼링 그린(Bowling Green)은 맨해튼 남부에 있는 작은 공원.
81) 풍속희곡(Comedy of Manners): 청교도혁명을 일으킨 올리버 크롬웰(Oliver Cromwell)이 사망한 뒤 스튜어트 왕가의 찰스 2세가 왕위에 복귀한 1660년 왕정복고 이후에 영국에서 유행한 혼인 풍습을 풍자한 희곡.

다. 아내가 떠난 후 자기 가족과 언딘 가족을 가깝게 해보려고 몇 번 시도
했다. 그래서 워싱턴스퀘어의 숙녀들은 랠프가 원하는 걸 해주려는 열의
를 보이면서 스프라그 부인에게 여러 가지 방식으로 친근하게 다가가려고
했다. 하지만 이 접근에 스프라그 부인이 무언의 저항을 하자 랠프는 자기
가족에 대한 언딘의 혹평이 골똘히 생각하는 장모의 마음에 깊이 뿌리내렸
을 거라고 추측했다. 그래서 이렇게 완전히 갈라진 두 집안의 여자들을 화
해시키려는 노력을 포기했다.

양가 여자들을 화해시키는 데 성공하지 못한 걸 랠프가 후회했다면 그
건 무엇보다도 스프라그 씨 부부가 딱했기 때문이다. 언딘의 결혼식을 치
르고 얼마 안 되어서 장인과 장모는 화려한 색들로 장식된 스텐토리언 호
텔의 특실을 버리고 뉴욕 시의 호텔을 전전했다. 호텔에서 사는 게 유행의
첨단을 걷는 거라는 생각이 틀렸다는 것을 일찌감치 발견한 언딘은 자기
부모를 설득해서 집을 얻게 하려고 했다. 스프라그 씨 부부는 딸의 말이
앞뒤가 맞지 않는다고 딸을 책망하는 건 삼갔지만 그 제안에 따르지는 않
았다. 스프라그 부인은 '집안 살림을 다시 한다는' 생각에 겁을 내는 것 같
았다. 랠프는 장모가 이 호텔에서 저 호텔로 옮겨 다니는 걸 자신의 삶에
있는 다양성의 한 요소라고 여기는 것 같다고 생각했다. 스프라그 씨는 누
구보다도 가정을 한 장소에 국한된 곳으로 느끼지 않았고, 어떤 고정된 습
관과도 연결되지 않는 것으로 생각하는 사람이었다. 스프라그 씨는 거주
지의 변화로 인해 몇 구역 더 위에서 아니면 몇 구역 더 아래에서 지하철을
내려서 계단을 오르거나 '고가 철도'에서 계단을 내려가야 할 때에나 아마
거주지가 변했다는 걸 깨달았을 것이다.

스프라그 씨도 그 아내도 랠프에게 거주지를 자주 옮기는 것에 대해 불
평하지 않았고, '더 잘 할 수 있었을 거라고 본다'는 애매한 원인 외에는 이

렇게 자주 옮겨 다니는 이유를 밝히려고 하지도 않았다. 하지만 랠프는 두 분의 삶에서 안락함이 줄어드는 것이 언딘이 점점 더 많은 돈을 요구하는 것과 동시에 일어난다는 걸 알아차렸다. 지난 몇 달 동안 스프라그 씨 부부는 말리브랜 호텔로 옮겨 가 살았는데, 이곳은 높이 솟은 좁은 건물로서 작은 칸으로 나뉜 대형 곡물 창고 같았다. 여기서는 리놀륨 바닥과 린크러스터 벽지[82]가 스텐토리언 호텔의 치장 벽토와 대리석을 흉내 냈고, 잿빛 황혼 녘 지하 식당에서 기진맥진한 사업가들과 그 가족들이 '흑인 종업원'이 나눠주는 묽은 스튜 요리를 먹었다.

스프라그 부인은 응접실도 없었다. 그래서 폴과 랠프는 기다란 공공 휴게실에서 숙녀들이 곧 쓰러질 것 같은 책상에 앉아 한창 편지를 쓰고 투숙객들과 방문객들이 무리 지어 활기 없는 대화를 나누는 가운데에서 스프라그 부인을 만나야 했다.

스프라그 씨 부부는 외손자를 대단히 자랑스러워했다. 폴이 사람들 사이를 떠들썩하게 달리고 눈부신 곱슬머리와 천사 같은 웃음으로 사람들의 관심을 끄는 모습을 외조부모가 보고 싶어한다는 걸 랠프는 알아챘다. 폴이 외할아버지의 무릎 사이에 서서 프리메이슨 문장을 갖고 놀거나 외할머니의 의자 팔걸이에서 다리를 대롱거리는 것을 더 좋아하는 모습을 외조부모는 손자가 건강이 나쁘거나 지나치게 아이의 버릇을 잡는 증거로 여겼다. 그래서 폴은 외할머니에게서 음식이 입에 맞는지, 아빠가 지나치게 엄격하다고 생각하지 않는지에 대한 날카로운 질문을 받았다. 더욱 당황스러운 문제는 땅콩사탕이나 초콜릿 크림과 같은 '깜짝 선물' 때문에 생겼는데, 폴에게 외할머니의 주머니에서 그런 과자를 찾도록 했다. 그러나 워

⁚

82) 린크러스터 벽지(Lincrasta): 장식 도안을 인쇄한 두꺼운 벽지.

싱턴스퀘어의 식습관을 너무 눈에 띠게 어길질까 봐 랠프는 집에 오는 길에 과자를 압수해야만 했다.

때때로 랠프는 혈색 좋고 명랑한 히니 부인이 스프라그 부인의 맞은편 안락의자에 앉아서 새로 오려낸 신문 기사 묶음에서 고른 기사로 장모를 즐겁게 해주는 걸 발견했다. 지난 겨울에 언딘이 아팠을 때 찾아온 히니 부인은 폴에게 친숙한 얼굴이 되었다. 폴은 외할머니의 주머니처럼 히니 부인의 가방에도 맛있는 게 많을 거라고 생각하게 되었다. 그래서 말리브 랜 호텔에서 보통 이렇게 절도 없이 토요일을 보내고 난 다음 워싱턴스퀘어에서 생기 없이 음식을 절제하는 일요일이 이어졌다.

자기의 너그러움이 이런 결과를 초래한다는 걸 모르는 히니 부인은 토요일마다 규칙적으로 나타나는 습관이 생겼다. 부인이 외할머니와 잡담을 나누는 사이에 어린 폴에게 화장용 얼굴 크림과 신문기사들의 묶음을 더러운 양탄자에 사방으로 어지르면서 가방 밑바닥에 있는 사탕을 신나게 찾아보라고 부추겼다.

"저런, 이 애가 자기 엄마처럼 매사를 그렇게 서두르지만 않는다면!"

어느 날 낭랑하게 울리는 목소리로 히니 부인이 외쳤다. 그리고 폴이 옆에 내던져 놓은 긴 신문지 조각을 허리를 숙여 집어 들어 매끈하게 펴면서 말했다.

"내 생각엔 이 아이가 조금 더 나이가 들면 사탕보다도 이 신문 기사를 더 좋아할 거예요. 이게 바로 제가 요전 날 당신을 위해 찾으려고 한 바로 그 기사예요, 스프라그 부인."

팔을 쭉 뻗은 채 신문 조각을 들고서 히니 부인이 계속 말했다. 그리고 나서 자기의 눈과 신문 기사 사이의 거리에 어울리는 큰 소리로 그걸 읽기 시작했다.

"'피트' 밴 더갠과 디키 볼스와 같은 단거리 경주 선수가 선두로 달리는 상황에서 파리에 있는 뉴욕 사람들이 올봄에 다른 어느 때보다 더 활기차게 걸음을 내디뎠다는 건 당연한 일이다. 확실히 스트레스가 심한 시즌인데, 매혹적인 랠프 마블 부인은 어느 누구보다 뒤지지 않는다. 마블 부인은 가장 세련된 식당과 가장 외설적인 극장에 많은 헌신적인 애인들의 수행을 받으며 낮이고 밤이고 나타나기 때문에 미국과 유럽의 미녀 경쟁자들이 질투 어린 악담을 한다고 한다. 그렇지만 마블 부인의 드레스는 그 외모만큼이나 아름다우니, 마블 부인이 사교계를 독점하는 상황을 어찌 다른 여성들이 참고 견딜 거라고 기대하겠는가?"

이 방문에서 받는 스트레스를 피하려고 랠프는 한두 번 폴을 외조부모에게 맡기고 오후 느지막이 데리러 가보았다. 그러던 어느 날 말리브랜 호텔에 다시 들어갔을 때 알록달록한 격자무늬 옷과 은색 엉겅퀴가 달린 초록색 벨벳 모자를 쓰고 부끄러워하는 꼬마를 만났다. 외할머니가 폴을 쇼핑에 데리고 갈 기회가 생기면 어떤 '깜짝 선물'을 줄 수 있는지를 알고 난 후 랠프는 다시는 아들을 맡기고 떠나는 모험을 하지 않았고, 그 후로 토요일마다 함께 찌는 듯이 무덥고 컴컴한 말리브랜 호텔에서 시간을 보냈다.

스프라그 씨 부부와 대화를 나누는 건 거의 불가능했다. 랠프는 장인의 사무실에서는 대화를 나눌 수 있었다. 그러나 호텔 휴게실에서 스프라그 씨는 이따금씩 외손자에게 '이런, 이런'이라고 하며 침묵을 깨는 경우 말고는 생각에 잠겨서 말없이 앉아 있었다. 랠프는 아주 예전에 스텐토리언 호텔에 처음 방문했을 때 언딘이 없는 동안 깜짝 놀란 언딘의 어머니에게서 '환대를 받은' 이후로 장모와 길게 말을 나눠본 기억이 없었다. 그때는 뜻밖의 만남이 주는 충격으로 스프라그 부인이 달변가가 된 것이다. 그러나 여전히 낯설게 여겨지기는 해도 랠프가 가족의 일원이 되자 스프라그 부인은 사위와 이야기를 나눌 대화거리를 찾는 의무감에서 완전히 벗어난 것처럼 보였다.

장모가 변함없이 물어보는 '언디에게서 소식이 왔는가?'라는 질문에 대해서는 아내에게 이따금씩 편지가 오는 동안에는 답변하기가 비교적 쉬웠다. 그러나 드디어 어느 토요일 히니 부인의 반짝반짝 빛나는 눈이 지켜보는 가운데 4주 연속해서 '아뇨, 이번 우편에서도 안 왔어요. 아무래도 편지 하나를 잃어버린 게 틀림없어요'라고 작은 소리로 우물거릴 때 랠프는 관자놀이에 피가 솟구쳐 오르는 것을 느꼈다. 그런데 바로 그때 말없이 천장을 올려다보며 앉아 있던 스프라그 씨가 브롱스의 부동산에 대해 물어서 아내의 큰 목소리를 막았다. 랠프는 그 후로 스프라그 부인이 다시는 물어보지 않는다는 걸 눈치챘다. 사위가 당황하는 것을 짐작한 장인이 사위가 그런 질문을 받지 않게 하려는 것을 랠프는 깨달았다.

랠프는 스프라그 씨의 과장되고 느릿느릿한 빈정대는 태도 아래에서 섬세한 감정을 찾을 수 있다고 생각해본 적이 없었는데, 이 사건으로 두 남자는 서로 더 가까워졌다. 스프라그 부인은 확실히 섬세한 사람은 아니었지만 소박하고 악의가 없었다. 랠프는 경제적으로 왜소해진 자기 처지를 군소리 없이 받아들이는 걸 보고 장모를 좋아했다. 쓸쓸하고 구식인 노부부 사이에 앉아 있으면 가끔 언딘의 탐욕스러운 야망이 어디서 생긴 건지 궁금해졌다. 언딘의 조급한 탐욕이 부모의 수동적인 금욕주의와 동떨어진 것처럼, 언딘이 관심을 갖고 중요하게 여기는 것은 모두 자기 부모가 생각하는 인생관과 거리가 멀었다.

6월이 막바지를 향해 가는 어느 무더운 오후에 랠프는 갑자기 클레어 밴 더갠이 아직 뉴욕에 있는지 궁금해졌다. 클레어는 열흘쯤 전에 워싱턴 스퀘어에서 식사를 했는데, 아이들을 롱아일랜드에 보냈고 자기는 더위가 참을 수 없을 때까지는 뉴욕에 있을 작정이라고 말한 것이 기억났다. 클레어는 롱아일랜드에 있는 크고 사치스러운 저택을 싫어하고, 겨울 내내 봐서 진절머리 나는 얼굴들을 가는 곳마다 마주치게 되는 런던과 파리로 봄에 가는 것도 싫증 나고, 초여름에는 뉴욕이야말로 뉴욕 사람들을 피할 수 있는 유일한 곳이다……. 클레어는 유럽에 가지 않은 이유를 이렇게 재미있게 설명했다. 자기가 속한 부류의 관습과 어긋나는 태도라면 뭐든지 받아들이는 건 역시 클레어다웠다. 그렇지만 클레어는 자기 기분에 따라 살았고, 어떤 기분이 얼마나 오랫동안 지배할지는 아무도 몰랐다.

거리에서는 끝없이 긴 오후의 소음과 눈부신 빛이 뜨거운 파도처럼 솟구치는 가운데 사무실에 앉아 있노라니 클레어 집의 그늘진 응접실의 환영이 정처 없이 랠프의 마음속으로 흘러들어왔다. 온종일 그 환영이 먼지를 뒤집어 쓴 여행자 앞에 떠도는 신기루 같은 샘물처럼 랠프 앞에 드리워져 있었다. 랠프는 클레어의 존재와 목소리, 클레어를 둘러싼 넓은 공간과 아주 쾌적한 침묵이 너무도 그리웠다.

그 모습이 그렇게 끈덕지게 랠프의 머리를 떠나지 않은 건 아마 바로 그날 뒤통수를 빙빙 도는 두통이 한 번 돌 때마다 머릿속으로 더욱더 깊이 파고들고 또 앞에 있는 대차대조표 위의 숫자들이 시커먼 도깨비처럼 지긋지긋하게 이리저리 뛰어다녔기 때문일 것이다. 바로 그 특별한 순간에 클레어와 함께 있으면서 그 목소리를 듣고 싶다고 소망한 만큼 어떤 걸 소망해본 것이 실로 오랜만이었다. 그날 분량의 일을 기계적으로 해치우자마자 랠프는 밴 더갠의 대저택에 전화를 걸어 클레어가 아직 뉴욕에 있음을 알아냈다.

안쪽 응접실의 낮게 내려진 차양은 오래된 수납장과 장식용 탁자, 청동 꽃병과 도자기 꽃병에 담겨 여기저기 있는 창백한 꽃 위로 반짝이는 그림자를 드리웠다. 클레어는 취향이 자신의 기분만큼이나 변덕스러웠고, 저택의 나머지 장소들은 이 방과 조화를 이루지 못했다. 특히 또 다른 응접실은 피터가 장식했다고 방금 설명했지만 클레어가 일부는 장식했다는 것을 랠프는 알았다. 장식이 아주 많이 된 그 응접실에는 포플이 그린 클레어 초상화가 금박을 한 쓸모없는 가구 위에 군림하듯 걸려 있었다. 오늘 랠프를 다른 길로 안내해 들어오게 하고, 여러 소리로 시끄러운 소음을 내는 듯한 그 응접실을 거쳐 오지 않게 한 것처럼 더 차분한 배경에 자신의 외양을 솜씨 있게 맞춘 건 클레어의 독특한 특징이었다. 클레어는 투명하고 시원한 드레스를 입은 채 창가에 앉아서 책을 읽고 있었다. 랠프가 들어오자 그냥 책갈피 사이에 끼운 손가락을 슬며시 빼고 올려다보았다.

자기를 맞이하는 태도를 보고 랠프는 불안정하고 거슬리는 평상시의 태도가 금박을 입힌 응접실처럼 본래 클레어의 자아와 다르고, 이 조용한 사람이 유일하게 진짜 클레어이며, 이 클레어가 바로 한때 거의 랠프의 여자였고 자기가 다른 남자에게 완전히 속한 적이 없었다는 걸 랠프가 알아주기를 원하는 것 같은 바로 그 사람이라고 느꼈다.

"네가 아직 뉴욕에 있는 걸 왜 알리지 않았어?"

랠프는 클레어가 앉은 의자 가까이 있는 소파의 구석에 앉으며 물었다.

클레어의 어두운 웃음이 짙어졌다.

"당신이 날 보러 오기를 바랐으니까."

"네 속은 알 수가 없어."

랠프는 당황스럽고 즐거운 감정으로 방의 어렴풋한 그림자와 어둡고 짙은 색깔이 있는 곳들을 둘러보았다. 클레어의 머리 뒤에 있는 옻칠을 한 오래된 가리개는 황금색 나뭇잎들이 떠다니는 윤기 없는 검은색 물웅덩이처럼 보였다. 클레어의 팔꿈치 옆에 있는 작은 테이블은 낡은 바이올린처럼 갈색 광택과 곡선이 있었다.

랠프가 말했다.

"난 여기 있는 게 좋아."

클레어는 '그럼 왜 한 번도 오지 않는 거야?'라고 묻는 실수를 저지르지 않았다. 그 대신 얼굴을 돌리고 안쪽 커튼을 창문에 쳐서 차양 아래로 비스듬히 들어오기 시작하는 햇빛을 차단했다.

클레어가 대답하지 않았다는 단순한 사실과 몸짓으로 보여준 자신이 행복하다는 결정적인 느낌은 두 사람이 함께 보낸 예전의 여름날들과, 특별히 하고 싶은 말이 없으면 서로 말할 생각도 없이 무더운 숲과 들판을 오랫동안 헤매며 거닐던 소년 소녀 시절을 생각나게 했다. 피곤에 지친 랠프의 생각은 잠시 옆길로 새서 하루 일과가 끝난 후 이렇게 말없이 달콤하게 교감을 나눌 수 있는 곳으로 귀가할 수 있다면 어떨까 하는 생각에 빠져들었다. 그러나 마음이 골치 아픈 일들로 가득 차 있어서 비현실적으로 머나먼 곳을 오랫동안 생각할 수가 없었다. 그 생각은 서서히 사라졌고 다만 클레어가 가까이 있는 게 얼마나 평화로운지만 느꼈다…….

"네가 뉴욕에 남아서 기뻐. 너를 다시 찾아올 수 있게 해줘."

랠프가 말했다.

"당신이 일에서 늘 빠져나올 수는 없을 거라고 생각해요."

클레어가 대답했다. 그리고 진지하고 총명한 눈빛으로 랠프가 지루한 하루하루를 설명하는 것을 귀를 기울여 듣기 시작했다.

결혼 후 누구에게도 용기 있게 꺼내지 못한 자기에 관한 이야기를 클레어의 눈빛을 보면서 하자 랠프는 깊은 안도감을 느꼈다. 자기가 실패했음을 내비친다면 언딘과 워싱턴스퀘어의 본가는 아내의 요구를 비난한다고 여길 터라 무슨 일이 있어도 자신의 실망과 무능력하다는 자의식을 털어놓지 않았을 것이다. 오직 클레어 밴 더갠에게만 현재의 실망과 자기 앞에 놓인 끝없이 계속되는 일에 대한 혐오감을 토로할 수 있었다.

"사람들은 자기에게 맞지 않는 일을 하는 게 자신을 얼마나 지치게 하는지, 설령 자기에 맞는 일과 맞지 않는 일을 다 할 수 있는 시간이 있다 해도 맞지 않는 일을 하다 보면 자기에게 맞는 일을 할 수 있는 힘이 어떻게 파괴되는지를 직접 겪어보기 전까지는 몰라. 하지만 폴을 부양해야 하니 난 감히 직장을 팽개치지 못해. 오히려 직장에서 쫓겨날까 봐 몹시 두려워……."

랠프는 차츰 더 소소한 걱정거리들을 자세히 설명했는데, 그중 가장 최근의 것은 립스컴 부부와 겪은 일이었다. 이들은 웨스트엔드 애비뉴의 집에 두 달 동안 살고 난 후 집세도 내지 않고 도주해버렸다.

클레어가 경멸하듯 웃었다.

"그래요. 남편이 사업에 실패해서 주식시장에서 쫓겨났다고 들었어요. 그리고 그 부인이 남편의 실패를 이혼 소송으로 받아쳤다고 신문에서 봤어요."

랠프는 자신의 모든 일가친척들처럼 사촌 클레어도 이혼 소송이 자기 비밀을 만천하에 털어놓는 천박하고 불필요한 방식이라 여기는 걸 알았다. 자기의 약혼을 축하하려고 워싱턴스퀘어 본가에서 열린 가족 정찬에 대한 기억이 불현듯 랠프 마음속에 되살아났다. 할아버지가 우연히 립스컴 부인을 언급하자 언딘이 아주 높은 목소리로 한 대답이 생각났다.

"오, 그 친구는 곧 이혼할 것 같아요. 남편이 그 친구에게 실망스러운 사람이었어요."

랠프는 충격받은 어머니가 자신의 웃음을 책망하면서 속삭이던 소리가 여전히 들리는 것 같았다. 자기는 언딘의 말이 참신하고 꾸밈없이 자연스럽다고 생각해서 웃었다. 이제야 언딘의 말이 아이러니하게 메아리치는 것을 느꼈다. 확실히 자신은 아내에게 실망스러운 남편이었다. 실망스러운 결혼에 대해 메이블 립스컴이 사용한 교정 방법과 똑같은 방식을 언딘이 찾아나서는 걸 막아줄 만한 것이 언딘의 감정이나 선대에서 물려받은 선입견 속에 있을까? 랠프는 클레어도 자기와 같은 생각을 하는지 궁금해졌다⋯⋯.

두 사람은 책과 그림과 연극과 같은 다른 주제에 관해 얘기를 시작했고, 이 주제들에 대해서 닫힌 문들이 차례차례 열리며 덧문이 내려진 먼지 쌓인 장소들 속으로 빛이 들어갔다. 클레어의 정신은 예리하지도 심오하지도 않았다. 랠프는 과거에 클레어의 성급한 열정과 막연한 열성에 웃음 짓곤 했다. 그렇지만 클레어는 랠프만큼 지식의 폭이 넓었고 순간적으로 이해하는 재능이 대단했다. 자신의 사고가 너무 오랫동안 언딘의 완전한 몰이해의 벽에 부딪혔기 때문에 클레어의 공감은 통찰력으로 충만해 보였다.

클레어는 랠프가 쓰는 글에 대해 묻는 것으로 이야기를 시작했지만 랠프는 그 주제를 싫어했다. 랠프는 자기가 관심이 있던 새 책에 관한 주제로 얘기를 돌렸다. 클레어는 여기저기에 정확한 말을 집어넣어 말할 만큼 그 책에 대해서 충분히 알았다. 그러고 나서 두 사람은 그런 비슷한 주제들에 대한 이야기로 정처 없이 빠져들었다. 클레어의 열띤 관심 때문에 잠자던 생각들이 다시금 깨어났다. 가느다란 갈색 손을 무릎 위에 깍지를 낀채 열심히 듣는 클레어의 얼굴이 랠프의 감정을 모두 반사했고 클레어가 앞으로 몸을 내밀었을 때 랠프의 시선은 마음껏 즐거움을 누렸다.

두 감성의 흐름이 하나로 합쳐지는 순간이 있었다. 랠프는 혼란스럽게도 자기가 어리고 클레어는 친절하다고 느끼기 시작했다. 또 클레어를 바라보고 그 가느다란 갈색 손을 붙잡고 있게만 해준다면 클레어가 무슨 말을 하건 자기가 어떻게 대답을 하건 크게 신경 쓰지 않은 채로 거기 계속 앉아 있고 싶다고 느끼기 시작했다. 그때 뒷머리에 꽂힌 코르크스크루가 다시 더 깊숙이 파고들었고, 클레어가 갑자기 아주 멀리 뒤로 물러나고 안개처럼 퍼지는 아픔이 자기에게서 그 사람을 갈라놓는 것 같았다. 안개는 곧 걷혔지만, 그것은 기묘하게도 클레어에게서, 향기롭고 그림자가 진 서늘한 방에서, 방금 전까지도 감각에 그렇게 예민하게 영향을 끼치던 모든 사물에서 자신을 멀어지게 했다. 마치 빗물로 뿌옇게 된 창유리를 통해서 모든 것을 바라보는 것 같았고, 클레어에게 손을 내밀면 그 손이 창유리에 부딪힐 것만 같았다…….

그 인상도 사라졌고, 랠프는 자기가 얼마나 피곤한지 생각하고 모든 게 대수롭지 않다고 생각하는 자신을 발견했다. 책상 위에 끝내지 못한 일이 있다는 것을 기억해냈고, 한순간 끝맺지 못한 그 일이 바로 자기 앞에 있다는 기이한 착각에 빠졌다…….

"아니 가려고?"

클레어가 외쳤다. 그 외침 때문에 랠프는 자기가 자리에서 일어나서 클레어 앞에 서 있는 걸 알아차렸다. 클레어의 갈색 눈에 애원하는 기색이 있다고 상상했지만 그 사람이 너무 희미하고 멀리 있어서 뭘 원하는지 랠프는 확신할 수 없었다. 다음 순간 랠프는 자신이 사촌과 악수를 하는 것을 깨달았고, 만나서 반가웠다고 클레어가 친절하고 쌀쌀하게 말하는 것을 들었다…….

계단을 반쯤 올라갔을 때 저녁을 먹고 나온 어린 폴이 환히 빛나는 장밋빛 얼굴로 저녁에 하는 놀이를 하려고 숨어 있었다. 랠프는 허리를 숙여 폴이 자기의 벌린 팔을 타고 어깨까지 올라가게 하는 것을 좋아했다. 그러나 오늘은 폴이 어깨로 올라타면서 포옹하자 자기를 바이스[83]로 으스러뜨리는 것 같았고, 껴안으면서 환영하는 아이의 고함은 마치 증기기관차의 폭발적인 기적처럼 귀를 고통스럽게 했다. 자신과 나머지 세상 사이에 존재하던 기묘한 거리는 다시 완전히 사라졌고, 모든 것이 자신을 말똥말똥 쳐다보고 노려보며 꽉 붙잡았다. 랠프는 아이의 열렬한 뽀뽀를 피하려고 했다. 그러는 중에 현관 탁자 위에 놓인 모자와 지팡이 사이에서 엷은 자줏빛 봉투를 얼핏 보았다.

랠프는 즉시 폴을 유모에게 넘기고 피곤하다고 더듬더듬 말하고서 긴 계단을 뛰어 올라가 서재로 갔다. 두통은 멈췄지만 봉투를 찢어서 열 때 손이 떨렸다. 봉투 안에는 랠프가 수취인이고 프랑스 우표가 붙은 두 번째 편지가 있었다. 그것은 사무적인 서류 같았다. 보아하니 그건 파리에 있는 언딘의 호텔로 보내졌다가 아내 손으로 랠프 앞으로 다시 발송된 것 같았다.

"또 청구서군!"

랠프는 암울하게 생각하며 그걸 옆으로 던져버리고 아내의 편지를 찾으려고 겉봉투를 더듬었다. 그 안에는 아무것도 없었다. 실망으로 인한 예리한 고통이 사라진 후 랠프는 동봉된 편지를 집어 들고 뜯었다.

안에는 '친전(親展)[84]이라는 제목이 붙은 석판으로 인쇄된 광고 안내장이 들어 있었다. 거기에는 절대적으로 비밀을 지키는 조건으로 '민감한' 상황을 조사하고 의심스러운 과거를 찾아내고 불륜에 대한 믿을 만한 증거를 제공하며 이 모든 일을 비싸지 않은 조건으로 착수한다는 파리의 사립탐정 회사의 주소가 쓰여 있었다.

∴

83) 바이스(Vice): 쇠붙이 따위의 공작물을 끼워 고정하는 기계.
84) 친전(親展): 수취인이 직접 개봉하기를 원할 때 편지 겉봉에 쓰거나 스탬프로 찍는 말.

랠프는 오랫동안 이 서류를 응시하며 앉아 있었다. 그러고 나서 웃음을 터뜨리기 시작했고 그걸 쓰레기통 속으로 던져버렸다. 그런 다음 랠프는 신음과 함께 책상 가장자리에 머리를 부딪치며 쓰러졌다.

제22장

랠프가 깨어나서 처음 기억하는 건 울었다는 사실이었다.

자기가 어떻게 그렇게 어리석을 수 있었는지 생각할 수가 없었다. 정말로 아무도 자기를 보지 않았기를 바랐다. 틀림없이 자기가 사무실에서 마무리 짓지 못한 일에 대해 걱정하고 있었을 것이라고 생각했다. '그런데 그게 어디 있지' 하고 생각했다. 물론 전날 그걸 사무실 말고 어디에 두었겠는가. 걱정한다는 건 얼마나 어리석은가, 하지만 걱정이 강아지처럼 자기를 졸졸 따라오는 듯이 보였…….

랠프는 즉시 일어나서 사무실에 가야 한다고 혼자 중얼거렸다. 자기가 눈을 뜰 수 있으면 즉시 가야 한다고. 그런데 이제는 눈꺼풀이 너무 무거웠다. 눈꺼풀을 하나하나 차례로 들어 올리려고 노력했지만 허사였다. 그렇게 힘을 쓰자 온몸이 약하게 떨렸다. 다시 울고 싶었다. 말도 안 돼! 침대에서 일어나야만 해.

랠프는 붙잡고 일어설 만한 것을 잡으려고 팔을 뻗었다. 그러나 모든 것이 빠져나가고 자기를 피했다. 마치 밝고 짧은 빛의 파장을 잡으려고 하는 것 같았다. 그러고는 갑자기 손가락에 단단하고 따뜻한 것이 잡혔다. 손이었다. 무엇을 잡으려고 힘을 쓰는 자기 손을 단단하게 잡아주는 손이었다! 그 안도감은 말로 표현할 수 없었다. 랠프는 가만히 누워서 그 손이 자기를 잡도록 내버려두었다. 그러는 동안에도 머릿속으로는 일어나서 옷을 입는 동작을 하기 시작했다. 생각과 행동 사이를 가르는 경계선이 너무 불분명해서 자신이 이상하게 육체를 이탈해 마치 수면 중에 공기를 밟고 다니는 것처럼 정말로 방을 돌아다니고 있다고 느꼈다. 그리고 자기 몸 위에 이불이 있고 머리 아래에는 베개가 있는 걸 느꼈다.

"난 일어나야만 해."

이렇게 말하며 그 손을 잡아당겼다.

그 손이 다시 랠프를 내리눌렀다. 어둡고 깊은 수면 속으로 눌렀다. 빛과 소리 저 아래 어두운 침묵에 쌓여 오랫동안 거기 누워 있었다. 그리고 죽은 시체가 떠오르듯이 서서히 표면으로 떠올랐다. 그러나 랠프의 육체는 지금보다 더 예민한 적이 없었다. 톱날 같은 고통이 찌르면서 몸을 뚫고 들어왔고, 손들이 이빨처럼 물어뜯는 못으로 몸을 긁었다. 그 손들이 랠프를 가죽끈으로 감아 묶고 무거운 추들을 매달아 아래로 끌고 내려가려고 했다. 그러나 랠프는 여전히 둥둥 떠다니고 또 떠다니고, 불처럼 뜨겁고 고통스러운 파도 위에서 춤을 추며 여전히 둥둥 떠다니고 떠다녔다. 그런 랠프에게 화살이 가득한 하늘에서 가시 돋은 빛이 퍼부었다.

이따금 매력적인 휴식과 아름다운 소리를 내는 푸른 바다 위의 항해가 고통과 서로 번갈아가며 왔다. 랠프는 대기 가운데 한 점 나뭇잎이고, 바람에 날리는 깃털이며, 조수 위의 지푸라기이며, 파도가 푸른 바다로 부서질 때 햇살에 빙글거리며 도는 파도의 물보라였다……

랠프는 바위투성이 해안에서 깨어났다. 팔다리가 여전히 옆구리에 묶여 있었고 채찍이 파고들었다. 그러나 맹렬한 하늘은 보이지 않았고 나른한 눈꺼풀에 가렸다. 랠프는 고통이 줄어드는 황홀함을 느꼈고 눈을 뜨고 자기 주변을 바라볼 수 있는 용기가 생겼다……

해변은 자신의 침대였다. 부드러워진 빛이 익숙한 것들을 비추었고 어떤 사람이 침대와 창문 사이 그늘이 진 곳에서 움직이고 있었다. 랠프는 목이 말랐고 누가 물을 주었다. 베게가 불타는 듯이 뜨거웠으며 누가 시원한 쪽으로 돌려주었다. 랠프의 머리는 이제 자기가 아프다는 걸 이해하고 그것에 대해 얘기하길 원할 정도로 맑아졌다. 그러나 혀는 종(鐘)의 추처럼 목구멍에 매달려 있었다. 랠프는 종의 줄이 당겨질 때까지 기다려야만 했다……

시간과 생명이 조용히 다시 돌아왔고, 랠프의 사고는 희미하게 두려워하면서도 다시 살아나려고 미약하게 애를 썼다. 천천히 두려움 사이로 길을 내어 이상한 자기 상태에 적응했다. 랠프는 자신이 할아버지 집에 있는 자기 방에 있으며, 주위에서 흰 모자를 쓰고 번갈아 오는 얼굴들은 어머니와 누나라는 것을 알았다. 랠프가 쇠고기 국물을 마시게 되고 건강이 더 나빠지지 않는다면 며칠 뒤에는 롱아일랜드에서 폴을 데리고 올 거라는 것을 알았다. 심한 더위 때문에 클레어 밴 더갠이 아이를 그곳으로 데려갔다.

누구도 언딘의 이름을 꺼내지 않았고 랠프도 아내에 관해 말하지 않았다. 그러나 어느 날 여름 황혼 녘에 누워 있을 때 잠시 자기 뒤로 멀리 떨어져 있는 환영을 한순간 보았다. 그때는 자기가 아프기 시작했을 때임이 틀림없었다. 그 환영을 보고 고통스러워하며 아내를 소리 내어 부르자 누가 이렇게 말했다.

"부인은 오고 계셔요. 다음 주에는 여기에 도착 하실 거예요."

다음 주가 아직 되지 않은 걸까? 랠프는 병이 시간에 대한 모든 감각을 앗아갔다고 생각했다. 랠프는 잠복하듯이 조용히 누워서 흩어진 기억들이 하나하나 돌아와 짜맞추어지는 걸 지켜보았다. 충분히 오랫동안 지켜보면 자기가 언딘을 부른 그날 그 그림에 딱 들어맞는 얼굴을 알아볼 거라고 확신했다. 드디어 어스름한 황혼에 어떤 얼굴이 떠올랐다. 풀 먹인 모자를 쓴 주근깨투성이 얼굴이 자기를 아주 선량하게 굽어보고 있었다. 랠프는 오랫동안 그 얼굴을 보지 못했다. 그러나 갑자기 그 얼굴이 모양을 갖추더니 그 그림에 맞아 떨어졌다……

로라 페어퍼드가 무릎 위에 책을 놓고서 가까이 앉아 있었다. 랠프의 목소리에 누나가 고개를 들었다.

"첫 번째 간호사의 이름이 뭐였어?"

"첫 번째라니……?"

"가버린 간호사 말이야."

"오, 힉스 양 말이야?

"그 간호사가 간 지 얼마나 되었죠?"

"3주 되었을 거야. 다른 환자가 있어서 갔어."

랠프는 그걸 아주 신중하게 생각했다. 그러고는 다시 말했다.

"언딘을 불러줘요."

누나가 대답하지 않았다. 랠프는 짜증을 내며 다시 그 말을 되풀이했다.

"왜 아내를 안 부르는 거예요? 언딘과 얘기하고 싶어요."

페어퍼드 부인은 책을 내려놓고 다가왔다.

"올케는 지금 여기 없어."

랠프는 이것도 역시 골똘히 생각했다.

"외출했다는 건가요. 언딘이 집에 없어요?"

"내 말은 올케가 아직 오직 않았다는 말이야."

누나가 말하자 랠프는 머리와 몸에 갑자기 힘이 들어가고 굳어지는 걸 느꼈다. 자신의 내부에 있는 모든 게 대낮처럼 분명해졌다.

"하지만 힉스 양은 떠나기 전에 누나가 언딘에게 편지를 보냈고 언딘이 다음 주엔 여기 있을 거라고 했어요. 힉스 양은 3주 전에 떠났다고 했잖아요."

이게 자기의 머리로 알아낸 것이었고 누나에게 하려고 한 말이었다. 그러나 목에서 무엇이 탁하고 막혔다. 그래서 랠프는 아무 말 없이 눈을 감았다.

스프라그 씨가 보러 왔을 때조차도 랠프는 아무 말 하지 않았다. 두 사람은 랠프의 병에 관해, 뜨거운 날씨에 관해, 하먼 B. 드리스콜이 다시 고소를 당할 위협을 받는다는 소문에 관해 이야기했다. 그러고 나서 스프라그 씨는 의자에서 일어나면서 이렇게 말했다.

"자네, 뉴욕을 떠나기 전에 내 사무실에 들러주겠나."

"아, 예. 제가 회복하는 대로 가겠습니다."

랠프가 대답했다. 두 사람은 서로 이해했다.

클레어는 랠프에게 롱아일랜드로 오라고, 거기서 회복기를 마무리하라고 권했다. 그러나 랠프는 애디론댁 공원에 여행할 정도로 건강해질 때까지 워싱턴스퀘어에 머물기를 원했다. 로라가 이미 폴을 데리고 거기 가 있었다. 자기 다리로 스프라그 씨 사무실에 갈 때까지 어머니와 할아버지 외에는 누구도 만나고 싶지 않았다. 랠프가 마침내 거대한 사무실 건물에 들어갔을 때는 8월 중순 하늘에 노란 열기의 아지랑이가 낀 숨이 막히는 날이었다. 먼지바람이 모자이크 바닥에 내려앉았고 상한 과일과 소금기를 머금은 후덥지근한 공기와 후끈거리는 아스팔트 냄새가 안개처럼 그 건물을 채우고 있었다. 승강기를 타고 올라갈 때 누가 등을 두드렸다. 돌아서자 곁에 있는 엘머 모팻이 보였다. 새 밀짚모자를 쓴 모팻은 매끈하고 혈색이 좋았다.

모팻은 랩프를 보고 큰 소리로 반가워했다.

"몇 달이나 못 봤어요. 여전히 그 회사에 계십니까?"

랩프가 그렇다고 하자 모팻이 덧붙여 말했다.

"저도 그렇습니다. 언제 다시 거기서 만나기 바랍니다. 이번엔 내 차례라는 걸 잊지 마시오. 내가 당신에게 쓸모가 있을 쯤 있다면 반갑겠고. 잘가시오."

랩프의 약한 뼈가 악수하는 모팻의 손아귀에서 아팠다.

"마블 부인은 잘 계시죠?"

모팻이 층계참에서 뒤를 돌아보고 소리쳤다. 랩프가 대답했다.

"고맙소. 아내는 잘 있어요."

스프라그 씨는 침침한 안쪽 사무실에 혼자 앉아 있었다. 머리 위에는 파리가 쉬를 슬어놓은 대니얼 웹스터 조각이 있었고 발밑에는 그득하게 찬 쓰레기통이 있었다. 장인은 그날 날씨처럼 지치고 창백해 보였다.

랩프는 책상 반대편에 앉았다. 누나에게 물어보려고 했을 때처럼 잠시 목이 잠겼다. 랩프가 물었다.

"언딘은 어디 있죠?"

스프라그 씨는 문에 달린 모자걸이에 걸린 달력을 흘낏 보았다. 그러고는 손에서 프리메이슨 문장을 내려놓고 시계를 꺼내 찬찬히 보았다.

"기차가 정각에 도착한다면 그 아이는 지금쯤 시카고와 오마하[85] 사이에 있을 걸세."

랩프는 자기가 더위를 먹었나 생각하면서 장인을 똑바로 보았다.

∵

85) 오마하(Omaha): 네브래스카 주에서 가장 큰 도시.

"무슨 말씀이신가요."

"20세기 철도[86]는 다코타[87]로 가는 가장 좋은 노선이지."

스프라그씨가 노선을 '로우트[88]'로 발음하면서 설명했다.

"언딘이 미국 내에 있다는 말씀인가요?"

스프라그 씨는 아랫입술로 있지도 않은 이쑤시개를 찾아서 더듬었다.

"음, 보자고. 다코타가 1~2년 전에 미국의 주가 되지 않았나?"

"오, 맙소사."

랠프가 소리쳤다. 그리고 의자를 격하게 밀쳐내며 좁은 방을 성큼성큼 가로질러갔다.

랠프가 뒤를 돌아보자 스프라그 씨가 일어서서 몇 걸음 앞으로 나왔다. 스프라그 씨는 이쑤시개를 찾는 걸 포기했다. 그 꾹 다문 입술은 턱수염 안에서 좁고 움푹 들어간 곳처럼 보였다. 스프라그 씨는 멍하게 바지 주머니 안에 있는 잔돈을 흔들었다.

랠프는 누나의 대답을 들었을 때 느낀 것과 똑같이 굳어지고 명료해지는 걸 느꼈다.

"아내가 떠났다는 거예요? 나를 떠났나요? 다른 남자와?"

스프라그 씨는 구부정한 자세로 위엄을 차리려고 했다.

"내 딸은 그런 스타일은 아니야. 언딘 본인과 자네 양쪽이 다 실수했다고 딸아이가 생각하는 걸로 나는 아네. 언딘은 결혼을 너무 서둘렀다고 생

••

86) 20세기 철도(The 20th Century Limited): 급행열차 노선.
87) 1889년 11월 2일 다코타 령(The Territory of Dakota)이 노스다코타(North Dakota)와 사우스다코타(South Dakota)로 분리되고 미국의 주로 편입된다. 네브래스카 주 바로 위에 사우스다코타 주가 있다.
88) 스프라그 씨는 '노선'이라는 의미의 '루트(route)'를 '로우트(ROWT)'로 발음함.

각해. 이런 경우 보통 유기[89]를 이유로 내세울 걸세."

랜프는 거의 듣지를 않고 장인을 뚫어지게 보았다. 장인의 말투에 화가 나지는 않았다. 랜프는 막연하게 스프라그 씨가 자기 못지않게 고통을 당하고 있다고 생각했다. 그러나 아무것도 분명하지 않았다, 괴물 같은 사실이 자신의 길에 불쑥 나타난 것을 제외하고는. 아내가 자기를 떠났고, 자기가 어쩔 수 없이 무력하게 누워 있는 동안 언딘은 도주 계획을 세우고 실행했다. 언딘은 랜프가 병으로 앓던 기간을 남편이 자기 계획을 모르게 하는 기회로 삼은 것이었다. 그런 말도 안 되는 사실이 별안간 떠오르자 랜프는 웃음이 나왔다.

"장인께서는 언딘이 나와 이혼하려고 법원에 이혼을 청구했다는 말씀을 하시는 건가요?"

"그게 그 아이의 계획이라고 생각하네."

스프라그 씨가 인정했다.

"유기했다는 이유로요?"

랜프는 계속 웃으면서 말을 이었다.

장인은 잠시 머뭇거렸다. 그리고 대답했다.

"자네는 언제나 내 딸을 위해 자네가 할 수 있는 모든 걸 했지. 딸아이가 생각해낼 수 있는 다른 구실이 없었어. 언딘은 이게 자네 가족이 가장 쉽게 받아들일 만한 이유라고 생각한 거야."

"그렇게 생각했다니 고맙군요!"

스프라그 씨는 대답 대신 그냥 한숨을 쉬었다.

"언딘은 내가 그 소송에 대항해 싸우지 않을 거라고 생각하는 건가요?"

∵

89) 유기(desertion): (법률) 부부의 한쪽이 다른 쪽을 고의로 유기하는 행위

랠프는 갑자기 감정이 폭발했다.

장인은 생각에 잠겨 랠프를 바라보았다.

"언딘이 일단 결심하면 그 아이를 바꾸는 게 쉽지 않다는 걸 자네도 깨달았다고 생각하네."

"아마 쉽지는 않겠지요. 하지만 언딘이 정말로 이혼을 청구한다면 난 이혼하는 걸 어렵게 할 수는 있습니다."

"그렇지."

스프라그 씨가 동의했다. 그리고 회전의자로 돌아가 앉아서 엽궐련으로 얼룩진 손가락으로 책상을 두드리기 시작했다.

"맙소사, 난 이혼을 어렵게 하겠어요!"

랠프는 소리쳤다. 분노가 지금 자기에게 남은 유일한 감정이었다. 자기는 바보 취급을 당했고 속았고 조롱을 당했다. 그러나 계산은 아직 끝나지 않았다. 랠프는 돌아서서 스프라그 씨 앞에 섰다.

"밴 더갠과 같이 갔나요?"

"여보게, 우리 딸은 혼자 갔네. 역에서 그 애를 전송했어. 그 아이가 여자 친구에게 가는 것으로 아네."

랠프는 어떻게 해도 장인의 완고한 운명론을 꿰뚫을 수 없다고 느꼈다.

"언딘은 밴 더갠이 자기와 결혼하리라고 생각하나요?"

"딸아이는 내게 미래 계획을 말하지 않았네."

잠시 뒤에 스프라그 씨가 덧붙였다.

"만약 그렇더라도 난 그 애와 장래 계획에 관해 의논하지 않았을 걸세."

랠프는 장인을 신기하게 바라보았다. 딸이 가는 길을 자기가 인정하지 않는다는 암시를 이렇게 부정적인 방식으로 표현하려는 걸 랠프는 알았다.

젊은이가 다시 소리쳤다.

"난 싸울 거요. 싸울 거예요! 언딘에게 내가 끝까지 싸우겠다는 말을 전해주세요."

스프라그 씨는 펜 끝으로 먼지가 쌓인 잉크스탠드를 눌렀다. 그리고 말했다.

"자네는 변호사를 구해야 할 거야. 그 아이도 그런 식으로 해야 하는 걸 알 거야."

"변호사를 써서 소송할 겁니다. 이 점은 장인께서 믿으셔도 됩니다!"

랠프는 다시 웃기 시작했다. 갑자기 자기 웃음소리를 듣고 웃음을 멈추었다. 자기가 무엇 때문에 웃는가? 자기가 무슨 이야기를 하는 걸까? 중요한 것은 행동하는 것, 입 다물고 행동하는 것이었다. 이 상심한 노인에게 허풍 떠는 위협을 하는 건 아무 소용이 없었다.

랠프는 격분해서 무엇을 하겠다는 의지로 불타올랐고, 마음에는 빛이, 몸에는 힘이 솟구쳐 올랐다. 랠프는 모자를 집어 들고 문으로 향했다.

랠프가 문을 열었을 때 스프라그 씨가 일어나서 느리고 비틀거리며 앞으로 걸어왔다. 그리고 랠프의 팔에 손을 얹었다.

"자네에게 이런 일이 일어나지 않기 위해서라면 난 무슨 짓이라도 했을 걸세. 내 딸을 자네에게 주는 것을 빼고는 무슨 짓이라도 했을 걸세, 랠프 마블."

랠프가 말했다.

"고맙군요, 장인어른."

두 사람은 잠시 서로 마주 보았다. 스프라그 씨가 덧붙였다.

"그러나 일은 벌어졌네, 자네도 알다시피. 그걸 마음에 새기게나. 자네가 할 수 있는 어떤 것도 그걸 바꾸지는 못할 걸세. 난 그걸 기억해두는 게 좋다는 것을 또 한 번 알게 되었다네."

제23장

애디론댁 공원에서 랠프 마블은 호수 위쪽에 있는 자기의 작은 집 발코니에 매일 앉아 있었다. 물에 비친 커다란 흰 구름과 구름 그림자를 가리며 어둡게 줄지어 선 나무들을 바라보았다. 때로는 카누를 타고 노를 저어 꼬불꼬불 고리로 연결된 연못들을 헤치고 한적한 숲 속 개간지로 갔다. 거기에서 바늘 같은 소나무 낙엽에 누워 머리 위에서 거대한 구름 덩어리가 모였다가 흩어지는 것을 지켜보았다.

지난 과거의 삶이 그런 변화무쌍한 구름의 형태들이 만들어졌다가 부서지는 것으로 상징되는 듯했다. 예측할 수 없는 바람이 구름 형태들을 작은 먼지들처럼 하늘 꼭대기에서 계속 움직이고 다시 만들고 휩쓸어갔다.

누나는 랠프에게 좋아 보인다고, 과거 몇 년 동안 어느 때보다 더 좋아 보인다고 했다. 그리고 랠프의 무기력과 일상의 삶이 주는 자잘한 가시들과 마찰에 대한 돌 같은 무감각은 건강을 되찾아 마음의 평정을 되찾은 것으로 보일 수도 있었을 것이다.

랠프는 언딘에 대해서 얘기를 나눌 수 있는 사람이 없었다. 가족은 그 주제에 대해서 완전히 침묵의 장막을 던져버려서, 로라 페어퍼드조차도 애기 꺼내기를 저어했다. 어머니에게는 그 상황에 대해서 이야기한다는 생각 자체가 완전히 경기를 일으킬 일이라는 것을 랠프는 곧 알았다. 워싱턴스 퀘어의 도덕적인 질서에는 그런 비상사태에 관한 대비책이라는 게 없었다. 그 사건은 '스캔들'이었고, 스캔들의 존재를 인정하는 일은 대거닛 가문의 전통에 없었다. 랠프는 어렸을 때의 희미한 기억이 떠올랐다. 성격이 좀 더 맞는 남자를 찾아 남편을 떠난 부도덕한 어머니 친구의 이야기였다. 그 친 구분은 몇 년 뒤에 건강이 나빠져 친구도 없는 뉴욕으로 돌아와 어머니 마 블 부인의 동정을 구했다. 어머니는 동정을 거부하지 않았지만 불행한 친 구를 만나러 갈 때 검은 캐시미어를 두르고 베일을 두 개나 걸쳤고, 남편 에게는 자비를 베푼 자신의 행동을 전혀 말하지 않았다.

랠프는 어머니와 누나가 보여주는 어색한 태도가 부분적으로는 두 사람 이 벌어진 사태를 흐릿하고 혼란스럽게 보기 때문이라고 생각했다. 모녀의 어휘에서 '이혼'이라는 단어는 숙녀의 손으로 들추고 싶지 않는 암시의 어 두운 베일로 쌓여 있었다. 두 사람은 여러 이혼 간의 차이를 구분하지 못 했고, 이혼들을 구별하지 않고 무조건 명예롭지 못한 사건으로 분류했다. 이 불명예스런 사건 속에서는 아내가 항상 비난의 대상이고 남편은 죄 없 는 희생자이지만, 남편도 피할 수 없이 더럽혀진다. '이혼 과정'에 걸리는 시간은 죄를 참회하는 계절로 여겨졌다. 그 시간 동안 관련된 당사자들의 가족들은 마치 죽은 것처럼 행동해야 했다. 그러나 그런 태도를 취하는 이 유에 대해 공개적으로 언급하는 것은 어떤 것이라도 아주 상스러운 행위 로 간주되었을 것이다.

이 이혼에 대한 대거닛 씨의 생각은 거의 마찬가지로 현실에서 멀리 동 떨어져 있었다. 할아버지가 요구한 것은 자기 손자가 불륜의 상대를 '호되 게 패야' 한다는 게 전부였다. 그리고 이혼이라는 현대적인 드라마가 때로는 러브리스[90]라는 난봉꾼의 배역도 없이 진행된다는 점에 대해 누구도 할아버지를 이해시킬 수가 없었다.

"이브가 사과를 딸 때 에덴동산에 아담 외에 아무도 없었다고 내게 얘기하는 게 나을 거야. 네 아내가 만족하지 못한다는 말이냐? 상대 남자가 여자에게 그렇다고 얘기할 때까지 여자는 자기가 만족스럽지 않다는 걸 몰라. 맙소사! 이전에 파탄이 난 결혼을 본 적이 있지만 사업 동업처럼 결혼이 깨지는 것을 아직까지 본 적이 없어. 좋아하는 남자도 없는데 이혼을 한다고? 아니 그건, 그건 레모네이드를 마시고 취하는 것처럼 부자연스러운 거야."

처음에 이렇게 감정을 드러낸 다음 대거닛 씨 역시 조용해졌다. 그리고 할아버지를 가장 화나게 한 것은 그 '스캔들'이 그 말의 신사적인 의미로 전혀 쓰이지 않았다는 점에 있다고 랠프는 생각했다. 그것은 마치 더럽고 어지러운 사업상 문제 같았다. 그런 일에 대해 대거닛 씨는 의견이 있는 척 가장할 수 없었다. 그런 일들은 자기와 같은 남자들에게는 일어나지 않았기 때문이다. 하나밖에 없는 손자에게 그런 일이 일어나야만 한 것은 유쾌하고 평온한 대거닛 씨의 인생에서 아마도 가장 쓰디쓴 체험이었을 것이다. 그리고 전체적인 일에서 자기가 대거닛 씨가 기대한 인물이 전혀 되지 못했다는 것을 깨달은 것은 랠프의 불행에 아이러니의 기미를 얹어주었다.

처음에 랠프는 주위의 침묵에 괴로웠다. 자기의 모욕감과 저항, 절망을 격렬하게 외치고 싶었다. 그 다음에는 침묵이 주는 위로의 효과를 느끼기

••

90) 러브리스(Lovelace): 새뮤얼 리차드슨(Samuel Richardson, 1689~1761)이 1784년 발표한 『클라리사(*Clarissa or, the History of a Young Lady*)』의 남자 주인공으로 여자주인공 클라리사를 죽게 만든 난봉꾼의 대명사가 된 인물.

시작하였다. 그리고 할 말이 없다는 게 분명해졌을 때 그 다음 단계가 찾아왔다. 생각에 생각이 꼬리를 물었다. 생각들이 감추어진 비참함이라는 어두운 샘에서 계속해서 부글거리며 올라왔고 어두운 밤에 슬그머니 찾아와 낮의 빛을 지웠다. 그러나 그 생각들을 말로 표현하고 그 사건의 외적인 사실에 적용하려고 하면 그 생각들은 그 사건과 완전히 관계가 없는 듯이 보였다. 태양에 닿은 하얀 영광이 또 하나 랠프의 하늘에서 사라졌다. 그러나 폴에게 반바지를 입힐지 긴 바지를 입힐지, 겨울에 워싱턴스퀘어의 집으로 돌아갈지 자신과 아들이 살 작은 집을 빌릴지를 결정해야 하는 실질적인 문제들을 그 생각과 연결할 방법이 없는 듯이 보였다.

후자의 문제, 즉 집을 구하는 일은 랠프가 할아버지의 집에 머무는 것으로 결국 결정되었다. 11월에는 무관심의 외피로 상처입은 영혼을 서서히 감싸고 건강 상태가 상당히 좋아져서 랠프는 다시 사무실로 돌아갔다. 워싱턴스퀘어 집에 있는 자기의 오래된 갈색 방으로 돌아왔을 때 겪어내야 하는 어려운 순간이 있었다. 벽과 테이블들이 언딘의 사진들로 덮여 있었다. 사진 찍는 전통에 익숙한 이의 모든 가능한 감수성을 표현한 온갖 모양과 크기의 사진들이 있었다. 언딘이 유럽으로 떠난 다음에 랠프는 웨스트엔드 애비뉴에서 이사왔을 때 그 초상화들을 모두 모았다. 그 사진들은 자기의 다른 물건들 위에 군림했다. 마치 자신이 바로 그 방에 앉아 언딘을 안고 푸른 창공으로 솟아오르는 것을 꿈꾸던 저녁에 언딘의 이미지가 자기의 미래를 지배한 것처럼…….

주변에 언딘의 사진들을 두고 살아간다는 건 불가능했다. 어느 날 저녁 식사를 하고 방으로 올라가서 랠프는 벽에 있는 초상화들을 내리고, 서가와 벽난로와 테이블 위에 있는 사진들을 모으기 시작했다. 그리고 그것들을 감출 수 있는 장소를 찾아보았다. 책장 아래에 서랍들이 있었지만 서랍에는 오래되고 쓰지 않는 것들로 가득 차 있었다. 서랍들을 치운다고 하더라도 장중한 액자에 든 사진들은 거기에 들어가기에 너무 컸다. 그 다음에 찬장의 맨 위 칸을 살펴보았다. 그러나 여기에는 유모가 폴의 낡은 장난감들, 모래 담는 통, 삽과 크로켓 상자를 보관했다. 모든 구석에 쓸데없는 살림살이들이 가득 쌓여 있었다. 마음이 혼란한 상태에서 공간을 치운다는 것은 생각만으로도 너무 힘든 작업이었다.

랠프는 사진들을 하나하나 다시 제자리에 놓기 시작했다. 밖에서 누나의 목소리가 들렸을 때 마지막 사진이 여전히 손에 들려 있었다. 랠프는 서둘러 글 쓰는 테이블 위의 평소 자리에 사진을 갖다 놓았다. 워싱턴스퀘어에서 저녁을 먹은 페어퍼드 부인은 작별 인사를 하러 올라와 동생을 가볍게 포옹한 다음에 자기 마차로 내려갔다.

다음 날 사무실에서 귀가했을 때 랠프는 처음에 자기 방이 변한 걸 몰랐다. 그러나 파이프에 불을 붙이고 안락의자에 몸을 던졌을 때 포플이 그린 아내의 초상화가 더 이상 난로 위에서 자기를 보고 있지 않다는 것을 알아차렸다. 글 쓰는 테이블로 몸을 돌렸지만 언딘의 사진은 거기서도 사라지고 없었다. 그리고 사방의 벽을 한 바퀴 돌고 나서 랠프의 눈은 사진들이 다 떼어진 것을 알았다. 언딘 사진은 단 하나도 남지 않았다. 그러나 아주 솜씨 있게 제거 작업이 행해졌고, 남은 물건들을 교묘하게 다시 정리했기 때문에 변화한 점이 전혀 주의를 끌지 않았다.

랠프는 화가 나고 가슴이 아프고 부끄러웠다. 로라 누나의 솜씨라는 걸 바로 알아차렸고, 누나가 그 일을 하며 잔인하게 기뻐했을 거라고 느껴서 랠프는 한순간 그것 때문에 누나가 미웠다. 그 다음엔 안도의 느낌이 조용히 찾아왔다. 언딘의 눈을 마주치지 않고 자기 주변을 돌아볼 수 있었고, 자기 방에서 언딘 사진을 치웠듯이 자기의 기억과 상상력에서도 언딘을 지워야 한다는 것을 깨달았다. 이제 어느 방향으로 자기의 생각들을 바꾸어도 언던의 얼굴이 더 이상 자기를 대면하지 않도록 마음을 다시 다잡아야 했다. 그러나 그것은 로라가 대신해서 해줄 수 없는 일이었다. 그 일은 끊임없이 힘들게 자기의 의지를 팽팽하게 긴장시킴으로써만 이루어질 수 있었다.

가족이 모두 침묵하는 분위기에 들어감에 따라 아내의 소송에 맞서 싸우겠다는 욕망이 전부 사라져버렸다. 자기와 언던 사이에 일어난 일 어느 것이라도 대중에게 알려진다는 건 생각할 수 없었다. 랠프는 자기를 그렇게 보는 그 관점을 맥없이 받아들였다. 그리고 산산이 부서져버린 행복을 수선하기 위해 법에 호소한다는 생각은 품위를 떨어뜨릴 뿐 아니라 괴상하게 여겨졌다. 그럼에도 분열된 영혼의 서로 부딪치는 충동은 자신의 태도를 너무 당연하게 받아들이는 어머니나 누나에 대해 유감스럽게 생각하게 했다. 자기의 아내가 쫓겨나고 잊힌 걸로 어머니와 누이가 암묵적으로 생각하는 모습이 마치 자기가 겪는 고통을 인정하지 않는 환자의 침대 주위에 있는 동정하는 이들의 조용한 발걸음처럼 짜증스러운 순간들이 있었다.

그런 짜증은 어머니 마블 부인과 로라 누나가 이미 폴을 엄마가 없는 아이인 것처럼 취급하기 시작한 것을 알고 심해졌다. 어느 날 예고하지 않고 육아실에 갔을 때 랠프는 엄마가 언제 돌아오느냐고 아이가 묻는 것을 들었다. 아이와 함께 있던 페어퍼드 부인이 대답했다.

"아가야, 엄마는 오지 않을 거야. 아빠에게는 엄마에 대해 말하면 안 돼."

랠프는 아이가 들을 수 없을 때 그 대답에 대해 누나를 나무랐다.

"마치 걔 엄마가 죽은 것처럼 말하는 걸 원치 않아요. 난 누나가 폴이 엄마에 관해 말하는 것을 못하게 하지 않았으면 좋겠어요."

로라는 평소에는 아주 수긍을 잘했지만 이번에는 자신을 변호했다.

"이 애가 앞으로 엄마를 절대 보지 못할 텐데 엄마 얘기를 하도록 두는 게 무슨 소용이 있어? 아이가 엄마를 빨리 잊을수록 좋은 거지."

랠프는 잠시 생각에 잠겼다.

"나중에……언딘이 아이를 보겠다고 하면……난 거절할 수 없어요."

페어퍼드 부인은 그 말에 응답하지 않으려고 입술을 꽉 다물었다.

"걔는 아이를 절대 볼 수 없을 거야!"

랠프는 그 소리를 들었고 그럼에도 불구하고 그대로 넘어갔다. 어쩌면 누나가 옳을지도 모른다는 확신이 들자 자신이 예전 생활에서 멀어졌다는 느낌이 그 어느 때보다 깊이 들었다. 언딘이 자기 아들을 보겠다고 요청하리라고 정말로 믿지는 않았다. 그러나 만약에 요청한다면 그 청을 거절하지 않겠다고 마음먹었다.

시간이 지나고 크리스마스 휴가가 왔다가 갔다. 그리고 그 겨울은 지루한 나날을 쥐어짜듯이 지속되었다. 1월 말이 되어서 랠프는 봉투 구석에 수폴스[91] 법률 회사의 이름이 있는 등기우편을 사무실 주소로 받았다. 즉각적으로 아내가 이혼을 청구한 법적 통지가 들어 있는 것이라고 추측했다. 그리고 우편배달부의 장부에 이름을 쓰면서 랠프는 자기 펜 놀림이 분명히 언딘을 놓아주는 사인이라는 생각에 우울하게 웃었다. 편지를 열었고 예상한 것을 발견했지만 그 문제를 누구한테도 얘기하지 않고 책상 속에 넣고 잠가버렸다.

랠프는 이 서류를 치워버리면서 그 문제를 모두 눈에 보이지 않게 밀쳐 놓았다고 생각했다. 그러나 2주일이 지나기도 전에 시내로 가는 지하철에 앉았을 때 랠프의 눈은 수염도 깎지 않은 옆 사람이 더러운 주먹으로 쥐고

91) 수폴스(Sioux Falls): 사우스 다코타(South Dakota) 주에서 가장 큰 도시.

읽는 기사 제목이 두꺼운 글씨체로 쓰인 신문 첫 장에서 자기 이름을 보았다. 그 남자의 팔 너머로 '사교계의 리더 법원 판결을 받다'라는 문장을 읽었을 때 이마에 피가 몰려왔다. 신문 제목 아래에는 다음 구절이 있었다. '남편이 가정을 행복하게 만들기에는 너무 사업에 몰두했다고 한다.' 그 뒤 몇 주 동안 어디를 가든지 랠프는 이마에 피가 몰리는 것을 느꼈다. 생전 처음 대중의 호기심 어린 거친 손가락질이 자기 영혼의 비밀스러운 장소를 더듬었고, 자신의 비극에 대한 이런 천박한 논평만큼 모욕적인 것이 이전에 없던 것 같았다. 그 구절은 언론을 통해서 계속 이어졌다. 신문을 집어 들 때마다 약간 변화되고 다양하게 발전한, 그러나 랠프의 금전적인 집착과 그 결과인 아내의 외로움에 대해서 입에 발린 역설로 되돌아가는 기사와 마주치는 것 같았다. 그 구절은 촌평 기자들까지도 인용하여 비슷한 상황의 희생자들이 흥분하여 편지를 보냈으며, 농담조의 사설에서 그 구절에 대해 논평했고, 성직자들이 점점 더해가는 부에 대한 광기에 대해 비난하는 데 그 구절을 사용했다. 마침내 랠프는 자기가 가는 치과에서 《패밀리 위클리》라는 잡지가 구독자에게 제안하는 '마음의 문제들' 가운데 하나로 그 구절을 우연히 보게 되었다. 그 문제의 해결책에 대해 주는 상품 가운데는 축음기, 꽉 끼는 코르셋, 휴대용 화장품 상자 등이 있었다.

제24장

"언딘 스프라그! 네가 분별력이 있어서 곧장 내게 왔더라면 하나도 빠뜨리지 않고 모든 조언을 다 해줬을 텐데!"

제임스 J. 롤리버 부인의 말투에는 친구의 상황에 대한 약간의 경멸 섞인 동정과 자신의 상황에 대한 아주 솔직한 자부심이 섞여 있었는데, 이 말투야말로 아마도 자신이 지금까지 획득한 '요령'에 가장 근접한 것일 터였다. 언딘은 그 말투에서 소녀 시절 인디애나 프러스크의 전략이 뚜렷이 진보했다는 걸 알아차릴 정도로 상당히 공정했다. 하지만 웃으면서 그 말을 입 밖에 내지 않고 담고 있으려니 언딘으로서는 꽤나 자제가 필요했고, 심중에 담은 말은 의연하게 친구의 얼굴을 계속 바라보는 창백한 언딘의 얼굴을 눈에 띄게 주홍빛으로 물들이는 것 같았다. 자기가 인디애나 프러스크에게 동정을 받는다는 것을 인정해야 한다는 사실에 자기의 운명이 얼마나 깊숙이 나락에 빠졌는지를 뼈저리게 느꼈다.

언딘은 롤리버 부부가 최근 파리에 도착해서 자리 잡은 누보 뤽스 호텔의 현란하고 호화로운 황금빛 방에서 고통스러운 굴욕을 당했다. 응접실은 철사 줄을 매달아 그 위에 이파리를 늘어뜨린 난초가 담겼고 어깨가 높이 솟은 도금 바구니 두 개로만 장식되어 있었다. 이 거대한 응접실은 언딘에게 자신의 파란 많은 역사의 첫 장면이 펼쳐진 '루이 스위트룸'을 생각나게 했다. 그리고 인디애나 롤리버의 의기양양한 모습에서 언딘의 과거 모습이 정확하게 되풀이된다는 사실 때문에 그 유사점과 차이점이 두드러졌다.

"내가 하나도 빠지지 않고 조언을 다 해주었을 텐데!"

롤리버 부인이 힐난하듯이 다시 말했다. 롤리버 부인이 자신이 거둔 확실한 성공을 거칠고 야하게 과시하는 가운데서 언딘의 우월함과 안목이 모두 쭈그러드는 것 같았다.

인디애나가 남편을 '롤리버 씨'라고 부르고, 비음이 섞인 억양으로 새되게 '알(R)'을 발음하고, 한쪽 어깨는 여전히 다른 쪽보다 더 높고, 인디애나의 눈에 확 띄는 드레스가 시간과 장소와 경우에 전혀 어울리지 않는다는 점을 재미삼아 바라보는 것도 언딘에게 거의 위안이 되지 않았다. 인디애나는 언딘이 그렇게 끊임없이 배우고 익혀서 그토록 되지 않고자 하고 그렇게 하지 않으려고 한 것을 모두 여전히 할 뿐 아니라 그 모든 것의 집합체였다. 그러나 언딘이 자신의 성공에 대한 이 장애물들을 곰곰이 생각하니 인디애나가 그런 것과 상관없이 성공했다는 사실이 더 깊이 인상에 남을 뿐이었다.

언딘 마블이 파리의 다른 호텔의 응접실에 앉아서 열린 창문을 통해 자기의 희망처럼 날아오르는 거대한 오케스트라의 연주 같은 파리의 엄청난 웅성거림을 들은 때부터 1년 정도밖에 지나지 않았다. 그 엄청난 웅성거림은 여전히 계속 울리면서 귀를 멍멍하게 했고 자연의 힘처럼 제어할 수 없었다. 창문 아래에서 자동차 바퀴가 지나가면서 미세한 가루로 갈아놓는 먼지의 입자들에 걸리적거리지 않고 자동차가 계속 가듯이 그 웅성거림도 자신의 운명에 생긴 불협화음에 걸리적거리지 않고 계속되었다.

롤리버 부인이 힘차게 계속 말했다.

"그때 바로 너한테 한 가지를 말해줄 수 있었어. 그게 뭐냐면, 무엇보다도 이혼을 해야 한다는 거야. 이혼이란 건 늘 해두는 게 좋아. 언제 이혼이 필요할지 예측할 수 없으니까 말이야. 네가 피터 밴 더갠과 관계를 시작하기도 전에 이혼 문제에 신경 썼어야 했어."

언딘은 귀를 기울이고 들으면서 거부할 수 없이 깊은 인상을 받았다. 언딘이 물었다.

"넌 이혼 문제에 신경 썼니?"

그러나 이 질문에 롤리버 부인은 갑자기 장막을 친 것 같이 의중을 알 수 없게 되었다. 롤리버 부인은 보석 반지를 잔뜩 낀 큰 손으로 여러 줄로 된 진주 목걸이를 돌돌 감으며 의자에 기대어 얌전하게 눈꺼풀을 내리깔았다.

"어쨌건 나는 여기까지 도달했어."

표정과 어조에 '신중함'이 묻은 태도로 롤리버 부인이 대답했다.

롤리버 부인의 주장에 굴복하면서 언딘은 계속 진주 목걸이를 응시했다. 진주 목걸이는 진짜였고 그 점은 의심의 여지가 없었다. 그리고 이혼을 인정하지 않는 미국의 일부 주들만 피한다면 인디애나의 결혼도 진짜였다.

롤리버 부인이 계속해서 말했다.

"네가 피터를 내버려두고 허겁지겁 다코타 주로 가서 여섯 달 동안이나 있어서 그 사람에게 생각할 시간을 지나치게 많이 주었고, 그것도 적절하지 않을 때 그럴 시간을 줬다는 걸 넌 몰랐니?"

"오, 나도 알지. 하지만 내가 뭘 할 수 있었겠니? 난 부도덕한 여자는 아니잖아."

"물론, 넌 그런 여자가 아니지. 다만 넌 경솔했어. 네가 이혼을 미리 했어야 한다고 내가 말한 건 그런 뜻이야."

그나마 조금 남은 자존심으로 언딘은 항의했다.

"내가 이혼을 했어도 달라진 건 없었을 거야. 그 사람의 아내가 절대로 그이를 놔주지 않았을 테니까."

"그 사람 아내가 그렇게 남편을 사랑한대?"

"아니, 자기 남편을 엄청 미워해. 게다가 그 여자는 내 남편을 사랑하기 때문에 나를 미워해."

인디애나가 느긋하게 앉아 있던 태도를 바꿔 튀어 오르듯이 자세를 고쳐 앉고 손뼉을 치자 반지가 달그락 부딪히는 소리가 났다.

"네 남편을 사랑한다고? 그럼, 뭐가 문제야? 도대체 왜 네 사람이 서로 짝을 다시 찾아서 문제를 해결하지 않는 거니?"

"넌 이해를 못해."

마침내 인디애나에게 이 말을 할 수 있어서 언딘은 확실히 안도했다.

"클레어 밴 더갠은 이혼이 잘못된 거라고 생각해, 아니, 끔찍이 천박한 거라고 생각해."

"천박하다니?"

인디애나가 발끈했다.

"자기 행동은 정말 천박하지 않은 것처럼 그러네! 딴 여자의 남편을 사랑하는 여자는 어떻고? 그런 여자가 뭘 고상하다고 생각하는지 알고 싶어. 이 역겨운 프랑스 연극에 나오는 여자들처럼 애인이 있는 게 고상한 거야? 난 롤리버 씨에게 파리에서 다시는 같이 극장에 가지 않겠다고 했어. 정말이지 너무 저속해. 그리고 상류사회도 똑같이 사악해. 상류사회가 썩었다고 할 수밖에 없어. 그나마 예의범절에 대한 의식이 조금이라도 남아 있는 곳에서 내가 자란 게 고마워!"

롤리버 부인이 동정하듯이 언딘을 바라보았다.

"너를 타락하게 한 건 바로 뉴욕이야. 그러니 난 너를 비난하지 않아. 에이펙스에 있었다면 넌 다르게 행동했을 텐데. 거기에서라면 이혼도 하기 전에 네가 절대로 절대로 감정에 굴복하지 않았을 거야."

언딘의 이마가 서서히 붉게 물들었다.

"그이가 너무 불행해 보였어……."

언딘이 중얼거렸다.

"오, 나도 알지!"

냉정한 자신감이 담긴 어투로 인디애나가 말했다. 그리고 짜증이 나서 언딘을 힐끗 보았다.

"네가 지난 8월에 유럽을 떠나서 다코타에 갈 때 그 사람과 어떤 암묵적 약속이 있었니?"

"피터가 가을에 리노[92]에 가기로 되어 있었어. 우리가 너무 함께 행동하는 것처럼 보이지 않게 하려고 말이야. 그이가 리노에 가는 길에 내가 만나려고 시카고로 가기로 했어."

"그런데 그 사람이 오지 않았다는 거니?"

"응, 안 왔어."

"그리고 편지도 끊겼다는 거야?"

"응, 그이는 원래 편지를 쓰지 않아."

••

92) 리노(Reno): 미국 서부 네바다 주의 도시로서 이혼의 수도로 불렸다. 리노에서는 다양한 이혼 사유를 인정할 뿐 아니라 그 이혼 사유에 대한 증거를 요구하지 않았다. 또 배우자 중에서 한 명이 네바다 주에서 짧은 기간 동안만 거주하면 이혼이 허용되었기 때문에 이혼을 원하는 미국 전역의 부자들이 이곳으로 몰렸다. 이런 관행은 여전히 지속되고 있다.

인디애나가 의미심장하게 깊은 한숨을 크게 쉬었다.

"정말 분명한 규칙이 하나 있는데, 그건 편지를 잘 안 쓰는 남자는 절대로 눈에 보이지 않는 곳으로 떠나보내면 안 된다는 거야."

"나도 알아. 그래서 내가 작년 여름에 몇 주 동안 그 사람과 함께 있었던 거야……."

매력적이지만 경박한 눈을 깜박이지도 않고 친구의 당황한 얼굴에 고정한 채로 인디애나는 생각에 잠겨 앉아 있었다.

"딴 사람이 있는 거 아니고……?"

"딴 사람이라니……?"

"글쎄……이제 네가 이혼도 했겠다, 네가 이혼한 게 도움이 되는 딴 남자가 있는 거 아니야?"

이 말은 이전에 인디애나가 한 어떤 말보다 더 참기 힘들었다. 목적이 없었다면 언딘은 이 말을 참지 못했을 것이다.

"밴 더갠 씨는 그 문제에 있어서 내게 빚을 졌어……."

언딘은 위신이 손상되어 말을 시작했다.

"그래, 그래. 나도 알아. 그냥 해본 말일 뿐이야. 혹시라도 딴 남자가 있다면……."

"인디애나, 네가 날 도대체 어떻게 생각하는지 상상도 못하겠어!"

인디애나는 언딘의 이 도전에 화를 내는 것 같지 않고 다시 생각에 잠겼다.

"좋아, 그 사람에게 너를 만나야 한다고 말할게."

마침내 인디애나가 생각에서 벗어나서 말했다.

언딘은 재빨리 위로 올려다보았다. 며칠 전에 조간신문 칼럼에서 피터 밴 더갠 씨와 제임스 J. 롤리버 부부가 시맨틱 호를 함께 탄 승객이었다는 내용을 읽은 후로 언딘은 이것을 기다려왔다. 하지만 속눈썹 하나 움직이지 않고 자기가 그걸 기대한다는 속내를 드러내 보이지 않았다. 언딘은 인디애나가 기대하는 것처럼 놀라움의 감탄사를 퍼부을 만큼 충분히 이 친구를 잘 알았다.

"아니, 네가 그 사람을 안다는 거니, 인디애나?"

"어머나, 맞아! 그 사람은 늘 여기를 들러. 우리랑 함께 증기선을 타고 바다를 건너왔고, 롤리버 씨는 그 사람을 좋아하게 되었어."

인디애나는 남편에게 폭 빠져서 남편이 좋아한다는 것이 유일한 판단 기준이 된 신부의 말투로 설명했다.

언딘은 눈물이 번진 시선을 인디애나에게 돌렸다.

"오, 인디애나, 내가 그이를 다시 볼 수만 있다면 모든 일이 잘될 거라는 걸 알아! 그이는 정말 몹시 나를 좋아했거든. 하지만 그이의 가족들이 그이에게 영향을 주어서 내게 등을 돌리게 했어……."

"나도 그게 어떤 건지 알아!"

롤리버 부인이 끼어들면서 말했다.

언딘이 계속 말했다.

"하지만 아마도 그이가 미리 알지 못한 채로, 네가 그이에게 귀띔하지 않은 채로 내가 먼저 그이를 만나는 게 더 나을 것도 같아……. 난 그이를 너무 사랑하기 때문에 그이를 질책할 수 없어!"

언딘이 위엄 있게 덧붙이며 말했다.

인디애나는 생각에 잠겼다. 친구의 감정이 고결한 것에 감동을 받기도 했지만, 인디애나는 자기가 친구의 복귀에 좀 더 적극적인 역할을 해야 한다는 생각을 포기하고 싶지 않은 게 분명했다.

그럼에도 언딘이 계속 말했다.

"물론 지금쯤 너도 그이가 몸집만 큰 응석받이 애라는 걸 알 거야. 나중에, 내가 그이를 만나고 난 후에 네가 그이와 대화를 한다면, 혹은 그이가 너랑 함께 **머물러서** 너와 롤리버 씨가 얼마나 완벽하게 행복한지 본다면 좋을 텐데!"

인디애나가 즉시 이 기회를 잡아서 말했다.

"그 사람이 원하는 게 우리 집과 같은 행복한 가정의 영향이라는 말이니? 그래, 그래, 알겠어. 내가 뭘 할지 말해줄게. 네가 온다는 걸 미리 알리지 않고 그 사람을 저녁 식사에 초대해서 너한테 그날을 알려줄게."

"오, 인디애나!"

언딘은 친구를 꼭 껴안고 난 후 떨어져서 말했다.

"너를 만나서 너무 기뻐. 넌 나랑 모든 곳에 같이 다녀야 해. 너에게 소개해줄 사람들이 여기 많이 있거든."

언딘을 희미하게 동정하던 롤리버 부인의 표정이 열렬한 관심으로 바뀌었다.

"여기는 정말 즐거운 곳이지? 넌 미국인들과 많이 돌아다니니?"

언딘은 아주 잠깐 동안 망설였다.

"꽤 흥겨운 사람들이 얼마 있기는 해. 하지만 난 특별히 네가 내 친구 로비아노 후작을 만났으면 해. 그 사람은 로마에서 왔어. 그리고 사랑스러운 오스트리아 여자가 있는데 아델샤인 남작 부인이야."

인디애나의 얼굴에 불신의 기미가 스쳐지나갔다. 인디애나는 무관심하게 말했다.

"난 외국인들을 만나는 게 그렇게 좋은지 모르겠더라."

언딘은 웃음을 지었다. 인디애나가 이혼에 대해 말해준 요령만큼이나 유익한 '요령'을 드디어 친구에게 알려줄 수 있다는 건 기분 좋은 일이었다.

"오, 그 사람늘 가운데 어떤 사람들은 대단히 매력적이야. 그리고 그 사람들은 너에게 미국인들을 소개해줄 수 있을 거야."

인디애나는 재빠르게 기회를 잡았다. 이렇게 기회를 잘 포착했기 때문에 결국 성공한 것이다.

"물론 네 친구들을 만나고 싶어."

언딘에게 키스하며 인디애나가 말했다. 언딘도 인디애나에게 키스하면서 대답했다.

"너를 위해서라면 내가 이 세상에서 못할 일이 없다는 건 너도 알지."

인디애나는 뒤로 물러서서 불안의 그림자가 뚜렷이 보이는 우스꽝스럽고 찌푸린 표정으로 언딘을 바라보았다.

"음, 뭐든 다 해주는 건 어려운 일이야. 하지만 네가 해줄 수 있는 일은 하나밖에 없어. 제발 롤리버 씨만 가만두면 좋겠어!"

"롤리버 씨라니?"

언딘의 웃음은 이 말을 완전히 코미디로 받아들인다는 것을 보여주었다.

"네가 나보다 엄청 더 예쁘다는 것을 아주 멋지게 상기시켜주는구나!"

인디애나가 친구를 날카롭게 힐끗 보았다.

"밀러드 빈치는 그렇게 생각하지 않았어. 심지어 우리 관계가 끝날 때도 그렇게 생각하지 않았어."

"오, 가엾은 밀러드!"

공통의 추억을 두고 두 여자의 웃음이 편하게 어우러졌다. 그리고 다시 한 번 입구에서 언딘은 친구를 감싸 안았다.

가을 오후의 햇빛 속에서 언딘은 누보 뤽스 호텔의 문에서 잠시 멈추어서서 이제 더 이상 자기와 관계가 없어 보이는 화려한 광경을 정처 없이 바라보았다.

자기의 많은 옛 친구들이 벌써 파리로 돌아왔다. 하비 샬럼 부부와 메이 베린저, 디키 볼스와 다른 미국행 방랑자들은 뉴욕의 시즌을 개시하러 서둘러서 돌아가기 전에 가을 극장과 패션을 잠깐 둘러보려고 좀더 지체했다. 1년 전만 해도 언딘은 이 집단 위에서 야망의 날개를 퍼덕거렸기에 이들에게 인디애나 롤리버를 소개하는 것쯤은 어렵지 않았을 것이다. 그러나 지금은 후원자인 인디애나를 위해서 이 집단 속에 억지로 들어가기에는 자기 위치가 너무 위태로워졌다. 뉴욕 친구들은 언딘의 이혼이 실수라는 자신들의 의견을 감추려고 애쓰지도 않았다. 그 사람들의 논리는 에이펙스의 논리와 반대였다. 그 친구들은 언딘이 밴 더갠을 얻을 게 '확실하지도' 않았는데 도대체 무엇 때문에 확실한 지위를 던져버렸는지 물었다. 특히 하비 샬럼 부인은 서슴없이 그 문제를 분명히 지적했다.

"셸은 당신에게 정말 마음을 빼앗겼어요. 그 사람은 당신을 사방에 소개했을 거예요. 난 당신이 프랑스 상류층 사람들과 몹시 교제하고 싶은 줄 알았어요. 그래서 난 하비와 내가 이제 더 이상 당신이 어울리기에 적합한 부류가 아니라고 생각했어요. 그런데 지금 당신은 기를 써서 모든 일을 다 망쳐놨어요. 물론 난 당신을 굉장히 동정하죠. 그래서 이렇게 솔직히 말하는 거예요. 당신은 틀림없이 굉장히 낙담했을 거예요. 오늘 저녁에 식사나 하러 가요. 아니, 괜찮다면 당신이 딴 날 저녁을 골랐으면 좋겠네요. 짐 드리스콜 부부를 초대했다는 걸 깜박했네요. 같이 가면 당신에게 불편할 것 같아서……."

또 다른 세계, 즉 인디애나 롤리버에게 소개해주겠다고 제안한 그 세계에서 언딘은 여전히 환영을 받았고, 아마 처음에는 이전보다 훨씬 더 환영을 받았다. 로비아노와 아델샤인 부인과 생 모리츠 시절의 좀 더 자유로운 정신을 가진 옛 친구들 몇몇이 온천 시즌이 끝나자 파리에 다시 등장해서 곧 언딘을 발견하고 언딘이 자유로워진 것에 열렬히 관심을 보였다. 자유로워진 언딘이 불가사의한 방식으로 그 친구들의 목적에 더 유용해진 것 같았다. 게다가 최근에 이혼한 미국 여성의 자격으로 언딘이 심지어 그 친구들의 느슨하게 맺어진 소규모의 친밀한 모임의 핵심 세력이 되기에 적격인 것으로 여겨졌다. 언딘은 처음에 무엇 때문에 자기가 이 특권을 누릴 자격이 생겼는지 이해할 수 없었다. 그런데 점차 그 이유를 이해하면서 몇 가지 기묘한 타협에 순응을 했지만 그래도 여전히 자신의 내면에서 머리를 높이 치켜든 에이펙스 식의 청교주의적인 반발이 생겨났다.

언딘이 인디애나 롤리버에게 자기는 '부도덕한 여자'가 아니라고 말한 것은 완전히 진실이었다. 여자들이 위험을 감수하면서까지 얻으려고 하는 쾌락에 언딘은 끌려본 적이 없었고, 그런 쾌락에 자기가 이끌렸다고 남들이 생각하도록 하는 자극조차도 갈망하지 않았다. 언딘은 번듯한 삶에는 반드시 두 가지가 있어야 한다고 믿었다. 재미와 품위, 이 두 가지를 열렬하고도 집요하게 갈망했다. 그러므로 언딘이 표면적으로 세련되기는 했어도 인생의 재미에 대한 관념은 인디애나 프러스크와 함께 배관공 집의 울타리 위에 매달리며 놀던 시절만큼이나 세련되지 않았다.

그러므로 자기가 아델샤인 부인의 절친한 친구에 포함되는 것에 아무런 만족감도 느끼지 않았다. 자신이 '수상하고' '특이한' 사람으로 여겨지고, 암호에 반응하고 암시로 대화를 하고 의심스럽고 비밀스러운 사람들과 어울리며 자신의 영혼을 정말 만족시켜주는 대낮의 천진한 즐거움을 경멸하는 척하는 사람으로 여겨지는 건 언딘으로서는 당황스러운 일이었다. 그러나 결코 완전히 잠이 든 적이 없는 사업가의 기민함으로 자기가 지금 그런 까탈을 부릴 때가 아니라는 걸 깨달았다. 자신이 얻을 수 있는 것을 최대한 이용하고 더 나은 것을 얻을 기회를 기다려야 했다. 그동안 이 수상한 친구들을 가장 실용적으로 이용할 수 있는 길은 롤리버 부인의 현혹된 눈에 이들이 진짜 귀족이라는 걸 과시하는 것이었다.

이 목적으로 언딘은 리볼리 거리[93]에 있는 유행의 첨단을 걷는 찻집에서 인디애나 주변에 최고의 작위가 있는 사람들을 모으려고 서둘렀다. 그리고 이 찻집의 다른 쪽에 앉아 있는 레이몽 드 셸을 갑자기 보지 않았다면 이 행사의 더할 나위 없는 행복이 훼손되지 않았을 것이다.

언딘은 파리로 돌아온 후로 셸을 보지 못했다. 그 사람을 만나는 것을 우연에 맡기는 게 바람직한 것 같았고, 동행 가운데 센 강 너머 콧대 높은 지역 출신의 신분이 대단히 높은 숙녀가 두어 명 있다는 사실만 아니라면 아마 현재의 우연도 다른 때만큼 알맞은 기회였을 것이다. 그중 한 명이 지금은 트레작 후작 부인이 된 포타쉬 온천의 그 눈꼴신 윈처 양인 것은 언딘이 낙심한 순간에 '늘 이 모양 이 꼴'이라고 일컫는 바로 그런 운이었다. 셸과 그 프랑스 동포들이 자기의 유럽 동료들에게 아무리 반감이 있다고 해도 롤리버 부인의 등장에는 완전히 무관심할 거라는 것을 알았다. 하지만 트레작 부인은 외알 안경을 한 번 흔들어 인디애나에게 자기 위치로 돌아가게 함으로써 언딘의 일행 전체를 어울리기에 '부적절한' 부류로 낙인을 찍어버릴 것이다.

셸이 자기를 알아보았다는 신호를 보내면서 보인 표정의 변화를 알아챈 순간 이 모든 생각이 언딘의 마음속을 스쳤다. 더 행복한 상황에서 만났더라면 그 만남은 지대한 영향을 끼치는 결과를 낳았을 것이다. 그러나 현실은 그렇지 않아서, 찻집의 혼잡한 상황과 두 사람이 각각 앉은 테이블 사이의 거리 때문에 셸은 반가이 절하는 것만으로 인사를 제한했다. 언딘은

∙∙

93) 리볼리 거리(Rue de Rivoli): 파리의 중심에 있는 번화가.

과거를 회복하려는 이 첫 번째 시도에서 마음이 무거워진 채로 집으로 돌아왔다.

다음 며칠간 진행된 상황에도 언딘은 마음이 가벼워지지 않았다. 언딘은 인디애나의 삶에서 상당히 눈에 띄는 지위를 유지했고, 거의 눈에 띄지 않는 롤리버 씨에 대해서는 개인적 감정이 개입되지 않은 채 이 정치가를 존경하면서도 남성으로서는 최대한 공손하고 무관심한 태도를 보이려고 애썼다. 인디애나는 언딘의 노력을 공평히 평가하고 그 결과에 안심하는 듯했다. 하지만 여전히 언딘의 노력에 대해 보상하겠다는 암시는 없었다. 얼마간 언딘은 보상에 대해 질문하는 것을 자제했다. 그러나 언딘이 파리 사람들이 얼굴을 가꾸는 가장 깊은 비법을 인디애나에게 전수해주던 어느 날 오후에 이 서비스의 중요성과 이 서비스가 낳은 친밀한 분위기 때문에 둘 사이의 거래에 대해 조심스럽게 언급해도 무방할 것 같았다.

인디애나는 당황스러운 웃음을 지으며 쿠션들 사이에 기대어 앉았다.

"오, 이런, 너한테 말하려고 했는데……그게 물 건너 간 것 같아. 내 말은, 그 저녁 식사 말이야. 네가 나랑 다니는 걸 밴 더갠 씨가 봤거든. 그리고 내가 저녁 식사하자고 초대하자마자 그 사람이 다 짐작해버린 거야……."

"그이가 짐작하고서……오지 않겠다고 했어?"

"글쎄, 안 오겠대. 그 사람이 오지 않으려고 해. 너한테 이 말 하기가 싫었는데."

"오……."

언딘은 모호한 웃음을 지어보였다.

"그런 말을 할 정도로 가까우니 그이가 그 이상의 말을, 자기 행동을 정당화하는 말을 너한테 틀림없이 했을 거야. 그이는, 아무리 피터 밴 더갠이라 하더라도 너한테 단순히 '난 언딘을 만나지 않겠습니다'라고 말할 수는 없었을 테니까."

롤리버 부인은 자기가 개입한 것을 후회할 정도로 눈에 띄게 난처해하며 망설였다.

언딘이 계속 졸랐다.

"그이가 정말 무슨 말을 더 했니? 이유를 너한테 말해줬어?"

"그 사람은 네가 그 이유를 알 거라고 했어."

"오, 어쩜 그렇게 비열하니, 정말 비열해!"

언딘은 어린 소녀 시절에 보이던 격렬한 분노로 떨었다. 황금빛 곱슬머리를 한 매력적이고 천사 같은 아이 시절에 언딘이 모든 걸 다 부숴버릴 정도로 분노를 터뜨리면 스프라그 씨 부부는 지레 겁을 먹고 웅크리곤 했다. 그러나 인생은 부모가 가르치지 않은 자제력을 강요했고, 언딘은 고통으로 숨을 헐떡거리며 정신을 추스렸다.

"물론 누가 그 사람이 내게 등을 돌리게 했지. 뉴욕 전체가 그이의 아내 편이고 내 편은 아무도 없었어. 하지만 내가 그이를 만날 수만 있다면 모든 일이 잘될 거야."

언딘의 친구는 아무 대답도 하지 않았다. 예전의 격렬한 성격이 통제를 못할 정도로 폭발하면서 언딘이 계속 말했다.

"인디애나 롤리버, 만약 네가 날 위해서 말해주지 않으면 난 지금 당장 그이가 있는 호텔로 갈 거야. 그이가 날 만나줄 때까지 홀에서 기다리겠어."

인디애나가 항의하듯이 손을 들었다.

"그러지 마, 언딘……, 그건 안 돼!"

"왜 안 된다는 거야?"

"음……, 나라면 안 갈 거야. 그뿐이야."

"너라면 안 갈 거라니? 왜 안 갈 거라는 거야? 무슨 이유가 있는 게 틀림없어."

언딘은 눈썹이 일자 모양이 되어 친구를 마주 보았다.

"우리가 지난번에 이야기한 후로 이유 없이 네가 이렇게 완전히 변할 리가 없어. 그때만 해도 넌 내게 그이를 만날 권리가 있다고 확신했잖아."

약간 놀랍게도 인디애나는 언딘의 도전을 회피하려고 하지 않았다.

"그렇지, 그때는 내가 그렇게 생각했어. 하지만 지금은 그 사람을 만나도 네게 조금도 도움이 안 된다는 걸 알아."

"그이의 가족들이 그이가 그렇게 철저히 나한테 등을 돌리게 했다는 거니? 그렇다 해도 난 개의치 않아! 난 그이를 알아……, 난 그이를 되찾을 수 있어."

인디애나가 언딘에게 차가운 연민의 시선을 던졌다.

"그게 문제야. 아무도 그 사람이 너에게 등을 돌리게 하지 않았어. 문제는 그보다 더 심각해……."

"뭐가 더 심각할 수 있어?"

"너한테 말해주면 넌 날 증오할거야."

"그럼 그이가 직접 나한테 말하도록 하는 게 낫잖아!"

"그럴 수 없어. 나도 노력은 했어. 내 말은 문제는 바로 너라는 거야, 네가 한 행동이 문제라는 거야. 그 사람이 너에 대해서 발견한 사실이……."

치솟는 분노를 억제하려고 언딘은 의자의 양 팔걸이를 꽉 쥐어야 했다.

"나에 대해서라니? 그런 지독한 거짓말을 할 수 있니! 아니, 난 딴 남자를 쳐다본 적조차도 없는데……!"

"그게 그런 종류의 일이 아냐."

인디애나가 언딘에게서 뜻밖의 도덕적 둔감함을 발견하고 한탄하며 슬프게 머리를 가로젓는 것 같았다.

"문제는 네가 네 남편에게 한 행동이었대."

"내가……나의……랠프에게? 그이가 그것 때문에 나를 책망한단 말이니? 피터 밴 더갠이 그런다고?"

"음, 특정한 한 가지 일 때문에 그렇대. 네가 작년에 자기와 함께 달아난 바로 그날 위독한 마블 씨에게 즉시 돌아오라는 전보를 뉴욕에서 받았다고 했어."

"도대체 어떻게 그걸 알았을까?"

언딘은 참지 못하고 고함을 질렀다.

인디애나가 소리쳤다.

"그럼 그게 사실이니? 오, 언딘……."

언딘은 입술에서 분노가 공포로 얼어붙은 채 말없이 꼼짝 않고 앉아 있었다.

롤리버 부인은 기만당한 후원자처럼 책망하는 눈으로 언딘을 보았다.

"그 사람이 그 말을 했을 때 난 믿지 않았어. 네가 정말 그랬을 거라고는 생각도 못했으니까. 이혼 신청도 하기 전에 어떻게 그럴 수 있니!"

언딘은 그 비난을 부인하거나 자신을 방어하기 위해 아무런 시도도 하지 않았다. 잠시 동안 명확하게 이해할 수 없는 일의 실마리를 찾느라고, 마지막에 이 어처구니없이 꼬여버린 운명을 설명해줄 단서를 찾느라고 골똘히 생각에 빠졌다. 언딘은 갑자기 굳은 얼굴로 일어났다.

"마블 집안 사람들이 일러바친 게 분명해……그 짐승 같은 사람들이 말이야!"

언딘은 이렇게 소리를 지를 수 있어서 후련했다.

"그게 네 남편의 누나였는데……이름이 뭐라고 했지? 네가 전보에 답장을 안 하니까 그 여자가 네가 어디 있는지 알아내서 당장 돌아오라고 전해 달라고 밴 더갠에게 전보를 친 거야."

언딘이 인디애나를 응시했다.

"그이는 나한테 그런 말을 전혀 하지 않았어!"

"안 했지."

"그러니 그 이야기는 다 지어낸 거야."

인디애나가 고개를 흔들었다.

"그 사람이 전보에 대해서 아무 말도 안 한 건 네가 첫 번째 전보를 받았을 때 자기가 너랑 같이 있었는데 네가 그 전보는 시누이에게 왔다고 하면서 늘 그러듯이 집으로 돌아오라고 성가시게 하는 내용일 뿐이라고 말했기 때문이야. 그리고 너에게 전보에 다른 내용이 있느냐고 물었을 때 네가 딴 건 없다고 말했기 때문이래."

인디애나의 말에 열심히 귀를 기울이던 언딘은 이 말을 듣고 덥석 말을 가로챘다.

"그럼 그이가 줄곧 그걸 알았다는 거야……그이가 그걸 인정해? 그런데도 당시에는 그게 전혀 문제가 안 되었다는 거라고?"

언딘은 거의 의기양양하게 친구를 돌아보았다.

"혹시 그 사람이 **그걸** 설명해주었니?"

인디애나의 참을성은 거의 엄숙해졌다.

"응. 그 일이 점차 마음에 떠올랐다고 말했어. 몸이 안 좋던 어느 날 이런 생각이 들었대. '내가 죽어간다면 언딘이 **내게도** 그렇게 행동할까?' 그런 생각이 들고 난 후에는 너에 대해서 이전과 같은 감정을 전혀 느낄 수 없었다고 그랬어."

인디애나는 자줏빛으로 물든 눈꺼풀을 내리깔았다.

"남자들도 감정이 있어. 열정에 휩쓸렸을 때조차도 그래."

잠시 후에 인디애나가 덧붙였다.

"내가 그 사람을 비난할 수 있을지 모르겠어. 언딘. 너도 알다시피 너는 그 사람의 이상형이었어."

제25장

언딘 마블은 다음 몇 달 동안 실패로 인해 차곡차곡 쌓인 모든 씁쓸함을 맛보았다. 1월이 지나자 떠돌아다니는 고국 동포들은 회색 구름이 나지막하게 낀 파리를 떠나 좀 더 가깝게 사람들과 만나는 겨울을 시작하려고 세계 곳곳으로 흩어졌다. 사람들이 점점 더 찾아오지 않는 후미진 처소에서 사교계에서 부활하려는 시도를 할 때마다 성공할 기미가 없다는 것을 알아차리고 언딘은 처녀 시절의 무기력한 여름들이 지난 다음에 느낀 고립감과 좌절감을 느꼈다. 다른 가능한 대안들이 없지는 않았다. 그러나 자기가 잃어버린 것에 대한 지각 때문에 지금 남은 것조차도 즐길 수 없게 되었다. 이탈리아나 이집트로 날아가는 이주 집단에 따라붙을 수도 있었다. 그러나 여행한다는 전망은 그 자체로 매력이 없었고, 그 여행의 사교적인 이점이 의심스러웠다. 언딘은 모르는 사람들에게서 기회를 구하는 모험적인 호기심이 없었다. 정해진 목표에 대해 집요하게 작업할 수 있었지만 극복해야 할 장애물들이 포상만큼 분명해야 했다. 언딘이 바라는 것 중 하나는 랠프 마블의 아내 자리를 그만두면서 상실한 가치에 정확히 상응하는 것을 되찾는 것이었다. 남편의 성 대신에 자기의 처녀 시절 성이 적힌 명함은 마치 자신의 손상된 교환가치를 증명하는 평가절하된 동전 같았다. 예전 마블 부인일 때 제한된 재산과 할 일 없는 나날들, 삶의 모든 자잘한 짜증나는 일들은 유리한 위치를 상실한 이 느낌에 비교하면 아무것도 아니었다. 파리에서 지내는 겨울이라는 축소된 장에서라도 다소 사교계의 외곽에 자리를 잡을 수 있었다. 그러나 이런 노선의 실험은 자기에게 일어날 수 있는 추락에 비례하는 기쁨을 주지 않았다. 언딘은 '나쁜 사람들'과 연관되는 것이 두려웠고 우호적인 접근에는 모두 무례함의 기미가 있음을 알아차렸다. 전에 알던 한두 남자들의 좀 더 집요한 관심에 언딘은 자존심을 다친 분노의 불꽃으로 가득 찼다. 생전 처음으로 혼자 있는 것이 특정 종류의 사교계에 참여하는 것보다 낫다고 느꼈다. 건강이 좋지 않다는 게 칩거의 가장 그럴 듯한 핑계였기 때문에 자기가 정말로 '예민해지고' 잠을 설친다는 것을 알고 거의 안심할 정도였다. 언딘이 부른 의사는 바다에서 그리 가깝지 않은 리비에라[94]의 조그맣고 조용한 장소를 찾아보라고 충고하였다. 그래서 12월 초에 언딘은 하녀와 함께 버스 한 대 분량의 짐을 싣고 거기로 옮겨갔다.

그곳은 너무 작고 조용해서 언딘은 당황했다. 그리고 며칠 동안 도망가고 싶은 마음과 싸워야 했다. 언딘은 모든 사람이 아홉 시에 잠자리에 드는 커다란 하얀 호텔 세계보다 더 무미하고 특색 없는 세계를 본 적이 없었다. 나귀를 타고 돌이 많은 언덕을 오르는 게 흙먼지 나는 길을 따라 하는 느린 드라이브의 유일한 대안이었다. 이런 사원 같은 휴양소에서 지내는 사람들 가운데 많은 이가 이런 운동들조차도 너무 자극적이라고 생각해서 정원의 야자수 아래에서 몇 시간씩 혼자 앉아 페이션스 카드놀이[95]

••

94) 리비에라(Riviera): 프랑스 동남쪽의 지중해 해안.

를 하거나 수를 놓거나 타우흐니츠[96] 문고의 짝이 안 맞는 책들을 읽는 것을 더 좋아했다. 언딘은 절망해서 호텔 서가를 훑어보았는데 거기에 있는 책은 거의 전부 온전하지 않다는 것을 알았다. 그러나 이는 읽는 사람에게 문제가 되지 않은 듯했다. 사람들은 짝이 안 맞는 소설을 읽으며 자기네들의 여가를 계속 채웠다. 그 사람들은 가끔씩 책에서 눈을 들어 경박한 주름치마를 입고 정원의 자갈길을 걸어가는 새로 도착한 언딘을 믿지 못하겠다는 눈길로 보았다. 호텔 투숙객들은 국적이 다양했지만 인종적인 차이는 흔한 평범함이라는 표지로 평준화되었다. 언어와 관습과 외모의 차이는 모두 이 진부하고 눈에 띄지 않는 집단에서 사라졌다. 진부함은 그 집단의 무지와 무감각이라는 복합적인 표지와 암호로 이루어진 비밀스러운 동맹 같은 것이었다. 이곳의 진부함은 여름휴가를 보내는 미국 호텔의 이질적인 진부함과는 달랐는데, 미국의 호텔에서는 기준이 없는 게 관계를 형성하기 위한 가장 가까운 접근 방식이었다. 그러나 이곳의 진부함은 차라리 그럴 권리가 있음을 의식하고 다른 권리들을 자발적으로 무시하는 조직적인 성문화된 지루함이었다.

언딘이 그런 분위기에 익숙해지는 데 긴 시간이 걸렸다. 그러는 동안 짜증을 내거나 화를 내고 거드름 피우거나 아무 수확도 없이 긴 시간 동안 생각에 잠겼다. 때로는 분노의 불길이 치솟아 올라 자신이 걸어온 길과 그 길이 안내한 텅 빈 벽을 우울하게 비추었다. 다른 때에는 아침 거울에 자신을 비추어보는 상마저 뒤틀리고 희미하게 보일 정도로 음산한 분노의 안개

●●

95) 페이션스(Patience) 카드놀이: 혼자서 하는 카드놀이로서 미국에서는 '솔리테어(Solitaire)'로 불린다.
96) 타우흐니츠(Tauchnitz) 문고: 독일의 타우흐니츠 가문이 만든 타우흐니츠 출판사에서 나오는 보급판 문고.

가 과거와 현재의 의미를 감쌌다. 자신이 본 젊은 얼굴이 모두 언딘에게 유독한 맛을 남긴 날들이 있었다. 그러나 야자수 아래서 지루한 소일거리를 하는 여자들이나 언딘이 복도나 계단을 지나갈 때 눈을 다른 데로 돌려버리는 여자들과 자기를 비교할 때면 언딘은 기운이 솟구쳐서 하녀를 부르는 종을 울리고는 가장 최신의 화려한 옷을 입었다. 그러나 이런 것들은 유익하지 않은 승리였다. 사교계 공동체의 조직적인 반감에 대해 저항을 할 때마다 그 저항 때문에 자기가 불리해진다고 느꼈다. 다음 날이면 언딘은 침대에 누워 변덕스럽게 음식 주문을 내려 보냈다. 그러고는 주인에게 불평을 전달하라는 지시를 받은 하녀가 손도 대지 않은 음식을 바로 치웠다.

가끔 언딘 머리에 끊임없이 빙글거리며 도는 작년의 사건들은 더 이상 비판이나 정당화의 주제가 아니었고 그냥 단조로이 펼쳐지는 일련의 사진들이 되었다. 그런 기분 속에서 매 시간 피터 밴 더갠과 도주한 사건을 되새겨보았다. 실패로 증명되었기 때문에 자신의 경력에서 그 부분은 전혀 자기답지 않고 가장 정당화하기 어려운 일처럼 보였다. 언딘은 밴 더갠과 멀리 떠나서 두 달 동안 같이 살았다. 언딘 마블에게 체면은 살면서 쉬는 호흡 같은 것이었고 그런 어리석은 짓은 이해할 수 없었고 핑계를 댈 수도 없는 일이었다. 자기가 이런 믿을 수 없는 일을 했다. 그때 자기 아버지의 금전적인 사업처럼 분명하고 논리적이며 감정을 왜곡하는 감상성의 안개에서 자유로워 보이는 동기에서 언딘은 그렇게 행동했다. 그것은 대담한 조치였다. 하지만 그것은 월 가의 가장 행복한 '성공'처럼 조심스럽게 계산된 것이었다. 자기의 힘을 시험한 그 결정적인 장면 다음에 밴 더갠에게 굴복하는 것이 가장 확실한 승리의 수단처럼 보였기 때문에 그 사람과 떠난 것이다. 자기의 실질적인 이해력에서 봤을 때도 다코타로 곧바로 가는 것은 너무 계산적으로 보일 게 분명했다. 그래서 언딘은 자기가 정말 밴 더갠의 아내이고 만약 법이 그 관계를 승인하는 것을 지연한다면 그것은 전혀 자신의 잘못이 아니라고 말함으로써 자존심을 지켰다. 언딘은 여전히 이런 추론의 정당성을 확신했지만 이제는 자기가 어떤 위험들을 무시했다는 것을 깨달았다. 밴 더갠과 생활하면서 언딘은 많은 것을 배웠다. 두 사람은 이곳에서 저곳으로 굉장한 돈을, 점점 더 많은 돈을 쓰면서 떠돌아다녔다. 살면서 처음으로 자기가 원하는 것을 모두 살 수 있었다. 잠시 동안 이런 일을 하며 즐겁고 바쁘게 지냈다. 그러나 곧 자기들의 관계에 대해 동반자의 견해가 자기와 같지 않다는 것을 인식하기 시작했다. 밴 더갠은 처음부터 그 관계가 샬럼 부인의 동행과 클레어의 무관심한 관용으로 가리는 비공식적인 관계이기를 의도했다는 것을 깨달았다. 그리고 그런 조건에서 그 남자는 기꺼이 둘의 모험에 가장 화려하고 추악한 평판의 불꽃을 던졌을 것임을 알았다. 그러나 언딘이 감상적인 여학생처럼 밀고 나가기를 주장했기 때문에 밴 더갠은 그 애정 행각을 미스터리로 덮으려했고, 언딘이 둘의 관계를 주위에 알리려고 작정한 것처럼 그 남자는 열심히 감추었다. 포플이 언딘에게 빌려주기 좋아하는 '아주 재미있는' 소설들에서 언딘은 비밀스럽게 사랑하는 것을 비웃고 열정의 신성함과 열정의 부름에 복종하는 도덕적 의무를 주장하는 주인공 유형을 점점 더 빈번히 만났다. 언딘은 자기가 가는 길을 정당화하고 고양하기까지 하는 이런 주장에 감동을 받았고, 자기가 피터의 인생에 자기 인생을 공개적으로 연결하려는 가장 고상한 동기에 의해 행동했다는 것을 그에게 이해시키려 했다. 그러나 피터는 이런 암시들에 대해 아주 차분하고 무감각하게 반대했다. 그리고 고집스레 둘의 여행이 사교계의 남자가 숨기려 하는 도피 행각인 것처럼 언딘을 대했다. 언딘은 자기들과 같은 커플들이 너무 지속적으로 자연에 대해 명상하는 것에서 벗어날 수 있도록 식당이나 도박 테이블과 같이 기분 전환할 수 있는 모든 화려한 장소로 피터가 자기를 데리고 가기를 기대했다. 그러나 언딘을 유럽의 알려지지 않은 구석에서 다른 구석진 곳으로 데리고 갔고 유행의 첨단을 걷는 호텔이나 사람이 많은 온천은 피했다. 그리고 사람이 오지도 않고 철이 지난 곳을 발견하는 데 비상한 재능을 발휘해 그 여행은 언딘의 우울한 신혼여행과 이상하게 유사해졌다.

언딘은 한순간도 다코타의 이혼 법정이 피터와 하는 이 신혼여행의 목표 지점이라는 것을 잊은 적이 없었다. 그리고 이 사실을 현명함이 허락하는 한 자주 언급했다. 피터는 그런 암시에 전혀 흔들리지 않은 듯이 보였다. 피터는 점점 더 부드러운 표현으로 대답하거나 보석을 하나 더 사주는 것으로 반응했다. 언딘은 피터가 한 번이라도 둘의 결혼이라는 주제를 자발적으로 꺼낸 것을 기억할 수 없었지만, 언딘이 그것을 계속 언급하는 것에 주눅들지 않았다. 피터는 단지 미래를 생각하기에는 현재의 행복에 깊이 빠져 있는 듯이 보였고, 언딘은 이것을 쾌락을 즐기는 그 사람의 능력이 이 순간 너머를 펼쳐볼 수 없다는 사실 탓으로 돌렸다. 언딘의 임무는 이런 나날을 아주 재미있게 만들어서 마지막이 왔을 때 되도록 공허함을 빨리 메꾸어야겠다고 그 남자가 의식하게 하는 것이었다. 그리고 이 시점에 도달했다고 생각했을 때 언딘은 트렁크를 싸서 다코타로 출발했다.

그 다음에 이어지는 그림은 서부의 이혼 도시[97]에서 보낸 재미없는 몇 달간의 그림이었다. 거기서 외로움에서 벗어나고 논평들을 피하기 위해 언딘은 같은 용무로 거기에 온 메이블 립스컴과 운명을 같이 했다.

언딘은 처음에 새로운 모험이 자신보다 훨씬 밝지 못한 결과를 낳을 것 같은 메이블에게 미안했다. 그러나 동정심은 짜증으로 바뀌었다. 메이블의

••

97) 네바다 주의 리노(Reno)를 가리킴.

절제되지 않은 무식함과 자기 자신과 주변에 대한 엄청난 만족감이 두 사람의 임시 거처의 모든 구석에 넘쳐나기 시작했다. 언딘은 유배 생활의 처음 몇 달 동안을 자신의 장래에 대한 완전한 자신감으로 견뎠다. 밴 더갠과 헤어졌을 때 언딘은 그 남자가 자기와 결혼할 의도가 있다고 확신했다. 립스컴 부인에게는 기운을 복돋을 비슷한 희망이 없다는 사실 덕분에 언딘은 더 쉽게 견딜 수 있었다. 언딘은 구혼을 받지 않는 메이블이 자기 행복의 목격자가 되어야 한다는 게 창피할 지경이라 피터가 온다고 알려주면 메이블을 덴버로 여행을 보낼 계획이었다. 그러나 몇 주가 지났는데도 피터는 오지 않았다. 메이블은 대체로 이런 우발적인 상황을 잘 헤쳐나갔다. 언딘은 처음에 기쁨에 겨워 자기의 희망과 계획을 모두 털어놓았지만 메이블은 언딘의 비밀로부터 부적절한 이익을 취하지 않았다. 메이블은 자기의 시끄럽고 상냥하고 서투른 방식으로 요령 있게 행동했는데, 희생자의 주변에서 끈질기게 시끄럽고 윙윙거리는 그런 요령이었다. 그러나 어느 날 메이블은 자기들과 같은 목적으로 리틀록[98]에서 다코타로 온 신사와 저녁을 하기로 했다고 말했다. 자기 변호사를 통해 알게 된 사람이었다.

리틀록에서 온 신사가 저녁을 먹으러 왔고 일주일 내에 언딘은 메이블의 미래가 정해졌다는 것을 알았다. 밴 더갠이 가까이에 있었다면 언딘은 함께 불쌍한 메이블의 열정과 구혼자의 투박스러움에 웃음을 지었을지도 몰랐다. 그러나 밴 더갠은 거기에 없었다. 그 사람은 어떤 기미도 보내지 않았고 핑계도 대지 않았다. 그 사람은 그냥 계속 오지 않았다. 이런 상황에서 립스컴 부인의 구혼자에게 방해가 되지 않게 피해야 하는 사람은 언딘 자신이었다. 그래서 아래층 거실에서 연애소설이 실제로 일어나는 동안

∵

---

98) 리틀록(Little Rock): 미국 중남부 아칸소(Arkansas) 주의 주도(州都).

에 언딘은 위층에 앉아서 소설을 읽었다.

그때도 끝까지 메이블이 '훌륭하게' 행동했다는 것을 언딘은 인정해야만 했다. 그러나 늘 전적으로 친절하지는 않던 사람이 원하는 것을 얻지 못했을 경우 원한 것을 얻은 사람이 훌륭하게 행동하기란 상대적으로 쉬운 법이다. 립스컴 부인이 한 훌륭한 행동이 낳은 최종 결과는 언딘이 립스컴 부인을 증오한다는 사실이었다. 두 사람이 헤어지는 날 립스컴 부인이 약혼 반지가 번쩍거리는 손으로 언딘을 끌어안았을 때 언딘은 황야에서 지내는 헛된 유배 생활과 연관된 것을 모두 증오하듯이 립스컴 부인을 증오했다.

제26장

　눈앞에 펼쳐지는 그림의 다음 단계는 언딘이 뉴욕으로 돌아온 사건이었다. 언딘은 말리브랜 호텔에 있는 부모에게 돌아갔다. 자기의 이력에서 이때는 언딘이 관습에 순응하는 일에 열렬하게 매달릴 때였고, '내가 부모님과 함께 여기 머무르고 있다'라고 말할 수 있다는 사실은 그 우울한 거처에서 지내는 불편함을 감수하면서조차 그만한 대가를 치를 가치가 있는 때였기 때문이다. 그럼에도 불구하고 자기가 왔는데도 가장 하찮은 물질적 이유로 부모님이 5번가의 큰 호텔로 옮겨갈 수 없다는 것은 자기 자존심에 상처를 입히는 또 다른 고통이었다. 언딘이 호텔을 옮기자고 제안하자 스프라그 씨는 이혼 소송의 과중한 비용 때문에 당장은 더 좋은 곳으로 옮길 여유가 없다고 짧게 대답했다. 이 선언은 미래에 더 깊은 암울한 그림자를 던졌다.

　하지만 이번에는 언딘이 '신경질'을 부릴 때가 아니었다. 지난 몇 달 동안 너무나 많은 냉엄한 사실들을 배웠기 때문에 어린 시절의 방법에 의지할 생각을 할 수 없었다. 게다가 어쩐지 자기가 그걸 시도해도 쓸모가 없을 거라는 생각이 들었다. 부모님은 훨씬 늙어보였고, 자기처럼 피곤하고 패배한 것처럼 보였다.

부모와 딸은 똑같이 침묵하며 공동의 실패를 견디었고, 그 침묵은 스프라그 부인이 이따금씩 머뭇거리며 손자를 언급할 때만 깨졌다. 그러나 스프라그 부인이 폴에 대해 이야기하면 세 사람은 더 깊은 침묵으로 빠졌다. 언딘은 아들에 대해서 말하고 싶지 않았다. 언딘의 표현대로 일이 '자기가 바라는 방향으로 진행될' 때는 아들을 잊을 수 있었다. 그러나 의기소침한 순간에 아들에 대한 생각은 비통함을 가중했고 다른 비통한 생각과는 미묘하게 다르면서 진정하기가 더 어려웠다. 아들을 데려오기 위해 노력하겠다는 생각이 떠오른 적은 없었다. 법정이 자기에게 아들의 양육권을 주었다는 것을 희미하게 알았지만 이 권리를 주장할 생각을 진지하게 해본 적은 전혀 없었다. 부모의 줄어든 자산과 자신의 불확실한 미래 때문에 폴을 맡아 기르는 것을 짐이 더 늘어나는 것으로 여겼다. 언딘은 폴이 랠프의 가족과 같이 살아서 '더 형편이 낫다'고 생각하고 스스로 자신의 행복보다 아들의 행복을 우선시하는 감동적일 정도로 사심 없는 사람으로 생각함으로써 양심의 가책을 달랬다. 가엾은 스프라그 부인은 손자를 애타게 그리워했지만 언딘은 '손자를 데려오도록' 하니 부인을 보내자는 어머니의 순진한 제안을 거부했다. 언딘이 비웃으며 단언했다.

"난 결코 그 사람들에게 부탁하지 않을 거예요. 그 사람들은 내게 악의적으로 굴 기회만을 노리고 있어요."

그러나 아들이 이렇게 가까이 있는데도 다가갈 수 없어서 고통스러웠다. 그리고 처음으로 평소와 다르게 자기에게 닥친 불행에서 자신이 한 역할에 대해서 곰곰이 검토해보려는 생각이 들었다. 자기가 속한 사회 조직에서 자발적으로 빠져나왔고, 자신이 만족스럽게 비난할 수 있던 유일한 사람이 이제는 뒤늦게 애틋한 마음으로 바라보는 사람이 되었다. 실제로 언딘은 랜프를 이런 감정으로 바라보았다. 랜프의 자존심, 신중함, 그 사람의 헌신을 보여주는 모든 비밀스러운 표현들, 목소리의 어조, 조용한 거동과 심지어 자기를 당황스럽게 하던 아이러니에 이르기까지 이 모든 것은 자기가 지금까지 알던 것들과 대조를 이루어 자기의 행복에 필수적인 자질들처럼 보였다. 언딘은 랜프 집안의 가난과 집요한 적개심 때문에 그렇게 완벽한 결혼이 끝장났다고 생각하고 이것을 자기의 불행한 팔자의 일부라고 여기며 스스로 위로할 수 있었다. 언딘은 점차 자신과 랜프를 사악한 음모의 희생자로 바라보기 시작했고, 랜프에 대해 관대하게 말했으며, 만약에 '시집 식구들이' 둘 '사이를 갈라놓지' 않았다면 '모든 것이 달라졌을 수 있다고' 은연중에 암시했다.

언딘은 사교계 시즌 중반에 뉴욕에 도착했는데, 아는 얼굴들을 만날까 봐 두려워서 소설책을 읽고 탈출 가능성을 골똘히 생각하면서 말리브랜 호텔의 자기 방에 처박혀 있었다. 일간신문을 보지 않으려고 했지만 신문은 부모의 삶의 필수적인 요소였기 때문에 이따금씩 신문을 집어 들고 '사교계란'에 눈길을 돌리지 않을 수 없었다. 신문을 자세히 읽어보니 이번 시즌이 여태까지 뉴욕에서 가장 즐거운 시즌일 것이라는 인상을 받았다. 하면 B. 드리스콜 부부, 젊은 짐과 그 아내, 서버 밴 더갠 부부, 촌시 엘링 부부, 5번가의 다른 유력자들이 모두 끝없이 이어지는 파티 참석자들에게 항상 문을 개방해놓은 것 같았다. 이 참석자들 중에서 그레이스 베린저, 버사 샬럼, 디키 볼스, 클로드 월싱엄 포플과 같은 낯익고 짜증날 정도로 똑같은 사람들이 무대 행렬에서 등장했다 사라졌다.

그 가운데 피터 밴 더갠도 이내 등장했다. 그 사람은 세계 여행을 하고 있었는데 언딘은 신문을 볼 때마다 그 여행의 진행에 대한 언급을 보지 않을 수 없었다. 세계 여행에서 돌아온 후에 그 사람의 이름이 대체로 아내 이름과 함께 짝지어서 나온다는 것을 언딘은 알아차렸다. 그 사람과 클레어는 일련의 축하 행사를 벌여서 귀향을 축하하는 듯했다. 언딘은 밴 더 갠이 사람들 앞에 부부가 화해했다는 증거를 보여주길 바랄 만한 이유가 있을 거라고 짐작했다.

히니 부인이 오려온 신문 기사들은 언딘의 신문이 놓친 기사들을 공급해주었다. 어느 날 이 마사지사가 리틀록의 주요 신문에 난 긴 기사를 갖고 나타났다. 그 기사는 지금은 호머 브래니 부인이 된 메이블 립스컴의 화려한 결혼식과 신랑 소유의 자동차를 타고 '태평양 연안'을 향해 떠난 신혼여행에 대해 설명했다. 이 기사를 보자 마침내 언딘의 짜증이 폭발했다. 언딘은 다음 날 아침 평상시보다 더 일찍 일어나서 가장 눈에 띄는 드레스를 입고 공원을 빨리 산책하고 와서 아버지에게 그날 저녁에 자기를 오페라에 데리고 갔으면 좋겠다고 말했다.

스프라그 씨는 딸을 빤히 보다가 눈살을 찌푸렸다.

"내가 가서 너를 위해 특별석 하나를 구입하라는 거냐?"

"오, 아니에요."

불행한 과거를 생각나게 한 아버지의 암시 때문에 언딘은 얼굴을 붉혔다. 더욱이 '음악을 좋아하는' 상류층 인사들은 이제 무대 앞 일등석에 간다는 것을 언딘은 알았다.

"그냥 좋은 좌석 두 자리만 있으면 돼요. 내가 왜 방구석에 처박혀 있어야 하는지 모르겠거든요. 아버지가 저랑 같이 갔으면 좋겠어요."

언딘이 덧붙여서 말했다.

아버지는 너무 놀란 듯이 언딘이 요청하는 말의 뒷부분을 아무 말 없이 들었다. 그러나 스프라그 씨는 그날 저녁 식사에 사위와 마지막으로 식사하면서 입은 후로는 아마도 걸쳐본 적이 없는 구겨지고 헐렁한 연미복을 입고 나타났다. 그리고 헤카베[99]처럼 창백한 얼굴로 바라보는 스프라그 부인을 남겨두고 언딘은 아버지와 함께 차를 타고 떠났다.

두 사람의 일등석 좌석은 오페라하우스의 중간에 있었고, 일등석을 둘러싸고 예전에 스텐토리언 호텔에 살던 시절 언딘이 그렇게 자주 올려다보던 특별석이 엄청난 곡선을 그리며 길게 펼쳐져 있었다. 그때는 모든 것이 분간할 수 없을 정도로 현란하게 반짝이는 광채였지만 지금은 하나하나 친숙하게 아는 것들로 가득 차 있었다. 오페라하우스는 자기가 알던 사람들로 붐볐고 특별석은 모두 자기의 과거를 한 무더기씩 담고 있는 것 같았다. 언딘은 처음에 남들이 자기를 알아볼까 봐 움츠러들었다. 그러나 점차 아무도 자기를 주목하지 않고 자신이 여기저기 탐색하는 오페라 안경의 범위 밖에 있고 눈에 보이지도 않는 군중의 일부에 불과하다는 것을 알아채고 자기를 드러내고 싶은 반항적인 욕망을 느꼈다. 공연이 끝났을 때 아버지는 들어온 문으로 나가고 싶어했다. 그러나 언딘은 아버지를 주주들을 위한 출입구[100]로 이끌고 가서 모피와 보석으로 치장하고 자동차를 타려고 기다리는 숙녀들 가운데를 헤치고 나갔다.

∴

99) 헤카베(Hecuba): 그리스 신화에 따르면 헤카베는 트로이의 마지막 왕비로 프리아모스(Priamos) 왕과의 사이에 자녀를 19명 두었다. 이 왕비는 트로이의 함락으로 남편과 아들들이 목숨을 잃고 딸들이 희생 제물이나 노예가 되는 것을 지켜봐야 했다. 이 때문에 서양 문학에서 헤카베는 흔히 수난당하는 어머니로 묘사된다.

100) 남북전쟁 후 미국은 유럽과 문화적 경쟁에 필사적이었는데, 오페라는 미국이 촌스럽지 않다는 것을 보여주는 한 수단이었다. 뉴욕의 음악 아카데미(Academy of Music) 오페라극장은 1870년대에 뉴욕의 부유한 구 사교계 인사들이 자신들을 과시하는 곳이었다. 폐쇄적이고 좌석이 한정된 '음악 아카데미'의 특별석을 구입할 수 없던 신흥 거부들은 이곳을 능가하는 오페라극장인 메트로폴리탄 오페라하우스(Metropolitan Opera House)를 지었고, 이곳에서 1883년 10월에 첫 공연이 있었다. 이 극장의 건축에 돈을 기부한 신흥 금융가와 산업가들을 위한 특별한 입구가 주주들을 위한 출입구(stockholders' entrance)이다.

"오, 문을 잘못 찾았어요. 신경 쓰지 마세요. 모퉁이로 걸어가서 택시를 잡으면 되니까요."

언딘은 남들에게 들리도록 큰 소리로 말했다. 두세 명이 고개를 돌렸다. 언딘은 디키 볼스와 시선이 마주쳤고 그 사람이 웃으면서 절을 하자 답례를 했다. 그 남자와 말하던 여자가 둘러보더니 얼굴을 조금 붉히고는 거의 알아챌 수 없게 고개를 까닥했다. 그 여자 바로 뒤에 있던 깃털 장식에 자줏빛 옷을 입은 촌시 엘링 부인이 쳐다보다가 입술을 벌리고 중요한 말을 하려고 젊은 짐 드리스콜에게 고개를 돌렸다. 짐 드리스콜은 본능적으로 고개를 들어 보고 나서 어깨를 똑바로 펴고 마치 장례식에서 사람들이 그러듯이 먼 지점에 시선을 고정하고 응시했다. 언딘은 그 사람들 뒤에서 클레어 밴 더갠을 얼핏 보았다. 그 여자는 혼자 서 있었는데 얼굴이 창백하고 힘이 없어 보였다. 언딘은 '가서 저 여자에게 말을 걸어볼까?'하는 생각이 들었다. 거기 있는 모든 여자 가운데 클레어만이 자기를 친절하게 맞아줄 것 같다는 직감이 들었다. 그러나 언딘이 망설이는 사이에 하면 드리스콜 부인이 포플의 팔짱을 끼고 밀어닥쳤다. 얼굴이 새빨개진 포플이 기침을 하고 나서 드리스콜 부인의 시종에게 독재자처럼 신호를 보냈다. 그 어깨 너머로 언딘은 찰스 보언의 절을 받았다. 보언 뒤에서 자기가 알던 남자 두세 명을 보았는데, 그 남자들의 얼굴에서 놀라움과 호기심과 더불어 만나서 반갑다는 것을 보여주고 싶은 표정을 읽었다. 그러나 언딘은 뒤엉킨 자동차들과 고함치는 경찰관들 사이에서 아버지의 팔을 꽉 잡고 끌어냈다.

집으로 오는 길에 언딘도 스프라그 씨도 아무 말을 하지 않았다. 그러나 말리브랜 호텔에 도착했을 때 아버지가 딸을 따라서 방으로 왔다. 언딘이 외투를 던져놓고 옷장 거울에 비친 자신의 모습을 뜯어보고 서 있는데 아버지가 뒤에서 다가왔다. 언딘은 아버지도 자기 모습을 바라보는 것을 보았다.

"그 목걸이 어디서 난 거냐?"

반짝이는 원형 목걸이 아래 언딘의 목이 분홍빛이 되었다. 목둘레가 깊이 파인 드레스를 입어서 늘 걸고 있던 진주 목걸이가 드러난 것은 뉴욕에 돌아온 후 이번이 처음이었다. 대답이 없자 스프라그 씨가 계속 말했다.

"네 남편이 줬냐?"

"랠프가요!"

언딘은 웃음을 참을 수 없었다.

"그럼 누가 줬냐?"

언딘은 잠자코 있었다. 그 목걸이를 소유하는 즐거움을 의식적으로 즐기던 때를 제외하고는 사실 그 진주 목걸이에 대해 생각하지 않았다. 그리고 아버지는 꼼꼼하게 관찰하는 습관이 없었기 때문에 아버지가 진주 목걸이가 어디서 났냐고 난처한 질문을 하리라고는 전혀 예상하지 않았다.

"아니……."

언딘은 자기가 무슨 말을 하려는지도 모르는 채 말을 시작했다.

"그 목걸이를 소유하는 당사자에게 돌려주는 게 좋을 것 같다."

스프라그 씨는 언딘이 모르는 목소리로 계속 말했다.

"이 목걸이는 제 거예요!"

언딘이 발끈해서 말했다.

스프라그 씨는 마치 언딘이 갑자기 작고 보잘것없어진 것처럼 바라보았다.

"내일 아침에 일어나자마자 피터 밴 더갠에게 목걸이를 돌려주는 게 좋겠다."

스프라그 씨가 방을 나가면서 말했다.

언딘이 기억하는 한 자기 인생에서 아버지가 무엇을 하라고 명령을 내린 건 이번이 처음이었다. 아버지가 나가고 문이 닫히자 언딘은 그 문제는 그걸로 종결되었고 자기가 복종해야 한다는 것을 뚜렷이 인식했다. 언딘은 화가 나서 진주 목걸이를 벗어서 내동댕이쳤다. 아버지가 자기에게 준 굴욕이 오페라에 가서 스스로 가한 굴욕과 합쳐졌고, 언딘은 그 어느 때보다 더 자신의 인생을 증오했다.

언딘은 비참해져서 어찌할 바를 모르고 밤새도록 잠을 이루지 못한 채 누워 있었다. 자기 인생에 대한 증오심과 피터 밴 더갠에 대한 증오심에서 밴 더갠이 준 진주 목걸이에 대한 혐오감이 천천히 올라왔다. 어떻게 자기가 그 목걸이를 갖고 있을 수 있었으며, 어떻게 자기 목에다 그것을 계속 두르고 있을 수 있었단 말인가! 다른 걱정거리에 너무 몰두한 나머지 치욕의 대가를 몸에 두르고 다니는 굴욕을 느끼지 못했을 것이다. 소설을 많이 읽은 언딘의 마음은 정조가 짓밟힌 여성을 묘사하는 어휘와 여성의 허약함에 대한 감상적인 암시로 가득 차 있었고, 자신에 대한 연민을 느끼면서 아버지를 영웅적이라고 생각했다. 자기를 보호해줄 이런 남자가 있다고 생각하니 자랑스러워졌고, 밴 더갠의 보석을 돌려보냄으로써 그 사람에 대한 경멸을 표현할 수 있다는 것이 기뻤다.

그렇지만 고결한 열정은 차츰 식었고 언딘은 다시 한 번 미래의 음울한 문제에 직면하게 되었다. 오페라에서 보낸 저녁은 자기가 뉴욕에 머무르는 게 불가능하다는 것을 보여주었다. 자기에 대항해서 단결한 냉담한 세력들과 싸울 수완도 힘도 없었다. 즉시 이곳을 벗어나서 새롭게 시작해야 했다. 그러나 늘 그렇듯이 돈이 없다는 것이 장애가 되었다. 언딘은 결혼 초기 몇 년 동안 스프라그 씨에게서 이따금씩 돈을 받았는데, 이제 아버지에게는 그런 돈을 줄 여유가 더 이상 없었다. 그리고 이제 애도 없고 가정도 없기 때문에 아버지가 자기 수입을 줄였다고 불평도 할 수 없었다. 하지만 아버지가 주는 용돈에 이혼 수당을 더해도 터무니없이 부족했다. 언딘이 앞을 멀리 내다보는 것은 아니었다. 언딘은 항상 자신이 안락함과 사치를 누릴 운명이라 느꼈고, 미래에도 현재 예산에 맞추어 살 가능성이 있다고 생각하지 않았다. 하지만 다음 해 동안 걱정 없이 살아갈 수 있는 충분한 돈이 몹시 필요했다.

아침 식사가 담긴 쟁반이 들어왔을 때 언딘은 손도 대지 않은 채 돌려보냈고 커튼을 내린 어두운 방에 계속 누워 있었다. 언딘은 일어나면 진주 목걸이를 돌려줘야 한다는 걸 알았다. 그러나 그 생각을 해도 이제 더 이상 만족스럽지 않았고, 어떻게 하면 밴 더갠에게 그걸 가장 잘 전달할 수 있을지 생각하면서 힘없이 누워 있었다.

그렇게 방에 누워 있는데 복도에서 히니 부인의 목소리가 들렸다. 언딘은 자신의 과거와 연관된 다른 사람들을 모두 피했듯이 지금까지 이 마사지사를 피했다. 히니 부인은 언딘의 불행에 대한 직접적인 언급을 모두 자제하고 극도로 신중하게 행동했다. 그러나 그 침묵은 분명히 우월한 정신의 소유자가 언딘에게 가하는 비판이었다. 언딘은 다시 한 번 '천천히 가라'는 히니 부인의 지시를 무시했고, 그 경고가 옳았다는 결과를 맞았다. 그러나 히니 부인은 신중함 때문에 이제 안전한 조언자로서 돋보였다. 그래서 언딘은 벌떡 일어나서 부인을 방으로 불러들였다.

"아이고, 언딘! 너 마치 시체와 함께 밤을 꼬박 세운 것 같구나!"

마사지사가 울려 퍼지는 낭랑한 목소리로 소리쳤다.

언딘은 대답하지 않고 진주 목걸이를 집어서 히니 부인의 손에 밀어 넣었다.

"아이고머니나!"

마사지사가 의자에 털썩 앉더니 꽈배기처럼 꼬인 목걸이를 통통하고 유연한 손가락 사이로 주르르 흘러내리도록 놔두었다.

　"이런, 이걸 착용할 때마다 목에다 거금을 두르고 다니는 거야, 언딘 스프라그."

　언딘은 알아들을 수 없는 말을 중얼거렸다.

　"당신이 그 목걸이를 가져다주었으면……."

　"목걸이를 갖다주라니? 어디다 갖다주라는 거냐?"

　"그야 물론, 거기다가……."

　히니 부인이 궁금해하면서 순진하게 쳐다보자 언딘은 말을 잇지 못했다. 마사지사는 진주 목걸이가 어디서 난 것인지 틀림없이 알았지만 마블 부인이 그것을 준 사람에게 돌려주라고 부탁할 거라는 생각은 분명히 떠오르지 않은 것이다. 히니 부인이 어두운 그늘 없이 밝게 응시하자 전체 사건은 다른 양상을 띠었고, 언딘은 자기가 아버지의 뜻에 즉각적으로 복종하는 것에 약간 놀라기 시작했다. 어쨌든 진주 목걸이는 자기 것이 아닌가!

　히니 부인이 차분하게 말을 꺼냈다.

　"줄을 갈려고? 어머, 이렇게 비싼 진주는 네가 보는 앞에서 바로 여기서 줄을 갈게 해야 해."

　이 말을 들으면서 새로운 생각이 구체화되었다. 그 진주 목걸이를 건다는 생각은 참을 수 없었기 때문에 그것을 계속 찰 수는 없었다. 그러나 처음으로 그 목걸이가 어떤 걸로 바뀔 수 있는지, 어떤 것에서 자기를 구출해낼 수 있을지 깨달았다. 그래서 언딘은 갑자기 말을 꺼냈다.

　"내가 이걸로 뭐든 얻을 수 있다고 생각하세요?"

　"뭐든 얻는다고? 아니, 무슨……."

　"내 말은 목걸이의 가치만큼 아무거나요. 이건 굉장히 비싸거든요. 파리에서 가장 큰 보석상에서 산 거예요."

일을 단순하게 보이게 만드는 히니 부인의 시선 아래에서는 이런 설명을 하는 게 비교적 쉬웠다.

"날 위해 진주 목걸이를 팔아주었으면 해요. 될 수 있는 한 가장 좋은 거래를 해주세요. 제가 직접 할 수는 없어요. 하지만 아무에게도 말하지 않겠다고 맹세해주세요."

언딘은 숨을 죽이고 간청했다.

"이런, 가엾어라. 너만 보석을 파는 게 아니야, 딴 사람도 보석을 판단다."

히니 부인이 자기의 큰 손바닥에 진주 목걸이를 돌돌 감으면서 말했다. 목걸이가 가방 속으로 사라질 때 부인이 덧붙여서 말했다.

"이렇게 예쁜 목걸이인데 유감이야. 하지만 넌 다른 목걸이를 얻게 될 거야."

며칠 후에 언딘의 마지막 양심의 가책을 침묵시키기에 충분할 만한 상당한 액수의 지폐 뭉치가 같은 가방에서 나왔다. 언딘은 자기가 망설인 이유를 더 이상 이해할 수 없었다. 왜 밴 더갠에게 진주 목걸이를 돌려줄 필요가 있다고 생각했단 말인가? 밴 더갠은 언딘에게 진 채무는 자기가 목걸이를 팔아서 현금화할 수 있었던 상대적으로 적은 액수보다 훨씬 더 컸다. 언딘은 그 돈을 드레스에 숨겼다가 히니 부인이 스프라그 부인의 방으로 가자 돈다발을 꺼내서 세어보고 혼잣말로 중얼거렸다.

"이제 난 떠날 수 있어!"

언딘은 유럽으로 돌아갈 생각밖에 없었지만 혼자 가고 싶지는 않았다. 대서양 저편 유럽에서 봄의 쾌락을 쫓는 무리 사이에서 정처 없이 혼자 방황하는 자기 모습을 상상하자 우울해지고 굴욕감을 느꼈다. 자기는 틀림없이 아는 사람들과 마주칠 것이고, 그 사람들은 자기가 새로운 기회와 새로운 시작을 찾는다고 짐작하고 그 목적을 위해 자기네들을 이용하려 할 거라고 짐작할 것이다. 자존심이 새로 깨어난 언딘은 그 생각이 혐오스러웠다. 그래서 자기가 유럽에 간다면 아버지와 어머니도 같이 가야 한다고 결심했다. 그것은 대담한 계획이었고, 그 계획에 대해 말을 꺼냈을 때 스프라그 씨가 빈정대며 하는 온갖 말을 다 들어야 했다. 아버지는 자기를 유럽에 데려가서 어떻게 하려고 하는지, 자기를 '그 모든 늙은 왕들'에게 알현시키려고 하는지, 궁정 예복을 입은 자신과 스프라그 부인이 어떻게 보일 거라고 생각하는지, 뉴욕 신문이 없이 자기가 어떻게 살 거라고 생각하는지 알고 싶어했다. 하지만 언딘은 오페라하우스에 다녀온 다음 날 아버지가 자기를 옆으로 데리고 가서 '그 진주 목걸이 돌려줬냐?'고 문자 쌀쌀맞게 '히니 부인이 갖고 갔어요'라고 대답한 이후로 '우월한 힘'이라고 아버지가 일컬었을 그런 영향력이 자기에게 있다는 것을 깨달았다.

언딘의 부모는 잠시 다소 어리둥절해서 이 계획에 반대했지만, 딸에게 자기들이 필요하다는 것을 언딘이 처음으로 표현한 것에 어쩌면 마음속으로 우쭐해져서 언딘의 간청에 굴복했으며, 트렁크를 싸서 의연히 미지의 세계를 향해 출발했다. 스프라그 씨나 스프라그 부인이나 모두 이전에 고국 밖을 나가본 적이 없었다. 셰르부르[101]의 부두에서 두 사람이 벙어리가 된 채 속수무책으로 자기 곁에 서 있을 때에 비로소 언딘은 부모님을 억지로 주거지를 떠나게 한 자신에게 맡겨진 임무를 깨달았다. 스프라그 씨는 전에도 신체적으로 활동적이지 않았지만 외국 땅에 오자 기묘하게 조바심을 내고 딸에게 무기력하게 기댔다. 스프라그 씨와 딸이 외출할 때 혼자

∵

101) 셰르부르(Cherbourg): 프랑스 서북부의 도시.

남는 것에 대한 공포가 스프라그 부인의 오랜 습관과 같은 무관심을 압도했고, 부인이 따라가겠다고 고집을 부려서 두 사람의 외출을 늦추고 방해했다. 그래서 언딘은 관광을 싫어했지만 부모와 함께 '여기저기 돌아다니는 것'과, 자기가 연속해서 부모님을 옮겨 다니게 한 사람 많은 호텔들에서 두 사람과 함께 처박혀 있는 것 말고는 다른 것을 할 수가 없는 것 같았다.

호텔은 스프라그 씨의 관심을 정말로 끄는 유일한 유럽의 시설이었다. 스프라그 씨는 유럽 호텔이 미국 호텔보다 명백히 열등하다고 여겼다. 그러나 호텔의 크기, 수, 비용, 헤아릴 수 없이 무수히 많은 미국인을 수용하고 먹여주는 능력에 대한 통계적인 호기심에 사로잡혔다. 갤러리와 교회와 박물관에서는 딸처럼 감동 없이 침묵을 지키며 살펴보았다. 그러나 호텔에서는 영어를 할 줄 아는 모든 사람에게 질문하고 계산서를 비교하고 사업 계획서를 모으고 건설 비용과 투자에 대한 예상 수익을 계산하면서 끊임없이 묻고 조사했다. 스프라그 씨는 냉장 보관 장치가 없는 것이 유럽이 열등하다는 것을 보여주는 또 다른 증거라고 여겼고, 호텔에 객실 전화가 없다는 것을 알고서 외국인들이 시간 절약이라는 기본 원칙을 아직 터득하지 못했다는 사실에 더 이상 놀라지도 않았다.

몇 주가 지난 뒤 부모와 딸의 부자연스러운 제휴가 오래갈 수 없다는 사실이 명백해졌다. 모든 새롭고 낯선 것에 대해 주눅이 드는 스프라그 부인의 성격은 일종의 만성적인 공포로 변했고, 스프라그 씨는 믿을 수 없을 만큼 많은 호텔과 이 호텔들의 도저히 헤아릴 수 없을 만큼 큰 수용 능력에 의기소침해지기 시작했다.

"이 호텔들은 그 자체로는 대단하지 않아. 하나도 대단하지 않아. 하지만 호텔 수가 엄청나. 어디를 가도 모기떼처럼 호텔들이 많이 있어."

그러고 나서 종잇조각과 계산서의 뒷면과 헌 신문의 가장자리에다 유럽

대륙에서 동시에 숙박하고 목욕하고 식사를 제공할 수 있는 여행자들의 수를 모두 합산하기 시작했다.

"침실이 500개에 욕실이 300개라, 아니, 그 호텔은 욕실이 350개 있어. 그게 얼마가 되지. 이 중에서 삼분의 이는 둘이서 방을 함께 쓴다고 가정하자. 그렇게 많은 사람이 방을 같이 쓴다고 생각하니, 언디? 루체른[102]에서 그 수위가 독일 사람들은 한 방에서 세 명이 잔다고 그러더라. 자, 여행객을 800명이라고 치자. 그리고 한 사람당 하루에 세 끼를 먹지. 아니, 이 사람들이 오후에 차도 마시니 네 끼를 먹는다고 하자. 그리고 우리가 마지막으로 간 곳 있지. 거기 산 위로 훨씬 올라간 곳 말이야. 아니, 거기 한 곳에만 호텔이 75개 있었는데 모두 손님으로 꽉 차 있더라. 글쎄! 이 사람들이 다 어디서 오는지 전혀 알 수 없다니까……"

언던에게는 끝날 것 같지 않는 수많은 날을 스프라그 씨는 이런 식으로 보냈다. 그러다 갑자기 정신을 차리고 말했다.

"이것 봐라, 언디. 난 돌아가서 이 비용을 모두 지불하게 돈을 벌어야겠다."

이 세 사람 가운데서 누구도 언던이 부모와 함께 돌아갈 거라고 생각하지 않았다. 부모를 증기선에 들여보내고 어렴풋이 안심하는 두 사람의 얼굴이 선미의 난간을 따라서 손수건을 흔드는 인파와 합쳐지는 것을 보고 난 후 언던은 혼자 파리에 돌아와서 인디애나 롤리버의 도움을 받으려고 시도했지만 실패했다.

∴

102) 루체른(Lucerne): 스위스 중부의 도시.

제27장

어느 날 오후 호텔 테라스에서 한가로이 거닐 때, 마디가 있는 손잡이가 달렸고 테두리가 우스꽝스러운 양산 아래 구겨진 검정 보닛 모자를 쓴 늙은 부인의 휠체어 곁에 앉아 있는 걸 본 적이 있는 젊은 여자가 자기에게 다가왔을 때에도 언딘은 여전히 이 마지막 실패에 대해 곰곰이 생각하고 있었다.

젊은 여자는 자그마하고 날씬했으며 갈색 머리였는데 유행을 무시하는 옷을 입고 있었다. 유행을 무시하는 옷은 얼굴에 바른 옅은 보라색 분과 단정하지 않은 짙은 색 머리에 있는 인공적인 색조의 흔적과 기묘하게 대조를 이루었다. 그 여자에게는 서로 다른 여러 인격이 있는 것처럼 보였다. 그리고 그 순간의 인격은 옷장에 오랫동안 걸려 있다가 현재의 경우에 아마도 충분히 괜찮을 것 같아서 서둘러 내려 걸친 것처럼 보였다.

그 사람은 겉옷 주머니에 손을 넣고 소년 같은 얼굴에 상냥한 웃음을 지으면서 언딘에게 천천히 걸어와서 파리 식 억양의 영어로 마블 부인과 말을 나눌 수 있는지 물었다.

언딘이 괜찮다고 하자 그 사람은 점점 더 환하게 웃었고 계속 말했다.

"당신이 내 친구 사샤 아델샤인을 알 거라고 생각하는데요?"

언딘에게 이보다 더 불쾌한 질문은 있을 수 없었다. 언딘이 고집스럽게 청교도적으로 결심한 것이 한 가지 있다면 그것은 사교계에서 어떤 극단적인 어려움에 처한다 하더라도 아델샤인이 지나치게 도드라지는 무리에는 끌려들지 않겠다는 것이었다. 그 무리에 소개하여 인디애나의 마음을 사려고 한 시도에서 실패한 이래 언딘은 그 무리에 거리를 두기로 고결하게 결심했다. 그 낯선 여자가 의식하지 못하는 듯이 말을 계속했을 때 언딘은 아주 단호히 부인하려는 참이었다.

"사샤가 종종 당신에 대해 얘기해요. 당신을 아주 좋아하지요. 당신은 내 사촌 셸도 알 거예요."

언딘의 눈을 들여다보면서 덧붙였다.

"나는 에스트라디나 공주예요. 바람 쐬러 어머니와 여기 왔어요."

부정하려던 중얼거림이 언딘의 입술에서 사라졌다. 언딘은 자신이 사교계의 새로운 수수께끼 같은 사람과 맞닥뜨렸다는 사실을 깨달았는데, 그렇게 예기치 않은 사건은 항상 자극적이었다. 자신이 쫓아버리려고 한 단정치 못한 젊은 여성의 이름은 센 강 저편 난공불락의 구역에서 가장 유명한 이름 가운데 하나였다. 에스트라디나 공주만큼 파리 신문에서 크게 나오는 사람도 없었고, 모든 결혼과 장례식, 포부르생제르맹[103]의 자선 공연 명단의 첫머리를 어머니 도르도뉴 공작 부인 이름보다 더 멋지게 장식하는 이름도 없었다. 그런데 도르도뉴 공작 부인이 꾸깃꾸깃한 보닛 모자와 이

..

103) 포부르생제르맹(The Faubourg Saint Germain): 파리의 역사적인 기념물이 많은 구역으로 예전부터 프랑스 귀족의 저택이 많은 지역으로 알려져 있다. 지금의 7구역에 해당하는 지역이다.

상한 양산을 쓰고 휠체어에 앉아 있는 바로 그 노파였다.

그러나 언딘이 놀란 것은 두 귀부인의 외모 때문이 아니었다. 언딘은 사교계의 황금이 항상 반짝거리지는 않는다는 것을 알았고, 릴리 에스트라디나라고 들은 귀부인이 악명 높게도 인습에 상관하지 않는다는 것도 알았다. 하지만 그 귀부인이 아델샤인 부인과 친하다고 자랑하고 그 부인을 자기 이름을 대는 구실로 사용하는 건 언딘의 위계질서를 모두 뒤집는 일이었다.

"그렇죠, 여기는 정말 지겨울 정도로 재미없어요. 난 죽을 지경이에요. 이리 와서 우리 어머니에게 말 좀 걸어주세요. 어머니도 돌아가실 지경이에요. 하지만 그렇다고 말씀하지는 마세요. 어머니는 그것을 모르시니까요. 우리 어머니들이 절대로 모르는 게 많잖아요."

공주는 반쯤은 조롱하듯 반쯤은 친근하게 웃음을 지으며 장황하게 말했다. 그 다음 순간 언딘은 자기 어머니 스프라그 부인이 그런 식으로 공작 부인과 연결되는 것이 기분이 좋아서 모녀 사이에 자리 잡고 앉았다. 그리고 나이 많은 귀부인이 친근하게 이렇게 말하자 언딘은 얼굴을 반짝거리고 홍조를 띠었다.

"당신이 내 조카 레이몽을 알지요. 그 아이는 당신의 열렬한 숭배자예요."

어떻게 이런 일이 일어났는가, 어떻게 진행될까, 얼마나 오래갈까? 언딘이 새로 만난 친구들에게 귀를 기울이고 앉아 있을 때 이런 질문들이 머릿속을 가로지르며 지나갔다. 모녀는 단순히 아는 사람들이라고 부르기에는 벌써 너무 친절해 보였다! 언딘은 모녀가 자기에게 무슨 말을 기대하는지, 어떤 어조를 취하는 게 좋을지 짐작하기 위해 충분히 앞서 생각하려고 애쓰면서 모녀의 질문에 대답했다. 언딘은 정신적으로 민첩하게 움직이는 재주에 익숙했다. 그리고 잠시 동안 대화 상대가 자기에게 기대하는 대로 변하는 데 본능적으로 능했다. 그러나 그렇게 짧은 기간에 그렇게 새로운 역할을 해본 적은 결코 없었다. 그래도 에스트라디나 공주가 어머니 앞에서는 친한 친구 샤샤에 대해 언급하지 않고, 또 똑같이 편안한 어조로 계속 떠들지만 다르게 보이고 다른 함축된 의미를 던지는 것같은 사실에서 언딘은 힌트를 얻었다. 몸가짐의 이 모든 미묘한 차이를 언딘은 즉각적으로 알아차릴 수 있었다. 언딘은 에이펙스의 조급함과 뉴욕의 위엄이 뒤섞인 태도로 모녀에게 적응하려고 노력했다. 그리고 가려고 일어났을 때 공주가 언딘의 팔에 손을 얹고 거의 아쉬워하듯이 이렇게 말할 정도로 그 결과는 성공적이었다.

"당신도 계속 머물 거죠? 그러면 우리에게 자비를 베푸세요. 우리 언제 같이 여행을 갑시다. 그리고 저녁에는 우리 브리지 카드놀이를 할 수 있겠네요."

언딘에게 새로운 삶이 시작되었다. 어머니의 곁에 묶인 딸의 의무에 솔직하게 반항하던 공주는 그 의도를 분석하기에는 너무도 기분 좋을 정도로 집요하게 새로운 친구에게 매달렸다.

"있잖아요. 방문객 명단에서 당신 이름을 보았을 때 난 거의 자살 직전이었어요."

공주가 이렇게 설명해주었다. 언딘은 공주가 가늘고 작은 손을 자기에게 내밀었을 때 자기도 거의 같은 상황에 이르렀다고 대답하고 싶었다. 잠시 동안 그 즉흥적인 몸짓의 영향에 머리가 어지러웠다. 운이 가장 바닥인 이 시점에 기적처럼 기운을 차리고 제자리를 찾고 자신의 젊음과 힘에서 예전에 느끼던 승리감을 되찾았다. 자신의 매력만으로, 누구의 도움도 받지 않은 개성으로 이 기적을 이루었다. 앞으로 어떻게 자기가 자기의 그런 자질들을 믿지 않겠는가?

구체적으로 획득한 것에 대한 느낌을 제쳐두고라도 언딘은 자기의 새 친구들에 대해 깊은 관심이 생겼다. 공주와 그 어머니는 서로 다른 방식으로 언딘이 지금까지 알던 어떤 사람들과도 달랐다. 나이가 스무 살에서 마흔 살 사이인 듯한 공주는 얼굴이 작고 세모났으며 눈매가 어루만지는 듯하면서도 오만했고 빵바구니를 균형 있게 들고 가는 빵집 사동 같이 걸었다. 공주는 남자 옷 같은 자루 모양의 낡은 옷을 입거나 마치 비를 맞은 것처럼 보이는 풍성한 주름치마를 입었다. 어느 스타일의 옷을 입든 똑같이 편안해 보였고 두 옷에 대해 모두 무심하고 의식하지 않는 것처럼 보였다. 공주는 극히 친숙하게 굴었고 뻔뻔할 정도로 캐물었지만, 언딘에게는 어떤 질문을 할 시간도, 자기에게 감히 스스럼없이 대할 기회도 결코 주지 않았다. 자신의 감상적인 체험에 대해 주저하지 않고 이야기했고, 언딘이 답례로 이야기할 게 거의 없다는 것에 놀라고 약간 실망한 듯이 보였다. 공주는 장난치듯이 자기의 어여쁜 새 친구가 속을 털어놓지 않는다고 비난했고 언딘이 얼굴을 붉히는 것을 보고 소리 질렀다.

"아. 우스운 당신네 미국 사람들! 당신네는 왜 사랑이 비밀스러운 약점인 것처럼 행동하지요?"

늙은 공작 부인은 더 인상적이었다. 왜냐하면 공작 부인이 포부르생제르맹에 대한 언딘의 선입견에 더 잘 어울리고 특권층과 친밀한 관계 속에 사는 예전의 네티 원처를 보고 상상한 사람과 더 비슷했기 때문이다. 실제로 공작 부인은 언딘이 생각한 것보다 더 사랑스럽고 접근하기 쉬웠으며, 딸만큼이나 새로운 친구의 내력과 관습에 호기심이 많았고 훨씬 더 유치했다. 그러나 언딘의 제한적인 인지력에도 불구하고 공작 부인의 부드러운 수다스러움을 통해서 언딘은 뚫고 들어갈 수 없는 투명한 장벽을 공작 부인에게서 분명하게 느꼈다. 언딘은 공주에게서도 똑같이 투명하고 뚫을 수 없는 장벽에 간간이 부딪혔다. 그리고 이 장벽이 자신이 아직까지 배우지 못한 수많은 것을 나타낸다고 이해하기 시작했다. 언딘은 이것을 몇 년 전만 해도 몰랐을 것이었다. 그리고 공작 부인에게서 자기 어머니 스프라그 부인도 손대지 않을 옷을 입은 여자, 망가진 유적과 같은 보기 흉한 여자 외에 어떤 것도 보지 못했을 것이다. 공작 부인은 분명히 망가진 유적처럼 보였지만 언딘은 이제 공작 부인이 성의 유적처럼 보인다는 것을 알았다.

남편과 비공식적으로 별거 중인 공주는 어린 두 딸을 데리고 있었다. 공주는 두 딸에게 지극히 애착을 보였다. 둘 가운데 어린 딸을 더 좋아하는 걸 인정하면서 그것을 솔직하게 부모 노릇의 재미있는 사건으로 돌렸다. 그리고 언딘이 세세하게 자신의 가정적인 어려움을 알려주었을 때, 공주는 언딘이 자기 아이를 타인들에게 남기는 것에 찬성했다는 것을 이해하지 못했다.

"왜냐하면 자기 아이에게는 자기 자신 외에 모든 사람이 타인이에요. 당신의 탈선이 무엇이었든지 간에……."

공주는 말을 시작했다가 언딘이 법원에서 잘못을 모두 남편에게 돌렸다고 설명하기 위해 끼어들었을 때 언딘을 뚫어지게 바라보며 말을 끊었다.

"그러나 그때……그러나 그때……."

두 사람 사이의 차이가 마치 심연처럼 깊어서 막힌 것처럼 그 주제에서 말을 돌리며 공주는 중얼거렸다.

이 사건으로 언딘은 당황했다. 아빠의 가문에 대한 아들의 의존 관계와 그 아이의 길에 방해가 되지 않을 의무에 대해 암시해 자신을 정당화하려고 했지만 아무런 효과를 보지 못했다는 것을 알았다.

"누구의 잘못이건 간에 아이는 엄마에게 있어야 해요."

언딘의 말을 듣던 공주가 계속해서 되풀이했다. 언딘은 공주와 대화하다 종종 아연실색하곤 했는데, 이제는 자신이 공주를 놀라게 하지 않기 위해 주의해야 하는 편치 않은 위치에 있다는 것을 알았다.

그럼에도 불구하고 언딘은 날마다 새 친구들에 대한 장악력을 강화했다. 처음에 자기가 거둔 승리에 흥분한 뒤에 언딘은 자신이 공주에게 약간 실망을 안겨주었고, 사샤 아델샤인의 친구 가운데 한 사람이라는 의심스러운 명예가 일으킨 희망을 완전히 정당화하지 못했다고 생각하기 시작했다. 언딘은 공주가 자기를 말과 행동에서 더 재미있고 '더 별나고' 더 놀라운 사람으로 기대했다고 짐작했다. 물론 본능적으로는 이런 인물이 아니었지만 언딘은 기대를 받은 만큼 멀리 가기를 바랐다. 그러나 자기의 대담함은 흥미를 끌기에는 너무 정상적인 노선 위에 있었고, 공주가 자기를 약간 여학생 같고 구식이라 생각한다고 느꼈다. 여전히 두 사람은 젊음과 권태로움, 쾌활함과 재미에 대한 갈등이 공통점이 있었다. 이 유대 관계를 최대한 이용하던 어느 날 공주와 같이 몬테카를로[104]에 여행을 갔다 온 언딘은 늙은 공작 부인 곁에서 점잖고 친근한 태도로 앉아 있는, 분명히 새로 도착한 게 분명한 귀부인과 갑자기 맞닥뜨렸다. 언딘은 두 사람에게는 들리지 않게 정원의 자갈길을 걸어가면서 트레작 후작 부인의 처진 코와 경멸하는 듯한 등을 한눈에 알아보았다. 그리고 그 순간 후작 부인이 묻는 말을 들었다.

"그런데 그 여자 남편은요?"

••

104) 몬테카를로(Monte Carlo): 프랑스 리비에라 지방의 마리팀 알프스 아래 절벽 위에 있는 도시. 자동차 경기와 카지노로 유명하다.

"남편요? 하지만 여자는 미국인이에요. 이혼했어요."

공작 부인은 마치 동일한 사실을 두 가지 서로 다른 방식으로 말하는 것처럼 대답했다. 언딘은 예리한 고통을 느끼며 갑자기 멈춰 섰다.

공주가 뒤에서 다가왔다.

"어머니와 함께 있는 저 엄숙한 사람은 누구죠? 아, 트레작 부인이라는 늙고 지루한 그 사람!"

공주가 웃으면서 기다란 안경을 떨어뜨렸다.

"음, 그 부인은 쓸모가 있을 거예요. 그 부인이 거머리처럼 어머니에게 들러붙어 있어서 우리는 더 자주 어머니에게서 벗어날 수 있을 거예요. 자, 가서 저 부인에게 매력적으로 보이도록 합시다."

공주는 트레작 부인에게 수선스럽게 다가갔다. 서로 야단스럽게 인사를 나눈 뒤 언딘은 공주가 이렇게 얘기하는 것을 들었다.

"내 친구 마블 부인 아시죠? 모른다고요? 정말 이상하네요! 부인, 당신은 어디에 숨어 있었어요? 언딘, 여기에 당신을 만나는 기쁨을 모르는 당신 동포가 있네요……."

"안녕하세요, 마블 부인, 난 그렇게 숨어 사는 사람이랍니다. 공주께서 내가 놓친 것을 보여주시네요."

트레작 후작 부인이 일어나서 언딘에게 손을 내밀면서 작은 소리로 말했다. 그 말하는 목소리는 거만한 원처 양이던 시절의 목소리와는 너무 달라서 얼굴의 각도와 축 처진 코만이 포타쉬 온천의 증오스러운 추억과 그 여자를 이어줄 뿐이었다.

언딘은 안전한 조수 위에서 춤을 추는 자신을 느꼈다. 처음으로 포타쉬 온천의 기억이 웃을 만한 게 되었고, 언딘은 공주와 팔짱을 끼고 승리감에 차서 트레작 부인에게 환하게 웃었다. 마치 공주의 마법 지팡이가 그 여자에게서 가짜 이점들을 모두 벗겨버린 듯이 트레작 부인은 갑자기 비굴해지고 하찮아진 것처럼 보였다. 그러나 2층에 있는 자신의 방에서 언딘은 용기를 잃었다. 트레작 부인은 예의발랐고 수다스럽기까지 했다. 지금 당장은 에스트라다나 공주와 그 어머니가 언딘과 친하다는 것을 알게 되어 허를 찔렸기 때문이다. 그러나 사실의 위력이 그 자체로 다시 힘을 주장할 것이다. 언딘을 프랑스 친구들의 눈으로 계속 보기는커녕 후작 부인은 자신의 광범위한 정보력이라는 탐색 렌즈를 통해 자기 동포 언딘을 바라보도록 프랑스 친구들에게 청할지도 몰랐다.

"저 노회한 위선자가 공작 부인 모녀에게 모든 것을 말할 거야."

언딘은 디포짓에서 온 치과 조수에 대한 추억에 움찔하면서 웅얼거렸다. 그리고 옷장 거울 속의 자기 모습을 비참하게 바라보고 있었다. 속 좁은 여자의 질투에서 나온 독 한 방울이 젊음과 우아함과 미모를 마비하기에 충분하다면 그것들이 다 무슨 소용이겠는가? 물론 트레작 부인은 알고 기억하며, 난공불락의 지위가 확고한 그 부인은 침입자를 쫓아낼 때까지 쉬지 않을 것이다.

제28장

"있잖아요, 내일 니스에 가는 거 어때요?"

며칠 뒤 저녁에 공작 부인과 트레작 부인과 함께 브리지 카드놀이를 하며 재미없는 저녁을 보내고 나서 공주가 언딘을 따라 위층으로 올라가면서 제안했다.

복도를 중간쯤 지났을 때 공주가 멈추고 문을 열더니 손가락을 입에 대고 언딘에게 들어오라고 신호를 보냈다. 가느다란 양초가 켜진 흐릿한 방에는 작고 하얀 침대가 두 개 있었고, 각 침대 위에는 십자가상과 종려나무 가지가 있었다. 그리고 각 침대에는 부스스한 머리칼과 기묘하게 마무리된 작고 가무잡잡한 얼굴을 한 아이가 자고 있었다. 천진난만하게 자는 딸들을 가만히 바라보면서 서 있는 공주는 잠시 동안 딸들보다 더 크지도 않고 더 가무잡잡하지도 않은 세 번째 어린 여자아이처럼 보였다. 그리고 딸들을 바라보며 짓는 그 웃음은 딸들의 웃음처럼 맑았다.

"아, 이 아이들의 연인을 골라줄 수만 있다면 좋을 텐데!"

공주가 고개를 돌리면서 한숨을 내 쉬었다.

"……니스에 가요, 내일."

언딘과 팔짱을 끼고 자기들의 방으로 걸어갈 때 공주가 다시 말했다.

"트레작 부인이 엄마에게 친절을 베푸는 동안에 우리는 마음대로 놀아요. 그 부인이 어머니를 지독하게 지루하게 하지만 두 사람은 같은 부류이기 때문에 어머니는 그 점을 인정하지 않을 거예요. 열한 시 기차를 타고 갈까요? 루아얄 호텔에서 점심을 먹고 상점들을 둘러볼 수 있어요. 어쩌면 재미있는 사람을 만날지도 몰라요. 아무튼 여기 있는 것보다는 나아요!"

언딘은 니스 여행이 즐거울 것이라고 확신했다. 둘이 이전에 한 여행을 통해서 언딘은 공주가 이런 모험을 엮어내는 데 재능이 뛰어나다는 것을 알았다. 며칠 전에 몬테카를로에서 두 사람은 유쾌한 사람을 두어 명 우연히 만났는데, 이 사람들은 서로 관계가 없었지만 공주는 즐겁게 점심 식사를 하면서 이들을 서로 어울리게 했고 이어서 바카라[105]까지 한 차례 함께 했다. 그러고 나서 마지막으로는 새로운 작품을 연습하려고 막 이곳에 도착한 저명한 작곡가를 찾아내서 억지로 그 사람에게 일행을 차 모임에 초대하여 자기의 오페라 일부를 들려주도록 했다.

며칠 전이었다면 이런 유쾌한 오락들을 다시 할 수 있다는 희망이 트레작 부인을 공작 부인하고만 있게 남겨두는 걸 두려워하는 마음 때문에 어두워졌을 것이다. 그러나 이제 언딘은 더 이상 트레작 부인을 무서워하지 않았다. 언딘은 포타쉬 온천의 옛 경쟁자가 지금은 따돌림을 당할까 봐 두려워하며 초조하게 자기를 달래려고 애쓰는 것을 발견했다. 이것을 알게 된 언딘은 자신이 정상에 올랐고 자신의 기반이 안전하다고 느꼈다. 그래서 자기의 힘든 과거는 모두 마치 신의 섭리가 '계획'한 결과처럼 생각되기 시작했고, 공주와 함께 금빛으로 반짝이는 푸른 아침을 헤치고 니스를 향

••

105) 바카라(baccarat): 카드놀이의 일종.

해 질주하면서 마음속에서는 희미하게 경건한 신앙심의 충동이 일어났다.

두 사람은 활기 넘치는 거리를 쏘다녔고 매력적인 가게들을 들여다보았으며, 공주는 모자들을 써보았고 언딘은 그것들을 구입했다. 그리고 루아얄 호텔에서 수석 웨이터의 특별한 지휘하에 마련된 온갖 종류의 맛있는 음식들을 점심으로 먹었다. 그러나 커피와 리큐어[106]를 차례로 즐기면서 언딘이 이 친구가 오후에는 어떤 일을 궁리할지 궁금하게 여길 때 공주가 손뼉을 치면서 외쳤다.

"있잖아요, 자기, 내가 깜빡했어요! 당신을 두고 가야 할 것 같아요."

공주는 병에 걸린 친구, 폐가 나빠서 시미에[107]에 간 불쌍한 친구를 방문하겠다고 공작 부인에게 약속했으며, 자기가 즉시 가야 하고 가능하면 빨리 돌아오겠노라고, 그게 한 시간 이내에 안 되면 아무리 늦어도 두 시간 안에 돌아오겠노라고 얘기했다. 양심의 가책을 받지만 언딘이 자기를 용서할 것이고 유쾌한 일을 찾아서 그 시간을 때울 것임을 알았다. 공주는 돌아가서 깃털 장식이 달린 그 검은색 모자를 사라고 언딘에게 권했고, 언딘처럼 예쁜 손님을 위해서는 점원이 아마 무료로 고쳐줄 것 같으니 두 사람이 아주 맵시 있다고 생각한 비단옷을 입어보라고 권했다. 그리고 네 시에 팔레 찻집에서 다시 만나자고 했다.

공주는 뜬구름 잡는 듯한 설명을 쏟아내고 나서 황급히 가버렸다. 혼자 남은 언딘은 프롬나드데장글레[108]에 앉았다. 언딘은 공주가 한 말을 한마

• •

106) 리큐어(liqueur): 달고 과일 향이 나는 독한 술로 보통 식후에 마신다.

107) 시미에(Cimiez): 프랑스 남부 니스 인근의 마을.

108) 프롬나드데장글레(Promenade des Anglais): '영국인의 산책길'이라는 의미이다. 프랑스 니스 해변의 산책로. 예전에 영국 왕족이 이 길을 가꾸고 영국인들이 이곳에 정착해 살면서 붙여진 이름이다.

디도 믿지 않았다. 언딘은 즉시 공주가 왜 자기를 혼자 남겼는지, 왜 자기에게 미리 이 계획을 알려주지 않았는지 이유를 알아채고 분하고 굴욕스러워서 몸을 부르르 떨었다.

"그래서 공주가 나를 원한 거야……그래서 내게 접근해서 환심을 사려고 한 거지. 오늘 그걸 시험해보는 중이고, 이후에는 주기적으로 이런 일이 일어나겠지……공주는 날마다, 아니면 이틀마다 이곳으로 날 끌고 오겠지……어쨌든 앞으로도 그러려고 생각하는 거야!"

정말이지 정나미가 확 떨어진다는 게 언딘에게 가장 먼저 떠오른 감정이었다. 은밀한 모험에 연막을 치기 위해 자신이 이용되었다는 것을 알고 둔한 스프라그 부인도 그렇게 느낄 수 있었을 만큼 언딘은 정말로 수치스러웠다.

"공주에게 보여주겠어……알아먹게 할 거야."

언딘은 분해서 반복해서 말했다. 잠시 동안 역으로 차를 타고 가서 파리로 돌아가는 첫 기차를 탈까 하는 마음도 들었다. 그러나 자신이 처한 위태로운 상황을 의식해 행동에 옮기지 않았다. 씁쓸한 마음으로 언딘은 곧바로 일어나서 상점들 쪽으로 천천히 걸어가기 시작했다.

자기가 얼간이가 아니라는 것을 보여주려고 언딘은 약속 시간보다 거의 한 시간 늦게 정해진 장소로 갔다. 그러나 찻집에 들어섰을 때 공주는 어디에도 보이지 않았다. 방들은 붐볐다. 언딘은 작은 내실로 안내되었는데, 그곳에서는 다른 이들에게서 떨어져 앉은 커플들이 친밀한 분위기에서 다과를 먹고 있어서 언딘이 혼자 있는 것이 어울리지 않아 보였다. 아는 얼굴이 있나 대충 훑어보았지만 하나도 보이지 않았다. 그래서 아는 사람을 찾는 것을 포기하려는 찰나에 언딘은 엘머 모팻이 사람들 사이를 어깨로 밀치고 들어오는 것을 봤다.

그 광경이 너무 놀라워서 언딘은 자신과 모팻 사이를 가로막는 밀림 같은 깃털 장식이 달린 모자들 사이로 계속 나타났다 사라지는 둥글고 검은 머리와 윤기 나는 불그스름한 얼굴에 아무 생각도 못하고 시선을 고정한 채로 앉아 있었다. 언딘이 모팻에 대한 소식을 듣거나 그 사람에 대해서 생각해본 지는 오래되었다. 그런데 지금 외롭고 화가 난 언딘은 모팻의 자신만만하고 유능한 얼굴을 보고 위안을 받았고, 그 목소리를 들으며 그 사람에게 자기의 근심을 정말로 털어놓고 싶었다. 모팻의 눈길을 끌려고 반쯤 일어났을 때 깃털 달린 커다란 모자를 차 탁자들 사이로 조심스럽게 조종하는 동행한 여성이 지나가도록 모팻이 돌아서 비키는 모습을 보았다. 아주 천박해 보이는 여자였는데, 몸에 두른 게 다 싸구려에 촌스럽게 야했다. 그러나 모팻은 분명히 신이 나 있었다. 모팻은 그 여자를 안내하기 위해서 과장된 동작을 하며 옆으로 비켜섰다. 여자를 뒤따라가면서 모팻은 보석 박힌 단추가 달린 분홍색 셔츠의 소맷부리를 불쑥 내밀고 호남처럼 콧수염을 한 번 비틀었다. 언딘은 이유도 모르게 짜증이 났다. 모팻이 혼자가 아니고 그런 천박한 여자와 동행해서 화가 났다. 두 사람이 자리에 앉았을 때 언딘은 모팻의 시선을 끌었고, 그 사람의 흰 이마가 가장자리까지 붉어지는 것을 보았다. 그러나 모팻은 애써 언딘의 시선을 피했고, 분명히 자기가 그런다는 것을 언딘이 알아주길 바랐다. 그리고 계속해서 경험 많은 친절한 남자처럼 동행한 여자의 시중을 들었다.

그 사건은 사소하지만 언딘을 극도로 쓰라리게 했다. 언딘은 모팻이 한심스러울 정도로 바보처럼 보였고, 바로 그 순간에 그런 모습을 보인 그 사람을 증오했다. 언딘의 생각은 다시 자신의 불만으로 돌아왔다. 무슨 일이 있어도 자기가 공주를 어떻게 생각하는지 알리겠다고 혼잣말을 하는데 드디어 당사자가 나타났다. 공주는 황급히 들어왔다. 언딘은 그 뒤에 호리호리하고 차분하게 차려입은 남자가 있는 것을 알아차렸다. 그 남자에 대한 언딘의 첫인상은 그 남자가 찻집 안에 있는 다른 사람들을 전부모팻처럼 천박해 보이게 한다는 것이었다. 다음 순간 언딘은 갑자기 얼굴을 붉혔고 레이몽 드 셸이 언딘의 손을 잡았다. 그 사이 공주가 소곤거리며 말했다.

"시미에가 너무 멀었어요. 하지만 당신은 날 용서할 거죠?"

그리고 '내가 받은 것에 대해 어떻게 보답하는지 봤죠!'라고 말하는 것같은 웃음을 지으며 언딘의 눈을 들여다보았다.

처음 흘깃 보았을 때 언딘은 레이몽 드 셸이 자기를 보고 얼마나 반가워하는지 알았다. 두 사람이 마지막으로 만난 뒤 언딘에게 반한 마음이 커졌을 뿐 아니라 다른 성격을 띠게 된 것 같았다. 언딘의 사교계 경력이 초기단계였다면 그 차이가 무엇을 의미하는지 정확히 몰랐을 것이다. 그러나지금은 그 차이가 무엇을 의미하는지 분명했다. 마치 공주의 환하게 웃는눈이 실제 전달하는 듯한 말, 즉 '당신이 내게 해준 것과 같은 행동을 사촌에게 해줄 수 있어서 너무 기쁠 따름이에요'라고 공주가 말한 것인 양 분명했다.

그러나 경험이 늘면서 언딘은 더 빈틈없어졌고 또 자신의 힘을 더 분명하게 가늠할 수 있었다. 언딘은 자신을 다시 만나려고 한 셸이 일시적인모험만을 찾는 건 아니라는 것을 즉시 알아챘다. 이 사람은 분명히 자기에게 깊이 끌렸고, 자기의 현재 상황 때문에 그 남자가 당연히 자기를 더 쉽게 다가갈 수 있는 사람으로 여기기는 했지만 그 감정의 성격이 변하지는않았다. 차와 머핀을 들면서 공주가 사촌을 운 좋게 우연히 만난 것을 상세히 설명하고 셸이 매혹된 눈으로 언딘을 바라보면서 자기가 운이 좋았다고 말하는 사이 처음 5분 동안 언딘은 이 모든 것을 보았고 검토했다.

셸은 친구들과 함께 볼리외[109]에 머무르다가 정말 우연히 그날 오후 니스에 잠깐 들른 것 같았다. 아주머니가 부근에 계시다는 것을 방금 알았기 때문에 방문해서 인사 드리기로 이미 계획을 세웠다고 덧붙였다.

"오, 오지 마세요. 우리는 너무 재미가 없는 사람들이거든요!"

공주가 외쳤다.

"우리가 가끔 당신을 방문하러 잠깐 들르겠어요. 우린 밖에 나갈 구실을 찾고 싶어 죽겠거든요, 그렇잖나요?"

언딘에게 웃으면서 공주가 덧붙였다.

언딘은 희미하게 웃으면서 방을 가로질러 바라보았다. 얼굴이 상기되고 바보처럼 보이는 모팻이 바로 그때 의자를 뒤로 밀고 있었다. 당황한 것을 감추려고 한층 더 위세를 부렸다. 모팻이 동행한 여자 뒤를 거드름피우며 걸어 나갈 때 언딘은 몸을 떨며 혼잣말을 했다.

"모팻이 혼자 왔더라면 이 두 사람은 내가 저 사람과 함께 차 마시는 것을 보았겠지."

그 후 몇 주 동안 언딘은 공주와 함께 니스에 여러 차례 갔다. 그러나 언딘은 절대로 레이몽 드 셸을 오찬 모임에 포함하지도, 심지어는 둘의 여행을 사전에 알려주지도 못하게 해서 공주를 놀라게 했다.

늘 불필요한 위장을 참지 못하는 공주는 시미에에 흥미로운 환자를 만나러 가는 척 계속 위장하려고 하지 않았다. 니스에 끌리는 건 어떤 사람이 거기 있기 때문이고, 지금 그 사람이 없으면 인생이 참을 수 없는데 어린 딸들과 어머니가 사는 집에 그 사람을 들일 수가 없다고 언딘에게 털어났다. 언딘에게 자매 같은 심정으로 자신의 곤란한 처지를 이해해달라고

$\bullet\bullet$

109) 볼리외(Beaulieu-sur-Mer): 니스와 모나코 사이에 있는 프랑스 리비에라 지방의 마을.

호소했다. 그리고 자기 행동이 벌써 증명해보인 것처럼 항상 기꺼이 언딘에게 비슷한 도움을 줄 준비가 되어 있다고 암시했다.

언딘은 이 지점에서 단호한 말로 공주를 제지했다.

"당신 입장을 이해해요. 물론 당신이 정말 안쓰러워요."

언딘이 이렇게 말을 시작했다. 공주는 '안쓰럽다'는 말에 빤히 쳐다보았다.

"난 당신의 비밀을 완벽하게 지키겠어요. 그리고 당신을 위해서 할 수 있는 일은 뭐든지 하겠어요……하지만 함께 니스에 다시 가면 당신 사촌에게 만나자고 청하지 않겠다고 약속해주세요."

공주는 진짜 깜짝 놀랐다는 표정을 지었다.

"오, 이런, 내가 어리석게 행동했다면 부디 용서해줘요! 셸이 당신에게 정말로 반했고 그래서 내 생각에……."

"제발 제 말대로 해주세요. 그렇게 해주실 거죠?"

언딘은 공주가 끼어드는 것을 무시하고 눈썹이 일자가 된 채로 공주를 똑바로 보면서 계속 말했다. 그러자 공주는 어깨를 한 번 으쓱하면서 중얼거렸다.

"유감이네요! 당신이 셸을 좋아하는 줄 알았는데."

제29장

이른 봄에 언딘은 다시 파리에 왔다.

언딘은 레이몽 드 셸에 대해 최후통첩을 한 이래 추구해온 길의 결과에 만족할 만한 이유가 있었다. 계속 공주와 가장 친하게 지냈고, 늙은 공작 부인의 평가가 계속 높아졌으며, 트레작 부인이 부러운 듯 바라보는 시선에서 자기의 위치가 빠르게 상승하는 것을 계속 측정했다. 그래서 언딘은 두 사람의 관계를 새롭게 시작하기를 원한다면 존경스러운 친척 부인이 보호하는 쉼터에서 그렇게 해야 한다는 것을 셸이 이해하게 했다.

자기 태도를 공주에게 똑같이 분명히 하는 데 유의했다.

"당신 사촌을 아주 좋아해요. 유쾌한 사람이에요. 내가 이번 봄에 파리에 있다면 그 사람을 많이 볼 수 있게 되기를 바랍니다. 그러나 난 내 처지에 있는 사람이 사람들의 입에 오르내리는 게 얼마나 쉬운지 아는데다가 고려해야 하는 어린 아들이 있답니다."

그럼에도 불구하고 셸이 자주 볼리외에서 아주머니와 사촌과 함께 하루를 지내기 위해 왔는데, 그때마다 언딘은 기쁨을 감추려고 애쓰지 않았다. 그 태도에는 계산된 점이 없었다. 셸은 어느 때보다 매력적으로 보였고,

냉정하고 거리를 두는 몸가짐과 따뜻한 구애는 기분 좋게 대조적이었다. 언딘은 드디어 다시 자신이 생기발랄하고 젊다고 느꼈고, 거울 속의 자기를 들여다보며 새로운 모자와 드레스를 입어보는 게 즐거움이 되었다…….

앞에 놓인 유일한 골칫거리는 항상 그렇듯이 돈이 모자르다는 것이었다. 부모와 함께 여행하는 동안에 언딘은 상대적으로 적은 돈을 썼다. 두 사람이 미국으로 돌아간 후 스프라그 씨는 딸에게 정기적으로 생활비를 보내주었다. 그러나 진주를 팔아 받은 돈은 거의 다 썼고, 파리에서 보내는 시즌은 리비에라에서 조용히 지내는 몇 주보다 돈이 훨씬 더 많이 들거라는 걸 언딘은 알았다.

그러는 동안에 다시 살아난 인기에 대한 느낌과 자기를 향한 셀의 헌신이라는 매력은 실패의 추악한 기억을 거의 지웠고, 언딘은 자신을 보는 유일한 개념인 다른 이들의 마음에 나타나는 자기의 이미지를 다시 갈고 닦았다. 트레작 부인의 지도 아래 언딘은 접근이 너무 어렵지 않은 구역에 가구가 예쁘게 구비된 아파트를 구했다. 6월 어느 오후에 밝은 응접실에 앉아 언딘은 자기의 인내심을 모두 발휘하여 최근에 만난 안내자의 조언에 귀를 기울였다.

"결혼 이외의 모든 것은……."

트레작 부인은 긴 머리를 약간 갸우뚱하면서 반복했다. 부인의 이목구비는 신성한 양식을 읊조리는 숙련자의 황홀한 표정을 띠고 있었다.

레이몽 드 셀에 대해 두 숙녀 누구도 입에 올리지 않았다. 예전의 윈처 양은 그저 자기의 젊은 친구에게 사교에 대한 자기의 신조 가운데 기본적인 교리를 말해주고 있었다. 그러나 언딘은 둘 사이의 공기가 입에 올리지 않은 이름으로 진동하는 것을 의식했다. 언딘은 곧바로 대답하지 않았지만, 그 시선은 트레작 부인의 밋밋한 용모를 지나 방문객의 의자 뒤에 있는 거울에 비친 자기 모습을 보고 있었다. 봄의 햇살 한 줄기가 반짝거리는 숱 많은 머리칼 위에 떨어지고 머리칼 아래의 얼굴을 소녀의 얼굴처럼 빛나게 했다. 언딘은 자기의 눈이 자기에게 하는 약속에 희미하게 웃음을 띠었고, 그러고는 친구에게 눈길을 돌렸다. '그런 여자들이 무엇을 알겠어요?' 언딘은 공감하는 듯이 생각했다.

"그것에 대해 모든 게 반대하죠."

트레작 부인은 인내심을 가지고 설명조의 목소리로 계속했다. 그 문제를 분명히 하는 데 최선을 다하는 듯했다.

"첫째, 사교계의 사람들 간에는 종교적인 결혼이 필요해요. 교회는 이혼을 인정하지 않으니 그건 불가능해요. 프랑스에서 상류사회 남자가 이혼한 여자와 종교 예식이 아니라 민간 결혼식을 하면 완전히 그 자신과 여자의 인생을 망치는 거예요. 그런 사람들은 그 남자와 여자의 관점에서 여기서 불리는 것처럼 '친구'인 게 훨씬 나아요. 그런 관계를 사람들은 이해하고 허용하지요. 그러나 프랑스 남자는 결혼할 때 자기 나라 국민이 하는 대로 결혼하기를 원해요. 프랑스 남자는 맞서 싸울 수 없는 전통이 존재하는 걸 알아요. 그리고 마음속으로는 그런 전통이 있다는 걸 기뻐하죠."

"아, 나도 알아요. 그 사람들에게 아주 종교적인 감정이 있다는 걸. 난 그 사람들의 그런 감정을 존중해요. 프랑스인들의 종교는 아주 아름답죠."

언딘은 자기의 방문객을 생각에 잠겨 바라보았다.

"내 생각에 돈이, 굉장히 많은 돈도 전혀 영향을 주지 못하겠지요?"

"전혀 영향을 주지 못해요. 문제가 악화될 뿐이죠."

트레작 부인은 단호히 말을 이었다. 부인은 원처 양 시절의 경멸하는 듯한 권위적인 태도로 언딘의 시선을 받았다. 그러고는 부드럽게 웃으면서 덧붙였다.

"우리끼리 말인데, 우리 둘 다 아이가 아니기 때문에 말할 수 있는데, 재혼할 처지가 아니고 눈치가 있는 여성은 사교계가 굉장히 관대하다는 것을 알게 될 거예요. 물론 그런 여자가 얌전히 지내는 척 체면을 지키는 한에 있어서……."

언딘은 깜짝 놀란 디아나[110]가 지을 것 같은 찡그린 표정으로 트레작 부인에게 얼굴을 돌렸다.

"에이펙스에서는 세상을 그런 식으로 보지 않아요."

언딘이 차갑게 말했다. 그러자 트레작 부인의 핏기 없는 뺨이 붉어졌다.

"아, 예, 당신이 그렇게 얘기하는 걸 들으니 아주 신선하네요. 개인적으로 물론 난 프랑스적인 관점에 절대로 익숙해지지 않아요……."

"어떤 미국 여성도 그렇게 되지 않길 바라요."

언딘이 말했다. 언딘이 파리에 약 두 달 정도 묵었을 때 이런 대화가 오갔다. 자신감이 되살아남에도 불구하고 언딘은 자기를 반대하는 힘의 위력을 알아차리기 시작했다. 금전마저도 그 힘들을 이길 수 없다는 것을 받아들이는 데에는 오랜 시간이 걸렸다. 가톨릭 교리에 대한 찬사를 표현하는 사이사이 언딘은 이제 전투적인 개신교가 보이는 격렬한 반발을 느꼈다. 그럴 때 언딘은 로마의 독재에 대해 얘기했고 학교에서 들은 비도덕적인 교황들과 박해하던 예수회 수사들의 이야기를 기억해냈다.

그러는 동안 셀에게는 타락하지 않고 두려움을 모르는 미국 여성의 태도로 처신했다. 결혼 밖의 사랑을 생각조차 할 수는 없지만 더 행복한 상

··

110) 디아나(Diana): 사냥, 달, 출산의 여신. 그리스 신화의 아르테미스와 동일시된다. 디아나는 출산과 여성을 관장하는 처녀 신으로 미네르바, 베스타와 함께 3대 처녀 신이다. 재혼하기 어려우니 정숙하지 않아도 된다는 트레작 부인의 말에 마치 정절의 상징인 디아나가 깜짝 놀란 듯한 표정을 지었다는 의미가 담겼다.

황이었더라면 자기의 손을 내주었을 남자에게 기꺼이 헌신적인 우정을 줄 미국 여성의 태도였다. 이 태도 때문에 많은 소동이 일어났다. 그 소동 중에 구애자의 끊이지 않는 사랑 표현의 위력들, 즉 예쁜 여자가 불러일으킨다고 생각하길 좋아하는 온갖 절박하고 헌신적인 모습을 보이고 그런 것들을 얘기하는 셸의 재능에 언딘은 프랑스 소설의 바로 그 분위기를 숨 쉬는 듯한 전율을 느꼈다. 그러나 이런 식의 긴장이 너무 오래 끌면 보통 갑작스럽게 끝나버린다는 것을, 셸의 인내심이 아마도 그 열정에 반비례하리라는 것도 의식했다.

트레작 부인이 떠났을 때 이런 생각들이 언딘의 마음속에 남아 있었다. 언딘은 새 친구들이 각각 자기에게서 무엇을 원하는지 정확하게 알았다. 자기 사촌을 좋아하고 프랑스적인 가족 간의 연대감을 지닌 공주는 자기가 상상 가능한 방식으로만 셸이 행복하기를 원했을 것이다. 트레작 부인은 이런저런 식으로 공주의 노력을 지원하는 데 최선을 다 할 것이다. 공작 부인은 자기가 예뻐하는 조카가 결혼하는 모습을 보기를 경건하게 바랐지만, 공작 부인마저도 행복한 결혼식을 기다리는 동안에 금욕의 단점을 경감하기 위해 젊고 사랑스러운 여성을 유혹하려는 것을 자연스럽고 불가피한 것으로 생각했을지도 몰랐다. 그러는 동안 만약 셸이 언딘을 지겨워하게 되면 세 사람은 하나같이 모두 자기를 지겨워할 것이다. 셸의 구애를 한결같이 거절하면 그 친구들 사이에서 겨우 얻어낸 자기의 발판을 어쩌면 위태로워질 것이었다. 이런 모든 게 분명했지만 언딘의 결심이 흔들리지는 않았다. 셸이 자기와 기꺼이 결혼하지 않는다면 언딘은 셸을 포기할 작정이었다. 포기한다는 생각에 언딘은 아쉬운 감상에 잠겼다.

이런 기분에서 언딘의 생각은 방금 어머니에게서 받은 편지로 돌아갔다. 스프라그 부인은 평소보다는 더 많이 충분하게 편지를 썼다. 오랫동안 원하던 사건 때문에 어머니의 펜이 평소와 다르게 유창하게 흘렀다. 어머니는 여러 달 동안 손자를 보고 싶었는데 손자를 방문하는 허가를 얻으려고 편지를 쓰기 위해 용기를 쥐어짜내려 했다. 그래서 결국 앉아만 있는 습관을 깨고 워싱턴스퀘어 주변을 배회하기 시작했다. 그 결과 어느 날 오후 운 좋게도 보모와 함께 집에서 나오는 어린 손자를 만날 수 있었다. 어머니는 아이에게 말을 걸었고 아이가 어머니를 기억하고 '할머니'라고 불렀다. 다음 날 어머니는 페어퍼드 부인에게서 랠프가 할머니를 만나도록 폴을 기꺼이 보내겠다고 하는 편지를 받았다. 스프라그 부인은 그 방문의 기쁨과 아주 예쁘고 영리하게 자라는 손자의 모습을 자세히 묘사했다. 그리고 언딘에게 폴이 어떻게 옷을 입고 어떤 모습이었는지 무슨 말을 했는지 그대로 썼다. 그리고 폴이 방에 있는 모든 것을 살펴보았는데 마지막에 언딘의 사진을 보고 그 숙녀가 누구냐고 물었다고 했다. 그리고 누군지 듣자 엄마가 먼 곳에 떨어져 있는지 알고 싶어했고, 할머니 생각에 엄마가 언제 돌아오는지를 알고 싶어했다고 말해주었다.

어머니의 편지를 또 읽고 읽으면서 언딘은 평소와 다르게 목이 잠겼고 눈물 두 방울이 눈에서 솟았다. 어린 아들이 자기에게서 멀리 떨어져 자라야만 한다는 건, 어쩌면 자기가 싫어할 수 있는 옷을 그 아이가 입는다는 건 끔찍한 일이었다. 그리고 아이가 자기 사진을 보고 자기가 누군지를 들어야 한다는 것은 불쾌하고 부자연스러운 일이었다. '가정을 줄 수 있고 아이에게 아빠가 되어줄 좋은 사람을 만날 수만 있다면,' 이런 생각이 들자 언딘은 눈물이 넘쳐흘러 내렸다.

언딘이 눈물을 흘리고 있을 때 문이 활짝 열리고 레이몽 드 셀이 들어왔다. 뺨에 아직도 반짝거리는 물기를 의식한 언딘은 이 남자를 더 강하게 밀어냈다. 그래서 그런 도도한 태도로 셸이 자신을 더 원하게 했다. 그날 구애자는 처음으로 트레작 부인이 현명하게도 암시하는 걸 삼가던 것의 가능성을 넌지시 비췄다. 신경이 곤두선 언던의 귀에 '혼인 무효'라는 마술 같은 어휘가 들려왔다.

언던의 기민한 지성은 이 새로운 방향으로 즉각적으로 작업을 시작했다. 그러나 거의 같은 순간에 공주와 그 어머니의 분위기가 미묘하게 바뀌는 것을 감지했다. 그것은 트레작 부인의 상냥함이 거기에 상응해서 사그라드는 것에서도 나타나는 변화였다. 파리에 도착한 이래로 언던과 공주가 만나는 일이 필연적으로 줄어들었지만 둘이 만날 때는 공주가 언제나처럼 우호적이라는 것을 알았다. 과거에 받은 친절을 잊는 것이 분명히 공주의 결점은 아니었고, 도시의 삶이 요구하는 것들에 점점 더 빠져들었지만 공주는 새 친구 언던을 한결같이 애정 어린 솔직함으로 대접해주었다. 언던에게 공주의 아주 가까운 친구들뿐 아니라 도르도뉴 저택의 거대한 응접실에서 파리 출신의 지인들을 많이 만나는 기회도 종종 주었다. 그러나 이제는 그런 환대하는 표시들이 눈에 보이게 줄어들었다. 그리고 언던이 어느 날 공작 부인을 방문했는데, 언던이 나타나자 주인의 의자 주변 사람들 사이에 눈에 띌 정도로 불편한 공기가 퍼져가는 게 보였다. 거기 있던 귀부인 두어 명은 새로 들어선 방문객에게서 눈길을 돌려 서로 바라보았고 그 가운데 몇 사람은 언던에게 다가가지 않고 순간적으로 둥그렇게 원을 만드는 것 같았다. 그러는 한편 머리가 희끗하고 나이가 지긋한 다른 부인이 약간 놀란 듯이 공작 부인에게 '아주머니, 안녕히 계세요'라고 말하며 길게 늘어선 낡고 금박을 입힌 방들을 따라 서둘러 부축을 받으며 사라져버렸다.

언던이 그 방을 들어온 게 아니라 방금 방에서 나가버린 것처럼 공작 부인이 자기 주변의 귀부인들과 하던 얘기를 다시 계속하지 않았더라면 그 사건은 너무 조용하고 재빨리 일어나 알아차리지 못했을 것이다. 사람들 눈에 보이지 않는 존재로 취급당한다고 느끼자 언딘은 사람들 눈에 띠는 존재가 되고 싶은 격렬한 욕망으로 가득 찼다. 그리고 그렇게 하려는 시도가 전부 헛될 거라는 느낌을 똑같이 강렬하게 받았다. 몇 분 뒤에 도르도뉴 저택의 현관에서 나오면서 언딘은 공주의 설명이 있을 때까지는 그곳에 다시는 발을 들이지 않겠다고 굳게 결심했다.

다음 날 아침 일찍 트레작 부인이 집에 와서 언딘이 직접 설명을 찾아나서는 번거로움을 덜었다. 트레작 부인은 거의 아침 식사 쟁반과 함께 방에 들어와 중요한 일을 얘기해도 되는지 의미심장하게 물었다.

"당신도 알다시피 공주는 직접 오지 않을 거예요……."

트레작 부인은 언딘의 레이스 실내복이 걸린 팔걸이의자 끝에 허리를 반듯이 펴고 앉아 얘기를 꺼냈다.

"공주는 내게 말할 게 있는지 모르겠지만 난 없어요."

언딘은 장밋빛 베개에 기댄 채 마주 보는 사람의 안색이 자기가 따르고 있는 카페라테 색깔이라고 동정하듯이 생각하며 대답했다.

"본인이 직접 말하면……너무 신랄해 보일 수 있는……일들이 있죠……."

트레작 부인이 이어서 말했다.

"우리 릴리는 너무 착해요……. 남에게 쌀쌀맞은 일을 하는 걸 아주 싫어할 정도로요. 그렇기는 하지만 릴리는 당연히 자기 어머니를 맨 먼저 생각하죠……."

"어머니요? 공작 부인에게 무슨 문제가 있어요?"

"당신이 이해하지 못하는 걸 내가 안다고 릴리에게 얘기했어요. 난 당신이 그것을 기분 좋게 받아들일 거라고 확신했어요……."

언딘은 팔꿈치에 기대면서 몸을 일으켰다.

"릴리가 내게 무슨 말을 하라고 하던가요?"

"아, 말을 하라는 게 아니라 단지 당분간은 목요일마다 공작 부인을 만나는 걸 피해달라고⋯⋯다른 날에 방문하는 게 어떤지를 물어봐달라는 거였어요."

"다른 날요? 다른 날에는 댁에 안 계시잖아요. 당신 말은 제가 방문하는 걸 공작 부인이 원치 않으신다는 말씀인가요?"

"있잖아요⋯⋯셸 후작 부인이 파리에 계시는 동안에는 그래요. 후작 부인은 공작 부인이 아끼는 조카딸이거든요. 그리고 물론 그분들은 모두 같이 어울리죠. 그런 가족적인 감정은 당신이 당연히 모르는 거죠⋯⋯."

언딘은 갑자기 눈에 보이지 않는 복잡한 것들을 언뜻 보았다.

"내가 어제 거기서 본 분이 레이몽 드 셸의 어머니세요? 내가 들어갔을 때 서둘러 내보낸 분이?"

"그 부인은 화가 많이 난 것 같았어요. 후작 부인이 어쩌다가 당신 이름을 들었어요."

"후작 부인이 제 이름을 들어서는 안 되는 이유가 뭐죠? 도대체 제 이름에 후작 부인이 화난 이유가 뭐예요?"

트레작 부인은 주저하면서 한숨을 쉬었다.

"솔직한 게 더 낫겠지요? 후작 부인은 기분이 나쁠 이유가 있다고 생각해요⋯⋯. 모두 그렇게 생각해요."

"기분이 나쁠 이유요? 아드님이 저와 결혼하고 싶어 해서요?"

트레작 부인은 동정하듯이 웃었다.

"물론 그분들은 그게 불가능하다는 걸 알아요. 그러나 당신이 아드님의 다른 기회들을 망칠까 걱정해요."

언딘은 대답하기 전에 잠시 가만히 있다가 말했다.

"제 결혼이 무효가 되면 그게 불가능한건 아니잖아요."

이 말의 효과는 언딘이 원한 것보다 덜 충격적이었다. 손님이 그냥 웃음을 터뜨렸다.

"아, 어린애 같은 사람! 당신 결혼을 무효화한다고요? 누가 그런 괴상한 생각을 당신 머리에 심어주었어요?"

언딘의 시선은 반짝이는 손톱으로 더듬던 수놓은 침대보에 있는 무늬를 따라갔다. 그리고 무심히 말했다.

"레이몽 그이가요."

이번에는 그 말이 분명히 효과를 냈다. 트레작 부인은 '아'하고 중얼거리면서 자기가 하던 말의 실마리를 놓친 것처럼 앞을 바라보고 앉아 있었다. 상당한 시간 뒤에 자신을 추스르고 나서야 큰 소리로 말했다.

"그 사람들은 그 말을 절대 듣지 않을 거예요. 절대로, 결코!"

"하지만 그 사람들이 그걸 막을 수는 없잖아요, 그럴 수 있나요?"

"당신에게 소용이 없게 막을 수 있어요."

"그렇군요."

언딘은 생각에 잠겨 수긍하였다.

언딘은 자기의 말투가 실제로는 전쟁을 선포했다는 것을 알았다. 그러나 저항하는 행동 자체가 전략적인 가치와는 별도로 만족스러운 일이 되는 기분이었다. 더군다나 투쟁 없이 자기의 목적을 얻을 수 없다면 레이몽의 열정이 한껏 고조되었을 때 그 싸움이 벌어지는 게 나았다. 즉각적인 적대감을 불러일으키기 위해 언딘은 그날 오후에 레이몽에게 사람을 보내서 오라고 해 조용히 어떤 논평도 없이 공작 부인을 방문한 사건과 트레작 부인의 임무를 얘기해주었다. 그런 상황에서 자기가 레이몽의 방문을 계속 받아들이는 건 분명히 불가능하다고 이어서 설명했다. 그리고 레이몽이 자기 친척들에게 화가 나서 하는 말에 대해서 언딘은 부드럽지만 확고하게 자신이 레이몽과 그 가족들 간의 불화의 원인이 되지 않기로 결심했다고 대꾸했다.

제30장

레이몽 드 셸과 단호한 대화를 나눈 지 며칠 뒤 언딘은 새로이 도착한 호머 브래니 부인을 방문하러 간 누보 뤽스 호텔 문에서 나오다가 또 한 번 엘머 모팻과 마주쳤다.

이번에 모팻은 언딘이 자기를 알아봐주기를 간절히 바라는 게 분명했다. 두 사람이 만났을 때 모팻이 갑자기 멈췄다. 그 사람이 무척 반가워하는 것이 눈에 보여서 언딘 역시 멈춰서 손을 내밀었다.

"당신이 나와 말을 하려고 하다니 반갑네요."

언딘이 이렇게 말하자 모팻은 그 말에 담긴 뜻에 얼굴이 빨개졌다.

"글쎄, 말걸지 않으려고 하긴 했지. 당신을 몰라봤으니까. 당신은 내가 에이펙스에 처음 도착했을 때만큼이나 어려 보였거든……그때가 기억나?"

모팻이 돌아서 언딘 옆에서 샹젤리제 방향으로 걷기 시작했다.

"와, 이거 멋진데!"

모팻이 소리쳤다. 언딘은 그 사람의 시선이 자기를 떠나 앞에 있는 넓은 은백색 광장을 가로질러서 강 너머에 있는 돔과 첨탑에 이르는 것을 보았다.

"파리를 좋아하나요?"

언딘은 이렇게 물으면서 모팻이 어느 극장에 가봤는지 궁금해졌다

"최고로 좋소."

모팻은 분수와 조각과 잎이 무성한 거리들과 먼 곳까지 길게 늘어져 있는 건축물들이 오후의 연무 속으로 사라져가는 인상을 깊이 들이마시는 것 같았다.

"당신은 저 너머에 있는 그 오래된 교회에 가봤겠지?"

끝이 금으로 장식된 지팡이로 노트르담 성당을 가리키며 모팻이 계속 말했다.

"오, 물론이죠. 관광하러 다닐 때 갔죠. 파리는 전에 와본 적이 없어요?"

"아니. 이게 처음으로 둘러보는 거요. 3월에 바다 건너 왔소."

"3월요?"

언딘이 무심하게 되풀이했다. 언딘에게는 자기의 시야 범위에서 벗어나 보이지 않을 때도 다른 사람들의 인생은 계속된다는 생각이 전혀 들지 않았다. 모팻에 대해서 마지막으로 들은 소식을 기억해보려고 애썼지만 허사였다.

"3월은 월 가를 떠나기에 나쁜 시기가 아니었나요?"

"글쎄, 뭐 좋지도 나쁘지도 않지. 사실은 너무 지쳐서 변화가 필요했소."

원기 왕성한 풍채 어디에도 이 말이 사실임을 확인해주는 게 없었지만 모팻은 이 주제에 대해서 더 이야기하고 싶지 않은 것 같았다.

"당신은 이제 이곳에 정착한 것 같은데?"

모팻이 이어서 물었다.

"신문에서 읽었소."

"그래요."

언딘이 그 말을 가로막았다가 잠시 후에 덧붙였다.

"그 결혼은 전부 처음부터 실수였어요."

"음, 난 랠프가 당신 스타일이라고 생각한 적이 없소."

모팻의 눈이 다시 언딘을 향했고, 그 눈의 표정에 언딘은 자신의 이익을 위해 이 사람을 이용할 수 있겠다는 생각이 들었다. 그러나 다음 순간 모팻이 이마를 찌푸리고 딴 곳으로 시선을 돌렸기 때문에 언딘은 자기가 완전히 이 사람의 관심을 사로잡지 못했다고 느꼈다.

"난 파리의 반대편에 살아요. 가서 함께 차를 마실래요?"

언딘은 반쯤은 모팻의 사업을 더 알고 싶은 마음에, 반쯤은 이 사람과 이야기하면 자기 문제를 해결할 수 있는 실마리를 얻을 것 같은 생각이 들어서 제안했다.

덮개가 없는 택시에서 모팻은 행복감을 되찾은 것 같았고, 손을 지팡이의 손잡이에 얹은 채 자신의 특권을 기분 좋게 의식하는 사람 같은 태도로 좌석에 등을 기댔다.

"파리는 엄청나게 멋진 곳이오."

두 사람이 오후의 혼잡과 반짝이는 빛을 헤치고 차를 타고 갈 때 모팻이 한 번이나 두 번 반복해서 말했다. 언딘의 집 문에서 택시를 내리고 나서 응접실에 서서 발코니 아래 초록색 돔처럼 둥근 모양을 한 마로니에 나무들을 내다볼 때 모팻은 아주 만족해서 이렇게 말했다.

"이건 마치 뉴욕의 웨스트엔드 애비뉴를 펼쳐놓은 것 같소!"

모팻의 눈이 옛날처럼 반짝이며 언딘의 눈과 마주쳤고, 언딘은 그 눈에 서린 표정에 용기를 얻어 작은 소리로 말했다.

"물론 정말로 외로울 때도 있어요."

언딘은 차 탁자 뒤에 앉았다. 모팻은 약간 떨어져서 낙천적인 입매를 괴상하고 우스꽝스럽게 씰룩이면서 언딘이 장갑을 벗는 것을 지켜보고 서 있었다.

"음, 내 짐작으로는 당신은 당신이 원할 때만 외로운 것 같소."

이렇게 말하면서 모팻이 수금 모양의 등받이가 있는 의자의 금색 끈을 붙잡고 두 다리를 벌리고 앉았기 때문에 옅은 회색 바지는 통통한 허벅지 위로 지나치게 꽉 끼었다. 언딘은 모팻이 와이셔츠 깃 위로 붉고 살찐 목의 주름이 드러나고 눈은 무례하고 으스대며 과하게 옷 치장을 하는 저속한 남자라는 걸 아주 잘 알았다. 그러나 거기 있는 그 사람을 보는 게 좋았고, 자기가 망각하기는 했어도 항상 이해하는 자아의 기질을 이 사람이 자극한다는 것을 알았다.

언딘은 자기가 외롭다고 고백하면 모팻이 감상적인 말을 할 거라고 상상했다. 그러나 언딘은 모팻이 분명히 자기와 같이 있는 것을 즐거워하지만 자신이 그 사람의 생각의 중심을 차지하지 않는다는 것을 알아차렸다. 그러자 짜증이 났다.

언딘은 찻잔을 내밀면서 계속 말했다.

"유럽에 온 후로 외롭다는 게 어떤 건지 당신이 아는 것 같지 않은데요?"

모팻이 익살맞게 말했다.

"오, 내가 늘 여행 안내자와 함께 다니는 건 아니오."

그래서 언딘도 똑같이 익살맞게 응수했다.

"그럼 아마 내가 당신을 좀 만날 수 있겠네요."

"아니, 그거 정말 나한테 딱 적당하군. 그런데 사실은 내가 아마 다음 주에 배를 타고 갈 것 같소."

"오, 정말요? 유감스럽네요."

언딘은 거짓말로 유감스럽다고 한 것이 아니었다.

"내가 미국에 가서 당신을 위해 해줄 일이 있소?"

언딘은 주저했다.

"지금 당장 날 위해 해줄 일이 있어요."

모팻의 노련한 눈이 언딘의 아름다운 얼굴을 관통해 무슨 생각을 하는지를 꿰뚫어 보는 것처럼 언딘을 더 찬찬히 쳐다봤다. 그러다가 갑자기 비꼬며 물었다.

"당신 결혼을 내가 또 축복해주기를 바라는 거요?"

언딘은 신뢰하는 표정으로 눈을 떴다.

"예. 그래요."

모팻이 유쾌하게 말했다.

"이거 참, 기가 막히네!"

"당신은 항상 너무 잘해줬어요"

언딘이 말을 시작했다. 모팻은 등을 기대어 의자 등받이 양쪽을 꽉 붙잡고 웃었고, 그래서 의자가 조금 흔들렸다.

언딘이 자기 상황을 설명하는 동안 모팻은 한결같은 태도를 유지했고, 진지하게 주의를 기울여야 하는 일에는 경박한 얼굴이 차분하게 집중하는 태도를 보이며 언딘의 말에 귀를 기울였다. 언딘이 말을 마쳤을 때 모팻은 한결같은 표정으로 말없이 곰곰이 생각했다.

"그날 니스에서 당신과 함께 있던 그 작자요?"

언딘이 놀라서 쳐다봤다.

"어떻게 알았어요?"

"글쎄, 그 작자의 외모가 마음에 들었소."

모팻이 간단히 말했다. 그리고 일어나서 창문 쪽으로 천천히 걸어갔다. 도중에 눈길을 잡아끄는 자질구레한 물건들로 뒤덮인 테이블 앞에 서서 잠시 그것들을 보더니 셸이 언딘에게 준 갈색과 황금색의 칙칙한 옛 책을 집어 들었다. 그 책이 언어로 표현할 수 없이 억눌린 감수성의 샘을 자극한 것처럼 모팻은 오래 그 책을 살펴봤다.

"와……."

모팻이 말을 시작했다. 그 말은 보통 그 사람이 열광적으로 반응할 때 나오는 전주곡이었다. 그러나 책을 내려놓고 돌아섰다.

"그럼 현금이 있으면 교황과 그 문제를 해결할 수 있다고 생각하는 거요?"

언딘의 심장이 뛰기 시작했다. 모팻이 한때 랠프에게 일거리를 주고 나서 그렇게 한 게 어느 정도는 자기를 위해 그렇게 했다는 것을 알려준 일을 기억했다.

모팻이 다시 과장법으로 돌아가서 계속 말했다.

"이것 참, 내일 아침이라도 내가 그 늙은 신사[111]에게 수표를 보내고 싶소만 사실 난 빈털터리요."

모팻이 언딘을 갑자기 이상하게 열렬한 태도로 바라보았다.

"만약 내가 빈털터리가 아니라면, 나도 모르겠지만 무엇을……."

그 구절은 친숙한 모팻의 휘파람 소리에 묻혀서 알아들을 수 없었다. 모팻이 말했다.

"당신 머리 손질한 거 정말 매력적이오."

사업이 잘 되지 않는다는 말에 언딘은 실망했다. 왜냐하면 모팻의 세계에서는 '우위'와 지불 능력이 서로 밀접한 관련이 있고 모팻이 자기에게 줄 수 있으리라고 기대한 지원은 모팻의 상황에 달렸다는 점을 언딘은 알았

⁘

111) 교황을 가리킨다.

기 때문이다. 하지만 모팻에게 역경을 무릅쓰고 일을 달성하는 신비한 위력이 있다는 느낌이 언뜻 들어서 대답했다.

"내가 원하는 건 당신의 충고예요."

모팻은 돌아서서 주머니에 손을 넣고 방을 배회했다. 화려하게 장식한 책상 위에 있는 남자다운 두꺼운 더블 재킷을 입고 밝은 곱슬머리에 튼튼한 다리를 한 폴의 사진을 보고 호감을 나타내는 말을 중얼거리며 사진 위로 몸을 숙였다.

"야……굉장한 녀석이군! 당신이 데리고 있소?"

언딘은 얼굴을 붉혔다.

"아뇨."

말을 시작하다가 모팻의 놀란 표정을 보고 늘 하는 설명을 시작했다.

"내가 아이를 얼마나 그리워하는지는 이루 말할 수 없어요."

모팻의 귀에는 아니지만 자신의 귀에는 확신을 담은 진실함으로 말을 마쳤다.

"그렇다면 왜 애를 데려오지 않는 거요?"

"아니, 내가……."

모팻은 액자를 집어 들어서 더 자세히 사진을 들여다보았다.

"바지를 입었네!"

모팻이 킬킬 웃었다.

"저런!"

모팻이 언딘을 다시 바라보았다.

"아무튼 아이의 양육권은 누구에게 있소?"

"누구에게 있다니?"

"이혼할 때 누가 아이를 가졌냐는 거요? 당신이었소?"

"오, 내가 전부 다 가졌죠."

자기보호 본능이 경계를 게을리하지 않은 채 언딘이 말했다

모팻이 언딘 앞에서 땅딸막한 다리로 떡 버티고 서서 공격적으로 말했다.

"그러리라고 생각했소. 자, 그 아이가 내 아이라면 난 어떻게 할지 아오."

"걔가 당신 아이라면요?"

"그리고 당신이 내게서 그 아이를 빼앗아가려고 한다고 합시다. 나는 당신과 끝까지 싸우겠소! 마지막 남은 1달러까지 든다고 해도 끝까지 싸우겠소."

대화가 요점에서 빗나가는 것 같아서 언딘은 초조한 기미를 보이며 대답했다.

"당신은 그렇게 돈이 들지도 않을 거예요. 당신에 대항해서 싸울 돈이 한 푼도 없으니까요."

"이런, 당신은 싸울 필요가 없다니까. 법원이 당신에게 아이를 준다고 판결했잖소, 그러지 않소? 바로 판결문을 보내서 아이를 데려오는 게 어떻소? 내가 당신이라면 난 그렇게 하겠소."

언딘은 시선을 들어 쳐다봤다.

"하지만 난 지독히 가난해요. 아이를 이곳에 데리고 있을 여유가 없어요."

"지금까지는 당신이 여유가 없었소. 하지만 당신은 이제 결혼할 예정이오. 당신은 아이에게 가정과 보살펴주는 아버지를 제공하고 외국어까지도 가르쳐줄 수 있을 거요. 내가 당신이라면 난 그렇게 말할 거요……. 그 애 아빠는 그 아이를 소중히 여기죠, 그렇지 않소?"

언딘은 얼굴이 붉어지고 입술에서는 아니라고 부정하는 말이 나올 것

같았지만 그것을 말로 표현할 수 없었다.

"물론 우리 둘 다 아이를 끔찍이 예뻐해요······. 걔 아빠는 절대로 아이를 포기하지 않을 거예요!"

모팻의 얼굴이 유리처럼 날카로워졌다.

"바로 그거요. 당신은 마블 집안 사람들을 혼비백산하게 하는 거요. 당신은 가만히 움직이지 않고 앉아 있다가 그 사람들이 주는 수표를 기다리기만 하면 되는 거요."

모팻은 수금 모양의 등받이가 있는 의자 위에 말 타는 자세로 다리를 떡 벌리고 다시 털썩 앉았다.

언딘은 일어나서 불안한 듯이 창문 쪽으로 갔다. 어린 아들이 함께 방에 있는 것처럼 그 아이를 보는 것 같았다. 자기가 아들 없이 어떻게 그렇게 오랫동안 살 수 있었는지 이해할 수 없었다······. 등 뒤에서 심하게 빈정거리는 모팻의 시선을 느끼면서 말없이 오랫동안 서 있었다.

"당신이 내게 돈을 빌려줄 수 없다는 건가요······ 내 말은, 나를 위해서 어떻게 해서든지 그 돈을 빌릴 수 없다는 거예요?"

언딘은 최후로 이 말을 물으려고 돌아섰다.

모팻이 웃었다.

"만약 내가 바로 이 순간 돈을 어떻게 해서든지 빌릴 수만 있다면, 음, 한 푼도 남김없이 모두 엘머 모팻 귀하에게 빌려줘야 할 거요. 난 지금 땡전 한 푼도 없소. 당신이 알고 싶다면 말이오. 게다가 또 당국의 수사를 받기 위해 수배 중이오. 그래서 내가 정신 수양을 하려고 여기 와 있는 거요."

"아니, 난 당신이 다음 주에 미국으로 가는 줄 알았어요?"

모팻이 씩 웃었다.

"법정이 내가 돌아오기를 바라는 것보다 더 절실하게 소송 당사자가 내가 멀리 가 있기를 바라는 걸 알았기 때문에 미국으로 갈 거요. 단지 내 개인적인 만족을 위해서 미국으로 가는 거요……유감이지만 그렇게 해도 돈은 전혀 생기지 않을 거요."

무거운 실망이 언딘에게 내려앉았다. 언딘은 모팻이 자기를 도와줄 거라고 거의 확신했고, 잠시 동안은 차가운 재 아래에서 오랫동안 연기가 나던 질투가 확 불타오를지 모른다고 생각하기도 했다. 그러나 모팻의 얼굴을 한 번 더 보고 나서 이 위안이 불가능하다는 것을 알았다. 그리고 남자의 분명한 무관심은 언딘의 자존심에 마지막 일격을 가했다. 이것이 가져온 날카로운 아픔 때문에 언딘이 질문을 던졌다.

"당신은 결혼하려고 하지도 않는 거예요?"

모팻이 언딘을 잽싸게 훑어보았다.

"글쎄, 머지않아 그럴 수 있겠지. 백만장자들은 늘 뭘 수집하오. 하지만 난 먼저 내 돈 100만 달러를 먼저 모아야겠소."

모팻은 냉정하고 얼마간 익살맞게 말했다. 언딘은 모팻이 말을 마치기도 전에 그 대답에 대한 관심을 모두 잃었다. 모팻도 그 사실을 알고 일어나서 손을 내밀었다.

"자, 잘 있으시오, 마블 부인. 당신을 만나서 몹시 반가웠소. 그리고 내가 한 말을 잘 생각해보는 게 좋을 거요."

언딘은 서글프게 손을 잡으며 말했다.

"당신은 애를 가져본 적이 없잖아요."

제31장

　랠프가 워싱턴스퀘어의 뜨거운 여름 햇살 속에서 기나긴 잠에서 깨어나 인생의 얼굴이 바뀐 것을 발견하고 난 지 거의 2년이 흘렀다.

　그 사이에 랠프는 새로운 삶의 질서에 서서히 적응해갔다. 그러나 적응하는 몇 달 동안은 회복한 명징한 정신으로 유리한 지점에서 보았을 때 자기가 길을 헤치고 벗어나는 그 단계들을 아직 구분할 수가 없을 정도로 어둡고 혼돈스러운 시기였다. 지금까지도 랠프의 기반이 안정되지 않았다.

　랠프가 처음 노력한 것도 가치들을 재조정하는 것, 즉 그 가치들의 목록을 만들고 그것들을 재분류하는 것이었다. 그렇게 하면 적어도 한 가지 가치만이라도 자기가 잃어버린 것들만큼 중요하게 보이도록 할 수 있을 것이다. 그렇게 하지 않으면 자기가 살아가야 하는 이유를 찾을 수 없을 것 같았다. 랠프는 끈질기게 이런 노력에 힘을 기울였다. 그러나 마음의 안식을 찾을 수 있는 이유를 발견했다고 생각할 때마다 그 노력이 무너져 내렸다. 그러면 삶의 기반을 찾으려는 오랜 노력이 다시 시작되었다. 인생의 두 가지 목적은 아들과 책이었다. 아들은 비교할 수 없게 강력한 삶의 이유였지만 공백을 채우는 데 도움이 되지는 않았다. 랠프는 아들을 항상 다른 모든 감정을 통해 생각했다. 그러나 아들을 강렬하게 계속 생각할 수는 없었고, 여섯 살배기 꼬맹이 아들의 의복과 교육, 그 아이와 즐겁게 놀아주기와 같이 상대적으로 단순한 문제에 대해 자기의 진지하고 허전하며 채워지지 않는 마음을 영원히 쏟을 수는 없었다. 하지만 폴의 존재는 그 자신의 존재에 대한 완전히 충분한 이유였다. 랠프는 일종의 냉정한 열정을 가지고 자기가 포기한 문학을 향한 꿈으로 돌아섰다. 물질적인 필요 때문에 규칙적으로 돈 버는 일을 했지만 하루 일이 끝나면 가구가 없는 집처럼 아무것도 없이 텅 빈 여가가 생겼다. 그러나 그것은 적어도 랠프가 원하는 대로 가구를 비치할 수 있는 자기만의 여가였다.

그러면서 랠프는 보기에 흉하지 않은 얼굴을 세상에 보여주기 시작했다. 그리고 그 이혼 사건에 누구도 특별히 관심을 기울이지 않는 남자로 다시 한 번 대접을 받게 되었다. 남자 친구들이 '어이 친구, 얼굴이 아주 좋네!'라고 말하지 않게 되었다. 그리고 나이든 숙녀들은 더 이상 랠프가 너무 많이 혼자 있다고 하면서 조용히 얘기나 나누게 어느 때라도 오후에 들르기 바란다고 말하지 않았다. 사람들은 치료할 수 없는 습관, 불행한 관계에 빠진 사람을 내버려두듯이 랠프를 자신의 슬픔에 내버려두었다. 사람들은 그것을 무시했고 가까이에서 그걸 언뜻 본다고 해도 그 너머로 눈길을 돌려버렸다.

그런 눈길들은 점점 더 그런 문제들에 시선을 돌리지 않게 되었다. 매몰되어버린 삶의 원천들이 랠프 내부에서 부글거리며 올라왔다. 그리고 깨어나 창에서 태양을 보는 게 기쁜 날들이 있었고 책에 대해 계획을 세우고 그 계획이 정말로 흥미를 끌기 시작하는 날들이 있었다……. 랠프는 여러 날에 걸쳐 망상에 빠질 때가 있었다. 그러다가 그것은 타는 듯한 환멸의 불길 속에서 다시 위축해버렸다. 그러는 사이 그 간격은 매번 점점 길어졌다.

그 가운데 최악의 것은 이런 고통스러운 감정의 폭발이 언제 자기를 사로잡을지 알 수 없다는 것이었다. 그런 감정의 폭발은 자기가 가장 안전하다고 느낄 때, 자신에게 '어쨌든 모든 게 정말 가치가 있어'라고 말하는 그 순간 찾아왔다. 때로는 클레어 밴 더갠과 같이 앉아 그 목소리를 듣고 손을 바라보고, 자기가 쓰려고 계획하는 책의 첫 장들을 마음속에서 숙고할 때조차 찾아왔다.

"너는 책을 써야 해."

사람들이 모두 처음부터 한결같이 랠프에게 이렇게 말했다. 랠프는 조심스러운 호의가 강요하지 않았더라면 자기가 좀 더 빨리 시작했을지도 모른다고 생각했다. 사람들은 모두 랠프가 글을 쓰는 걸 원했다. 모든 이가 랠프는 그렇게 해야 하고 그럴 거라고, 랠프가 글을 쓰도록 다그쳐야 한다고 결론 내렸다. 끊이지 않고 보이지 않는 격려의 압력이, 글을 쓰는 게 좋을 것이기 때문에 자기는 당연히 글을 쓸 수 있을 거라는 주변 사람들의 추측들이 글쓰기에 대한 반대보다 더 강력한 방해물로 작용하면서 랠프의 불편한 신경을 긁었다.

클레어조차 같은 실수를 했다. 어느 날 두 사람이 요즘 들어 아주 자주 만나는 작은 만(灣)에 있는 로라 페어퍼드의 집 베란다에 앉아 클레어와 얘기할 때 랠프는 더 이상 참지 못하고 대답했다.

"아, 내게 필요한 게 문학이라고 네가 생각한다면……!"

랠프는 즉시 클레어의 얼굴이 변하는 걸 보았다. 클레어의 마음을 말하는 손이 무릎 위에서 떨렸다. 그러나 클레어는 대답하지 않았고, 로라의 집 잔디 가에 있는 한여름의 춤추는 분수에서 차분히 눈길을 돌리는 세련된 태도를 보였다. 랠프는 좀 더 가까이 몸을 앞으로 기울였고 잠시 자기의 손은 클레어의 손이 흔들린다고 상상했다. 그러나 그 손을 꼭 쥐는 대신에 랠프는 뒤로 물러나 의자에서 일어나서 베란다의 반대쪽 끝으로 천천히 걸어갔다……. 아니, 랠프는 클레어가 느끼는 것처럼 느끼지 않았다. 자기가 클레어를 사랑한다면, 가끔씩 클레어를 사랑한다고 생각했는데, 그렇다면 그것은 클레어와 같은 방식은 아니었다. 클레어에 대해 큰 사랑을 품었고 어느 누구보다도 클레어와 같이 있는 게 더 행복했다. 이 여자와 같이 앉아 얘기하는 것을, 그 얼굴과 손을 바라보는 걸 좋아했다. 그리고 그것을 클레어에게 어떤 식으로, 어떤 다른 식으로 알리기를 원했다. 그러나 자기에게서 애정과 욕망이 또다시 하나로 합쳐질 수 있다고 생각할 수가 없었다. 그런 생각은 자기의 삶이 좌초하게 된 괴상하고 감상적인 혼란 상태의 일부로 보였다.

자리로 돌아오면서 랠프가 말했다.

"난 글을 쓰게 될 거야, 물론 언젠가 쓰게 되겠지. 난 몇 년 동안 머리 속 깊은 곳에 소설 한 권이 있었어. 이제 그것을 끄집어낼 때야."

랠프는 자기가 무슨 말을 하는지 몰랐다. 그렇지만 그 말이 끝나기도 전에 클레어가 자기가 의도하는 바를 이해하는 걸 보았다. 그래서 그 다음부터는 자기 책에 대해 클레어가 하고 싶은 대로 자기에게 얘기하도록 내버려두었다. 그 결과 랠프 자신은 그 책에 관해 연속해서 생각하는 버릇이 생겼다. 친구들이 자기에게 책을 쓰라고 권하지 않자 랠프는 진지하게 시작하기 위해 책상에 앉았다.

자신에게 찾아온 환영은 랠프가 이전에 한 상상과도 같지 않았다. 결혼 후 처음 몇 년 동안 두세 가지 주제가 표출해주기를 애걸하면서 따라다녔다. 그러나 지금 그것들은 너무나 서정적이거나 비극적으로 보였다. 랠프는 더 이상 영웅적인 장대한 규모로 인생을 보지 않았다. 랠프는 인간들이 벌레만 하게 보이는 것을 하고 싶었다. 시간이 흐르자 예전의 주제 가운데 하나를 이런 범주로 축소하는 것을 궁리했다. 생각에 생각을 거듭하면서 여러 밤을 지새우고 나서 랠프는 그 작업에 뛰어들었고 그렇게 나쁘지 않다고 생각되는 첫 장을 썼다. 이렇게 첫 시도를 하는 황홀함 속에서 랠프는 자기 작업을 다시 쓰고 가다듬으며 며칠 저녁을 유쾌하게 보냈다. 그리고 서서히 자신의 기량에 대한 확신과 중요성이 마음에서 자라났다. 아침에 눈을 떴을 때 습관적인 권태로움 대신에 일어나서 일하고 싶은 열정을, 자신의 일이 이 세계라는 조직에 필요한 일부라는 신념을 느꼈다. 반쯤은 현실적으로 창조 가능한 창작물에 외부의 빛이 들어가면 그 창작물에 대한 자신의 장악력을 잃을지도 모른다는 초심자의 극단적인 두려움으로 랠프는 자기의 비밀을 지켰다. 그러나 랠프는 좀 더 확신에 찬 걸음으로 돌아다녔고 친구들을 만나는 것에서 물러나지 않았으며 심지어 다시 밖에서 저녁을 먹으러 외출하기 시작했다. 그리고 농담을 듣고 웃기 시작했다.

　로라 페어퍼드는 폴이 도심에서 벗어나게 하기 위해 일찌감치 시골로 갔다. 랠프는 토요일마다 내려갔는데, 거기서 보통 클레어 밴 더갠을 만났다. 이혼 이후로 랠프는 사촌의 찌르는 듯이 높고 궁궐 같은 집으로 결코 들어가지 않았다. 클레어는 왜 그 집에 오지 않는지 묻지 않았다. 랠프가 그 파국의 다른 측면들에 대해 솔직하게 말하곤 했지만, 상호 간의 이 침묵이 이 비극에서 밴 더갠이 한 역할에 대해 두 사람이 표현하는 유일한 암시였다. 그래도 두 사람은 아주 종종 일반적인 주제, 즉 책이나 그림, 연극 등 둘의 흥미를 끄는 세상의 모든 일에 관해 얘기했다. 클레어는 랠프 본인의 일에 대해 이야기하려고 하지 않았다. 랠프가 짐작한 것처럼 페어퍼드 댁에 일요일마다 내려간다는 이유로 클레어는 다시 늦게까지 도시에 머물렀다. 두 사람은 종종 클레어의 자동차로 여행했다. 그러나 랠프는 자기가 책을 쓰기 시작했다는 걸 아직 이야기하지 않았다. 하지만 5월의 어느 저녁에 둘만 베란다에 앉아 있을 때 갑자기 자기가 책을 쓰고 있다고 말해주었다. 이야기를 할 때 소년처럼 가슴이 뛰었다. 그러나 일단 얘기가 입 밖으로 나오자 랠프는 자신감이 생겼다. 그래서 자기 계획을 그리기 시작한 다음 세부 사항으로 들어갔다. 클레어는 아주 열심히 들었고 그 눈이 어둑어둑한 황혼 속에서 정원 위로 깊어가는 저녁 별들처럼 랠프를 향해 반짝거리면서 타올랐다. 클레어가 집 안으로 들어가려고 일어섰을 때 랠프는 새로운 자신감을 느끼며 그 뒤를 따라갔다.

그날 저녁 식사는 평소와 달리 유쾌했다. 늘 가던 봄철 여행에서 방금 돌아온 찰스 보언은 증기선에서 내려 바로 친구들에게 왔다. 보언이 차곡차곡 모아온 여러 가지 인상기는 랠프에게 힘을 내서 여행을 하고 싶은 욕망을 일으켜주었다. 책이 완성되면 안 할 이유가 뭐가 있는가? 랠프는 테이블 너머로 클레어에게 웃음을 지었다.

"내년 여름엔 네가 요트를 세를 내서 우리를 모두 에게 해[112]로 데리고 가야 해. 자기가 가본 멀리 떨어진 진기한 곳들에 대해서 얘기하면서 찰스가 우리를 무시하도록 내버려둬서는 안 되잖아."

얘기하는 이가 진짜 자기인가, 가무잡잡한 얼굴로 자기에게 웃음 짓는 사람이 자신의 사촌인가? 음, 다시 한 번 못할 이유가 있는가? 여러 번 바뀐 계절이 자신들을 새롭게 해주었고 자기 역시 새로이 성장하고 있었다. 한때는 언딘의 이름이 끊임없이 속살거리던 랠프의 사고 저 아래에서 '나의 책, 나의 책, 나의 책'이라는 말이 계속 되풀이되었다. 그날 저녁 잠자리에 들었을 때 랠프는 자기가 실제로 아내에 대해 생각하지 않게 되었다고 혼잣말을 했다……

•∙

112) 에게 해(The Aegean): 그리스와 터키 사이의 바다.

로라의 방문을 지날 때 누나가 랠프를 불러들여 동생을 안았다.

"너 정말 좋아 보여!"

"그런데 내가 그러지 않을 이유라도 있는 거야?"

자기가 다르게 보인 적이 있었다는 환상을 놀리듯이 랠프가 명랑하게 대답했다. 폴은 옆방 문 뒤에서 자고 있었고 아들이 자기 곁에 있다는 느낌이 랠프에게 좀 더 따뜻한 빛을 주었다. 자신의 작은 세계는 다시 원만해지기 시작했고 다시 한 번 그 범주 안에서 안전함과 평화를 느꼈다.

누나는 마치 무슨 할 말이 더 있는 것처럼 랠프를 바라보았다. 그러나 그저 잘 자라는 키스만 했다. 랠프는 자기 방으로 휘파람을 불며 올라갔다. 다음 날 아침 클레어와 함께 산책을 나가려고 응접실에서 잠시 클레어가 내려오기를 기다리며 한가하게 서성일 때 하인이 일요일 판 신문을 가지고 왔다. 랠프가 신문 하나를 집어 무심히 펼쳤을 때 눈이 자기 이름으로 갔다. 자기 이혼의 마지막 메아리가 잦아든 후로 보지 못한 광경이었다. 그 신문을 바닥에 내동댕이치고 할 수 있는 한 멀리 던져버리고 싶은 충동을 느꼈다. 그러나 우울하게 잡아끄는 관심으로 신문을 잡은 손에 힘을 주었고 증오스러운 기사 제목에 시선이 갔다.

뉴욕 미인이 프랑스 귀족과 결혼하다. 언딘 마블 부인은 교황이 이전 결혼을 무효화할 것을 자신하다. 마블 부인이 자신의 소송에 대해서 말하다.

거기 랠프의 눈앞에 다가오는 결혼에 관한 언딘의 '인터뷰', '인터뷰'가 그 길게 끌던 공포 속에 있었다! 아, 언딘은 정말로 자신의 소송에 대해 이야기했다! 언딘의 자신감이 기사의 많은 부분을 차지했다. 언딘이 빠뜨린 것처럼 보이는 유일한 세부 사항은 미래 남편의 이름이었다. 언딘은 그 남자를 '나의 약혼자'로, 인터뷰를 한 사람은 '백작'이나 '유명한 프랑스 귀족 자제'로 불렀다.

뒤에서 로라의 소리가 들렸다. 랠프는 신문을 옆으로 던져버렸고 오누이의 눈이 부딪쳤다.

"이게 어제 저녁 누나가 내게 말하려고 하던 거예요?"

"어제 저녁에? 그게 신문에 났니?"

"누가 누나에게 말해줬어요? 보언이? 그 사람은 이거 말고 뭘 들었대요?"

"오, 랠프, 그게 무슨 문제야……그게 문제가 되겠어?"

"그 남자가 누구예요? 보언이 누나에게 말해줬어요?"

랠프는 집요했다. 누나가 점점 흔들리는 것을 보았다.

"왜 대답을 하지 못해요? 내가 아는 사람이에요?"

"그 사람이 자기 친구 레이몽 드 셸이라는 걸 파리에서 들었대."

랠프는 웃었다. 자기의 귀에는 그 웃음이 언딘이 자기와 이혼하기를 원한다는 걸 알던 날 스프라그 씨의 사무실을 채운 자신의 황량한 웃음소리의 메아리처럼 들렸다. 그러나 지금 자신의 분노에는 신중한 아이러니가 섞여 있었다. 자기의 아내가 신분 상승에서 또 다른 단계에 도달했다는 사실은 거대한 인간 희극의 일부로서 분명히 이해가 되었다.

로라는 얘기를 계속했다.

"게다가 그건 물론 완벽한 넌센스야. 어떻게 걔가 자기 결혼을 무효화할 수 있겠니?"

랠프는 생각에 잠겼다. 이것은 그 문제를 다른 관점에서 비춰보게 하였다.

"굉장히 많은 돈으로 그렇게 할 거라고 생각해요."

"음, 걔는 분명이 셸에게서는 그 돈을 받지 못할 거야. 그 사람은 전혀 부자가 아니라고 찰스가 말해줬어."

로라는 랠프를 바라보고 기다리다가 다음 말을 감히 뱉었다.

"그래서 할 수 있다고 하더라도 언딘은 그 사람과 결혼하지 못할 거라고 난 확신해."

랠프는 어깨를 으쓱했다.

"다른 동기가 있겠지요. 그러나 언딘은 그것을 해내지 못할 거예요."

랠프는 상당히 침착하게 말하는 자기 목소리를 들었다. 언딘이 드디어 자기에게 상처를 입힐 힘을 상실했을까?

클레어가 산책할 옷을 입고 들어왔다. 로라의 걱정스러운 시선 아래 랠프는 신문을 집어 들고 '이것 봐!'라는 투로 무심하게 펼쳤다.

사촌의 시선은 그 신문기사로 날아갔다. 랠프는 클레어가 신문을 읽어 나갈 때 눈썹이 떨리는 것을 보았다. 클레어가 고개를 들었다.

"그러나 당신은 자유로워질 거예요!"

사촌의 얼굴은 꽃처럼 생생했다.

"자유롭다고? 난 지금 자유로워, 최대한!"

"아, 그 여자가 다른 이름을 가지게 되면, 완전히 다른 사람이 되면 훨씬 더 자유로워질 거예요! 그러면 폴은 완전히 당신에게 속하게 될 거예요."

"폴이라니?"

로라가 신경질적으로 웃으면서 끼어들었다.

"하지만 랠프가 폴을 키우는 것에 대해서는 추호의 의심도 없었어!"

세 사람은 잔디 위에서 그 아이가 웃는 소리를 들었고 로라는 아이에게 합류하기 위해 밖으로 나갔다. 랠프는 여전히 사촌을 바라보았다.

"그러면 넌 기쁘지?"

자기도 모르는 사이에 이런 말이 나왔다. 클레어가 울음을 터뜨려서 랠프는 깜짝 놀랐다. 랠프는 몸을 숙여 사촌의 뺨에 키스했다.

제32장

시간이 지나면서 랠프는 클레어의 말이 옳다고 느꼈다. 만약 언딘이 다시 결혼한다면 자기가 더 완전하게 마음의 평온을 얻고 더 확실하게 과거를 떨쳐버릴 것 같았다. 그리고 언딘의 맹렬한 욕망과 냉혹하게 집요한 성격을 알기 때문에 언딘이 자기 목적을 달성하리라는 걸 의심하지 않았다. 언딘이 밴 더갠의 마음을 사로잡는 데 실패한 것은 바로 이런 유형의 남자, 즉 목전의 거대한 욕구가 있지만 우유부단하게 목적이 동요하는 남자를 아마도 경험하지 못했기 때문일 것이고, 무엇보다도 그 남자를 제지하는 사회적 고려 사항들의 위력을 아직 가늠하지 못했기 때문일 것이다. 그것은 언딘이 반복할 것 같지 않은 실수였고, 그 실수는 아마도 성공으로 가는 데 쓸모 있는 예비 단계였을 것이다. 랠프는 실로 오랜만에 스스로 언딘에 대해 생각하도록 허용했고, 이렇게 생각하다 보니 언딘이 아름답다는 압도적인 사실이 다시 마음에 떠올랐지만, 그것은 이제 더 이상 자신의 존재 요소가 아니라 감정에 휘둘리지 않고 냉정하게 평가되는 힘이었다. 랠프는 혼잣말했다.

"조금이라도 감정이 있는 남자라면 누구라도 나처럼 느낄 거야."

랠프는 보언과 나눈 대화를 통해서 레이몽 드 셸이 어떤 사람인지 머릿속에 그릴 수 있었는데, 언딘이 셸의 종교가 요구하는 혼인 무효 증서를 얻지 못한다 해도 언딘을 포기할 남자가 아니라는 확신이 마음속에 커졌다.

그런 생각을 하는 동안 랠프는 점차 자신이 더 자유롭고 더 가벼워진 것을 느끼기 시작했다. 언딘의 행동은 둘 사이의 마지막 남은 유대 관계를 끊어서 자기가 자아를 되찾도록 하는 것 같았다. 자신의 상황을 모든 측면에서 공정하고 풍자적으로 고찰할 수 있다는 사실만으로도 자기가 언딘에게서 얼마나 멀어졌는지, 자신을 얼마만큼 되찾았는지 보여주었다. 랠프는 또 자기가 해방된 것을 기뻐하며 외치는 클레어에게 감동했다. 클레어에 대한 자기 감정의 성격은 변하지 않았지만 랠프는 둘의 우정에 새로운 특성이 생겼음을 의식했다. 다시 책으로 돌아갔을 때 자기의 힘에 대한 지각은 가혹함이 사라졌고, 인생의 모습은 우둔하게 축 늘어져 매달려 있는 인형 같다는 느낌이 약해졌다. 랠프는 인생의 두 번째 시기를 잘 헤쳐 나가고 있었다.

어느 날 오후 마음이 이렇게 여전히 가벼운 채로 긴 저녁 동안 할 일에 대한 계획으로 가득 차서 워싱턴스퀘어에 돌아왔는데, 묘한 표정으로 자기를 기다리는 어머니를 발견했다. 어머니를 따라서 응접실로 들어갔다. 그런데 어머니는 이해할 수 없는 전화 메시지, 폴에 대한 아주 이상한 메시지를 받았고, 물론 그건 모두 착오일 거라고 설명했다…….

랠프는 처음에는 사고가 났다는 생각이 들어서 심장이 오그라들었다.

"로라가 전화했나요?"

"아니야, 아냐. 로라가 아니야. 스프라그 부인에게서 온 메시지 같았어. 폴을 데리러 누구를, 히니라나, 이름이 별난 사람을 보내서 토요일에 폴을 증기선에 태워 데려간다는 거야. 내가 폴의 짐을 확실히 꾸려놔야 한다는 거야……하지만 물론 이건 착오야…….”

어머니는 자신 없이 웃음을 지으면서, 자신이 랠프를 안심시키는 것처럼 아들도 자기에게 그렇게 해달라고 간청하듯이 아들을 올려다봤다.

“당연히 착오죠. 그렇고말고요.”

랠프가 어머니의 말을 되풀이해서 말했다. 랠프는 어머니에게 아까 한 말을 다시 말하게 했다. 그러나 예측하지 못한 상황은 항상 어머니를 당황하게 해서, 어머니는 혼란스럽고 정확하지 못했다. 어머니는 사실 누가 전화했는지 몰랐다. 그 목소리는 스프라그 부인처럼 들리지 않았다……. 여자의 목소리이긴 한데. 그래……오, 그렇지만 점잖은 숙녀의 목소리는 아니었어! 그리고 틀림없이 증기선에 대해서 뭐라고 했는데……하지만 너는 내가 왜 그 전화에 당황했는지를 알지……내가 약간 귀가 멀어가고 있다고 확신했어. 랠프가 말리브랜 호텔에 전화를 하는 게 좋지 않을까? 물론 이 모든 게 착오이겠지만……그렇지만……글쎄, 아마도 랠프가 직접 그곳으로 찾아가는 게 더 낫지 않을까…….

현관에 갔을 때 편지 하나가 우편함에서 쨍그랑 소리를 냈고 랠프는 평범해 보이는 서류 봉투 위에 자기 이름이 적혀 있는 것을 봤다. 랠프는 문 손잡이를 돌리고 다시 멈추고 몸을 숙여서 편지를 꺼냈다. 그 봉투에는 이혼 소송에서 언딘을 대리하던 변호사 회사의 주소가 적혀 있었다. 봉투를 찢어서 개봉했을 때 폴의 이름에 랠프는 흠칫했다.

마블 부인이 따라서 복도로 왔고, 어머니가 외치는 소리가 침묵을 깼다.

“랠프……랠프……걔가 무슨 짓을 한 거냐?”

“아무것도……아무것도 아니에요.”

랠프가 어머니를 가만히 바라보았다.

“오늘이 무슨 요일이죠?”

"수요일이야. 왜, 뭐가……?"

어머니가 갑자기 상황을 이해한 것 같았다.

"걔가 폴을 데려가려는 건 아니지?"

랠프는 손에 든 편지를 구기면서 의자에 풀썩 주저앉았다. 자기는 지금까지 꿈속에 있었던 것이다. 아이에 대해 꿈을 꾸다니, 자신은 불쌍한 바보였다! 랠프는 눈앞에서 저절로 빙빙 돌아가는 타이프로 친 문구들을 응시하며 앉아 있었다. '이제 저희 고객의 상황이 다행스럽게 가능하게 되어서……마침내 아들에게 가정을 줄 수 있는 위치에 있어서……오랜 이별……어머니의 감정……모든 사회적인, 교육적인 이점……' 그리고 편지 끝에 '법정은 의뢰인에게 단독 양육권을 부여했으며……'라는 구절은 랠프를 아연실색하게 할 정도로 말문을 막아버린 독화살이었다.

단독 양육권이라니! 그러나 그것은 폴이 언딘의 자식이고, 언딘만의 자식이고, 영원히 언딘의 자식이고, 길거리에서 우연히 마주치는 낯선 사람처럼 아버지도 그 아이에 대한 권리가 없다는 것을 의미했다. 그런데 분별력 있는 남자이고 젊고 튼튼하고 정신이 온전한 랠프 마블이 이렇게 말도 안 되는 실수를 하도록 방조했고, 자기의 육신과 생명을 이어받은 혈육에 대한 권리를 저항도 하지 못하고 박탈당했다! 하지만 양육권 박탈은 불가능했다……당연히 그건 불가능했다. 그것이 비상식적이라는 것이 그게 사실이 아님을 입증했다. 어디에 오류가, 자기 변호사가 즉각 시정할 오류가 있을 것이다. 머릿속에서 망치가 쿵쿵 울리지 않으면 법원의 판결 조항들을 기억해낼 수 있었을 텐데…… 하지만 당장은 불확실하고 몽롱한 상태 속에서 그 고통스러운 사건의 세부 사항들이 모두 뭐가 뭔지 알 수 없었다.

말없이 걱정스럽게 묻는 어머니에게서 벗어나기 위해 랠프는 일어나서 말했다.

"스프라그 씨를 만나볼게요. 물론 이건 무슨 잘못이 있는 거예요."

그러나 이렇게 말하면서 랠프는 이혼소송을 하던 그 지긋지긋한 몇 달을 다시 마음에 떠올리고, 이해할 수 없는 자신의 무기력과 그 사건 전모를 무시한 자기 가족의 결정을 묵인한 점과, 자기도 점차 똑같이 무관심의 상태로 빠져든 것을 기억했다. '자상한 배려', '자부심', '개인적 위신', '그런 것들에 대해서는 모르는 편이 더 낫다'는 자기 가족의 모든 오래된 슬로건들과 스캔들을 회피하기 위한 온갖 세련된 어휘와 '내가 요청하는 건 네가 할아버지에게 이 주제를 언급하지 말라는 것밖에 없어'라는 마블 부인의 말과 '무슨 일이 일어나도 어머니는 모르게 해라, 랠프'라는 대거닛 씨의 말과 심지어는 '당연히 폴을 위해서는 추문이 있어서는 안 돼'라는 로라의 겁먹은 말에 이르기까지 모든 말을 기억해냈다.

폴을 위해서! 폴을 위해서는 추문이 있어서는 안 되었기 때문에 폴의 아버지인 자신은 자기 권리를 방어하고 아내의 비난에 맞서는 것을 순순히 자제했고, 그래서 아이를 언딘에게 넘겨준 것이다!

택시가 자기를 싣고 5번가를 질주할 때 랠프는 자기를 이렇게 허약한 사람으로 만들어버린 영향력을 행사한 사람들에 대한 격렬한 분노로 온 몸이 떨렸다. 그런데 점차 그 허약함이 자기에게 선천적이라는 걸 깨달았다. 편견에서 자유롭던 청년 시절에 랠프는 자신의 계급이 지니는 인습에 저항할 정도로 충분히 웅변적이었다. 그러나 자기 계급의 인습에 경멸을 보일 순간이 되면 불가사의하게도 그 인습이 자기를 굴복시켰고 마치 어떤 숨겨진 유전적인 결함처럼 자신의 행로를 빗나가게 했다. 과거를 돌아보았을 때 심지어 큰 재앙조차도 선조에게서 물려받은 태도에 의해서 인습적이고 감상적이게 되었으며, 그 재앙에 대한 자신의 생각들은 대거닛 가문에서 여러 세대 내려온 것들에 불과했으며, 자신의 인생에서 진짜이며 그 자신의 것이라고 할 만한 것은 자신이 사고를 통해서 없애려고 그렇게 애써 노력한 어리석은 열정 말고는 아무것도 없는 것 같았다.

말리브랜 호텔로 가는 도중에 방향을 바꾸어서 이혼할 때 상담을 한 변호사의 집으로 향했다. 그 변호사는 아직 교외에 있는 자기 집에 오지 않았기 때문에 랩프는 현관 열쇠 소리가 나서 일어나기 전까지 30분 동안 비통한 생각에 잠겨 있었다. 방문은 오래 지속되지 않았다. 집주인은 상냥하게 인사하고 난 후에 놀라지도 않고 랩프가 하는 말에 귀를 기울였다. 랩프가 말을 마쳤을 때 변호사는 이혼 당시에 랩프가 충고나 정보도 요청하지 않았고, '모든 일을 외면하기만을' 원한다고 간단히 선언했는데, 랩프는 그 구절이 할아버지가 한 말 중의 하나라는 것을 알아챘다. 변호사는 그 경우에 랩프가 소송을 기각하기만 하면 되고 법률 서비스를 받을 필요가 없다는 자기 말을 듣자마자 더 이상 질문 없이 가버렸다는 사실을 다소 빈정대듯이 정확히 상기시켜주었다.

"당신은 그렇게 행동하는 게 나름대로 이유가 있을 거라고 제가 추측을 하도록 했지요……."

무시당한 변호사가 말을 마쳤다. 그리고 숨이 넘어갈 듯한 랩프의 질문에 답하면서 덧붙여서 말했다.

"아니, 그 소송 사건은 종결되었잖아요. 물론 아이 어머니의 생활에 좋지 않은 행실이 있다는 것을 보여주는 증거를 제시할 수 있는 경우가 아니라면 무슨 근거로 당신이 그 소송을 다시 재개할 수 있는지 정확히 알 수 없군요."

"전처는 재혼할 예정이오."

랩프가 끼어들어서 말했다.

"정말인가요? 글쎄, 재혼은 그 자체로 행실이 나쁜 거라고 할 수는 없죠. 사실 어떤 상황에서는 재혼이 아이에게 이득이 된다고 해석될 수도 있어요."

"그렇다면 내가 아무 힘을 쓸 수 없다는 거요?"

"글쎄, 그 여자분에게 어떤 속셈이 있고 그 속셈을 통해서 당신에게 압력을 가하려는 게 아니라면 당신은 힘을 쓸 수 없겠지요."

"당신 말은 내가 해야 할 급선무는 그 사람이 무슨 일을 꾸미는지 알아내는 거라는 거요?"

"정확히 맞는 말입니다. 물론 그게 진짜 모성이 발휘되어서 아이를 데려가려는 것으로 판명된다면 전망이 좋지 않다는 것을 숨기지 않겠습니다. 아마 기껏해야 정해진 간격을 두고 아들을 만나도록 조정할 수밖에 없을 겁니다."

자기 아들을 정해진 간격을 두고 만나다니! 어떻게 책임 있고 유능해 보이고 정신이 말짱한 사람이 저기 앉아서 이런 쓰레기 같은 말을 하는지 랠프는 놀라웠다…… 랠프가 일어났을 때 변호사가 붙잡아 덧붙여 말했다.

"물론 지금 당장 불안해할 이유는 없습니다. 다코타 주의 판결 조항을 뉴욕 주에서 시행하는 데는 시간이 걸릴 것이고, 판결이 시행될 때까지는 당신 아들을 빼앗아갈 수는 없을 테니까요. 하지만 틀림없이 신문에서는 수많은 고약한 소문이 나돌 것이고, 따라서 결국 당신이 포기하는 수밖에 없을 겁니다."

랠프는 고맙다고 말하고 그 집을 떠났다.

랠프는 북쪽의 말리브랜 호텔로 서둘러서 갔는데 거기서 스프라그 씨 부부가 저녁 식사 중이라는 것을 알았다. 지하에 있는 식당에 명함을 내려 보냈고, 스프라그 씨가 '아담' 집필실의 늘어진 칸막이 커튼 사이에 곧 나타났다. 스프라그 씨는 더 늙었고, 건강보다는 질병 때문에 골격에 살이 더 붙은 것처럼 더 둔중해졌고, 얼굴의 우묵한 곳은 회색 빛을 띠고 있었다.

랠프가 소리쳤다.

"폴에 대한 이 일이 무슨 일입니까? 우리가 이해할 수 없는 메시지를 어머니가 받았어요."

스프라그 씨가 앉자 골라서 앉은 안락의자 깊숙이 척추를 파묻는 듯한 인상을 주었다. 스프라그 씨는 다리를 꼬고서 측면이 신축성 있는 고무로 된 구김이 진 높은 장화를 신은 한쪽 발을 앞뒤로 흔들었다.

스프라그 씨가 물었다.

"자네 편지를 받지 않았는가?"

"나의…… 언딘의 변호사에게서요? 받았습니다."

랠프가 편지를 내밀었다.

"읽어보니 아주 이상하더군요. 지금까지 언딘은 폴을 그렇게 데려가고 싶어하지 않았잖아요."

스프라그 씨는 안경을 조절하고 나서 편지를 천천히 읽고 봉투에 다시 넣어서 돌려주었다.

"내 딸은 이 변호사들이 자기를 대리해주기를 바란다고 알렸군. 나는 딸아이에게서 어떤 추가적인 지시도 받은 적이 없네."

그 어조에는 스프라그 씨가 사용한 딱딱한 법률 용어가 지니는 퉁명스러움이 전혀 없었다.

"하지만 난 어르신에게서……최소한 스프라그 부인에게서 맨 먼저 연락을 받았어요."

스프라그 씨는 손으로 턱수염을 잡아 당겼다.

"여자들은 조금 성급한 경향이 있다네. 내가 알기로는 내 처는 어제 폴을 위해 믿을 만한 보호자를 골라달라고 지시하는 편지를 받았네. 그리고 내 추측에 걔가 생각했다고……."

"오, 이건 모두 너무나 말도 안 되는 일이에요!"

랠프는 자리를 박차고 일어나 버럭 소리를 질렀다.

"도대체 당신이나 당신네 식구 누구도 내가 어떤 지시를 받고 내 아들을 짐짝처럼 배달할 거라고 한순간이라도 상상한 건 아니겠죠? 오, 그래요, 내가 아들을 놔준 걸 알아요. 내가 아이에 대한 내 권리를 포기했죠……. 하지만 난 내가 무슨 짓을 하는지 몰랐어요……. 난 슬프고 비참해서 병이 났죠. 우리 식구들은 이 모든 일 때문에 극심하게 상처를 입었고, 난 우리 식구들이 불쾌한 일을 겪지 않기를 원했어요. 무엇보다도 난 폴이 컸을 때 슬픔과 비참함을 겪지 않기를 원했어요. 내가 이혼소송에 이의를 제기했다면 그 결과가 어떻게 됐으리라는 것을 당신은 잘 압니다. 난 재판에 출두하지 않고 되는 대로 내버려둔 겁니다. 난 아무런 조건도 달지 않았어요. 내가 원한 건 폴을 데리고 있는 것과 그 아이가 자기 엄마에 대한 험담을 절대로 듣지 않게 하는 것밖에는 없었어요."

스프라그 씨는 경멸하거나 무관심하다기보다는 감정적인 위기를 어떻게 말로 대응해야 할지 전혀 몰라서 아무 말 없이 이 격렬한 항의를 듣고 있었다. 마침내 평소의 평온하던 어조와 달리 약간 불안정한 어조로 말했다.

"내 생각으로는 당시에 자네가 폴의 양육권을 요구할 선택의 자유가 있었던 것 같은데."

"오, 그렇죠……그건 선택할 수 있는 것이었죠."

랠프가 냉소적으로 말했다.

스프라그 씨가 연민에 차서 랠프를 바라보았다. 그러고 나서 말했다.

"자네가 양육권을 요구하지 않은 게 유감스럽군"

제33장

  랠프의 방문 결과는 스프라그 씨가 상당히 고심한 끝에 양측 변호사들 간에 협상이 진행되는 동안에 폴에 대한 부친의 양육권을 빼앗는 시도를 전혀 하지 않겠다는 것에 동의한 것이었다. 그럼에도 불구하고 스프라그 씨는 언딘이 아이에게 알맞은 가정을 마련해줄 수 있는 결혼을 하는 시점에 자기 딸이 아이에 대해 양육권을 주장하는 것이 아주 자연스럽다고 생각하는 듯이 보였다. 수동적으로 누구의 편도 들지 않던 스프라그 부인이 수동적인 태도를 일단 벗어던지자 열렬하게 딸의 양육권 주장을 부추긴다는 걸 알게 된 랠프는 더 혼란스러웠다. 언딘이 아이를 팽개친 일이 자기와 스크라그 부인 사이에 일종의 말없는 양해를 성립시켰다는 걸 어느 정도 느꼈기 때문이다.

  "스프라그 부인이 나한테서 폴을 빼앗아가려고 하는 게 전혀 소용이 없다는 걸 안다고 생각합니다."

  랠프는 필사적이면서도 서툴게 사정하는 조로 얘기했다. 그런데 스프라그 씨가 이렇게 말해 랠프에게 충격을 주었다.

  "폴의 외할머니는 우리가 그 아이를 데리고 있을 수 있다면 아이에 대한 권리가 우리 딸에게 더 있다고 생각할 거라고 짐작하네."

랠프는 다시 찾은 평화로운 꿈에서 갑작스럽게 깨어나서 사방으로 자기를 둘러싼 무관심이나 적대감과 대적하는 자신을 발견하였다. 그것은 마치 아들이 노는 6월의 들판이 아이를 삼키려 갑자기 아가리를 벌리는 것 같았다. 어머니 마블 부인의 두려움과 불안감은 스프라그 부부의 적대감보다도 참기 어려웠다. 다음 며칠 동안 랠프는 언딘의 변호사들에게서 새로운 연락을 받을까 봐 두려워하면서 비참한 기분으로 돌아다녔다. 그러나 그 사람들에게서 더 이상 소식을 듣지 못해서 받는 정신적 긴장으로 고통스러웠다. 스프라그 씨는 더 밀어붙이기 전에 편지를 기다리라고 부탁하는 전보를 딸에게 보내는 것에 동의했다. 랠프가 말리브랜 호텔을 방문한 지 나흘째 되는 날 스프라그 씨가 전화로 랠프를 자기 사무실로 불렀다.

반 시간 뒤에 두 사람의 얘기는 끝났고 랠프는 다시 한 번 스프라그 씨 사무실 문 바깥 층계참에 서 있었다. 언딘의 답이 왔고 폴의 운명은 확정되었다. 아이 엄마는 아들을 포기하기를 거부했고 변호사 편지가 도착하는 걸 기다리지 않겠다고 했다. 그리고 좀 더 독단적인 언어로 히니 부인의 보호 아래 아이를 즉시 파리로 보내야 한다는 요구를 되풀이했다.

스프라그 씨는 랠프가 사정하는 면전에서 조용했지만 냉담한 태도로 있었다. 랠프와 싸우고 싶지는 않지만 언딘의 뜻을 반대할 이유가 없다고 보는 게 명백했다.

"내 생각에 언딘은 법적인 면에서 유리하다고 보네."

스프라그 씨가 말했다. 랠프의 절절한 항변에 대한 답으로 운명에 순응하듯이 이렇게 덧붙였다.

"자네는 그 문제를 내 딸에게 맡겨야 할 거야."

랠프는 화를 다스리고 모을 수 있는 건 어떤 작은 정보라도 주시하겠다는 마음을 먹고 사무실에 갔다. 그러나 스프라그 씨가 언딘의 계획이나 그 계획이 도달한 단계에 대해 자기만큼이나 아는 게 없음이 금세 분명해졌다. 언딘이 자기 부모에게 알려준 건 겨우 재혼할 것이고 폴을 자기에게 보내라는 명령이었다. 랠프는 자기가 한 약혼도 아마도 똑같이 간단한 방식으로 스프라그 씨에게 통보되었을 것이라고 생각했다.

그 생각 때문에 과거에 대한 느낌이 다시 압도하듯이 밀려왔다. 도저히 믿기지 않던 순간들이 하나하나 세세히 되살아났다. 랠프는 자기가 지금 나서는 스프라그 씨 사무실의 초라한 문턱에 맨 처음 다가가면서 느낀 빛나던 기쁨을 자기 핏줄에서 느꼈다. 그리고 언딘을 위해 사려는 목걸이를 스프라그 씨와 의논하기 위해 이 사무실로 서둘러 들어선 기억이 특히 생생하게 떠올랐다. 스프라그 씨의 의견을 얻고자 하는 랠프의 열성적인 요청에 대해 스프라그 씨가 방금 전에 말한 '자네는 그 문제를 내 딸에게 맡겨야 할 거야'라고 하는 바로 그 구절을 그때도 사용했기 때문에 그 사건이 생각이 났다.

랠프는 정돈되지 않은 책상에서 몸을 옆으로 돌려 다리를 쭉 뻗고 손을 주머니에 넣은 채 턱에 상상 속의 이쑤시개를 물고 있으며 의자에 늘어져 앉아 있는 스프라그 씨를 보았다. 그리고 사무실 한쪽에 기분 좋지 않은 말을 하려는 도중에 방해를 받은 듯이 보이는 중간키 정도에 얼굴이 붉은 젊은이의 모습을 보았다.

"아니, 모팻을 처음 만난 건 그때임이 틀림없어."

랠프는 기억을 더듬었다. 그 생각은 같은 건물에서 이어진 다른 만남에 대한 기억을, 그 만남들이 내막을 알 수 없고 수지맞는 '거래'를 하면서 몇 주간 맹렬하게 일하기 위해 모팻의 사무실에 자주 올라간 기억을 불러일으켰다.

랠프는 모팻의 사무실이 여전히 아라라트에 있는지 궁금했다. 밖으로 나가는 길에 잠시 멈춰서 복도 벽에 붙은 검은 표지판의 익숙한 자리에서 그 이름을 찾았다.

다음 순간 랠프는 자신의 걱정거리에 빠져들었다. 폴에게 위험이 닥쳤다는 것, 연기해달라고 사정하는 게 소용이 없다는 걸 알게 되었고, 천 가지 기발한 계획이 자기의 머릿속에서 서로 다른 주장을 했다. 아들을 떠나보내는 것은 해야 할 첫 번째 일인 것 같았다. 아들을 멀리 손이 닿지 않는 곳에 데려다놓고 법에 호소하여 그 소송을 다시 재개하고 자신의 권리들을 인정받을 때까지 이 법정에서 저 법정으로 재판을 계속하는 것이었다. 그건 돈이 많이 들것이다. 돈을 구해야만 했다. 첫 단계는 잠시 동안 아들의 안전을 확보하는 것이었다. 그 다음에는 재원의 문제를 생각해야 했다. 랠프는 돈 문제가 다른 문제들의 근원에 존재하지 않던 때가 언제 있었는가 하는 생각이 들었다.

랠프는 스프라그 씨를 방문한 결과를 클레어 밴 더갠에게 알려주기로 약속했다. 그래서 반 시간 뒤에 랠프는 클레어의 집 응접실에 있었다. 이혼 뒤에 처음으로 그 집에 들어갔다. 밴 더갠은 캘리포니아에서 청어 낚시를 하고 있었고, 게다가 자기는 클레어를 만나야만 했다. 자기에게 위안을 주는 한 가지는 언딘의 계획을 뒤로 미루고 방해할 수 있는 모든 가능성을 사촌과 열심히 의논하면서 얘기하는 것이었다. 이런 문제에 대한 토론에서 클레어가 보이는 지능과 정력에 랠프는 놀랐다. 그 문제에 마음과 머리를 쓰는 만큼 클레어가 어떤 일에 강렬하게 몰두한 적이 없는 것 같았다. 이제 클레어의 모든 것이 랠프를 위해 수고를 했다.

클레어는 랠프가 자기에게 한 말을 집중해서 들은 다음에 말했다.

"당신은 그게 돈이 굉장히 들 거라고 했는데 도대체 왜 그걸 법정으로 가져가려고 해요? 그 돈을 변호사에게 주는 대신에 왜 언딘에게 주지 않아요?"

랠프는 깜짝 놀라서 사촌을 바라보았고 클레어는 계속 얘기했다.

"당신은 언딘이 왜 갑자기 폴을 데려가겠다고 결심했을 거라고 생각하세요?"

"그건 그 여자를 아는 이는 누구나 이해할 수 있는 일이야. 아이가 자기에게 체면을 차릴 수 있는 모양새를 줄 수 있기 때문에 아이를 원하는 거지. 아이를 데리고 있으면 단순한 주장들이 해줄 수 없는 것, 즉 모든 권리가 자기 편에 있고 '잘못'은 내게 있다는 것을 증명해줄 테니까."

클레어는 그 말을 생각했다.

"맞아요. 그게 명백한 답이에요. 그렇지만 내 생각을 얘기해도 될까요? 당신과 난 모두 완전히 구시대 사람이에요. 난 언딘은 '체면이라는 외양' 따위에 조금도 신경 쓰지 않을 거라고 생각해요. 그 여자가 원하는 건 혼인 무효를 위한 돈이에요."

랠프에게서 믿을 수 없다는 듯이 큰 소리가 나왔다. 클레어가 서둘러서 계속 말했다.

"그렇지만 당신은 몰랐어요? 그게 그 여자에게 유일한 희망이고 마지막 기회예요. 언딘은 단지 당신을 괴롭히려고 아이라는 짐을 지기에는 지나치게 영리해요. 그 여자가 원하는 건 당신이 자기에게서 아이를 다시 사게 하는 거예요."

클레어는 일어서서 손을 내밀면서 랠프에게 다가왔다.

"어쩌면 드디어 내가 당신에게 소용이 될 수도 있겠어요!"

"네가?"

랠프가 초라하게 겨우 웃었다.

"마치 항상 내 괴로움을 모두 네게 올려놓지 않은 것처럼 말하네!"

"아, 내가 당신의 이 문제를 해결할 방법을 생각해낼 수 있다면 정말 좋을 거예요! 그러면 더 이상 당신에게 문제가 남지 않을 테니까요!"

랠프가 창으로 고개를 돌려 5번가의 찌는 듯이 무더운 광경을 내려다보고 서 있을 때 클레어는 세심한 눈길로 따라갔다. 클레어가 추측해낸 것에 대해 찬찬히 생각해볼수록 그 개연성이 점점 더 분명해졌다. 언딘이 최근에 한 얼토당토하지 않는 행동이 논리적으로 연결되었고, 마치 희미해지는 이미지 주위에 예리한 선을 그려놓은 것처럼 새롭게 언딘을 완성하고 윤곽을 뚜렷이 드러내주었다.

"만약 그렇다면 내가 곧 알게 될 거야."

랠프가 방으로 돌아서면서 말했다. 자기가 갈 길은 즉시 분명해졌다. 자기는 단지 반대하면 되고 그러면 언딘은 진의를 털어놓을 것이다. 이 생각과 동시에 자기가 숙소로 돌아가서 반쯤 포장을 푼 예쁜 드레스들 가운데서 장차 엄마가 되는 문제 때문에 절망적으로 울부짖는 언딘을 본 파리의 가을 오후에 대한 기억이 갑자기 떠올랐다. 클레어가 랠프의 팔에 손을 얹었다.

"만약 내가 옳다면 내가 돕는 걸 허락할 거죠?

랠프는 아무 말 없이 그 손에 자기 손을 얹었고, 클레어가 계속 말했다.

"돈이 많이 들 거예요. 이런 소송은 모두 그래요. 그거 말고도 그 여자는 아이를 싸게 파는 걸 부끄러워할 거예요. 당신은 그 여자가 원하는 뭐든지 줄 준비를 하고 있어야 해요. 저축해놓은 내 소유의 돈이 많이 있어요. 내 말은······."

"네 소유의?"

랠프는 잘 붉어지지 않는 가무스레한 클레어의 피부가 붉어지는 것을 바라보았다.

"내 소유의 돈요. 왜 내 말을 믿지 않으세요. 난 여러 해 동안 수입을 한 푼 두 푼 다 모아놓았어요. 언젠가는 이런 생활을 더 이상 견디지 못하리라는 걸 알게 될 거라고 생각하면서……."

클레어의 동작은 두 사람이 있는 방의 화려한 배경을 감싸 안았다.

"그렇지만 지금은 내가 절대로 움직이지 못하리라는 것을 알아요. 아이들이 있잖아요. 그 외에도 모든 게 더 편해졌어요, 그 일 이후로……."

클레어는 당황하면서 말을 멈췄다.

"그래, 그래, 나도 알아."

랠프는 사촌의 말을 끝맺고 싶었다. '언딘이 너에게 네 남편을 압박할 수 있는 수단을 제공한 후로…….' 하지만 그저 하던 말을 되풀이했다.

"나도 알아."

"그러니까 내가 당신을 돕게 할 거죠?

"아, 우린 먼저 사실을 알아야 해."

랠프는 갑자기 힘이 나서 사촌의 손을 잡았다.

"네가 말한 대로 폴이 안전하다면 다른 걱정은 없을 거야!"

제34장

다음 몇 주 동안 필요한 돈을 모으는 방법이 랠프의 모든 생각의 걱정스러운 주제가 되었다. 변호사들이 조사한 결과 곧 클레어의 추측이 옳다는 게 확인되었다. 그리고 상당한 보수를 받는 대가로 장황한 법률 용어로 교묘하게 표현된 온갖 이유 때문에 아들이 아버지와 남는 게 이롭다는 걸 인정하도록 언딘을 설득할 수 있다는 점이 분명해졌다.

이것이 허용된다는 소식이 전달되던 날 랠프가 처음 느낀 충동은 이 소식을 사촌에게 전달하는 것이었다. 랠프는 날아갈 듯이 순수한 기쁨을 느꼈고, 걸으면서 아들을 꼭 안고 있는 것 같았다. 폴과 자기는 이제 영원히 서로 속할 것이고 알 수 없는 이유로 둘을 떼어놓겠다는 협박으로 부자를 다시는 위협할 수 없을 것이다! 랠프는 폴이 무서운 꿈에서 깨어나서 방에 유쾌한 햇빛이 드는 걸 발견하고 느꼈을 법한 더없이 행복한 안도감을 느꼈다.

클레어는 즉시 어린 조카의 몸값을 지불하는 것을 돕게 허락해달라고 계속 간청했지만 랠프는 자기가 '여기저기서 방법을 찾아보려고' 한다고 설명하면서 클레어를 막으려고 했다.

"어디서 찾으려고? 대거닛 가의 금고에서요? 오, 랠프, 거짓말해봤자 무슨 소용이 있어요? 언딘에게 얼마를 줘야 하는지 말해줘요."

클레어가 갑자기 자기에게 이렇게 영향력 있는 존재가 된 것은 놀라웠다. 그렇지만 아직 그 거래의 자세한 내용을 설명할 수 없었다. 자기와 언딘 사이의 관계를 금전으로 청산해야 한다는 사실은 자기의 꿈들을 마지막으로 가장 가슴 아프게 조롱하는 것 같았다. 자기의 세계를 가득 채운 꿈이 왜소지지면서 자신이 비참할 정도로 작아지는 것을 느꼈다.

그럼에도 불구하고 랠프는 여기저기 방법을 찾아보아야만 했다. 그래서 어느 날 다시 한 번 엘머 모팻의 사무실 문에 서게 되었다. 랠프의 생각이 다시 모팻에게 끌리게 된 것은 아라라트 신탁회사의 조사가 다시 시작된 것과 연관해서 언론이 최근에 그 이름을 집요하게 기사화했기 때문이었다. 모팻은 정부 측을 위한 가장 귀중한 증인 가운데 한 명으로 간주되는 듯했다. 그 사람이 유럽에서 돌아오는 걸 사람들이 애타게 기다렸고, 기꺼이 증언하지 않는다고 신랄하게 비난했다. 그러다 마침내 모팻이 미국에 돌아와서 워싱턴에 가기는 했는데 실제로는 할 말이 없는 것 같았다.

랠프는 자기 문제에 너무 몰두한 나머지 이 김빠진 결말을 궁금하게 여기며 낭비할 시간이 없었다. 그러나 모팻이란 이름이 조간신문에 빈번히 등장하여 무의식적으로 그 사람을 생각나게 했다. 게다가 자기가 어떤 다른 사람에게 도움을 구할 수 있다는 말인가? 아내가 요구하는 액수의 돈은 '즉각적인 차익'으로만 얻을 수 있었고, 랠프가 한 번 모팻에게 같은 종류의 도움을 제공했기 때문에 지금 그 사람에게 호소하는 것이 자연스러웠다. 더욱이 시장은 우연히도 호황이었고, 그렇게 경험이 풍부한 투기꾼이 행운의 비책을 몰래 숨겨두고 있을 가망성이 없지 않은 것 같았다.

랠프가 마지막으로 방문한 이후로 모팻의 사무실은 변했다. 페인트칠을 하고 광택제를 바르고 놋쇠로 된 철책이 있는 건물의 바깥 주변은 호화로운 분위기가 났다. 모로코 가죽으로 장정된 '전집들'이 꽂힌 마호가니 책장들과 널찍한 푸른색 가죽 안락의자가 있는 안쪽 방은 종려나무 한두 그루만 있으면 고급 호텔의 휴게실이라고 해도 될 정도였다. 자기를 맞으러 앞으로 나오는 모팻을 보고 랠프는 사무실을 호화롭게 꾸민 그 손이 모팻도 다시 단장해주었다는 인상을 받았다. 그 사람은 더 번지르르하고 더 천박하고 더 비싼 양복을 입었으며, 몸 전체에서는 값비싼 향수 냄새가 아주 희미하게 풍겼다. 랠프가 푸른색 안락의자에 앉아 부탁을 하는 동안 모팻은 맞은편에 앉아서 팔꿈치를 인상적인 '워싱턴' 책상[113] 위에 올려놓은 채로 주의 깊게 귀를 기울였다.

"당신은 굉장히 급하게 돈을 벌 수 있는 정보를 알고 싶다는 거요?"

모팻은 아래쪽 마디에 검은 털이 약간 있는 끝이 네모진 통통한 손가락 두 개 사이로 콧수염을 꼬았다. 그러고는 말했다.

"난 이곳 뉴욕에서 샌프란시스코에 이르기까지 정신이 말짱한 사람이라면 모두 다 그런 열망에 사로잡혀 있을 거라고 생각합니다."

이런 농담을 하고 나서 본론으로 들어갔다.

"그렇죠. 지금이 구입하기에 최고로 좋을 때죠. 그건 틀림없어요. 하지만 당신은 신속하게 자금 회수를 하고 싶다고 했죠? 기다려주지 않는 수월한 돈벌이에 대해 들어보셨겠죠? 수월한 돈벌이는 무슨 종류이든지 다 사람들을 기다려주지 않는 경향이 있죠. 수월한 돈벌이를 쫓는 사람들은 항상 있으니까요."

$\colon$

113) 워싱턴 책상(Washington desk): 미국의 초대 대통령인 조지 워싱턴이 사용한 소박하면서도 고전적인 책상을 모방해서 만든 책상.

모팻의 웃음은 장난스러웠다.

"자, 자, 내가 도움이 굉장히 필요할 때 당신이 날 도와주었으니 나도 상당히 애를 써서 당신에게 호의를 베풀어주겠소. '내가 젊었을 때 당신이 나를 보호해주었죠.' 예, 선생님, 전 그런 사람입니다."

모팻은 일어나서 느긋하게 걸어서 방의 반대쪽으로 가더니 책장 꼭대기에서 작은 물건 하나를 집어 들었다.

"이 분홍색 크리스털이 마음에 드십니까?"

모팻은 빛 가까이에 동양풍의 장난감을 가져갔다.

"오, 내가 감식가는 아니지만 그래도 가끔 예쁜 물건을 사는 걸 좋아하죠."

랠프는 그 사람이 눈으로 장난감을 애무하는 것을 알아챘다.

"자, 이제 이야기를 해봅시다. 당신 말은 3주 내에 당신의……당신의 투자를 위한 자금을 얻어야 한다는 거죠. 꽤 빨리 일을 해야 하는군요. 그리고 당신은 그 돈을 10만 달러로 불려야 한다는 거죠. 당신이 5만 달러를 투자할 수 있소?"

랠프는 그 질문에 대해 준비했지만 막상 질문을 받자 잠시 떨렸다. 그 금액의 절반을 할아버지에게서 기대할 수 있고 아마 약간의 추가적인 돈을 페어퍼드에게 빌려달라고 할 수 있다는 걸 알았지만 나머지는 어디에서 얻을 것인가? 아니, 클레어가 있지. 랠프는 항상 클레어 말고는 다른 방법이 없을 거라는 것을 알았다. 어쨌든 그 돈은 클레어의 것이었고, 대거닛가의 돈이었다. 적어도 클레어는 그렇다고 말했다. 자기가 처한 곤경에서 오는 온갖 비참함이 대답하기 전 잠깐 동안의 침묵 속에 녹아 있었다.

"예, 그렇게 할 수 있을 거요."

"그렇다면 내 생각에 내가 그 돈을 두 배로 불려줄 수 있소."

모팻은 전능한 올림포스 신이 보이는 겸손한 태도로 말했다.

"아무튼 노력하겠소. 다만 다른 아가씨들에게는 말하지 마시오."

모팻은 계속해서 랠프의 귀에 자기 계획을 밝혔고, 랠프는 정신 차리고 주의를 집중하려고 애썼지만 자기의 귀에서는 사실과 숫자들이 뒤얽힌 연주회 사이로 교외의 잔디를 가로질러 질주하는 작은 소년의 외침이 끊임없이 울렸다.

"오늘 내가 아이를 데리고 가면 영원히 아이는 내 것이 될 거야!"

모팻이 요약해서 말하는 동안에 랠프는 이 생각을 했다.

"요약하면 이게 전체 계획입니다. 하지만 당신은 심사숙고하는 게 좋을 거요. 당신이 완전히 확신하지 못하는 일에 당신을 들이고 싶지는 않으니까요."

"오, 당신이 확신한다면……."

랠프는 이미 누나네 집으로 가는 기차를 타러 가는 길에 클레어 밴 더갠의 집을 급히 들르는 데 걸리는 시간을 계산하고 있었다.

랠프는 초조해져서 모팻의 작별 인사에 충분한 관심을 기울일 수가 없었다.

"당신을 만나서 반갑소."

랠프는 모팻이 마지막으로 악수하면서 다짐하는 말을 들었다.

"언제 한 번 저녁에 내 클럽에서 같이 저녁 식사라도 합시다."

랠프가 애매하게 수락하는 말을 낮은 소리로 웅얼거릴 때 모팻이 계속 말했다.

"그런데 당신 아들은 어떻게 지내나요? 지난번에 봤을 때 그 녀석 굉장히 귀엽더군요. 제가 실언을 했다면 용서해주시오. 그렇지만 당신이 아이를 데리고 있는 것으로 압니다만……? 맞죠. 그럴 거라고 생각했어요…….

자, 잘 가시오."

클레어의 집 안쪽 거실은 비어 있었다. 그러나 하인이 곧 돌아와서 클레어가 가끔 방문객을 맞는 방으로 랠프를 인도했다. 금박을 입혔고 태피스트리가 걸려 있는 어수선한 그 방 반대편 벽의 우뚝 솟은 액자에서 '영향력 있는' 화가가 그린 초상화 속의 밴 더갠이 소유권을 주장하며 만족스러운 듯이 바라보는 동안, 클레어는 포플이 그린 자기 초상화 아래에서 황금 접시가 잔뜩 놓인 차 탁자 뒤에 있는 엄청나게 큰 소파에 조그맣게 혼자 앉아 있었다.

한바탕 몰아닥치는 흥분에 휩쓸린 랠프는 사촌이 자기를 늘 맞이하는 조용한 구석 대신 이런 장소에서 자신을 접대하는 클레어의 경박스럽게 괴팍한 성격을 마치 꿈속에 있는 것처럼 느꼈다. 그러나 마음속에는 '내가 그 일을 다 처리한 것 같아!'라고 외치는 소리 말고는 다른 것이 자리를 차지할 여지가 없었다.

랠프는 자리에 앉아서 모팻과 한 거래의 세부 사항을 말을 고쳐서 최대한 잘 진술하려고 하면서 무슨 방법으로 해냈는지를 설명했다. 클레어도 정말로 사업 방법에 대해 무지했기 때문에 그 모호한 설명이 덜 모호해 보였다.

"어쨌건 그 사람은 그 일이 안전하다고 확신하는 것 같아. 그 사람이 지금은 롤리버와 친한 것으로 아는데, 롤리버는 에이펙스를 실질적으로 장악하고 있어. 이 사업은 에이펙스에 있는 공익사업체를 있는 대로 다 사들이는 계획이야. 그 사람들은 인가서를 받을 거라고 사실상 확신하고, 모팻은 몇 주 안에 투자금을 두 배로 불려주는 것을 믿어도 된다고 말했어. 물론 네가 원하면 세부적인 내용을 설명할게……."

"오, 아니에요. 당신이 모든 것을 분명하게 해주었어요."

클레어는 랠프가 정말 분명히 설명했다고 느끼게 했다.

"게다가 도대체 그게 뭐가 중요해요? 중요한 건 그걸 처리했다는 거죠."

클레어는 반짝이는 눈으로 쳐다보았다.

"그럼 이제……내 분담금은……당신은 그걸 말하지 않았어요……."

할아버지에게 이미 필요한 액수를 밝혔고 할아버지가 2만 5000달러를 주기로 약속했는데, 자기 몫의 유산에서 그만큼이 결국 공제될 것이라고 설명했다. 어머니도 주겠다고 고집한 액수를 준비했고, 매형인 헨리 페어퍼드는 자발적으로 만 달러를 제공하기로 했는데, 정말 관대한 사람이야…….

클레어가 한숨을 쉬었다.

"헨리도 냈다고요! 그럼 나만 빠진 건가요?"

랠프는 얼굴이 붉어지는 것을 느꼈다.

"아, 보다시피 난 5만 달러나 필요할 거 같아……."

클레어가 기뻐서 손뼉을 쳤다.

"그럼 당신은 내가 당신을 돕도록 허락해야 해요! 오, 난 너무 기뻐요……너무 기뻐요! 내가 2만 달러를 준비해놓았어요."

랠프는 이 모든 짓누르는 함축적 의미에 또 다시 말이 막혀서 방을 둘러보았다.

"당신은 정말 친절한 사람이오……하지만 그 돈을 받을 수 없소."

"그 돈은 모조리 다 내 돈이라고 말했잖아요!"

"그랬지. 하지만 혹시 일이 잘못되면?"

"어떤 것도 **잘못될** 수 없어요……당신이 내 돈을 받아주기만 하면……."

"그 돈을 잃을 수도 있어……."

"당신에게 돈을 주는 거라면 나는 잃지 않아요!"

클레어의 눈길이 방을 둘러보는 사촌의 눈길을 좇다가 다시 랠프를 바라보았다.

"당신은 그 돈이 보상해줄 모든 걸 상상할 수 없나요?"

기뻐서 외치는 소리가 랠프를 사로잡았다. 아, 그래, 그 모든 것을 상상할 수 있었다! 랠프는 사촌의 손 위로 고개를 숙였다.

"그 돈 받을게."

랠프가 말했다. 그리고 둘은 일어서서 마치 환하게 빛나는 아이들처럼 서로 바라봤다.

클레어는 문까지 랠프를 따라왔다. 떠나려고 돌아서면서 랠프가 웃음을 터뜨렸다.

"그런데 이 방에서 그 일이 일어나다니 기묘해!"

클레어는 랠프 옆에 가까이 서서 문에 친 육중한 태피스트리에 손을 얹고 있었다. 그 시선은 랠프를 지나 남편의 초상화로 향했다. 그 시선을 포착한 랠프의 마음속에는 옛날의 애정과 증오가 봇물처럼 터져 나왔다. 랠프는 그 초상화 아래에서 클레어를 끌어당기고 격렬하게 키스했다.

제35장

48시간 이내에 랠프의 돈은 모팻의 수중에 들어갔고 불안한 미결 상태가 시작되었다.

거래는 끝났고, 랠프는 고통스러운 미결 상태 뒤에 오는 현혹하는 듯한 호황의 낌새를 느꼈다. 자기를 구속하던 망상에서 드디어 인생이 자기를 풀어준 것처럼 보였다. 인생의 선물 가운데 최고인 아이만을 남긴 채로.

폴이 앞으로 하고 되리라고 생각한 것들이 미래에 대한 랠프의 상상을 행복하게 채워주었다. 아이는 점점 더 흥미롭게 자랐다. 아이는 수많은 감정과 인식의 가지들을 발산하여 랠프를 기쁘게 했고 조심스러운 로라의 관심을 사로잡았다.

"랠프, 이 아이는 꼭 너처럼 될 거야."

로라는 잠시 멈추더니 감히 이렇게 말했다.

"이 애 자신을 위해 이 아이에게는 스프라그의 피가 한두 방울 섞였으면 좋겠어."

랠프는 그 말의 의미를 알아듣고 웃었다.

"부지런히 일하는 사람으로 변한 내가 그 아이를 낳은 때의 낭만적이고 바보 같은 나를 닮는 걸 막을 거예요. 폴과 나, 우리 둘은 멋지게 될 거예요."

랠프가 계획하는 책 역시 펼쳐졌고 사고의 가지들이 뻗어나갔다. 그리고 인공적인 열정이 만들어낸 백열과 같은 정력으로 그 책에 대한 작업을 해나갔다. 몇 주 동안 랠프가 행동하고 말하는 것은 모두 꿈에서 한 행동처럼 편안하고 자연스러운 듯이 보였다.

이런 기분 속에서 클레어 밴 더갠은 다시 어린 시절의 동무가 되어주었다. 랠프는 사촌을 자주 만나지 못했다. 클레어가 아이들과 시골에 가 있었기 때문이다. 그러나 두 사람은 매일 편지나 전화로 이야기를 나누었고 때때로 클레어가 밤에 페어퍼드 댁으로 왔다. 거기에서 두 사람은 어린 시절 하던 기나긴 산책을 다시 했고, 그러면 여름철 들판과 숲은 다시 한 번 마술과 같은 모습으로 가득 차는 것 같았다. 클레어는 더 이상 지적이지 않았고 랠프의 상상의 나래를 따라오지도 않았지만, 랠프에게 아주 소중하게 된 몇몇 특징이 꽃향기처럼 내재했다. 그렇게 두 사람은 6월의 기나긴 오후 내내 여러 주제에 관해 이야기를 나누었다. 클레어의 대답이 때로 요점을 놓치더라도 그건 중요하지 않았다. 그 침묵은 요점을 절대로 놓치지 않았기 때문에.

그러는 동안 랠프는 여러 소식통으로 엘머 모팻에 관한 다소 앞뒤가 안 맞는 많은 정보를 계속 들었다. 모팻은 아라라트 수사에서 증언을 하려고 유럽에서 돌아왔으며 전 후견인인 대단한 인물, 하먼 B. 드리스콜이 가까스로 그 사람의 입을 다물게 했다고 대부분 사람들은 생각했다. 입을 다무는 대가로 받은 상당한 액수의 돈 덕분에 모팻이 투자에서 이익을 냈고 이 덕분에 월 가의 지배자 가운데서 영원히 우월한 위치를 차지했다는 이야기가 있었다. 최근 성과에 대한 이야기와 사람 자체에 관한 여러 소문은 보고하는 이가 보는 각도에 따라 다양했다. 그 사람의 단단하고 예리한 성격에 초점이 맞춰질 때마다 보호하는 어떤 신이 그 사람에게 신비의 베일을 던지는 것 같았다. 하지만 비방하는 사람들이 먼저 '그 사람에게 무엇이 있다'고 인정했다. 그 사람은 월 가에서 잠시 반짝하는 단계를 넘었다고 여겨졌고 사업 세계에서는 그 사람이 '머물기 위해 왔다'고 의견의 일치를 보았다. 모팻이 정착한다는 기미가 심지어 5번가에서도 느껴지기 시작했다. 72번가에 집을 샀고 센트럴파크 가까이에 집을 지으려고 한다는 소식이 들려왔다. 항상 '친구에게 이끌려 가는' 한두 사람은 그 사람의 중국산 도자기와 페르시아 산 양탄자를 보기 위해 팩톨러스에 있는 그 사람의 아파트를 방문하곤 했다. 때로 모팻은 5번가 식당에서 몇몇 중요 인사와 식사를 했다. 모팻의 이름이 자선 기사나 시 위원회에 나타나기 시작했다. 유명한 클럽에 그의 이름이 올랐다는 소문까지 있었다. 작은 예배당을 위해 모금을 하는 부유한 구의 목사는 그 사람을 정찬에서 만난 다음 '그 사람이 완전히 물질주의자는 아니더라'는 말을 했다는 소문이 돌았다.

모팻의 단단한 입지를 보여주는 것으로 수렴되는 이런 모든 증거들에 자신의 모험에 대한 랠프의 믿음이 강해졌다. 랠프는 자기에게는 모든 것이 너무나 멀고 비현실적으로 보이던 부동산 거래를 모팻은 얼마나 기민하고 확실하게 처리하는지 기억했다. 그리고 솜씨 좋은 외과의 수중에 있는 환자가 보여주는 수동적인 믿음으로 향후 진행될 일을 기다렸다.

6월 말이 다가왔다. 매일 아침 랠프는 점점 더 예민하게 전율을 느끼며 기대와 함께 신문을 펼쳤다. 언제라도 에이펙스 특허의 허가장을 읽을 것만 같았다. 모팻은 이 달 말이 되기 전에 '끝낼 거라고' 보장했다. 그러나 발표는 나오지 않았고, 랠프는 상당한 시간이 흘렀다고 생각했을 때 소식을 묻기 위해 전화를 걸었다. 모팻은 외출 중이었다. 며칠 뒤에 돌아왔을 때 모팻은 랠프가 그간의 소식에 대해 묻자 약간 짜증을 내는 목소리로 회피하듯이 대답했다. 같은 날 랠프는 자기 측 변호사에게서 아내와 한 재정적인 합의를 행사하기로 동의한 최종일이 다음 주말이라는 걸 아내 측 변호사가 상기시켜주었다는 편지를 받았다.

깜짝 놀란 랠프는 즉시 아라라트로 갔다. 모팻의 둥글고 품위라고는 없는 얼굴과 아주 깔끔하게 차려입은 모습을 보자 즉시 다시 안심이 되었다. 매우 조심스럽게 빗어 넘긴 머리 꼭대기의 동그란 대머리 아래에 인간 영혼을 괴롭히는 모든 금전적인 문제의 해결책이 있다고 랠프는 느꼈다. 모팻의 목소리는 이미 평상시의 친근함을 회복했고 환영하는 듯한 따뜻한 태도에 랠프의 지난 염려가 사라졌다.

"아, 예, 모든 게 다 잘되고 있지요. 그 사람들은 지난주에 우리를 지체시켰다고 생각했지만 그렇지 않았어요. 아마도 한 주 정도 더 연기될 거예요. 하지만 우리는 4일 경에는 축하의 포도주병을 따고 있을 거요."

사동이 이름이 적힌 종이쪽지를 가지고 들어왔다. 모팻은 시계를 보더니 아주 다정하게 손을 내밀었다.

"당신이 와주셔서 기쁩니다. 물론 계속 최신 정보를 알려드리지요. 아니, 이쪽으로, 다시 찾아주세요……."

모팻이 랠프를 다른 문으로 안내했다.

7월이 되었고 두 번째 주로 접어들었다. 랠프의 변호사는 상대 변호사에게서 기한을 미루자는 동의를 얻어냈다. 그러나 언딘의 변호사는 이 거래가 8월 첫 주까지는 마무리되어야 한다고 알려주었다. 랠프는 모팻에게 한두 번 전화를 했는데 그 사람은 모든 게 '자기들에게 유리하게 돌아간다'고 유쾌하게 장담했다. 그러나 랠프는 사무실로 다시 돌아오면서 당황스러웠고, 허기지고 불안한 상태에서 자신이 날마다 발이 땅에 닿지 않고 떠다니고 있는 것 같았다. 마침내 랠프가 일요일을 아들과 지내기 위해 아침에 시내를 떠난 어느 날 오후 헨리 페어퍼드가 시내에서 돌아와 에이펙스 합병 계획은 허가를 얻는 데 실패했다는 말을 전해주었다. 일요일에는 모팻과 연락을 취할 수가 없었다. 랠프는 소식을 들은 다음 24시간 내내 몸이 달았다. 클레어 밴 더갠이 막내아들과 함께 지내기 위해 내려왔고 오후에 클레어와 랠프는 두 아이를 데리고 배를 타러갔다. 가벼운 미풍이 해협의 물결을 밝게 비추었고 네 사람은 해안을 미끄러져 내려가 일몰을 향해 바람결에 따라 나아갔고 잦아드는 바람과 함께 돌아왔다. 여름 하늘은 푸른빛에서 투명한 녹색으로, 점점 더 짙어지는 황혼의 회색으로 변했다.

선착장을 떠나 어두워지는 잔디를 가로질러 아이들을 따라 걸어 올라올 때 랠프에게 안전한 느낌이 다시 내려앉았다. 그런 경관과 분위기가 자기에게 닥쳐온 악의 가면이 될 수도 있다는 걸 믿을 수 없어 의문과 걱정이 모두 멀어졌다.

다음 날 아침 랠프는 클레어와 함께 시내로 돌아왔다. 역에서 사촌을 롱아일랜드로 가는 차에 태워주고 서둘러 모팻의 사무실로 갔다. 랠프가 갔을 때 모팻이 '손님을 만나고 있다'는 말을 듣고 바깥 사무실에서 거의 반시간을 기다려야만 했다. 거기서 탁탁탁 고르게 들리는 타이프 치는 소리와 갑작스럽게 울려대는 전화 소리에 랠프의 생각은 다시 한 번 불안한 원을 그리기 시작했다. 드디어 안쪽 문이 열렸고 랠프는 안심할 수 있는 안식처에 들어갔다. 모팻은 책상 뒤에 앉아 랠프에게 몇 주 전에 보여준 것과 비슷한 작은 크리스털 꽃병을 살펴보고 있었다. 랠프가 들어갔을 때 그 사람은 그것을 불빛에 대고 이슬 같은 면에 새겨진 물위의 풀잎 그림자처럼 가녀린 디자인을 비춰보고 있었다.

"이거 정말 예쁘지 않아요?"

모팻은 장난감을 내려놓고 책상 너머로 손을 내밀어 악수를 했다. 그러고는 의자에 기대어 아랫입술을 약간 웃기게 삐죽이며 계속 말했다.

"자, 자, 그 사람들이 이번에 우리를 아주 골탕을 먹이고 있군요. 틀림없어요. 오늘 아침 《레이디에이터》 신문 봤어요? 난 정말 어떻게 일이 새나갔는지 모르겠어요. 하지만 개혁론자들이 이 계획에 대해 낌새를 챘나 봐요. 그자들이 채찍을 휘두르면 무엇이 새어나오게 되어 있어요."

모팻은 즐겁고 기분 좋게 아주 활달한 목소리와 정말 편안한 몸짓으로 이야기했다. 결코 서두르지 않는 힘의 느낌을 이보다 더 이상 완전하게 전달할 수 없었다. 그러나 랠프는 처음으로 그 사람의 눈가 주름과 흰 이마와 옷깃 위로 보이는 붉은 목주름 간의 선명한 대조를 눈여겨 보았다.

"그게 아직 끝나지 않았다는 말입니까?"

"어쨌든 이번에는 아니오. 우리는 곤란한 상태요."

무엇이 랠프의 머리를 딱 하고 때리는 것 같았다. 랠프는 가장 가까운 의자에 앉았다.

"보통주가 많이 내려갔나요?"

"흠, 당신은 그걸 살피기 위해 주의를 기울여야 할 거요."

모팻은 손가락 끝을 모아 누르며 생각에 잠겨 덧붙였다.

"하지만 그건 거기에 그대로 있을 거요. 우리가 결국 허가를 얻을 거요."

"결국이라는 게 뭐죠?"

"오, 분명 최후 심판의 날 전이죠, 아마 내년쯤."

"내년이라고요?"

랠프의 얼굴이 붉어졌다.

"그게 도대체 나한테 무슨 득이 되겠소?"

"그게 당신 애인을 달밤에 차로 데려다주는 것만큼 유쾌하다고는 하지 않겠어요. 그러나 일은 그런 식이죠. 그리고 그 돈은 어쨌거나 아주 안전합니다. 당신에게 줄곧 그렇다고 얘기했는데요."

"하지만 8월 전에 주가가 상승할 거라는 점을 믿어도 된다고 당신이 계속 말해왔잖소. 그 돈이 내게 지금 당장 필요하다는 걸 알지 않았소."

"당신이 그 돈을 지금 원한다는 건 알죠. 나와 친구들 몇 명은 알았죠. 그것이 당신이 원하는 배당금을 줄 수 있을 것 같은 유일한 일이라서 당신을 거기에 주선해주었지요."

"적어도 위험에 대해 내게 경고했어야 하지 않소!"

"위험요? 난 당신이 의자에 편히 앉아서 몇 달 뒤 5만 달러가 당신 무릎에 떨어지기를 기다리는 걸 큰 위험이라고 보지 않소. 그게 은행만큼은 안전하다고 말하는 거요."

"내가 어떻게 그런 걸 알겠소? 당신이 처음부터 이 일에 대해 나를 잘못 인도했소."

모팻의 얼굴은 이마까지 검붉은 색으로 변했다. 두 사람이 만난 이래 처음으로 랠프는 이 사람이 화내는 것을 보았다.

"자, 당신이 그렇게 집착하는데 나도 그렇소. 난 당신보다 거기에 훨씬 더 깊이 개입했소. 당신이 내 말을 안 믿는 게 아니라면 그게 내가 할 수 있는 최선의 보장이오."

모팻은 자신을 다스리려고 마치 같은 길이로 물건을 고르게 자르는 기계처럼 음절을 끊어가면서 최대한 신중하게 말했다.

랠프는 먹구름 같은 혼돈 속에서 귀를 기울였다. 그러나 모팻의 화를 긁는 것은 미친 짓이라고 생각하고 좀 더 달래는 어조로 말했다.

"물론 당신 말을 믿지요. 그러나 난, 난 단지 그 돈을 잃을 여유가……."

"당신은 잃지 않을 거요. 당신이 주식 위탁 증거금을 매물로 내놓아야 한다고 생각하지 않아요. 내가 말하는데, 그건 거기에 안전하게 있어요……."

"예, 그렇겠죠, 이해합니다. 난 분명히 당신이 내게 손해를 끼치려고 충고했으리라고 생각하진 않습니다……."

랠프는 혀가 부풀어 오르는 것 같아 말을 꺼내기가 어려웠다.

"다만 당신이 알다시피 난 기다릴 수 없어요. 그것이 불가능합니다. 방법이 없나 알고 싶군요……."

마치 어머니가 두려워하는 말을 입 밖에 내지 않은 채 암시로 전달하려고 하는 말을 이해하지 않으려는 절망에 빠진 어머니를 바라보는 의사처럼 모팻은 체념하고 동정하듯이 랠프를 바라보았다. 랠프는 그 표정을 이해했지만 마음이 급했다.

"당신은 이렇게 말하는 내가 미쳤거나 바보라고 생각하겠지만, 사실 난 그 돈이 정말 필요해요."

랠프는 잠시 기다리다가 힘들게 숨을 쉬었다.

"난 그 돈이 있어야 해요. 그것뿐이오. 아마 내가 당신에게 털어놓는 게 낫겠소……."

마치 면담이 끝났다고 여긴 듯 일어선 모팻은 다시 의자에 앉아 랠프를 찬찬히 바라보았다. 지금까지보다는 좀 더 인간적으로 말했다.

"계속하시죠."

"내 아들……당신이 요전 날 말한……난 그 아이를 무척 사랑합니다……."

랠프는 아무런 공통된 감정이 없는 이렇게 거친 남자에게 아들 폴에 대한 자기 감정을 털어놓는 게 불가능하다는 생각에 말을 중단했다.

모팻은 여전히 랠프를 쳐다보았다.

"난 당신이 그럴 거라고 생각합니다! 그 아이는 아주 영리한 아이더군요. 그 애는 매일매일 발전하는 아이 같더군요."

랠프는 자신을 추스르고 나서 갑자기 마음을 먹고 말을 계속했다.

"아, 당신이 알다시피 아내와 헤어졌을 때 난 아내가 아이를 원할 거라고는 꿈에도 생각하지 못했죠. 그 문제는 생각나지도 않았어요. 그 문제가 생각났다고 해도 물론……그러나 전처는 2년 전 떠날 때 아이를 내게 두고 떠났지요. 이혼할 때 난 바보였어요. 내가 적절한 절차를 밟지 않았지요……."

"전 부인이 단독 양육권을 가졌다는 말이오?"

랠프는 그렇다고 표시했고 모팻은 생각에 잠겼다.

"안됐군, 안됐군요."

"그런데 이제 전처가 다시 결혼하려 하는데…… 물론 난 아들을 포기할 수 없어요."

"그 사람은 당신이 포기하기를 원하나요? 그래요?"

랠프는 그렇다고 다시 고개를 끄덕였다.

모팻은 의자를 휙 돌리고 나서 의자에 몸을 기대고는 통통한 다리를 쭉 뻗고 반짝반짝한 부츠 끝을 가만히 보았다. 입 속에서 알아들을 수 없는 노래를 나지막이 흥얼거렸다.

"그래서 당신이 돈을 원하는 거요?"

모팻이 마침내 고개를 들고서 물어보았다.

"그렇소."

깊이 고뇌하는 랠프에게서 대답이 흘러나왔다.

"당신이 그 돈을 그렇게 급하게 원하는 이유를 알겠소."

모팻은 다시 부츠를 찬찬히 보았다.

"그건 아주 많은 돈이오."

"그렇지요. 그게 문제죠. 난 그 사람이……."

랠프는 혀가 다시 입 안에서 둔해지는 것을 느꼈다.

"난 그 사람이 기다리지도 덜 받지도 않을 거라고 생각해요……."

모팻은 부츠를 보는 걸 그만두고 반쯤 감은 눈으로 랠프를 찬찬히 뜯어보았다. 모팻은 천천히 말했다.

"그럴 거요. 난 언딘 스프라그가 단 한 푼이라도 덜 받으리라고 생각하지 않아요."

랠프는 자기 얼굴이 백짓장처럼 하얘지는 걸 느꼈다. 모팻은 무례해서 이렇게 말하는 것일까, 아니면 무지해서 그런 것일까? 모팻의 목소리나 얼굴에는 표정이나 감정을 드러내는 기미가 없었다. 모팻은 모든 것에 똑같이 거칠고 경박한 척도를 적용하는 것 같았다. 그러나 그런 생각도 했지만 랠프는 참을 수가 없었다. 랠프는 자신에게 '침착하라, 침착하라'고 되뇌었다. 그런데 갑자기 화가 치밀어 올랐다.

랠프는 벌떡 일어나며 말했다.

"이보세요, 모팻 씨, 내가 아내와 이혼했다고 해서 누구도 그 사람에 대해 내게 그런 식으로 말할 권리는 없습니다."

모팻은 약간 놀라고 흥미로워하면서 랠프의 도전적인 말을 차분한 시선으로 받았다.

"그래요? 흠, 만약 그렇다면 나도 같은 식으로 느껴야 하겠어요. 나 자신이 그 여자와 이혼했으니까요."

한순간 랠프는 그 말의 의미를 알아들을 수 없었다. 그러고 나서 그 말의 의미가 머릿속에서 솟구쳐 올라 팔을 반쯤 쳐든 채 앞으로 나갔다. 그러나 자신의 이상한 자세를 깨닫고 팔을 내렸다. 중요하지도 않고 관련도 없는 일련의 일들이 머릿속을 빠르게 지나갔다. 그러고는 애매하던 것들이 마음에서 정리가 되었다. '이 남자⋯⋯이 남자가⋯⋯'라는 말이 어두워진 의식 안에서 불꽃이 이는 지점이었다. 랠프가 말을 꺼냈다.

"대체 무슨 말을 하는 거요?"

모팻은 차분하면서도 반은 농담 섞인 목소리로 말했다.

"그러니까 사실을 말하는 거죠. 당신 몰랐소? 난 당신 부인에게서 당신 가족들은 이혼에 대해 편견이 있다는 말은 들었지요. 그래서 그 사람이 과거의 일은 입 다물었으리라고 짐작해요."

모팻은 유쾌하게 계속 말했다.

"만약 당신이 우리가 한 작은 투자에 대해 목소리를 높이지 않았다면 그 말을 입 밖에 내지 않았을 겁니다. 그런데 지금 모든 게 드러났으니 이야기를 모두 듣는 게 낫겠지요. 때로는 몇 가지 사실을 한번 점검해보는 것도 남자로서는 썩 괜찮지 않나요? 이야기를 계속할까요?"

랠프는 아무런 내색도 못한 채 듣고 서 있었다. 그러나 모팻이 말을 끝냈을 때 듣고 있다는 표시를 희미하게 했다. 랠프는 모팻이 자기에게 밀어준 의자 뒤를 한 손으로 잡으려 한 것 말고는 달리 자세를 바꾸지 않았다.

"서 있겠다고요?"

모팻 자신은 의자에 뒤로 기대며 편안하게 이야기하는 자세를 취했다.

"음, 그게 이렇게 되었지요. 언딘 스프라그와 나는 네브래스카 주의 오페이크에서 결혼했죠, 지난 달로 9년 전에. 저런! 그 사람은 그때 아주 미인이었죠. 밀러드 빈치라는 바보하고 한두 해 동안 약혼한 것 빼고는 그 사람에겐 별일 없었지요. 언딘은 밀러드를 인디애나 롤리버에게 넘겼어요. 음, 내 생각에 그 사람은 변화를 좋아하는 것 같아요. 우리는 소위 사교계 결혼식을 하지 않았죠. 신랑 들러리나 신부 들러리나 〈에덴 동산에 흐르는 목소리〉 같은 결혼행진곡도 없었고. 사실은 언딘의 부모도 결혼이 끝날 때까지 몰랐소. 한데 너무 빨리 끝나버린 결혼이었소. 그 사람의 부모가 알았을 때 결혼을 무효로 하려고 했으니까요. 문제는 그 사람들이 너무 빨리 잡아내서 우리는 단지 2주일을 같이 지냈을 뿐이라는 거죠. 그러고는 그 사람들이 언딘을 에이펙스로 끌고 가버렸죠. 그리고 음, 난 그 사람들과 싸울 돈도 연줄도 없었고요. 애브너 아저씨는 그때 거기에서 상당히 영향력이 있는 사람이었어요. 그리고 그 뒤에는 제임스 J. 롤리버가 있었지요. 난 내가 당하는 때를 항상 알아요. 난 그때 호되게 당했어요. 그래서 우리는 인연의 고리를 풀었지요. 두 사람은 내가 알래스카로 가도록 배려해주었죠. 흠, 그게 그 가족이 뉴욕으로 이사 가기 전 해였죠. 다음에 내가 언딘을 만난 것은 당신들 약혼이 발표되던 날이었는데, 그때 극장에서 언딘과 나란히 앉아 있었죠."

모팻은 여전히 정찬 다음에 하는 연설 도입부처럼 반쯤 농담식의 가벼운 어조를 유지했다. 그러나 이야기가 계속되면서 여태까지 랠프에게 단지 평범하고 상스러운 옷가지로만 보이던 모팻의 신체적인 풍채가 마술사의 병에서 풀려난 괴물처럼 거대하고 불길하게 떠오르기 시작했다. 붉은 얼굴, 번쩍거림, 대머리, 대머리를 둥글게 감싸도록 조심스럽게 빗어 넘긴 둥그런 머리칼, 각진 어깨선, 너무 딱 맞는 양복, 눈부시게 광이 나는 넥타이핀, 손톱을 다듬은 손등에 난 짧은 털, 작은 생채기와 눈가 주름까지도 단단하고 용의주도한 얼굴 표면 위에 나타나기 시작했다. 그자의 실체를 보여주는 이 모든 확실한 증거들과 가까이 있다는 게 랠프에게 점점 커져가는 고통스러운 역겨움으로 다가왔다.

'이 남자가…… 이 남자가…….'

랠프는 이 생각을 넘어설 수가 없었다. 초라한 생각이 어떤 방향으로 향하든 시야를 가로막는 모팻이라는 물리적인 벽이 있었다……. 이리저리 헤매던 랠프의 시선은 모팻의 손 옆에 있는 책상 위에 있는 크리스털 장난감을 향했다. 허! 그런 손이 그걸 만졌다니!

갑자기 랠프는 자기가 이렇게 말하는 것을 들었다.

"내가 결혼하기 전에 당신은 그 사람들이 내게 말하지 않았다는 걸 알았소?"

"음, 그 정도는 알았죠……."

랠프는 계속 물었다.

"우리가 스프라그 씨의 사무실에서 만난 날 그걸 알았다는 거요?"

마치 그 사건을 기억하지 못하는 듯이 모팻은 잠시 생각했다.

"우리가 거기서 만났나요?"

모팻은 랠프가 상기시켜준 기억을 호의적으로 받아들이는 것 같았다. 그러나 랠프는 다른 기억이 또 떠올랐다. 모팻이 자기 집에서 식사를 했다는 게, 지금 얼굴을 마주한 이 남자와 과거 어느 날 저녁 같은 식탁에 앉아 아내를 사이에 두고……같이 식사를 했다는 것이 생각났다.

말로 표현할 수 없는 폭풍 같은 분노에 다시 한 번 사로잡혔다. 그러나 분노는 사라졌고, 랠프는 그 사실을 받아들이거나 거부하는 낡은 태도가 아무 소용도, 상관도 없다는 사실과 마주보았다. 자신이 중세 갑옷을 입은 현대인처럼 조상에게서 물려받은 편견들로 비틀거리는 것 같았다.

모팻은 여전히 책상에서 꼼짝도 않고 겉으로 보기에는 랠프를 이해하지 못한 채 앉아 있었다. '저자는 내가 뭘 느끼는지조차 몰라.' 이런 생각이 랠프를 스치고 지나갔다. 격식과 제재로 이루어진 자기의 낡은 사회가 랠프의 주변에서 무너져 내렸다.

요란스럽게 무너지는 소음 속에서 어조의 변화를 느낄 수 없는 모팻의 목소리가 이어졌다.

"자, 그 투자 문제 말이오⋯⋯내가 장담하는데 당신은 나보다 더 언짢게 느낄 수는 없을 거요. 그 점을 당신에게 말해줄 수 있소⋯⋯하지만 우리가 할 일은 가만히 앉아서 지켜보는 것뿐이오⋯⋯."

랠프는 그 목소리에서 돌아섰고, 자기가 층계참 위에, 다음에는 그 아래 길에 있는 것을 알았다.

제36장

랩프는 월 가의 한쪽 구석에 서서 뜨거운 여름 경관을 훑어보았다. 포장 도로의 갈라진 틈에서 먼지가 소용돌이치고 배수로에는 쓰레기가 떨어져 있고 비스듬히 기울어진 모자를 쓰고 얼굴에 땀을 흘리며 사람들이 끊임없이 쏟아져 나오는 것을 바라보았다.

다음에 랩프는 지하철의 매끄러운 벽 사이에서 북쪽을 향해 미끄러지듯이 갔는데, 나른하게 축 처진 또 다른 무리가 자기 주변의 좌석에 앉아 있었고 장례식에서 반복되는 통곡처럼 지하철역에서 외치는 콧소리가 차량을 통해서 울려 퍼졌다. 아무것도 생각할 수 없는 마음 상태 때문에 신체적인 지각과, 어수선한 한여름의 도시가 내뿜는 열기와 소음과 냄새에 대한 반응이 강렬해지는 것 같았다. 그러나 랩프는 이 불쾌한 것들을 아주 예리하게 인식하면서도 마치 생체 해부를 당해 분별력이 제거된 동물처럼 그것들에도 철저히 무관심했다.

랩프는 이제 모퉁이를 돌아서 웨이벌리플레이스로 들어섰고 워싱턴스퀘어를 향해서 서쪽으로 걸었다. 모퉁이에서 멈춰서 반쯤 들리는 목소리로 말했다.

"사무실……사무실에 가야 하는데."

랠프는 시계를 꺼내서 멍하게 쳐다보았다. 도대체 무엇 때문에 시계를 꺼냈단 말인가? 시간을 알기 위해 시계를 다시 맞추는 번거로운 과정을 거쳐야만 했다……열두 시였다……다시 사무실로 가야 할까? 광장을 건너 자기 집 계단을 걸어올라 간 후에 문에 열쇠를 끼워 넣는 게 더 쉬워 보였다.

집은 비어 있었다. 어머니는 늘 그렇듯이 며칠 전에 할아버지와 함께 메인 주의 해변에서 두 달을 보내기 위해 떠났고, 랠프는 아들과 함께 두 사람과 합류할 계획이었다……블라인드는 모두 내려져 있었고, 대리석이 깔린 현관의 상쾌함과 침묵이 랠프를 진정하였다……. 랠프는 혼잣말을 중얼거렸다.

"즉시 택시를 잡아타고 클럽에 점심을 먹으러 가야겠군……."

랠프는 모자와 지팡이를 내려놓고 양탄자가 깔리지 않은 계단을 올라가서 자기 방으로 갔다. 방에 들어섰을 때 마치 자신이 낯선 장소에 있는 것 같은 충격을 느꼈다. 전에 그 방을 본 적이 없는 것 같았다. 그러자 하나씩 하나씩 방 안에 있는 낡고 진부해진 일상적인 물건들이 모두 자기를 마주 보았다. 랠프는 정말 낯선 장소에 있고 싶다는 갈망을 병적일 정도로 강하게 느꼈다.

"여기서 어떻게 계속 살아갈 수 있을까?"

랠프는 의구심이 들었다.

조심성 없는 하인이 바깥쪽 덧문을 열어놓고 나가서 햇빛이 창유리에 쏟아졌다. 랠프는 창문을 밀어 열고는 덧문을 닫은 후 안락의자로 천천히 걸어갔다. 구슬 같은 땀이 이마에 솟아났다. 더운 방은 언덕과 함께 7월의 긴 오후 내내 앉아 있던 시에나의 빌라에 있던 호랑가시나무 아래의 열기를 생각나게 했다. 하얀색 드레스를 입고 나무에 기댄 채 서 있는 투명하면서도 헤아리기 어려운 언딘의 모습을 보았다…….

"우리는 네브래스카 주의 오페이크에서 결혼했죠……."

그날 오후 시에나에서 언딘이 그 생각을 했는지 궁금해졌다. 언딘이 혹시 그걸 생각했을까? 모팻과 식사를 하자고 요청한 건 바로 언딘이었다. 그때 이렇게 말했다.

"에이펙스에서 살 때 아버지가 어느 날 그 사람을 집에 데려왔어요……. 그 후로 그 사람을 본 기억은 없어요."

언딘이 그렇게 말한 바로 그자가 언딘을 팔에 안았고……아마도 그게 정말 언딘이 기억하는 일 전부일 수도 있다!

언딘은 계속 거짓말을 해왔다. 처음부터 말이다. 언딘이 계획적으로 교묘하게 독창적으로 거짓말을 하지 않은 순간이 단 한 번도 없었다. 이 생각을 할 때 한때 그렇게 뇌리를 떠나지 않고 랠프를 괴롭히던 언딘의 몸이 바로 곁에 있다는 느낌이 저항할 수 없을 정도로 몇 달 만에 처음으로 덮쳐왔다. 언딘의 신선함과 향기와 젊음이 발산하는 빛나는 아지랑이가 랠프를 조롱하는 듯한 눈부신 아름다움으로 방을 가득 채웠다. 랠프는 그 광경을 차단하려고 머리를 숙이며 손으로 얼굴을 가렸다.

이 환영은 파도처럼 서둘러 밀려드는 다른 생각들 때문에 휩쓸려 가버렸다. 랠프는 모든 생각의 실마리 하나하나를 붙잡아 놓는 것이 정말로 중요하고, 그 생각들이 모두 앞으로 말하거나 행하거나 조심해야 할 것들을 나타낸다고 느꼈다. 의심하지 않고 다재다능하며 지칠 줄 모르고 서두르는 몽상가의 두뇌가 그렇듯이 랠프의 정신도 모든 생각을 동시에 쫓아가는 것 같았다. 다음 순간 그 생각들이 꼭 쥔 주먹으로 누르고 있는 눈꺼풀 뒤에서 춤추는 작고 빨간 점들처럼 비현실적이고 무의미해졌다. 만약에 눈을 뜨면 그 생각들이 사라지고 낯익은 햇빛이 자신을 들여다볼 것이라는 생각이 들었다…….

노크 소리가 랠프를 방해했다. 집안일을 늘 떠맡는 늙은 가정부가 올라와서 몸이 좋지 않은지, 또 랠프를 위해서 자기가 할 일이 있는지를 물었다. 랠프는 가정부에게 없다고……몸은 더할 나위 없이 좋고……더 정확히 말하자면 몸이 좋은 건 아닌데……틀림없이 더위 때문에 그런 것 같다고 말했다. 그리고 덧문을 닫는 것을 잊어버렸다고 가정부를 나무라기 시작했다.

그건 가정부의 잘못이 아니라 다른 하녀 일라이자의 잘못인 것 같았다. 가정부의 말투는 일라이자에게서 기대할 게 없다는 걸 랠프도 알 거라는 점을 은연중에 내비쳤다……. 상쾌하고 시원한 그늘진 식당으로 내려가시지 않겠어요. 제가 차가운 음료수와 샌드위치를 몇 개 만들어드리겠어요.

"마블 부인에게 늘 말씀드린 것처럼 제가 1초라도 고개를 돌리고 딴 일을 하면 일라이자가 꼭 문제를 일으킨답니다."

불평을 늘어놓을 기회가 생긴 것을 아주 반가워하면서 늙은 가정부가 계속 말했다.

"일라이자는 해야 할 일을 망각하는 것만이 아니에요."

가정부가 의미심장하게 덧붙였다. 그러자 랠프는 가정부가 일라이자와 자기 사이의 고질적인 갈등에서 주인이 자기편을 들어주기를 기대하며 호소하고 있음을 깨달았다. 아마 가정부 말이 옳을 거라고……아마 자기가 해야 할 일이 있을 거라고……어머니가 나이가 들어서 이제는 문제를 이해하지 못할 때도 있을 거라고 랠프는 혼잣말을 했다. 잠시 동안 랠프의 정신은 열에 들뜬 것처럼 이 문제에 집중했다…….

"그러면 아래층으로 내려오실 거죠?"

"그럴게요."

문이 닫혔고 가정부가 복도를 따라서 무거운 발걸음을 끌고 내려가는 소리가 들렸다.

"하지만 돈은……돈을 어디서 구해야 할까?"

이 문제가 랠프의 뇌리 속 어느 곳 짙은 안개 층에서 갑자기 떠올랐다. 돈은……도대체 자기가 어떻게 그 돈을 갚을 수 있을까? 그 중요한 난제가 존재하는데 어떻게 딴 문제를 생각하느라고 시간을 허비할 수 있었단 말인가?

"그렇지만 난 할 수 없어……할 수 없어……돈이 사라졌는데……또 돈이 사라지지 않았더라도……."

랠프는 다시 의자에 털썩 주저앉아서 양 손으로 머리를 감쌌다. 자기가 왜 그 돈이 필요한지 생각이 나지 않았다. 랠프는 그 생각의 끈을 다시 이어보려고 무척 애를 썼다. 하지만 모든 것이 뇌리 속에서 빙빙 돌고 좌우로 움직이고 날아가듯 달리다가 갑자기 중단되었고, 랠프는 눈을 감은 채로 어둠을 똑바로 응시하면서 앉아 있었다…….

시간을 알리는 소리가 들렸고 자기가 식당으로 내려가겠다고 말한 게 생각났다.

"내려가지 않으면 가정부가 올라오겠지."

랠프는 고개를 들고 앉아서 늙은 가정부의 발걸음 소리가 들리는지 귀를 기울였다. 누가 다시 자기 방 문지방을 건너 들어오는 걸 도저히 참을 수 없을 것 같았다.

"왜 날 내버려두지 않는 걸까?"

랠프는 신음했다……. 마침내 텅 빈 집의 적막을 뚫고 멀리 아래쪽에서 문이 열리고 닫히는 소리가 들리는 것 같았다. 랠프는 혼자 중얼거렸다.

"가정부가 오는군."

랠프는 일어나서 문으로 갔다. 이제 가정부의 발걸음이 점차 가까이 다가오는 소리를 듣는 걸 미칠 듯이 두려워하는 것 말고는 아무것도 느끼지 않았다. 랠프는 빗장을 질러 문을 잠그고 서서 방을 둘러보았다. 잠시 동안 예전의 어느 때보다 더 또렷하게 자신이 방 안의 세세한 것까지 모두 보고 있다는 것을 자각했다. 다음 순간 책장 아래에 있는 서랍의 좁은 사각형 판 하나를 제외하고 방 안의 사물이 모두 사라져버렸다. 랠프는 그 서랍으로 가서 무릎을 꿇고 그 속에 손을 밀어 넣었다.

일어서서 다시 귀를 기울이자 이번에는 계단을 올라오는 늙은 하녀의 발소리가 뚜렷하게 들렸다. 랠프는 왼손으로 머리의 측면 위부터 귀 뒤의 두개골 곡선을 따라서 쓰다듬었다. 그리고 혼잣말을 했다.

"아내가……이렇게 하면 언딘의 일이 다 해결되겠지……."

불현듯 운명의 아이러니에 대한 깨달음이 랠프의 몸에 경련을 일으키며 훑고 지나갔다. 그러고 나서 랠프는 더 신중하게 자기가 원하는 지점을 찾아 다시 머리를 더듬었고 거기에 연발 권총의 총구를 갖다 댔다.

제37장

가발을 쓰고 훈장을 단 코가 높은 인물들의 초상화가 걸린 응접실에서, 머리 위에 있는 공적인 인물들의 일상의 모습과 별반 다르게 보이지 않는 일단의 숙녀들과 신사들이 빙 둘러 앉아 상복을 입은 어린 남자아이를 친근한 관심을 가지고 찬찬히 바라보면서 앉아 있었다.

그 아이는 몸이 가늘고 잘생겼으며 수줍어했다. 넓고 반짝거리는 마루 한가운데 뚝 떨어져 있는 검은 옷을 입은 작은 모습은 이상하게 외롭고 멀리 떨어져 있는 듯이 보였다. 이런 동떨어져 있는 듯한 효과가 아이 엄마에게는 의도적이고 거만한 듯한 모습으로 보였다. 문에서 아이를 들여보낸 다음 그 애가 주는 인상을 판단하려고 기다리던 언딘이 다가와 아이를 약간 밀면서 짜증내듯 말했다.

"폴! 새할머니께 가 뽀뽀해드려야 하잖아?"

그 아이는 어머니를 향해 돌아서거나 몸을 움직이지 않은 채 푸른 눈으로 무겁게 빙 둘러보았다.

"할머니는 제가 뽀뽀하기를 원하세요?"

분명히 불안해하는 목소리로 아이가 물었다.

"당연하지, 바보같이!"

엄마의 대답에 아이가 솔직하게 말을 덧붙였다.

"얼마나 더 많이 인사를 해야 해요?"

언딘의 얼굴은 물결 치는 밝은 머리칼까지 붉어졌다.

"저런 애는 처음 봐요! 그 사람들이 아이를 완전히 버릇없는 애로 만들어 놨다니까!"

레이몽 드 셸이 자기 어머니의 의자 뒤에서 나왔다.

"저 아이는 나와 있으면 곧 버릇없게 굴지는 않을 거요."

이렇게 말하며 선이 섬세한 피곤한 얼굴을 폴의 얼굴에 가까이 닿을 정도로 몸을 숙였다. 둘의 눈이 마주쳤고 아이가 웃었다.

"자, 이리 와봐, 애야."

영어로 계속 말하면서 셸이 아이를 끌고 왔다.

"아이가 아주 잘 생겼구나."

셸 후작 부인이 폴의 침울한 얼굴에서 며느리의 생기발랄한 모습으로 시선을 돌리면서 말했다.

"예쁘게 해봐, 아가! '안녕하세요, 할머니' 해봐."

언딘이 다그쳤다.

남편의 인도 아래 폴이 집안사람들에게 인사하러 다니는 것을 지켜보고 서 있으면서 언딘은 이상하게 뒤섞이는 여러 감정을 느꼈다. 아이를 되찾은 것과 3년 동안 떨어져 살다가 아주 사랑스러운 모습으로 자란 것을 보는 것도 '아주 기분 좋은' 일이었다. 히니 부인의 품에 안긴 아이가 그날 아침 기차에서 나왔을 때 그 아이를 처음 보고 자기가 얼마나 대단한 것을 얻었는지 깨달았다. 아이를 얻는 것에 대해서 의구심이 좀 있다 해도 남편에게 아이가 준 인상으로 그 의구심을 떨쳐버렸을 것이다. 셸은 곧바로 아이에게 매료되었고 폴은 수줍고 혼란스러운 모습으로 이미 새아빠의 접근에 반응을 보이고 있었다. 레이몽 백작과 백작 부인은 길어진 신혼여행에서 겨우 몇 주 전에 돌아왔다. 그리고 파리에 올 때면 분명히 그래야 하듯이 레이몽의 아버지인 노 후작과 함께 머물렀다. 그 노 후작은 친절하게도 폴도 셀 저택의 환대를 받아야한다고 제안했다. 언딘은 처음에 아들과 유모를 비좁은 자기의 중이층의 한 귀퉁이에 살게 한다는 것에 약간 당황했다. 그러나 자기 거처가 아무리 비좁더라도 엄마가 아들의 방을 마련해주지 않는다는 건 새로운 인척들에게는 생각할 수도 없는 일인 듯했다. 그래서 하는 수 없이 마지못한 태도를 숨긴 채 열심히 자기 옷방과 내실을 폴이 머물 수 있게 준비를 하도록 했다.

언딘은 결혼했을 때 셀 저택의 가장 큰 스위트룸 가운데 하나에서 세입자를 비우고 남편이 사용할 거라 생각했다. 그러나 그런 계획을 시부모님이 생각했다고 하더라도 경제적으로 고려해야 할 사항들 때문에 그렇게 할 수 없을 거라는 점을 이후에 알았다. 봄에 부르고뉴 지방에서 올라온 노 후작과 그 부인은 자기 조상들 거처의 안마당이 보이는 소박한 방에서 지내는 것에 만족했기 때문에 아들과 며느리도 레이몽이 미혼 시절 거처로 사용하던 더 작은 방에 들어갈 것이라 예상했다. 훌륭하지만 쇠락해가는 낡은 저택의 나머지 부분, 그러니까 정원에 있는 높은 창이 있는 1층과 그 위층 전체는 집주인이 갑작스럽게 집을 비워달라고 했다면 집주인보다 더 놀랐을 구식 세입자들에게 여러 해 동안 세를 놓고 있었다. 언딘은 처음에 그저 임시로 일을 이렇게 처리한 거라고 생각했다. 자기가 영향력을 행사하면 레이몽이 시부모를 좀 더 현대적으로 사고하도록 바꾸어놓을 거라고 자신을 다독였다. 그 사이에 언딘은 자기가 전에 알던 것보다 좀 더 완벽한 행복의 희열 속에 있었고, 잠시 동안은 그것과 연결된 불편한 것들을 모두 가볍게 무시할 마음이었다. 결혼한 후 석 달 동안은 행복을 얻기 위해 이전에 시도해본 그 어느 것보다도 자기가 꿈꾸던 것과 비슷했다. 드디어 자기가 원하던 것을 가졌고 처음으로 승리의 기쁨이 좀 더 깊숙한 감정으로 뜨거워졌다. 랠프를 생각나게 하는 것이 이상할 정도로 남편은 정말로 매력적이었고, 외로움과 모욕을 겪으며 우울하게 2년을 지낸 다음에 다시 한번 사랑 받고 보호 받는 자신을 발견하는 건 정말 기분 좋은 일이었다.

레이몽이 랠프보다 훨씬 더 질투심이 많고, 적어도 질투심을 드러내는 걸 랠프만큼 주저하지 않았기에 언딘은 자기가 힘을 다시 되찾았다고 더 강렬하게 느꼈다. 전에 자신을 사랑한 어느 남자도 이렇게 솔직하게 자기를 독점하려고 하거나 그렇게 열렬히 서로 사랑에 충실할 것을 확인하려고 하지 않았다. 밴 더갠과 자기가 친밀해서 랠프가 깊이 괴로워했다는 건 알았지만, 랠프는 자기 감정을 좀 더 절제하여 거리를 유지한 채 드러냈다. 밴 더갠은 처음부터 언딘이 자기 눈에 보이지 않을 때는 언딘이 하는 일이나 느끼는 감정에 경멸적으로 무심했다. 언딘은 자신의 이전 경험에 대해 솔직히 잊어버렸다. 사랑에 관해 기억하는 것들은 뉴욕의 체험이 시작된 때 이상으로 거슬러 올라가지 않았다.

레이몽은 사랑에, 사랑을 표현하는 모든 방식에 남편으로서 평상적이거나 편리한 것 이상으로 좀 더 많이 중요성을 부여하는 것 같았다. 그래서 언딘은 서서히 남편을 지배하는 일은 그에 상응하는 독립성의 상실을 포함한다는 것을 깨닫기 시작했다. 파리로 돌아온 후 언딘은 자기가 남편과 떨어져 있는 모든 시간에 대해 상세히 보고해야 한다는 것을 알게 되었다. 언딘은 숨길 게 없었고, 양장점에서 자주 시간을 보내고 비싼 옷을 사는 걸 제외하고는 남편의 마음의 평화를 깨뜨리려는 의도가 없었다. 그러나 예전에는 자기가 시간을 보내는 것에 대해 누구에게도 설명할 필요가 없었다. 그래서 항상 아내가 어디에 있었는지, 누구를 만났는지를 알기 원하는 레이몽에게 즐거운 기분으로 처음 깜짝 놀란 뒤부터 언딘은 그렇게 서로 헌신하도록 강요당하는 것에 압박감을 느끼기 시작했다. 자기 부모는 자기가 아주 어렸을 때부터 '마음대로 돌아다니는' 행동을 절대 포기할 수 없는 권리라고 암묵적으로 인정했고, 랠프는 추측하기에 다른 이유에서 비롯하기는 했지만 아내의 자유에 대해 똑같이 존중했다. 그래서 레이몽이 자기 친구들과 심지어 그냥 알고 지내는 이들조차도 남편의 개인적인 취향뿐 아니라 시댁 식구들의 편견과 전통에 어울리는 확실하고 복잡한 규율에 맞추어 선택하기를 기대하는 것을 알고 당황스러웠다. 특히 자기가 에스트라디나 공주와 가깝게 지내는 걸 마땅찮게 바라본다는 것을 알고 놀랐다.

"물론 내 사촌은 아주 흥미 있는 사람이지만 완전히 정신이 나갔고 나쁜 사람들에게 둘러싸여 있소. 사촌 주변의 사람들은 대부분 감옥이나 정신병원에 있어야 할 사람들이오. 특히 입에도 올릴 수도 없는 아델샤인 부인은 감옥과 정신병원 두 군데에 다 들어가야 할 사람이오. 우리 숙모님은 천사이시지만 너무 약해서 릴리가 도르도뉴 저택을 몽마르트르의 별관[114]으로 만드는 걸 용인하시지. 물론 당신은 때때로 거기에 얼굴을 비쳐야만 해요. 요즘에 와서는 우리 같은 가족들은 함께 뭉쳐야 하오. 그러나 릴리의 친한 일당보다는 가족이 만나는 모임에 가야 하지. 당신은 나와 함께 가든지 우리 어머니와 같이 가야하오. 거기에 당신 혼자 모습을 드러내는 건 안 된다오. 당신은 그런 무리와 섞이기에는 너무 젊고 예뻐. 여자는 릴리와 어울리

••

114) 몽마르트르(Monmartre): 파리 북부 교외의 고지대로서 예술가들이 모여드는 곳으로 유명함. 여기에서 몽마르트르의 별관이란 진보적인 예술가들의 집합소라는 의미가 들어 있다.

는 무리로 분류되거나, 아예 어떤 분류에도 해당하지 않게 되어버리지."

자기가 신중해야 한다는 설득이 자신의 젊음과 예쁜 외모에 근거를 둔다는 사실은 언딘으로서는 기분이 좋았지만, 자기가 젊음과 예쁜 외모로 입지를 세우려 하는 바로 그 무리와 관계를 차단해야 해서 우울했다. 레이몽의 아내가 되기 전 언딘은 에스트라디나 공주와 노 공작 부인과 서로 심하게 갈등하던 순간이 있었다. 모녀는 사촌과 언딘이 결혼하는 걸 막으려고 최선을 다했고, 언딘이 자기네들과 레이몽의 부모 사이가 틀어진 원인이라고 대놓고 비난하는 지경까지 갔다. 그러나 랠프 마블의 죽음으로 상황이 갑자기 변했다. 언딘은 더 이상 재혼하려고 교회의 허가를 받기 위해 고군분투해야 하는 이혼녀가 아니라 뛰어난 미모와 독립적인 지위가 있는 과부로서 남자들이 합법적으로 결혼하고 싶어하는 대상이었다. 이런 뛰어난 지위를 포착하고 그것을 최대한 이용하려고 한 첫 인물은 언딘의 오랜 적수인 트레작 후작 부인이었다. 후작 부인은 예쁜 동포의 계획을 추진한다고 셸 집안에서 드러내놓고 비난을 받았지만 과부가 된 마블 부인을 재빨리 자기편으로 만들고 다른 구혼자들의 관심을 끌어 자신의 입지를 굳히는 기회를 보았다. 이런 구혼자들이 적잖았고 예상된 결과가 뒤따랐다. 언딘을 얻는 것이 불확실해지자 어느 때보다 더 푹 빠진 레이몽 드 셸은 언딘에게 확실하게 약속하라고 주장했다. 그리고 레이몽의 가족들은 레이몽이 고집스럽게 결혼하지 않겠다고 하고, 종족 보존을 계속하기 위해 확실하게 계획된 사랑스러운 처녀들을 그 사람이 주목하게 하는 데 실패하자 한풀 꺾였고, 자기들의 입장을 바꾸는 걸 정당화하는 데 필요한 도덕적이고 재정적인 장점이 마블 부인에게 있다는 걸 알고서 반대를 철회하는 것으로 끝냈다.

"좋은 짝이라니요? 언딘이 좋은 짝이 아니라면 셸 집안이 누구를 좋은 짝이라고 하는지 알고 싶군요!"

트레작 부인은 지치지 않고 계속 주장했다.

"뉴욕의 최상류 사람들과 연결되고, 음, 말하자면 결혼으로 연결되어 있죠. 그리고 전남편은 기대한 것보다 훨씬 더 많은 돈을 남겼어요. 그 돈은 물론 아들에게 갈 거예요. 그렇지만 아들이 엄마와 함께 있기 때문에 언딘은 자연스럽게 그 수입을 누릴 거예요. 그리고 언딘의 아버지가 부자예요. 사람들에게 알려진 것보다는 훨씬 부자예요. 내 말은 우리가 미국에서 부자라고 일컫는 사람이라는 거죠. 아시겠어요!"

트레작 부인은 해외에서 결혼한 미국인에게 적합한 태도는 전투적인 애국주의라는 걸 최근에 깨달았다. 부인은 포부르[115] 면전에서 미국을 특별하게 과시적으로 보여주는 표지처럼 언딘 마블을 과시했다. 그 실험의 성공으로 트레작 부인은 과감해졌고 자신이 과거에 가장 신성하게 지키던 것조차 던져버렸다. 아델샤인 부인을 받아들였고 제임스 J. 롤리버 부부를 응접했으며, 크리올 요리[116]를 다시 소생시켰고 흑인 음악가들을 후원했으며 즉흥적인 오후의 무도회를 가기 위해 매주 여는 차 모임을 포기했고, 귀족 부인들이 무미건조한 얘기를 하던 깔끔한 응접실에서는 세계 각국에서 온 사람들의 시끌벅적한 소리가 들려왔다.

갈등의 기간이 끝나고 언딘이 공식적으로 약혼자의 가족들에게 받아들여졌을 때조차도 트레작 부인은 즉각적으로 승복하지 않았다. 웃으면서

∴

---

115) 포부르(Faubourgs): '교외'라는 뜻으로 여기에서는 19세기 초 산업화 시기에 유명해진 파리 근교를 가리킨다. 여기에서는 레이몽 드 셸의 저택이 있던 포부르생제르맹(Faubourg Saint Germain)을 가리킨다.

116) 크리올 요리(Creole cuisine): 미국 남부 루이지애나 크리올 요리(Louisiana Creole cuisine)를 가리키는 것으로 루이지애나 지방으로 이주해온 서인도제도의 유럽인과 흑인들, 미국 원주민, 프랑스계 후손들의 문화가 혼합되어서 만들어낸 독특한 미국의 남부 요리.

예의범절은 충분히 지켰다고 공표하면서 지금까지 자신이 그렇게 경건하게 수행해온 사교상의 의식에 질렸다고 주장했다.

"당신이 그 사람들의 의례와 장엄한 의식에 지겨워지면 여기에서 고향한 귀퉁이를 발견하게 될 거예요."

결혼식 조찬 후에 신부를 껴안으면서 말했다. 언딘은 자신의 새로운 위치가 지니는 극단적일 정도로 가정적 성격에 대한 피난처를 헌신적인 네티원처가 제공하기를 희망했다. 그러나 파리로 돌아가 셸의 저택에 거처를 정하고 난 이후에 트레작 부인은 차츰 독립에 대해 주장을 하도록 자기를 부추기지 않는다는 걸 알게 되었다.

"있잖아요, 여자는 자기가 원하든 원치 않든 간에 남편의 국적을 취해야해요. 그게 법이에요 게다가 그게 관습이고요. 당신이 누보 릭스 친구들과 즐기기 원했다면 레이몽과 결혼하지 말았어야죠······물론 이 말은 농담으로 한 거예요. 당신이 차지한 기회가 있었다면 어떤 여자라도 그 결혼을 주저했을 것인 양 말이에요. 내 충고를 들으세요······첫째 릴리의 친구들을 멀리하세요. 다음에······음, 그러면 아마 레이몽은 그리 까다롭게 굴지 않을 거예요. 그렇지만 반면에 당신이 그 사람의 가족들을 거스르면 당신은 큰 실수를 하는 거예요······."

그리고 트레작 부인은 '친애하는 부인'과 함께 다시 돌아온 귀부인들 가운데 첫 손님을 맞이하기 위해 티 테이블에서 앞으로 휩쓸 듯이 갔다.

이 무렵 히니 부인이 폴과 함께 도착했다. 잠시 동안 언딘은 아이에게 즐겁게 빠졌다. 언딘은 2주 동안 히니 부인을 파리에 붙잡아두었다. 그리고 좀 더 긴급한 일 사이사이에 이 마사지사가 들려주는 뉴욕의 소문과 구세계의 사교계 구조에 대한 논평을 언딘은 즐겁게 들었다. 그때 히니 부인은 유럽에 처음 온 것이었다. 부인은 언딘에게 자기는 항상 '귀족을 좀 보기를' 원했다고, 사적인 허세의 기미 없이 마치 자연주의자 같은 태도로 그 어구를 사용하며 고백했다. 히니 부인의 민주적인 편안함은 아주 엄격한 직업적인 세심함과 결합되어 있었다. 부인은 자신을 근육을 안마 하는 사람이 아니라 다른 이로 여긴다는 생각이나, 타인이 자기를 근육을 안마하는 사람이 아니라 다른 이로 여기기 원한다는 생각을 결코 하지 않았을 것이다. 그러나 부인은 자신이 마사지사의 자격으로 가장 높은 계층의 무리에 들어갈 자격이 있다고 느꼈다.

"여기 사람들이 확실히 고상하게 일을 하기는 해요. 그러나 그건 뉴욕에 뒤처지고 좀 초라한 것이에요, 그렇지 않나요? 이게 그 사람들이 자기들의 시즌이라고 하는 거예요? 있죠, 당신은 지난주에 이틀 저녁을 집에서 식사했어요. 그 사람들이 뉴욕에 가서 봐야 해요!"

그리고 히니 부인은 지난 몇 주 동안 뉴욕 겨울을 빛나게 한 오락거리의 목록들을 부러워하는 언딘의 귀에 퍼부었다.

"당신은 당신 자신의 집에 입주하자마자 파티를 열기 시작하겠지요. 당신 집을 가지는 것 아닌가요? 아, 있잖아요, 그때는 당신이 새터 지방[117]에 있는 당신 집에서 성대한 주말 파티를 많이 열 거예요……거기는 굉장한 사람들이 모두 여름에 가는 곳이죠, 그렇지 않나요? 하지만 당신 어머니가 당신이 신혼여행이 끝난 다음에 그 사람의 가족들과 같이 살 거라는 걸 알면 뭐라 할지 모르겠어요. 있죠, 우리는 신문에서 당신이 거대한 호텔인지 뭔지에서 살 거라고 읽었거든요. 아, 그 사람들은 집을 호텔이라고 하죠, 그렇죠? 그건 웃기네요. 그 사람들이 집의 일부를 세놓기 때문에 그렇다고 생각해요. 음, 당신은 어느 때보다 더 예뻐요, 언딘. 아무튼 돌아가서

••

117) 히니 부인이 '생데제르'를 이렇게 발음한다.

그 사실을 당신 어머니에게 알려줄게요. 그리고 그 사람이 정말로 사랑에 빠졌다는 걸 난 볼 수 있어요. 어떤 사람의 방식이 생각나게……."

그러나 마치 언딘의 표정의 어떤 점이 자기를 침묵시킨 것처럼 부인은 갑자기 말을 중단했다.

언딘은 자신에게조차 랠프 마블의 이미지를 떠올리는 걸 좋아하지 않았다. 그 이름이 어떤 식으로든 언급되면 언딘은 분명하지 않는 막연한 스트레스를 느꼈다. 랠프가 죽어 자기가 자유로워졌고 자기가 원하던 것을 얻었다. 하지만 랠프가 죽기를 원하지는 않았다고 자신에게 정직하게 말할 수 있었다. 적어도 그렇게 죽는 건 원치 않았다고……. 사람들은 그때 그것이 더위 때문이라고 말했다……랠프의 가족들도 그렇게 말했다. 폐렴을 앓은 것을 극복하지 못했고 기온이 갑자기 올라 여름에 뉴욕을 강타한 끔찍한 '열기'가 머리에 영향을 끼쳤을지도 모른다고 했다. 의사들이 그런 경우가 드물지 않다고 했다……. 언딘은 몇 주 동안 상복을 입었다. 완전히 상복은 아니고 점잖게 유감을 표현하는 옷을 입었다. 양재사들은 그런 경우에 입는 특별한 옷을 만들기 시작했다. 심지어 재혼한 뒤에도, 랠프가 죽은 지 1년이 지난 후에도 언딘은 그 재혼을 위해 특별한 대가를 치러야 할 필요 없이 자기가 원하던 것을 얻을 수 있었기를 계속 바랐다.

이런 느낌은 랠프가 죽은 지 석 달 후에 일어난 사건으로 더 강해졌다. 그 자체로는 환영하지 않을 일은 전혀 아닌 사건이었다. 자기의 변호사가 에이펙스 합병사에서 10만 달러를 마블의 유산으로 지불했다고 알리는 편지를 보내왔다. 마블은 자기가 가진 것을 모두 아들에게 남기는 유서를 남겼기 때문에 이 예상치 못한 횡재는 폴의 유산을 상당히 늘려주었다. 언딘은 아이에 대한 자기 권리를 포기한 적이 없다. 단지 변호사의 충고에 따라 마블의 죽음 이후 몇 달 동안 권리 주장을 유보했다. 그렇게 하는 게 남편 가족의 감정에 잠시 양보할 뿐이라는 분명한 조건을 달고서 말이다. 그리고 언딘은 폴을 영원히 양보하라고 설득하는 모든 시도에 대해 저항했다. 결혼 전에 언딘은 남편의 신앙을 다소 눈에 띄게 받아들였는데, 폴을 예수회의 희생자로 여긴 대거닛 가문은 그 양육권을 법원에 청원하는 실수를 저질렀다. 이것은 언딘의 저항과 아이를 차지하겠다는 결심을 확고하게 했다. 이 재판은 언딘에게 유리하게 결정되었고, 그 결과 언딘은 아들의 양육과 교육에 전념하는 비용으로 5,000달러를 요구했고 그걸 얻어냈다. 이 액수는 스프라그 씨가 주기로 동의한 돈과 합쳐져서 언딘의 지위가 상당히 좋아지는 수입이 되었고, 트레작 부인이 조심스럽게 언딘이 부자라는 소문을 내는 걸 정당화해주었다. 그렇더라도 어떻게 우연히 한 말에 랠프의 이미지가 떠오르는 것은 언딘이 가장 생각하고 싶지 않은 사실 가운데 하나였다. 물론 그 돈은 자기 것이었다. 자신에게 그 돈에 대한 권리가 있었다. 언딘은 '권리들'을 열렬히 신봉하는 사람이었다. 그렇지만 그 권리를 다른 식으로 얻을 수 있기를 원했다. 자기가 당연히 가질 권리가 있는 것들이 항상 마치 자기가 훔친 것처럼 자기에게 오는 또 한 가지 사악한 사례로 그 돈을 생각하는 걸 증오했다.

여름이 다가오고 파리 시즌이 절정에 도달하자 그런 생각들이 휩쓸려 가버렸다. 레이몽 드 셸 백작 부인은 언딘 마블 부인이던 지위와 백작 부인이라는 현재의 자기 지위를 대조하고, 다코타에서 돌아온 다음 계속되었던 텅 비고 불만스럽던 시절과 자신의 새로운 삶이 주는 충만함과 생기를 대조하면서 자기 아파트가 작은 것을, 폴과 유모가 불편할 정도로 가깝게 있는 것을, 시어머니가 끝없이 연달아 방문하는 것을, 시가의 모든 친척들의 엄숙한 저택에서 긴 정찬을 하는 것을 망각했다. 세계는 반짝거렸고 등불은 켜졌으며 음악이 연주되고 자신은 여전히 젊고 어느 때보다 더 아름답고, 백작 부인의 화관과 유명한 성과 자기를 사랑하는 잘생기고 인기 있는 남편이 있었다. 그런데 어느 날 레이몽이 자기를 팔에 안고 아주 부드러운 목소리로 '이제 여보, 세상이 당신을 충분히 오래 차지하고 있었어. 그래서 말인데 이제는 내 차례야. 생데제르[118]로 내려가는 걸 어떻게 생각해?'라고 했을 때 갑자기 모든 등불이 꺼져버렸고 음악이 멈춰버렸다.

⁛

118) 생데제르(Saint-Désert): 프랑스 동부 부르고뉴 지방의 행정구역.

제38장

생데제르 성의 긴 갤러리[119] 창문에서 새로운 셸 후작 부인이 11월의 비가 내리는 포플러 나무가 늘어선 길을 내려다보고 서 있었다. 아주 많이 계속 비가 왔기 때문에 비가 얼마나 오랫동안 왔는지 기억할 수 없었다. 매일같이 넓은 정원 너머의 언덕들은 움직이지 않는 구름에 가려 있었고, 길고 가파른 지붕의 홈통에는 그칠 새 없이 물이 콸콸 넘쳐흘렀으며, 해자의 흐릿한 표면에는 굵은 빗방울이 끊임없이 억수로 쏟아졌다. 물은 나무 아래의 길게 뻗은 흐릿하게 보이는 지점과 뜰에 있는 흠뻑 젖은 작은 길의 가장자리를 따라 고여 있었고, 저 멀리 들판에서 하얀색 아지랑이가 되어 피어올랐다. 또 바닥에 벽돌이 깔린 통로와 저층에 있는 방의 벽에서 한기가 도는 습기가 되어서 스며 나왔다. 의자 속에 들어간 충전재, 빛바랜 커튼의 올이 다 드러난 주름, 언딘이 서 있는 방의 벽 위, 또 빛이 바래는 아주 멋있는 태피스트리, 시아버지 노 후작에 대한 애도 기간이 끝나는 마지막까지 남편이 고집스럽게 검은 드레스에 착용하라고 한 넓은 검정 비단 피에

..

119) 갤러리(Gallery): 귀족 가문이 소유한 미술품을 보관하고 전시하는 기다랗고 큰 방.

이르기까지 거대하고 텅 빈 집에 있는 모든 것에서 축축한 냄새가 났다.

그해 여름은 보통 때보다 더 혹독했다. 처음 시골로 온 후로 언딘은 많은 장마를 겪으며 지냈지만, 이전에 경험한 어떤 장마도 이번 장마만큼 생데제르에서 보낸 기나긴 여러 달의 이미지를 그렇게 완벽하게 압축해서 거대하고 단조롭고 흐릿한 형체로 요약하지 못했다.

지난 해에 언딘이 마지못해 파리의 오락들과 억지로 떨어지게 되었을 때 자신의 유배가 오래 지속되지는 않을 거라는 믿음으로 버텼다. 일단 파리가 보이지 않자 생데제르의 따뜻하고 기나긴 하루하루에서 한가로운 매력을 발견하기도 했다. 시부모는 여전히 파리에 남아 있었다. 반쯤 버려진 거대한 저택의 보물들을 조사하고 값을 따져보기도 하면서, 6월의 들판을 깡충거리고 뛰어다니거나 의붓아버지가 준 조랑말을 타고 정원을 바쁘게 돌아다니는 아들을 지켜보며 남편하고만 있는 것을 즐겼다. 히니 부인이 떠나고 난 후 폴은 칭얼대고 다루기 힘든 아이가 되었다. 언딘은 작은 몸집에 섬세한 폴을 비좁고 갑갑한 방들과 사람들로 붐비는 파리의 생활에 적응시키는 게 점점 더 어렵다는 걸 발견했다. 아이는 로라 고모와 마블 할머니와 증조할아버지인 노 대거닛 씨가 들려주던 신들과 요정들에 관한 재밌는 이야기를 몹시 그리워해서 언딘은 짜증이 났다. 폴이 클레어의 아이들과 함께 한 놀이를 그리워하며 언급한 것은 아이에게 엄마가 얼마나 낯선 존재인지 언딘이 느끼게 하기 위해 받은 수업처럼 들렸다. 그러나 일단 파리에서 해방되고 토끼와 조랑말과 들판에서 자유롭게 노는 축복을 받자 폴은 다시 매력적인 아이가 되었고, 또 아들과 함께 뛰놀고 산책을 다니는 게 언딘을 얼마간 즐겁게 해주었다. 레이몽은 모자가 만들어내는 그림 같은 풍경에 매혹당한 듯했다. 신선한 공기와 옥외 활동을 하면서 조용하게 보낸 몇 주 동안에 언딘은 활짝 피어났고, 이런 것이 평온해진 언딘의 기분에 드러났다. 이 막간의 여흥이 오래 지속되지 않을 것이라고 아주 확신했기 때문에 더욱더 체념하고 그걸 받아들였다. 파리를 떠나기 전에 어떤 의사가 아주 창백하고 건강이 나빠 보이는 폴에게 바다 공기가 다급하게 필요하다고 해서 언딘은 7월과 8월에 도빌[120]에 별장 하나를 빌리는 게 좋겠다고 남편을 거의 설득했다. 그런데 바로 그때 노 후작이 갑작스럽게 돌아가시는 바람에 이 계획과 생데제르에서 벗어날 수 있는 다른 전망이 모두 갑자기 중단되어버렸다.

언딘은 처음에는 노 후작이 사망해서 결과적으로 유리하게 변할 거라고 짐작했다. 시아버지는 쌀쌀맞고 형식을 따지는 노신사였는데 시아버지에게 언딘은 이해할 수 없는 수수께끼 같은 인물인 것이 분명했다. 언딘은 이런 시아버지와 너무나 형식적인 관계였기 때문에 시아버지가 죽었을 때 단순히 의례적인 아픔 이상의 감정을 느낄 수 없었다. 그리고 백작 부인보다는 후작 부인이 되고, 또 남편이 가문의 우두머리가 되는 것은 틀림없이 '더 재미있을' 것이다. 게다가 이제 자기들이 성을 독차지하게 되었고, 최소한 노 후작 부인이 온다고 해도 시어머니는 성에서 지배자가 아니라 손님이 될 것이다. 저택에서 여는 세련된 파티와 대규모 수렵 여행에 대한 상상은 언딘이 고립을 강요당하며 지낸 첫 몇 주 동안을 밝게 해주었다. 그런데 한 치의 빈틈도 없는 프랑스식의 애도 환경이 언딘을 점차 궁지로 몰아넣었다. 질질 끌던 장례 의식이 끝나자마자 시어머니와 시누이들과 시동생들과 사위들과 같은 유족이 생데제르에서 은둔하려고 내려왔다. 상중임을 나타내는 넓은 검정 비단 띠 냄새가 나는 느리고 뜨거운 몇 달 내내 언딘은 상복으로 덮인 슬픔의 이미지들에 둘러싸인 채 살았고, 그 속에서 유일하

••

120) 도빌(Deauville): 프랑스 북서쪽 노르망디 해안에 있는 휴양지.

게 살아 있는 점들은 자신의 아주 작은 움직임에도 끊임없이 고정된 시선들이었다. 폴과 함께 바닷가로 빠져나가려 한 희망은 언딘이 넌지시 비춘 말에 대해서 시어머니가 보인 언짢은 눈길로 사라져버렸다. 언딘은 다음날 자기 말 때문에 노 후작 부인이 잠을 이루지 못했다는 것을 알았다. 그리고 그 말이 대서양 너머에서 온 미국인의 악의 없는 독특함을 보여주는 예라는 설명이 없었다면 더 힘든 결과가 초래되었을 것을 알게 되었다. 레이몽은 아내에게 정착한 나라의 관습을 기꺼이 따름으로써 언딘이 본의 아니게 한 경솔한 언행에 대해 용서를 빌라고 간청했다. 남편은 남은 여름 몇 달이 용서를 비는 행동을 하기에 충분히 긴 시간이라고 생각하지 않는 듯했다. 언딘이 회상해보니 그 기간은 끝없이 계속되는 똑같은 날들의 연속으로 이루어진 것 같았다. 언딘이 언젠가 밴 더갠에게 극찬하며 묘사한 창문에 장식이 되어 있는 갤러리에서 드리는 이른 미사에 참석하고 나서 오랫동안 대화를 나누며 앉아 있었고, 훌륭한 음식을 많이 먹었고, 때로는 육중한 짐수레용 말 한 쌍 뒤에 앉아 가장 가까운 도시에 이따금씩 드라이브를 했다. 그러고는 창문이 모두 닫혀 있고 램프 등으로 난방을 하는 응접실에서 후작 부인의 카드 테이블에 천식을 앓는 뚱뚱한 사제가 네 번째 구성원으로 참여하는 카드놀이를 하며 기나긴 저녁을 보냈다.

그렇지만 이런 상황들조차 영구적이지는 않았고, 지난 몇 년 동안의 역경은 언딘을 기다리고 감정을 숨기도록 단련했다. 여름이 지나자 오래 계속된 가족회의를 거쳐서 노 후작 부인의 건강 상태 때문에 시어머니가 포[121] 근방에 사는 시집간 시누이와 겨울을 보내는 게 바람직하다는 결정이

∙∙
∙∙∙

121) 포(Pau): 피레네 산맥 기슭의 남프랑스에 있다. 부르봉왕조의 시조인 앙리 4세의 출생지로서 기후가 온난하여 피서지와 피한지로 유명하다.

내려졌다. 다른 가족 구성원들은 각자의 영지로 돌아갔고, 언딘은 다시 한 번 남편과만 있게 되었다. 그러나 언딘은 그해 겨울이나 심지어 다음해 봄에도 파리에 갈 생각을 할 수 없다는 걸 이때는 알았다. 설상가상으로 레이몽이 작위를 상속해도 재정적인 혜택이 전혀 없다는 점을 곧 알게 되었다. 유언으로 상속을 지정하는 프랑스 법에 대한 이해가 거의 없던 언딘은 자산을 강제로 분할하기 때문에 아버지가 다른 자녀들을 희생시키고 장남에게 혜택을 주는 게 불가능하다는 것을 알고 깜짝 놀랐다. 그러므로 레이몽은 이전보다 더 부자가 된 것도 아니었고, 골칫거리인 남동생의 노름빚을 청산해야 했으며, 또 생데제르를 유지해야 했기 때문에 레이몽이 쓸 수 있는 수입은 사실상 감소했다. 아버지인 노 후작이 고고하게 현대적인 방식을 경멸하면서 영지를 경영해서 농업과 산림 관리의 새로운 원칙을 적용하면 틀림없이 수익성 있는 결과를 낳을 것이기 때문에 레이몽은 사실 궁극적으로 수입이 좋아질 거라는 희망이 있었다. 그러나 어쨌든 경영을 바꾸려면 1~2년 동안 주인이 지속적으로 감독해야 했고, 그동안에는 수입이 늘어나지는 않을 것이다.

가문의 토지를 경작하는 것은 항상 레이몽의 뿌리 깊은 삶의 목적인 것 같았으며, 직접 농사를 짓는 미래에 대한 전망을 하면서 남편에게서 경박함이 모두 사라졌다. 사실 레이몽은 아내를 계속 유배 생활을 하게 할 만큼 비인간적이지는 않았다. 남편은 연례적으로 봄에 파리를 방문하도록 하겠다고 해서 언딘을 안심시켰다. 그러나 모두 탐내는 셸 저택의 2층을 자기네 부부가 차지해야 한다는 언딘의 제안에 당황해서 빤히 쳐다봤다. 레이몽은 아주 정중하게 자기가 그렇게 장대한 규모의 장소에 아내를 살게 할 능력이 있었으면 좋겠다고 말했다. 그러나 아내가 진심으로 그것을 기대했다는 것에 놀라움을 감추지 못했다. 자기에게 금전 문제에 대해서는 아무것도 이해하지 못하는 기질이 있는 게 둘 사이의 가장 심각한 차이라고 남편이 느낀다는 것을 언던은 깨닫기 시작했다. 어느 누구도 지금까지 자기에게 돈에 대해 이해하는 기량이 생기리라고 기대하지도 않았고, 언던은 심지어 그 기량이 없는 점을 우아하다고 여기고 또 그것을 핑계로 이용하도록 부추김을 받아왔다. 이혼과 재혼 사이 기간에 언던은 물건 값이 얼마인지는 배웠지만 물건 없이 사는 방법을 배우지는 못했다. 언던에게 돈은 여전히 가끔 지하로 사라지지만 틀림없이 다시 발밑에서 콸콸 솟는 신비하고 변덕스러운 시냇물인 것 같았다. 그러나 이제 언던은 돈이 개인을 만족시키는 수단이 아니라 모든 이해관계 집단을 단결시키는 물질이며, 또 당장 돈을 쓸 이유보다도 20년 후에 쓰일 돈의 용도가 우선적으로 고려되는 그런 세계에 자신이 있는 것을 발견했다. 언던은 처음에는 레이몽을 비웃어서 그 신중함을 버리게 하거나, 남편을 구슬려서 자신의 견해를 따르게 할 수 있다고 확신했다. 언던은 그렇게 낭만적으로 사랑에 빠진 남자가 어떤 사항들에 대해서는 그렇게 완강할 수 있다는 것을 이해하지 못했다. 지금까지는 개인의 기분과 싸워야 했지만 이제는 원칙과 맞서서 논쟁했다. 언던은 랠프 마블이 자기를 사랑하면서도 마음대로 하게 내버려둔 것이 자연스럽던 만큼이나 레이몽 드 셸이 자기를 숭배하면서도 자기에게 반대하는 게 자연스러운 일임을 점차 알게 되었다.

사실 레이몽은 처음에 조상 대대로 축적된 경험에서 분명히 이끌어낸 주장을 사용하며 아내의 양식에 호소했다. 경제 문제에 대한 남편의 간청은 유년기의 '암산' 문제에서 주머니칼과 사과에 대한 어리석은 문제들처럼 언던에게는 이해할 수 없는 것이었다. 레이몽이 애정 어린 어조로 자기가 바라는 아들을 위해 대비해둘 의무가 있다고 말하자 언던은 남편을 껴안고 속삭였다.

"그러면 내가 돈에 대해 걱정하지 않아야 하죠."

그 일이 있고 난 후 남편이 여전히 매력적이었지만 마치 그 문제가 종결된 것처럼 행동한다는 것을 알아챘다. 자기의 주장을 언딘이 이해하지 못한다고 결론을 내린 것 같았고, 언딘은 남편의 모든 정열 아래에서 레이몽이 발견한 사실 때문에 변화가 생겼다는 것을 느꼈다. 그것 때문에 남편이 덜 친절해지지는 않았지만 언딘을 분명히 덜 중요하게 여겼다. 자기가 남편을 기쁘게 하지 못하는 날 남편에게 자신이 존재하지 않게 되리라는 다소 두려운 느낌이 들었다. 물론 그날은 멀리 떨어져 있었지만 그것이 불러일으킨 한기가 자신의 얼굴을 스쳐갔고, 언딘은 그 징후에 더 이상 무관심하지 않았다. 언딘은 인내와 순응의 기술을 모두 익히기로 결심했고, 만약 그 기술이 새로운 대변동 때문에 싹이 잘리지 않았다면 습관의 도움을 받아서 뿌리를 내렸을지도 모른다.

남편이 사고뭉치 동생이 일으킨 새로운 문제를 해결하기 위해 파리로 불려 간 것은 꼭 일주일 전이었는데, 이 동생의 재정적인 곤경은 가계 전통의 일부인 듯했다. 레이몽은 급히 편지들을 보냈고 그 전보들은 간결하면서 모순되었다. 남편을 역에서 데려오기로 한 사륜마차가 오기를 기다리며 서 있는 언딘은 이제 남편이 돌아오면 자기가 막연하게 느끼는 공포가 확인될 거라는 느낌이 들었다. 당연히 더 많은 돈을 지불할 것이다. 왜냐하면 언딘의 정당한 필요를 충족하기 위해서는 구할 수 없던 자금이 위베르의 말도 안 되는 낭비벽을 해결하기 위해서는 항상 준비되어 있는 것 같았기 때문이다. 그리고 그것은 자신이 생데제르에서 더 오랫동안 외로이 있을 것이라는 전망을 의미했고, 또 애도 기간 다음에 이어지게 될 손님 접대를 하는 즐거움들을 지연하는 새로운 핑계거리가 생겼다는 것을 의미했다.

사륜마차가 곧 저택으로 굴러들어왔는데, 마차를 끄는 말 한 쌍과 마차가 모두 육중하고 느릿느릿했다. 그리고 흑담비 모피를 두른 레이몽이 계단을 뛰어올라 문으로 왔다. 언딘은 이렇게 검은 옷을 입고 여행하는 남자를 전에 본 적이 없었다. 남편이 집을 비운 다음에 남편을 볼 때마다 언딘은 레이몽이 미지의 먼 지역에서 돌아왔고, 자기에게나 자기가 이해하는 어떤 상황에도 속하지 않는다는 기묘한 느낌이 들었다. 그러고 나서 습관이 영향력을 발휘했고, 언딘은 다시 불평하면서도 익숙하게 레이몽을 생각하기 시작했다. 그러나 언딘은 감정을 숨기는 법을 배웠고, 남편이 들어오자 키스를 하려고 얼굴을 들었다.

"그래요, 모든 일을 해결했소……."

남편의 포옹은 직무를 완수하고 즐거운 가정으로 돌아온 남자처럼 만족감을 표현했다.

언딘의 얼굴이 빛났다.

"해결했어요? 당신이 돈을 지불하지도 않고서요?"

레이몽이 어깨를 한 번 으쓱하면서 아내를 바라보았다.

"당연히 내가 지불해야지. 당신은 바닐라 에클레르[122]로 위베르의 채권자들을 피할 수 있을 거라고 생각한 거요?"

"오, 그게 당신이 의미하는 거라면……위베르가 자기 문제를 확실히 해결하기 위해서 아무 때나 당신에게 전보만 치면 되는 거라면……!"

언딘은 남편의 입술이 가늘어지고 미간에 주름살이 생기는 것을 보았다. 레이몽이 제안했다.

"차를 내오라고 하는 게 좋지 않겠소?"

"그럼 서재로 가져오라고 할게요. 여긴 너무 추운데다가 태피스트리는

∵

122) 바닐라 에클레르(valnila éclair): 속은 크림으로 채우고 겉에는 초콜릿이나 설탕을 입힌 과자.

비 냄새가 심하게 나거든요."

레이몽은 잠시 멈추어서 위대한 부셰[123]의 연작 태피스트리의 기막히게 아름다운 푸른색과 분홍색이 시든 장미처럼 검푸른 색으로 보이는 긴 벽을 찬찬히 살펴보았다. 그러고는 말했다.

"태피스트리를 떼어내서 햇빛을 쐬게 해야 할 것 같소."

언딘은 '이 날씨에……꽤나 도움이 되겠네!'라고 생각했다. 그러나 언딘은 벌써 위베르에 대해 화낸 것을 후회했다. 그래서 자기가 짜증이 났다는 것을 남편이 알게 해서는 안 된다고 단단히 결심하고 서재로 남편을 따라갔다. 긴 회색 갤러리에 비해서 책이 꽂힌 갈색 벽이 있는 서재는 따뜻하고 가정처럼 보였고, 레이몽은 좀 더 부드러운 이 장소의 분위기의 영향을 느끼는 것 같았다. 레이몽이 돌아서서 아내를 안았다.

"여보, 그게 당신에게 시련을 주었다는 걸 나도 아오. 하지만 이번이 내가 그 가엾은 아이를 마지막으로 빼내주는 게 될 거요."

언딘은 자기도 모르게 의심스러운 듯이 웃었다. 위베르의 '이번이 마지막'은 집에서 평상시 흔히 쓰는 말이었다.

그러나 차가 나오고 난롯가에 둘만 남았을 때 레이몽은 위베르가 상속녀 한 명을 알게 되었고 그 여자와 결혼할 것이라는 놀라운 결말을 설명했다. 그러므로 앞으로는 계절의 변화처럼 필연적으로 되풀이될 게 분명한 빚을 갚는 일은 미국인 신부인 매력적인 루터 알링턴 양에게 이양될 것이

∴

123) 프랑수아 부셰(François Boucher, 1703~70): 로코코 양식을 대표하는 화가. 그리스 신화의 요염한 여신의 모습이나 낭만적으로 이상화된 목가적인 배경에 상류계급의 우아한 풍속과 애정 장면을 즐겨 그렸다. 회화뿐 아니라 동판화, 삽화, 도자기 그릇을 장식한 그림 등 모든 장르에 손을 댄 부셰는 회화에 기반을 두어 많은 태피스트리의 밑그림도 그렸고, 푸른색과 분홍색을 주로 사용하였다.

고, 레이몽은 그 여자를 만나려고 파리에 남아 있었다는 것이다.

"미국인이라고요? 시동생이 미국인과 결혼해요?"

언딘은 분노와 만족감 사이에서 흔들렸다. 자신의 영토에 침입자가 감히 발을 들여놓는 것에 대해서 갑자기 스치는 적의를 느꼈다. '루티 알링턴이라니? 그 여자는 누구야? 무슨 이름이 그 따위야!' 그러나 그 감정은 레이몽이 말한 것처럼 앞으로는 위베르의 빚이 다른 사람이 해결할 문제가 된다는 것을 알고 느끼는 안도감으로 곧 대체되었다. 이번에는 세 번째 생각이 언딘을 압도했다. '하지만 시동생이 부유한 여자와 약혼했다면 도대체 왜 우리가 위베르를 빚에서 꺼내줘야하는 걸까?'

남편이 다른 방책이 가능하지 않다고 설명했다. 알링턴 장군은 어마어마하게 부유했다.

"그 여자의 아버지는 장군이라나 총지배인이라나, 아무튼 그렇소."

알링턴 장군은 장래의 사위에게 소위 말하는 '깨끗한 경력'을 요구했다.

"그 아이는 정말 바보야!"

위베르의 채권자들은 즉각적인 지불을 강요할 수 있는 모종의 서류들을 갖고 있었다.

"그런 문제에 대한 당신네 동포들의 생각은 너무 완고해서, 그게 모두 자신들의 명예를 위한 것인데, 만약 위베르의 실수에 대한 하찮은 암시라도 새나가면 그 결혼은 즉시 수포로 돌아갈 거요. 그러면 우리가 평생 그 아이의 책임을 떠맡아야 할 거요."

그랬다. 그 관점에서 보면 돈을 지불하는 것이 의심할 바 없이 최선의 길이었다. 그러나 언딘은 자기들이 위베르의 빚을 갚아줌으로써 무명의 미국인 동포가 미국 신문들이 틀림없이 이미 '외국인과의 또 하나 눈부신 결합'이라고 선언한 그런 결혼을 하도록 의도치 않게 돕는 역할을 하지 말았으면 하고 막연하게 바랐다.

"도대체 당신 동생은 어디서 그런 품위 있고 대단한 사람을 알게 되었나요? 그 여자 가족이 어디 출신이지나 아세요? 내 생각에 그 여자는 정말 끔찍할 거예요."

언딘은 갑자기 짜증을 감추지 못하고 퍼부었다.

"내가 알기로는 위베르가 그 여자를 스케이트장에서 알게 되었소. 그 가족은 새로운 주 출신이오. 장군은 그 주가 아직 지도에 나와 있지 않다고 미안해했소. 그렇지만 내가 들어본 적이 없는 주라고 하니 깜짝 놀라는 것 같았소. 그 사람은 그 주가 '이혼하러 가는 주들' 가운데 하나로 벌써 알려져 있고, 그래서 그 주의 주요 도시의 사교계는 대단히 유쾌한 곳이라고 합디다. 그 아가씨는 사실 그렇게 형편없지는 않아요."

"아마 그럴 거예요! 우리 미국인들은 인물이 좋기는 하지만, 그래도 그 여자는 틀림없이 굉장히 상스러울 거예요."

레이몽은 진심으로 판단을 내릴 수 없는 것 같았다.

"여보, 당신은 당신 고유의 관습이 있소……."

"오, 당신에게 미국인들은 모두 비슷하다는 걸 알아요!"

그 레이몽이 미국인들 사이의 차이를 절대로 구별하려고 하지 않는다는 것이 언딘의 불만 중의 하나였다.

"당신은 나와 스케이트장에서 만나서 약혼하게 된 여자애가 다르다는 걸 전혀 모르시군요!"

"알링턴 양은 당신을 만나기를 고대해요. 당신에 대해서 많은 소식을 들었다고 합디다. 그리고 위베르가 다음 주에 그 여자를 여기로 데려오고 싶어해요. 내 생각에 우리가 할 수 있는 일을 하는 게 좋을 것 같소."

이렇게 대답하며 남편은 언딘의 도전을 피했다.

"물론이죠."

그러나 언딘은 여전히 그 문제의 경제적인 측면에 집중했다.

"만약 그 사람들이 당신 말처럼 부유하다면 내 생각에 위베르는 머지않아 당신에게 돈을 갚으려고 하겠죠."

"당연하오. 그건 모두 타협했소. 그 사람이 내게 서류까지 주었소."

남편이 언딘의 손을 자기 손으로 끌어당겼다.

"우리가 알링턴 양에게 친절해야 할 이유가 충분하다는 걸 당신도 알겠지요."

"오, 당신이 바라는 대로 친절하게 대할게요."

언딘은 돈을 상환 받을 것이라는 생각에 밝아졌다. 그래, 알링턴 양을 이곳에 오라고 초대해야겠어⋯⋯. 언딘은 남편에게 약간 더 가까이 기댔다.

"그럼 조금 지나면 우리 형편이 대단히 나아질 거예요. 특히 당신 말처럼 우리를 걱정하게 할 위베르의 빚이 더 이상 없을 테니까요."

그러고 나서 상체를 젖히고 남편을 올려다보고 웃으면서 셀 저택의 2층을 차지하자고 다시 간청했다.

"왜냐하면, 정말이지, 당신도 알겠지만 집안의 가장으로서 당신은 그래야 하잖아요⋯⋯."

"아, 여보, 집안의 가장으로서 난 의무가 대단히 많소. 그 의무 중 하나는 기회가 생겼을 때 좋은 사업 기회를 놓쳐서는 안 된다는 것이오."

언딘의 손이 남편의 어깨에서 미끄러졌고 언딘은 뒤로 물러섰다.

"좋은 사업 기회라니 무슨 말이에요?"

"글쎄, 믿기 힘든 행운이 생겼소. 그래서 내가 파리에 그렇게 오래 있었던 거요. 알링턴 양의 아버지는 두 젊은 부부가 살 거처를 찾고 있었는데, 그 사람이 저택 전체에 전기와 난방을 설치한다는 조건으로 난 12년 동안

2층을 쓰도록 허락했소. 위베르만큼이나 당연히 우리 모두 이 거래로 이득을 볼 테니 이건 훌륭한 기회요."

"훌륭한 기회라고요……위베르만큼이나 이 거래로 이득을 볼 거라고요!"

레이몽은 익숙하게 들리는 음절이 완전히 알 수 없는 것을 의미하는 이상한 언어로 말하는 것 같았다. 남편은 위베르와 스케이트장에서 만난 그 신부가 위층의 탐나는 제일 좋은 방에서 사치스럽게 지내는 동안 자기가 다시 그 비좁은 거처에서 갇혀 지내려 할 거라고 정말 생각하는 것일까? 언딘은 결혼 후 좌절당하며 산 여러 달 동안에 쌓여온 분노가 전부 폭발해서 말했다.

"나와 상의도 하지 않고 그런 일을 하다니 참 어이가 없네요!"

"당신과 상의를 하지 않았다니? 하지만, 여보, 당신은 항상 사업 문제에는 정말이지 전혀 관심 없다고 잘라 말했고, 그런 문제로 당신을 지겹게 하지 말아달라고 몇 번이고 간청하지 않았소. 내가 최선의 조언에 따라 행동했다고 믿어도 좋을 것 같소. 게다가 남자처럼 두뇌가 명민한 우리 어머니께서는 내가 기막히게 좋은 협약을 맺었다고 생각해요."

"아마도……하지만 난 당신처럼 늘 돈 생각만 하지 않아요."

언딘은 말하면서 위험이 임박했다는 불길한 느낌이 들었다. 그러나 너무 화가 나서 위험이 눈에 보이는데도 그것을 피할 수 없었다. 놀랍게도 레이몽이 웃으면서 팔로 언딘을 감싸 안았다.

"내가 돈에 대해서 신중해야만 하는 데는 이유가 많소. 그중 하나는 당신이 돈에 대해서 생각하지 않기 때문이오. 그리고 또 다른 이유는 난 우리 아들의 장래를 지켜야 하기 때문이오."

언딘은 이마까지 붉어졌다. 그런 암시에 익숙해졌기 때문에 아이를 가진다는 생각이 폴을 낳기 전에 느낀 화가 치밀면서 두려운 감정으로 언딘을 더 이상 가득 채우지는 않았다. 언딘은 다른 관점, 아마도 자신의 감정 차이에 의해서 서서히 영향을 받았다. 그래서 자기를 미래의 셸 후작의 어머니로 상상하는 것은 레이몽의 아들을 낳는다는 생각으로 부드러워졌고 언딘은 행복감을 느꼈다. 그러나 증오심이 몰려오면서 뿌리가 얕은 이 감정들은 모두 스러져버렸고, 언딘은 심통을 부리며 남편의 팔에서 빠져나왔다.

"오, 여보, 자손을 영원히 남기는 일은 당신 동생에게나 맡겨두는 게 낫겠어요. 호화로운 거처에 아기방을 둘 공간이 더 많을 테니까요."

언딘은 남편의 대답을 기대하면서 떨며 잠시 기다렸다. 그런데 남편의 얼굴이 말없이 어두워지는 것 말고는 묵묵부답이자 언딘은 문으로 걸어가서 몸을 돌리고 쏘아붙였다.

"물론 당신은 나와 상의하지 않고 당신 집을 마음대로 처분하고, 당신 가족에게 만족스러운 어떤 협약을 맺어도 무방해요. 하지만 위베르와 그 아내가 우리 위층에 살면서 돈을 펑펑 쓰는데 내가 그 숨 막힐 것처럼 작고 누추한 곳으로 돌아가서 살 거라고 생각할 필요는 없어요!"

"아……."

레이몽 드 셸이 나지막하게 말했다.

제39장

언딘은 자기가 한 위협을 실천에 옮기지는 않았다. 5월에 자기가 다시는 발을 들여놓지 않겠다고 맹세한 방으로 돌아왔다. 메아리가 울릴 정도로 넓은 경관이 보이는 생데제르에서 오랫동안 지낸 다음이라 좁은 파리 집이 안락하게 보였다.

그 사이에 일이 많았다. 결혼을 간절히 바라는 친척들에게서 가족의 애도 기간을 앞당겨 마쳐도 된다는 허락을 받은 위베르는 과시적으로 아주 화려하게 상속녀와 결혼했다. 셸의 저택은 신부의 요구에 따라 배관을 하고 난방을 했으며 전기불이 밝혀졌다. 젊은 부부는 이런 실용적인 변화에 만족하지 못해 문을 옮기고 창문을 열고 칸막이를 없애고 거대한 트로피 장식이 있고 장식용 기둥이 있는 식당을 인간 해부에 대한 새로운 이론을 가진 장식 미술가에게 넘겼다. 언딘은 조용히 이런 광경과 늙은 후작 부인이 비열하게 묵인해주는 구경거리를 참관하였다. 언딘은 도르도뉴 공작 부인과 에스트라다나 공주가 자기 방을 지나 위베르가 거처하는 처소인 2층을 방문하고 미국식 목욕탕과 베트남 골동품에 경탄하는 걸 보았다. 그리고 위베르가 주최하는 파티에 남편과 함께 참석했다. 거기서 위베르는 식당 벽에 그려진 선사시대 일화로 포부르 사람들을 놀라게 했다. 언딘은 지난 몇 달 동안 익힌 극기주의로 이런 불가피한 숙명을 모두 받아들였다. 시간이 지나감에 따라 자신이 환경에 반대할 수 있는 노력보다도 더 강하게 환경이 자신을 장악하는 것을 느꼈기 때문이다. 남편 측에서 외적으로 억압하지도 않았고 권위를 미련스럽게 주장하지 않는다는 바로 그 점이 자기의 무력함을 더 강하게 느끼게 했다. 남편은 언딘이 어떤 점에서 자기에게 중요할 수도 있지만 다른 점에서는 깃털만큼도 안 되게 하찮은 존재라는 것을 짐작하도록 그저 내버려두었다.

둘의 관계는 위베르의 결혼에 관해 언딘이 화를 낸 이래로 겉으로는 변하지 않았다. 그 사건으로 언딘은 자신의 행동에 대해 반쯤은 부끄러워하고 반쯤은 놀랐다. 그래서 잘못을 인정하는 데 가장 근접한 완곡한 방식으로 그 사건을 무마해보려고 했다. 레이몽은 이런 행동을 꽤히 받아들였고 두 사람은 그해 겨울 동안 외관상으로는 서로 이해하는 관계에서 지냈다. 봄이 왔을 때 시어머니가 애도 기간이 끝나기도 전에 위베르가 결혼하는 걸 승낙했기 때문에 평소처럼 파리에 가지 않을 이유가 정말로 없다고 제안한 이가 바로 남편이었다. 그래서 언딘은 레이몽이 자기를 동반할 차비를 그렇게 신속하게 준비하는 것에 놀랐다.

1년 전이었다면 이걸 자기가 지닌 위력의 또 다른 증거라고 생각했을지도 몰랐다. 그러나 이제 언딘은 그런 식으로 성급하게 추측하지 않았다. 레이몽은 언제나처럼 '사랑스러웠다.' 그러나 두 사람이 시골에 있던 몇 달 동안 언딘은 여러 번 남편이 자기에게서 받기를 기대하는 것을 자기가 다 주지 않았다는 걸 놀라서 깨달았다. 언딘은 결혼 전에는 남편을 사회적으로 뛰어난 인물로 존경했다. 그리고 신혼여행에서 남편은 가장 열렬한 연인이었다. 생데제르에 정착하고서 언딘은 스포츠와 농사에 열중하는 시골

지주의 사회에 자신을 맡길 준비가 되어 있었다. 그러나 놀랍게도 레이몽은 다시 그 전임자, 즉 언딘의 전남편과 당황스러울 정도로 닮아가기 시작했다. 기나긴 겨울 오후에는 토지 관리인과 장부를 검토하고 사업상의 편지를 쓴 다음에 화구를 가지고 놀거나 새로운 악보로 피아노를 쳤다. 저녁을 먹은 뒤 서재로 갔을 때는 항상 받아보는 서평과 신문을 아내에게 큰 소리로 읽어주고 싶어했다. 언딘이 집중하지 못하는 걸 알고는 그 방에 줄지어 있는 낡은 갈색 서적들 가운데 하나를 열중해서 읽었다. 처음에 랠프가 그러던 것처럼 레이몽도 자기가 읽는 것이나 세상에서 일어나는 일들을 말해주려고 했다. 그러나 알아듣지 못하는 언딘은 다른 주제로 빠졌다. 그래서 부부의 얘기는 점점 단음절로 줄어들게 되었다. 레이몽은 독서를 했지만 그런 저녁들이 언딘에게 그런 만큼이나 자기에게도 길게 느껴졌고, 그래서 생데제르에 지겨워졌기 때문에 파리로 돌아가자고 제안했을까? 자신은 지겨워했지만 자기가 같이 있는 걸로는 남편이 충분히 만족하지 않는다는 것에 언딘은 분개했고, 남편의 삶에 자기가 들어갈 수 없는 영역이 있다는 걸 알고 모욕감을 느꼈다.

그러나 다시 파리로 돌아와서는 언딘은 생각에 빠질 시간이 적어졌고 레이몽은 책과 있는 시간이 적어졌다. 부부는 신경이 분산되고 바쁜 생활을 다시 시작했다. 허세를 부리는 위베르가 가까이 있었고 계속해서 돈이 부족했고 폴이 순진하게 자기의 자유를 제한했지만, 다시 자기에게 어울리는 활동 영역에 들어간 언딘은 자신의 슬픔을 생각하지 않게 되었다. 언딘은 남편과 외출하는 것을 좋아했다. 남편이 자기 곁에 있는 것은 분명히 자기를 돋보이게 했다. 남편이 갑자기 더 젊어지고 좀 더 활기가 있는 것처럼 보였다. 다른 여자들이 레이몽을 바라보는 것을 보고 언딘은 남편이 얼마나 뛰어난 사람인지 기억했다. 남편을 동반하는 것은 언딘을 기쁘게 했다. 남편과 함께 드라이브를 해서 정찬 모임과 무도회에 가고, 꽃으로 꾸며진 층계참에서 남편을 기다리거나 불빛이 번쩍거리는 극장 로비를 가로질러 사람들을 제치고 그 곁에서 걸어가는 것은 가정적인 애정에 대한 언딘의 가장 내밀한 이상에 답해주었다. 레이몽은 전보다 언딘에게 더 많은 자유를 허용하는듯이 보였다. 그리고 자유가 허용되는 조건들에 대해 간단하게 몇 마디 상기시키는 말을 이따금씩 할 뿐이었다. 어떤 사람들과는 거리를 두어야 하고 상스러운 식당이나 찻집에서 사람들의 눈에 띄어서 품위를 떨어뜨려서는 안 되었다. 재미없는 수많은 정찬 모임에 가는 일 같이 가족에 대한 일정한 임무를 이행하기 위해 레이몽과 동반해야 했다. 그러나 다른 면에서는 언딘이 원하는 대로 매일매일을 보낼 수 있을 정도로 자유로웠다.

"그게 나한테 많은 시간이 남지는 않아요,"

언딘은 트레작 부인에게 인정했다.

"매일 시어머니를 뵈러 가야 하고, 시누이들의 일정 가운데 어떤 것도 놓쳐서는 안 되고, 릴리 에스트라디나가 귀찮아서 신경 쓰지 않는 지루한 사람들에게 신세를 갚는 파티를 공작 부인이 열 때마다 도르도뉴 저택에 얼굴을 비쳐야 해서 폴에게 눈길도 주지 못하고 머리를 말 시간이나 매니큐어를 할 시간이 거의 없는 날도 있어요. 그렇지만 그것 말고는 레이몽이 예전보다 더 잘해주고 덜 까다로워요."

언딘은 나이가 들어가면서 마음을 터놓는 친구를 그리워하는 자기 어머니의 버릇이 생겼는데, 트레작 부인이 그런 면에서 메이블 립스컴과 버사 샬롬의 뒤를 이었다.

"덜 까다로워요?"

트레작 부인의 기다란 코가 생각에 잠기면서 더 길어졌다.

"흠……, 그게 좋은 징조라는 게 확실해요?"

언딘은 가만히 바라보다가 웃었다.

"오, 이봐요. 당신은 아주 별나세요! 아니, 아무도 더 이상 질투하지 않아요."

"아니에요. 그건 아주 좋지 않아요."

트레작 부인은 생각에 잠겼다.

"당신이 아들이 없는 게 정말로 안된 일이에요."

"예, 나도 있으면 해요."

언딘은 그 화제를 끝내고 싶어 조바심을 내며 일어났다. 언딘은 자기가 여태 아이가 없는 게 주변의 모든 사람에게 불행으로 여겨질 뿐 아니라 막연히 자기를 무시하도록 하는 걸 알았기 때문에 자신도 정말로 그것을 후회하기 시작했다. 그래서 아이 문제에 대한 어떤 언급에도 마음이 불편했다.

트레작 부인은 계속 말했다.

"특히 위베르의 아내가……."

"아, 만약 그것이 그 사람들이 원하는 모든 거라면, 레이몽이 위베르의 아내와 결혼하지 않은 게 유감이네요."

언딘이 이렇게 받아쳤다. 층계에서 혼잣말로 중얼거렸다.

"네티가 시어머니에게 얘기했겠지."

그러나 이런 설명이 언딘의 마음을 진정하지 못했다. 그래서 그날 저녁 파티에 갔다가 레이몽과 함께 마차를 타고 돌아오면서 언딘은 갑자기 말을 걸고 싶은 충동을 느꼈다. 어두운 마차에 남편과 가까이 앉아 있으면 하고 싶은 말을 찾기가 쉬웠어야 했지만 레이몽이 쳐놓은 무관심의 장벽이 둘 사이에 내려져 있었다. 길은 계속 다른 길로 지나쳤고 번쩍거리는 검은 강이 부부의 마차 바퀴 아래 펼쳐져 있었다. 언딘은 남편의 손을 잡으려고 몸을 기울였다.

"여보, 무슨 일이오?"

언딘은 할 말을 찾을 수 없었다. 남편의 말투는 이미 자기가 너무 늦었다는 걸 말해주었다. 1년 전에 언딘이 남편의 손 안에 자기 손을 집어넣었다면 그런 답을 듣지 않았을 것이다.

"당신 어머니가 우리가 아이를 가지지 않는 것에 대해 절 탓하세요. 모든 사람이 그게 제 잘못이라고 생각해요."

레이몽은 답을 하기 전에 잠깐 멈추었다. 언딘은 지나쳐가는 가로등을 배경으로 한 남편의 어두운 옆모습을 지켜보며 앉아 있었다.

"어머니의 생각은 구식이오. 그리고 이건 당신과 나 이외 누구도 신경 쓸 일이라고 생각하지 않소."

"그렇죠, 하지만……."

"도착했소."

마차는 저택의 아치형 입구 아래를 돌고 있었다. 위베르의 커다란 창 불빛이 어스름한 정원을 가로질러 비추었다. 레이몽은 언딘이 내리는 것을 도와주었고, 두 사람은 위베르가 벨벳으로 다시 양탄자를 깔았고 층계참의 진달래꽃 사이에 대리석 요정이 숨어 있는 층계를 통해서 자기 방문으로 올라왔다.

대기실에서 레이몽은 아내의 어깨에서 외투를 받아들기 위해 잠시 멈추고는 희미하게 호감 어린 웃음을 띠며 언딘을 바라보았다.

"당신은 여느 때보다 예쁘군. 드레스도 아주 잘 어울리고. 당신, 잘 자요."

언딘의 손에 키스를 하고 돌아서 가버렸다.

언딘은 이 사건을 혼자 간직했다. 상처 입은 자존심은 이것을 트레작 부인에게조차 고백하는 걸 망설이게 했다. 언딘은 레이몽이 '자기에게 돌아올 거'라고 확신했다. 랠프는 마지막까지 그랬다. 파리에서 두 사람이 머무르는 남은 몇 주 동안 언딘은 일단 생데제르로 돌아가면 자신이 잃어버린 남편에 대한 장악력을 다시 쉽게 찾을 거라는 생각을 자기에게 확신시켰다. 레이몽이 파리를 떠날 것을 제안했을 때 언딘은 아무 저항 없이 순응했다. 그러나 생데제르에서도 파리에서만큼이나 남편에게 가까이 다가갈 수 없는 듯했다. 레이몽은 계속해서 똑같이 상냥하게 아내를 대했지만 자기 영지의 경영과 서적, 스케치, 음악에 완전히 몰두해 있는 것 같았다. 남편은 정치에 관심을 갖기 시작했고 자기네 주를 대표하라는 압박을 받았다. 그래서 자주 집을 비웠다. 레이몽은 본이나 디종[124]으로 여행했고 종종 파리로 갔다. 남편이 떠났어도 언딘은 혼자 있는 게 아니었다. 후작 부인은 여름에는 생데제르에 묵었고 시동생들과 시누이들, 숙모들, 사촌들, 성직자 친구들과 친척들이 넓은 지붕 아래 계속 줄을 이어 왔다. 위베르와 그 부인만이 거기에 없었다. 그 부부는 도빌에 별장을 빌렸다. 조간신문에서 언딘은 위베르의 폴로 경기 점수와 위베르 백작 부인의 경주용 의상에 관한 기사를 읽었다.

매일매일은 마비된 듯이 똑같이 기어가듯 느리게 지나갔다. 노 후작 부인과 다른 귀부인들 무리는 바느질감을 들고 테라스에 앉아 있었다. 주임 사제나 방문 중인 숙부 가운데 한 사람이 《저널 데 데바》[125]와 공화국에 관

⁘

124) 본(Beaune): 동부 프랑스 코트도르(Côte d'Or) 지방의 부르고뉴 포도주의 주산지이며, 파리와 제네바 사이에 있는 도시.
디종(Dijon): 동부 프랑스 부르고뉴 지방의 코트도르 주의 수도.
125) 저널 데 데바(Journal des Débats, Journal of Debates): 토론 신문이라는 뜻으로 1789년에서 1944년까지 발행된 신문. 프랑스혁명 직후에 창간되어 국회의 토론을 정확하게 기록하기 시작했다.

해 예상하는 침울한 기사들을 큰 소리로 읽었다. 폴은 그 집안의 다른 아이들과 드넓은 정원을 뛰어다녔고 채마밭을 휘젓고 다녔다. 근처 성에 사는 주민들은 마차를 타고 방문을 했고, 때로는 브로엄 마차처럼 볼품없는 랜도 마차[126]에 육중한 말 두 필이 매였다. 생데제르의 귀부인들은 이웃과 자기 집 사이에 있는 먼지 나는 길을 몇 킬로미터 걸어 다녔다.

그때 처음으로 언딘은 자신의 새로운 삶의 조건들을 진지하게 생각해보았다. 하루하루가 흘러가면서 이런 날들이 끝까지 계속될 거라는 것을 이해하기 시작했다. 주변의 모든 이가 언딘이 살아 있는 한 매년 열 달을 생데제르에서, 나머지 두 달을 파리에서 보내야 한다는 걸 당연하게 받아들였다. 물론 건강상 필요하면 남편과 온천에 갈 수도 있었다. 그러나 노후작 부인은 온천 치료의 좋은 점에 대해 아주 의문이 많았다. 시어머니의 숙부인 공작과 사촌인 성당 참사원도 그 생각에 공감했다. 젊은 기혼녀의 경우에 있어서는 특히 현대적인 온천의 건전치 못한 자극은 치료의 이로운 점을 무용지물로 만드는 것 이상의 문제를 낳을 가능성이 있다는 것이었다. 여행에 대해서는 레이몽과 그 아내는 신혼여행 때 이집트와 소아시아를 갔다 오지 않았는가? 그런 무모한 여정은 그 집안의 역사에서는 들어보지도 못한 일이었다! 두 사람은 말안장에서 몇날 며칠을 보냈고 아랍인들 가운데서 텐트에서 자지 않았는가? 이런 경솔한 행동들이 하늘이 기꺼이 젊은 이 부부에게 벌을 내린 그 실망의 원인이 아니라고 누가 말할 수 있겠는가? 이 집안에서 누구도 그렇게 길게 신혼여행을 간 사람이 없었다. 한 신부는 영국에 갔는데 그것조차 극단적이라고 여겨졌고, 예술가적인

··

126) 브로엄(Brougham) 마차: 마부석이 밖에 있는 2~4인승 4륜 마차.
　　　랜도(landau) 마차: 2인승 4륜 마차.

다른 신부는 베네치아에서 일주일을 보냈다. 그것은 분명히 자기들이 시대에 뒤진 게 아니라는 점을, 구식 편견이 없다는 것을 보여주었다. 신혼여행이 유행했기 때문에 신혼여행을 간 것이다. 그러나 신혼여행을 갔다 온 후로 여행을 했다는 걸 들어본 사람이 누가 있는가?

무엇이 가족과 관습과 친구들을 떠나는 목적이 될 수 있는가? 그것은 고향이 없고 호텔에서 태어나 호텔에서 죽는 유목민의 습관이 몸에 밴 미국인들에게는 자연스러운 일이었다. 그러나 새로운 셸 후작 부인은 더 이상 미국인이 아니었고 이전에 같은 성을 가진 여러 세대에 걸친 조상의 귀부인들처럼 거주할 수 있는 생데제르 영지와 셸 저택이 있었다. 그래서 언딘은 자기 앞에 펼쳐진 미래를 보았다. 직접적이거나 무례한 말이 아니라 함께 하루하루를 보낸 우호적인 여자들이 간접적으로 친근하게 제시한 암시와 추정과 비유를 통해 자기에게 펼쳐진 미래를 보았다. 그 사람들의 끝없이 지루한 대화는 뜨개바늘의 딸각거리는 소리와 수틀 위에서 부지런히 오르내리는 손가락들의 박자에 맞추어서 계속되었다. 언딘은 아무것도 하지 않는 자신의 반짝거리는 손톱을 바라보면서 자기가 그런 것들에 몰두하지 못하는 게 자신이 차분하지 못한 중요한 이유라고 사람들이 생각한다는 것을 느꼈다. 생데제르의 수많은 방들은 부지런한 성주 부인들이 수세대 동안 만들어낸 수를 놓은 벽걸이와 태피스트리 의자로 장식되어 있었다. 노 후작 부인과 그 딸들과 식솔들의 지치지 않는 바늘은 그것들을 여전히 더 많이 꾸준하게 공급했다.

그것들이 정말 그 사람들 소유도 아니고 자기가 원하면 그것들을 뜯어내고 다시 재배치할 권리가 있는 집의 의자 덮개와 침대 커튼을 기꺼이 계속해서 만들어낸다는 게 언딘에게는 진기하게 생각되었다. 그러나 그것은 자신을 강력하고 분리할 수 없는 전체, 즉 그 사람들이 **가문**이라고 일컫는 거대하고 탐욕스럽고 맹목적인 숭배물의 작은 구성원으로 간주하는 도저히 이해할 수 없는 그 사람들 전체 방식 가운데 한 부분일 뿐이었다. 그것은 그 사람들의 지독히도 개인적이고 편협한 집착이었다.

미국인들의 특성에 대한 그 사람들의 아주 분명한 이론들에도 불구하고, 그 사람들은 자기들이 지니는 유대감에 상응하는 어떤 것을 언딘에게서 찾지 못하는 점에 분명히 당황했다. 어린 폴이 뿌리가 없고 모든 지방과 어떤 가계에도 연결망이 없다는 사실 때문에 그 사람들은 폴이 발휘하는 온갖 매력에도 불구하고 그 아이를 경건한 기독교도들이 요정 아이를 조심성 있게 대하는 것과 같은 그런 태도로 대했다. 그러나 그 사람들이 모자에게 극복하기 어려운 이질감을 느꼈지만 이 두 사람이 생데제르의 관습에 서서히 제압되지 않으리라는 생각을 분명히 절대로 하지 않았다. 왕조들이 무너지고 제도가 바뀌고 관습과 도덕이 정말로 한탄할 정도로 추락했지만 자기들이 기억하는 한 셸 가문의 귀부인들은 언제나 생데제르의 테라스에서 바느질 작업을 하면서 앉아 있었다. 그동안 그 집안의 남자들은 정부의 부패를 한탄했고 교구 사제는 나라의 불행한 상태를 종교적인 감정의 쇠퇴와 생활비의 상승 탓으로 돌렸다. 시간이 지나면서 새 후작 부인이 이런 것들이 있는 그대로 존재해야 하는 기본적인 필요성을 필연적으로 이해할 것이다. 한편 아무 일도 일어나지 않고 길게 이어지는 나날이 계속되는 동안 남편 가족들의 온화한 분별력과 함께 자제력이 발휘되었다.

9월에 한 번 이 온천에서 저 온천으로 돌아다니는 에스트라디나 공주와 공주가 좋아하는 일행을 태운 자동차들이 예고 없이 내려와서 이런 일상이 깨졌다. 레이몽은 그때 출타 중이었지만 가문에 대한 충성심으로 노 후작 부인은 그 친척과 친구들을 마지못해 환대했다. 그래서 언딘은 결혼으로 멀어진 세상 속에 다시 한 번 들어가게 되었다.

공주는 처음에는 둘이 예전에 절친하던 것을 완전히 잊은 것처럼 보였다. 언딘은 아주 다양하게 요동치는 삶에서 자기와 친하게 지낸 잠시 동안의 일은 거의 흔적을 남길 수 없었을 거라고 느끼게 되었다. 그러나 떠나기 전날 밤에 예측할 수 없는 릴리가 갑자기 변덕을 부리듯 옛 친구를 자기 방으로 끌어들여 서로 비밀 얘기를 털어놓았다. 공주가 당연히 자기 얘기를 먼저 끄집어냈고 그 얘기는 사건들로 가득해서 언딘에게 관심을 돌리기 전에 안뜰의 시계가 두 시를 쳤다.

"당신은 전보다 더 예뻐졌네요. 다만 약간 살이 찐 거 같은데. 결혼 생활의 축복이죠, 그렇죠? 조심하세요! 당신은 기분 전환과 극적인 사건이 필요한데……. 당신네 미국인들은 정말로 특이해요. 당신네들은 변화와 흥분을 먹고 사는 것처럼 보여요. 그러다가 갑자기 남자가 나타나서 당신 손가락에 반지를 끼우고 나면 바깥에서 무슨 일이 일어나는지 알려고 반지를 들여다보지도 않네요. 당신은 조금도 지루하지 않나요? 내가 왜 더 이상 당신을 만나지 못하는 거죠? 내 생각에 그건 존경스러운 나의 숙모님 잘못인 것 같아요. 숙모님은 내가 자기 딸들보다 더 즐거운 시간을 보낸다고 나를 절대로 용서하지 않으시죠. 내가 사제가 쓰는 우산처럼 보이지 않는다하더라도 그걸 내가 어떡하겠어요? 숙모님은 당신에게도 그런 좋지 않은 감정을 품고 계실 거예요. 하지만 당신은 왜 시어머니가 당신을 여기 가둬 두도록 내버려두나요? 당신이 아이가 없다는 게 정말 안됐어요. 아이가 있었더라면 사람들은 모두 당신을 다르게 대접했을 거예요."

그것은 영원히 반복되는 똑같은 위로였다. 그리고 언딘은 들으면서 화가 나 얼굴을 붉혔다. 왜 정말로 시어머니가 자신을 가둬두도록 내버려뒀을까? 공주의 질문에 대답할 수가 없었다. 언딘은 단지 뚫고 들어갈 수 없는 그 사람들의 그물에 자기를 감금해놓은 전통과 인습과 금지들의 불가사의한 거미줄을 부수는 게 불가능하다고 느꼈다. 그러나 언딘의 허영심은 분명한 핑계를 만들어냈다. 언딘은 웃으면서 작은 소리로 말했다.

"레이몽이 내가 나가는 것을 그렇게 질투할지 몰랐어요……."

공주는 빤히 쳐다보았다.

"당신을 여기에 가둬놓는 게 레이몽이에요? 그러면 레이몽이 디종에 여행가는 건 어떻게 된 거예요? 그리고 남편이 파리로 급히 갈 때 무슨 일을 할 거라고 생각해요? 정치라고요?"

공주는 비꼬듯이 어깨를 으쓱했다.

"정치는 남자를 자정 이후엔 잡아두지 않아요. 레이몽이 당신을 질투해요? 오 맙소사! 있잖아요, 사람들이 행실이 좋지 않은 미국인들에 대해 내게 얘기하면 난 항상 이 말을 하죠. 당신네들이 이 세상에 남은 유일한 순진한 여자들이라고 말이에요……."

제40장

에스트라디나 공주가 떠나고 난 후 생데제르에서는 구분할 수 없이 비슷비슷한 나날이 흘러갔다. 이런 날들이 계속되면서 언딘은 더욱더 자신이 아주 많은 지류에서 이미 물을 공급받는 느리지만 강한 물살에 이끌려 들어가는 것을 느꼈다. 그렇게 오랜 세월 동안 중단되지 않는 전통의 수호자인 오래된 저택에서 언딘이 무어라 이름 지을 수 없는 마법이 뿜어 나오는 것 같았다. 아주 많은 세대 동안 그 저택의 일들은 동일한 방식으로 행해졌기 때문에 그것을 바꾸려고 하는 것은 폭풍우에 대적해 싸우는 것만큼이나 허사인 것 같았다.

겨울이 왔다 갔고, 달력은 다시 한 번 초봄을 보여주었다. 샹젤리제 거리의 마로니에는 새싹이 돋고 있었지만 생데제르의 잔디가 깔린 진입로와 정원 너머의 언덕 능선에는 눈이 여전히 남아 있었다. 때때로 부셰의 태피스트리가 걸린 갤러리의 창문 밖을 바라볼 때면 언딘은 이와 다른 풍경을 한 번도 본 적이 없는 것처럼 느꼈다. 생데제르의 검고 하얀 수평선이 다시 자기를 에워싸자마자 파리의 생생한 거리의 삶이 희미해져서 그림자가 되었기 때문에 가끔 파리에 잠깐 가는 여행조차도 지속적인 자취를 남기지 않았다.

오후에는 여전히 추웠지만 최근에 언딘은 갤러리에 앉아 있는 게 습관이 되었다. 벽에 걸린 태피스트리의 환한 광경들과 긴 갤러리를 분할하는 높은 칸막이들 때문에 갤러리는 그 너머에 있는 응접실들보다는 더 앉아 있을 만한 곳이었다. 그러나 언딘이 그곳을 더 좋아하는 주된 이유는 긴 갤러리 멀리 서로 마주보는 엄청나게 큰 난로 두 개에 불을 피우는 데서 만족을 느꼈기 때문이다. 이런 만족을 얻는 원인은 노 후작 부인이 난로에 불을 피우는 걸 못마땅하게 여긴다는 점에 있었다. 생데제르 역사에서 신중하게 계산된 일정량을 초과해서 땔감을 소비하는 일은 없었다. 그러나 언딘이 권한을 가지면서 이 허용량이 두 배가 되었다. 만약 1년 전에 누가 언딘에게 자기의 새로운 삶의 주된 오락 가운데 하나가 시어머니의 화를 돋우는 방법을 궁리해내는 거라고 말했다면 언딘은 그런 쓸 데 없는 일에 시간을 허비한다는 생각을 비웃었을 것이다. 그러나 자신에게 허비할 시간이 많고 생데제르의 먼 옛날부터 내려오던 관습을 뒤엎는 데 그 시간을 쓰고자 하는 격렬한 욕망이 있음을 알게 되었다. 본질적으로 남편이 자기를 지배했지만, 언딘은 남편을 화나게 하고 상처를 입히는 무수히 많은 자질구레한 방법을 찾아냈다. 그중 하나는 시어머니의 편견에 맞서는 건 무엇이든지 하는 것이었는데, 이것은 대단히 효과적이었다. 레이몽은 항상 어머니의 의견에 동의하거나 특별히 어머니에게 복종하는 아들은 아니었다. 그렇지만 남자는 어머니의 소망을 존중해야 하고 또 집안 사람들이 그 소망을 존중하도록 해야 한다는 게 남편의 기본 원칙 가운데 하나인 것 같았다. 레이몽이 속한 계층의 프랑스인들은 모두 이런 관점을 공유했고, 논할 여지가 없는 것으로 간주하는 듯했다. 심지어 어머니를 증오하는 사람조차도 땔감의 소비와 같은 문제에 대해 어머니의 생각을 존중해야 한다고 고집하는 것은 개인적인 감정보다는 훨씬 더 변치 않는 것에 근거를 두었다.

추운 날씨에 노 후작 부인은 항상 침실에 앉아 있었다. 태피스트리로 장식된 4주식 침대[127]와 벽난로 사이에서 가족들은 후작 부인의 하나뿐인 불투명 유리로 된 카르셀 등[128]을 둘러싸고 옹기종기 앉았다. 방문객이 있으면 저녁에 서재에 난롯불을 지폈다. 그렇지 않으면 하인이 열 시에 약초를 달인 차와 랭스 비스킷[129]을 가져올 때까지 가족들은 다시 후작 부인의 등 주변에 앉아 있었다. 그리고 나서 사람들은 모두 후작 부인에게 밤 인사를 하고 복도를 따라 흩어져서 기름이 담긴 잔에 뜬 심지의 불이 안내하는 냉기가 도는 먼 방으로 갔다.

언딘이 온 후로 서재에서 난롯불이 꺼지는 것을 절대로 허용하지 않았다. 최근에 두 응접실과 레이몽이 총을 보관하고 집사를 만나는 소위 '서재'에 난롯불을 켜보고 언딘은 오후에 차를 마시는 새롭고 생소한 의식을 치르기 위한 가장 적합한 장소로 갤러리를 선택했다. 전에는 손님이 있을 때가 아니라면 생데제르에서 오후에 다과를 내오는 일이 전혀 없었다. 손님이 있을 때도 다과는 항상 디캔터[130]에 담긴 달콤한 포트와인[131]과 접시에 담아서 내오는 오래 보존 가능한 종류의 작은 마른 과자로 이루어졌다. 오래 보관할 수 없는 신선한 진미를 대접하고 찻주전자를 사용하는 복잡

• •

127) 네 모서리에 기둥이 있고 덮개가 달린 큰 침대.
128) 베르나르 카르셀(Bernard Guillaume Carcel, 1750~1818)): 프랑스의 시계 제작자. 카르셀이 발명한 카르셀 등(Carcel lamp)은 19세기 프랑스에서 가정용 조명 기구로 사용되었다.
129) 랭스 비스킷(biscuits de Reims): 프랑스 북동부 샹파뉴 지방에 있는 도시인 랭스에서 처음 만들어진 적포도주를 넣어 붉은 빛이 도는 비스킷.
130) 디캔터(Decanter): 포도주 등을 일반 병에서 따라내어 식탁에 낼 때 쓰는 유리병.
131) 포트와인(port wine): 포르투갈의 포르투 항에서 수출하는 와인이라는 말에서 비롯된 단맛이 나는 포르투갈산 적포도주.

한 의식을 가족의 즐거움만을 위해 거행하는 것은 전례가 없는 일이었다. 그래서 언딘은 그 의식절차에 공을 들이고 또 조상 대대로 물려온 그릇이 더 다채로운 진수성찬을 담느라고 달그락거리게 하면서 한동안 흠뻑 즐거움을 맛보았다. 이게 시시해지자 갤러리에서 용무를 보고 두 난로에 희생의 불을 지피는 계획을 궁리해냈다.

언딘은 레이몽에게 처음에는 이렇게 말했다.

"당신 어머니가 종일 침실에 앉아 계시는 건 말도 안 돼요. 어머니는 땔감을 아끼려고 그러신다는데, 아래층에 불을 피워놓으면 어머니 방의 불을 끄고 아래층으로 내려오시면 되지 않겠어요? 난 왜 당신 어머니 침실에서 인생을 보내야 하는지 모르겠어요."

레이몽은 아무 대답도 하지 않았다. 실제로 후작 부인은 자기 방의 불을 끄게 했다. 하지만 아래층으로 내려오지 않고 불 없이 그저 계속 위층에 앉아 있었다.

이 모습을 보고 언딘은 처음에 재미있게 여겼지만, 그 뒤 곧 이러한 행동이 함축하는 암묵적인 비난에 짜증이 났다. 언딘은 레이몽이 자기 어머니의 태도에 대해서 말해주기를 바랐고, 만약 남편이 말을 하면 대답할 말도 준비해두었다! 그러나 레이몽은 아무런 언급도 하지 않았고 그저 무시했다. 복수하려는 충동은 남편의 무표정한 얼굴의 무관심에 직면해서 힘이 빠져버렸다. 레이몽은 변함없이 상냥하고 사려 깊었으며, 온당한 범위 내에서 기꺼이 아내의 소망에 응하고 변덕을 충족하려고 했다. 한두 번 폴을 치과의사에게 데려가거나 하인을 구하러 파리에 급히 올라가자고 언딘이 제안했을 때 레이몽은 그 필요성에 동의하고 함께 갔다. 그러나 두 사람은 호텔이 아니라 셀 저택에 있는 자기들의 거처로 갔는데, 그곳은 양탄자가 세워져 있었고 커튼은 내려져 있었으며 관리인은 일정치 않은 시간에 소박한 음식을 마련해주었다. 불빛이 환히 빛나는 위베르 거처의 창문을 처음으로 보고 나서 언딘의 원한과 무기력감은 깊어졌다.

트레작 부인이 예측한 대로 레이몽의 경계는 점차 느슨해졌고, 파리 여행 동안 언딘은 마음대로 돌아다녔다. 그러나 그런 방문은 너무 짧아서 사교계와 보조를 맞출 수 없었고, 친구들 사이에 나타날 때 언딘은 자신의 옷조차도 생데제르에서 온 것처럼 보여서 스스로 촌스럽고 자리에 어울리지 않는다고 느꼈다. 그럼에도 불구하고 언딘은 다른 여느 때보다 더 드레스에 집착했다. 파리에서 언딘은 많은 시간을 의상실에서 보냈고, 시골에서는 새로운 드레스가 담긴 상자가 도착하는 것이 공허한 나날들 가운데 주요한 사건이었다. 그러나 상자를 풀 때는 즐거운 마음보다는 분한 마음이 들었고, 드레스들은 이루어지지 않은 많은 즐거운 약속들처럼 옷장에 걸려 있었다. 옷장에 걸린 드레스들은 자기가 똑같이 속았다는 눈길로 다른 화려한 의상을 바라보던 스텐토리언 호텔 시절을 상기시켰다. 그럼에도 불구하고 언딘은 주문을 배로 늘렸고, 양재사에게 디자인을 보내달라고 편지를 썼으며, 모자 판매업자에게는 모자를 상자에 담아 보내달라고 편지를 보냈다. 그리고 그 모자들을 써보고는 어느 것을 선택해야 할지 몰라서 며칠 동안이나 보관해두곤 했다. 때때로 심지어 아주 다양한 종류의 베일과 장갑과 꽃과 레이스를 가져오라고 하녀를 파리로 보내기도 했다. 그리고 어느 것을 사야할지 결정하지 못해서 얼마 동안 고통스럽게 망설이다가 자기가 돌려보낸 물건들이 파리 사람들이 착용하는 유행품이 되지 않게 결국 많은 물건을 구입했다. 언딘은 자기가 과도하게 돈을 쓴다는 것을 알았고 돈 문제가 운 좋게 해결되리라는 젊은 시절의 확신을 잃어버렸다. 하지만 지루할 때는 항상 무엇을 사러가는 습관이 있었는데, 다른 어느 때보다 지금 더 그런 위안이 필요했다.

자신의 무미건조한 삶이 핏속까지 흘러 든 것처럼 안색도 생기가 없어졌고 머리칼도 빛을 잃었다. 외모의 변화에 놀라서 언딘은 새로운 향수와 화장품을 찾아서 패션 잡지를 훑어보았고, 얼굴에 붕대 감기와 전기 마사지와 외모를 회복하는 다른 방법들을 시험해봤다. 기묘한 유전적인 기질이 되살아나서 언딘은 특히 의약품 광고를 꼼꼼히 읽어보고, 미용사와 신체 발달을 전문으로 연구하는 교수들에게 우표가 붙은 회신용 봉투를 보내고, 신앙요법 치료사와 독심술사와 이들과 유사한 명인(名人)들의 상담을 받는 것의 이점을 골똘히 생각하기 시작했다. 심지어 잊어버리고 있던 할아버지의 처방 몇 개를 받으려고 어머니에게 편지를 썼고, 각각의 새로운 실험에 맞게 일상생활과 자고 먹고 운동하는 시간을 바꾸기도 했다.

가만히 있지 못하는 기질은 스프라그 부인처럼 무관심으로 빠져들었고, 언딘은 조금이라도 활동해야 하면 화가 났다. 그러나 불만스러워하는 하녀들과 벌이는 언쟁과 폴의 가정교사를 찾는 것의 어려움, 자신은 큰 부담을 지지 않으면서도 폴을 즐겁게 하고 바쁘게 하는 문제 같이 성가신 일들로 끊임없이 시달렸다. 레이몽과 폴은 서로 대단히 좋아하게 되었고, 여름 동안 폴은 마구간과 정원에서 항상 계부와 함께 지냈다. 그러나 겨울이 오자 레이몽은 더 자주 집을 비웠고 폴은 감기를 달고 살았기 때문에 빈번히 실내에 머물러야 했다. 방에 갇혀 지내게 된 폴은 투정을 부리고 요구가 많아졌다. 노 후작 부인은 폴의 행동이 변한 것을 가정교사, 즉 레이몽의 옛 교수 한 명이 추천한 '평신도'가 끼친 개탄스러운 영향 탓으로 돌렸다. 레이몽 자신은 폴의 가정교사로 성직자를 더 선호했다. 그렇게 하는 게 집안 전통이었고, 폴이 그 집안 사람은 아니었지만 그 집안 방식을 따르는 게 적절한 것 같았다. 게다가 레이몽의 결혼한 누이들이 친정에 머물러 왔을 때 자기네 아이들이 그 가정교사의 영향에 노출되는 것을 반대했고, 심지어는 폴과 어울리는 것이 좋지 않은 영향을 줄 수 있다는 생각을 내비쳤다. 그러나 언딘은 남편의 종교를 아주 선뜻 받아들였지만 아들의 교육을 성직자에게 넘겨야 한다는 제안은 완강하게 반대했다. 그래서 그 가정교사는 남게 되었지만, 그 사람의 존재로 인해 생긴 불화가 자신을 매우 성가시게 했기 때문에 언딘은 폴을 학교로 보내는 대안을 고려하기 시작했다. 그런 실험을 하기에는 폴은 여전히 작고 연약했지만 언딘은 아들에게 필요한 것은 '단련'이라고 자신을 설득했다. 상류사회 아이들이 그런 교육을 받는 학교가 있다는 소식을 듣고서 언딘은 교장과 편지를 주고받기 시작했다. 교장의 첫 편지에 언딘은 그 학교가 폴에게 딱 맞는 곳이라고 확신했다. 그러나 두 번째 편지에는 학비 명세서가 들어 있었는데, 그것을 가정교사의 생활비와 급여와 비교하고 난 후 언딘은 아들이 너무 어려서 집을 떠나보내는 게 걱정스럽다는 편지를 썼다.

얼마 전부터 남편은 언딘의 지출에 대해 아무 언급도 하지 않았다. 언딘은 남편이 자기를 너무 사치스럽다고 생각하는 것을 알았다. 그리고 뉴욕의 웨스트엔드 애비뉴에서 경제적인 세부 사항들을 안개 속에 감추는 것과는 다르게 생데제르에서는 경제적인 세부 사항들을 빛에 드러내기 때문에 남편이 자신의 지출을 세세히 안다고 확신했다. 따라서 언딘은 레이몽이 고의적으로 침묵을 지키고 있고 그렇게 침묵하는 건 감추어야 할 약점이 있기 때문이라고 결론 지었다. 에스트라디나 공주의 농담이 옳았다. 언딘은 남편이 다른 여자와 진지하게 사랑에 빠졌다고 믿지 않았다. 자기가 먼저 싫증 내지 않은 사람이 자기를 싫증 낼 수 있다는 걸 상상할 수 없었다. 하지만 남편의 무관심에 언딘은 굴욕감을 느꼈고, 그 무관심을 자기의 결함보다는 경쟁자의 술책 탓으로 돌리는 게 더 쉬웠다. 남편 삶의 외면적인 단조로움을 위로해주는 애인이 있을지 모른다는 생각에 언딘은 분노했다. 그래서 파리에 돌아가면 자기도 그런 비슷한 기회가 없지는 않다는 걸 남편에게 보여주기로 결심했다.

한편 3월이 가고 거의 4월이 되었는데도 레이몽은 여전히 떠나자고 하지 않았다. 언딘은 레이몽이 그런 결정을 남편에게 맡기기를 기대한다는 걸 알았고, 자기가 조바심을 보이면 미루고 싶어할까 봐 조바심을 감추었다. 그러나 어느 날 언딘이 갤러리에서 차를 마시며 앉아 있을 때 남편이 승마복을 입고 들어와서 말했다.

"산의 반대쪽까지 넘어갔다 왔소. 2월에 내린 비로 알레트[132]의 댐이 약해져서 즉시 복구하지 않으면 포도밭이 위험해질 거요."

언딘은 하품을 참으면서 농사에 대해서 말할 때는 레이몽이 항상 너무 지루해 보인다고 생각했다. 그럴 때면 훨씬 더 나이 들어 보였다. 남편의 말을 듣는 자기도 아마 그렇게 나이 들어 보일 거라는 생각이 들자 언딘은 몸서리를 쳤다.

언딘이 차를 건네주는데 레이몽이 계속 말했다.

"바로 지금 이런 일이 일어나서 유감이오. 당신에게 올봄엔 파리에 머무는 걸 포기하자고 청해야 할 것 같소."

"오, 안 돼요, 안 돼!"

언딘이 갑자기 소리를 질렀다. 반쯤 억눌러온 수많은 불만들 때문에 숨이 막혔고 갑자기 아이처럼 소리내 울고 싶었다.

"실망스럽다는 건 알아요. 하지만 올해 우리는 평상시와 다르게 지나치게 많이 지출했소."

"내가 보기에 지출은 항상 심한 것 같아요. 당신이 댐을 수리해야 한다

••

132) 알레트(Alette): 프랑스 북부 몽트뢰유 쉬르 메르 지방에 있는 작은 마을.

고 해서 우리가 파리를 포기해야 할 이유를 모르겠어요. 위베르가 대체 그 돈을 갚기나 하겠어요?"

레이몽이 약간 놀라서 언딘을 보았다.

"하지만 당신은 제수씨가 유산상속을 받을 때까지는 그게 가능하지 않는 걸 그때 분명히 이해하지 않았소?"

"당신 말은 알링턴 장군이 죽을 때까지 기다리라는 거예요? 그 사람은 당신보다 많이 늙어 보이지도 않아요."

"내가 위베르의 각서를 보여준 거 당신 기억할 텐데. 위베르는 꽤 정기적으로 이자를 지불했소."

"시동생은 친절하기도 하군요!"

반항심에 발끈해서 언딘이 일어섰다.

"당신은 당신 하고 싶은 대로 하세요. 하지만 난 파리에 갈 작정이에요."

"어머니도 가시지 않을 거요. 우리 거처도 열지 않을 생각이오."

"알겠어요. 하지만 내가 열겠어요. 그뿐이에요."

남편도 일어났다. 언딘은 남편의 얼굴이 창백해지는 것을 보았다.

"나 없이 당신이 가지 않았으면 좋겠소."

"그렇다면 난 미국인 친구들과 함께 누보 뤽스 호텔에서 머무르겠어요."

"그건 절대 안 되오!"

"안 될 이유가 뭐죠?"

"그게 적절치 못하다고 생각하오."

"당신이 그걸 적절치 못하다고 생각한대서 그게 적절치 않는 것으로 입증되는 건 아니잖아요."

두 사람은 똑같이 분노로 떨면서 서로 마주 보며 서 있었다. 그리고 나서 레이몽이 자제하고서 더 달래는 어투로 말했다.

"당신은 꼭 필요한 일이 있다는 것을 전혀 이해하는 것 같지 않소."

"오, 당신도 마찬가지예요. 그게 문제예요. 당신은 나를 이곳에 평생 갇혀 있게 할 수 없고, 부적절하다는 말만으로 내가 하고 싶은 일을 전부 막을 수는 없어요."

"난 당신이 마음대로 돈을 쓰는 걸 방해한 적이 없소."

진심으로 의아해하면서 이번에는 언딘이 남편을 빠히 쳐다보았다.

"맙소사, 내가 당신 돈 한 푼 쓰는 것도 항상 아까워하는데 당연히 그러지 말아야죠."

"아까워서 그러는 게 아니라는 걸 당신도 알지 않소. 돈이 있다면 기꺼이 당신을 파리로 데리고 갈 거요."

"당신은 이 집에 써야 할 돈은 항상 조달해내잖아요. 그렇게 굉장히 비용이 많이 들면 이곳을 파는 게 어때요?"

"이 집을 팔다니? 생데제르 성을 팔라는 거요?"

그 제안은 레이몽에게 엄청나게, 거의 악마 같이 굉장한 의미가 있는 듯했다. 마치 아무렇게나 내뱉은 언딘의 말이 마침내 두 사람의 모든 불행한 차이에 대한 단서를 우격다짐으로 레이몽의 손에 쥐어준 것 같았다. 언딘은 이것을 이해하지 못한 채 남편의 얼굴에 나타난 변화로 짐작했다. 그것은 마치 치명적인 용매가 레이몽의 얼굴의 낯익은 선들을 별안간 분해해버린 것 같았다.

끔찍해하는 남편의 모습에 언딘은 더 몰아붙였다.

"아니, 안 될 이유가 있나요? 여하튼 당신 성에 있는 물건들 중 몇 개를 파는 건 어때요. 미국에서는 유지할 여력이 없는 물건을 파는 걸 수치스러워하지 않아요."

언딘의 시선이 남편의 등 뒤에 걸린 이야기를 짜넣은 태피스트리로 향했다.

"아니, 이 방 하나만해도 큰 자산이 있잖아요. 저 태피스트리들만 팔아도 당신이 원하는 건 뭐든지 살 수 있어요. 그런데도 당신은 여기 서서 나한테 자기가 거지라고 말하고 있잖아요!"

레이몽의 시선이 언딘의 눈길을 따라서 태피스트리로 향했다가 다시 아내의 얼굴로 돌아왔다. 레이몽이 말했다.

"아, 당신은 이해하지 못해."

"당신이 나보다 이 모든 낡은 물건을 더 사랑하고, 당신의 증조부의 안락의자 하나를 건드리느니 차라리 내가 불행하고 비참하게 사는 꼴을 보고 싶어한다는 걸 알아요."

남편의 얼굴은 천천히 혈색이 돌아왔지만 언딘이 본 적이 없는 주름살을 드러내며 굳어졌다. 레이몽은 아내가 서 있는 곳이 텅 빈 것처럼 언딘을 바라보았다. 그러면서 다시 말했다.

"당신은 이해 못해."

제41장

이 사건으로 언딘은 자신이 가진 낡은 공격 무기 가운데 어느 것에도 의지할 수 없다는 좌절감을 느꼈다. 권력을 얻고자 한 모든 투쟁에서 자기 주장이 정당하다고 생각하는 언딘의 인식은 자기가 원하는 대로 사람들을 행동하게 하는 자신의 힘으로 측정되어왔다. 레이몽의 확고함에 자기 주장에 대한 믿음이 흔들렸다. 평소 자기 목적을 달성하는 것에 사무적으로 집중하는 태도가 상처를 입히고 파괴하려는 맹목적인 욕망으로 바뀌었다. 그러나 빈정대는 말은 언쟁만큼이나 효과가 없었다. 그리고 자기가 한 말을 다른 이가 했더라면 레이몽이 상처를 입었을 거라고 추측했기 때문에 휘둘리지 않는 남편의 확고함에 언딘은 더 화가 났다. 바로 자기가 그 말을 입 밖으로 꺼냈기 때문에 남편에게 상처를 입히지 못한 것이다.

"당신이 내가 좋아하는 모든 것에 대해 그렇게 아까워한다면 우리는 별거를 하는 게 낫겠네요……."

둘의 얘기가 거의 끝날 무렵 언딘이 이렇게 퍼부었을 때조차도 레이몽은 단지 어깨를 으쓱하면서 이렇게 답을 했다.

"그건 우리가 하지 않는 것 가운데 하나지……."

그 대답에 마치 언딘의 면전에서 철문이 쾅하고 닫히는 것 같았다.

말없이 생각에 잠기는 휴지 기간은 반항이라는 반응으로 귀결했다. 언딘은 누보 뤽스 호텔의 미국인 동포들과 합세하겠다는 위협을 감히 실행하지는 않았다. 자신의 지난 번 반항의 결과들을 너무도 분명히 기억했다. 그러나 언딘은 레이몽의 이기적인 어리석음을 남편이 이해하도록 노력해 보지 않고 자기의 현재 운명에 순응할 수는 없었다. 언딘은 언쟁으로 그것을 증명하는 데 실패했다. 하지만 실질적으로 보여주는 것의 가치에 대한 믿음을 물려받았다. 아내가 원하는 것을 얼마나 쉽게 줄 수 있는지 레이몽이 볼 수 있게만 한다면 아마 남편은 언딘의 생각에 동조할 것이었다.

이런 생각을 하며 언딘은 폴을 위한 새로운 유모를 찾는다는 핑계로 스물 네 시간 동안 파리로 올라갔다. 그때 취한 사전 준비 덕분에 기회가 처음 생겼을 때 언딘은 자기 계획을 실행할 수 있었다. 그 기회는 레이몽이 다음 번에 본에 가는 여행 때문에 가능했다. 레이몽은 밤까지 돌아오지 않을 거라는 말을 남기고 아침 일찍 떠났다. 그날 오후에 언딘은 포플러 나무가 있는 기다란 길의 풍경을 훑어보면서 갤러리의 평소 자기 자리에 서 있었다.

거기에 그리 오래 있지 않을 때 그 길 끝에 있던 검은 점이 부릉거리면서 입구를 막 들어오고 있는 자동차로 커졌다. 언딘은 자동차가 다가오자 창문에서 돌아섰다. 언딘은 갤러리를 따라 걸어가면서 푸른색과 장미색이 말로 형언할 수 없이 혼합된 여러 거대한 태피스트리들에 시선이 멈췄다. 마치 그 태피스트리들이 자기의 모습을 반영하는 거울들인 것처럼 차분하게 바라보았다.

문이 열리고 하인이 키가 작고 가무잡잡한 남자를 안내했을 때도 언딘은 여전히 태피스트리들을 바라보고 있었다. 그 사람은 눈에 확 띄는 런던에서 맞춘 옷을 입고 있었지만 마치 귀걸이를 하고 있거나 문에 향료 꾸러미를 남긴 것처럼 기묘하게 이국적인 분위기를 풍겼다.

그 사람은 언딘에게 절을 하고는 그 방을 재빨리 위아래로 훑어보았다. 그러고는 창을 등지고 서서 창을 마주 보는 벽을 아주 열심히 바라보았다.

언딘의 심장은 흥분해서 두근거렸다. 언딘은 노 후작 부인이 자기 처소에서 낮잠을 자고 있는 것을 알았다. 그러나 조용한 집에서 나는 소리 하나하나는 계단을 오르내리는 노 후작 부인의 신발 굽 소리 같았다.

"아……."

방문객이 말했다.

그 사람은 마치 무대 발치의 조명에 맞춰 연기를 하는 배우처럼 태피스트리들에 얼굴을 고정한 채 갤러리를 천천히 걸어 내려가기 시작했다.

"아……."

그 사람이 다시 말했다.

언딘은 자신의 긴장을 풀기 위해서 얘기를 시작했다.

"그 태피스트리들은 루이 15세가 셸 후작에게 하사하신 거예요……."

"그 태피스트리의 역사는 책으로 발간되었지요."

방문객이 짧게 끼어들었다. 언딘은 자신의 실책에 얼굴이 붉어졌다.

살빛이 가무스름한 이방인은 정밀 기구 같은 안경을 코에 걸치고는 태피스트리들에 대해 좀 더 가까이 좀 더 세심하게 조사하기 시작했다. 언딘이 곁에 있는 것을 완전히 상관하지 않는 듯이 보였다. 그 거만하고 무관심한 태도 때문에 언딘은 이 사람을 부르지 말 걸 하고 생각하기 시작했다. 파리에서는 그 사람의 태도가 완전히 달랐다!

방문객이 갑자기 돌아서서 안경을 벗었다. 안경은 마치 줄어드는 더듬이처럼 옷의 주름 속으로 쑥 들어갔다.

"예."

그 사람은 서서 언딘을 제대로 보지 않은 채 바라보았다.

"아주 좋습니다. 제가 신사를 모시고 내려왔습니다."

"신사요……?"

"굉장한 미국인 수집가지요. 그분은 최고만을 구입하시죠. 파리에 오래 계시지 않을 거예요. 이번이 그분이 내려오시는 유일한 기회였죠."

언딘은 얼굴을 찡그렸다.

"이해를 못하겠어요. 난 태피스트리들을 판다고 말한 적이 없어요."

"그렇습니다. 그런데 이 신사분이 팔려고 하지 않는 이것만을 사시겠답니다."

그것은 놀랄 만한 소리였고 언딘은 흔들렸다.

"모르겠어요. 당신은 그 태피스트리들에 가격을 매기기만 하기로 했잖아요……."

"제가 먼저 그것들을 그분에게 보여드려야 합니다. 그러고 나서 가격을 책정하겠습니다."

그 사람은 킬킬거리고 웃었다. 그리고 언딘의 대답을 기다리지도 않고 가서 문을 열었다. 문을 열자 17세기 육군 원수의 흉상을 찬찬히 보면서 복도의 반대편에 서 있는 신사의 털외투를 입은 등이 보였다.

미술품 거래상은 그 사람 등에 대고 정중하게 불렀다.

"모팻 씨!"

모팻은 흉상에 관심이 있는 듯이 보였고 움직이지 않고 어깨 너머로 쳐다보았다.

"여길 보시죠……."

모팻의 시선은 언딘을 보았고 그 눈이 놀라 휘둥그레졌으며 마치 헛것을 본 듯했다.

"아니, 이게 꿈이 아니라면······!"

모팻은 앞으로 다가와 양손으로 언딘을 잡았다.

"아니, 당신 여기서 도대체 뭘 하고 있소?"

언딘은 뜻하지 않게 사건이 돌아가자 떨려서 웃으며 얼굴을 붉혔다.

"난 여기 살아요. 당신 몰랐어요?"

"아니 전혀. 상대방의 이름을 물어볼 생각을 전혀 못했소."

모팻은 절을 하는 거래상에게 유쾌하게 말했다.

"있잖소. 이 여행을 보상하려면 그 태피스트리들이 탁월한 작품이어야 한다고 말했소. 하지만 이제 내가 실수한 걸 알겠소."

언딘은 모팻을 흥미 있게 쳐다보았다. 그 사람의 육체적인 외모는 변하지 않았다. 평소처럼 단단하고 혈색이 좋았다. 예전처럼 고지식한 눈썹 아래의 눈은 예전같이 예리했다. 그러나 모팻의 자신감은 덜 공격적이었고, 언딘은 이 남자가 그렇게 정중하고 편안한 걸 본 적이 없었다.

"당신이 굉장한 수집가가 된 줄 몰랐어요."

"가장 대단한 수집가요! 저 사람이 당신에게 그렇게 얘기하지 않았소? 그게 내가 여기에 들어오는 것을 허락한 이유라고 생각했소."

언딘은 망설였다.

"물론 그 태피스트리들을 팔려고 내놓은 게 아니라는 걸 아시죠······."

"그렇소? 난 저 사람이 날 지치게 만들려고 요리조리 피하는 걸로만 생각했소. 그런데 그것들이 팔 게 아니라니 반갑소. 우리에게 얘기할 시간이 좀 더 생길 테니까."

손에 시계를 든 거래상이 끼어들었다.

"그렇지만 우선 한번 보시죠. 우리 기차가······."

"난 그 기차를 안 타도 되오!"

모팻이 말을 끊었다.

"적어도 기차가 뒤에 또 있다면 말이오."

언딘은 다시 정신을 차렸다. 그리고 밝게 말했다.

"물론 있죠."

언딘은 반쯤은 그 거래상이 떠나야 하는 급박한 이유를 우겨대기 바라면서 갤러리로 돌아가는 길을 안내했다. 모팻의 예기치 않은 출현에 흥분했고 기분이 좋았지만 자신이 재정적으로 쪼들리는 것을 모팻이 추측한다는 건 모욕적이었다. 자기가 행복하고 승리에 찰 때 외에는 절대로 모팻을 만나고 싶지 않았다.

거래상은 갤러리로 그 두 사람을 따라왔다. 세 사람은 모두 잠시 태피스트리들 앞에 말없이 서 있었다.

"야, 굉장하네!"

모팻은 드디어 감탄을 발했다.

언딘이 서둘러 설명했다.

"이것들은 역사적인 거예요, 알다시피. 왕이 레이몽의 고조부에게 하사하신 거죠. 요전 날 내가 파리에 있을 때 플라이슈하우어 씨에게 한번 내려와서 그게 얼마나 가치가 있는지 말해달라고 했어요. 그런데 오해하고 우리가 팔 생각이 있다고 생각한 것 같아요."

언딘은 좀 더 그 거래상을 지목해 말했다.

"미안해요. 헛걸음을 했으니."

플라이슈하우어 씨는 아주 달변으로 얘기했다.

"그렇게 멋있는 물건을 본다는 건 헛걸음이 아니죠."

모팻은 장난스러운 표정을 지었다.

"난 플라이슈하우어 씨가 기차를 놓치는 것 보고 싶지 않소……."

"전 기차를 놓치지 않을 겁니다. 전 아무것도 놓치지 않습니다."

플라이슈하우어 씨가 말했다. 그 사람은 언딘에게 절을 하고 문을 향해 뒷걸음질을 했다.

모팻은 그 거래상이 입구에 이르렀을 때 불렀다.

"여기 보세요. 자동차로 당신을 역에 데려가달라고 하고 그 값을 내게 달아놓으시죠."

문이 닫혔을 때 모팻은 웃으면서 언딘을 향해 돌아섰다.

"이건 굉장한 일이오. 난 당신이 당연히 파리에서 살 거라고 생각했지."

다시 한 번 언딘은 콕 쑤시는 듯한 당황함을 느꼈다.

"오, 프랑스 사람들……, 물론 내 남편 같은 사람들은 항상 일 년의 일부는 자기들 영지에서 보내지요."

"그러나 이 시기에는 아니죠, 안 그렇소? 아니 지금 파리에서는 모든 게 바쁘게 돌아가는데. 어제 저녁 누보 뤽스에서 드리스콜 부부, 샬럼 부부, 롤리버 부인과 식사를 했소. 당신 옛날 친구들이 거기에서 재미있게 놀고 있어요."

드리스콜 부부와 샬럼 부부, 롤리버 부인이라! 정말로 얼마나 무심하게 그 이름들을 나열하는가! 그 목소리에서 모팻이 그 무리 가운데 한 사람이고 언딘이 그 사실을 알아주기를 원한다는 것을 알 수 있었다. 그리고 어떤 것도 이것만큼 그 사람이 이룬 성과를, 수백만 달러의 가치가 있음을 언딘으로 하여금 완전하게 느끼게 하는 건 없었다. 그건 아주 최근에 일어났음이 틀림없지만 모팻은 자기가 얻어낸 새로운 명예에 이미 편안했다. 모팻은 도회적인 분위기를 풍겼다. 자기 마음에 일어나는 이런 생각들을 들여다보는 동안 언딘은 모팻 역시 자기를 아주 찬찬히 바라본다는 것을 깨달았다. 모팻이 이어서 말했다.

"그렇지만 당신은 이제 당신 자신의 무리가 생겼군. 당신은 언제나 나보다 한 단계 앞서 있지."

모팻은 기품 있고 기다란 그 방에 시선을 보냈다.

"이런 데에서 당신을 만난 것 좀 우습지만 당신은 아주 잘 어울리오. 당신은 언제나 잘 어울리지."

언딘이 웃었다.

"그건 당신도 그래요……나도 바로 그 생각을 했어요!"

두 사람의 눈이 마주쳤다.

"당신이 굉장한 부자가 됐다는 생각이 드네요."

언딘의 눈길을 그대로 받으면서 모팻도 웃었다.

"아, 엄청나죠! 합병으로 내 입지를 굳혔소. 난 에이펙스 대부분을 차지하게 되었지. 내 개인 기차 차량을 장식하려고 이 태피스트리들을 구입하러 내려왔소."

과장하는 익숙한 말투에 언딘은 기분이 붕 떴다.

"당신이 그것들을 정말로 원한다면 내가 당신을 막을 수 있을 거 같지 않군요!"

"내가 무엇을 원하면 누구도 나를 막을 수 없소."

두 사람은 도전하고 공모하는 눈빛으로 서로 바라보았다. 온몸에서 드러나고 표현되는 목소리, 외모, 시끄럽고 자신만만하고 활기찬 이 모든 모습에 언딘의 피가 호기심으로 뛰었다. 언딘이 말했다.

"당신이 롤리버와 친구라는 걸 몰랐어요."

"오, 짐 말이오……."

말투가 거의 보호하는 기색을 띠었다.

"짐은 잘 있어요. 지금 하원에 있죠. 난 워싱턴에 있는 인물이 필요했어요."

모팻은 주머니에 손을 찌르고 머리를 뒤로 젖히고 소리 없이 휘파람을 부는 것처럼 입술을 모으는 익숙한 동작을 하면서 천천히 신중하게 주위를 둘러보았다.

모팻은 이내 시선을 언딘에게 다시 돌리고 말했다.

"그럼 이게 바로 당신이 가지도록 내가 도와준 것이군. 난 항상 언제 와서 한번은 보려고 했소. 당신 칭호는 뭐요, 후작 부인이오?"

언딘은 잠시 창백해졌다가 다시 붉어졌다. 언딘이 갑자기 물었다.

"왜 그걸 해줬나요? 종종 궁금했어요."

모팻이 웃었다.

"무엇 때문에 내가 당신을 도왔냐고? 음, 내 사업적인 본능인 것 같소. 내가 파리에서 당신을 우연히 만났을 때 당신이 곤란한 지경에 있는 걸 봤지. 그리고 난 당신에게는 아무런 유감이 없었소. 사실 묵은 원한들을 생각할 시간도 없었고. 그것들은 무시해버리면 금붕어처럼 금방 죽어버리죠."

모팻은 여전히 차분히 언딘을 바라보았다.

"당신이 이런 생활에 정착했다니 이상하군. 당신이 원하는 걸 가졌기를 희망하오. 당신이 사는 집은 굉장한 저택이군."

"그렇죠. 하지만 난 이 집을 좀 과하게 많이 경험하고 있어요. 우린 1년 대부분을 여기 살죠."

자신이 성공했다는 환상을 모팻에게 주고자 했지만 밑에 깔린 서로 공유하는 본능 때문에 언딘의 입에서 고백이 나왔다.

"그랬소? 도대체 왜 그 기간을 줄이고 파리로 올라오지 않소?"

"오, 레이몽은 이 영지에 푹 빠져 있어요. 그리고 우린 돈이 없어요. 이 저택이 돈을 다 먹어치우죠."

"흠, 그건 귀족적으로 들리는군. 하지만 좀 구식이 아니오? 요즘은 귀족 도 형편이 쪼들리면 보통 조상에게서 물려받은 유산을 조금씩 팔아치우는 데."

모팻은 다시 태피스트리들을 한 바퀴 둘러보았다.

"이 벽에는 파리에서 여러 시즌을 아주 재미있게 보낼 수 있는 게 걸려 있구먼."

"예……알아요."

자신을 절제하고 현란하고 애매한 말을 하려고 노력했지만, 모팻의 얼 굴과 목소리와 그 사람이 사용하는 바로 그 언어들이 언딘을 가둬놓은 비 현실성을 무너뜨리려고 수없이 내리치는 망치 같았다. 자신이 사용하는 언 어를 사용하고 그 말의 의미를 알면서 자기가 아는 어휘에는 표현할 만한 적절한 용어가 없는 깊이 뿌리박힌 욕구들을 모두 본능적으로 이해하는 사람이 여기에 있었다. 말하면서 언딘은 자신이 다시 한 번 지적이고 말을 아주 잘하고 흥미 있는 사람이 되는 듯했다.

"물론 여기에 내려와 있는 건 지독하게 외롭죠."

언딘은 이렇게 말을 시작했다. 모팻이 받아준다는 생각에 입이 열리자 언딘의 불만이 홍수처럼 터져 나왔다. 자기가 헛되이 희생하지 않았다는 걸 보이려고 노력했다. 자기의 상황이 훌륭하다는 점을 언급했고, 자신을 희생자라고 부르는 그 상황을 미화했으며, 작위들과 지위와 상징들로 자 기 얘기를 최대한 빛나게 하려고 했지만 자기가 뻐기려 한 것들이 모팻이 지닌 힘의 증거물들과 비교했을 때 작고 시시하게만 보였다.

"음, 당신이 좀 더 돌아다니지 않는 건 정말 유감이오."

모팻은 계속 같은 말을 했고 언딘은 자기의 운명을 무력하게 받아들인 것이 부끄러웠다.

자기 얘기를 다 한 다음 언딘은 모팻의 사연을 물었다. 처음으로 아주 흥미를 가지고 그 얘기에 귀를 기울였다. 모팻은 자기가 원한 것을 결국 가졌다. 에이펙스 합병 계획은 오랫동안 질질 끌다가 그 허가권을 얻었고 거대한 결과를 낳았다. 롤리버는 급박한 순간에 모팻의 '편을 들어' 주었고 두 사람은 자기네 사이에 있던 노(老) 하면 B. 드리스콜의 묵은 짐들을 모두 '치워버렸다'. 그러고는 시 전체를 두 사람의 통제 아래 두게 되었다. 모팻은 자기 이야기에 푹 빠진 채 언딘이 자기 얘기를 따라오지 못한다는 것도 잊어버리고, 음모와 또 거기에 대항하는 음모라는 서사시 같은 거대한 얘기를 시작했다. 그리고 새로운 데스데모나[133]처럼 언딘은 새로운 식인종과 대항하는 모팻의 투쟁을 열심히 들었다. 자신이 세부적인 이야기와 전문용어들을 이해하지 못한다는 사실은 중요하지 않았다. 그 의미를 알 수 없는 음절들이 성공을 나타낸다는 것을 알았고, 그것들이 의미하는 게 마치 대낮처럼 분명했다. 월 가의 모든 용어에 상응하는 말이 뉴욕 5번가의 언어에 있었다. 그래서 모팻이 철로를 건설하는 얘기를 하는 동안 언딘은 궁전을 짓고 그 궁전 속에서 모팻이 살아갈 다양한 삶을 상상했다. 물건을 소유한다는 것이 항상 자기의 삶에 가장 우선적인 본질처럼 보였다. 모팻의 이야기를 듣노라니 손 안에 넣을 수 있는 물건들의 광경이 아시아의 정복자가 거둔 오랜 승리처럼 언딘 앞에 펼쳐졌다.

∙∙

133) 데스데모나(Desdemona): 윌리엄 셰익스피어의 「오셀로(Othello)」의 여주인공. 오셀로 장군이 아프리카 대륙에서 겪은 무용담을 열심히 듣는 데스데모나의 모습에 언딘의 모습을 비유하고 있다.

"그럼 다음에는 뭘 할 거예요?"

모팻이 이야기를 마치자 거의 숨을 몰아쉬며 언딘이 물었다.

"아, 다음에 할 건 항상 많지. 사업은 결코 쉬지 않는 법이오."

"그렇죠, 그런데 사업 외에 말이에요."

"음, 내가 할 수 있는 걸 모두 하죠."

자기가 그리는 청사진이 거대하지만 원하는 건 모두 얻을 수 있다는 걸 무척이나 확신해서 더 이상 서두를 필요가 없다는 듯이 모팻은 차분하고 힘 있는 태도로 의자에 기댔다.

언딘은 계속해서 질문했고, 모팻은 그림과 가구에 대한 점점 더 커지는 열정과, 누구와도 상대가 안 될 정도로 거대하게 대표적인 물건을 수집해서 소장품을 만들고자 하는 포부를 말하기 시작했다. 모팻이 얘기할 때 언딘은 그 표정이 바뀌는 것을 보았고, 자기가 오랫동안 잊고 있던 것들을 상기시키는 열중하는 표정을 띠며 거의 소년처럼 그 눈빛이 젊어지는 것을 보았다.

"당신도 알겠지만 난 최고의 것을 손에 넣을 작정이오. 그냥 다른 친구들을 앞질러가기 위해서 그러는 것이 아니라 최고의 것을 보면 난 그걸 알아보기 때문이오. 그게 유일한 이유 같소."

모팻은 이렇게 이야기를 마무리했다. 그리고 웃으며 언딘을 바라보면서 이렇게 덧붙였다.

"그것이 당신이 항상 추구한 거지, 그렇지 않소?"

제42장

언딘은 자기 주장을 관철했고, 셸 저택의 중이층은 시즌 동안 문을 다시 열었다.

후계자의 출산을 기다리는 위베르와 그 아내는 알링턴 장군이 두 사람을 위해 콩피에뉴[134] 근방에 빌린 호화로운 성으로 물러갔고, 언딘은 적어도 시동생 부부 거처의 반짝이는 창문과 활기 찬 계단의 광경을 보지 않아도 됐다. 그러나 그 행복한 행사가 다가옴에 따라서 언딘은 수많은 친구들과 친척들이 모두 위베르의 가족에게 하는 축하 인사를 들어야 했다. 이것이 가장 큰 시련은 아니었다. 레이몽은 언딘의 요구대로 했다. 남편은 자기 어머니의 반대를 막아내고 절약해야 한다는 생각을 물리치고 두 달 동안 파리로 올라가기로 동의했다. 그러나 파리에 체류하는 동안에 최대한 부단히 절약한다는 조건으로 동의했다. 정찬을 여는 일은 예산에 가장 심한 부담이 되었기 때문에 손님 접대는 모두 중단했다. 그리고 언딘이 비공식적으로 친구 몇 명을 초대하려고 하자 남편이 그렇게 하면 그런 환대를

∵

134) 콩피에뉴(Compiegne): 프랑스 북부에 있는 도시.

받을 권리가 있는 다른 친척들의 기분이 아주 심하게 불쾌할 것이라고 경고했다.

이 규칙에 대한 레이몽의 고집은 순전히 '친족 관계'라는 정교하고 뿌리 깊은 시스템의 일부였고, 프랑스의 사교생활은 모두 이 '친족 관계'에 대한 정확한 해석에 의존하는 것 같았다. 언딘은 이런 신비한 금지들에 대항해서 싸우는 것이 소용없다는 걸 느꼈다. 그러나 남편은 접대를 할 수 없기 때문에 외출할 수 있는 기회가 그만큼 더 많아질 것이라고 언딘에게 상기시켰고, 또 남편 자신이 과거보다 더 사교적인 성향을 보였다. 그러나 남편의 양보는 언딘이 바라는 결과를 가져오지 않았다. 두 사람은 그 어느 때보다 더 많이 초대를 받았지만, 그것은 대형 정찬들에 오라는 초대였다. 그런 정찬은 손님이 많은 일반적인 연회였으며, 거기에 초대를 받지 못하는 것은 모욕이었지만 그렇다고 초대받는 게 찬사의 표시는 아닌 그런 종류였다. 언딘에게 이것보다 더 짜증스러운 일은 없었다. 그래서 트레작 부인에게 솔직하게 이 사실에 대해 한탄했다.

"시골에서 여러 달 동안 갇혀 지내다 보면 틀림없이 이런 결과가 생기죠. 우리는 매사에 유행에 뒤지고, 재미있게 시간을 보내는 사람들은 그저 너무 바빠서 우리를 기억하지 못해요. 우리는 방명록에 있는 사람들을 초대하는 그런 연회에만 초대받아요."

트레작 부인은 언딘의 말에 동정적으로 귀를 기울였지만 솔직하게 답변했다.

"있잖아요, 그 때문만은 아니에요. 레이몽은 친구들이 초대하기를 소홀히 하는 그런 사람은 아니죠. 내가 이런 말을 해서 실례가 되지 않는다면 말이에요, 사실은 오히려 당신이, 당신이 개인적으로 그 사람들과 어울리지 않는 사람이라는 게 문제죠."

"어울리지 않는 부류라니? 아니, 난 그이의 부류에 속하는 사람이에요. 난 다른 모든 사람에 비해 스스로 지나치게 우월하다고 여기는 그런 부류에 속한 사람이죠. 그 사람들이 지루하다고 내가 말했을 때 당신은 항상 그렇게 말했잖아요."

"글쎄, 제 말이 그 말이에요……."

트레작 부인이 과감하게 말했다.

"자기가 지루해하는 게 문제가 아니에요."

언딘은 얼굴을 붉혔다. 그러나 자신의 개인적인 관심이 관계된 곳에서는 가장 심한 혹평도 받아들일 수 있었다.

"그럼 당신 말은 내가 다른이들에게 지루한 사람이라는 거예요?"

"음, 당신은 충분히 노력을 하지 않아요. 보조를 맞추지 않지. 사람들이 당신을 숭배하지 않는다는 건 아니에요. 내 말은 당신 외모 말이에요. 사람들은 당신을 아름답다고 생각은 하죠. 그 사람들은 세브르 도자기[135]와 금이나 은 식기류와 함께 당신을 자기네들의 큰 정찬에 데려가기를 즐겨요. 하지만 그 사람들과 친숙해질 기회를 얻으려면 여자는 예쁜 외모 외에 다른 것이 있어야 해요. 그런 여자는 대화 내용을 이해해야 하죠. 요전 날 난 공작 부인의 댁에서 자기를 지켜봤어요. 그런데 자기는 자주 그 사람들이 무슨 말을 하는지 전혀 이해하지 못하던데요. 나도 늘 알아듣는 건 아니에요. 하지만 난 큰 정찬을 견디어내야 해요."

언딘은 그 비판을 받고서 움찔했다. 하지만 언딘은 자신의 실패 원인에 대한 통찰력이 없는 건 아니었다. 그리고 트레작 부인이 그렇게 직설적으

⁙

135) 세브르 도자기(Sevres china): 세브르는 파리 서남쪽에 있으며, 18세기에 왕립 도자기 공장이 들어선 곳이다. 루이 15세 시대의 세브르 도자기는 특히 유명하다.

로 표현한 바에 대해 벌써 예감했다. 레이몽이 자기의 대화에 관심이 없어졌을 때 남편들은 다 그런 거라고 결론을 내렸다. 그러나 그때부터 자신이 다른 사람들에게도 같은 결과를 낳는다는 걸 천천히 깨달았다. 언딘의 등장은 항상 성공적이었지만 그 성공이 이어지지 않았다. 대화가 시작되자마자 사람들은 자기를 쳐다보지 않았다. 어떤 식으로든 자기가 부족하다는 것을 느끼면 언딘은 화가 났다. 그래서 그녀는 자신을 계발해야겠다는 막연한 생각이 들어서 아침나절을 루브르 박물관에서 보내고 유행하는 철학자가 하는 강연을 한두 번 들으러가기도 했다. 하지만 이 탐험들에서 생각으로 가득 차 돌아왔지만 그 생각들을 표현해도 자신이 희망하던 관심을 불러일으키지 않았다. 언딘은 넘칠 정도로 의견이 많았지만 그 의견들은 혼란스러웠고, 말을 할수록 그 의견들은 더 정리가 되지 않은 것 같았다. 게다가 자기가 알아냈다고 생각한 것들에 대해서 사람들이 모두 이미 안다는 것을 알고 당황했다. 언딘의 의견은 분명히 관심보다는 혼란을 가져왔다.

레이몽의 세계에 처음 자신이 나타났을 때 불러일으킨 관심을 기억하고 언딘은 자기가 '시들해졌거나' 촌스러워졌다고 결론을 내렸다. 그래서 미술관과 강의실에서 시간을 더 낭비하는 대신에 의상실에서 보내는 시간을 더 연장했고, 나머지 시간을 자기의 아름다움을 과학적으로 계발하는 데 투자했다.

"내가 그 황무지에 내려가서 완전히 촌뜨기가 되었다는 생각이 들어요."

언딘이 트레작 부인에게 한탄하자 부인이 거침없이 대답했다.

"오, 아니야. 자기는 어느 때보다 더 예뻐요. 하지만 여기 사람들은 런던에서처럼 한없이 서로 바라만 보고 있지 않죠."

한편 금전적 걱정은 더욱 절박해졌다. 언딘이 거래하는 상인들 가운데 한 사람이 보낸 빚 독촉 편지가 레이몽의 손에 들어갔고, 그 편지로 벌어진 담판에서 레이몽은 언딘이 남편의 도움 없이 개인적인 빚을 갚아야 한다는 것을 분명하게 했다. 자기의 과거를 불안하게 하던 돈 문제와 관련해서 벌인 온갖 '소동들'은 결국 그 어려움이 불가사의하게 해결되면서 끝났다. 그 소동들이 불쾌하기는 했지만 언딘은, 저속하게 말하자면, 그 방법이 빚을 갚아준다는 것을 항상 발견했다. 그러나 이제 빚을 갚아야 하는 이는 바로 자신이었다. 레이몽은 성질을 내거나 사과도 하지 않고 자신의 입장을 고수했다. 그저 뿌리 깊은 선례를 들어 주장할 뿐이다. 그러나 언딘으로서는 여자의 욕구를 충족하는 걸 제일의 목적으로 간주하지 않는 사회 조직을 이해할 수 없었고, 자기와 관점이 다른 사람이 탐욕이나 악의에 의해 움직이지 않는다는 것도 믿을 수 없었다. 따라서 두 사람의 논의는 서로 악감정을 갖는 것으로 끝났다.

다음 날 아침 레이몽이 손에 편지 하나를 들고 언딘의 방으로 왔다.

"이게 당신이 한 짓이오?"

레이몽이 물었다. 남편의 표정과 목소리는 언딘이 이전에는 전혀 모르는 것을 표현했다. 감정을 정해진 경로에다 담아두도록 훈련받았지만 그 감정을 최대한 고조하면서도 넘치게 하지 않는 법을 아는 남자의 절제된 분노였다.

그 편지는 플라이슈하우어 씨에게서 온 것이었다. 편지에서 그 거래상은 고객이 미국으로 떠나기 전에 그 제안이 받아들여지는 조건으로 부셰 태피스트리에 대해 거액의 돈을 지불할 준비가 되었다는 제안을 셸 후작에게 전달해달라고 간청했다.

"이게 무슨 뜻이오?"

언딘이 말을 하지 않자 레이몽이 이어서 말했다.

"내가 어떻게 알아요? 그건 큰 돈이네요."

언딘은 놀라서 냉정을 잃고서 더듬거리며 말했다. 거래상이 방문하고 난 후 그렇게 신속하게 후속 조치가 이어질 거라고 예상하지 않았다. 자신과 상의하지도 않고서 레이몽에게 편지를 쓴 것 때문에 그 거래상에게 화가 났다. 그러나 언딘은 모팻의 거만한 방식을 알아봤고, 모팻이 제안한 눈을 번쩍이게 할 만한 액수에 공포는 희미해졌다.

남편은 여전히 언딘을 쳐다보았다.

"내가 본에 가고 없던 날 태피스트리를 보여주려고 어떤 남자를 데려온 사람이 플라이슈하우어였소?"

그렇다면 남편은 알고 있었던 것이다. 생데제르에서는 모든 일이 다 남편에게 보고되고 있었던 것이다!

언딘은 잠시 주저하다가 남편을 응시했다.

"맞아요. 플라이슈하우어였어요. 내가 그 사람에게 오라고 했어요."

"당신이 오라고 했다고?"

레이몽은 베일에 싸이고 억제된 목소리로 말했는데, 사전에 계획된 분노를 폭발하기 위해서 의식적으로 목소리를 아끼는 것 같았다. 언딘은 그 위협을 느꼈지만 모팻을 생각하자 불꽃이 일어났고, 그 사람이 말했을 법한 단어들이 자기의 입술로 날아오는 것 같았다.

"그렇게 하지 말아야 할 이유라도 있나요? 무슨 일이든지 해야 하잖아요. 우리는 지금처럼 계속 살아갈 수는 없어요. 난 절약하려고 할 수 있는 한 최선을 다했어요. 난 노랑이처럼 돈을 아끼고 절약했고, 항상 있던 수많은 물건도 없이 지냈어요. 생데제르에서 끝없이 여러 달 동안 맥이 빠져 지냈고, 학비가 너무 비싸서 폴을 학교에 보내는 걸 포기했고, 여유가 없어서 친구들을 정찬에 초대하는 것도 포기했어요. 그런데 당신이 손을 내밀기만 하면 200만 프랑이 손에 떨어지는데도 당신은 남은 평생 동안 내가 계속 이렇게 살기를 기대하고 있어요!"

남편은 마치 언딘이 이전에 본 적이 없는 낯선 유령인 것처럼 냉담하고 이상하게 쳐다보며 서 있었다.

"아, 그게 당신의 답변이군. 우리에게 신성한 물건들에 당신이 손을 댈 때 느끼는 감정은 그게 전부군!"

레이몽은 잠시 멈추었다가 더 커지는 목소리로 격렬하게 퍼부었다.

"그리고 당신네 미국인들은 다 똑같소. 하나같이 다 똑같소. 당신들은 우리가 모르고 상상할 수도 없는 나라에서 우리에게 왔소. 당신들은 모국에 대한 사랑이 전혀 없기에 우리 나라에 온 지 하루도 안 돼서 자신들이 태어난 바로 그 집조차 망각해버리지. 그 집이 당신도 모르는 사이에 허물어지 않았다면 말이오. 당신네들은 우리 사이에 와서 우리 나라 말을 말하지만 우리가 의미하는 바도 모르고 이유도 모르고서 우리가 원하는 물건을 원하고, 우리의 약점을 흉내 내고, 우리의 어리석음을 과장하고, 우리가 사랑하는 것을 모두 무시하거나 조롱하지. 당신네들은 도시만큼 큰 호텔에서 왔고, 종이처럼 엉성하게 만들어진 도시에서 왔소. 그 도시에서 길거리는 이름이 지어질 시간이 없고 건물들은 마르기도 전에 헐리고, 우리가 우리의 유산을 지키는 것을 자랑스러워하는 것만큼이나 거기 사람들은 바꾸는 것을 자랑스러워하지. 그런데도 당신들이 우리 방식을 모방하고 우리 속어를 습득하기 때문에 우리의 인생을 품위 있고 고귀하게 해주는 것들에 대해 당신네들이 조금이라도 이해한다고 상상했으니, 참 우리가 정말 바보였소!"

레이몽은 다시 말을 멈추었다. 하얀 얼굴과 팽팽하게 긴장한 콧구멍 때문에 레이몽은 훌륭한 역할을 수행하는 매우 저명한 배우 같은 모습이었다. 그래서 격렬한 감정에도 불구하고 레이몽의 침묵은 다음 배우가 대사를 시작하도록 신호를 주려고 계획적으로 말을 멈춘 것처럼 보였다. 언딘은 자신의 연기의 시작을 알리는 신호를 놓친 것 같은 효과를 주기에 충분할 정도로 오랫동안 레이몽을 기다리게 했다. 그러고 나서 언딘은 믿을 수 없다는 듯이 부드럽게 응시하면서 말을 꺼냈다.

"당신은 이런 제안을 거절하겠다는 말을 하려는 거예요?"

"아······!"

레이몽이 문에서 돌아와서 둘 사이에 있는 탁자 위에 놓인 편지를 들더니 갈가리 찢어서 바닥에 던졌다.

"이게 내가 그 제안을 거절하는 방식이오!"

그 격한 말투와 몸짓에 언딘은 흩어지는 종잇조각들이 마치 자기 얼굴을 후려치는 채찍인 것처럼 느껴졌고, 공포에 가까운 분노에 사로잡혔다.

"어떻게 당신이 감히 내게 그렇게 말을 할 수 있어요? 전에 내게 감히 그렇게 말한 사람은 없었어요. 여자에게 그런 식으로 말하는 게 당신이 말하는 품위 있고 고귀한 행동인가요? 당신이 나에 대해 어떻게 느끼는지 이제 알았으니 하루도 더 당신 집에 머무르고 싶지 않아요. 난 여기 머무르지 않을 작정이에요. 바로 지금 여기서 나갈 작정이에요!"

상대에 대한 한없는 몰이해가 분노로 이글거리는 두 사람의 눈에 마침내 다 드러났고 잠시 동안 두 사람은 마주 보고 서 있었다. 레이몽의 시선이 언딘을 지나쳤다. 레이몽이 바닥에 떨어진 종잇조각들을 가리켰다.

"당신이 저런 짓을 할 수 있다면 무슨 짓이든 다 할 수 있을 거요!"

방을 나가면서 레이몽이 말했다.

제43장

　언딘은 남편이 거의 망연자실한 상태로 나가는 모습을 지켜보았다. 하지만 두 사람이 다음에 만났을 때는 마치 아무 일도 일어나지 않았다는 듯이 남편이 예의바르고 침착할 거라는 걸 알았다. 그럼에도 불구하고 모든 것이 똑같이 남편 방식대로 계속될 것이고, 에이펙스에서 쉽게 건축물을 옮기는 일을 하는 바퀴 달린 지지대를 이용해서 뿌리 깊이 내린 생데제르의 석조 건축을 옮길 수 없듯이 남편의 결심을 흔들거나 그 관점을 바꿀 희망도 없다는 걸 언딘은 알았다.

　유치한 분노가 언딘을 사로잡아 상처를 주고 파괴하려는 원초적인 본능 이외에 모든 감정을 휩쓸어버렸다. 튼튼한 갑옷과 같은 남편의 관습과 편견에 균열을 찾아내려 했지만 찾을 수 없었다. 언딘은 오랫동안 남편이 자기를 내버려두고 간 자리에 계속 앉아 있었다. 마치 자기를 감금하는 일에 서로 협력하는 듯이 보이는 벽의 초상화들을 노려보면서, 여태까지 자기가 상황에 잘 대응한다고 거의 항상 느껴왔다. 그러나 지금 바로 저 죽은 사람들이 그녀를 제압하기 위해 한편이 되었다. 한 번도 만난 적도 없고 이름을 기억조차 할 수 없는 사람들이 생데제르의 방패가 그려진 묘석 아래로 자기를 집어넣고자 음모를 꾸미고 계책을 세우는 듯이 보였다.

언딘의 시선은 초상화들 아래 따뜻한 색조의 낡은 가구와 벽난로 선반 위의 거울 속에 비치는 자신의 한가한 모습으로 돌아갔다. 그렇게 작은 방에도 자신을 아주 압박하는 걱정에서 벗어나게 해줄 수 있는 값나가는 것들이 상당히 많았다. 이 거대한 저택에 있는 그 방은 그냥 작은 방에 지나지 않았고, 이 거대한 저택과 부르고뉴 지방에 있는 다른 더 큰 저택에는 모팻 같은 이의 지갑마저도 다 털어버릴 정도로 보물들이 많았다. 언딘은 자기 주변에서 그런 것들을 바라보기를 좋아했다. 그 보물들의 진정한 의미를 모르는 채 그것들이 예쁜 여자에게 어울리는 배경이라고 생각했고, 언제나 자신에게 있다고 생각하는 희귀함과 우월함을 보여준다고 느꼈다. 언딘은 자기가 여전히 모팻의 아내였더라면 모팻은 자기에게 바로 그런 환경을 제공했을 것이고 자기에게 어울리는 그런 환경에서 살 수 있는 힘을 주었을 거라는 생각을 했다.

그 생각에 언딘이 여러 해 동안 외면해온 것들이 기억났다. 둘이 몇 주 동안 함께 지낸 때 이래 처음으로 언딘은 그 짧은 모험을 되살려보았다. 언딘은 처음부터 엘머 모팻에게 끌렸다. 멀비스 그로브 숲으로 간 교회 피크닉에 인디애나의 오빠 벤 프러스크가 그 사람을 데려온 그날부터. 모팻은 곧바로 언딘을 차지했다. 숲으로 가는 커다란 '역마차'를 '타고 가는' 중에 언딘 곁에 앉아 간헐적으로 불완전하기는 하지만 아직 약혼 중이던 밀러드 빈치를 대신하여 나무 사이에서 그녀를 태워주고 호수에서 노를 저었고 '벌금 놀이'에서 언딘을 잡아 키스를 하고, 모팻이 아주 재미있게 조직하고 용감하게 실행에 옮긴 미인 대회에서 언딘에게 일등상을 주었다. 마지막에는 누구도 어떻게 했는지 알 수 없게 늙은 멀비 세마차간에서 수망아지와 마차를 빌려와 언딘을 태우고 빨리 돌아갔다. 밀러드와 다른 이들은 기어가는 역마차를 타고 두 사람의 마차가 날리는 먼지를 뒤집어쓰며 갔다.

에이펙스에 있는 누구도 젊은 모팻이 어디에서 왔는지 몰랐고 모팻도 자기에 대해 아무 정보도 제공하지 않았다. 그냥 어느 날 러커백의 싸구려 신발 가게 계산대 뒤에 나타났고, 거기서부터 석탄상인 셈플과 빈치 사무실로 흘러들어 갔다가, 경찰 법정의 서기로 다시 나타났고 에이펙스의 수도 사업소의 발전소에 결국 발을 들여놓았다. 모팻은 북쪽 5번가 홍등가 빈민촌의 끄트머리에 있는 프린 부인 집에서 하숙을 했다. 모팻은 절대로 교회에 가지 않았고 강연을 들으러 다니지도 않았으며 자신을 발전시키거나 세련되게 하기 위한 어떤 욕심도 내비치지 않았다. 그러나 모든 피크닉에 초대를 받았고 친목회에서도 한 자리 차지했다. 그리고 그 사람이 머리를 굴려 들어가게 된 파이 입실론 협회[136] 저녁 식사 자리에서는 젊은 짐 롤리버가 처음으로 약진한 이래로 거기에서 행해진 최고의 연설을 했다. 비록 젊은 여성들이 모팻을 좋아하기를 망설이게 하는 무례한 성격이 발작적으로 나타나기도 했지만 언딘 친구들의 오빠들은 모팻이 '굉장하다'고 했다. 그러나 멀비스 그로브 숲 피크닉에서 모팻이 갑자기 모든 이를 지배하는 것처럼 보였고, 언딘은 그 사람과 함께 마차를 타고 가면서 자신의 개인적인 즐거움에서 꼭 필요한, 많은 사람들 앞의 승리를 맛보았다.

그 후로 모팻은 에이펙스 젊은이들 세계에서 지도적인 인물이 되었고, 그 지역의 금주 협회인 요나답의 아들 협회[137]가 7월 4일 기념 연설을 하도

..

136) 파이 입실론 협회(Phi Upsilon Society): 파이 시그마 엡실론(Phi Sigma Epsilon)으로 1910
년 2월 20일에 설립되어 1985년 8월 14일까지 지속된 북미 남성 사교 클럽. 후에 파이 시
그마 카파 클럽(Phi Sigma Kappa Fraternity)으로 합병되었다.
137) 요나답(Jonadab): 레갑 족 님시의 아들(the son of Rechab)로서 『구약성서』「열왕기」 하편

록 그 사람을 초대했을 때 아무도 놀라지 않았다. 그 의식은 침례교회에서 평소대로 치러졌다. 하얀색 옷으로 완벽하게 차려 입고 가슴에 붉은 장미를 단 언딘은 단상 바로 아래 앉아 있었고, 인디애나는 좀 더 좋지 않은 좌석에 앉아 질투가 나서 언딘을 노려보았으며, 가엾은 밀러드는 연설자 뒤에 저명한 시민들이 앉은 줄 너머로 목을 길게 빼고 앉아 있었다.

엘머 모팻은 유머와 비애를 번갈아 섞어가면서 북군과 남군을 감동적으로 언급하여 청중을 감동시키고, 워싱턴 대통령과 벚나무[138]에 대해 새로이 해석해서 청중의 마음을 움직이는 감명 깊은 연설을 했다. 모팻은 어린 애국자 워싱턴을 해로운 벚나무가 퍼져나가는 것을 막기 위해 그 나무를 잘랐다고 했다. 모팻은 박학다식한 암시와 인용으로 사람들의 정신을 빼놓았고, 맨 앞에 앉은 북군 군인회의 연금을 받는 퇴역 군인들을 울렸고, 목사 사모님마저 연단에서 행해진 많은 설교가 이보다 더 정신을 고양하지 않았다고 말하게 한 대단한 결말로 말을 맺었다. 모팻은 뒤에 언딘에게 인용 사전을 찾느라 밤을 거의 세웠다고 고백했다.

'수련'을 한 다음에는 항상 아이스크림이 나오는 저녁 식사가 마련되었다. 평상시 잔치를 하는 장소인 교회 지하실이 수리 중이어서 목사님이 집을 사용하도록 허락해주었다. 긴 테이블이 응접실과 서재 사이의 긴 복도에 차려졌고, 다른 테이블은 바깥 통로에 있었는데 한쪽 끝은 계단 아래에

∴

(2 Kings 10:15~31)에 나온다. 요나답이 레갑 족을 세울 때에 부하들에게 술을 마시는 것을 금했기 때문에 금주 모임의 이름을 요나답의 아들이라고 한 것으로 보인다.
138) 워싱턴과 벚나무: 조지 워싱턴이 여섯 살이었을 때 손도끼를 가지고 놀다가 아버지가 좋아하는 벚나무를 찍어 죽게 만들었다. 아버지가 그 나무가 죽은 것을 발견하고 화를 내며 누가 그런 짓을 했느냐고 묻자 워싱턴은 망설이다가 자기가 한 것이라고 사실대로 고백했다. 아들의 정직함에 워싱턴의 아버지는 그것이 수천 그루 나무보다 소중하다고 칭찬해주었다고 한다.

놓였다. 계단 난간은 분홍바늘꽃과 철 이른 국화로 장식이 되었고 사르사 덩굴로 두른 절주에 관한 문장들이 벽을 장식했다. 첫 번째 코스를 다 먹고 난 다음 '금주회 신도들' 가운데 젊은이들의 도움을 정중하게 받으며 젊은 숙녀들이 식료품 저장실 마루에 있는 커다란 들통에 든 아이스크림을 떠서 날라주었고, 그러고 나서 레모네이드와 커피 주전자를 채워주었다. 엘머 모팻은 이런 봉사를 행할 때 지칠 줄 몰랐다. 목사 사모님이 앉아 한 숟갈 입에 넣으라고 권했을 때도 모팻은 그날 저녁 고위 성직자들 사이에 마련된 자기 자리를 겸손하게 거절하고는 계단 아래 컴컴한 테이블 끝으로 독주 몇 병을 들고 물러났다. 그 구석에서 유쾌하게 떠드는 소리가 점점 더 자주 터져 나왔다. 그리고 때때로 떠들썩한 박수 소리와 '노래해! 노래해!' 하는 고함이 '고백해'와 '그 여자를 놓아줘'라고 간청하는 소리와 더불어 다른 테이블에서 담소를 나누려는 노력을 압도해버렸다.

드디어 소란스러운 소리가 잦아들고 그 무리가 더 이상 시선을 끌지 않고 저녁이 끝나갈 무렵 목사와 금주 협회 회장의 기나긴 연설에 졸고 있던 위쪽 테이블에서 몇 마디 해달라고 그날의 연사를 불렀다. 계단 아래에서 간간히 부스럭거리는 소리와 웃음소리가 났고 그때 목사님이 손을 들어 조용히 하라고 하자 엘머 모팻이 일어섰다.

"모팻 군, 숙녀들이 당신 말을 더 잘 들을 수 있도록 앞으로 나오세요!"

이렇게 목사가 불렀다. 모팻은 시키는 대로 했다. 목의 칼라가 너무 조이는 듯이 목을 틀고 테이블에 기대 몸을 가누려고 했다. 모팻의 몸가짐은 흔들렸지만 침착하게 웃었고, 연설을 시작할 때 언딘 스프라그에게 던지는 시선에는 자신감이 충만했다.

"신사 숙녀 여러분, 저는 다음 날 아침 일어나서 머리가 띵한 것 말고는 술에 취하는 건 뭐든 다 좋아합니다. 그런데 제가 술에 취하는 것에 대해서 다른 것보다 더 좋아하는 게 하나 있다면, 그건 여러분이 바로 여기 금주 협회 앞에서 술에 취할 수 있는 기회를 제게 주셨다는 것입니다. 제가 문헌에서 수집한 바로 금주 협회는 술에 취하는 것에 대한 주제에 대해서 어느 누구보다도 더 많이 압니다."

모팻이 몸을 똑바로 폈는데, 식탁보가 모팻 쪽으로 미끄러져 내렸다.

"신사 숙녀 여러분, 여러분이 금주 제단에서 여러분께 연설을 해달라고 초대하는 명예를 제게 주신 이후로 저는 그 문헌들을 열심히 연구를 했습니다. 그리고 저는 여러분 자신들의 증거에서 제가 전에 강력하게 의심하던 대로 여기 계신 개심한 술주정뱅이 여러분이 모두 개심하기 전에는 엄청나게 즐거운 시간을 보냈다는 것을, 그리고 그 가운데 상당수가 그 뒤로도 좋은 시간을 계속해서 보낸다는 것을 알게 되었습니다⋯⋯."

이 지점에서 모팻은 말을 중단하고 자신만만하게 웃으며 청중을 훑어보았다. 그러고는 쓰러져 그 자리에 있지도 않는 의자에 앉으려고 하다가 당황한 지지자들 가운데로 사라졌다.

악몽 같은 순간이었다. 언딘은 출입구를 통해 도자기가 부서지고 의자가 넘어지는 와중에 벤 프러스크와 다른 이들이 쓰러진 웅변가를 둘러싸는 것을 보았다. 그러고는 누군가 벌떡 일어나 응접실 문을 닫았고, 자기 기회를 초조하게 기다리다가 거의 포기한 목이 긴 주일학교 교사가 벌떡 일어나 신경질적으로 쳐대는 박수 속에서 〈게티스버그의 최고의 순간〉[139]이라는 시를 읊었다.

그것은 상당한 스캔들을 일으켰다. 모팻은 사교상의 무대에서는 사라졌

⁙

---

139) 〈게티스버그의 최고의 순간(High Tide at Gettysburg)〉: 윌 헨리 톰슨(Will Henry Thompson)이 쓴 시. 이 시는 남부군의 관점에서 게티스버그 전투를 그리고 있다.

지만 일주일을 결근하고 다시 나타나 그 결근에 대해 만족할 만한 이유를 대지 못하자 발전소 일자리에서 잘렸다. 그 다음에 모팻은 이 일 저 일을 떠돌았고, 어떤 때는 '영리함'과 사업상의 능력 때문에 극찬을 받다가 어떤 때는 무책임한 떠돌이로 불명예스럽게 해고되었다. 모팻의 머릿속은 자기가 우연히 채용된 어느 사업체의 확장과 발전에 대한 거대하고 명료하지 않은 계획으로 꽉 차 있었다. 때로는 모팻의 제안이 고용주들의 흥미를 끌었지만 실질적이지 않고 적용할 수 없는 것으로 증명되었다. 또 때로는 고용주들의 인내심을 바닥내게 하거나 위험한 공상가로 여겨졌다. 모팻은 자기 아이디어가 채택이 될 희망이 없다는 걸 알게 될 때마다 자기 일에 흥미를 잃었고 지각을 하고 일찍 퇴근하거나 결근의 이유를 대는 수고도 하지 않고 한 번에 2~3일씩 사라져버렸다. 결국에는 금주 협회 저녁에 한 불명예스런 행동을 웃어넘길 정도로 기존 가치에 냉소적이던 사람들도 모팻을 희망이 없는 실패자라고 얘기하기 시작했다. 어느 일요일 아침 침례교와 감리교 교회들에서 신도들이 막 나오기 시작할 때 그가 교회 건물들보다는 북부 5번가의 술집들에 더 잘 알려진 젊은 여성과 유보 가를 걸어 올라가자 여성 공동체가 지지하는 것을 포기했다.

사람들에 대한 언딘의 평가는 항상 그 사람들이 원하는 물것을 얻는 분명한 힘에 근거를 두었다. 그 물건이 자기가 필요한 것이라고 이해한 물건들의 범위 안에 들어온다면 말이다. 성공은 언딘에게 아름다움이고 낭만이었다. 그러나 바로 엘머 모팻의 실패가 아주 완전하고 명백해진 순간에 언딘은 모팻이 지닌 힘의 크기를 갑자기 느꼈다. 유보 가의 스캔들 이후 모팻은 벤 프러스크가 애써 취직 시켜준 측량사 사무실에서 돌아오지 말라는 통보를 받았다. 해고당하던 날 모팻은 시내 중심가에서 쇼핑하는 시간에 언딘을 만났다. 기분 좋게 어슬렁거리며 다가와 언딘에게 자기와 산책을 하자고 했다. 언딘은 반대편 길모퉁이에서 못마땅하다는 듯이 자기를 바라보는 밀러드 빈치의 어머니를 발견하고는 그 청을 거절하려고 했다.

"아, 음, 그러죠······."

언딘이 말했다. 그리고 두 사람은 긴 중심가를 길이 끝날 때까지 걸어서 아직 완성되지 않은 공원으로 나갔다. 언딘은 이렇다 할 이유 없이 불만스럽고 불안하고 밀러드 빈치와의 약혼에 지겨웠고 모팻에게 실망했다. 그리고 모팻과 함께 있는 게 사람들 눈에 띄는 것을 좀 수치스러워했지만 에이펙스 사람들의 판단에 관계없이 자기는 친구들을 선택할 정도로 독립적이라는 점을 드러내기를 유감스러워하지 않았다.

"있잖소. 내가 빈털터리라는 걸 알겠죠."

모팻이 얘기를 시작했다. 언딘은 고상한 척하며 이렇게 대답했다.

"그렇게 되길 원했잖아요, 그러지 않았다면 지난 일요일에 한 것처럼 행동하지는 않았겠죠."

모팻은 씩하고 웃었다.

"아, 이런! 이렇게 좁아터진 곳에서 신경 쓸 게 뭐가 있겠어요? 당신이 없었다면 난 오래전에 다른 곳으로 갔을 거요."

언딘은 그 다음에 모팻이 무슨 말을 했는지 기억이 나지 않았다. 다만 에이펙스에 대해 굉장히 경멸하는 표현만이 기억이 났는데, 그 도시에 대한 언딘의 경멸은 마치 바닷물에 떨어지는 물 한 방울처럼 그 표현 속으로 흡수되었다. 그리고 자기에게 날개를 달아주는 것처럼 보이던 솟구치는 자신감의 확신을 언딘은 기억했다. 자기가 원하는 것을 얻고자 하는 시도는 모두 무위로 돌아갔다. 그러나 언딘은 항상 자기가 성공하지 못한 게 자기를 받쳐주는 사람이 없기 때문이라 생각했다. 자기가 경멸하는 작은 세계에서도 추방당하고 뿌리도 없는 엘머 모팻이 추락해있던 바로 그 순간에 언딘에게 실패한 지점에서 모팻이 성공할 수 있을 거라는 느낌을 주었다는 건 이상했다. 모팻이 자기 곁에 없을 때는 결코 느끼지 못하지만 모팻이 자기 가까이 있으면 항상 즉시 다시 살아나는 느낌이었다. 그리고 지금 모팻이 어느 때보다 자기 가까이 있는 것 같았다. 두 사람은 희미한 공원 끄트머리까지 산책을 한 다음 텅 빈 밴드 연주 무대 뒤에 있는 벤치에 앉았다.

모팻이 갑자기 이야기를 꺼냈다.

"난 일부러 그 아가씨와 같이 산책을 갔소. 당신은 그걸 알죠. 밀러드 빈치가 마치 당신을 특허 낸 것 같은 표정으로 돌아다니는 걸 보는 게 너무 역겨웠거든."

"당신은 그럴 권리가 없는데……."

언딘이 말을 막았다. 그런데 갑자기 자기가 모팻의 품 안에 있었고 전에 아무도 자기에게 키스한 적이 없는 것처럼 느꼈다…….

그 다음 주는 언딘 인생에서 가장 열광적이고 활기찬 순간이면서 눈에 띄게 밝고 큰 오점의 순간이었다. 그리고 단 8일 뒤에 두 사람은 함께 기차에 탔다. 에이펙스와 언딘의 계획과 약속을 모두 뒤로 한 채로. 그런데 더 크고 더 밝은 오점이 앞에 있었고, '특별 급행열차'가 일몰 속으로 뛰어들면서 두 사람은 그 오점 속으로 뛰어 들었다…….

언딘은 일어서서 마치 먼 길에서 돌아온 듯이 흐릿한 시선으로 주위를 둘러보았다. 엘머 모팻이 여전히 파리에, 손이 미칠 수 있는 곳에, 전화를 걸 수 있는 거리에 있었다. 언딘은 잠시 머뭇거리며 서 있었다. 그러고는 탈의실로 들어가서 전화번호부를 뒤적여서 누보 뤽스 호텔 전화번호를 찾았다.

제44장

　남편은 두 사람의 인생이 이전처럼 굴러가기를 기대할 거라는 추측이 옳았다. 남편이 생데제르로 빈번히 가기 위해 농업과 정치와 관련 있는 이유들을 많이 찾아내서 더 자주 자리를 비우고, 또 파리에 있을 때는 언딘이 하는 일과 약속에 대해서 더 이상 아무런 호기심도 보이지 않는다는 것 말고는 눈에 띄는 변화가 없었다. 언딘 부부는 자신들의 비좁은 거처가 마치 궁전인 것처럼 떨어져 살았다. 그리고 지금 자주 그러듯이 누보 뤽스 호텔에서 저녁을 먹거나 소극장에서 파티를 위해 샬럼 부부나 롤리버 부부와 합류할 때 언딘은 거짓말을 하느라고 골치를 썩이지도 않았다.

　레이몽과 소동을 벌이고 난 후 언딘이 느낀 첫 충동은 인디애나 롤리버에게 전화를 해서 저녁 식사를 하자고 초대하는 것이었다. 인디애나는 이제 사교계에서 한창 잘 나갔고, 뉴포트에서 입을 드레스를 사려고 몇 주 동안 파리에 '잠깐 들렀다'. 우연히도 그날 저녁 인디애나는 사치스러운 국제적인 연회를 준비했으며, 그 파티에 셸 후작 부인을 포함하는 것에 황홀해했다. 그리고 언딘은 희망하던 대로 문제의 엘머 모팻을 발견했다. 누보 뤽스에 차를 타고 갈 때만 해도 무슨 행동을 할지 아무런 계획도 정하지 않았다. 그러나 일단 그곳의 마법 문지방을 건너자 마치 수분을 공급받은 식물처럼 언딘의 활기가 되살아났다. 언딘은 자신이 공유하는 교제 관계와 자기가 이해하는 관습 가운데서 마침내 고국의 공기를 마셨다. 그리고 친숙한 억양이 낯익은 것들을 말하자 자신감이 모두 되돌아왔다.

지금까지 언딘은 가끔 형식적으로 전화를 하는 것 외에는 모국 사람들을 만나려고 하지 않았다. 짐 드리스콜 부인과 버사 샬럼이 자기를 어색하게 응대한다는 것을 알아챘지만, 모팻이 환대하는 것을 보고 어색한 태도가 사라졌다. 언딘의 좌석은 모팻의 옆에 있었는데, 모팻이 자기를 주목하자 자기의 일행뿐 아니라 다른 손님들도 자신을 중요한 인물로 본다는 것을 알아차리고 언딘은 예전의 승리감이 돌아왔다. 모팻은 분명히 붐비는 테이블 주변이 나타내는 모든 세계에서 주목받는 인물이었고, 언딘은 개인적으로 모팻과 안면이 없어 보이는 많은 사람이 모팻을 알아보고 가리키는 것을 보았다. 언딘은 모팻이 주목을 받자 자기도 크게 주목을 받는다는 것을 의식했다. 화려하게 주목 받는 분위기에 다시 휩싸인 언딘은 이와 똑같은 승리감을 레이몽 드 셸이 숭배의 눈길로 자기를 처음 응시했을 때 느낀 저녁이 기억났다.

이 순간 공교롭게 떠오른 그 기억이 문제가 되지는 않았다. 언딘은 동포들이 분명히 자기에게서 느끼는 그 우월감을 준 레이몽에게 감사할 지경이었다. 시끌벅적하고 모호한 일행보다 언딘이 더 우위에 있는 이유는 자신의 작위와 '지위'뿐 아니라 그것들을 통해서 얻은 경험이었다. 언딘은 그 사람들이 짐작도 못하는 것들, 즉 행동의 미묘한 차이, 말투, 태도의 요령들을 배웠다. 언딘은 동포 미국인들이 안락하고 자유롭다고 생각하고 부러웠지만, 그 사람들이 아는 좁은 세상에서만 사는 희생을 하면서 그 사이로 되돌아가는 일은 절대로 하지 않을 것이다.

모팻은 생데제르를 방문한 것에 대해서 아무 말도 하지 않았다. 그러나 테라스에서 커피와 술을 마시면서 무리가 다시 나뉘었을 때 몸을 숙여서 은밀하게 물었다.

"내 태피스트리는 어떻게 되었소?"

언딘은 똑같이 은밀하게 대답했다.

"당신은 플라이슈하우어 씨가 그 편지를 쓰게 하지 말았어야 했어요. 남편이 몹시 화가 났어요."

모팻은 솔직히 놀란 것 같았다.

"뭐요? 내가 충분히 돈을 주겠다고 제안하지 않았다는 거요?"

"남편은 누가 뭘 주겠다고 제안하면 몹시 화를 내요. 그 태피스트리가 얼마나 값이 나가는지를 알면 남편 마음이 동할 줄 알았어요. 하지만 자기 할아버지의 코담뱃갑을 파느니 차라리 내가 굶어죽는 꼴을 보려고 해요."

"글쎄, 부군께서 그 태피스트리들이 값이 얼마나 나가는지 이제는 알 거요. 난 플라이슈하우어가 권한 것보다 값을 더 쳐주겠다고 제안한 거요."

"알아요. 하지만 당신이 너무 서둘렀어요."

"그럴 수밖에 없었소. 다음 주에 돌아갈 예정이오."

언딘은 자신의 눈이 실망으로 어두워지는 것을 느꼈다.

"오, 왜 가야 하는 거예요? 당신이 계속 머무르기를 바랐는데."

두 사람은 잠시 머뭇거리며 서로 바라보았다. 모팻이 목소리를 낮추어서 말했다.

"내가 여기 머문다고 해도 아마 당신을 전혀 보지 못할 텐데."

"보지 못할 이유가 있나요? 왜 나를 만나러 오지 않는 거예요? 난 항상 친구가 되기를 바랐어요."

다음 날 찾아 온 모팻은 응접실에서 언딘이 시누이라고 소개한 두 숙녀를 발견했다. 언딘이 모팻과 이야기하는 동안 그 숙녀들은 뻣뻣하게 차를 마시고 낮은 목소리로 말을 교환하면서 오랫동안 머물렀다. 두 여자가 모팻 쪽으로 곁눈질하며 살짝 고개를 숙이고 떠나자 언딘이 외쳤다.

"저 사람들이 모두 나를 어떻게 감시하는지 이제 당신도 봤죠!"

언딘은 현재의 자유로운 상태에는 거의 해당되지 않는 결혼 후 첫 몇 달간의 경험을 실례로 들면서 자신의 결혼 생활을 상세히 설명하기 시작했다. 그래서 크게 과장하지 않고서도 자신을 모팻이 거의 상상할 수 없는 속박에 얽매인 사람으로 묘사할 수 있었고, 이야기를 들으면서 모팻이 흥분해서 얼굴이 붉게 물드는 것을 보았다.

"지독히도 야비하군, 정말 야비해."

모팻이 간간이 끼어들어서 말했다.

언딘은 이렇게 말하며 마무리했다.

"물론 지금은 더 돌아다녀요. 난 내 친구들을 만나러 다닐 작정이에요. 남편이 뭐라고 말해도 신경 쓰지 않아요."

"그 사람이 무슨 말을 할 수 있다는 거요?"

"오, 남편은 미국인들을 경멸해요. 여기 사람들은 다 그래요."

"저런, 그래도 우리가 앉아서 음식을 먹을 수는 있겠지."

두 사람은 웃었다. 그러다가 모르는 사이에 예전 일들에 대한 이야기에 빠져들었다. 언딘은 관광과 소풍처럼 함께 할 수 있는 일들이 아주 많다면서 배를 타고 돌아가는 것을 연기하라고 모팻을 설득했다. 그리고 모팻이 보지 못했고 좀체 입장이 허용되지 않는 개인 소장품들을 자기가 아마 얼마간 보여줄 수 있다고 했다. 이 제안에 모팻은 즉시 관심을 보였다. 모팻이 이미 본 적이 있는 소장품 한두 가지의 이름을 대고 난 후 언딘은 모팻이 특별히 찾아가서 보기를 갈망했지만 접근할 수 없던 소장품을 떠올렸다.

"내가 여기 와서 한 번 보려고 한 그림 가운데 하나인 앵그르[140]의 그림 한 점이 거기 있소. 하지만 보려고 해도 소용없다는 말을 들었소."

"오, 그건 내가 쉽게 해낼 수 있어요. 그 공작은 레이몽의 삼촌이거든 요."

그 말을 하면서 언딘은 특별히 만족감을 느꼈다. 자기가 은밀하게 남편에게 복수하는 것 같은 느낌이 들었다. 언딘이 계속해서 말했다.

"하지만 그 공작은 이번 주에 시골에 내려갔어요. 그리고 그 분이 안 계실 때는 아무도, 심지어 가족조차도 그림을 보는 게 허락되지 않아요. 물론 그 공작이 소장한 앵그르의 그림들은 프랑스에서 최고죠."

1년 전만 해도 언딘은 앵그르라는 이름을 들어본 적도 없었고, 심지어 지금도 그 화가가 옛 거장인지 아니면 이름을 익힐 시간도 없던 새로운 거장들 중 한 명인지 기억도 못했지만 막힘없이 술술 말했다.

모팻은 항해를 연기했고, 언딘의 안내로 공작이 소유한 앵그르의 그림을 보았으며, 언딘과 동행해서 외부인들은 접근할 수 없는 개인 소장의 다른 다양한 미술품들을 보았다. 언딘은 그런 기회에 대해서 거의 완전히 무지한 채로 살았다. 그러나 이 기회들을 유리하게 이용할 수 있다는 것을 알자 언딘은 '정보'를 얻고 희귀품들을 찾아내고 숨겨진 보물들을 보러 가는 일에 놀라운 순발력을 발휘했다. 심지어 어여쁜 여자가 박식하기까지 하다는 인상을 주는 데 필요한 만큼의 전문용어도 습득했다. 그래서 모팻의 항해는 한 번 이상 연기되었다.

••

140) 장 오귀스트 도미니크 앵그르(Jean Auguste Dominique Ingres, 1780~1867): 19세기 프랑스의 고전주의를 대표하는 화가로서, 외젠 들라크루아(Eugène Delacroix)가 이끄는 신흥 낭만주의 운동에 대항하는 19세기 프랑스의 신고전주의파의 중심적인 역할을 한 화가.

언딘은 계속해서 마음대로 드나들었고 레이몽도 놀라거나 불만을 표시하지 않았기 때문에 언딘과 모팻은 거의 매일 만났다. 언딘 부부가 가족 정찬 모임에 초대를 받으면 언딘은 보통 막판에 두통이 있다는 핑계를 대서 빠지고 인디애나나 버사 샬럼에게 전화를 걸어서 누보 뤽스에서 조촐한 파티를 즉흥적으로 열었다. 그리고 다른 때에는 자기가 어디 가는지 남편에게 말도 하지 않고 하고 싶은 대로 그런 파티의 초대를 수락했다.

이 풍성한 쾌락의 세계 속에서 언딘은 생데제르의 규율이 심어준 얼마 안 되는 신중함을 잃어버렸다. 언딘은 자기가 선망하는 모든 것을 소유한 사람들과 함께 있을 때마다 최면에 걸려서 자기도 손만 뻗으면 그것들을 얻을 수 있다고 믿게 되었다. 그리고 웨스트엔드 애비뉴에서 살던 젊은 시절의 진정되지 않던 증오와 허기가 더욱 격렬해져서 돌아왔다. 언딘은 이제 자기의 욕구를 훨씬 더 잘 알았고, 또 훨씬 더 자신이 원하는 것들을 얻을 가치가 있는 사람이 되었다!

언딘은 아버지가 월 가에서 다시 한 번 성공을 거둘지도 모른다는 희망을 포기했다. 스프라그 부인의 편지에서 스프라그 씨가 큰 성공을 거두던 시절은 끝났고, 통제할 수 없는 세력들과 갈등을 벌이다가 몰락했다는 인상을 받았다. 만약 아버지가 에이펙스에 남아 있었더라면 그 도시의 새로운 호황의 물결을 타고 다시 부자가 되었을지도 몰랐다. 하지만 뉴욕의 거대한 성공의 물결은 아버지를 띄우는 대신에 가라앉았고, 롤리버에게 산 원한이 계속 손을 뻗어 스프라그 씨를 더욱더 가라앉히기 위해 공격했다. 스프라그 씨의 끈기는 기껏해야 아버지를 현재의 수준을 유지하게 할 것이다. 언딘은 부모가 한층 더 검소하게 생활하다고 해도 그런 극기가 자신의 기회를 증가시켜주지는 않을 거라는 점을 알았다. 언딘은 예전과 다름없이 용돈을 계속 받는 것에 대해서 아무런 양심의 가책도 없었다. 부모라는 동물이 자손에게 재산을 빼앗기는 것은 대물림되는 습성이었다. 그러나 이런 신념이 자기 부모에 대한 감상적인 동정과 공존하는 게 불가능해 보이지는 않았다. 모든 타산적인 동기 외에도 부모님 자신들을 위해서라도 언딘은 부모님의 형편이 더 나아지기를 바랐다. 언딘의 부모에게 개인적으로 필요한 것들은 불쌍할 정도로 한정되어 있었지만, 만약 다시 성공한다면 그 두 사람은 적어도 딸이 원하는 것을 주는 행복을 얻을 수 있었을 것이다.

모팻은 더 머물러 있었지만 떠나는 것에 대해서 더 분명하게 얘기하기 시작했다. 언딘은 자신의 매력이 아무리 강하다 해도 더 강한 영향력들이 그 매력을 마치 실처럼 뚝 잘라버릴 날이 오리라고 예견했다. 언딘은 자기가 모팻에게 흥미롭고 그 사람을 즐겁게 해준다는 것을 알았으며, 남들 앞에서 함께 있는 모습을 드러내고 두 사람의 이름이 함께 결부되어 소문이 돈다는 이야기를 듣는 게 모팻의 허영심을 부추긴다는 걸 알았다. 그러나 언딘이 아는 어느 누구보다도 모팻은 자기 자신의 삶에 초연하고, 삶을 통제하며, 또 약해지거나 망설이지 않고 삶의 요구 중에서 어느 요구를 따라야 하는지 결정할 수 있는 사람이라는 느낌을 주었다. 만약 그 요구가 사업상의 요구라면, 즉 치명적인 독이 있는 뱀을 머리 둘레에 빙빙 돌리는 뱀 부리는 사람처럼 자기가 다루는 대단히 위험한 업무상의 요구라면 언딘은 자기도 마치 나무에서 떨어지려는 잎사귀처럼 그 사람의 인생에서 떨어져 나가게 될 거라는 것을 알았다.

이 불안감 때문에 언딘의 즐거움이 더 강렬해졌고, 기쁨으로 가득 차서 반짝이는 이 시간들과 생데제르의 공허한 여러 달 사이의 차이가 더 예리했다. 언딘은 모팻을 그 사람답게 하는 특성들을 거의 이해하지는 못했지만, 그 특성의 결과들은 자신이 가장 잘 아는 종류였다. 모팻은 언딘이 그 입장이었다면 인생을 이용했을 것처럼 정확히 똑같은 방식으로 인생을 이용했다. 이 사람이 좋아하는 것 가운데 어떤 것들은 언딘의 영역을 벗어나는 것이었지만 이것들조차도 그것을 충족하는 데 필요한 돈 때문에 언딘에게 매력적이었다. 접근할 수 없는 그림을 보려고 모팻을 데려가거나 유명한 중개인의 귀중품들을 조사하려고 함께 갔을 때 언딘은 모팻이 그 미술품들을 보면서 언딘이 이해할 수 없는 방식으로 감동한다는 것을 알았다. 또 청동이나 대리석, 오랜 세월이 흐르면서 생긴 꽃처럼 보이는 자국이 빨갛게 난 벨벳의 희귀한 질감을 실제로 만지면서 한때 언딘 자신의 미모에 대해 느끼던 것과 같은 감각들을 모팻이 느낀다는 것을 알았다. 그러나 다음 순간 모팻은 흔해 빠진 농담을 두고 웃거나, 차를 마시려고 누보 뤽스에 다시 들어갈 때 전달 받은 암호와 같은 긴 전보문을 몰두해서 읽느라고, 자기의 미학적 감정을 강철로 된 거대한 금고 같은 마음 안에서 그것들이 속하는 칸에 다시 쑤셔 넣었다.

언딘의 새로운 삶은 남편의 비평이나 간섭을 받지 않고 계속되었다. 언딘은 남편이 둘의 변화된 관계를 받아들였고 그저 조화로운 겉모습을 유지하려고 한다는 것을 알았다. 언딘은 남편이 그 모양새를 굉장히 중시한다는 것을 알았다. 자기 계층의 남자는 아내와 사이좋게 지내는 것처럼 보여야 한다는 게 남편의 복잡한 사회적 신념의 한 조항이었다. 이유는 달랐지만 언딘에게도 그것이 덜 중요하지는 않았다. 언딘은 자기를 거의 파멸시켰던 사회적 질책에 다시 직면하고 싶지 않았다. 하지만 더 많은 돈, 그것도 상당히 많은 돈 없이는 자기가 영위하는 삶을 유지할 수 없었다. 그리고 지출을 줄인다는 생각은 더 이상 참을 수 없었다.

몇 주 후 어느 날 오후에 집에 돌아왔을 때 언딘은 한 상인의 대리인이 계산서를 들고 자기를 기다리는 것을 발견했다. 그 남자가 물러나기 전에 협박을 해서 대기실에서 소란이 벌어졌는데, 그 장면을 하인들이 목격했고 언딘이 귀가했을 때 응접실에 앉아 있던 시어머니도 우연히 듣게 되었다.

노 후작 부인은 간혹 며느리를 찾아왔지만 그 방문은 의식을 치르듯이 규칙적이었다. 시어머니는 한 주 걸러서 금요일마다 다섯 시에 방문했는데, 언딘은 시어머니가 그날 오기로 예정된 것을 깜박했다. 이 방문으로 시어머니와 며느리의 사이가 더 다정해지지 않았고, 대기실에서 벌어진 언쟁은 너무 시끄러웠기 때문에 감출 수가 없었다. 며느리가 들어오자 후작 부인이 벌떡 일어나 눈을 내리깐 채로 즉시 말했다.

"내가 가는 게 좋을 듯하구나."

"오, 전 상관없어요. 제가 청구서를 지불하지 못할 정도로 너무 가난해서 모욕당하는 걸 어머니가 들었다고 레이몽에게 말씀하셔도 좋아요. 레이몽은 이미 그걸 충분히 잘 알거든요!"

언딘은 부주의하게 이런 말을 입 밖으로 내뱉었다. 그러나 그렇게 내뱉자 언딘은 더 대담하게 반항했다.

"내 아들이 틀림없이 더 많이 절약해야 한다고 자주 권했을 텐데……."

후작 부인이 나지막하게 말했다.

"그랬죠! 그 사람이 저 대신에 어머니의 다른 아들에게 절약을 권하지 않은 게 유감이에요! 제가 받을 권리가 있는 돈이 모두 위베르의 빚을 갚는 데 들어갔으니까요."

"레이몽은 네가 이해하지 못하는 것들이 있다고 말해주었다. 난 그 일들에 대해서 전혀 논의하고 싶지 않구나."

후작 부인은 문을 향해 갔다. 그리고 손을 문에 얹은 채로 멈추어서 덧붙였다.

"난 무슨 일이 있었는지 아무 말도 하지 않겠다."

시어머니의 얼음장 같은 아량에 언딘의 분노가 마침내 극한에 달했다. 시집 식구들은 하나같이 모두 언딘의 곤경을 알았지만 움직이지 않았다. 기껏해야 합세해서 언딘의 곤경을 자신들의 명예에 대한 오점인 양 감추려고 할 것이다. 그리고 그 곤경이 가하는 위협이 커지고 증가하는데도 어느 누구도 손을 뻗어서 언딘을 도우려고 하지 않았다…….

언딘과 함께 '특별 초대전'에 간 모팻이 자기의 속기사를 만나고 뉴욕에 우편으로 보낼 편지 몇 통에 서명하기 위해 누보 뤽스 호텔에 서둘러 돌아가야 한다는 구실로 자기 차에 언딘을 태워 집으로 보내준 지 채 30분도 지나지 않았다. 따라서 모팻이 아직 호텔 방에 있고 자기가 즉시 서둘러서 거기로 가면 그 사람을 만날 가능성이 있었다. 자신의 분노와 비참함을 울면서 토로하고 싶은 마음에 휩싸인 언딘은 자리에서 박차고 일어나 내려가서 지나는 택시를 불러 잡았다. 택시가 자신을 태우고 황색 햇빛이 가루처럼 흩뿌려진 밝은 길을 따라서 질주할 때 언딘의 머리는 혼란스러운 생각으로 지끈지끈 아팠다. 언딘은 모팻을 자기가 이용할 수 있는 힘이 아니라 다만 자기를 알고 자기의 불만을 이해해주는 사람으로 여겼다. 그 순간 언딘에게 필요한 것은 자기가 옳고 자기에게 반대하는 사람들이 모두 틀렸다는 말을 듣는 것이었다.

호텔에서 언딘은 방 번호를 물어보고 승강기를 타고 올라갔다. 층계참에서 잠시 당황해서 멈추어 섰다. 모팻이 혼자 있지 않을 수 있다는 생각이 떠올랐기 때문이다. 하지만 언딘은 서둘러서 계속 걸어가 방 번호를 찾고 문을 두드렸다……. 모팻이 문을 열자 언딘은 그 사람의 어깨 너머를 흘낏 보고서 크고 밝은 응접실이 비어 있다는 것을 알았다.

"이런!"

모팻이 놀라서 소리쳤다. 언딘은 자기가 들어오도록 옆으로 비켜서면서 모팻이 시계를 꺼내서 몰래 힐끗 보는 것을 보았다. 모팻은 누구를 기다리고 있거나 다른 곳에서 약속이 있고 언딘이 제외된 일에 그 사람이 필요했다. 이 생각이 들자 언딘은 얼굴이 붉어졌고 서둘러 결단을 내렸다. 이제야 자기가 무엇 때문에 왔는지 알았다. 모팻을 다른 모든 사람에게서 떼어놓고 혼자 독점하려고 온 것이다.

"나를 쫓아내지 말아요!"

이렇게 말하고서 언딘은 간청하듯이 자기 손을 모팻의 손 위에 올려놓았다.

제45장

　언딘은 방으로 걸어 들어가 주변을 천천히 돌아보았다. 구리로 장식이 된 커다랗고 평범한 책상에 편지와 서류가 쌓여 있었다. 그 가운데 에나멜로 만든 르네상스식 대(臺)에 놓인 라피스석으로 만든 주발과 거미줄에 걸린 무지개처럼 보이는 페니키아 유리로 만든 꽃병이 있었다. 창문에 붙은 테이블 위에는 작은 그리스 대리석 조각이 순수한 얼굴을 들어 위를 바라보고 있었다. 모든 구석에 있는 희귀하고 섬세한 물건들이 호텔 가구의 인공적인 색깔과 거친 윤곽에 움추려드는 것처럼 보였다. 방에는 다른 책이 없었지만 거울 아래 화사한 콘솔에는 《타운 토크》와 《뉴욕 레이디에이터》와 같은 잡지의 지난 호들이 쌓여 있었다. 모팻이 하숙을 하던 호버의 세 마차간 건너편에 있던 플린 부인 집의 초라한 홀을 생각해낸 언딘은 모팻의 바뀐 위상을 나타내는 표지들을 보고 가슴이 뛰었다. 언딘이 모팻에게 눈을 돌렸을 때 눈시울이 촉촉했다.

　"날 내보내지 말아요."

　언딘이 되풀이했다. 모팻은 언딘을 보고 웃음지었다.

　"무슨 일이오? 무슨 문제요?"

"몰라요……하지만 난 와야만 했어요. 오늘 당신이 배를 타고 간다는 얘기를 다시 했을 때 난 견딜 수 없을 것처럼 느꼈어요."

언딘은 눈을 들어 모팻의 눈을 절실하게 바라보았다.

모팻은 언딘의 시선 아래서 얼굴이 약간 붉어졌지만 언딘은 자신을 마주 보는 영악하고 안정된 시선에서 부드러움이나 혼란스러움을 찾을 수 없었다.

"형편이 다시 나빠졌소? 그게 문제요?"

모팻은 그냥 위로하는 듯한 말투로 물어보았다.

"형편은 항상 나빴어요. 그건 모두 끔찍한 실수였어요. 하지만 난 당신이 여기 있고 가끔씩 당신을 만날 수만 있다면 상관하지 않아요. 당신은 아주 강해요. 그게 내가 당신에게 느끼는 거예요, 엘머. 에이펙스에서 사람들이 모두 당신에게서 돌아섰을 때 나만 그것을 느꼈어요……시내 중심가에서 당신을 만난 오후에 우리가 공원까지 산책한 것을 기억하세요? 난 그때 당신이 어느 누구보다 더 강하다는 것을 알았어요……."

언딘은 이보다 더 진지하게 얘기를 한 적이 없었다. 잠시 동안 이기적인 생각이 모두 멈추었고 언딘은 그날 자기가 느낀 것처럼 모팻과 하나가 되고자 하는 본능적인 갈망을 다시 느꼈다. 자기 목소리에 있는 무엇이 그것을 입증했음이 틀림없다. 왜냐하면 모팻의 얼굴에서 변화를 보았기 때문이다.

모팻이 뜬금없이 말했다.

"당신은 예전의 미인은 아니오. 하지만 훨씬 더 마음을 사로잡소."

이상하게 적절한 칭찬에 언딘은 기쁨과 곤혹스러움이 뒤섞인 웃음을 지었다.

"내가 아주 끔찍하게 변했겠죠……."

"당신은 아주 괜찮소. 하지만 난 집에 돌아가야만 해요."

모팻은 갑자기 말을 끊었다.

"너무 오래 지체했소."

언딘은 너무나 실망해서 어쩔 줄 몰라 창백해져서 시선을 돌렸다.

"당신이 그렇게 말할 줄 알았어요……그리고 난 그냥 여기 남을 수밖에 없다는 걸……."

언딘은 두 사람이 서 있던 곳 가까이 있는 소파에 앉았고 두 줄기 눈물이 속눈썹에 맺히더니 흘러내렸다.

모팻이 곁에 앉았고 둘은 말이 없었다. 언딘은 모팻이 그렇게 당황하는 걸 본 적이 없었다. 언딘은 더 가까이 가려고 하지 않았고 어떤 감언이설의 술수도 쓰려고 하지 않았다. 그러나 일어나지 않은 채 바로 이렇게 말했다.

"내가 들어왔을 때 당신이 시계를 보는 걸 봤어요. 누가 당신을 기다리나 봐요."

"상관없소."

"다른 여자예요?"

"상관없어요."

"난 자주 궁금했어요……그렇지만 물론 난 물어볼 권리가 없죠."

언딘은 천천히 일어났고 모팻이 자기를 포기할 생각이라는 걸 이해했다.

"그냥 한 가지만 말해주세요……당신은 날 한 번도 그리워하지 않았나요?"

"오, 제기랄!"

모팻이 갑자기 쓸쓸하게 소리쳤다.

언딘은 더 가까이 다가가서 낮게 속삭이듯이 목소리를 낮췄다.

"그때가 내가 정말로 좋아한 유일한 시간이었고, 지금까지 쭉 그랬어요!"

모팻도 일어났다. 두 사람은 서로 강렬히 응시하며 서 있었다. 언딘이 지금 빠르게 회상하는 과거의 그 몇 시간 동안에 본 적이 있는 그 얼굴처럼 모팻의 얼굴은 굳었고 진지했다.

"당신이 그랬다는 걸 믿소."

모팻이 말했다.

"오, 엘머. 내가 알았더라면……내가 알기만 했더라면!"

모팻은 아무 대답을 하지 않았고 언딘은 서류 가운데 있는 라피스석 주발 가장자리를 무의식적으로 손으로 만지면서 돌아섰다.

"엘머, 당신이 떠난다면 내게 얘기해도 아무 해가 되지 않잖아요……다른 사람이 있나요?"

모팻은 몸을 흔들어서 자기를 자유롭게 하는 것 같은 웃음을 터뜨렸다.

"그런 쪽으로 말이오? 맙소사, 아니오. 너무 바빴소!"

언딘이 다시 다가가서 남자의 어깨 위에 손을 얹었다.

"그렇다면 왜 안 되나요……우리가 왜 안 될까요?"

언딘이 촉촉이 젖은 속눈썹 사이로 시선이 약간 위로 가도록 고개를 뒤로 젖혔다.

"난 원하는 대로 할 수 있어요. 내 남편도 원하는 대로 하고요. 이곳에서 사람들은 결혼을 아주 다르게 생각해요. 그건 그냥 사업상의 계약이에요. 여자가 수치스러운 짓을 드러내놓고 하지 않으면 누구도 상관하지 않아요."

언딘은 다른 손을 남자의 어깨에 얹어서 모팻이 자기를 바라보도록 했다.

"모든 일을 겪으면서 언제나 내가 당신에게 속한 사람이라고 느껴왔어요."

모팻은 언딘의 손을 자기 어깨 위에 내버려두었고 그 손을 잡기 위해 자기 손을 올리지는 않았다. 언딘은 잠시 자기가 모팻을 오해했다고 생각했고, 납덩이 같은 수치심이 밀려왔다. 그때 모팻이 물었다.

"당신 남편이 다른 여자들과 어울린다고 했소?"

릴리 에스트라디나의 비웃음이 갑자기 언딘에게 스쳤고 그것을 잡아챘다.

"사람들이 그렇다고 내게 말해줬어요⋯⋯그 사람의 친척들이. 남편을 감시하기 위해 나 자신의 품위를 망가뜨리지 않았어요⋯⋯."

"그리고 당신네 부류의 여자들은⋯⋯그 여자들도 같은 짓을 하는 것을 당연하게 받아들이는 거요?"

언딘이 웃었다.

"남편에게 그러듯이 아내에게도 만남을 알선해준다는 그런 식이오? 사람들이 요령을 안다면 누구도 쓸데없이 참견하거나 문제를 만들지 않는다는 거요?"

"그래요. 아무도 안 해요⋯⋯그건 전부 아주 쉬워요⋯⋯."

모팻이 뒤로 움직여서 자기의 손이 그 어깨에서 떨어지자 언딘은 말을 멈췄고 희미한 웃음이 사라졌다.

"그리고 그게 당신이 내게 제안하는 거요? 당신과 내가 그 사람들처럼 행동하자는 말이오?"

마치 오페이크에서 언딘의 아버지가 딸을 자기에게서 빼앗아 가버렸을 때처럼 모팻의 얼굴은 희극적인 둥그런 표정이 사라졌고 거칠고 어두워졌다. 모팻은 획 돌아섰고 방 끝으로 걸어가서 둥근 창가에서 언딘을 등지고 멈췄다. 거기서 손을 주머니에 찌르고 야광이 반짝거리는 광장 속에서 자동차들이 계속해서 서로 얽히는 것을 바라보며 꼬박 1분 동안 가만히 서 있었다. 그러고는 돌아서서 선 자리에서 말을 했다.

"여길 봐요. 언딘, 당신을 다시 가지게 된다면 난 그런 식으로 당신을 원치 않소. 에이펙스에서 그때, 그곳 사람들이 모두 내게 등을 돌렸을 때, 내가 무일푼이었을 때 당신은 그 사람들에게 맞서 내 곁에 있어주었지. 중심가를 내려가던 그 산책을 기억하느냐고? 내가 기억하지 못한다고! 사람들이 나를 노려보고 서둘러 지나가던 모습을. 그리고 교회에 갈 때 입는 외출복을 입어서 제일 예쁘게 보이던 당신이 어떻게 웃고 떠들며 나와 나란히 계속 걸어갔는지를. 애브너 스프라그가 우리를 뒤쫓아 오페이크에 와서 당신을 끌고 돌아갔을 때 난 당신이 나를 버리는 게 상당히 마음이 아팠소. 하지만 난 그게 아주 당연하다는 걸 알게 되었지. 당신은 원하는 건 다 가져야 된다고 길들여진 그냥 버릇없는 어린 처녀였소. 난 그때는 당신에게 한 가지도 줄 수 없었고, 당신이 믿어야 한다고 배운 가족들은 모두 당신에게 내가 결코 하나도 주지 못할 거라고 말했지. 음, 난 정말 쓸모 없는 인간으로 보였고, 그렇게 생각했다고 해서 당신을 비난하지 않소. 난 밤에 잠을 자지 않고 누워서 내 실수를 점검하면서 나 자신에게 거듭거듭 말하곤 했소……그런데 그때 바람이 다른 방향으로 부는 날이 왔지. 그때도 내가 여전히 성공할 거라는 걸 알았고, 당신이 내 곁에 같이 있어줄 수도 있을 거라 생각했소…….”

모팻은 말을 멈추고 머리를 약간 숙이고 상기된 언딘의 얼굴을 뚫어지게 바라보았다. 그러더니 갑자기 말했다.

“아, 어쨌건 당신은 한때 내 아내였고 내 첫 번째 아내였소. 당신이 돌아오기를 바란다면 당신은 그런 식으로 돌아와야 하오. 아무도 바라보는 이 없을 때 뒤로 슬그머니 돌아오는 게 아니라, 고개를 쳐들고 중심가를 걷던 당신의 모습 그대로 정문으로 걸어 들어오는 거요.”

거대한 재산을 쌓는 프로젝트를 쏟아내던 날 이후로 언딘은 모팻이 그렇게 길게 일장 연설을 하는 걸 들어본 적이 없었다. 귀를 기울여 들으면서 언딘의 마음은 새로운 기쁨과 두려움으로 뛰었다. 자기 인생의 굉장한 순간이 드디어 온 것처럼 보였다. 자기의 작은 실수들과 성공들이 모두 맹목적이고 지칠 줄 모르는 손으로 쌓아온 바로 그 순간이 온 것 같았다.

"엘머……엘머……."

언딘은 흐느꼈다.

언딘은 모팻의 팔에 안겨 모든 괴로움에서 차단되어 보호받기를 고대했지만 모팻은 방 반대쪽에서 움직이지 않고 그 자리에 서 있었다.

"그건 승낙이오?"

언딘은 모팻을 따라 그 단어를 더듬거리며 말했다.

"승낙이냐고요?"

"나와 결혼하겠소?"

언딘은 당황해서 모팻을 바라보았다.

"어머, 엘머……당신과 결혼한다고요? 당신 잊었군요!"

"뭘 잊었다는 거요? 그렇다면 당신이 가진 걸 포기하지 않겠다는 말이오?"

"내가 어떻게요? 그런 일들은 여기서는 해결되지 않아요. 있잖아요. 난 가톨릭 신자예요. 게다가 가톨릭 교회는……."

언딘은 남자의 얼굴에서 끝났다는 징조를 읽고 말을 중단했다.

"그러나 아마도……훗날에나 여건이 바뀔 거예요. 오, 엘머, 당신이 여기 머물고 내가 당신을 가끔씩 볼 수만 있다면!"

"그렇지……그건 당신 친구들이 서로 만나는 방식이지. 우리는 에이펙스에서 다르게 성장했소. 그런 걸 원할 때 난 북부 5번가로 내려갔소."

언딘은 그 대꾸에 안색이 창백해졌지만 속으로는 그 말에 심장이 강하게 뛰었다. 모팻이 요청한 것은 불가능했다. 그런데 언딘은 모팻이 청혼을 했다는 것 때문에 기분이 아주 좋았다. 자신의 힘을 느끼며 언딘은 절충해 보려고 했다.

"적어도 당신이 여기 있다면 우리는 친구가 될 수 있잖아요……그러면 그렇게 끔찍스러울 정도로 외롭지 않을 거예요."

모팻이 참지 못하고 웃었다.

"언딘 스프라그, 내게 잡지 기사 따위 같은 얘기는 하지 말아요. 난 우리가 같은 방식으로 서로 원한다고 생각하오. 단지 생각이 다를 뿐이지. 당신은 여기서 모든 여자들 꽁무니나 따라다니는 걸 업으로 삼는 수많은 한량들 가운데 살면서 생각이 뒤죽박죽이 되어버렸군. 난 고국에 내 일이 있고, 내 일이 있는 곳에 속한 사람이오."

"당신은 일생동안 사업에 매어 있을 거예요?"

언딘은 희미하게 경멸의 기운을 띠며 웃었다.

"내 생각에는 사업이 내게 묶여 있는 것 같소. 뭘 가는 나 없이 살 수 없는 것처럼 움직이오."

모팻이 어깨를 으쓱하고 몇 걸음 가까이 다가왔다.

"여길 봐요, 언딘. 이해하지 못하는 사람은 당신이오. 내가 내일 사업을 모두 팔아 치우고 분홍색 저택에서 예술 잡지나 읽으면서 여생을 보내야한다면 난 당신이 내게 요구하는 것을 하지 못할 거요. 그리고 당신이 동네 간호사가 될 생각이 없는 것처럼 나도 사업을 처분할 생각이 없소. 남자가 하지 않는 일들이 있소. 난 당신 남편이 정말로 그렇게 할 수밖에 없을 때까지 그 태피스트리들을 팔지 않으려고 하는 이유를 이해하오……그 사람에게는 자신의 조상들이 그 **사람**의 사업이오. 뭘 가가 내 사업인 것처럼."

모팻은 잠시 말이 없었고 두 사람은 말없이 서로 바라보았다. 언딘은 모팻에게 다가가려고 하지 않았다. 언딘은 모팻이 양보한다면 그 사람의 유리한 점을 회복하려고 그러는 것이고 자신은 패배했다는 느낌을 깊이 느낄 것을 알았다. 언딘은 손을 내밀고 들어올 때 떨어뜨린 양산을 집어 들었다. 그러고는 말했다.

"그렇다면 이제 작별이네요."

"당신은 용기가 없는 거요?"

"무슨 용기요?"

"당신에게 어울리는 곳으로 가는 용기 말이오, 나와 함께."

언딘은 조그맣게 웃고는 한숨을 쉬었다. 언딘은 모팻이 좀 더 가까이 오거나 자기를 다르게 바라보기를 원했다. 이 사람의 냉정한 시선 아래서는 진열장 속의 밀랍 인형만큼이나 설득력이 없다는 걸 느꼈다.

"내가 어떻게 이혼을 얻어내겠어요? 내 종교는 말이에요……."

"이봐요, 당신은 침례교도로 태어났소, 그렇지 않소? 그게 일요일 아침마다 내가 호버의 마차를 탄 채 모퉁이에서 기다리던 시절 당신이 다니던 교회지."

둘 다 웃었고 모팻이 계속 말했다.

"당신이 나와 함께 집으로 가겠다면 난 당신이 즉시 이혼을 얻어내게 하겠소. 사람들이 여기서 한 일에 대해 누가 상관이나 하겠소? 당신은 미국인이야, 그렇잖소? 당신에게 필요한 것은 고국이 만든 법 조항이지."

언딘은 자기의 주장과 반대를 모두 모팻이 꿋꿋하게 받아들이지 않는 모습에 용기를 잃었지만 한편으로는 흥미롭게 들었다. 모팻은 자기가 원하는 것을 알고 자기 앞의 길을 보고 어떤 장애물도 인정하지 않았다. 언딘의 변호는 모팻이 이해하지 못하는 이유에서 끌어온 것이거나 이 사람에게는 존재하지 않는 난관에 근거를 두었다. 그래서 언딘은 서서히 자신이 모팻의 의지가 가하는 확고한 압박에 굴복해가는 것을 느꼈다. 그러나 모팻이 길게 말을 멈추어서 언딘이 그 사람이 요구하는 일의 결과를 상상해 볼 때마다 모팻이 가볍게 넘긴 이유들이 두 배나 강하고 끈질기게 되돌아왔다.

"당신은 몰라요……당신은 이해하지 못해요……."

계속 반복해서 말했지만 언딘은 모팻의 무지함이 바로 그 사람이 지니는 무서울 정도로 강한 힘의 일부라는 걸 알았고, 자기에게 포기하기를 요구하는 것의 가치를 모팻이 느끼도록 할 가망성이 없다는 걸 알았다.

"여길 봐요. 언딘."

마치 언딘의 헤아릴 수 없는 저항의 깊이를 측정하듯이 그 사람이 천천히 말했다.

"내 생각에 당장 여기서 좋다 아니다로 말하는 게 낫겠소. 이런 일을 질질 끄는 건 우리 두 사람 누구에게도 좋지 않을 것 같소. 당신이 내게 돌아오기를 원한다면, 오시오. 원하지 않는다면, 지금 악수나 합시다. 난 20일에 에이펙스에서 이사회 회의가 잡혀 있소. 현 상황으로는 나를 에이펙스에 데려다줄 특별 열차를 준비하라고 전보를 쳐야 할 거요. 자, 자 울지 말아요……이건 그런 종류의 얘기가 아니오. 당신이 모레 나와 함께 배를 타고 간다면 시맨틱호에 갑판 특실을 잡아놓겠소."

제46장

　파리의 새로운 개발 구역을 내려다보는 개인 저택의 천장이 높은 거대한 서재에서 폴 마블은 바깥의 황혼을 응시하며 무심하게 서 있었다.

　아래 가로수 길을 따라서 좌우 대칭으로 선 나무들의 싹이 트고 있었다. 아래를 내려다보던 폴은 창문들과 나무 꼭대기 사이로 도금한 장식이 달린 높은 철제 대문 한 쌍과 반원형 드라이브 길의 대리석 갓돌, 잔디 속에 띠 모양으로 끼워져서 심긴 봄꽃들을 보았다. 이제 거의 아홉 살이 된 큰 소년인 폴은 고급 사립학교에 다니는데, 부활절 휴일을 맞아 그날 집에 왔다. 폴은 크리스마스 이후에 집에 온 적이 없었고, 계부가 구입한 새로운 저택을 이번에 처음 보았다. 미국에 비행기 여행을 갔다 돌아온 모팻 씨 부부는 몇 주 전에 서둘러서 이곳에 정착했다. 두 사람은 늘 왔다 갔다 했다. 결혼한 후 2년 동안 두 사람은 끊임없이 뉴욕에 서둘러서 다녀오거나 급하게 로마에 내려가거나 엥가딘으로 올라갔다. 전보가 와서 두 사람이 딴 곳으로 가고 있다는 것을 알려줄 때를 제외하고 폴은 두 사람이 어디 있는지 전혀 몰랐다. 심지어 모자 사이에 전보로 의사소통하는 것보다 더 길게 얘기하는 방식이 있다는 걸 몰랐다. 그래서 한 번은 학교에서 한 소년이 엄마가 자주 편지를 쓰냐고 묻자 폴은 진심으로 이렇게 대답했다.

"아, 그래, 지난주에 전보를 받았어."

폴은 무엇보다도 자기가 도착했을 때 엄마가 집에 있을 것이라고 거의 확신했다. 하지만 엄마가 전보를 칠 시간이 없어 남긴 전언에 따르면 엄마는 모팻 씨와 함께 여름에 빌리려고 생각하는 집을 둘러보러 도빌로 내려갔다. 두 사람은 이른 기차를 타고 돌아와서 집에서 저녁 식사를 할 건데, 사실 정찬에 많은 사람이 올 거라고 했다.

이것은 폴이 예상했어야 하는 일이었고, 또 기억하는 한 줄곧 익숙해진 일이기도 했다. 폴은 대체로 그런 것에 신경 쓰지 않았는데, 특히 자기 어머니가 모팻 부인이 되고 자기가 가장 익숙하고 가장 좋아하던 아버지가 갑자기 자기 인생에서 사라진 후로 그랬다. 그러나 새 저택은 크고 낯설었다. 하인들이 항상 바뀌어 낯설었고 새 하인들은 아무도 자기 물건들을 찾을 수 없거나 그것들이 어디에 있는지 짐작하지도 못했다. 장난감이나 책, 자기가 애지중지하는 낡은 물건들이 하나도 없는 자기 방은 그 집 전체에서 가장 쓸쓸한 장소인 것 같았다. 대리석으로 된 엄청나게 거대한 식당에서 하인이 차려주는 그 식당만큼이나 거대한 점심을 혼자서 쓸쓸히 먹은 후 폴은 자기 방으로 올라와서 앨범에다 엽서를 붙이는 일에 몰두하려고 애썼다. 그러나 그 방의 새로움에 폴은 당황했고, 흰색 모피 양탄자와 양단 의자들은 자국과 잉크 얼룩이 생기는지를 악의에 가득 차서 감시하는 것 같았다. 그래서 잠시 후 앨범을 옆으로 밀쳐놓고 집 안을 돌아다니기 시작했다.

폴은 모든 방에 차례로 갔다. 맨 처음에 엄마 방에 갔는데, 레이스로 장식된 멋진 침실은 모두 엷은 비단과 벨벳으로 되어 있었고, 솜씨 좋게 만든 거울과 베일에 싸인 등과 응접실만큼 큰 내실이 있었다. 거기에는 자기가 그것들에 대해 알았으면 좋겠다고 생각한 그림들이 걸려 있었고, 테이블과 장식장에는 만지기 두려운 물건들이 담겨 있었다. 다음에 모팻 씨의 방으로 갔다. 그 방들은 더 수수하고 어두웠지만 똑같이 크고 훌륭했다. 침실 안의 갈색 벽에는 회색 벨벳 옷을 입은 소년의 초상화 하나만 걸려 있었는데, 그것이 무엇보다도 가장 폴을 관심을 끌었다. 그 소년의 손이 커다란 개의 머리 위에 놓여 있었고, 소년은 무한히 고상하고 매력적으로 보였다. 그렇지만 그 소년은 개가 있는데도 불구하고 너무 슬프고 외로워 보여서 그 아이도 바로 그날 자신의 옛 물건들을 하나도 찾을 수 없는 낯선 집에 온 것 같았다.

폴은 이 방에서 나와서 다시 아래층에 내려가 돌아다녔다. 서재가 가장 관심을 끌었는데, 열 지어 늘어선 책들은 옅은 갈색과 황금색, 벨벳처럼 화려하고 오래되고 빛바랜 빨간색으로 장정되어 있었다. 그 책들은 모두 책의 장정만큼 멋진 이야기들을 담고 있을 것 같았다. 그러나 책장은 격자무늬가 있고 도금이 된 유리문으로 닫혀 있었고, 폴이 책장 하나를 열려고 손을 뻗었을 때 책들이 꺼내놓기엔 너무 비싸서 모팻 씨의 비서가 자물쇠로 잠궈두었다고 하인이 말해주었다. 이 말을 들으니 서재도 집의 다른 곳처럼 낯설어 보이는 것 같았고, 폴은 뒤편에 있는 무도회장으로 갔다. 닫힌 문을 통해서 망치 두드리는 소리가 들렸다. 폴이 손잡이를 잡고 열어보려고 하는데 유리잔을 가득 담은 쟁반을 들고 지나가던 하인이 '그 사람들이' 아직 마무리를 하지 못해서 아무도 들여보내지 않을 거라고 말해주었다.

'그 사람들'이라는 수수께끼 같은 대명사에 왠지 모르게 폴의 고립감이 커졌다. 황금색 안락의자와 반짝이는 테이블 사이를 신중하게 지나가면서, 가발을 쓰고 코르셋을 입은 벽에 걸린 영웅들이 모팻 씨의 조상인지, 또 만약 정말 조상이라면 모팻 씨는 왜 그 사람들과 그렇게 안 닮았는지 궁금해하면서 응접실로 갔다. 저 너머의 식당은 하인들이 벌써 긴 테이블에 바쁘게 식사를 차리고 있었기 때문에 더 흥미로웠다. 꽃을 장식하기에는 이른 시간이어서 테이블의 중앙은 비어 있었다. 그러나 테이블의 측면을 따라서 무화과와 딸기, 커다랗고 불그스름한 천도복숭아와 같이 과육이 많은 여름 과일들이 가득 담긴 황금색 바구니가 있었다. 바구니들 사이에는 적포도주와 황색 포도주가 담긴 크리스털 디캔터들과 사탕이 가득 든 작은 접시들이 놓여 있었다. 그리고 엄청난 금은 제품들과 큰 물병과 주전자와 나뭇가지 모양의 촛대가 놓인 식기대가 벽에 기대어 있었는데, 이것은 녹색 대리석 벽에 별 같은 그림자들을 흩뿌려 놓았다.

잠시 후 폴은 흰색 소매가 달린 옷을 입은 하인들이 오고 가는 것을 지켜보는 것과 집사가 지르는 고함 섞인 명령을 듣는 것에 싫증이 나서 다시 서재로 들어갔다. 습관이 된 외로움 때문에 책을 좋아하게 되었는데, 아무 데서나 어떤 종류의 책이라도 발견했다면 그는 긴 시간과 텅 빈 집을 잊어버렸을 것이다. 그러나 서재의 테이블에는 사용하지 않은 육중한 잉크스탠드들과 티 하나 없이 깨끗하고 엄청나게 큰 흡수지들 밖에 없었다. 단 한 권도 황금 감옥 같은 책장을 빠져 나오지 못했다.

외로움에 점점 사무친 폴은 갑자기 히니 부인의 오려낸 신문 기사들을 생각해냈다. 엄마는 자기도 모르는 사이에 서서히 몸무게가 느는 것에 놀라 뉴욕에서 그 마사지사를 데려왔는데, 낡은 검은색의 가방과 우의를 가지고 온 히니 부인은 거울이 늘어선 웅장한 여러 침실 하나에 자리를 잡았다. 히니 부인은 그날 아침 어린 친구를 만났다는 즐거움에 부산을 떨었지만 두 사람이 마지막으로 헤어진 후로 4년이 흘러서 부인의 존재는 폴에게 멀어졌다. 폴은 너무 많은 사람을 만났고, 사람들은 또 너무 자주 사라지고 다른 사람들로 대체되었다. 사방으로 흩어진 폴의 애정은 결국 자기가 프랑스 아빠라고 부르는 매력적인 신사의 이미지에 집중되었다. 그리고 프랑스 아빠가 사라진 후에는 다른 사람은 누구도 그다지 중요해 보이지 않았다.

"오, 할 수 없지."

폴의 공손한 인사에 가린 내키지 않는 태도를 알아채고 히니 부인이 말했다.

"너도 이곳이 나만큼이나 낯선가 보다. 그리고 우리 둘 다 서로 꽤 낯설지. 그냥 가서 집을 둘러보고, 네 엄마가 얼마나 멋진 집에서 살게 되었는지 보거라. 그리고 그게 지겨워지거든 나한테 와. 그럼 내가 오려둔 신문기사들을 보여줄게."

그 말에 잠자던 일련의 기억이 깨어났고, 말수 적은 두 낯익은 노인 사이에서 우중충한 양탄자 위에 앉은 채 신문지 조각으로 가득 찬 가방 속 깊은 곳을 뒤지는 자신의 모습을 보았다.

폴은 히니 부인이 분홍색 안락의자에 앉아 있는 걸 보았다. 부인의 보닛 모자는 분홍색 갓을 씌운 전기등 위에 있었고 부인이 사용하는 무수한 도구가 엄청나게 큰 분홍색 화장대 위에 펼쳐져 있었다. 부인에 대한 기억은 흐릿했지만 히니 부인에게서 그 집에 있는 어떤 것에게서도 느끼지 못한 안도감을 느꼈다. 폴은 부인의 가위들과 인조보석과 매니큐어를 다 조사하고 난 후에 마치 기차를 타려고 기다리는 것처럼 발밑 양탄자 위에 놓아둔 부인의 가방에 관심을 돌렸다.

히니 부인이 말했다.

"어이구야! 너 또 그 짓을 하려고 하는 거니? 네 아빠가 토요일에 스프라그 할머니에게 널 데려왔을 때 넌 꼭 사탕을 찾으려고 내 가방을 뒤지곤 했지! 글쎄, 안됐지만 지금은 가방 속에 사탕이 없단다. 하지만 네가 본 적이 없는 멋진 새로운 신문 기사 스크랩들이 산더미같이 있단다."

"우리 아빠요?"

손을 신문 기사 스크랩들 사이에 넣은 채로 폴이 잠시 멈췄다.

"우리 아빠는 스프라그 할머니를 본 적이 없어요. 미국에 간 적이 없어요."

"미국에 간 적이 없다니? 네 아빠가 간 적이 없다고……? 아이고, 맙소사!"

히니 부인은 넓고 따뜻한 얼굴이 자줏빛으로 물들며 기가 막혀 말을 제대로 하지 못했다.

"아니, 폴 마블. 아빠 성을 갖고 있는 네가 네 아빠를 기억 못한다는 말이야?"

히니 부인이 외쳤다.

아이도 얼굴을 붉혔지만, 아빠를 잊어버린 것이 잘못임이 틀림없다는 걸 의식하면서도 자기가 어째서 비난받아야 하는지 몰랐다.

"그 아빠는 아주 오래 전에 돌아가셨어요, 그렇지 않나요? 난 프랑스 아빠를 생각했어요."

폴이 해명했다.

"오, 저런."

히니 부인이 소리쳤다. 그리고 그 대화를 갑자기 중단하려는 것처럼 허리를 숙이더니 선박처럼 삐걱거리는 소리를 내며 통통하고 튼튼한 손을 가방 속으로 밀어 넣었다.

"자, 이제 이 신문 기사 스크랩 좀 봐라. 이걸 보면 네 엄마에 대해서 많은 걸 알게 될 거야. 어디서 났느냐고? 그야 물론 신문에서 났지."

폴의 질문에 대한 답으로 부인이 덧붙여서 말했다.

"넌 스스로 스크랩북을 만들기 시작해야 해. 너도 충분히 컸잖아. 엄마 사진을 맨 앞에 붙여서 엄마에 대한 멋진 스크랩북을 만들 수 있을 거야. 그리고 모팻 씨와 그분이 수집한 미술품에 대한 스크랩북도 하나 만들고 말이야. 그분이 미국에서 가장 위대한 미술품 수집가라고 나온 기사를 일전에 오려둔 것도 있단다."

폴은 매혹되어서 귀를 기울였다. 히니 부인의 스크랩이 그 자체로 대단히 흥미롭기도 하지만 자기가 이해하지 못하고 아무도 시간을 내서 설명해주지 않은 많은 것에 대한 단서를 줄 수 있을 거라는 느낌이 들었다. 예를 들어 엄마의 결혼들이 그것인데, 폴은 그 결혼들에 대해서 알아낼 게 많다고 확신했다. 그러나 엄마는 항상 이렇게 말했다.

"내가 돌아와서 그것에 대해 다 말해줄게."

그러고서 돌아오면 항상 다른 곳으로 급히 떠나버렸다. 그래서 엄마의 재혼들에 대해 아무것도 알지 못한 채로 있었고, 자기가 아는 다른 아이들은 경험해보지 못한 수많은 것을 당연하게 받아들여야 했다.

"여기, 그게 여기 있어."

히니 부인이 말했다. 그녀는 습관적으로 착용하는 귀갑 안경을 조절하고, 폴에게는 잃어버린 먼 유아 시절에서 나오는 듯한 느리고 단조롭게 노래하는 말투로 소리 내서 읽었다.

"'유명한 〈회색 소년〉에 대해 엘머 모팻 씨가 지불한 값은 반다이크[141] 작품에 대해서 지금까지 지불된 금액으로는 최고 금액이라고 런던에서 보도되고 있다. 모팻 씨가 대규모로 미술품을 구입하기 시작한 후로 미술계

---

141) 안토니 반다이크(Anthony van Dyck, 1599~1641): 루벤스와 함께 플랑드르 바로크 풍을 대표하는 화가.

에서는 미술품 가격이 적어도 75퍼센트가 오른 것으로 추정된다.'"

그러나 〈회색 소년〉의 값은 폴의 관심을 끌지 않았고, 폴은 약간 짜증이 나서 말했다.

"난 엄마에 대해 듣고 싶어요."

"당연히 그러겠지! 자, 잠깐 기다려라."

히니 부인이 또 한 번 가방을 뒤지고 나서 큰 검은색 테이블 위에 카드를 펼쳐놓듯이 스크랩한 기사들을 무릎 위에 다시 펼쳐놓기 시작했다.

"여기 네 엄마의 최근 초상화에 대한 기사가 있네. 아니, 모팻 씨가 지난 크리스마스에 엄마에게 준 진주 목걸이에 대한 더 좋은 기사가 있어. '전에 오스트리아의 대공비가 소유하던 그 목걸이는 완벽하게 조화를 이루는 진주 500개로 만들어졌는데, 그 진주를 모으는 데 30년이 걸렸다. 보석상들 사이에서는 모팻 씨가 구입한 후로 진주 값이 50퍼센트 이상 오른 것으로 추정된다.'"

이것조차도 폴의 관심을 사로잡지 못했다. 자기 엄마와 모팻 씨에 대한 소식을 듣고 싶었지 두 사람의 물건들에 대해서 듣고 싶지 않았다. 폴은 어떻게 질문해야 할지 몰랐다. 그러나 히니 부인이 자기를 친절하게 바라보았기 때문에 폴은 물어볼 엄두를 냈다.

"엄마가 왜 지금 모팻 씨와 결혼했어요?"

"아니, 폴, 그 정도는 알아야지."

히니 부인은 다시 따뜻하고 걱정하는 듯이 보였다.

"엄마가 이혼을 했으니 모팻 씨와 결혼했지. 그게 이유야."

그리고 갑자기 부인은 또 다른 좋은 생각이 떠올랐다.

"두 사람이 결혼했을 때 나온 굉장한 신문 기사들 가운데 엄마가 하나도 보내주지 않았어? 아니, 저런, 그거 참 안타깝네. 하지만 바로 여기에 그 기사 중 몇 개가 틀림없이 있을 거야."

히니 부인은 다시 가방을 뒤져서 기사들을 이리저리 옮기고 분류하더니 빛깔이 바랜 긴 종잇조각 하나를 끄집어냈다.

"그때 이후로 쭉 이 기사를 갖고 다닌단다. 너무 많은 사람이 이걸 읽고 싶어서 다 찢어졌어."

부인은 기사를 매끈하게 펴서 읽기 시작했다.

"언딘 스프라그-드 셸 부인의 이혼과 재혼. 미국인 후작 부인이 철도왕과 결혼하기 위해서 유서 깊은 프랑스 작위를 포기하다. 이혼과 결혼이 신속하게 진행되다. 소년과 소녀의 로맨스가 다시 시작되다"

"리노, 11월 23일. 이전에 에이펙스시티와 뉴욕의 언딘 스프라그 마블 부인이던 프랑스 파리의 드 셸 후작 부인이 어젯밤 특별 법정에서 이혼 판결을 받았고, 후작 부인의 첫 남편이던 억만장자 철도왕 엘머 모팻 씨와 15분 후에 재혼했다."

"이 주의 이혼 법정에서 이보다 더 신속한 속도로 소송이 일사천리로 통과된 경우는 없었다. 신부와 함께 동부행 특별 열차에 뛰어오르기 전에 모팻 씨가 어젯밤에 말했듯이 모든 신기록이 세워졌다. 현 모팻 부인이 이혼을 하려고 리노에 온 것은 어제로 꼭 6개월 전이었다. 열차가 연착하여 부인의 변호사는 어제 늦게야 필요한 서류 몇 가지를 받았다. 그래서 판결을 미뤄야 할 것으로 우려되었다. 그러나 모팻 씨의 개인적인 친구인 투미 판사는 행복한 부부가 결혼하고 모팻 부인이 연로한 부모와 함께 뉴욕에서 추수감사절을 보낼 수 있는 시간에 맞추어서 특별 열차를 탈 수 있도록 야간 법정을 열어서 소송을 신속히 처리했다. 오후 일곱 시 십 분에 공판이 시작되었고, 여덟 시에 신혼부부는 기차를 타고 역을 빠져나갔다."

"구릿빛 벨벳과 흑담비 모피를 입고 온 스프라그-드 셸 부인은 재판에서 프랑스인 남편의 만행에 대한 증거를 제시했지만 시간이 촉박해서 빨리 말해야 했다. 투미 판사는 최고로 빠른 속도로 판결문을 작성하고 나서 행복한 부부와 함께 자동차에 올라탔고, 치안판사에게 가서 거기서 신랑의 들러리 역할을 했다. 신랑은 로키산맥 동쪽에서 가장 부유한 여섯 남자 가운데 한 명으로 알려져 있다. 신랑은 신부에게 선물로 목걸이와 마리 앙투아네트 여왕이 소유하던 진홍색 루비로 만들어진 티아라, 100만 달러 수표와 뉴욕에 있는 집 한 채를 주었다. 이 행복한 부부는 뉴욕 5번가 5009번지에 있는 모팻 부인의 새로운 집에서 신혼을 보낼 것인데, 이 저택은 피렌체에 있는 피티 궁전[142]을 그대로 모방해서 지어졌다. 신혼부부는 프랑스에서 봄을 보낼 계획이다."

히니 부인은 길게 숨을 쉬고 종이를 접고 나서 안경을 벗었다. 부인이 인자하게 웃으며 폴의 뺨을 가볍게 치면서 말했다.

"거봐. 이제 어떻게 이 모든 일이 일어났는지 너도 이해했지……."

폴은 자기가 이해했다고 확신하지 못했지만 아무 대답도 하지 않았다. 그 마음은 괴로운 생각으로 가득했다. 엄마의 가장 최근 결혼에 대한 눈부신 묘사 가운데서 한 가지 사실만이 눈에 띄었는데, 그것은 프랑스 아빠에 대해 옳지 않은 것들을 엄마가 말했다는 점이다. 폴은 엄마가 거짓말했다는 것을 어느 정도 짐작했으며 두려운 생각에 외면한 엄마의 거짓말이 어린 가슴을 꽉 강철처럼 움켜쥐었다. 엄마는 사실이 아닌 말을 했다……

∴

142) 피티 궁전(Pitti Palace): 피렌체의 베키오 다리에서 가까운 거대한 르네상스 궁전. 은행가인 루카 피티(Luca Pitti)가 경쟁 가문인 메디치 가(家)를 누르려고 1458년에 건설하기 시작했으나 건물의 완성을 보지 못하고 죽었다. 사후 1549년에 메디치 가가 피티 궁전을 매입했는데, 그 후에도 궁전은 여러 차례에 걸쳐 확장되고 개조되었다. 오늘날 박물관과 갤러리가 있다.

그게 바로 자신이 알게 될까 봐 항상 두려워하던 것이었다……. 엄마는 많은 사람 앞에 서서 자기가 사랑하는 프랑스 아빠에 대해 무서운 거짓말을 한 것이다…….

자동차가 안쪽으로 돌아서 문에 도착하는 소리가 들리자 히니 부인이 '그 사람들이 왔어!' 하고 소리를 질렀다. 그리고 잠시 후에 폴은 엄마가 자기를 부르는 소리를 들었다. 폴은 마지못해 일어났다. 그리고 히니 부인이 놀라서 자기를 보는 것을 느낄 때까지 망설이며 서 있었다. 곧이어 모팻 씨가 쾌활하게 '폴 마블, 어이!'라고 소리치는 것을 듣고는 정신을 차리고 아래층으로 달려갔다.

층계참에 도달했을 때 무도회장의 문들이 열려 있고 모든 샹들리에에 불이 켜진 것을 보았다. 엄마와 모팻 씨는 반짝이는 마루의 한가운데에 서서 벽을 올려다보고 있었다. 폴의 가슴은 놀라서 설레었다. 왜냐하면 생데제르의 갤러리에 항상 걸려 있던 태피스트리들이 도금한 거대한 틀 속에 넣어져서 벽에 걸려 있었기 때문이다.

"이런, 상원의원 나리, 자네 주먹을 다시 흔드니 기분이 좋네!"

계부가 폴을 다정하게 껴안으며 말했다. 어느 때보다 더 아름답고 더 키가 크고 더 화려하게 옷을 차려 입은 엄마가 아들에게 키스하려고 허리를 숙이기 전에 외쳤다.

"맙소사! 얘 머리를 흉하게 잘라놓은 것 좀 봐!"

"오, 엄마, 엄마!"

폴은 엄마의 얼굴과 그만큼이나 낯익은 벽에 걸린 태피스트리들 사이에서 자기가 낯선 저택이 아니라 정말 다시 집에 왔다고 느끼면서 소리를 질렀다.

"아이고, 왜 이렇게 세게 껴안니!"

언딘이 저항을 하며 자기를 껴안은 폴의 팔을 풀었다.

"그렇지만 너 멋지구나. 많이 자랐네!"

언딘은 아들에게서 돌아서 태피스트리들을 비판적으로 조사하기 시작했다.

"어째 태피스트리들이 여기서는 더 작아 보여요."

언딘이 실망한 기색으로 말했다.

모팻 씨가 약간 웃고 나서 마치 그 효과를 조사하려는 것처럼 방을 천천히 걸어 내려갔다. 모팻이 돌아서자 아내가 말했다.

"당신이 이 태피스트리들을 구할 수 있을 거라고는 생각하지 못했어요."

모팻이 더 흐뭇해하며 다시 웃었다.

"글쎄, 알링턴 장군이 파산하지 않았더라면 이것들을 구할 수 있었을지 나도 모르겠소."

두 사람은 웃음 지었다. 폴은 엄마의 부드러워진 얼굴을 보고 엄마 손에 자기 손을 슬쩍 집어넣어 잡으면서 말했다.

"엄마, 제가 작문에서 상을 받았어요……."

"그랬니? 그건 내일 말해줘. 안 돼, 이제 정말 빨리 가서 옷을 갈아입어야 해. 난 정찬 손님 명함조차도 배치하지 못했어."

언딘은 폴의 손에서 자기 손을 빼냈다. 언딘이 가려고 돌아섰을 때 폴은 모팻 씨가 말하는 것을 들었다.

"당신은 아이에게 1분도 할애할 여유가 없는 거요, 언딘?"

언딘은 아무 대답도 하지 않았다. 그러나 짜증날 때면 늘 그러듯이 언딘은 고개를 높이 쳐들고 당당하게 문을 통해 나갔고, 폴과 계부만이 불빛이 환한 무도회장에 남아 서 있었다.

모팻 씨는 어린 폴에게 친절하게 웃음 짓고 나서 다시 고개를 돌려서 태피스트리를 응시했다.

"이것들이 어디서 온 건지 너도 알 거야, 그렇지 않니?"

모팻 씨가 만족스러운 말투로 물었다.

"아, 예."

감히 입 밖에 내지 못했던 희망, 즉 태피스트리가 여기로 왔으니 프랑스 아빠도 올 수 있다는 희망을 품고서 폴이 열성적으로 대답했다.

"그걸 기억하다니 영리한 아이구나. 네가 이걸 여기서 볼 거라고는 생각도 못했지?"

"전 몰랐어요."

폴이 당황해서 대답했다.

"음, 내 생각에는 이 태피스트리의 주인이 정말 궁지에 빠지지 않았더라면 네가 이걸 여기서 보지 못했을 거야. 이 태피스트리들을 포기하는 건 어지간히 어려운 일이었을 테니까."

폴의 얼굴이 확 달아오르고 다시금 강철이 마음을 틀어쥐는 듯했다. 사실 지금까지는 항상 기분이 좋고 엄마보다 덜 바쁘고 방심하는 듯한 모팻 씨가 싫지 않았다. 그러나 그 순간 모팻 씨에게 격렬한 증오심을 느꼈다. 폴은 고개를 돌리고 울음을 터뜨렸다.

"아니, 어이, 이봐, 아니, 무슨 일이니?"

모팻 씨가 폴 곁에서 무릎을 꿇었고, 아이를 껴안은 팔은 견고하고 다정했다. 그러나 폴은 도무지 대답할 수 없었다. 거대한 외로움의 파도가 자신을 덮쳐서 다만 계속 흐느껴 울 수밖에 없었다.

"네 엄마가 너를 위해 시간을 내지 못해서 그러는 거냐? 이런, 너도 알다시피 네 엄마는 그런 사람이야. 그러니 너하고 나는 어쩔 수 없이 그걸 받아들여야지."

모팻 씨가 일어서면서 계속 말했다. 모팻 씨는 서서 기묘한 웃음을 지으며 폴을 내려다보았다.

"우리 사나이끼리 함께 뭉치면 그렇게 나쁘지는 않을 거야. 우리가 서로 위로해줄 수 있을 테니까, 그렇지 않겠니? 너도 알다시피 난 너를 대단히 좋아하거든. 네가 크면 너를 내 사업에서 일하게 할 작정이야. 그러니 머지 않아 넌 미국에서 가장 부자 아이가 될 것 같구나……."

불이 밝혀졌고 꽃병은 꽃으로 가득 찼으며, 언딘이 응접실로 내려올 때 하인들은 층계참과 아래 현관에 집합해 있었다. 무도회장 문을 지나가면서 언딘은 만족스러운 듯이 태피스트리들을 흘낏 쳐다보았다. 그 태피스트리들은 사실 자기가 기꺼이 인정한 것보다 더 훌륭해 보였고, 자기의 무도회장을 파리에서 가장 아름다운 곳으로 만들었다. 그러나 도빌에서 올라오는 길에 무슨 일인지 불쾌해졌는데, 날카로운 신경을 진정하는 가장 간단한 방법은 태피스트리에 무관심한 척하는 것이었다. 이제 언딘은 쾌활한 기분을 꽤 회복했고, 도착하기를 기다리는 손님들의 목록을 흘낏 내려다보면서 만족한 한숨을 쉬고 루비 목걸이를 착용해서 기쁘다고 혼잣말을 했다.

모팻과 결혼한 후 처음으로 언딘은 가장 보고 싶은 사람들을 자기 집에서 접대하려고 하고 있었다. 시작은 약간 어려웠다. 뉴욕에서 한 첫 시도는 너무도 신통치 않아서 둘의 재결합에 대한 충격적인 세부 정보로 인한 오명을 씻을 수 없을지 모른다는 걱정이 들었고, 언딘은 남편에게 자기를 파리로 데려가달라고 고집했다. 그러나 그런 염려는 근거 없는 것이었다. 다만 사람들에게 그 모든 것을 망각한 척할 시간을 주면 됐다. 그리고 그 사람들은 모두 벌써 멋지게 그런 척했다. 물론 프랑스 사교계는 가장 오랫동안 저항했다. 그곳은 자기가 결코 함락할 수 없을 것 같은 요새였다. 그러나 벌써 탈주자들이 나타나기 시작했고, 그날 밤 자기의 정찬 명부는 명예롭게도 진짜 공작 한 명과 평판이 크게 손상되지 않은 어느 백작 부인의 이름으로 빛났다. 이들 외에도 언딘은 당연히 샬럼 부부, 촌시 엘링 부부, 메이 베린저, 디키 볼스, 월싱엄 포플과 누보 뤽스 호텔을 빈번히 드나드는 나머지 뉴욕 사람들을 초대했다. 심지어 막판에 피터 밴 더갠까지 추가해서 유쾌했다. 저녁에는 스페인 춤과 러시아 노래가 있을 예정이었다. 그리고 개인 저택에서는 노래 부르는 걸 늘 거절해온 그 새로운 테너를 언딘이 확실히 데려올 수 있다면 디키 볼스는 다음 정찬에 대공을 데려오겠다고 약속했다.

그러나 언딘은 지금도 항상 행복하지는 않았다. 자기가 원하는 것을 모두 가졌지만, 가끔 자기가 그것에 대해서 안다면 갖고 싶을 다른 물건들이 있다고 여전히 느꼈다. 그리고 자기가 그리는 상상도에 모팻이 어울리지 않는다고 자신에게 고백해야 하는 순간들이 최근에 있었다. 처음에는 모팻의 성공에 눈이 부셨고 그 권위에 압도당했다. 모팻은 자기가 소망한 것을 전부 주었고 가질 수 있으리라고 꿈꾸어온 것보다 더 많은 것을 주었다. 모팻은 자기의 모든 실패와 실수에 대해 보상해주었으며, 언딘은 여전히 그 사람의 지배력을 느끼고 그것에 환희를 느낄 때가 있었다. 그러나 다른 때는 그 사람의 결함을 발견하고 짜증이 났다. 큰 목소리와 붉은 얼굴, 상황에 어울리지 않는 명랑함, 하인들을 허물없이 대하는 태도, 언딘의 친구들에게 으스대다가는 다시 격식을 차리는 종잡을 수 없는 모팻의 태도는 자기도 모르는 사이에 형성된 사고방식에 거슬렸다. 가끔 자기 기억 속에서 점차 하나가 되어가는 두 전남편들은 모팻과 다르게 이런저런 말을 했을 것이고 이러저러한 경우에 다르게 행동했을 것이라고 자신이 생각하는 걸 발견했다. 그리고 이렇게 비교하면 거의 항상 모팻에게 불리했다.

그러나 오늘 저녁 언딘은 남편을 너그럽게 생각했다. 알링턴 장군이 갑자스럽게 파산하고 위베르의 새로운 도박 추문으로 생데제르의 주인이 어쩔 수 없이 태피스트리를 내놓아야 했을 때 그것을 획득한 모팻의 솜씨 좋은 수완에 언딘은 만족했다. 언딘은 레이몽 드 셸이 엘머 모팻이나 그 사람을 대리하는 구매자만 아니라면 아무에게라도 태피스트리를 팔겠다고 거래상들에게 말했다는 것을 알았다. 그런데 엘머의 영악함 덕택에 결국 그 태피스트리들을 집안에 둘 수 있게 되었고 레이몽과 그 일가 사람들이 지금쯤 그것을 알 거라고 생각하니 즐거웠다. 이런 사실 때문에 남편에 대해서 호의적으로 생각하고 싶은 마음이 생겼고 행복이 깊어졌다. 행복에 젖을 때 습관적으로 늘 그러듯이 언딘은 벽난로 선반 위에 있는 거울로 걸어가서 거기에 비친 자신의 모습을 유심히 살펴보았다.

　언딘이 여전히 이 기분 좋은 생각에 잠겨 있는데 남편이 들어왔다. 남편은 좀 지나치게 끼는 야회복을 입었는데 어느 때보다 더 땅딸막하고 얼굴이 붉어보였다. 셔츠 앞부분은 남편의 대머리만큼 반들거렸고, 루브르박물관에 필요한 벨라스케스[143]의 그림에 대한 권리를 포기한 대가로 받은 빨간색 훈장을 단춧구멍에 착용하고 있었다. 남편은 손에 신문을 들고 서서 흐뭇한 눈으로 방을 둘러보았다.

　"자, 이걸로 준비는 다 된 것 같군."

　남편이 이렇게 말하자 언딘이 짧게 대답했다.

　"당신이 드 폴레리브 부인을 데리고 내려가야 한다는 걸 잊지 말아요. 그리고 제발 그 부인을 '백작 부인'이라고 부르지 말아요."

∵

143) 디에고 벨라스케스(Diego Velázquez, 1599~1660): 스페인의 펠리페 4세의 궁정에서 활약한 가장 중요한 초상화 화가.

"아니, 그 부인은 백작 부인이잖소, 그렇지 않소?"

남편이 유쾌하게 대꾸했다.

"당신 그 신문 좀 치웠으면 좋겠어요."

언딘이 계속 말했다. 오래된 신문을 응접실에 놔두는 남편의 습관 때문에 짜증이 났다.

모팻은 아내의 말을 따르는 대신에 신문을 펼쳤다.

"그렇게 말하니 생각이 났는데……당신에게 뭘 보여주려고 내가 신문을 들고 온 거요. 짐 드리스콜이 영국 대사로 임명되었소."

"짐 드리스콜이라고요!"

언딘은 신문을 잡아채서 남편이 가리키는 기사를 보았다. 땅딸막하고 의심 많고 평범한 아내를 둔 그 가련하고 보잘것없는 짐 드리스콜! 정부가 이런 하잘것없는 사람들을 찾아냈다는 게 기이해 보였다. 그리고 언딘은 즉시 그 부부가 참석하게 될 화려한 행사들, 즉 모든 연회와 의식, 특권에 대해 막연하게 굉장한 상상을 했다……

"보석도 얼마 없는데 그 여자가 원할 것 같지 않아요."

언딘은 신문을 떨어뜨리고 남편을 돌아보았다.

"당신이 조금이라도 야심이 있다면 그게 바로 당신이 차지하려고 노력할 종류의 것이에요. 당신이라면 아주 쉽사리 얻을 수 있었을 텐데!"

모팻이 웃었다. 그러고 나서 언딘이 싫어하는 몸짓을 하며 조끼의 겨드랑이 속으로 엄지손가락을 찔러 넣었다.

"공교롭게도 그건 내가 할 수 없는 일이오."

"당신이 할 수 없다니요? 왜 할 수 없어요?"

"당신이 이혼했기 때문이오. 사람들은 이혼한 대사 부인을 받아들이려고 하지 않을 거요."

"사람들이 받아들이지 않으려고 한다니요? 이유가 뭔지 알고 싶네요?"

"글쎄, 내 추측으로는 궁정의 귀부인들은 대사관에 예쁜 여자가 너무 많은 것을 두려워하는 것 같소."

모팻이 익살맞게 대답했다.

언딘은 성난 웃음을 터뜨렸고, 피가 얼굴까지 솟구쳐 올랐다.

"그렇게 모욕적인 말은 처음 들어봐요."

언딘은 마치 그 규칙이 자신에게 모욕을 주기 위해 생긴 것처럼 소리를 질렀다.

저택의 뜰에서 자동차가 후진하고 전진하는 시끄러운 소리가 났고, 계단에서 첫 번째로 도착한 손님들의 목소리가 들렸다. 언딘은 거울에 비친 자기 모습을 마지막으로 보려고 돌아섰다. 언딘은 눈부신 루비 목걸이와 반짝이는 자신의 머리칼을 보았고, 초대 목록에 있는 빛나는 이름들을 기억했다.

그러나 이 모든 눈부신 광채 아래에 작은 먹구름이 남아 있었다. 언딘은 자기가 절대로 얻을 수 없는 것, 아름다움으로도 영향력으로도 천만금으로도 절대로 살 수 없는 무엇이 있다는 것을 알게 되었다. 자신은 결코 대사 부인이 될 수 없다는 사실 바로 그것이었다. 언딘은 첫 번째로 도착한 손님들을 맞이하려고 나가면서 대사 부인이야말로 바로 자신이 적격이라고 혼잣말을 내뱉었다.

이디스 워턴은 『연락(宴樂)의 집(*The House of Mirth*)』(1905), 『이썬 프롬 (*Ethan Frome*)』(1911), 영화와 소설을 통해서 일반 대중에게 많이 알려진 『순수의 시대(*The Age of Innocence*)』(1920)와 같은 소설로 유명한 미국의 대표적인 소설가이다. 워턴이 살던 19세기 말과 20세기 초는 결혼 제도 내에서 여성의 입지가 변화를 겪던 시기였다. 가정 밖의 세계가 사실상 봉쇄되었다고 할 수 있는 당대의 중산층 여성들에게 결혼은 경제적 수단을 확보하고 사회적 자아 정체성을 설정하는 데 절대적으로 필요한 것이었다. 생존을 보장할 뿐 아니라 자신의 욕망을 성취시켜줄 수 있는 대리인으로서 남편을 확보해야 하는 중산층 여성들에게 결혼은 어느 면에서 비즈니스와 같은 것이었고, 가정은 더 이상 차가운 현실 세계로부터 피난처가 아니라 현실 세계의 연장이라고 할 수 있었다. 워턴의 소설들은 공격적인 신흥 자본가 세력이 전통적인 보수 세력과 갈등하면서 강력한 영향력을 형성하기 시작하던 19세기 말과 20세기 초의 뉴욕 상류사회를 배경으로 가부장적 물질만능 사회가 남녀관계, 더 나아가 모든 인간관계를 타락시키는 양상을 담아낸다.

『그 지방의 관습(*The Custom of the Country*)』(1913)에서 워턴은 여주인공 언딘 스프라그(Undine Spragg)를 통해서 결혼이 여성의 에너지를 분출하고 욕망을 달성하는 유일한 창구로 여겨지던 미국 사회의 모습을 적나라하게 보여준다. 언딘은 윌리엄 새커리(William M. Thackeray)의 『허영의 시장(*Vanity Fair*)』의 베키 샤프(Becky Sharp)나 마거릿 미첼(Margaret Mitchell)의 『바람과 함께 사라지다(*Gone With The Wind*)』의 스칼렛 오하라(Scarlet O'Hara)에 종종 비유되는 악하면서도 강인한 여주인공이다. 이들은 여성이 남성의 장식물로 여겨지던 시절에 결혼만이 자신의 야망을 성취하고 능력을 드러낼 수 있게 허용된 유일한 영역이자 직업이라는 것을 깨닫고 남성 중심적인 결혼 제도를 오히려 역이용하는 대담한 여주인공들이다.

언딘은 이미 한 결혼이 예상과 달리 자신의 기대와 욕망을 채워주지 못하면 이혼을 감행하고 조건이 더 나은 또 다른 배우자를 찾아 나서기를 주저하지 않는다. 언딘의 거듭되는 결혼과 이혼은 결혼 외에는 욕망을 구현할 수 있는 기회가 차단된 상류계층 여성들이 결혼 시장에 자기를 상품으로 포장해 제시하는 타락한 결혼의 극단을 보여준다. 언딘이 뉴욕의 명문가 출신인 랠프 마블(Ralph Marvell)과 결혼한 것은 그 사람을 사랑하기 때문이 아니라 랠프 마블이 다른 남자들보다 자신의 사회적·물질적 욕망을 더 잘 충족해줄 사람으로 생각했기 때문이다. 그러나 전통적인 명문가 출신의 랠프는 여러 대에 걸쳐 내려오는 관습으로 자신을 구속할 뿐, 자기 욕망을 구현해주지는 못한다는 것을 깨닫고 언딘은 마치 오렌지를 쥐어짜듯 랠프를 소모하고 떠난다. 랠프가 죽은 후 언딘은 프랑스 귀족 레이몽 드 셸(Raymond de Chelles) 백작과 다시 결혼하는 데 성공한다. 그러나 구세계의 귀족가문은 뉴욕의 명문가보다 더욱 견고하고 참기 어려운 제약을 가한다. 레이몽 역시 바닥을 모르는 자신의 물질적인 욕망을 채워주지 못한다는 것을 알게 된 언딘은 이번에도 주저 없이 레이몽을 버린다. 이혼을 금지하는 가톨릭 국가 프랑스에서 미국으로 돌아온 언딘은 네바다 주 리노(Reno)에서 레이몽과 이혼 서류에 서명하고 나서, 이혼을 주재한 판사를 들러리로 세워 과거에 에이펙스에서 비밀리에 결혼한 적이 있으며 이제는 철도왕으로 거부가 된 엘머 모팻(Elmer Mofatt)과 결혼한다. 자신이 원하는 물건을 제공하는 능력을 남성에 대한 평가 기준으로 삼는 언딘과 자신이 무엇을 손에 넣고자 하면 누구도 그것을 막을 수 없다고 생각하는 엘머 모팻은 천생배필이다. 이 두 사람의 결혼은 바로 월 가(街)에서 이뤄지는 비즈니스 거래와 같다. 두 사람은 물질의 소유에만 관심이 있기 때문에 애정의 표현 같은 것은 관심 밖이다. 언딘과 엘머의 결합은 사업가들 사이의 합병과 같은 것이기 때문에 이익을 내고 더 나은 동업자를 찾을 때까지만 지속될 것으로 보인다.

워턴은 이렇게 신분 상승과 물질적 욕구의 충족을 위해 거리낌 없이 결혼과 이혼을 감행하는 언딘을 통해서 결혼이 마치 비즈니스처럼 변질된 양상을 들추어내고, 언딘과 엘머 모팻 같은 신흥 자본가 세력이 뉴욕의 전통적인 상류사회를 제압하며 부상하는 미국 사회의 양상을 조망한다. 언딘의 네 번에 걸친 결혼은 마치 더 많은 이익을 얻기 위해 경제적으로 쓸모없어진 동업자를 버리고 더 나은 동업자와 손을 잡는 사업가의 거래처럼 보인다. 여성에게 공적 영역의 활동을 차단하던 당대 사회에서 결혼과 이혼을 통해 사교계를 공략하는 언딘의 행위는 치열한 사업 세계를 살아가는 남성의 사회적 활동의 등가물이라고 할 수 있다. 여성에게 결혼 외의 모든 기회를 사실상 봉쇄하는 사회구조 때문에 여성은 남성을 애정의 대상이 아니라 단지 욕망을 실현하는 수단으로만 간주하게 되어 여성 자신뿐 아니라 남성도 파멸시키고 불행에 빠지게 한다. 이 소설의 핵심을 구성하는 언딘과 랠프의 결혼과 이혼, 그 결과 랠프가 겪는 고통스러운 파멸 과정은 남성의 금전적·사회적 성취를 표상하는 기생적 존재로서만 여성의 가치를 인정하는 사회는 남녀를 모두 희생시킨다는 것을 생생하게 보여준다. 그러므로 비즈니스처럼 변질된 결혼의 양상을 더듬어보는『그 지방의 관습』은 가부장 제도의 부조리를 들춰내고 모든 관계를 금전으로 환원하는 현대사회에서 타락한 인간관계를 되돌아보게 하는 작품이라고 할 수 있다.

여성의 사회적 활동이 제약을 받던 사회에서 결혼과 이혼을 자아 발현의 수단으로 여기는 주인공 언딘을 통해 워턴이 담아낸 일그러진 미국 사회의 모습은 이혼율이 급증하는 오늘날 한국 사회의 모습과 무관하지 않다. 여성에게 보수적이던 19세기 말과 20세기 초의 미국 사회에서 대리 성공의 수단으로서 남편을 이용하는 언딘과는 달리 오늘날 한국 사회에서 여성은 상대적으로 가정 밖의 다양한 분야에 많이 진출할 수 있게 되었다. 그러나 심층적으로 살펴보면 여성의 사회 진출은 양적으로는 팽창했지만 보이지 않는 유리 천장과 아직도 건재하는 가부장적인 관습에 의해 사회 활동의 질적인 향상이 방해받고 있다. 사회 전반의 제도와 인식은 여성의 사회 활동을 적극적으로 지원하지 않아 어떤 측면에서 한국 여성은 19세기 말 미국 여성보다 더 많은 문제를 떠안고 있다고 볼 수 있다. 또한 오늘날 우리 사회의 이혼의 증가와 이로 인해 야기되는 가정의 붕괴와 가족들이 겪는 불행과 고난은 워턴이 이 작품에서 섬세하게 그려낸 랠프와 폴 부자(父子)가 당하는 고통과 별반 다르지 않아 보인다. 옮긴이들은 뉴욕의 월 가를 중심으로 한 전통 상류계층의 몰락과 신흥 자본가의 부상, 여성이 남성의 장식물로서만 존재하기를 강요하던 미국의 관습에 대한 조망을 제공하고 당대의 왜곡된 남녀관계를 검토하는 이 소설이 독자들이 행복하고 충만한 삶을 구상하고 더 바람직한 인간관계를 정립하는 데 작은 도움을 주기를 소망한다.

마지막으로 이 소설의 번역을 지원해준 한국연구재단과 번역 투의 문장을 자연스러운 우리 말투로 교정하고, 더 정확하고 완전한 번역이 되도록 도와주신 아카넷 출판사의 편집진에게 심심한 감사를 드린다.

지은이

:: 이디스 워턴 (Edith Wharton, 1862~1937)

미국의 대표적인 소설가. 뉴욕의 부유한 상류층 가정에서 이디스 뉴볼드 존스(Edith Newbold Jones)라는 이름으로 태어났다. 그녀는 네 살 되던 해 가족들과 유럽으로 이주하여 5년 동안 이탈리아, 스페인, 독일, 프랑스를 여행했다. 가정교사 밑에서 교육을 받았으며, 주로 아버지의 서재에서 문학, 철학, 과학, 예술 분야의 책을 폭넓게 읽었다. 1885년 보스턴 출신의 은행가 에드워드 로빈스 워턴(Edward Robbins Wharton)과 결혼했으나 1913년 이혼했다. 남편과 이혼 후 워턴은 영구히 파리에 자리를 잡았고, 1차 세계대전이 발발하자 피난민과 고아들을 헌신적으로 돌보았으며 그 공로로 1916년 프랑스 정부로부터 레지옹 도뇌르(Légion d'Honneur) 훈장을 받았다. 워턴은 1920년 발표한 『순수의 시대』로 여성 최초로 퓰리처상을 받았으며, 1923년 예일대학에서 명예박사학위를 받았고 1930년 미 국예술원 회원으로 추대되었다. 1937년 심장마비로 사망해 베르사유의 고나르(Gonards) 묘지에 묻혔다.

워턴은 한동안 미국의 상류사회의 풍속을 그리는 작가로 평가되었으나 1960년대 이후 물질주의적인 사회에서 부침할 수밖에 없는 인간을 그리는 자연주의적 작가라는 평가부터 가부장적인 사회에서 희생당하는 여성의 삶에 초점을 맞추는 여권주의자라는 평가까지 다양한 관점에서 논의되고 있다.

옮긴이

:: 정혜옥

덕성여대 영문과를 졸업하고 고려대학교에서 석사 및 박사 학위를 받았다. 덕성여대 영문과에 재직하면서 미국 문학을 강의하고 주로 19세기 미국소설을 연구하고 있다. 한국 미국소설학회 회장과 덕성여대 언어교육원장을 역임했다. 저서로는 『나사니엘 호손: 개인과 사회적 질서의 관계』, 『나사니엘 호손의 주홍글자 연구』(공저), 『좋은 번역을 찾아서』(공저), 역서로는 『순수의 시대』, 『미국 소설사』(공역) 등이 있으며 19세기 미국소설에 관한 논문을 다수 발표하였다.

:: 손영희

연세대학교 영문과를 졸업하고 서울대학교 영문과에서 석사 및 박사 학위를 받았다. 광운대학교에서 재직하면서 19세기 영국 문학과 라파엘전파 회화에 대해 연구를 하고 있다. 토머스 하디, 윌리엄 새커리, 제인 오스틴, 샬럿 브론테의 소설에 대한 논문과, 존 키츠 등의 시인과 라파엘전파 회화에 대한 논문을 썼다. 저서로는 『영미소설 명장면 모음집』(공저), 『영국소설과 서술기법』(공저)이 있고, 역서로는 『여성의 몸, 어떻게 읽을 것인가?』(공역)가 있다.

:: 한국연구재단총서 학술명저번역 서양편 **568**

그 지방의 관습

1판 1쇄 찍음 | 2014년 9월 26일
1판 1쇄 펴냄 | 2014년 10월 10일

지은이 | 이디스 워턴
옮긴이 | 정혜옥 손영희
펴낸이 | 김정호
펴낸곳 | 아카넷

출판등록 2000년 1월 24일(제2-3009호)
100-802 서울시 중구 퇴계로 18 대우재단빌딩 16층
전화 | 6366-0511(편집) · 6366-0514(주문)
팩스 | 6366-0515
책임편집 | 김일수
www.acanet.co.kr

ⓒ 한국연구재단, 2014

Printed in Seoul, Korea.

ISBN 978-89-5733-368-6 94840
ISBN 978-89-5733-214-6 (세트)

이 도서의 국립중앙도서관 출판예정도서목록(CIP)은
서지정보유통지원시스템 홈페이지(http://seoji.nl.go.kr)와
국가자료공동목록시스템(http://www.nl.go.kr/kolisnet)에서 이용하실 수 있습니다.
(CIP제어번호: CIP2014027342)